Wir danken allen, die mit Text und Bild zu diesem Buch beigetragen haben. Und Franziska Kleintges, die an der Auswahl für diese Ausgabe mitgewirkt hat.

Die Bildserie für Cover, S. 1. Frontispiz und S. 336 fotografierte tomboy62 mit den Burlesque-Künstlerinnen Elsie Marley, Bana Banana & Lotti Lieblich am 18.09.2017 in Berlin für »Mein heimliches Auge«. Vielen Dank! Die drei treten auch auf unserer LOVE BITES Verlagsrevue auf.

## Impressum

© konkursbuch Verlag Claudia Gehrke 2017/2018
PF 1621 – D-72006 Tübingen
Tel. 0049 (0) 7071 66551 oder 78779, Mobil 0049 (0) 172 7233958
E-Mail: office@konkursbuch.com,
www.konkursbuch.com
facebook: konkursbuch.verlag

Copyright © für die einzelnen Bilder und Texte: die Autoren und Künstler.
Sie sind für ihre eingesandten Beiträge und Materialien rechtlich selbst verantwortlich.
Gestaltung: Verlag & Freundinnen, Grafische Konzeption: G.H. Seidel.
Das heimliche Auge gibt es auch im Abonnement, auch frühere Ausgaben.
Viele Ausgaben sind lieferbar, bei genügend Vorbestellungen drucken wir gerne auch die fehlenden nach. Einsendungen für weitere Ausgaben an: gehrke@konkursbuch.com

ISBN 978-3-88769-532-3

*Claudia Gehrke & Uve Schmidt*
# Mein heimliches Auge
*Das Jahrbuch der Erotik XXXII*

konkursbuch

*Vorwort Claudia Gehrke*

Als ich ein kleines Bild, das nicht sonderlich ins Auge springt, für die Auswahl dieses heimlichen Auges betrachtet habe, konnte ich mich nicht entscheiden, was oben, was unten ist. Bei jedem Blick verwandelte sich das Bild, zeigte etwas Neues. Ich fragte Praktikantin Franziska. Sie sah es so, wie ich es auf den ersten Blick auch gesehen hatte – eindeutig das Dreieck einer Vulva, eine weibliche Körperkontur, eine stehende Frau. Es ist zweimal signiert. Vielleicht ein Fehler, dachte ich, als die Künstlerin mir das kleine Bild schenkte. Sie hat es ohne hinzusehen schnell signiert, auf der »falschen« Seite. Eben beim Einbauen ins Auge betrachtete ich es auch anders herum und sah auf einmal ganz viel. Vielleicht war es nur der Rausch der Produktion, dass ich tanzende Frauen, ein Gesicht und was weiß ich noch alles erkannte. Es steht nun doch auf der eindeutigeren Seite, so, dass sich die Vulva zeigt – aber vielleicht drehen Sie das Buch einmal um.

Alles bewegt sich in permanenten Metamorphosen. »Nichts auf der Welt kann anderes tun als zu kämpfen und zu tanzen, wachsen und vergehen, erstreben und umarmen, bis hinein in den Schlaf, der – Komplize unseres Taglebens – die Nachklänge unserer Handlungen oder unserer Wünsche in einer seltsamen Flut mit sich hinwegträgt. Es gibt nichts auf der Welt, was sich in Ruhe befindet.« So formulierte es André Masson in »Bewegung und Verwandlung«, einem seiner Texte über Kunst. Auch der Surrealismus spielte mit Metamorphosen. Ein Gegenstand war

gleichzeitig etwas anderes und so weiter. Aber wir Betrachter*innen neigen dazu, uns festzulegen. Sozusagen immer nur »das Eine« zu sehen. Ein Beispiel (was mit anderen Assoziationen auch Masson erwähnt): In Tropfsteinhöhlen oder Bäumen sehe ich erotische Figuren. Habe ich einmal diesen Blick drauf, sehe ich sie überall, in Wolken, wehenden Kleidungsstücken. Doch »das Gleiche« ist immer in Bewegung und zeigt wie eine Wolke in einer Minute Erotisches, in der nächsten einen Ringkampf; dass vieles spiralig immer wieder ähnlich auftaucht, mit Abstand betrachtet das Gleiche und zugleich etwas anderes ist, darüber schreibt Masson auch.

Natürlich hat sich der Umgang mit Lust verwandelt in der Zeit, in der es das erotische Jahrbuch gibt. Etwas, was der Alltagsblick (unabhängig von den Grenzziehungen der damaligen Gesetzgebung) vor Jahren als »pornografisch« definierte, ist es heute nicht mehr. Doch die Kategorie »Pornografie« taucht immer wieder auf. Nennen wir pornografisch das, was uns erregt? Es gab in den Achtzigern die Auseinandersetzung um das Wort: kritische feministische Ablehnung und Definition als frauenmissachtendes Männermedium, auf der anderen Seite die Verteidigung des Begriffs mit Definitionsversuchen vom griechischen Wortursprung her. Heute gibt es PorYes-Feministinnen und ein Spiel mit dem Wort. Und doch definieren wir im Alltag für uns selbst manchmal spontan Bilder als »pornografisch« (und ich denke dabei nicht an die Pornoflut im Internet und an die Verwandlung von allem, was es gibt – von Kindercomics bis TV-Serien und Politkern – in Porno, also nicht an die bekannte Rule 34 of the Internet: »If it

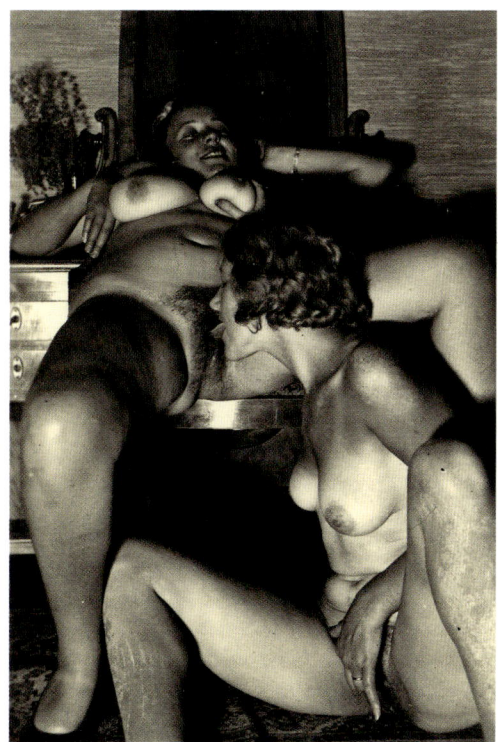

*Les Archives d'Éros*

exists, there is porn of it – no exceptions.« Ich war zu einer Podiumsdiskussion anlässlich der Ausstellung von Herlinde Koelbl eingeladen und fühlte mich in die Achtziger zurückversetzt. Es ging darum, dass einige Bilder zu empörten Reaktionen geführt hatten: die Stadt, das Museum zeige Pornografie! Ich hatte das Gefühl, nur zu wiederholen, was ich damals auf einer ähnlichen (mit weit größerem Publikum) Podiumsdiskussion gesagt hatte. Eins der inkriminierten Fotos spielte in meinen Augen unübersehbar ironisch mit der Verformung weiblicher Körper. Das lässt sich als Kritik interpretieren. Ein Korsett ist zu sehen, kein Gesicht (das Gesicht hinter Haar), quellender, das Korsett fast sprengender Busen. Wobei schon quellender Busen außerhalb der aktuellen Mode der Deformierung weiblicher Körper steht. Doch vor allem Männer aus dem Publikum (hat es sie erregt?) meldeten sich zu Wort, um das Pornografische in dem Bild zu beweisen.

Viele junge Frauen und Männer zeigen sich nicht mehr nackt. Anya Sunita schilderte im letzten heimlichen Auge in einem Essay über die Generation der Millenials, dass das vor allem daran liege, dass sie sich nicht nackt auf Handyfotos im Internet wiederfinden wollen und dass sie sich exklusiv für sich und ihre Liebsten privat nackt zeigen möchten. Es sei nicht mehr nötig, aus Protest gegen verstaubte Strukturen Nacktheit zu zeigen. Sie seien sozusagen aus Protest nicht nackt (wobei die Mode nicht aus Sackkleidern besteht, sondern im Gegenteil sinnlich und sexuell wirkt). Ein anderer Grund mag aber auch darin liegen, dass die Deformierung des Weiblichen heute nicht mehr durch Religion, spießbürgerliche oder patriarchale Strukturen passiert, sondern in erster Linie durch die Lifestyle-Industrie. Wie die Körper zu sein haben, welche Löcher zwischen Schenkeln zu sehen sein müssen und unter Schlüsselbeinen: wer nicht ganz ins Bild passt – und alle haben das Gefühl, etwas sei unperfekt – zeigt sich vielleicht auch deswegen nicht gerne nackt in der Öffentlichkeit von Stränden etc. Als ich das Buch von Margarete Stokowski (geboren 1986), »Untenrum frei«, las, habe ich mich gewundert. Hat sich wirklich so wenig verändert? Zum Beispiel im Verhältnis der Frauen zu ihrer Vulva. Stokowski schildert, dass Bilder und Beschreibungen in heutiger Aufklärungsliteratur sich immer noch am männlichen Geschlecht orientieren, das weibliche vernachlässigen. Wenn aufgeklärt würde, dann zum Beispiel mit Geburtsfilmen (»Eklig!«, Zitat einer Schülerin) oder sogar Filmen über Abtreibung. – Auch würden immer noch vor allem Wörter benutzt, die sie kastrieren. Stokowski nennt als Beispiel »Spalte« oder »Schlitz« – Viele Mösen zeigen sich nie als Spalte, sondern als verwunschene Lippen, die herausgucken. Doch manche Möse, auch älterer Frauen, hat Lippen, die sich über das Innere schließen. Wenn nicht Haare sie verbergen, dann zeigt sich dort als erstes Bild: ein Spalt. Das Wort könnte auch eine »Momentbeschreibung« sein – wenn der Spalt sich öffnet, die Lippen schwellen, die Klit herausspringt, das Innere sich zeigt, nenne ich sie anders: Vulva ist ein schönes Wort. Gut, dass (vor allem) Frauen über die weibliche Anatomie schreiben und Bilder zeigen. Die Klitoris beispielsweise ist keine »Erbse« o. Ä., sondern ein gewaltiges Organ, das die Vulva sozusagen von innen umarmt. Die alte Frage vaginal oder klitoral erübrigt sich vielleicht. Bei der Lektüre des Buchs hatte ich das Gefühl, einige Passagen selbst (u.a. in Auge-Vorworten der Achtziger) formuliert oder andere Passagen schon vor dreißig Jahren gelesen zu haben, in einer anderen Zeit. Kinder lernen auch heute noch, vielleicht sogar heute mehr als damals, dass Mädchen Jungs gefallen sollen und wie ihre Körper zu sein haben und was sie dafür tun können. Und überhaupt, die Geschlechtertrennung im Kinderzimmer treibt Blüten: Mädchen sind immer noch (und zwar weitaus mehr als in den Sechzigern bis Achtzigern) rosa.

Einerseits scheinen diese Bilder der »Deformierung« der Körper verbreiteter und verinnerlichter als früher, andererseits gibt

Gabriele Stötzer

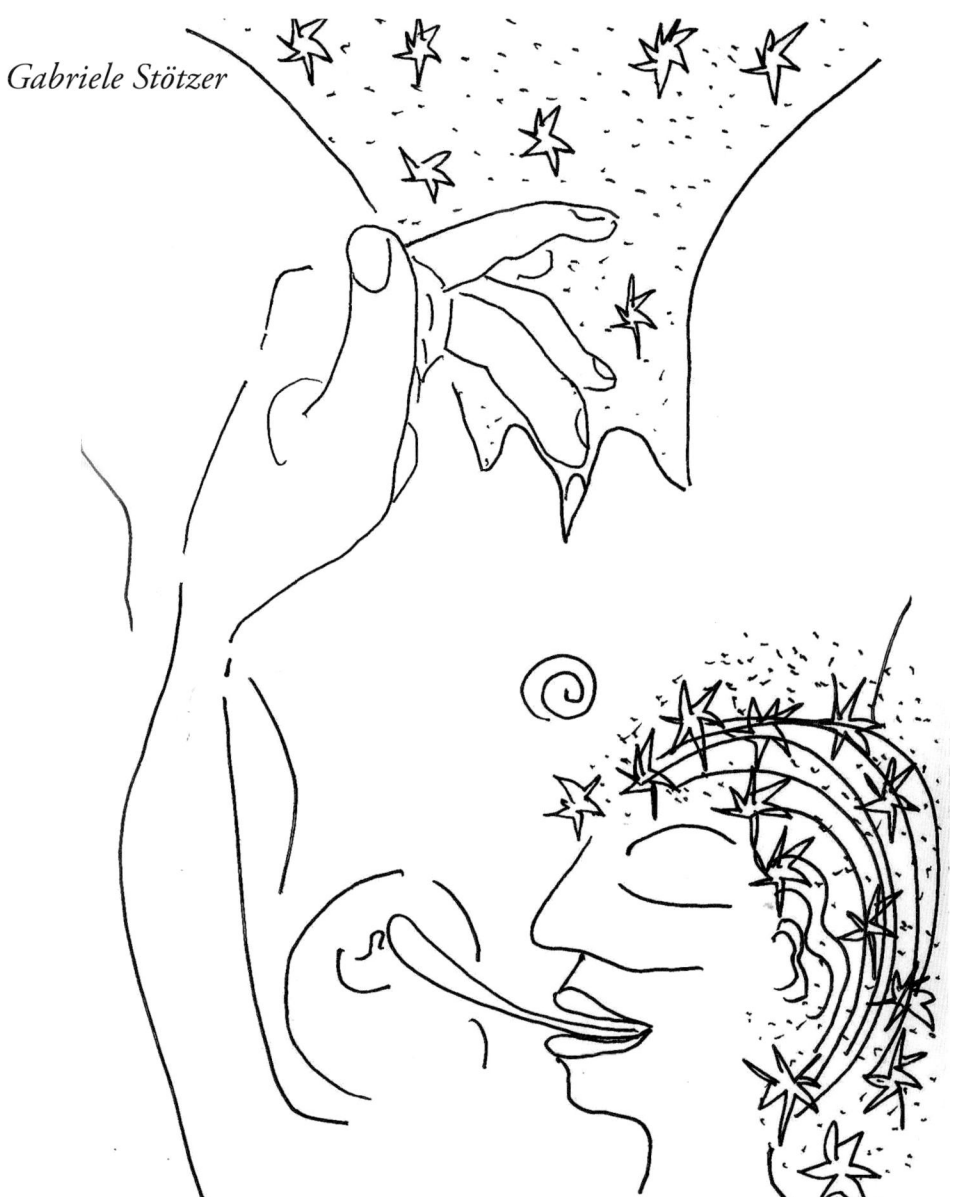

Sex sehe ich von oben mit dem inneren Auge meiner Lust die diesen Körper gebraucht und liebt als Leiter zum Universum der Gefühle 26.6.77

es eine größere Freiheit, sich zu zeigen und zu sein, wie und was man oder frau will. Auch in dieser Ausgabe vom heimlichen Auge zeigen sich viele verschiedene Menschen mit unterschiedlichen Körperformen und Liebesvorlieben einzeln und mit Lust aneinander. Gerne streue ich auch historische Fotos dazwischen. Die fröhlichen Gesichter und weichen Körper der Zwanzigerjahre. Widersprüche zeigen sich immer, in dem, was wir uns wünschen, wie wir uns selbst gerne hätten und was wir dann wider die »Vernunft« spontan doch mal tun: ungerecht jemanden anbrüllen, eifersüchtig sein, obwohl das theoretisch abgelehnt wird, sich auf ein Sexabenteuer einlassen, das gefährlich ist und nicht nur Spiel mit festen Regeln und so weiter.

Auch in der sexuellen Fantasie gibt es Ambivalenzen. Ich hatte neulich Besuch von einem Reporter, der für einen Artikel über Orte vor der Wahl »Stimmung« in Tübingen einfangen wollte und mich auch mit einem Satz in seinem Beitrag unterbrachte. Es war ein vertracktes Spiel, geschickt stellte er mir manchmal suggestive Fragen. Z. B. ging es im Verlauf unseres Gesprächs einmal darum, wie Sexualität zwischen zweien losgeht, und er sagte plötzlich »Sie würden also auch sagen, jeder Sex ist Übergriff«. Ich hätte mich wehren können und was daherlabern in Richtung freie Entscheidung, Sexualität habe nichts mit dem zu tun, was mit Übergriffigkeit in Büros etc. gemeint ist – aber ich bestätigte spontan seinen Satz bzw. führte ihn aus: »Eine*r muss die erste Berührung machen. Wie kann es sonst losgehen?« Wenn er nun den Satz verkürzt wiedergäbe, fragte ich mich im Moment, in dem ich das sagte, wenn er nur ein »Ja, jeder Sex ist Übergriff« daraus

Sammlung Fritz Franz Vogel

machte und publizierte? Das klänge sehr anders als das, was ich sagte. Denn natürlich steht am Anfang von Gewalt auch ein »Übergriff«, und Gewalt ist nicht Sex. Umgekehrt, wenn Sex hart ausgeübt wird, als Wechselspiel von Hingabe und aktiver Macht, eine*n anderen vor Lust »willenlos« werden zu lassen, von sich Ausliefern an Berührungen bis hin zu Schlägen, Fesselungen und allem Möglichen, was die Lust verstärken kann, ist dieser Sex keine Gewalt, die von »aktiven« Partner*innen ausgeübt wird, sondern schlicht eine Spielart von Sex (mit den bekannten Gefahren der Grenzüberschreitung natürlich). Kurz darauf fragte er weit provokanter, ob in der sexuellen Fantasie alles frei sei. Er nannte ein Beispiel, was ich äußerst ungern wiedergebe. Auf das Beispiel wäre ich im Zusammenhang mit meinen Masturbationsfantasien nie gekommen. Ich bin der Meinung, eigene sexuelle Fantasien können wir uns auch selbst verbieten. Es lässt sich in einen inneren Dialog treten – auch beim Masturbieren. Und es lässt sich manches ablehnen. Fantasie ist, um körperliche Lust in Bewegung zu versetzen, immer viel härter und surrealer als gelebte Lust, die durch »wirkliche« andere Menschen und echte Berührungen erzeugt wird und weniger »Härte« braucht. Vieles aus der Fantasie kann nicht gelebt werden, und anderes, was vielleicht möglich wäre, will ich nicht. Doch es gibt Grenzen auch in der Fantasie, sie zu übertreten verbietet sich, ganz unabhängig von »gesetzgeberischer« Kontrolle. Das klingt jetzt nach Zensur. Ist es aber nicht. Es gibt ein eigenes politisches Bewusstsein, das auch in die Fantasie eingreifen darf. Und das nichts zu tun hat mit »bürgerlichen Moralgrenzen« etc.

Zum Schluss des Gesprächs ging es um Schwulsein als Mode. Der Reporter berichtete, dass es in Berlin schick sei, als Hetero auf schwule Erotikpartys zu gehen und als schwul angesehen zu werden. Das mag sein, trotzdem haben viele heterosexuelle Männer und besonders Jungs immer noch Angst davor, als schwul angesehen zu werden. Wir sind alles, nur nicht schwul! Schwul ist ein Schimpfwort. Auch der Mensch und seine sexuelle – oder Liebes- – Orientierung verwandelt sich, manche waren früher lesbisch und sind jetzt hetero und umgekehrt. Aber man kann auch einfach »nur« lesbisch oder »nur« schwul oder »nur« hetero sein. Das Outing ist immer noch schwer, die Eindeutigkeit den Eltern gegenüber, das höre ich noch oft von sehr jungen Lesben – im Lesbischen Auge 17 erschien ein polemischer Text zum Thema der neuen Zwänge zur »variablen« Identität. Lesben sollen zu jeder Veranstaltung neuerdings schreiben, dass sie alle … Varianten (nur nicht hetero) einladen oder definieren sich auch selbst so, mit Sternchen etc. Schwule Männer hingegen sind einfach schwule Männer, selten laden sie mit Sternchen zu schwulen Veranstaltungen ein. Das hat wohl mit dem immer noch stärkeren Selbstbewusstsein von Männern zu tun. Die westeuropäischen Heteros wurden in den letzten Jahrzehnten in ihrer Rolle zwar verunsichert, dank feministischer Bewegungen, schwule Männer kaum. Sie können einfach schwul sein. Diskriminierung erfahren sie trotzdem. Ist es im Zeitalter der multiplen Identitätsmöglichkeiten via Internet nicht mehr möglich, entschieden zu wissen, ich liebe Männer oder ich liebe Frauen – auch hierbei frage ich mich, ob das im Leben wirklich so ist oder ob wir nicht in den

Momenten wissen, in denen wir uns verlieben, ob wir hetero, lesbisch, schwul oder bi sind. Ich habe mich öfter in Frauen verliebt als in Männer, bin, wie ich in dem Bericht des Reporters zitiert wurde, »multisexuell und Feministin«.

Für dieses Auge kamen überraschend viele Texte, die die Grenzen ausweiten, die Bisexualität ausprobieren und Dreier als Erweiterung des sexuellen Horizonts ansehen.
Und zugleich kamen viele Texte von Frauen, die beschreiben, wie sie sich hingeben, ausliefern, mit sich machen lassen möchten. Ob in der »klassisch« weiblichen Erotikfantasie im Massagesalon oder beim SM. Sie genießen es in einigen Einsendungen zum Beispiel, sich vorzustellen, dass Männer sie »zappeln lassen« und so ihre Lust der Vorfreude steigern.
»Meine Beine gleiten in seiner Gegenwart von alleine auseinander. Ich wusste, ich werde geduldig warten müssen, bis er sich mir zuwendet. Er genießt es förmlich, wie ich mich in meiner Geilheit winde.«
Ich frage mich manchmal, ob diese Frauen wirklich so sein möchten, abhängig von dem, was der Mann tut, um Lust zu bereiten. Ob sie sich wünschen, beim Sex nichts selbst tun zu müssen. Sodass sie immer wieder die Lust, sich hinzugeben, sich auszuliefern fantasieren. Devot auch ohne SM-Praktiken. Oder ob diese immer wiederkehrende Thematik einem Prinzip der Lust zu verdanken ist: sich ausliefern, hingeben, einfach der Lust (nicht dem Männlichen) hingeben, um sich und den Alltag zu vergessen, um kommen zu können. In Wirklichkeit vergisst man sich ja nicht unbedingt, die »andere Welt« bleibt da, taucht aus dem Hintergrund mitten

*Erik Engelhardt*

in der Lust auf, was ja durchaus auch luststeigernd sein kann. Manchmal, ja, da wird es so intensiv, dass wir wirklich in einem leeren Raum zu schweben scheinen. Vielleicht müssen wir, um uns der Erregung hingeben zu können, willenlos werden. Vielleicht ist das ein der Erotik innewohnendes Moment. Vielleicht aber ist es auch eine Sache der Erzählung. Männer beschreiben Lust meistens anders (vor allem heterosexuelle Lust). Sie beschreiben, wenn es beispielsweise darum geht, einen Orgasmus zu erzählen, die Möse, die sie sehen, die sie erregt. Frauen beschreiben schon auch die Körper von Männern, die ihnen Lust bereiten werden, aber den Moment der sexuellen Empfindung selbst schildern sie eher in dem, was der oder die andere mit ihnen tut, sie versuchen ihr Körperempfinden zu erzählen und weniger, was sie sehen.

Auch bei den Bildern. Es gibt ikonografische, glatte, »coole« Bilder und individuelle, privat anmutende, auch wenn sie inszeniert und von Künstler*innen fotografiert wurden. Die Bilder von Erik Engelhardt wirkten auf mich so, dass ich mich in die eine oder andere der Frauen verliebte. Sie erregen mich nicht im direkt sexuellen Sinn, sondern in einem eher zärtlichen, sie wirken privat. Andere Bilder, glattere, die mich vielleicht mehr auf Abstand halten, erregen anders, sexueller. Thomas Karsten sagt immer wieder über seine Fotokunst, er lasse die Frauen sich selbst inszenieren – und doch wirken manche seine Bilder wie mit dem »klassisch« männlichen Blick inszeniert. Es ist der Moment, in dem er auf den Auslöser drückt. Die Bilder erregen auch mich, und Marina Anna Eich, die Frau auf den Fotos, zeigt sich lustvoll sexuell – aber die Bilder sind zugleich streng durchkomponiert, von ihr selbst inszeniert auch für den Blick von außen. Sie wirken anders als private oder dokumentarische Sexfotos. Aktporträts und die Fotos sich selbst und andere liebender Menschen von Erik Engelhardt oder Alina Oswald und Anja Müller geben den Betrachter*innen das Gefühl, einem privaten Moment anderer sehr nah zu sein. Anja Müller sagt über ihre Fotografie, dass sie die Menschen »stelle«, sie sage ihnen, wie sie sitzen, gucken, sich bewegen mögen. Sanft und intensiv. Die Bilder wirken wie »echte« Momente, was sie ja auch sind, in der Gestaltung entwickelt sich ein »echter« privater erotischer Moment, auch hier die Metamorphose.

»Echte Momente« der Lust empfand ich in diesen Tagen, den letzten Tagen der intensiven Phase, ein heimliches Auge zu gestalten. Einmal, die Sonne kam gerade durch, vor dem Fenster mit dem großen Himmel aufregend vieldeutige Wolkenschauspiele, sang ich laut. Unsinnige Textfragmente, ich jauchzte und kreischte. Das war Lust! Ich war allein im Haus, sonst hätte ich mich eingeschränkt, vermutlich. Immer schränken wir uns ein in dieser Hinsicht, außer vielleicht beim Orgasmus. Da gehöre ich auch zu denen, die schreien und wimmern.

Dass Lust ganz unabhängig von Sexualität existiert, wissen Kinder vielleicht mehr als wir. Bewegungslust. Was für ein Vergnügen, auf dem Bett wie auf einem Trampolin hochzuspringen und sich auf den Po fallen zu lassen, sich einfach fallen zu lassen! Oder Wörter lustvoll auszusprechen, sich mit quietschendem Vergnügen bis zum Schreien zu artikulieren, ohne Einschränkung der Stimmvielfalt, die wir haben, wenn wir uns als Erwachsene »vernünftig« unterhalten.

»Putzen!«, sagt die kleine Tochter meiner Nichte z. B. mit so viel Lust in der Stimme, und dann holt sie den Handfeger und fegt etwas Winziges. Es geht um die Bewegung, um das Tun an sich, nicht darum, dass es hinterher sauber ist. Dasselbe mit dem Wort Turm bauen. Und Umwerfen! Den Turm gleich wieder umzuwerfen, das ist Lust.

In diesem Sinne ist es schön, sich auch mal als Erwachsene aufs reine Tun einzulassen, das Auge zu bauen, jauchzend, springend, was weiß ich – und natürlich auf den Sex. Viel Spaß mit dem Auge, bis nächstes Jahr

*Tübingen, 18.09.2017*

## Vorwort Uve Schmidt

Meine Heimatstadt, die Lutherstadt Wittenberg an der Elbe, zählte in meiner Kindheit und frühen Jugend um die 30 000 Einwohner und jede Menge historische Bausubstanz, denn die letzten nennenswerten Kriegsschäden erlitt das Gemeinwesen durch Napoleonische Kanonen, gute touristische Voraussetzungen für den Reformationsjubiläumsrummel der vergangenen Monate recte Jahre. Leider ging die Rechnung der Veranstalter (Die Evangelische Kirche Deutschlands, Bund und Länder sowie in Sonderheit mein Vaterstädtchen) nicht annähernd auf; von erheblicher Verschuldung kann getuschelt werden. Die Gründe erklären sich m.E. aus dem Grundirrtum, dass die lutherischste aller Lutherstädte auch unfromme Männer und Frauen anzöge, wenn der mittelalterliche Spaßfaktor (Wein, Weib & Gesang, bzw. Bier und Lutherbitter) kulturaffin derart genutzt würde, dass dem Altstadtrundgang auch eine Übernachtung folgt. In einem Leserbrief der Hessischen Kirchenpresse las ich, dass Wittenberg zu Luthers Lebzeiten (und hernach) mehr Trinkstuben und Hurenhäuschen konzessionierte als Buchläden (was hier & heute in Frankfurt am Main ähnlich ist), doch das heutige aufgeklärte Wittenberg verfüge nicht mal über eine *Genderbar*. Aha! Ich nehme an, dass der Schreiber damit nur sagen wollte, dass stinknormale Passionen überall ausreichend bedient werden, aber der Bedeutungsinhalt von *Reformation* es wert und würdig sei, aus gegebenem Anlass am historischen Orte neue reformerische Signale zu setzen von wegen der *Freiheit des Christenmenschen* …

Wenn ich als ca. 11-Jähriger die Unterwäsche meiner Mutter vor ihrem dreiteiligen Standspiegel heimlich anprobierte, geschah dies mit aller gebotenen Vorsicht, nicht ertappt zu werden, aber völlig frei von der Furcht, ich könnte an meiner »sexuellen Orientierung« irre werden oder in den Glauben verfallen, ich befände mich auf dem wahren Wege der libidinösen Selbstbefreiung. Ich war einfach nur ein geiler Pubertant und befriedigte mich mittels Ersatzhandlungen. Hier und heute feiert die Gendergilde eine Selbstbestätigung ohnegleichen, denn natürlich bilden sie keine relevante Minderheit in der mitteleuropäischen Bürgerrechtsgenießergemeinschaft heterosexueller, lesbischer, schwuler und bisexueller Erwachsener, sondern eine Klientel für die Randgruppenpflege und das Exotarium der eher unterhaltenden Journalistik. In der Tat eignen sich die sexuologischen, medizinischen, juristischen und moraltheologischen Komplexe weniger für die erotische Praxis und Sittenpflege, als z.B. für die Politik, um par exemple zu verdeutlichen, wie sehr gestandenen Demokraten und linken Liberalen gerade die früher so genannten Abnormitäten am Herzen liegen. Angesichts des politischen Welttheaters und seiner monströsesten Hauptdarsteller sowie des Terrorismus für Jedermann & alle (speziell die Opfer) kann man nur davor warnen, Liebe, Lust & Laster als *die* abendländischen Grundwerte anzupreisen, auch nicht unter dem Vorbehalt, sie genössen als pure Privatsache einen besonderen gesetzlichen Schutz, wiewohl wir alleinverantwortlich sind.

Für *Aphra Behn* (1640–1689), die englische Schriftstellerin und erste europäische Feministin von Rang, war »die Ehe eine fromme Form der Prostitution«, wenngleich sie selbst keine keusche Jungfer war, sondern Ehefrau und Mutter. Immerhin wurde erst 1788 die letzte Hexe (zu Glarus) verklagt und verbrannt, als bereits die ersten englischen Alpinisten in der Schweiz den Heidis nachstiegen. Ich bin sicher, dass jede der kommunistischen *Neulehrerinnen* in der DDR zu meiner Schulzeit (50er-Jahre) sofort versetzt oder gefeuert worden wäre, hätte sie derlei verlautbart, denn offiziell waren die Stalinisten prüde und mithin haben Jungen und Mädchen meiner Generation auf den Schulen in Ost und West gleichermaßen keine sexuelle Aufklärung erhalten; eine freudlose Jugend hatten wir mitnichten. Und selbstverständlich stellen promiske Milieus nicht sicher, dass der Nachwuchs eine souveräne sozialverträgliche Erziehung und Sexualisierung genießt. Was »unsere Kinder« diesbezüglich benötigen, lässt sich auf gut Lutherisch durchaus vermitteln, was unsere Medien allerdings neuerdings an sexueller Animation und Nachrüstung für uns deutsche Greise & Seniorinnen meinen leisten zu müssen, schrammt hart an einer dreisten Form der Alterskuppelei vorbei. Und deshalb freut es mich, dass MEIN HEIMLICHES AUGE die Normalmaßstäbe des Erlaubten und des Erhofften, des Vertrauten und des Verrückten nie aus dem Augenmaß verlor. Heute wäre ich stolz darauf, wenn man mir vorwürfe, »eine erotische Gartenlaube« mitzuverantworten, naturellement unter Federführung einer europäischen Feministin. Merci allerseits!

*20. August 2017, Frankfurt am Main*

*Lustgarten, Sammlung Fritz Franz Vogel*

*Albina A. Ringel*

Ich denke an deine Zähne
an die Sinnlichkeit mit der
das Fruchtfleisch deiner Lippen über Lichttropfen fährt

                               vollendete Glanztupfer.

Pienso en tus dientes
en la sensualidad con que deslizas
la pulpa de tus labios sobre gotas de luz

                 brillos perfectos.

*Iliana Godoy, Übersetzung aus dem Spanischen S. W. Artur Beyer*

*Sophie Andresky*

**Kürbisfrau**

Auf dem Bett lag ein roter Mantel aus Wolle. Ich weiß das noch, weil ich ein rückenfreies Oberteil anhatte und der Mantel kratzte, als ich mich aufs Bett fallen ließ. Mir war schwindlig vom Kürbislikör, und Mona, die mich von der Party nebenan ins Schlafzimmer begleitet hatte, öffnete ein Fenster. Es war mein erstes Halloween im Studentenwohnheim, und ich dachte, dass ich jetzt erwachsen wäre und mich nichts mehr so leicht aus der Bahn werfen würde. Typischer Erstsemester-Größenwahn. Der hielt genau so lange an, bis Mona neben mir aufs Bett glitt und mich küsste. Ihre Lippen waren so sanft und gleichzeitig bestimmt, und die Bewegung ihrer Zunge hatte genau die richtige Mischung aus fordernd und zärtlich, dass mir trotz des offenen Fensters heiß wurde. Mir war sofort klar, wie erfahren sie war und dass ich keine Ahnung von nichts hatte. Ich beschloss, den Dingen ihren Lauf zu lassen, und kam mir sehr verwegen vor, als sie mein Shirt hochschob und meine

*Albina A. Ringel*

*1925, Couperyn Sade, Sammlung H.-J. Döpp*

Brüste in dem Blümchen-BH streichelte. Ich entspannte mich gerade, aber dann kam Monas Freund herein. Er hatte ein Stück Kuchen auf einem Pappteller in der Hand und setzte sich zu uns. Wie immer, wenn ich verlegen werde, fing ich an zu plappern und fragte ihn doch tatsächlich, ob Kürbisse eigentlich Gemüse oder Obst seien, wahrscheinlich irgendwas dazwischen, oder? Ich schwatzte noch mehr dummes Zeug, als er begann, meinen Hals zu küssen, und sich Monas Hand zwischen meine Beine schob, bis ich mich so fiebrig fühlte, dass ich endlich nichts mehr dachte. Ich hatte beides schon lange ausprobieren wollen, einen Dreier und Sex mit einer Frau. Dass ich beides in einer Nacht zum ersten mal erlebte, überforderte mich etwas. Aber ich fand den Kontrast aufregend: Monas weiche, duftende Haut, die Feuchtigkeit zwischen ihren Beinen, ihre murmelgroßen Nippel und die leicht rauen Hände, der muskulöse Körper und das heisere Stöhnen ihres Freundes. In dieser Nacht verstand ich: Ich will weder auf Männer noch auf Frauen verzichten. Ich bin sexuell ein Kürbis. Halb Obst, halb Gemüse. Ich möchte mich nicht entscheiden. Und muss es auch nicht. Ich erinnere mich nicht, ob ich sonst noch etwas im ersten Semester gelernt habe, aber das war eine Lektion fürs Leben. Kürbislikörsüß.

*Lithografie 1840, Sammlung H.-J. Döpp*

*Aus dem Leben erzählt: intensive Orgasmen*

# Sonja Ruf

Die Schaukel, die meine Freundin Karoline Rodenhof in Frankfurt am Main zum Orgasmus trug, hieß Jurek und wohnte ihr gegenüber im Studentenwohnheim. Als Jurek das erste Mal mit ihr schlief, hatte sie 39 Grad hohes Fieber, und das löste ein kreisendes rotes Rad an Empfindungen aus, ein Räderwerk wie von einer Wassermühle in einem dampfenden Fluss. Karo stieg in das große rote Rad kindlicher Fieberschübe und Jureks Penis war wie eine Schlange, die sich allen Windungen anpasste und die tiefsten Tiefen erreichte. Dass Jurek und sie einander nicht liebten, sondern sogar misstrauten, steigerte ihre Lust, das war quälend schön.

Zwei Wochen später, nachdem Jurek in Tunesien Pauschalurlaub gemacht hatte, war sie ihm erst ganz nahe, war sie nass und offen und schmiegsam, hatte sich für ihn parfümiert, eingecremt, weiß angezogen und zog das seidene Unterkleid bis zwei Uhr nachts nicht aus. Er massierte ihre Beine, ihre Musch, drang aus diesen Bewegungen heraus unvermittelt ganz groß und fest in sie ein – da konnte sie nur noch Punkte in ihr Tagebuch machen. Auf einmal liebte sie ihn, liebte ihn, sagte es auch und erlaubte sich damit, zu springen, sich von sich selbst abzulösen. Das war natürlich Aberglaube: »Schlafe mit jemandem, den du liebst, und es wird dir nicht schaden«.

Ich wandere neben Karoline den Altkönig hinauf zu den Hexenbäumen am keltischen Ringwall und fordere sie auf, von Jurek zu erzählen.

Sie beschreibt es so: Ihr ganzer Unterleib ein Berg aus flüssig-warmem Karamel, aus dem sich ein Kegel schiebt. Und dieser warme Kegel zerfließt dann auf eine zähe Weise, wie mit einer Gabel auseinander gezogen. Wenn mit Jurek dieses innerliche Schmelzen und Reißen beginnt, ist es noch schöner als allein klitoral, ist es, als risse ganz angenehm, kitzelnd und pochend ein Klett-Verschluss aus Muskelringen auseinander, wobei dieses angenehme Reißen des Orgasmus in einer Schicht stattfindet, die tiefer liegt als das, was der Penis erreicht. Und danach ist alles Gelee, in dem es pocht, klopft, sie ihren Herzschlag fühlt, es zittert und bibbert. Es wird so weich, dass Jurek keine Reibung mehr fühlt und erschlafft, also möglichst: »Come together. Right now«. Und sie schwärmt weiter: Kreise. Schwarzes Splittern, Heben und Fallen. Und Jurek fühlt sich fest und hart in ihr an und ihre Musch zieht sich zusammen, ihn zu halten, ohne dass sie sich Mühe deswegen gibt, und wie es zu diesem von grisseligen leuchtenden Nerven und Glitzerflächen durchzogenen festen Geleeblock oder Wattefeld oder wie soll sie es nennen, wird, was in ihr drin und um ihn rum ist – oje, ist das schön! Und hat erst ein Ende, wenn sie ihre Beine nicht mehr halten kann, die übrigens jetzt noch zittern – und Muskelkater hatte sie schon am Anfang unserer Wanderung.

Aber so ist es doch selten, stellen wir fest, verlässlich kommen wir durch Stimulation, nicht durch Penetration, manchmal Stimulation verbunden mit Penetration, die aber auch die Konzentration stören kann.
Jetzt bin ich dran, muss ich Bilder finden. Also: Da wird ein Blech im Theater hin und her geschwungen, um Donnergrollen zu erzeugen. Dieses Blech steigt schwingend in die Höhe, und auf jeder Ebene werden die Schwingungen größer, steigt die Spannung auf ein höheres Niveau, auch wenn mal durchaus Pause gemacht werden kann, um in einen Apfel zu beißen, die Hand auszuschütteln oder das Radio auszustellen. Und dann geht es weiter, steigt es weiter, schwingt es weiter, gibt es einen herrlichen Moment, ab dem es kein Zurück gibt, in dem du weißt, dass jetzt, dass der Orgasmus kommt, kommen muss, egal was passiert, ob jetzt jemand ins Schloss stößt mit Schlüsselgeklirre oder die Straßenbahn das Haus zum Erzittern bringt.
Vielleicht rieselt es wie Eis die Beine hinab oder die Kopfhaut zieht sich zusammen oder Gold steigt von den Sohlen zur Hüfte hinauf und verfestigt sich, vielleicht wölbt sich unter dir fühlbar die Welt oder dein Schoß stülpt sich nach vorne wie eine sich ballende Faust, jedenfalls ist der eigentliche Orgasmus wie das Auge eines Sturmes. Er ist leer und schwarz und still, er ist neu und anders und du bist neu und anders und mit nichts mehr verbunden, auch nicht mit der Frau, die du eben noch warst. Du stöhnst nicht, weil du verhext und gebannt bist. Und dann zieht sich alles so wohlig und rasch und in Schüben, in einem Zukken zusammen, und erst, wenn es sich wieder löst, stöhnst du, nennst einen Namen oder äußerst einen Wunsch, also fester, tiefer, ja, so ist es gut, schön oder so –. Karoline und ich glauben, dass die Natur uns mit einer besonderen Zähigkeit ausgestattet hat, fast so etwas wie einem Fatalismus, wir überlassen uns dem Orgasmus wie einer Nordseewelle, die uns von den Füßen holt, einmal kopfüber herumwirft und dann wieder auf die Füße stellt. Und es sind immer mehr Orgasmen, die noch heranrollen werden, als schon herangerollt sind.
Und jetzt sind wir oben. Schau!

*Astrid Schulz*

*Fotos von Encarnación: Juan Antonio Cárdenas*

## *Encarnación Moral*

**NIX ist FIX**
Die Zeit verbrennt …
Jede Stunde leuchtet in meinen Zellen,
und deine Stöße treffen mich unten herum …
mit dem Klang der Lebensquellen.
Tick Tack: Die Zeit …
Tick Tack: Mein Herz …
Tick Tack: Ein Kuss …
Tick Tack: Dein steifer Gruß …
Noch eine Runde um die Sonne herum!
Noch eine Runde, du! Um meine Lenden herum!
Komm doch, noch einmal!
Die Zeit, die rennt!
Und ich will am liebsten brennen …
mit dir, ganz tief in mir, in die Hölle rennen …
und dort, in der Ewigkeit, das Fleisch erkennen!

*Ute Gliwa*

**~~Non~~ Plus Ultra**

Als ich mit 17 endlich das erste Mal Sex hatte, war es genau so, wie ich es mir jahrelang sehnsüchtig vorgestellt und ausgemalt hatte. Es zeigte sich, dass ich auch in der angewandten Praxis ganz begeistert von erigierten Penissen war. Ich ließ es mir nie nehmen, sie immer ganz genau zu betrachten und mit fast akademischer Neugier zu erforschen. Ich erprobte unterschiedliche Griffe und Handhabungen, leckte spielerisch an ihnen herum, experimentierte mit Mundfüllungen unterschiedlicher Konsistenz und Temperatur und stülpte meine Möse auf jede Art und Weise, die mir einfiel, genüsslich über sie. Kurz: Ich hatte einen Heidenspaß an ihnen. Am liebsten jedoch spürte ich sie ganz tief in mir. Wenn ich sie ritt oder wenn ich auf allen Vieren von hinten penetriert wurde, gefiel es mir am besten. Sex, das war jahrelang gleichbedeutend mit Penetration. Für Sex brauchte es einen Penis. Finger in meiner Möse waren zur Not auch okay, aber in meinem Schoß mussten sie schon sein, sonst zählte es nicht. Außen, speziell punktuell an meiner Klitoris, mochte ich gar nicht unbedingt berührt werden, da war ich viel zu empfindlich, das war mir regelrecht unangenehm. Auch geleckt zu werden konnte ich nicht aushalten, das war viel zu intensiv. Meine Männer hatten üblicherweise nichts dagegen, mich stattdessen ordentlich durchzuvögeln und mir auf diese Weise einen Orgasmus nach dem anderen zu bescheren. Ich konnte es überhaupt nicht verstehen, warum man hin und wieder hörte und las, dass Frauen so verrückt danach sind, geleckt zu werden. Ich empfand nicht einmal Verlangen danach, meine Klitoris von außen selbst zu stimulieren.

Ich war schon Anfang dreißig, als ich dem Mann begegnete, der mein sexuelles Universum um einige Dimensionen erweiterte. Bis dato hatte ich mich meinem Verlangen nach einem Mann nie widersetzt. Sah ich einen, den ich wollte, nahm ich ihn mir. Es war von Anfang an die natürlichste Sache der Welt, meiner Lust zu folgen. Dann hatte ich eine längere Beziehung, in der ich vollkommen treu war, aber eben weil ich nur den einen Mann wollte.

Die Begegnung mit S. veränderte mein Leben vollkommen, nicht nur sexuell. Es war das erste Mal, dass ich einen echten Konflikt bewältigen musste. Als ich ihn zum ersten Mal sah, fiel mir als Erstes auf, wie geschmeidig er sich bewegte.

*Daniel Frank*

Und wie er mich von Weitem schüchtern, aber eindeutig mit seinen langbewimperten hellen Kinderaugen anhimmelte. Er wusste von gemeinsamen Freunden, dass ich ein kleines Kind hatte und kurz davor stand, mit meiner Familie auszuwandern. Nie hätte er den ersten Schritt auf mich zu gemacht. Ich aber kostete seine Bewunderung aus und befeuerte sie immer weiter. Seine Blicke schmeichelten mir, seine Unbeholfenheit, wenn er mich sah, amüsierte mich. Ich hielt meine Koketterie für harmloses Spiel. Schrieb ihm unter einem Vorwand eine Mail und traf ihn in einer Mittagspause. Und wähnte mich dabei vollkommen sicher, denn ich würde schon wenige Wochen später das Land verlassen, es war alles arrangiert. Ich involvierte ihn in immer deutlichere Mails, aber je expliziter sie wurden, desto weniger konnte ich ihm bei unseren Treffen in die Augen sehen, denn ich wollte seinen überaus sinnlichen Mund inzwischen wirklich küssen. Na gut, küssen war okay, angesichts meiner baldigen Abreise, sagte ich mir und wir verabredeten uns eines Mittags zum Knutschen im Park. Unsere Küsse waren leider unfassbar spektakulär. Es machte mich schier wahnsinnig, nicht einfach so über ihn herfallen zu können, wie ich es meinem Naturell folgend getan hätte. Ich konnte mit dieser stets wachsenden, ungestillten Lust überhaupt nicht umgehen. So konnte es nicht weitergehen, so würde ich die mir verbleibende Woche niemals bei Verstand überleben. Also trat ich die Flucht nach vorn an und verbrachte eine weitere Mittagspause in seinem Bett, in der verrückten Hoffnung, dann endlich von der Qual befreit zu sein. Bei der Gelegenheit wurde mir jedoch klar, dass ich diesen Mann so leicht nicht wieder würde

*Daniel Frank*

hergeben können. Jede seiner Berührungen war perfekt. Und er hatte den schönsten und begabtesten Schwanz, den ich je erlebt hatte. Die letzten Tage litt ich entsetzliche Qualen. Wir sahen uns täglich in den Mittagspausen, mehr freie Zeit hatte ich nicht. Er presste mich auf den kurzen Spaziergängen so fest an sich, als wolle er mit mir verschmelzen. Wir waren furchtbar verzweifelt. Mein Job war längst gekündigt, ebenso unsere Wohnung, die Lagerung unserer Möbel war arrangiert. Dann, am letzten Tag, bevor wir die Flüge fest buchen mussten, hielt ich es nicht mehr aus: Ich beichtete meinem Freund, was geschehen war, und er fiel aus allen Wolken. Er flennte und flehte, aber ich wusste, ich würde nicht mit ihm weggehen können, obwohl ich ihn liebte. Wo meine Libido hinfiel, da wuchs kein Gras mehr. In der Hoffnung, ich würde recht schnell zur Vernunft kommen, wenn ich mich erst mal ordentlich ausgevögelt hätte, bot er dann an, mir drei Wochen Zeit zu geben, um mich auszutoben. Er selbst wollte unser Kind nehmen und wegfahren. Ich konnte mein Glück (das Drama kam später) kaum fassen, packte ein paar Sachen und zog zu S.

Unser Verlangen war schier unstillbar. Es war von vornherein klar, dass drei Wochen niemals ausreichen würden, um unsere Begierde auch nur ansatzweise zu befriedigen. Wir hatten schon geglaubt, wir würden nie mehr miteinander schlafen und kosteten nun jede gemeinsame Sekunde, jeden Quadratzentimeter unserer Haut in höchstem Maße aus. Im Verlauf unserer ersten denkwürdigen Nacht, in der wir nicht voneinander abließen, kniete ich einmal mit erhobenem Hintern auf dem Bett, um auf dem Boden nach einem Glas Wasser zu angeln. S. schob sich von hinten an mich heran, fasste meine Hüften und begann mein Geschlecht zu lecken, nicht nur die Klitoris, sondern mit flacher Zunge fest über die gesamte Breite. Die Empfindung war eine Offenbarung. Ich hielt sofort gebannt inne und spürte, wie sich die über Wochen aufgestaute erotische Energie aus meinem ganzen Körper eiligst unter seiner Berührung bündelte und zu brodeln begann. Nur wenige Zungenschläge später kam ich mit einer bislang ungekannten Wucht. Einen solch gewaltigen und mein ganzes Wesen erschütternden Orgasmus hatte ich vorher noch nicht erlebt. Tatsächlich hatte ich in meiner jugendlich naiven Arroganz nicht einmal geahnt, dass meine bisher als non plus ultra empfundene Lust noch zu steigern war. Der Bann, der auf meiner Vulva gelegen hatte, war damit jedenfalls gebrochen. Seither gehört ein guter Cunnilingus zum hoch geschätzten Bestandteil meines Liebeslebens, aber das Nonplusultra blieb auch der nicht, genauso wenig wie die Säulen des Heraklit das Ende der Welt markierten.

*Les Archives d'Éros*

*Daniel Frank (in Mein heimliches Auge 25 erschien eine Vorversion dieser Zeichnung)*

*Dietlof Fölsch*

**Aus den Notizen der Jugend: Orgasmus**

*Eintrag vom 15. Mai.*
F. suchte ihre Nähe, weil er glaubt, daß diese Nähe etwas ist, wonach wenigstens einer der Liebenden streben sollte; gerade wenn der andere nicht liebt. Stimmung und Spannung waren dieses Mal anders als sonst üblich. F. hatte vor dem Treffen mit R. in der anderen Stadt ein reichhaltiges, wenn man es so nennen darf, Sexualleben praktizieren können und ihr das auch gesagt.
An diesem Abend zog sich R. bis auf Slip und Hemd aus, legte sich auf ihr Bett (er war bei ihr zu Gast) und las unschuldig Zeitung, während F. recht unverzüglich damit begann, ihren zierlich gerundeten Bauch zu streicheln, nicht ohne dabei seine Absichten deutlich werden zu lassen, die freilich bei ihrer gemeinsamen Geschichte ohnehin klar waren. Hin und wieder, wie nebenbei, strich er über ihre unter dem Stoff spürbaren Schamhaare und das Geschlecht. R. hätte die Schenkel zusammenpressen und F. den Zugang verwehren können, wie es oft genug passiert war, doch ließ sie ihn dieses Mal gewähren und sträubte sich nur kurz, als er ihr den Slip auszog und nun alles, was ihn so verzauberte, offen und ungeschützt vor ihm lag. Für F. hatte das Geschlecht dieser Frau eine unglaubliche, so muß man es wohl sagen: Autorität, eine erhabene Ausstrahlung. Ihm war es nur recht, daß R. weiter in der Zeitung blätterte, während er mit Nachdruck ihre Schenkel auseinanderbog. Er fühlte sich ungestört.

*Eintrag vom 20. Mai*
Wo waren wir stehengeblieben? Hör also zu, wie die Geschichte fortfährt, sich, wie soll man es anders sagen, ihrem Höhepunkt zu nähern. F., so hatten wir erzählt, war es nur recht gewesen, daß R. weiterhin in ihrer Zeitung las, während er mit sanftem Nachdruck ihre Oberschenkel auseinanderbog, bis sie fast im rechten Winkel zu ihrem knabenhaften Körper standen. Jede Verkrampfung war gewichen, eine höhere Stufe von Selbstverständlichkeit hatte sich eingestellt; F. wußte, daß das, was vor ihm lag, für eine bemessene Zeit ganz ihm gehören würde; er würde sanft und langsam, ohne jede Hast, dieses Bild genießen und jedem Winkel Beachtung schenken. Er ließ sich Zeit, es zu betrachten (etwas ernüchternd war, so sei vorweggenommen, daß R. hinterher zu ihm sagte, sie habe sich ein wenig wie bei einer Untersuchung gefühlt); jedenfalls wollte er die Lust, das alles zu berühren, unendlich lange hinauszögern: wie der Durstende das endlich erlangte Getränk zunächst nur an seine Lippen führt, bevor er es hinunterstürzt. Zunächst leicht und verspielt, man entschuldige die lüsternen Details, führte F. einen Finger an die hellbraune Kuppe, die die geschlossenen Schamlippen bildeten, ohne in Versuchung zu geraten, sie verfrüht auseinanderzuziehen. Er betrachtete versonnen dieses Terrain aus verzauberter Haut und vergoldeten Haaren, ja, so pathetisch war ihm zumute – als wäre er hypnotisiert: wie oft hatte er sich an diesem Bild schon erfreut, und doch war ihm, als könnte er es nun zum ersten

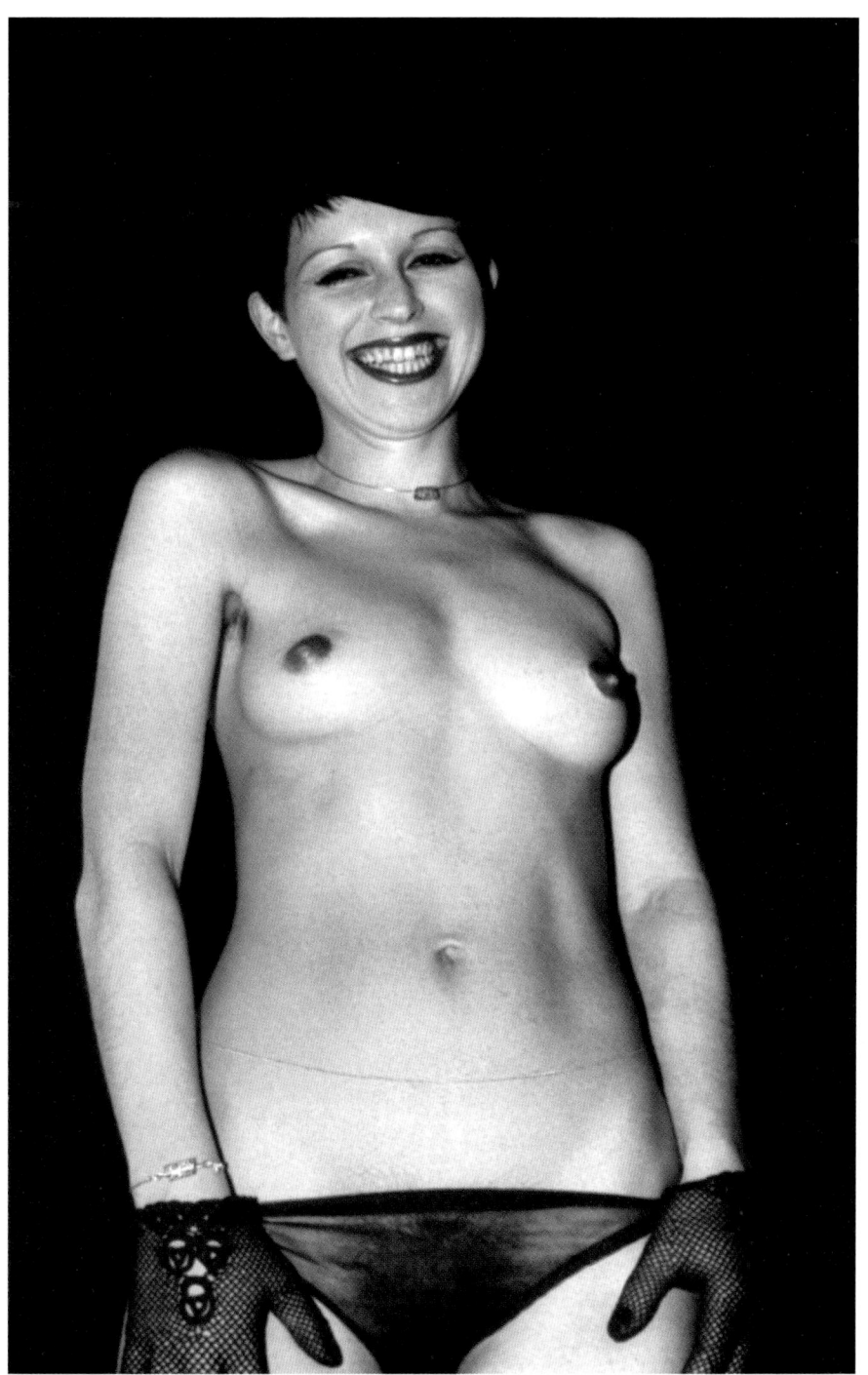

*Georg Maurer*

Mal in Ruhe und Vollständigkeit in sich aufnehmen. Vom Anus herkommend ließ er seinen Finger dorthin wandern, wo er später hineinwollte, ohne schon vorzudringen, so, als wollte er nur anklopfen. Die Verborgenheit dieser Öffnung kam ihm wie unschuldig verschlossen vor, wobei er ja doch wußte, daß sie es oft genug keineswegs gewesen war, und gewiß nicht nur für ihn. Das entlockte ihm ein aus der Tiefe kommendes Stöhnen, das (auch ihm selbst) einen Grad an Erregung signalisierte, die auf kurzfristige Befriedigung keinen Wert mehr legte, sondern so entschieden und bestimmend war, daß sie eine lange Zeit vorhalten würde.

Mit seiner Zunge umfuhr er äußerlich ihr Geschlecht, und dann endlich, die Erzählung verkürzt zwangsläufig, teilte er die Schamlippen mit einem von Speichel benetzten Finger sorgsam auseinander. Er liebkoste mit Lippen und Zähnen die Schamlippen, saugte sie abwechselnd weit in den Mund. Dieser Nähe, die blind ist vor Lust, folgte wieder eine Phase mit Abstand, um mit den Augen zu erfassen, was nicht zu fassen, nicht zu speichern, nicht festzuhalten ist: wie seine Finger die Schamlippen soweit wie irgend möglich auseinanderzogen und die leicht rosagefärbten Innenseiten freilegten, wobei er in der Gewissheit vorging, den Nerv des geliebten Menschen zu berühren. F. registrierte verblüfft, wie sich, als er ohne jede Eile vorging, alle Elemente dieses verwunschenen Ortes immer weiter dehnen ließen. Nie zuvor hatte er die Schamlippen soweit auseinandergezogen, nie zuvor den Eingang mit den dahinterliegenden lichtrosanen Hautfältchen, die wie Zapfen die Höhle verschlossen hielten, so offen vor sich liegen sehen.

R. hatte inzwischen die Zeitung fallen lassen und atmete leise im Rhythmus der Lust. F. wollte am liebsten mit seinem Finger und seiner Zunge gleichzeitig die Höhle erkunden und erobern. Er legte seinen Kopf von oben genau zwischen ihre Beine, die er mit beiden Händen nun bis zum Äußersten auseinanderbog, um dann mit seinen Fingern die Schamlippen auseinanderzuhalten und nun mit seiner Zunge so tief wie möglich (tiefer als je) vor- und sogar regelrecht einzudringen. Nun erst – nach wie langer Zeit – hob er seinen Kopf von ihrem Unterkörper, wobei er seine Finger an ihrer Lustquelle hielt, streichelte ihren Körper, ihre Brustwarzen, die groß und steif hervorstanden, und schaute R. an, die ernst und vertraut zurückblickte. Wie selbstverständlich streifte F. nun auch seine Unterhose ab. Und er legte sich ohne Hektik und Bedenken auf R., die ihre Beine geöffnet hielt, er drückte seinen Schwanz zunächst nur gegen ihr Geschlecht, fuhr ein wenig auf und ab, glitt dann in die Höhle, aber nicht so glatt, wie er erwartet hatte; er befeuchtete seine Eichel mit Spucke. Lang-

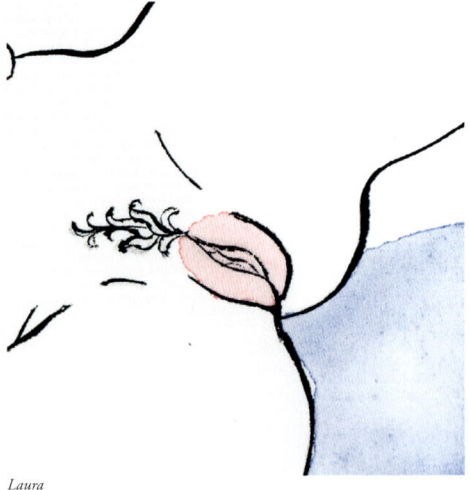

*Laura*

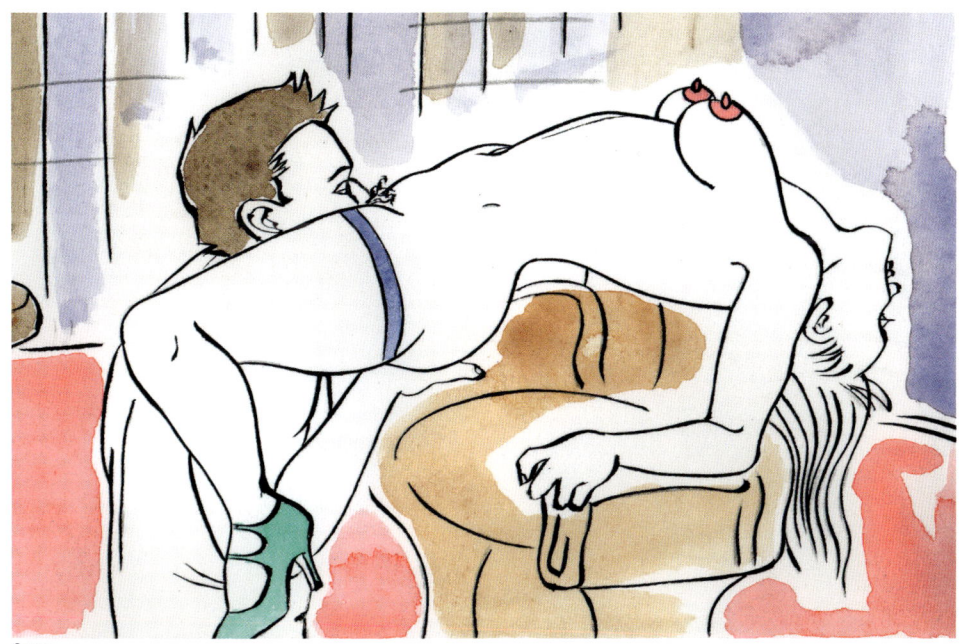
*Laura*

sam drang er ein, er war ganz sicher in seinem Tun, setzte jeden der weitausholenden Stöße kalkuliert ein (später, als sie darüber sprachen, bekannte sie, irritiert gewesen zu sein, weil er anders war, bestimmender). Nach einer kurzen Zeit drehten beide sich um, als wäre es abgesprochen, ohne daß er dabei herausrutschte, rückten die Körper noch etwas zurecht, und nun begann R., über F. hockend und auf ihn herabschauend, die Stafette zu übernehmen.

*Eintrag vom 30. Mai*
Bevor die Erinnerung zu verblassen beginnt, weiter im Text (es ist ja nichts als Text): Zum ersten Mal in dieser Position unterlag er, auch nicht ansatzweise, der Versuchung (es gab sie gar nicht), die Lust durch Beschleunigung zu verstärken und vorzeitig zu kommen. Der Takt war ruhig und gleichmäßig. Er begann, was sie liebte, mit seinen Fingern ihre Brustwarzen, so muß man es wohl nennen, zu traktieren, fast brutal zu kneten. Auch sie war nun vollends mitgerissen; sie schauten sich an und küßten sich, endlich einmal wagte er wieder, an ihren Lippen zu saugen, weil sie es geschehen ließ und erwiderte. Er sagte mit fester Stimme: »R., ich liebe dich, ich liebe dich.« (Sie würde es ihm das niemals sagen). Mehrfach veränderte sie geringfügig ihre Position, und jedesmal kam es zu einer neuen Welle an Übereinstimmung, bis die Unterkörper autonom aufeinander reagierten. Das Verhältnis von, falls so technisch zu sprechen erlaubt ist, Flüssigkeit und Reibung muß optimal gewesen sein.
F. fühlte sich gleichzeitig total ausgeliefert und stark; es gab, wie gesagt, keinerlei Gedanken an einen vorzeitigen Schluß. Als sie dann nach langer Zeit das Lied vom nahenden süßen Tod anstimmte, lange vorher und anhaltend, dabei noch ein letztes Mal die Position ändernd und

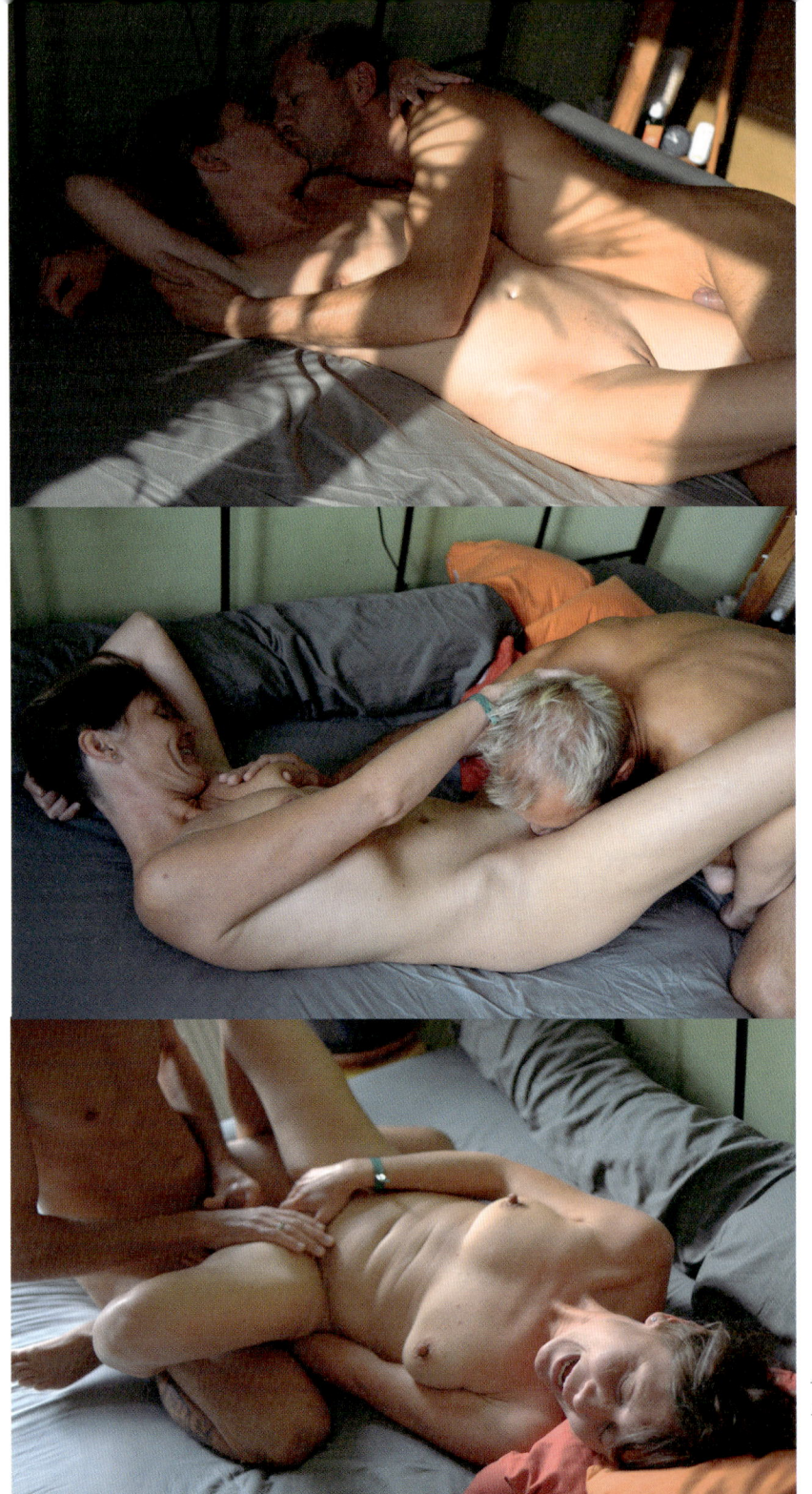

Eric d'An
LOVERS

die Bewegung verstärkend (keine Frau, die F. kannte, hatte jemals so perfekt die Möglichkeiten ausgespielt, bei kleinstem Aufwand), war in ihm nur noch der brennende Wunsch, ihr ein totales Finale zu bereiten. Er feuerte sie an (»laß es dir kommen«), bekräftigte noch einmal, sie zu lieben. Als sie ihre Orgasmus-Stufe unwiderruflich erklommen hatte, gab er sich Mühe, jetzt auch seinen eigenen Höhepunkt einzuleiten, den er dann (obgleich er gar keine Kontrolle und Information mehr darüber hatte) durch ein letztes tiefes Hineinstoßen einleitete, wobei er ihren Arsch mit den Händen dirigierte, während sie weiter ihre einzigartige Melodie jammerte und sich zu ihm herabbeugend seinen Körper an sich preßte, was so lange währte, bis auch er seine Lust hinausschrie, so daß sie beide in einem Tanz am Rande der Bewußtlosigkeit tobten, wie er es noch nie erlebt hatte.

---

**Aus späteren Jahren: Geliebte**
Das sichere Begehren der Frau als Unterpfand. »Ich kann nur noch an deinen Schwanz denken«, hat sie immer wieder am Telefon gesagt. Kleinste Berührungen machen sie wild. Ich stehe noch im Flur, schaue im Spiegel zu, wie sie meinen Schwanz aus der Hose holt. Sie nimmt ihn tief in den Mund. Ich bin noch vollständig bekleidet, mit Jackett usw. Ein verrücktes Bild.
Dann erst ein kleiner Imbiss, ganz nach meinen Wünschen: geräucherter Lachs, Toast etc. Danach gleich ins Bett. Wir fallen übereinander her, klar. Dieses Mal bestimme ich, will sie lecken, komme von oben mit dem Gesicht zwischen ihre Beine, ziehe mir ihre Möse heran, drücke ihre Beine auseinander, immer weiter, habe ihre kleine Fotze wie ein Schmuckstück vor Augen, sauge alles in meinen Mund, beiße ein wenig zu, nehme mir die Schamlippen einzeln vor, gehe mit der Zunge in ihr Loch, schmecke ihren Saft, bin selbst wie benebelt, wild, verrückt nach diesem kleinen Stück Paradies, dieser Einheit von Po, Arsch, Möse, Haaren, alles fest in der Hand, ich stöhne vor Glück und Gier, was sie dazu bringt, selbst abzudriften, nach meinem nun wirklich harten Schwanz zu haschen, mit der Hand, dem Mund, alles wie in Trance. Ich tauche schließlich drei Finger tief in ihre Möse, schnell und rhythmisch, sie kommt mit einem beseligten Gesichtsausdruck.
Ich bin verrückt danach, bin auch stolz, dass es mir gelingt, sie zum Schreien zu bringen. Und dann denke ich: jetzt soll sie gleich noch einmal kommen, stecke meinen Schwanz in sie, so tief es geht, mit der starken Erektion und dem direkten Kontakt kann ich alles spüren, auch jede ihrer Reaktionen, und ich bringe sie rasch wieder in die Vor-Orgasmus-Phase, gezielt und beherrscht, mache einfach weiter, und es klappt, sie ruft aus: »Was machst du mit mir?« Noch wenige Sekunden, dann zuckt ihr Körper, sie ist wie ein kleines kompaktes Menschentier, das sich willenlos ergibt.
Kleine Pause, dann will sie sich revanchieren, beugt sich über mich, quer,

sodass ich mit der rechten Hand gut zwischen ihre Beine komme, ihre Möse sanft streicheln kann, während sie mir einen bläst, ruhig und langsam, wie sie es eben kann, hingebungsvoll. Als wäre der Schwanz ein Heiligtum, umkreist sie die Eichel mit der Zunge, streicht mit ihrer Hand auf und ab. Ich ziehe sanft ihre Schamlippen lang, knete sie ein wenig zwischen den Fingern, mal die eine, mal die andere. Dann reitet mich der Teufel, ich stoße meinen Daumen mit einem Ruck tief in ihre feuchte Möse, was sie erschauern lässt, aus ihrem Rhythmus bringt, schließlich, als ich immer stärker und gleichmäßiger und tiefer vordringe, lässt sie sich nach vorn kippen, ich sage: »Ich ficke dich!« Und schon kommt sie ungestüm.

Dann will sie sich auf mich setzen, holt ein Kondom, fickt mich gezielt, ich bin noch hart genug, um keine Angst vor dem Rausgleiten zu haben. Erst kurz vor meinem Orgasmus (»Du fickst mich so gut«, rufe ich), als sie immer schneller auf- und abgleitet, kommt doch die Angst aus früheren Erfahrungen mit anderen Frauen wieder hoch: dass sie mir wehtun könnte. Ich umfasse also ihren Po, drücke ihn zu mir heran, und es geht alles gut, es fließt schön aus mir heraus.

Später hält sie glücklich vier Finger hoch, für ihre vier Orgasmen; nun ist es nach Mitternacht, sie massiert noch meine Füße, wobei ich langsam wegdrifte, wieder wach werde, orientierungslos für Sekunden, schließlich in ihren Armen einschlafe. Morgens eine Pampelmuse, wie es in meiner Jugend hieß, also Grapefruit, dann los, mit der U-Bahn zum Hauptbahnhof, dort ins Hotel, geduscht, umgezogen und kurz nach acht im Frühstücksraum. Als hätte ich dort übernachtet, wo die Firma für mich gebucht hat.

## *Velvet*

**Pause**
In der Nacht des Tages
auf dem Höhepunkt zwischen zwei Orgasmen
setzt sich der Bussard auf die Birke gegenüber dem Balkon
Er singt keine Lieder
Er trocknet sein Gefieder
Spannweite bestimmt ein Meter
Dann schwingt er sich wieder auf
– jagen wird er, während ich
daran denke
wann ich wieder komme

*Alina Oswald, fotografiert von Thoma Karsten*

# *Innenansichten Orgasmus*

## *Alina Oswald* (*1992)

**Weiblich**

Es beginnt mit Blicken. Als hätte ich ihn das erste Mal gesehen. Sanfte Berührungen. Als hätte ich ihn das erste Mal berührt. Mit all meinen Sinnen erforsche ich seinen Körper. Ich rieche seinen Duft, ich schmecke seine Haut, ich höre seinen Atem und seinen Herzschlag, ich fühle die Energie. Seine Blicke und Hände lassen meinen Geist fliegen. Wir lassen Nähe zu. Küssen uns. Ein Prozess im Körper beginnt. Ein Energie-Kreislauf entsteht. Wir fügen die sich perfekt ergänzenden Formen unserer Geschlechter ineinander. Langsam und intensiv. Wir spüren uns. Kaum merkliche Bewegungen lösen einen warmen Strom, durch den ganzen Körper fließend aus. Tiefe Blicke und sanfte Berührungen verstärken dieses Gefühl in unserem Bewusstsein. Unsere Bewegungen werden immer schneller und kraftvoller. Wir schließen die Augen und lassen das Visuelle außen vor. Der Geist beschränkt sich auf das reine Fühlen und erweitert somit diese Welt ins Unermessliche. Jetzt sind wir außerhalb des Körpers verbunden. Gedankenlos steigen wir immer höher und höher auf. Wir wechseln das Universum, erschaffen unsere eigene Welt. Immer intensiver spüren wir uns gegenseitig. Dann explodiert unsere Energie und lässt Millionen Funken sprühen. Wirbelstürme breiten sich gleichzeitig in unserem Körper aus. Ein pures Glücksgefühl lässt uns frei sein. Wir halten uns eng umschlungen. Halten inne. Lassen unsere freigesetzte Energie auf uns wirken. Kommen langsam wieder auf der Erde an. Dann lachen wir. Sehen uns an. Lösen uns langsam wieder voneinander. Jeder kommt wieder bei sich im Körper an. Und doch bleibt eine Verbundenheit.

Zur Fotoserie: zum Orgasmus: Jede Kontrolle geht darin verloren. Der Körper unterliegt einem emotionalem Reflex. Eine Wahrhaftigkeit, welche durch diesen Moment entsteht. Sexualität. Pure Energie. Mehr als nur der Körper. Ein Augenblick, welcher ein ganzes Universum umfasst. Sich verlieren und gleichzeitig finden. Das Gefühlte visualisieren. Auf einem Stück Papier zusammengefasst.

---

## *Florian* (*1987)

**Männlicher Orgasmus**

Der Orgasmus aus männlicher Sicht? Gar nicht so einfach, das zu beschreiben, ohne dass es a) abgedreht oder b) abgelutscht klingt. Vielleicht ist das männliche Sprechen über den Orgasmus immer latent literarisch. All diese bombastischen Metaphern. Nicht nur in erotischen Geschichten, auch in Real-Life-Gesprächen stoße ich immer wieder auf »explodierende Schwänze«, »Erdbeben«, »Vulkanausbrüche«, »Sturmfluten« und ähnlich spektakuläre Sprachbilder. Ich kann natürlich nicht für alle Männer sprechen. Doch ehrlich gesagt: Bei mir fühlt sich der Orgasmus in der Regel nicht derart bombastisch und zum Glück auch nicht so katastrophal an. Eher ein paar Num-

*Alina Oswald*

*Alina Oswald*

mern kleiner und irgendwie gemütlicher. Mal ein leichtes Ziehen in den Hoden, manchmal auch ein fast schon unangenehmes Kribbeln in der Eichel (Letzteres aber eher kurz nach dem eigentlichen Orgasmus), gelegentlich ein Kitzeln, das wellenartig durch den ganzen Körper fließt. Aber wenn ich an besonders schöne sexuelle Erlebnisse zurückdenke, ob allein, zu zweit oder zu dritt, dann kann ich mich an die jeweiligen Orgasmen gar nicht erinnern. Manchmal, wenn ich nur ganz gedankenlos so vor mich hin wichse, vergesse ich sogar, ob ich nun schon gekommen bin oder nicht. Da ist das Sperma auf dem Bauch dann eine wichtige Erinnerungspfütze. Überhaupt Sperma! Das ist für mich eigentlich mit das Schönste am Orgasmus, dieser kleine Klecks, der übrig bleibt. Ab und zu male ich mir dann aus, wie viele Menschen daraus theoretisch hervorgehen könnten, und wenn ich viel Zeit habe, stelle ich mir dann auch noch vor, wie viele davon zum Beispiel den Nobelpreis bekommen, welche genialen Erfindungen sie machen könnten usw. Oder mir kommt der Gedanke, dass dieser kleine Klecks die gesamte griechische Antike umfassen könnte. So gesehen sind Orgasmen auch für mich durchaus mit einer Art Größenwahn verknüpft. Aber eben nur, wenn ich dabei allein bin. Wenn ich nicht allein bin, dann ist der Orgasmus meist nur einer von vielen Momenten, und für mich zum Beispiel nicht annähernd so intensiv wie etwa der Moment des ersten Eindringens.

## *Anya* (*1991)

Ich kann mich an einige besonders schöne Orgasmen erinnern. Besonders intensiv war es, wenn sowohl der Körper als auch der Kopf erregt sind. Natürlich gibt es Stellungen, die mich besonders stimulieren, und Techniken, aber beim Penetrationssex kann ich allein vom Körperlichen nicht kommen, da kommt der Kick eher vom Kopf. Ich muss die Situation einfach geil finden und den Typ geil finden und mich selbst auch. Und dann schaukelt sich das gegenseitig hoch. Die krassesten Orgasmen kamen, wenn ich dachte, dass ich den Höhepunkt schon erreicht hatte, und eigentlich nicht mehr konnte, weil alles schon so überempfindlich war, aber ich durchpowerte – und dann ist es wirklich wie eine Ekstase und ich denke gar nichts mehr und der ganze Körper, nicht nur die Geschlechtsteile, bebt und fühlt sich so intensiv an, das ist schwer zu beschreiben. Beim Masturbieren ist es natürlich einfacher zu kommen, weil ich da nur die richtigen Stellen reiben muss, aber die Orgasmen sind nicht so intensiv wie mit meinem Freund. Auch mit früheren Partnern waren sie nicht so intensiv. Ich glaube, weil ich keine so starke emotionale Bindung spürte und mich nicht so gehen lassen konnte. Deshalb mag ich Orgasmen mit meinem Freund lieber als alleine, weil das irgendwie ein allumfassenderer Orgasmus ist. Ich habe das gemerkt, als er jetzt zwei Monate im Ausland war und ich nur mich selbst befriedigen konnte. Als er dann zurückkam, war ich so überwältigt, weil ich vergessen hatte, wie intensiv sich Orgasmen mit ihm anfühlen. Es war, als hätte ich vorher nur Orgasmen in Schwarzweiß gehabt und plötzlich in Farbe, falls das Sinn ergibt. Nach dem Orgasmus bin ich meistens einen Moment lang total fertig. Mir ist schwindelig oder ich zittere und oft weine ich auch. Am Anfang hat das meinen Freund verschreckt, bis ich ihm erklärt habe, dass das ein gutes Zeichen ist, weil es heißt, dass der Orgasmus besonders intensiv war. Alles ist einfach extremer und so überwältigend, dass alle banalen Alltagsdinge komplett aus meinem Kopf verschwinden. Ich glaube, dass Liebe den Orgasmus besser macht und dass Orgasmen die Liebe besser machen.

---

## *Federico Tasso* (*1973)

Seit über 30 Jahren habe ich Orgasmen, und da ich Sex und Selbstberührung sehr liebe, würde ich die Anzahl mal vorsichtig auf 10000 schätzen. Ich hatte einfache und spektakuläre, vorzeitige und rechtzeitige, verzögerte und banale, sanfte und ergreifende, auch beiläufige und viele heiße Orgasmen bei leidenschaftlichem Sex, die meinen ganzen Körper durchrüttelten, die mich stöhnen oder brüllen ließen. Viele waren leise und heimlich, in Räumen mit anderen Menschen oder auf dem Klo.

Die Beschäftigung mit Liebeskunst hat mir gezeigt, wie es ist, auf Orgasmen zu verzichten und damit sogar noch glücklicher zu sein, oder sie ganz sanft und in jeder Zelle zu erleben, sie auszudehnen, zu kontrollieren, wieder nachzulassen, sie zu steigern und auf ihren Wellen zu reiten.

Heute liebe ich sanften und wilden Sex, mit und ohne Orgasmus, und mache es mir selbst, wann immer mir danach ist.

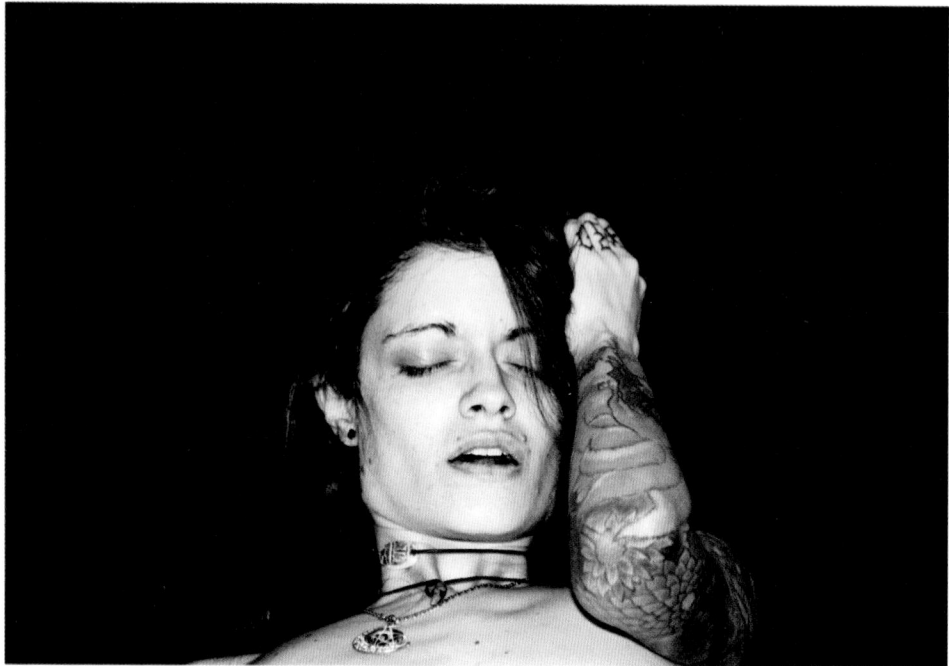
*Alina Oswald*

Heute bin ich Anfang vierzig und glaube zu verstehen, worum es geht.
Der beste Orgasmus jedoch, den ich je hatte – und nie wieder haben werde – war mein allererster. Da wusste ich nichts von den Frauen, mit denen ich schlafen würde, die nur eine Nacht bleiben oder 3 Jahre. Ich wusste nicht einmal, wo sich ihr Eingang befindet, hatte keine Vorstellung von Sex, nicht die geringste, keine Ahnung, ob ich wirklich verstand, wie Kinder entstehen können.
Ich war 11 oder 12 Jahre alt, unaufgeklärt, naiv. Und ich liebte es Bücher zu schwarten, vor allem Krimis. In einem davon gab es eine Szene: eine Frau tritt im Bademantel in ein Zimmer, sie öffnet ihn, trägt nichts darunter. Es gab auch eine Illustration mit einem halb verdeckten Dreieck zwischen ihren Beinen, einem hervorlugenden Haarbusch. Die Nacktheit und die Ungeheuerlichkeit weiblicher Verführung erregten mich. Ich zog meine Schlafanzughose herunter und rieb meinen kleinen Pimmel auf dem Laken und plötzlich passierte etwas, das ich nicht verstand, es erschauerte mich, vielleicht haben sich sogar meine schlafenden Brüder kurz bewegt und mich gehört. Eine Welle des Genusses von solcher Intensität zog durch meinen Körper, dass es mich erschütterte. Ich war völlig platt, hatte überall Gänsehaut. Ich verstand nicht, was geschehen war. Auf einen Schlag öffnete sich das große Tor zum Genuss meines eigenen Körpers, ohne einen einzigen Tropfen Samen und ohne das kleinste Fünkchen Angst. Und ich wollte es immer wieder.

## Ulrike Voss

Die Dämmerung kommt, die Wohnung ist beinahe fertig gestrichen. Nun sitzt sie neben mir, Beine angezogen, sie hat nichts an unter dem langen Hemd, ich fasse hinein. Nässe. Sie ist noch erregt von der Nacht. Ich erinnere mich an unser erstes Mal. Sie besichtigte das Zimmer in der WG. Ich wusste nicht, dass sie mich schon vorher in der Uni angeschwärmt hatte, sie war mir nicht aufgefallen. Dann haben wir getrunken. Sie saß mir gegenüber, kam immer näher, ich würde sagen, sie hat mich verführt. Ihre Möse war eine Höhle, weit offen, ich wunderte mich über die Weite, bis sie sich im Orgasmus um meine Finger schloss.

Sie sagte einmal: »Ich mag es nicht, wenn mir Haare ins Gesicht fallen beim Sex.« Ich band mir zuerst die Haare zusammen, inzwischen habe ich eine Kurzhaarfrisur, ihr zuliebe, ich finde, man kann auch Dinge machen der anderen zuliebe. Wir lieben uns ohne Haare im Gesicht. Ihre Möse ist jedes Mal weiter geöffnet, so erscheint es mir, und jedes Mal schreit sie lauter, tobt, lässt sich auf mich fallen, ich küsse sie, bis uns die Luft ausgeht und mir die Glut des Kusses durch den Körper in die Möse zieht. Ihre bewegliche freche Zunge, die sie auch rollen kann, ich kann es nicht. Sie drängt mir die Zunge in den Mund und stößt ihr Knie hoch zwischen meine Beine und dann drückt sie mich an die Wand. Küsst und haut mit ihrer Faust an die Naht meiner Jeans, da, wo meine Klit sitzt und heiß wird und härter geschlagen werden möchte, durch den Stoff hindurch öffnet sie meine Lippen, verlässt meinen Mund, zerrt mir die Hose runter, dann kommt ihre Zunge zwischen meine gierig geschwollenen Lippen , die Klit wird rabiat umspielt. Sie trinkt meinen Saft. Wir ficken zur Begrüßung.

Ich sage, ich sehne mich nach mehr, meine Möse giert nach dem größten Dildo in ihrer Schublade, »Ich weiß doch«, sagte ich ihr, »der liegt da noch!« Wir haben ihn seit Ewigkeiten nicht mehr benutzt. »Ich will endlich mal wieder was drin haben!« Wir haben uns wochenlang nicht gesehen und vorher hatten wir ein paar Mal netten Einschlafstreichelsex. Sie nimmt ihre Finger. Sie bockt mich auf. Es ist an der Grenze zum Schmerz. Es ist kurz davor, dass ich mich verflüssige, die Schmerzempfindung wird zu glühender Lust, kurz bevor es losgeht, es zu pochen und zu zucken beginnt, nimmt sie ihre Hand weg. Ich schreie, »komm Alicia, komm!« Sie küsst mich wieder. Mehr Nähe geht nicht, ich eng gepresst an die Wand, sie an mich gedrückt, die Hand zieht sie langsam hinaus. Und dann wird mir schwindelig. Wir hatten, als wir uns in der Kneipe um die Ecke zum Essen getroffen hatten, auch viel Wein getrunken. Ich sinke ihr zu Füßen. Ich bebe und winde mich und will mehr! Sie holt nun den Dildo, zieht ihr Harness an und bittet mich aufs Bett. Ich klemme die Beine zusammen vor Gier, sie nimmt ihn in die Hand und stößt derb in meine Mitte. Er geht nicht rein, ich verschließe mich und will es doch unbedingt. Sie macht weiter, bewegt ihn durch die Lippen hin und her, schreit mich an, »du wollest es doch, los öffne dich!«, und dann rutscht er hinein. Sie fickt mich wieder bis kurz davor. Dann zieht sie das Ding raus, nimmt ihre Hand, will meinen Orgasmus spüren und fickt mich weiter, hält inne, flüstert »küss mich« und ich küsse sie, während sie ihre Hand leise zittern lässt und ich die ganze Zeit kurz davor bin, sie hat sich jetzt meinen Schenkel zwischen ihre Beine geklemmt. Und als ich ihre Nässe fühle, ihr Zittern in mir und auf mir, unsere Zungen aneinander, baut sich ein harter gewaltiger Orgasmus auf. Ich umklammere ihre Hand, sie stöhnt, ich bebe, lasse los und klammere, ich spüre dem abebbenden Pochen nach und dann macht sie weiter und es baut sich wieder auf und nochmal und dann kommt sie auf meinem Bein. »Ich liebe dich«, schreit sie dabei.

Danach haben wir eine Stunde geschlafen und dann angefangen, ihre Wohnung zu streichen. Jetzt ist die Sonne da. Wir gehen wieder ins Bett.

*Laura*

*Laura*

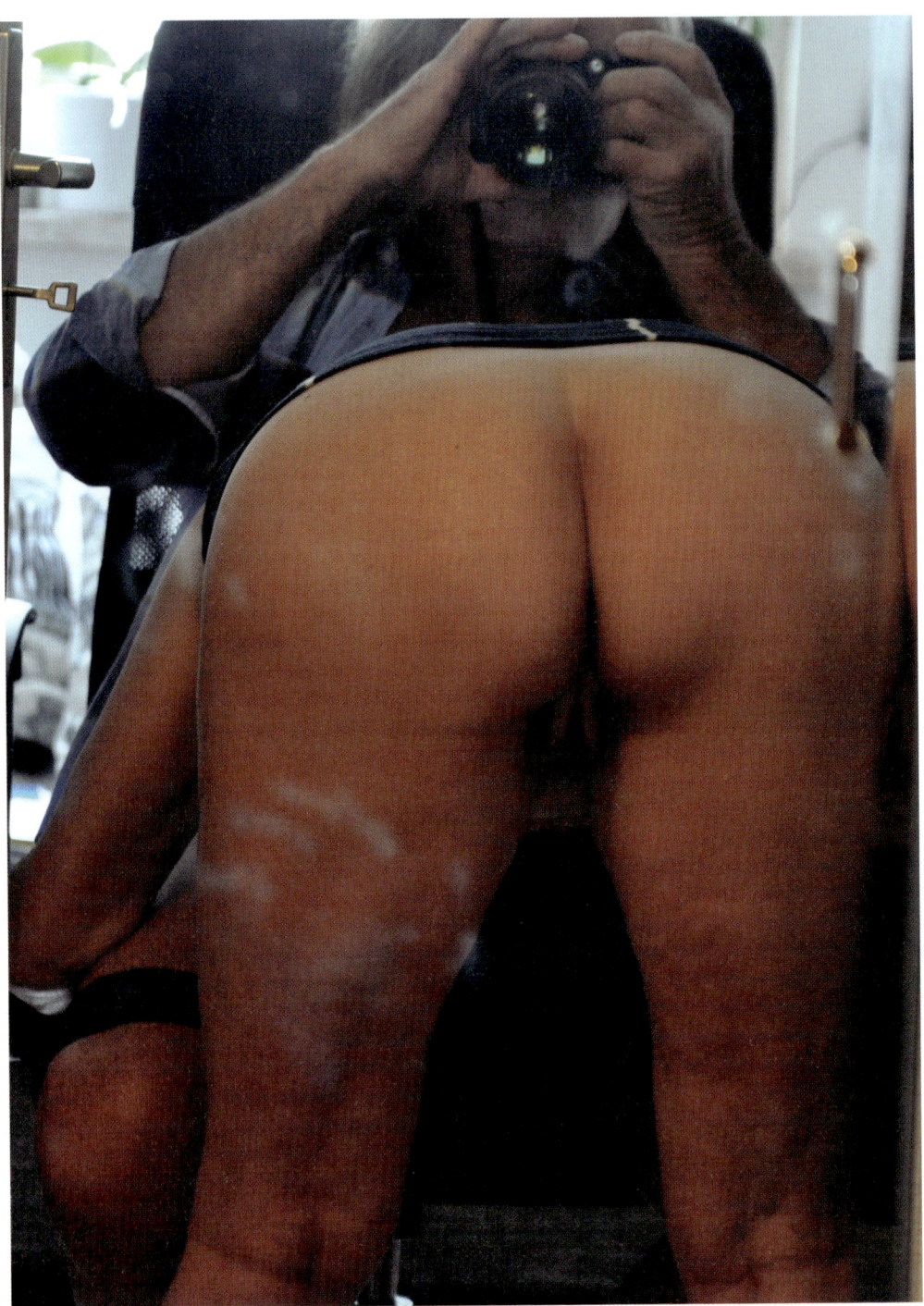

*Begegnung E. & A.*

*Martin Ebner*

**haptisch lieb**
mein handrist liebt es, deine
rückenhärchen knöchelweise
durchzunummerieren, zu kartieren,
höhen, tiefen zu vermessen, vom
gebirgstal weiter bis ins flachland,
weiß ich morgens weder maß
noch zahl und muss
nochmal

U.

*Begegnung U. & A.*

## RS

**Kopfkino**

*Avocado*
Im blanken, harten Stein der Avocado
spiegelt sich die Perle der schwarzen Sonne.

Bedächtig schabst du
das helle, cremige Fruchtfleisch aus der papiernen, narbigen Schale
ölig glänzen deine glitschigen Finger sanft streichst du die
samtgrüne Masse
zwischen deine feuchten Lippen


*Kartoffelsalat (schwäbscher)*
Feuchter Glanz,

lauwarmes, dünnflüssiges Sonnenblumenöl auf hauchzartdottergelben,
schmiegesamen rundlichen Kartoffelscheiben,
die schlotzig, saftig sich vermengen, im bunten Durcheinander,
schlüprig umeinander gleiten, mit schmatzend' Säften suppig sich
benetzen, schamlos aneinander reiben
und aufeinander kleben bleiben.

Quatschend öffnend sich und schließend klappend
und sich biegend ein wenig überlappend.

Dazwischen Löcher, Lücken, buttrig gelbe Tiefen,
in die ölige Rinnsale würzig triefen,

sie betropfen und bekleckern
Schlüpfrig, kleine, grüne Gurkenstückchen
die seiden über glas'ge Zwiebeln glitschen

Fleischige Brühen sämig sickern sie und schwitzen
in warmen, honigfeuchten Ritzen

*Akif Hakan*

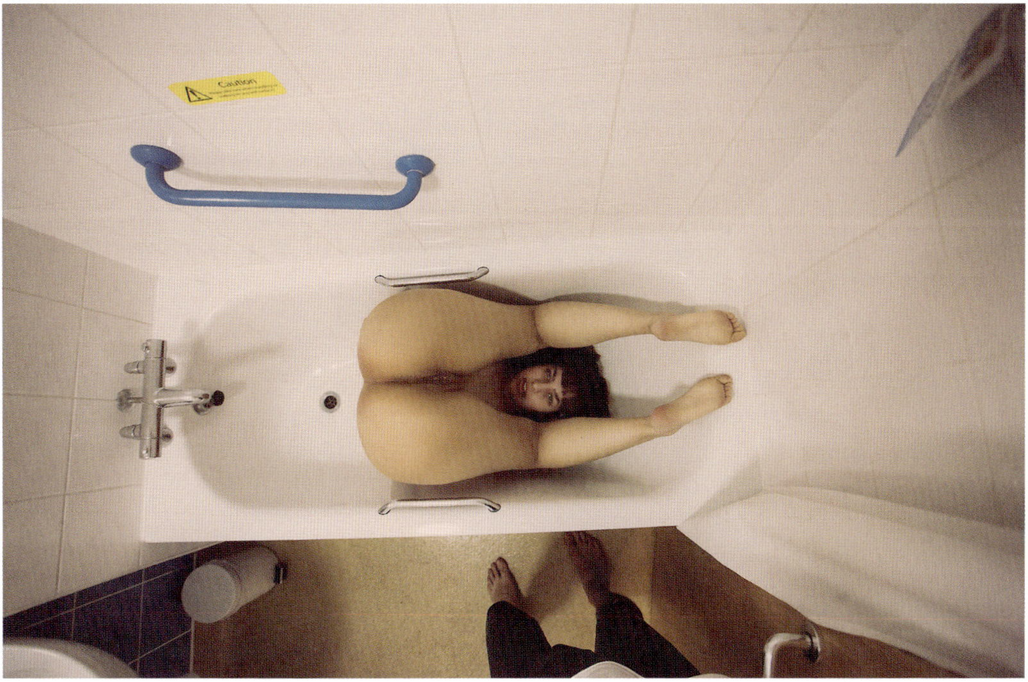

*Sinfully Yours*

*Franziska Kleintges*

**Wie viel Sinne hat ein Mensch?**
Ich habe mir sagen lassen, dass den meisten Menschen ihre Sinne im Alltag kaum je auffallen. Sie gehen durch die Welt und schaffen es den größten Teil der Zeit, sich nicht irgendwo anzustoßen – sie nehmen nicht wahr, wie viel die Sinne eigentlich tun, bis man sie wirklich braucht. Der Moment, in dem die Augen den Körper vor einem schnell nahenden Gegenstand schützen, oder die Haut vor tieferen Verbrennungen bewahrt, oder die Ohren vor möglichen herumfliegenden Splittern – der Zeitpunkt, an dem der Körper plötzlich zuckt, springt oder krampft, ohne dass die Menschen etwas dazu tun, nur weil die Sensoren in die Umwelt gemeldet haben, dass da etwas ist, das gefährlich sein könnte … Dann realisieren sie plötzlich, dass sie Sinne haben, erschrecken vielleicht darüber, wundern sich – aber gleich versinken die Sinne wieder im Unterbewussten.
Ich bin anders. Meine Sinne sind immer da. Laut und hell mag ich nicht. Ich habe eine zu feine Nase. Ich schneike beim Essen, weil mir alles zu intensiv schmeckt. Oh, und Berührung … Ich bin froh, in einer Zeit zu leben, in der sich niemand über weite Hosen und schlabberige Pullover wundert. Eine Mode aus engen Strümpfen, Westen, Schnürungen, knappen Jacken, Vatermörderkrägen, am besten noch mit Unterwäsche, die so eng ist, dass man sich darin nicht bewegen kann, hätte mich ganz sicher durch ständige Nervenzusammenbrüche und das Bedürfnis, mir meine Kleider vom Leib zu reißen, umgebracht – ich hätte mich wahrscheinlich an einem Kleidungsstück, dass nicht dazu gemacht war, es schnell über den Kopf zu ziehen oder es sich vom Leib zu reißen, stranguliert. Ich hasse Menschenmassen, bekomme Erstickungsfantasien selbst bei einem gemütlichen Abendessen im Kreise von Freunden, bei dem zu viele da sind und ich nicht sitzen kann, ohne mit meinem Knie und Ellenbogen den einen oder die andere zu berühren. Ich bin ein Höhlenwesen, am liebsten allein in meiner Abgeschiedenheit, und wenn ich vor die Tür trete, blinzele ich unter dem bewölkten Himmel, weil die Reflexion der schon gebrochenen Sonnenstrahlen noch zu hell für mich ist. Ich betrete ein Treppenhaus und mir wird übel, weil in zwei verschiedenen Wohnungen zwei verschiedene Gerichte gekocht wurden und sich die Gerüche auf die widerlichst mögliche Art mischen. Einsiedelei habe ich versucht, wohlgemerkt – als meine Altersgenossinnen sich mit Reisen, Partys und Sex beschäftigten, zog ich mich zurück, ließ das Leben an mir vorbei und baute mir eine Höhle in einem Bauwagen auf einem weiten Gelände. Ich genoss die Ruhe, das langsame Verstreichen der Zeit, das In-Ruhe-Gelassen-Werden, die Natur der Umgebung, die nichts forderte, nichts wollte, mich nicht bedrängte – die seligste Zeit, in der ich die Einsamkeit zu lieben begann, in der meine Stimme versiegte und ich keine Uhr mehr beachten musste. Gestört natürlich dadurch, dass die Menschen eben doch etwas wollten. Die, die behaupteten, mich zu lieben – sie ließen mich nicht, sie sorgten sich, weil ich die Blüte meiner Jugend und Schönheit in einer Gruft aus

*Akif Hakan, Sinfully Yours*

Alleinsein verbrachte, weil das alles nicht gesund sei, sie dichteten mir die abenteuerlichsten psychischen Krankheiten an … Und am Ende behielten sie recht, insofern dass sich die Einsamkeit irgendwann in ein Schwert aus Eis verwandelte, das mir das Herz zerschnitt, wann auch immer ich Menschen sah und begriff, wie dick die Schichten waren, die zwischen mir und ihrem Leben standen. Ich musste zurück. Einer meiner wiederkehrenden Albträume ist, durch eine Menschenmenge zu müssen, und sie drückt sich zu und erdrückt mich, ich bin begraben von Massen von Fleisch – und heute, weil meine Freunde darauf bestanden, muss ich mich diesem Alptraum im echten Leben stellen. Wohl wissend, dass ich zwar den ersten Teil des Abends leiden werde, aber der zweite Teil nach mehreren Kurzen nicht mehr so unmöglich zu ertragen sein wird … Leider vertrage ich auch keinen Alkohol, glücklicherweise weiß ich, wer mich zur Not nach Hause bringen kann. Wieder einmal fällt mir mit Wucht auf, wie wenig ich dazu geschaffen bin, mit anderen Menschen zu leben. Und nun habe ich Freunde, die mich in einen Schuppen mitschleppen, in dem eine Band Garagenrock spielt. Nun, warum nicht.

Als wir die Spelunke betreten, bin ich noch in Gedanken bei meiner Geschichte, die ich an diesem Nachmittag zu schreiben begonnen hatte, denn sie verfolgt mich mit ihrer Intensität – so sehr ich mich im Leben allem entziehe, so sehr stürze ich mich in das Leben, das aus meinen Geschichten schäumt, die Berührungen, Gerüche, Geräusche, die aus der Fülle meiner Fantasiestädte quellen. Sie stören mich nicht. Ich suhle mich in ihnen, lasse mich von ihnen treiben, beschreibe sie bis zur Übelkeit, die in diesem Fall niemals kommt, und ich erschaffe Charaktere, die es gelernt haben, wie man lebt, die wissen, wie man sich durch

Akif Hakan, *Du bist Rock'n'Roll*

diese Fülle manövriert, ohne wahnsinnig zu werden oder sich in eine Ecke zu kauern und den Kopf zwischen die Knie zu stecken, weil alles zu viel ist … So werde ich heute nicht enden.
Oder?
Wir betreten den Laden, eine feuchte, warme Wolke aus Körpergeruch mit einer Note scharfem Alkohol und diesem feinen Geruch nach etwas anderem, Ausscheidungen?, schlägt uns entgegen und betäubt mich für einige Sekunden, während ich blinzelnd im Eingang stehen bleibe. Das Blitzen der Deckenlichter gräbt sich in meinen Kopf und lässt ihn kurz schrill explodieren, bevor der Schmerz pochend abebbt. Und es ist laut. So laut. Ich schließe die Augen und konzentriere mich darauf, mich normal zu verhalten, damit nicht jeder sieht, dass ich mich hier in meinen persönlichen Albtraum begeben habe und auch noch Eintritt dafür bezahle. Ich spüre nur dumpf den Stempel am Handgelenk, dann schwimme ich durch ein Meer von Körpern zur Bar, denn ich bin noch nüchtern. Dass ich mich aber auch immer nüchtern meinen Ängsten stellen muss, dummer stolzer Mensch, der ich bin … Ich ordere einen, zwei, drei Tequilas in kurzer Reihenfolge, die Schärfe und das Salz graben sich in meinen Rachen, als wäre es kein Getränk, sondern ätzende Säure, die mir mein Fleisch auflöst. Glücklicherweise löst es auch meinen Verstand auf, und alles ist gedämpfter, als ich mich nach meinem verzweifelten Überdeckungsversuch dem Raum zuwende und versuche, aus den Reihen von Gesichtern, die vor mir wanken, ein bekanntes herauszufinden. Ich bin in einer schlechten Position, werde gegen die Bar gedrängt, aber um zur Wand zu kommen, muss ich durch … Ich bestelle mir ein großes Bier und mache mich auf den Weg, konzentriert auf meine Füße achtend. Irgendwo müssen meine Freunde sein, aber sie wollen sicher nicht mich als Anhang dabeihaben, wenn sie sich zur Tanzfläche aufmachen und ihren Spaß daran finden, sich mit anderen zu reiben, in sie hineinzuknallen, sich aus Versehen anfassen zu lassen …

Ich versuche zum Steinbutt zu werden, als ich endlich mit dem Rücken Halt an der Wand gefunden habe, und bewundere die Fähigkeit dieses Fisches, mit ein paar Zuckungen seiner Flossen eins mit dem Untergrund zu werden. Was mache ich hier? Mein Blick schweift zwischen den Schlucken über die Menschen in meinem Blickfeld, aber sie sehen alle gleich aus. Sie tragen alle dunkle Kleider, alle blitzen sie nur für wenige Augenblicke aus dem nebligen Dunkel, wenn die Lichtanlage es zulässt, und in diesen Augenblicken haben sie alle Haare und Augen, Nasen und Hälse und schauen mich nicht an. Vielleicht bin ich wirklich zum Steinbutt geworden.
Und dann trifft mich ein Blitz aus der gleichförmigen Masse, der so hell und

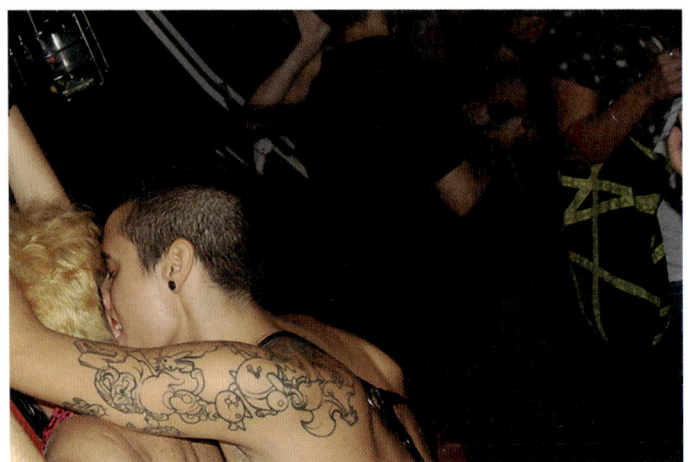

*Esperanza Moreno*

plötzlich und *nah* ist, sich in mich bohrt als wären all die übereinander tapezierten Schichten aus Vorsicht, Abweisung, schlechter Laune und Scheuheit nicht da, und ich stehe plötzlich nackt gegen die Wand gepresst, als mich der Blick trifft, der wie ein Blitz einschlägt. Ich rufe mir ins Gedächtnis, dass die anderen Menschen mich nicht *so* sehen können, dass sie mich nicht *so* anschauen wollen, dass diese Begabung, Menschen mit einem Blick bis auf ihren Grund zu durchdringen, nur selten ist und auch nur bei ganz wenigen anderen jeweils funktioniert. Aber ein Blick über die gleichgültige Masse und ein versicherndes Streichen über meine Kleider, dass sie noch da sind, ändert nichts an der Tatsache, als ich wieder nach da drüben blicke – mich starrt jemand an.
Ich starre zurück. Was erlaubt sich dieses Gör, denke ich zunächst – ich sehe Starren als Aggression, scheint es. Aber sie grinst und zwinkert, und hebt ihr Glas, und – was mache ich da? – ich grinse und zwinkere und hebe mein Glas. Sie ist hübsch, fällt mir auf, als ihr Gesicht, wie von einem Scheinwerfer beleuchtet, auf mich zu schwebt, sie hat schwarze Augen in dem Licht und dunkles Haar, das struppig von den Seiten ihres Kopfes absteht und ihr die Kopfform eines etwas zerzausten Wolfes gibt. Und sie sieht erstaunlich freundlich aus, in dieser feindseligen Umgebung. Was hat sie vor?

Ich spiele kurz einige Szenarien durch, fliehen, sie ignorieren, mich in die Ecke setzen und den Kopf zwischen die Knie stecken – aber ich bleibe stehen und sie stellt sich erstaunlicherweise direkt neben mich, an die Wand gepresst wie eine Flunder, und blickt skeptisch auf die anderen Menschen. »Einen schönen Platz hast du hier«, höre ich ihre Stimme kaum durch die Musik, »du siehst so aus wie ich mich fühle.«
Oh?
Ich sehe sie überrascht an, denn ich habe mit Avancen gerechnet, mit unangenehmem Tatschen am Unterarm oder gar mit einem Arm um die Taille, als kennte man sich schon seit Jahren – aber diese Frau scheint erstaunlich vernünftig. Ich hatte nicht damit gerechnet, dass sie einen weiteren verschreckten Fels in der Brandung sucht. Vielleicht wird man ja zu zweit weniger weggespült.
»Ich weiß nicht, warum ich mir das immer wieder antue«, sage ich, und es macht mir erstaunlich wenig aus, dass mein Mund sich dafür direkt neben ihrem Ohr befinden muss.
Sie kann es nicht lassen, mich aus ihren spiegelnden, blanken Augen anzusehen,

und ich frage mich, was sie da sieht. Dann bewegt sie ihren Kopf Richtung Ausgang, und ich grüble einige Sekunden lang. Ich weiß natürlich, was das bedeutet, wenn man jemanden mit nach draußen nimmt, jedenfalls will man da in den seltensten Fällen eine gute Unterhaltung anfangen – aber drinnen ist es, in der Tat, unerträglich. Ich entscheide mich für das geringere Übel und folge ihr nach draußen. Wenigstens ist sie noch nicht auf die Idee gekommen, mich mitzuzerren.
Sie scheint erstaunlich vernünftig.
»Du wirkst hier so fehl am Platze«, sagt sie, »wie ich mich fühle.«
»Meine Freunde haben mich mitgeschleift«, sage ich, als wäre eine Erklärung gefordert.
»Oh«, sagt sie, »und ich dachte wirklich, du wärst hierhergekommen, um jemanden abzuschleppen!«

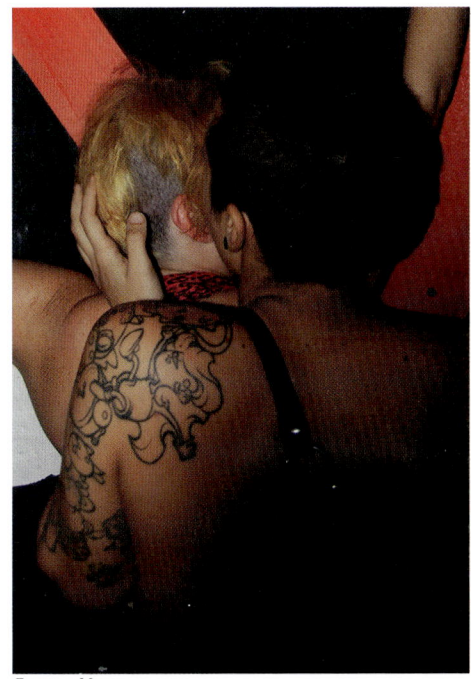

Esperanza Moreno

Wir lachen beide, und ich finde es ausgezeichnet, dass sie sich über mich lustig machen kann, ohne dass sie mehr von mir weiß, als sie aus meinem Aussehen und Verhalten schließen kann.
»Du bist richtig schön«, sagt sie dann, und mir fällt die Kinnlade auf den Boden. Es ist seltsam, aber solche Bemerkungen, vor allem wenn sie aus dem Nichts kommen (und irgendwie ist diese ganze Person aus dem Nichts gekommen), schaffen es, mich in wilde Aufregung zu versetzen. So sehr, dass ich wahrscheinlich von Rot übergossen bin, und sich alle meine klaren Gedanken in ein pulsierendes Rauschen auflösen, das vermutlich mein eigenes Blut ist. Ich weiß nicht so recht, wie ich damit umgehen soll. Vielleicht sollte ich aber ehrlich sein, bevor sich hier etwas aufbaut, das ich so nicht wollte.
»Ich bin wirklich nicht hierhergekommen, um jemanden abzuschleppen«, sage ich, »so bin ich nicht.«
»Ich auch nicht«, sagt sie, »ich wollte dir tatsächlich nur sagen, dass du schön bist.«
Nach diesem Austausch bekommen wir es hin, ein Schwätzchen zu halten. Ich erfahre, dass sie Andi heißt, dass sie Studentin ist, dass sie tatsächlich gerne hier ist, nur eben nicht heute Abend. Es scheint, sie ist mit der falschen Gruppe Menschen hier, und das macht ihr keinen Spaß. Ich erzähle ihr von mir, von meinem Schreiben, davon, dass ich nicht gerne auf solche Veranstaltungen gehe … Und ich sehe in ihren Augen tatsächlich Verständnis dafür, auch wenn sie nicht so ist wie ich. Wir unterhalten uns eine Weile, während derer ich immer verwirrter werde – sie ist wirklich sehr schön, aber ich weiß nicht so recht, was ich mit dieser

Erkenntnis anstellen soll. Also schaue ich sie einfach nur an. Sie hat einen erstaunlich schmalen Kiefer unter ihren Wolfshaaren und zwar keine besonders breiten, aber sehr hohe Wangenknochen, die ihre Augen ganz tief liegend erscheinen lassen – sie sind sehr schmal, als würden die Wangenknochen von unten und die kräftigen Brauenbögen von oben sie davon abhalten, sie ganz zu öffnen. Ich lasse meine Augen über ihre spitze Nase wandern, die gewölbte hohe Stirn, ihre Ohren, deren obere Ränder durch die Wolfshaare schauen, wieder zu ihrem gekerbten Kinn, ihren erstaunlich weichen Lippen in diesem ansonsten eher herben Gesicht. Ich will sie eigentlich wirklich nur ansehen, fällt mir auf, und ich mache einen Schritt zurück, lasse meinen Blick über ihren Hals wandern, der in einem seltsamen, hochgeschlossenen Kleidungsstück steckt – ein Kleidungsstück, dass ich persönlich nie tragen würde, weil ich mich da erwürgt fühlen würde. Es hat einen engen hohen Kragen, der jedoch nur dekorativ zu sein scheint, denn der Kragen läuft rechts und links, in, nachdem sie sich vor dem Hals gekreuzt haben, zwei breiten Bändern aus, die sich unter den Armen verlieren. Darunter ist blanke Haut, die erst wieder kurz oberhalb der Brustwarzen beginnt, bedeckt zu sein. Der Rest des Oberteils ist eng, mit steifen senkrechten Aufsteppungen. Darunter hauteng schwarze Hosen, an der Taschen mit Bändern, die sich um die Beine schließen, angebracht sind. Ich muss an eine Fantasy-Rüstung aus einem meiner liebsten Computerspiele denken. Unfunktional, aber man könnte trotzdem eine professionelle Assasinin dahinter vermuten. Und ich weiß, es schickt sich nicht, aber diese weiße Raute, die aus dem schwarzen Stoff hervorlugt, zieht mich magisch an … Ich versuche, meine Augen beschämt davon fernzuhalten, aber ich kann nicht, und muss diese leuchtende, samtige Haut ansehen, die von diesem Rahmen umgeben ist, als wollte sie nichts anderes als angestarrt zu werden.

*Marlen (Bildauschnitt). Foto: Mirella Frangella*

Die untere Spitze der Raute zeigt noch, wie sich ihre Brüste zusammenfinden, in einer kleinen Rille, die einen Ring auffängt, der ihr an einer Kette um den Hals baumelt. *Ein Ring, sie zu knechten, sie alle zu finden …* Ein heftiger Schreck durchfährt mich plötzlich, denn während ich so versunken darin war, sie mit meinen, von außen betrachtet sicher lüsternen Augen zu betrachten, ist mir gar nicht aufgefallen, dass sie nicht mehr redet. Ich rede auch nicht – das Einzige, was zwischen uns gerade passiert, ist der Blick … So, wie ich sie mit meinen Augen abgetastet habe, ist es mir peinlich, wieder in ihre zu sehen – wer weiß, vielleicht hat sie mich auch gar nicht angesehen, sondern ist mit etwas anderem beschäftigt, und ich habe dreist die Gelegenheit ergriffen … Ich zwinge mich, doch hochzuschauen und begegne ihrem amüsierten Blick.

»Gute Aussicht?«, fragt sie, und mir wird heiß, dann kalt, und ich bin sicher wieder von Rot übergossen. Wie peinlich, aber wie hätte sie es auch nicht bemerken sollen, dass ich auf ihre schön verpackten Brüste gestarrt hatte. Sie lacht über meine Verlegenheit. »Nur anschauen«, sagt sie dann, »nicht anfassen.«

Ich bin erleichtert, denn das war nicht meine Absicht. Ich wüsste ja auch gar nicht, wie ich so eine schöne Frau anfassen würde. Andererseits … sie betrachtet interessiert mein Gesicht, während mein Blick wieder zu wandern beginnt. Andererseits: Es ist durchaus reizvoll, diese beiden so fest eingepackten Hügel Körperlichkeit aus ihrer straffen Hülle zu schälen und zu berühren …

»Tanzt du?«, fragt sie schließlich, nachdem sie meine Augen eine ausreichend lange Zeit hat weiden lassen. Ich schüttle den Kopf und sehe ihre Enttäuschung.

»Es tut mir leid«, sage ich, »es ist einfach zu voll, und man rennt dauernd in jemanden rein … Ich mag das nicht …«

»Würdest du in mich reinrennen wollen?« Ich grüble. Würde ich?

Sie tanzt, so scheint es, nur für mich. Ich habe mich, in der Manier kleiner Jungen, die zu schüchtern sind zum Tanzen, oder edgy Typen, die zu cool sind zum Tanzen, wieder an meinem Platz gestellt, und ich sehe ihr zu, wie sie ganz alleine zu der Musik herumspringt und Spaß hat. Sie muss das absichtlich machen: Erst wendet sie mir den Rücken zu und lässt ihre Hüften kreisen, während sich der enge Stoff ihrer Hose über ihrem zweifach runden Hinterteil noch mehr spannt, dann dreht sie sich zur Seite und wiegt die Hüfte nach vorne und zurück, dann wieder wendet sie sich in meine Richtung, zwinkert mir kurz zu, stellt sich in Pose, lässt ihre Hände über ihren Körper wandern, und dreht sich dann wieder zur Seite. Es ist wie eine Macarena, in unendlich sexy, eine Macarena, bei der jede Bewegung darauf bedacht ist, mir zu zeigen, wo ich anfassen könnte, wenn ich denn nur wollte, wenn ich denn nur die Überwindung dazu finden würde, mich davon überzeugen könnte, jemanden unter meine vielen Schichten, die mich bedecken, zu lassen … Aber obwohl mein Körper von der Arbeit ihrer Muskeln, Hände und Augen schon brummt vor Aufregung über ihre schiere Gegenwart, weiß ich, dass ich doch wieder den Rückzieher machen werde, und werde traurig. Ich sollte das Spiel jetzt lieber beenden.

»He!«, pöbelt mich ihre Stimme an, als ich mein Glas zurückbringe und mir einen Kurzen hinter die Binde kippe, »du bist einfach abgehauen!«

»Ich bin immer noch da«, sage ich, aber meine Stimme ist vermutlich zu leise, um zu ihr durchzudringen. Warum lässt sie mich nicht einfach in Ruhe? Ist es die deprimierte Ausstrahlung? Die lasst-mich-alle-in-Ruhe-ich-bin-edgy-Ausstrahlung, die schon seit Lord Byron stets begehrenswert wirkte? Ich bestelle noch einmal zwei Tequilas und wir trinken. Ich glaube ich bin mittlerweile schon ganz schön betrunken, denn ich lache auf, als sie den Mund verzieht und sich ihr ganzer Körper schüttelt.

Und hier ist nun die Barriere. Ich weiß

nicht, was ich tun soll. Ich bin hilflos in meiner säuberlich nach außen aufrecht erhaltenen Arroganz, in meiner Abschottung. Sie greift nach meiner Hand. Was erlaubt sie sich da? Ich zucke zurück, sehe die Verwirrung darüber in ihren Augen, dann gebe ich mir einen Ruck, greife nach ihrer Hand und nehme sie mit nach draußen. Eine ungeheuerliche Kraftanstrengung. Mein Herz jagt, als wäre ich mehrere Treppen hinaufgestiegen, wahrscheinlich vor Angst, nicht zuletzt davor, was ich hier gerade getan habe und was für Konsequenzen das haben könnte.

Und ja, es ist nicht sehr weit hergeholt – sie stellt sich günstig, sodass die Wand in meinem Rücken ist, und diesmal bin ich kein Steinbutt, aber sie vielleicht, denn sie versucht, sich in mich zu graben und mich zu küssen, und zu meiner eigenen Überraschung erwidere ich den Kuss tatsächlich. Ich erwidere einen, dann noch einen, und diesen zweiten mit Zunge, und ich finde Spaß daran, ihre Lippen zu beknabbern, ihre Zungenspitze mit meiner zu umtänzeln, ihre Bewegungen mit meinen zu kopieren – aber plötzlich ist mir das schon zu viel, zu nah, und ich entfliehe ihrem Mund in die einzige Richtung, die mir möglich ist, zur Seite. Ihr Körper ist immer noch dicht vor meinem, auch wenn meine Hände mich immer noch an der Wand abstützen …

Plötzlich fällt mir auf, was ich schon die ganze Zeit wahrgenommen habe – wie gut sie riecht, ihr Geruch nach einem Parfum, das ich so noch nicht kannte, irgendetwas zwischen Moschus und Orange, und darunter ihr eigener Geruch, der für mich noch viel interessanter ist, nach Mensch – ich fange an, sie abzuschnuppern, ihren Körper zu erkunden, ohne sie zu berühren, und – zugegebenermaßen – wir stehen nicht gerade an einer Stelle, an der niemand sonst es sehen könnte … Ich muss ziemlich betrunken sein, als ich vor ihr die Wand herunterrutsche, um mit einigen Zentimetern Abstand an der Rille zwischen ihren Brüsten zu riechen. Sie lacht, und packt mich an den Schulter, um mich davon abzuhalten, weiter herunterzurutschen.

»Wirklich?«, fragt sie, »mit Küssen hast du ein Problem, aber du machst mich total horny, indem du dich verhältst wie ein neugieriger Hund.«

Ich entschuldige mich bei ihr und schüttle den Kopf, von dem ich mir mittlerweile nicht mehr so sicher bin, wo er mir steht.

»Komm mit mir«, befiehlt sie, und wir gehen kurz in den Raum, um uns von unseren Freunden zu verabschieden.

Ich genieße die plötzliche Ruhe, die Dunkelheit und die Tatsache, dass die einzigen wirklichen Sinneswahrnehmungen von Andi stammen, von ihren Schritten, die in der Stille laut hallen, von der weißen Raute, die unter jeder Straßenlaterne aufblitzt. Ich höre ihren Atem neben mir, sogar die Wärme ihres Armes kann ich spüren, und ihr Parfum riechen, obwohl wir nicht dicht nebeneinander gehen. Wir machen uns auf den Weg zu ihr – in mein kleines Reich lasse ich niemanden ein, den ich nicht sehr gut kenne. Noch bin ich mir nicht sicher, ob ich sie mit in ihre Wohnung begleiten werde. Ich weiß nur sicher, dass ich nicht bei ihr übernachten werde.

Akif Hakan, Du bist Rock'n'Roll

*Velvet*

**Nackt bis zur Milchstraße**
Heute das Erleichterung bringende Gewitter. Erleichterung außenhäutig – innerhäutig nach wie vor schwül-horny.
Habe mich als Geschenk verpackt: das Kleid mit dem rosa Saum und meinen frei darin wippenden, winkenden Titten. Als Geschenk an mich selbst.
Hin und wieder mag ich es, angesehen zu werden, auf offener Straße, als Provokation, die Unberührbare vor der Boutique, in Café, U-Bahn, Zoo (Tag-Nachthaus: Frankfurter Zoo, einmal im Monat), Auto/Ampel, Kino (gefährlich), Flughafen, Bücherei (sehr gut, sehr ungefährlich, sehr dankbares, stilles, aufmerksames Publikum). Arbeitsplatz fällt in den Bereich von Phantasie (beliebt). Gefährlich: überall, wo mich weniger als vier Paar Augen sehen.
Sonst gibt es gar keinen Unterschied: wo, unter welchen Umständen, wer – wie lange hält er den Atem, wie lange glühen ihre Augen vor Ablehnung, vor Neid, welche Narbe hinterlässt die tatsächliche Stimme bei der Frage: nach dem Weg, nach der Himmelsrichtung, nach meinen Absichten, meinen Wünschen, Plänen oder, einfach: Farbe und Marke des Lippenstifts (colorsensational 530 »fatal red«).
Habe mich als Geschenk verpackt, um meine Verfassung zu checken. Mit dieser Maßnahme bin ich immer gut vorbereitet. Egal, ob das ein Date oder ein Vorstellungsgespräch, eine Vernissage oder eine Hochzeit ist.
Man weiß ja sonst nicht, wie die Tagesform ist, wenn man gerade niemanden zur Hand hat, der einen festhält oder reden lässt.

Ben Marcato

Ich kenne meine Tagesform dann, wenn ein 18jähriger meine Titten inspiziert hat. Meine Freundin Maya wollte mir mal einreden, ein schwaches Selbstbewusstsein zu haben, wenn ich so eine Geschenk-Tour nötig hätte.
Ich sagte nein: *Ich bin eine grausame Herrscherin, die im obersten Kämmerlein ihres Turmes lebt, sich dorthin zurückgezogen hat, um ihre Untertanen nicht zu verletzen. Wenn ich auf die Straße gehe, erinnere ich die Menschen lediglich an die finsteren Tage ihrer Existenz, meine Zeit unter ihnen und wenn ich wieder verschwunden bin, aufgeladen und elektrisiert von der Wirkung, sind alle wieder glücklich. Richtig glücklich und froh.*
Maya bestellte noch zweimal Gin; ohne mich anzusehen oder zu fragen –

Ich habe eine Verabredung mit Thomas, »Der Roboter«, und mir zittern die Knie in Gedanken daran. Es sind noch sechs Stunden; die werden mir reichen, um zu wissen, wie es um mich steht.
Im Kaufhaus werde ich von einem Herrn beobachtet. Ich nehme seine Blicke mit auf die Toilette. Hocke. Pinkel. Wische mich ab. Bleibe mit den Fingern vor Ort. Schließe die Augen. Öffne die Tür, rote Wangen. Der Mann hat mich nicht verloren. Seine Augen fiebern. Ich rieche ihn. Tigerin.
Das Gewitter hat nur kurze Abkühlung gebracht. In der abendlichen, dicken, schleimigen Wärme bewegen mich meine Beine zu ihm.
Thomas sitzt zur verabredeten Uhrzeit in der verabredeten Bar am verabredeten Platz – er wirkt steif, Haltung möchte ich sagen, fünf. Aber was eigentlich … Ausstrahlung wie versprochen – eine glatte Eins.
Als ich mich zu ihm setze, wird mir augenblicklich klar, dass ich die Aktivierungsfor-

*Ben Marcato*

mel sprechen oder einen anderen Weg zu ihm finden muss, den ich gerade nicht vor mir sehe.
Ich frage ihn, was er bestellt hat. Er antwortet: ein Bier.
Das muss eine Bestellung aus der Vor-Roboter-Zeit sein. Ich bestelle mir auch ein Bier. Wir prosten uns zu, und ich muss gestehen, dass mir sein Schweigen alle Angst nimmt. Alle Macht verleiht. Ich lächele. Thomas nimmt sich eine Serviette und zückt einen Kuli. Er zeichnet zwei Vögel. Einen Vogel, der sitzt, und einen, der fliegt.
Nach einigen Minuten denke ich, dass mir sein Schoß gut gefällt.
Die Jeans wölbt sich genau so wenig, dass meine Gedanken jede mögliche Seins-Weise hineindenken können. Und ich

weiß, dass Jeans, Seins-Weisen und Größen relativ zu betrachten sind.
Bestimmte Tatsachen sind nicht relativ: Fingerform zur Stoffstruktur, Reibung der Finger auf der Stoffstruktur, nasse Hände, die sich in den Stoff einreiben, Hände, die verschwinden wollen, oder mich berühren …
Thomas ist sekundenweise ein Roboter. Ich versuche, seine Lippen Worte formen zu lassen, während ich blinzel; seine Augen sollen blinzeln, während ich Worte forme; seine Antworten sollen meine Lippen berühren, blinzelnd.
Es ist anstrengend für alle Singles mit uns an der Bar.
Ich würde mir wünschen, dass die Hand, die hinter mir an meinem Arsch entlangwischt, dir nicht entgeht, und dass du, der unmenschliche Roboter, mit dem Go-Go-Gadget-Arm ihm an die Nüsse packst.
Doch das musst du gar nicht. Meine Muschi hat heute einen exklusiven Zustand: Sie ist nass nur für dich – nicht, dass du es wüsstest.
Nicht, dass ich es sagen würde. Nicht, dass ich es sagen wollte. Nicht dass es jemals jemand erfährt.

Also schreibe ich in mein Tagebuch: ich will nicht gefickt werden. Ich will dich. Ich will so sehr dich. Von dir ein Detail bekommen … dass du was in mich steckst, ohne dass ich es merke, ohne dass ich es verlieren kann … Du gehst nicht verloren in mir. So viel soll dennoch sein …
(In dieser Sekunde reibt die Tagebuchschreiberin ihre Muschi.)

Weniger dramatisch das Händewaschen auf der Toilette: die Seife ist alle und aus dem Hahn kommt eine schwefelig riechende Substanz. Es ist eine mittelalterliche Erfahrung von »Bar«.

Ben Marcato

Mir ist schwindelig. Der Roboter versteht. Es war kürzer als gedacht. Seine Mimik steht auf »Enttäuschung«. Dafür muss er sich nicht zum Menschen zurückverwandeln. Ich zahle.
Mein Maß: nicht die Selbstachtung zu verlieren. Ich möchte Thomas wiedersehen. Unsicher bin ich mir über den Zustand seiner Batterie.
Auf dem Nachhauseweg begegnet mir eine Gestalt. Mein Make-up ist verschoben. Wie in Zeitlupe laufen wir besoffenen Schrittes einander in die Arme. Sorry! Er auch – sorry! Meine Augen grasen den Nachthimmel ab. Ist das eine Sternschnuppe gewesen? Was für ein erstaunliches, schwarzes Geflecht, mit weißen Flecken. Sternenhimmel.
Schafe auf einer Wiese.

Als ich mich in sein Bett lege, das fremde, schweiß-männlich riechende Bett, strecke ich meine Beine in die Luft, ins Oberlicht. Warum ausgerechnet heute die Sterne so hell leuchten? Der Mann kocht sich ein Ei. Er braucht noch etwas in den Magen. Er kennt sich, braucht Energie, um seine Beute mit aller Kraft zu reißen. Als er vor seinem Bett steht, sich auszieht, sage ich ihm, dass ich nicht gefickt werden will. Er lächelt. »Warum sind wir dann hier? Warum leuchten die Sterne so hell? Weil du in mein Bett gekommen bist.«
»Aber ... sie leuchten doch, weil ... der Roboter sie nachts poliert, oder nicht ...«
Der Mann schaut sich in seinem eigenen Zimmer um, als kennte er sich gar nicht aus. Mein Herz klopft. Weil ich mich in die Hand eines Riesen gelegt habe, der weiß, wie man es tut.
In dem Moment, in dem ich nur leicht sein wollte, verführen, verführt, easy. Ich habe

*Markus Sauer*

es geschafft, aber ich bin beseelt von einer Idee, die stärker ist als ein Orgasmus auf dem Schwanz eines Riesen. Muss ich mir das Gegenteil beweisen? Dass der Schwanz doch besser ist ... als ein Mensch, der ein Roboter sein muss, um sich anzunähern? Dieser Abend ist sehr anstrengend.
»Hör zu«, raunt der Riese vom Bettrand in mein Ohr, »du verrätst mir, was du mit den Sternen meinst und dem Polieren, ich meine, du sprichst ein bisschen in Rätseln, aber ... so gern ich dir jetzt deinen süßen Arsch versohlen will, du sagst was du meinst, und ich erzähle dir, was ich heute mit dir machen werde.«
Mein Kopf nickt, meine Muschi pocht.
»Es gibt Dinge, die man noch nicht aussprechen darf, solange sie nur eine Idee sind«, hebe ich etwas mysteriös an, rede

dabei aber ganz gelangweilt und leise; er versteht nicht, nickt aber verständnisvoll – ein echter Riese. »Ich hatte soeben ein Date mit einem sehr ungewöhnlichen Mann, mehr will ich nicht sagen, aber da er derzeit meine zerebral-erogene Zone fest in Beschlag genommen hat, kann ich mir nicht vorstellen, deinen Schwanz bei mir unten rein zu lassen, auch wenn ich …«
»Auch wenn du feucht bist und gerne Sex hättest?«
»Ja, Mann«, sage ich so, als hätte ich mich noch nie von einem Mann verstanden gefühlt. Das Wesen aus der Bar, der Roboter, diese lächerliche Idee.
»Komm her, ich massiere deinen Rücken.« Seine Hände sind riesig, sie sind rau, sie sind tapfer; befreien zwar meine Schultern von Stoff, aber alles fällt mit Anstand auf meine Nippel und bleibt dort seltsamerweise liegen.
Der Riese verlässt meinen Nacken nicht. »Darf ich dich küssen und dann gehen?«, frage ich.
»Ist das ein Dankeschön und auf Nimmerwiedersehn?«
»Naja, schon.«
»Gut, dann lass mal deinen Kuss stecken!« Ich drücke dem Riesen dennoch einen Kuss auf die Wange.
Auf der Straße angekommen, öffnet der Riese seine Tür zum Balkon, tritt vor, ich stehe dort, drei, vier Stockwerke unter ihm. Sein steifer Schwanz schaut zwischen den Gitterstäben hindurch und es kommt ihm. Er winkt, mit all seinen viel zu großen Gliedmaßen, und es tropft um mich herum. Seine Rache ist recht süß.
Die Milchstraße ist von der Stadt aus nicht zu erkennen; ich habe sie einmal gesehen auf dem Land. Ja, ich lag auf dem Rücken, hatte meine Fingernägel im Rücken einer Frau, die etwas älter war als ich, mich küsste – überall, wirklich, ich wusste nicht mehr von wie vielen Saugnäpfen eines Oktopussyarms ich gleichzeitig gelutscht wurde – und kam sehr krass zum Orgasmus … die Milchstraße in meinen Augen.

*Kai Stockrahm*

## *Selina Mayer, Chiaroscuro*

*Cam*

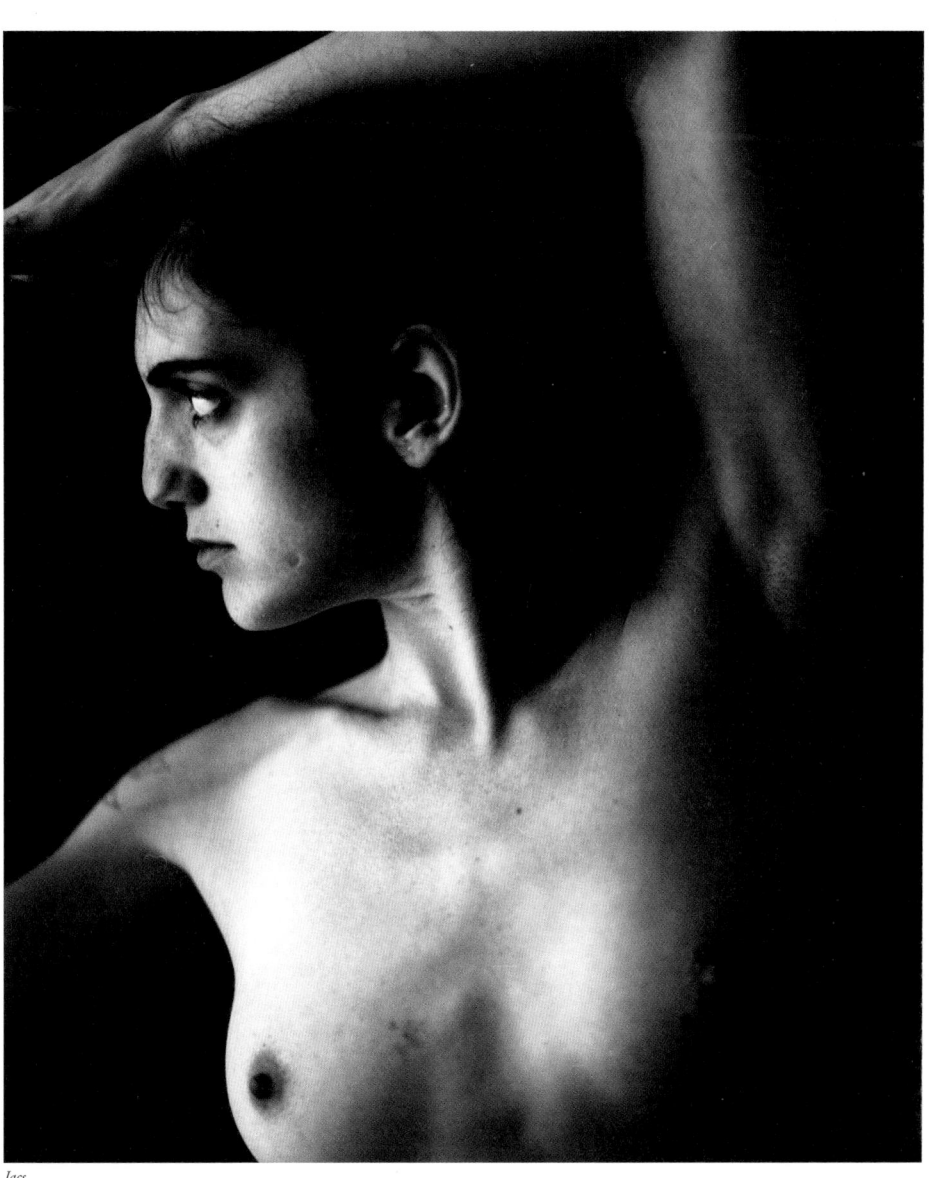
*Jacs*

*Cam & Jacs*

# Edith Grunwald

**Verlangen**

Ich griff in meine Handtasche und suchte wie immer nach meiner Fahrkarte. Der Busfahrer, belustigt, »gehen Sie durch. Bis Sie die Fahrkarte finden, bekomm ich Enkelkinder.« »Danke«, sagte ich leicht errötend und steuerte auf einen Platz zu. Neben mir ein Mann, der ziemlich schlecht roch. Ich dachte an ihn, an Edgar, meinen Freund und Partner, und wie gut er roch. Ich freute mich auf ihn. Wir waren erst für morgen verabredet, doch ich wollte ihn überraschen, sehen und spüren. Ja, ich gebe es zu, ich war verrückt nach ihm, hatte ein großes, unaufschiebbares Verlangen nach seinen Küssen und Zärtlichkeiten und seinen wilden Fantasien beim Sex. Eine kleine Weile dachte ich, ich wäre im hörig, doch schnell verwarf ich diesen absurden Gedanken. Er sah gut aus, genau der Typ Mann, der jedes Frauenherz schneller schlagen ließ. Wir waren Partner in einer kleinen Immobilienfirma. Daher wusste ich, dass Paula, unsere Sekretärin, jetzt Feierabend hatte. Also ging ich zu unseren Lieblings-Krämer um die Ecke. »Hallo Rudi«, wir duzten uns nach all den Jahren, »ich hätte gern Champagner.« Rudi fragte: »Wie immer?«, und packte die Flasche und unsere Lieblings-Schokolade auf den Tresen und grinste mich etwas zu breit an. Er nahm das Geld entgegen. »Danke, stimmt so«, rief ich ihm gut gelaunt entgegen, packte beides etwas zu schnell in meinen Beutel und flog förmlich aus der Tür. Meine Wiedersehensfreude erreichte ihren Höhepunkt und ich rannte um die Ecke an der Post vorbei und kramte in der Tasche nach meinem Schlüssel, den ich diesmal schnell fand. Steckte ihn ins Schloss, das hakte etwas, ich half mit meinen nicht ganz so schlanken Körper nach und stand im Treppenhaus. Ich war etwas außer Atem, deshalb blieb ich stehen, um mich zu erholen. Denn ich wusste, in der Sekunde, in der ich die Tür oben öffnete und den Flur betrat, würde mich Edgar packen, umarmen und das machen, wonach ich mich eine Woche lang gesehnt hatte. Meine Fantasie ging mit mir durch, ich rannte die Treppen hoch. Vier Etagen! Mein Herz raste. Ich öffnete die Tür, betrat den Flur und mir stockte der Atem. Ich konnte nicht glauben, was ich sah, es ist ein Albtraum. Gleich küsst Edgar mich wach und alles ist wieder gut. Da sah ich sie beide in gebückter Haltung über meinen Schreibtisch gebeugt. Edgars Hose hing ihm zwischen den Beinen. Mit seinem besten Stück drang er in das Hinterteil von diesem jungen Mann ein, den neuen Nachbarn von nebenan.

*Markus Sauer*

## Jörg Karweick

**Mit Katja Ebstein und Julio Iglesias**

Ich gehe nicht auf Sexpartys.
Auf solchen Veranstaltungen haben viele Leute Sex und gucken einem währenddessen dabei zu, wie man selbst mit vielen Leuten Sex hat. Die meisten dieser vielen sexy Leute sind sich dabei völlig unbekannt. Das macht den Reiz aus, sich im Schutz der Menge langsam vorzuwagen, sich an der allgemeinen Nacktheit zu berauschen, bis endlich die Hemmungen fallen. Deswegen geht man dahin.
Wenn ich aber zu so etwas gehe, zu Fremden, wo sie sich schon auf dem Teppich wälzen, während ich noch angezogen am Rand stehe, spüre ich ihre Blicke und fühle mich von allen gemustert; wie ich mein Hemd aufknöpfe, wie viel Haar darunter zum Vorschein kommt, alles wollen sie sehen. Ich werde genauestens beäugt, sogar wie ich meine Socken ausziehe, ist wichtig, und ob ich sie zusammenlege, weil manch einer daran zu erkennen glaubt, wie ich im Bett bin. Dabei gucke ich heimlich, welche Stellungen wer wie macht, frage mich, ob ich mithalten kann, nur um mich dann konformistisch dem allgemeinen Treiben einzufügen. Das interessiert mich einfach nicht mehr und deswegen gehe ich nicht auf Sexpartys.

Ich höre Schlager aus den Siebzigern. Vom Eurovision Song Contest, damals noch Grand Prix. Besonders von 1970, da starteten zwei ihre große Karriere. Katja Ebstein sang »Wunder gibt es immer wieder«, Julio Iglesias sang »Gwendolyne«. In dem Jahr wurde ich eingeschult, das war ein neuer Lebensabschnitt, die Kindheit war schlagartig weniger kindlich. Es tauchten viele Mädchen auf, und Jungs. Ich sah das natürlich in Schwarzweiß. Heute ist alles nachkoloriert. Zuerst sang die Ebstein, in türkisfarbenem Minikleid und langen Stiefeln, mit ihrem noch längeren, glatten, blonden Haar. Sie lächelt feierlich, bewegt sich fast gar nicht, was ihren Auftritt so rätsel- und zauberhaft macht, während sie von Wundern und vom Leben singt. Brandender Applaus. Danach Iglesias. Sein Anzug ist auch türkis, eng, nicht zu sehr, aber man sieht, was man will. Iglesias lächelt nicht, er grinst. Und dabei singt er von Sex. Das wird so natürlich nicht ausgesprochen. Der Trieb trägt einen zarten Namen,

*Sammlung Alexis W.*

»Gwendolyne«, sie ist weit weg; aber Iglesias hatte, das sieht man ihm an, seinen Spaß. Dabei muss man die Bühne bedenken: Querstreben aus Chrom, die aussehen wie das Kommandodeck auf dem Raumschiff Orion, und hypnotisierende Metallkugeln, die von der Decke hängen wie Botschaften einer fernen Zivilisation. Die Hintergrundsängerinnen waren jeweils drei an der Zahl und trugen Pink.
Diese Klänge gehen mir durch den Körper. Die Ebstein bereitet mich auf das Wunder vor, Iglesias beschert es mir.

Sammlung Alexis W., Berlin 1912. Verein für Bewegungsspiele, zur Feier des 200. Geburtstags Friedrich d. Großen

In letzter Zeit, wenn ich die Videos gucke, beginne ich häufig, von Julio zu träumen. Von seinen Händen. Julio war ein Urlaubsflirt, und mit ihm hielt ich Händchen. Seine Hände waren wuchtig, mit Schwielen an den Ballen und an den Zeigefingern und an der rechten Hand hatte er eine schlecht verheilte Narbe, einmal quer rüber, über die Lebenslinie. Das kam von einer Säge, hatte er gesagt. Die Wunde hatte man vernäht, und an jedem Stich war die Haut verhornt und eigentümlich kühl. Wenn ich den Punkt erreicht habe, an seine Hände zu denken, und wir Händchen hielten, vergesse ich manchmal, dass Sexpartys mich nicht interessieren, und dass ich nicht auf Sexpartys gehe. Und dann gehe ich doch.

Und da war ich dann in einem Knäuel von Leibern, das sich auf dem Teppich wand. Ein Dutzend vielleicht. Männer in den besten Jahren, falls es so etwas gibt, zwischen Mitte vierzig und Mitte fünfzig, drüber und drunter, ineinander verschlungen. Und ich mittendrin.

Es roch nach Schweiß und Latex. Arme, Beine, Füße wanden sich auf diesem Teppich. Er war weich, aus dicker Wolle, von der Farbe her sehr dunkel, im Grunde schwarz, nur ein paar dünne Streifen waren eingearbeitet, grün und gelb, die, so weit ich es erkennen konnte, kleine Quadrate oder Rhomben formten. Aber es war nichts zu hören.

Auf einem Flachbildschirm lief ein Porno. Auch von dort war nichts zu hören. Der Porno war lautlos geschaltet, so wie man den Fernseher leise macht, wenn unangekündigt Besuch kommt, von dem man hofft, dass er nicht lange bleibt. Niemand traute sich, einen Mucks zu machen, wer stöhnte, tat das nur, wenn es gar nicht anders ging. Und dann so kurz wie möglich. Ich hockte da auf allen Vieren und sah um mich: Alles war in Bewegung wie auf dem Bildschirm und ebenso lautlos. Vielleicht waren wir selbst schon ein Porno, dachte ich, dann könnte irgendjemand unseren Ton einschalten. Tat aber niemand. Alle blieben stumm.

Plötzlich grinste mich jemand an. Erst sah ich seine Lippen, dann seine Augen; die waren grün, matt, etwas müde vielleicht, aber schön. Aber kaum fing ich an, ihm tiefer in seine Augen zu schauen, stand er auf, und ich hatte seinen Schwanz vor der Nase. Der war wuchtig, steif. Er schob ihn langsam von meiner Nase auf meinen Mund. Er war von dicken Adern durchzogen, und Speichel rann an ihm herab, er war wie für mich modelliert und entfaltete seinen Duft. Aber ich bekam den Mund nicht auf. Vielleicht auch wegen der Stille. Ich lauschte. Es gab unterdrückte Atemgeräusche, irgendjemand knackte mit den Fingern. Das Ding stand vor meinen Lippen. Ich versuchte, auf dem Teppich Rhomben zu finden, sah aber nur das große, harte Ding. Und bekam den Mund nicht auf.
Er drückte es an meine Lippen, aber alles blieb starr und still. Ich wusste nicht, wie ich mir helfen sollte.
Da kamen sie. Erst leise, dann lauter. Ebstein und Iglesias. Aus dem Nichts. Sie sangen in ihren türkisen Outfits, sie und er, wieder sie, dann er. Beide steuerten auf ihre Refrains zu, schließlich auf ihren Applaus. Ich spürte ein paar Augenblicke lang die Melodien in mir widerhallen. Dann ließ ich ihn ein.
Nach der Party, müde im Bett, dachte ich wieder an Julios Hände. Wie rau sie waren. Das Händchenhalten wird meist unterschätzt. Besonders dachte ich an seine Rechte, die mit der Wunde.
Er hatte mir die Alhambra gezeigt. Vom Hügel gegenüber. Die Zinnen und Mauern der Burg erhoben sich in den Abendhimmel und auf den Bergen im Hintergrund funkelte noch Schnee, obwohl es schon Mai war. Julio ist einen Kopf kleiner als ich, stämmig, stark behaart, auch im Gesicht, mit großen, dunklen Augen, die immer größer wurden, je länger ich seine Hand drückte. Mit all den rauen Schwielen. Wir standen Hand in Hand da, die Nacht brach herein, der Mond schien auf uns und auf die Alhambra. Wir standen allein auf dem Hügel gegenüber der Burg. Fledermäuse umschwirrten uns. Ich hatte einen Sonnenbrand auf der Nase, und merkte es erst, als die Hitze nachließ. Und wir redeten von früher, von der Kindheit, wie wir eingeschult wurden, er in Palma, ich in Hamburg, 1970, und wie wir unseren ersten Grand Prix sahen, er zitterte für seinen Namensvetter, Julio Iglesias, ich für Katja Ebstein. Beide trugen Türkis, die Backgroundgirls Pink. Julio sagte, dass er es damals schon wusste, dass er schwul war, und dass es kein Zuckerschlecken war im katholischen Spanien. In Hamburg war es auch nicht viel besser. Sieben Zentimeter maß die Narbe, fünf Millimeter breit und kühl, in jener nächtlichen Hitze angenehm kühl, so war seine rechte Hand, mit zehn Stichen, die sich wie Noppen auf seiner Handfläche erhoben.
Er konnte »Gwendolyne« auswendig, ich »Wunder gibt es wieder«. Und das sangen wir uns vor in jener Nacht, und hielten uns fest an den Händen. Um genau zu sein, ich hielt seine Linke. Und während wir uns an den Händen hielten, öffnete seine Rechte, mit der kühlenden, rauen, verhornten Narbe, meine Hose und glitt hinein.

## Lawrence Schimel

**6 Micro-Erzählungen**
*aus dem Spanischen von Jörg Karweick*

*Wohin?*
Ich stehe schon über zehn Minuten an der Ecke, aber jedes Taxi, das kommt, ist besetzt.
Die Ampel springt auf Rot und ein Taxi mit einem Gast hält direkt vor mir an.
»Wohin?«, fragt mich der Fahrer durchs Fenster.
Ich sag's ihm.
»Dann steig ein«, gibt er mir zu verstehen, und ich denk nicht lange nach.
Ich setz mich nach vorne und schnalle mich an.
Der andere Fahrgast ist Amerikaner und will nach Chamartín. Er sagt, dass er

*Kevin Slack*

diesen Abend eine Spanierin in einer Bar kennengelernt hat, und dass sie ihn auf den Mund geküsst hat. Er fragt, ob alle Spanierinnen sich so viel trauen.
Ich sehe, wie die Beule in der Hose des Fahrers wächst. Er sieht, dass ich ihn sehe.
Wir setzen den Fremden am Bahnhof ab.
»Wohin?«, fragt er mich. Ich strecke die Hand aus und lege sie auf seinen Schenkel.
Er grinst und schaltet den Taxameter aus.

---

*Früh am Morgen*
Sein Wecker klingelte und ich stand auf. Morgens ist er ein Zombie, fähig, Salz in den Kaffee zu streuen statt Zucker (alles schon vorgekommen), weshalb ich in die Küche ging, um die Kaffeemaschine anzustellen und die Tasse vorzusüßen, damit

*Kevin Slack*

alles fertig ist, wenn er aus der Dusche kommt.

Ich halt mir im Bad schnell die Augen zu, nicht, um ihn nicht nackt zu sehen, sondern damit mich das Licht nicht wachmacht. Dann pinkel ich, geh zurück ins Schlafzimmer und mach die Tür hinter mir zu. Zwei Minuten sind vergangen, das Bett ist noch warm von ihm. Ich kuschel mich, wo er eben noch lag, in die Decke und drück sein Kissen fest an mich. Und während ich tief einatme und alles nach ihm riecht, kriege ich einen Steifen. Und stecke im Dilemma: mir einen runterholen oder weiterschlafen!

*Die Auswahl*

Als ich vorbeikam, ließen die Männer die Hosen runter. Einer hatte einen so großen Schwanz, dass er ihn nicht ganz steif bekam. Einer hatte einen normalen. Ein anderer hatte zwei Schwänze, beide gleich, einer wie das Spiegelbild des andern. Ein anderer hatte riesige Eier, wie Pampelmusen, sodass im Vergleich dazu sein Schwanz kleiner wirkte. Einer nahm meinen Kopf in seine Hände und küsste mich, mal mit Zunge, und mal nur ganz leicht mit den Lippen. Mit diesem Letzten ging ich mit.

Daniel Schmude-Sterling, *The Bar 1*

*Berechnungen*

Ich hatte ja schon geahnt, dass Felix unter der Trainingshose nichts trug, aber als er nach dem Pinkeln vom Klo zurückkam, hatte ich den Beweis, und es sprengte mir meine eigene Unterhose. Wie sollte ich weiter an Gleichungen zweiten Grades denken, während mein Auge magnetisch angezogen an diesem kleinen Fleck im Stoff hing, einem dieser kleinen Tropfen Urin, die noch nachlaufen, wenn man den Schwanz längst ausgeschüttelt hat? Die morgige Prüfung war mir egal, ich wollte ihn aufs Bett werfen und ihm die Hose runterziehen, um die einzige Wurzel zu ermitteln, die mich jetzt interessierte. Ich versuchte, die Form unter der Baumwolle zu erkennen, observierte jede Regung; aber ich wollte mehr. Ich wollte wissen, wie warm er auf meiner Hand wäre, wie er nach Schweiß roch, wie er schmeckte. Dabei hoffte ich, Felix würde mir meinen Wunsch nicht anmerken, meinen gar nicht altruistischen Grund, ihm bei Mathe zu helfen. Ich mochte Zahlen, mit ihnen wusste ich umzugehen, aber Menschen waren mir eine Unbekannte. Beispielsweise konnte ich berechnen, wie viel sein Schwanz jetzt maß, im schlaffen Zustand, dem Augenschein nach, und um wie viel er sich maximal ausdehnen würde, wenn ich die Hand ausstrecken würde und sie auf sein Ding legte und es drückte und riebe. Unsicher war dabei allerdings, wie

*Daniel Schmude-Sterling, The Bar 2*

Felix reagieren würde, und deshalb kamen mir Zweifel, ob ich mich nicht verrechnet hatte bei diesem mathematischen Problem.

---

*Revier markieren*
Gorka trank seinen Kaffee aus und stand auf. »Ich hab dann noch was zu erledigen«, sagte er, küsste dann seinen Mann auf den Mund und gab mir ein Zeichen zum Abschied quer über den Tisch. Danach setzte er noch hinzu: »Nett dich kennenzulernen, Luis. Viel Spaß.«
Als er weg war, wandte ich mich zu Aitor und fragte: »Macht es ihm wirklich nichts aus?«
»Warum sollte es ihm etwas ausmachen?«
»Na ja, … Weil er mich kennenlernen wollte, bevor …«
Aitor lachte: »Bevor du und ich ficken, meinst du? Das war jetzt in erster Linie für dich. Damit du dir keine falschen Vorstellungen machst, was mit dir und mir wird. Er ist mein Mann und wir lieben uns, was uns nicht davon abhält, Spaß mit anderen Männern zu haben.«
»Und wenn er seine Dates hat, lernst du sie dann auch kennen?«
»Klar. Wir sind beide nicht eifersüchtig. Kein Gedanke an Trennung! Wir wollen bloß auch neben der Beziehung was erleben. Und was sollte man schon dagegen haben, wenn der Partner weiß, wie er zu seinem Vergnügen kommt?«

Ich fühlte mich nicht wohl, vielleicht weil die Situation mir fremd war. Ich verstand es vom Kopf her, aber mit dem Gefühl sah das anders aus. Ich war fehl am Platz. Wie Aitor da neben mir im Café saß, war ich ziemlich angezogen von ihm – er war noch heißer als auf den Profilfotos – und ich verstand nicht, wieso es Gorka nicht störte, dass ich, nach allem was wir zusammen vereinbart hatten, jetzt gleich mit ihm ficken würde. Ich ärgerte mich über mich selbst, einerseits war da meine Sehnsucht, andererseits war ich verwirrt. Und vielleicht war da auch Enttäuschung. Denn obwohl ich von Anfang an wusste, dass Aitor einen Partner hatte, war es etwas Abstraktes. Jetzt, da ich ihn kennengelernt hatte, war es eine Realität,

74

dich ich nicht ignorieren konnte.
»Hey, was machst du denn für ein Gesicht«, sagte Aitor und gab dem Kellner ein Zeichen, um zu zahlen. »Wir lassen es uns jetzt gutgehen.«
Wir zahlten und ich folgte ihm in seine Wohnung, die in der Nähe des Cafés war, wo wir uns getroffen hatten. Während ich hinter ihm die Treppe hinaufstieg, sprang meine Aufmerksamkeit hin und her zwischen dem Anblick seines festen Arsches in der kurzen Hose, den ich gleich entblößen und näher begutachten würde, und dem Gedanken, dass sie das öfter machten, dass es für sie schon Routine war, sich in diesem Café zu verabreden, praktisch nah, und abzumachen, dass der andere eine Zeit lang weggeht. Unwillkürlich sah ich mich um und suchte Zeichen ihres Zusammenlebens, während Aitor mir die Wohnung zeigte und dabei die ganze Zeit in der ersten Person Plural sprach. Und mir ging auf, dass es tatsächlich Sinn machte, wie sie vorgingen und sich ihre Dates erst einander vorstellten, und dabei ihre Duftmarke setzten, so wie Hunde ihr Revier markieren, selbst wenn sie sich Gäste zugestehen.
Ich hörte auf, mich mit Sehnsüchten verrückt zu machen, die bis eben nicht mal in meiner Reichweite lagen. Ich näherte mich Aitor, trat in seine Privatsphäre, ohne ihn schon zu berühren. Dann lächelte er mir zu, und ich streckte die Hand aus und fasste ihn an. Das war es, was ich wollte, und deswegen war ich gekommen.

*Daniel Schmude-Sterling,, Daddy Home*

*Umsteigen*
Ich hatte noch Zeit in Hamburg und so spät nachts war alles schon geschlossen, außer McDonalds und Beate Uhse, diese deutsche Sex Shop-Kette. Ich war nicht geil, als ich den Laden betrat, eher gelangweilt. Obwohl ich nicht hungrig war, hatte ich bei McDonalds etwas gegessen, nur um zu sitzen und zu warten, aber es blieben immer noch zwei Stunden, bis mein Zug fuhr.
Ich nickte dem Typen hinter der Ladentheke kurz zu, als ich eintrat, ohne ihm groß Beachtung zu schenken. Blickkontakt gilt als Einladung, zumindest an so einen Ort. Ich wollte auch nichts kaufen, dafür hätte ich gar kein Geld gehabt. Ich war einen Monat in Europa mit Interrail unterwegs und schlief in Nachtzügen, um die Hotels zu sparen. Aber auf einigen Strecken war für die direkte Verbindung ein Zuschlag fällig. Deswegen war ich so spät noch hier und schlug die Zeit tot.
Ich ging auf und ab durch die Gänge und schaute mir das Angebot an. Und hier wurde alles angeboten, da blieb nichts verborgen. Mir fiel ein, was man über Leute sagt, die in Schokoladenfabriken arbeiten: zuerst läuft dir ständig das Wasser im Mund zusammen, aber nach kurzer Zeit stumpfst du ab.
Ich sah mir den Typen hinter der Vitrine an und fragte mich, ob es ihm auch so ergangen war, ob er im ersten Monat seine Arbeitstage mit Dauerständer verbracht hatte, und ihn jetzt nach dem Anblick so vieler erigierter Schwänze und Titten und Ärsche auf den Videocovern und auf den Bildschirmen, den Dildos, Handschellen und allem anderen überhaupt nichts mehr überraschen oder erregen konnte.

Zu meinem Erstaunen beobachtete der Typ mich, und ich sah, wie sein Arm sich unter dem Tisch leicht bewegte.
Holte er sich etwa einen runter? Ich war der einzige Kunde, bezweifelte aber, dass er mich so toll fand, dass er sich unbedingt einen abwichsen musste. Eher konnte ich mir vorstellen, dass er sich langweilte, so alleine.
Und so attraktiv fand ich ihn auch nicht. Ich bevorzuge es, wenn sie kleiner sind als ich, etwas freakig, tätowiert und mit Piercings. Er war ziemlich groß, eher ein Türsteher, mit rasiertem Kopf und einem Ohrring. Wenn ich Phantasien mit Gladiatoren hätte …
Aber ich hatte noch Zeit totzuschlagen. Ich näherte mich dem Ladentisch. Er hob seinen Schwanz an, damit ich ihn besser sehen konnte. Seiner war groß, wie er selbst, und gerade, die Spitze ordentlich unter der Vorhaut. Meiner war schlanker, gekrümmt, die Eichel hing eher wie eine Mütze auf einem Stock. Ich hob den Blick und signalisierte ein Ja.
Er sprach nichts, stand von seinem Tisch auf und ging zur Tür. Er schloss ab, ein Krampf ging durch meinen Körper, so zwischen Angst und Geilheit. Er tauschte das Schild in der Tür mit einem, auf dem stand: IN 5 MINUTEN ZURÜCK. Ich ging ihm in eine Kabine nach und hoffte, dass wir etwas länger brauchen würden. Ich musste ja noch die Zeit überbrücken, bis der Zug ging.

*Daniel Schmude-Sterling, The Couple 3*

Daniel Schmude-Sterling, Red Umbrella

*Daniel Schmude-Sterling*

*Adonis*

*Jan Gympel*

**Dann wird erstmal geschnäbelt**

Mal gucken … Der ist zu unattraktiv. Bei dem da drüben hätte es vermutlich gar keinen Sinn: So, wie der rumläuft, wie er aussieht, wie er sich bewegt – der würde sich noch ermutigt fühlen. Und der da … Nee, eindeutig zu alt. So richtig Spaß macht es vor allem bei jüngeren Herren, bis maximal dreißig. Die sind für derlei noch empfänglich. Und einigermaßen gutaussehend sollten sie sein. Am besten etwas sportlich. Ich bevorzuge Durchschnittstypen, die einen Nagel gerade in die Wand kriegen, vielleicht noch in einem Verein sind, aber bald nur noch hin und wieder mit ihren Kumpels auf einer Wiese kicken, und wenn Mutti es erlaubt mit denen auch mal einen saufen gehen, die den Sinn des Lebens im Malochen und in der Kinderaufzucht suchen und sich unglaublich wild und mutig vorkommen, wenn sie es noch einmal in der Woche wagen, im Stehen zu pinkeln. Angehende Nick-Hornby-Typen. Jungs von nebenan – nett, harmlos und halbwegs hübsch. Aber nicht zu hübsch, sonst sind sie's gewohnt, dann funktioniert es nicht. Der da zum Beispiel. Aaah! Scheint ein hervorragendes Exemplar zu sein, das da ankommt. Sogar in Begleitung. Das macht immer am meisten Spaß, so zu dritt. Nicht zuletzt ist es dann auch am ungefährlichsten. Man muss ja an seine Gesundheit denken.

Er ist vielleicht Anfang zwanzig. Tatsächlich ganz appetitlich. Ich werd gleich beginnen. Ihn nochmal ansehen, ein wenig zu lange, und noch mal. Ihn spätestens dann auffällig mustern, wenn er an mir

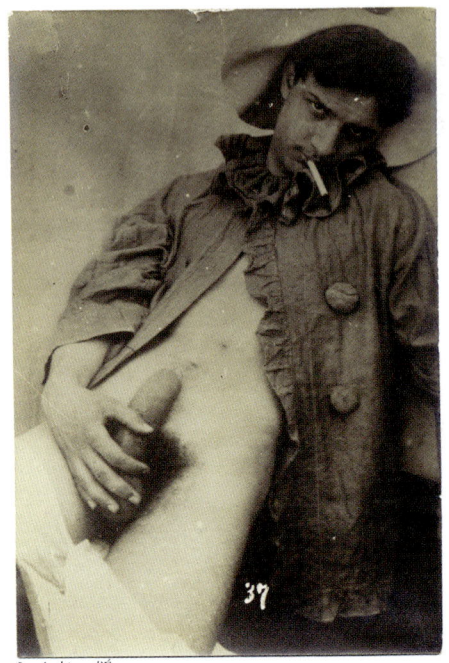

*Les Archives d'Éros*

vorbeiläuft. Je schneller er es mitkriegt, desto besser. Och doch, hübsches Profil, nicht nur am Kopf. Die beiden gehen ganz ans Bahnsteigende. Umso besser, dann ist eine Flucht nur an mir vorbei möglich. Das hat man manchmal, dass sie plötzlich noch ein, zwei Türen weiter rennen, sogar in einen anderen Wagen einsteigen wollen, selbst wenn das überhaupt keinen Sinn ergibt, weil es ein Zug mit durchgehendem Fahrgastraum ist. In solchen Situationen setzt eben der letzte Rest Intelligenz aus. Oder sie werden derart panisch, dass sie während der Wartezeit so weit wie möglich weglaufen, in mehreren Stufen, immer noch ein Stückchen weiter. Dann ist stets die Frage, ob man folgen und das entsprechende Objekt damit noch weiter hochkochen soll. Aber natürlich geht das mit dem Weglaufen schlecht, wenn man in Begleitung ist. Dann müsste man ja etwas erklären. Und sich womöglich offenbaren. Doch mein

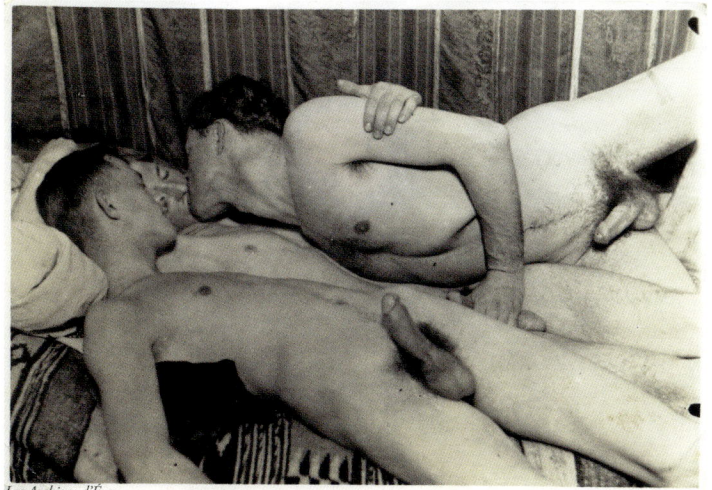
*Les Archives d'Éros*

jetziger Spielpartner hat sich sowieso in die Sackgasse manövriert. Vermutlich, weil ihm noch gar nichts aufgefallen ist. Muss ich eben nochmal rüberschauen. Und nochmal. Zum Glück steht er am vorderen Bahnsteigende. Meine Blicke können also nicht dem sehnsüchtig erwarteten Zug gelten, der aus der entgegengesetzten Richtung kommen müsste. Ich zünd mir mal eine an. Ist hier natürlich verboten, aber gerade deshalb. Und weil ich dann bedeutungsvoll an der Fluppe saugen kann. Damit der junge Herr meine Blicke registriert, werd ich ein wenig in Richtung Bahnsteigkante gehen. Da, jetzt! Au, so verunsichert, wie er schaut, muss er bereits vorher etwas mitbekommen haben. Und schon – ah, eine klassische Reaktion! Er grapscht nach der Hand seiner Mandy. Als könnte die Berührung einer Frau ihn gegen unglückselige Neigungen immunisieren. Aber so hat sie wenigstens auch etwas davon. Man hilft ja gern. So irritiert, wie sie guckt, dürfte er sich zu derlei Zeichen seiner Zuneigung nicht allzu häufig hinreißen lassen. Kleine, wenn du Glück hast, kann ich ihn dazu bringen, sogar noch den Arm um dich zu legen. Oder wenn ich, kaum merklich, die Lippen spitze …? Zack! Jetzt schaut er nicht mehr verunsichert zurück, auch nicht aggressiv, wie manch einer, eher triumphierend. Mandy, pass auf, gleich kommt der Arm – nein, noch besser, er zerrt dich von seiner Rechten an seine Vorderseite und beginnt mit dir zu schnäbeln. Ja, das hat man auch oft, dass dann erstmal geschnäbelt wird. Und in diesem Falle musste der Positionswechsel sein, denn hätte er sich dir zugewandt, hätte sein Blick rasch auf mich fallen können, ganz unwillkürlich, wenn er aufgeschaut hätte. Und seine Rückseite wollte er mir natürlich auch nicht zudrehen. Man weiß ja, worum die gemeine Hete am meisten Angst hat.

Nur Mandy scheint immer noch nichts mitbekommen zu haben. Die denkt wohl, dass sie aus reiner Höflichkeit in Fahrtrichtung sitzen darf. Dabei hat sich ihr Goldkettchen über dem Sweatshirt tragender Liebster in dem Zug, in dem wir uns nun befinden, wohlweislich so positioniert, dass er mir den Rücken zuwendet. Dummerweise – für ihn – stehe ich im rechten Winkel zu ihm, an der gegenüberliegenden Tür, auf der Seite, wo fast nie ein Bahnsteig kommt, weshalb ich ihr meinen Rücken zuwenden kann. Und den jungen Herrn hervorragend im Auge behalten, derweil er mich nur noch sehen könnte, würde er sich umdrehen.

Aber Mandy sieht mich. Der Zug ist voll genug, damit sich die beiden nicht nebeneinandersetzen konnten, sondern nur auf zwei gegenüberliegende Plätze am Gang. Zu weit voneinander entfernt, um weiterzuschnäbeln. Und selbst das Händchenhalten geht nur, wenn sich wenigstens einer vorbeugt.

Natürlich tut er das. Weil er meine Blicke spürt – delikate Ansicht, die das hochrutschende Hemd freigibt –, sich das zumindest einbildet oder weil er jetzt schon so verunsichert ist, dass er sich an seinem Mäuschen ganz doll festhalten möchte. Wenn die wüsste, dass mit dem Klammergriff mal nicht verhindert werden soll, dass eine Hälfte des Paares womöglich abhaut. Aber ich kann sie es ja wissen lassen. Komm, Mandy, dein Ronny ist ja ganz hübsch, aber wirf mir doch auch mal einen Blick zu. Muss ich dazu erst auf deine Brüstchen starren? Ah, ja! Und jetzt pass mal auf, wo meine weiteren Blicke hingehen. Hm, Süße, weißt du eigentlich, wie sehr ich auf männliche Rückseiten stehe? Nein, nicht was du in deinem Schminke- und Haarspraybedeckten Köpfchen glaubst. Ich meine Rücken, Schultern, Nacken. Knabberst du deinem Liebsten auch mal kräftig am Hals oder drückst du ihm, wenn er auf seinem mutmaßlich waschbrettigen Bauch liegt, bloß die Mitesser aus? Vermutlich beschwerst du dich, wenn dem Bubi mal drei Haare auf dem Rücken wachsen sollten. Ihr Weiber müsst ja immer etwas rumzumäkeln haben. Vor allem an den Kerlen. Na, hab mal keine Angst, ich nehm ihn dir schon nicht weg! So dolle ist er nun auch nicht. Außerdem bin ich bestens versorgt – zuhause wartet ein Bär auf mich, der ist mindestens das Doppelte von deinem Jüngelchen. An Gewicht, Umfang, Mann. Und vermutlich auch in dem Punkt, an den du gerade denkst.

Ich sehe doch aus den Augenwinkeln, während ich deinen Schatz so auffällig wie möglich mustere, dass du inzwischen registriert hast, was hier geschieht. Schade bloß, dass man nie mitbekommt, wie es weitergeht, nie etwas erfährt von den Kurzzeitfolgen – und den Langzeitschäden. Ob er ihr bei nächster Gelegenheit, spätestens wenn die Wohnungstür ins Schloss gefallen ist, die Kleider vom Leib reißt und es ihr gnadenlos besorgt? Oder wird dieser Versuch, sich und ihr zu beweisen, dass er ein richtiger Kerl ist, einer, der Frauen flachlegt, gleich oder später scheitern an dem Gedanken, von einem Typen für attraktiv gehalten, mit den Augen ausgezogen und womöglich als seinerseits interessiert verdächtigt worden zu sein? Vielleicht genügt auch schon die Vorstellung, nun, eventuell im gleichen Moment, einem Schwulen als Masturbationsphantasie zu dienen, für eine nachhaltige Erschlaffung. Ja, Kleiner, das kannst du leider nicht verhindern, dass du in meinen schön schmutzigen Gedanken Dinge mit mir machst, Dinge mit dir machen lässt – und das auch noch mit Freude –, an die du nicht mal zu denken wagst.

Wie sehr es ihm auf die Nudel schlägt, hängt sicher auch davon ab, wie seine Mandy reagiert: Ob sie es wagt, den kleinen Vorfall zur Sprache zu bringen, vielleicht sogar mehrfach, statt sich damit zufriedenzugeben, dass er ihn kommentiert hat durch den Ausruf »Miese Schwuchtel!« – mit größtmöglicher Verachtung in der Stimme. Deshalb hat man ja als Provokateur weniger zu befürchten, wenn der Ronny in Begleitung ist: Er

wird es kaum riskieren, durch eine heftige Abwehrreaktion seinerseits seine Freundin am Ende erst darauf zu stoßen, dass er gerade zum Lustobjekt eines anderen Mannes geworden ist.
Hat SIE es gemerkt, was zwischen ihr und ihm frühestens geklärt wird, wenn es vorbei ist, wenn sie – beispielsweise – den Wagen verlassen haben, wobei er meist einen nochmaligen Blickkontakt krampfhaft vermeidet, aber doch darauf achtet, ob ihm die schwule Sau weiter folgt, bereitet ihr die Angelegenheit vielleicht auch mehr Freude, als nur in der Form, ihren Partner piesacken zu können. Frauen sollen doch Schwule sooo süüüß finden. Stell dir mal vor, Mandy, womöglich ist deiner ein verkappter Homo. Und er weiß es nur noch nicht. Oder du hast ihn umgedreht.
Also nicht nur ein wenig Händchenhalten, Schnäbeln und animalischer Sex. Nein, dann hätte ich ja noch viel mehr Gutes bewirkt mit dem mir liebsten unter allen Alltagsspielen: dem Hetenverunsichern.

---

## Marcus Jensen

### Denk an Fußball

Zog ihn rechtzeitig raus, grunzte und samte über die Girlandenschrift ihres Steißtattoos *Denk an Fußball*. »Find ich so geil«, keuchte ich dann, »dass du keine Pille nimmst und Gummis nicht leiden kannst.« – »Junge, das hier ist echt Vertrauenssache. Sag mal, soll ich jetzt gekommen sein?« Ich wischte ihn in ihrer Furche ab. »Ich leck dich fertig. Da bin ich gut.« Sie ruckelte ihre Hinterbacken zurecht, und ich ging ran an die pole position. Erst steckte meine Nase im eigenen Schmodder, aber sie drückte das Kreuz durch wie eine Schlangenmenschin, ihre Pflaume oder Dattel oder Feige (mh, Pflaume mag ich lieber) flutschte durch die Oberschenkel und stand leicht hervor, pavianisch dunkelrot, entzückend. Ich musste meine Zunge hochkant reinschlängeln und fragte sie vorher: »Nennst du deine Muschi eher kurz Moschi oder lang Muuhschi?« – »Übertreib's nicht, Junge. Ich hatte neulich einen aus Hamburg, der sagte ßperma und abßpritzen, und ich will mich doch konzentrieren.« Auch wieder wahr.

Markus Sauer

# Theo Berger

*Die Texte entstanden nach Aufgaben aus dem Buch »Dirty Writing« (das ich eher »Lustvoll Schreiben« nennen würde)*

**Mein Fetisch?**
Mein Fetisch ist der Busen. Ich bin Busenfetischist. Ich liebe Frauenbrüste. In allen Variationen. Ich sammle sie in meiner Erinnerung, aber ich halte sie auch mit Fotos fest. Im Licht und Gegenlicht, vor dem Meer in gleißender Sonne oder im Halbschatten des Waldes und im gedämpften Licht eines Hotelzimmers. Kleine feste Brüste und große volle weiche Busen von jungen Frauen, aber auch leicht hängende, fast dekadent erschlaffte Brüste reifer Frauen, die in der Liebesnacht aber wieder prall und steif werden und ihre hart geküssten Spitzen weit heraus stehen lassen. Die

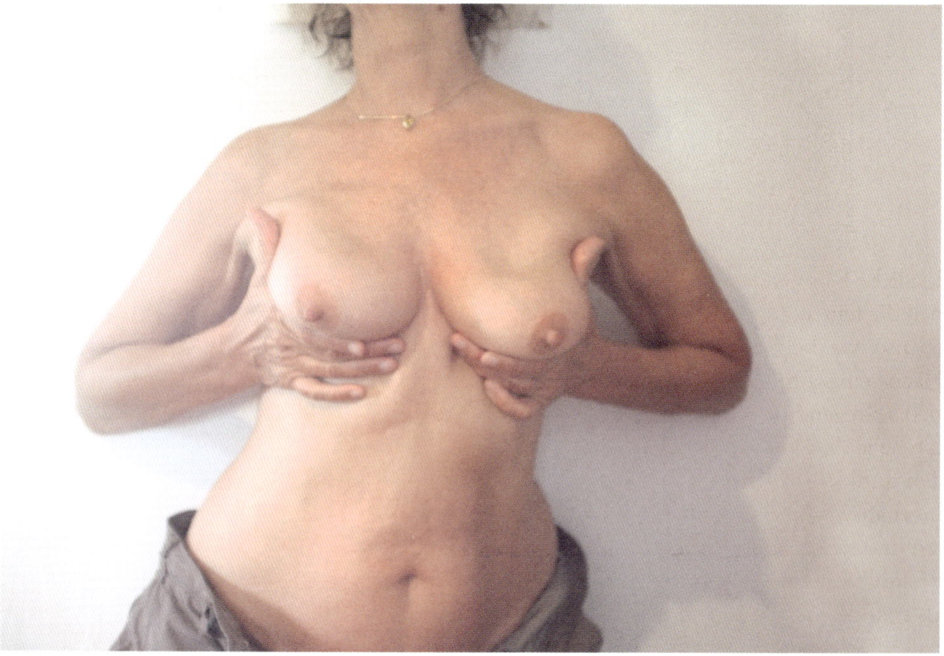

*Barbara Thielen*

Brüste dieser Frauen, manche von ihnen haben schon Kinder gesäugt, sind meist viel erotischer als die jungen perfekt gerundeten, aber noch nicht in allen Liebesformen erprobten und erstürmten Brüste der jungen Mädchen.

Händen zusammengedrängten Brüsten solange hin und her zu bewegen, bis das Sperma über die dabei schwer und prall gewordenen Prachtstücke spritzt und mit sanft gleitenden Bewegungen in sie eingerieben wird. Die Brüste sind das eigentli-

*Karsten Uwe Meyer*

Ich liebe besonders die Höfe um die Nippel, die feinen, kleinen zartrosafarbenen ebenso wie die großen bräunlichen, die viel Fläche einnehmen und beim Liebesspiel sich aufregend um die steife Mitte kräuseln. Ich liebe die fast schwarzen Knospen mit den dunklen Höfen genauso wie das marmorhaft weiße Fleisch mit den hellen Höfen und den aufbrechenden rosigen Blüten. Es zählt zu den erregendsten Genüssen als männlicher Busenfetischist, den steifen Schwanz zwischen den mit beiden

che Liebeszentrum der Frauen, die Mösen die Lustzentren. Wer nur sinnlich ficken will, ist da unten gut aufgehoben. Wer aber die Liebe einer Frau erfahren möchte, der sollte sie an ihrem Busen erspüren. Nirgendwo sonst kann der Körper einer Frau so eine Liebesstrahlung aussenden. Sie geht einem zu Herzen und bewegt den Liebenden, sie aufzunehmen und zu erwidern. Kein anderer Teil des weiblichen Wesens kann ein so tiefes Liebesglück vermitteln, wie die Hingabe an die Brüste.

Bea Mandel

## Anton G. Leitner

**A wuida Brumma**
Do schaug hea,
Auf mein Busn
Hod mi a Webbs
Gschdocha, sogds
Ganz webbsad und
Reissd iran Aus-
Schnidd auf in Dobbe-
Dee, obwoi i beim
Näa Hischaung
Goa koan Schdiech
Siech, und aa koan
BeeHaa, sondan
Oiss nua no dobbed
Und vaschwomma.
Und grod summa
Duads und brumma
In meim Kobbf.

**Eine Wuchtbrumme**
Schau mal,
Auf meinen Busen
Hat mich eine Wespe
Gestochen, sagt sie
Ganz aufgestachelt und
Reißt ihren Aus-
Schnitt auf in Größe Doppel-
D, wobei ich bei
Näherer Betrachtung
Gar keinen Stich
Entdecken kann, und auch
Keinen Büstenhalter, statt-
Dessen seh ich alles doppelt
Und verschwommen.
Und es brummt und
Summt wie wild
In meinem Kopf.

# Bea Mandel

Theo Berger

**Mein bester Freund**

Ich nenne ihn auch den kleinen Prinzen, wenn er klein zusammengerollt ist. Zähme mich (»apprivoise-moi« heißt es bei Antoine de Saint-Exupéry) spricht er oft zu den Frauen, die ihn heranwachsen lassen, meinen Penis oder besser und öfter meinen Schwanz. Von klein auf hatte ich ihn lieb, er schlief zufrieden in meiner Kinderhand, bis ich einmal im Sommerlager von der herben Aufseherin unversehens brutal aufgedeckt wurde und Ohrfeigen erhielt, »weil du dein schmutziges Glied anfasst«. Kein Verständnis – ich ahnte nicht warum. Wäre ich älter gewesen, hätte er sich vielleicht auffordernd aufgerichtet. Später wurde er schon in der Morgendämmerung steif und wollte intensiver als bisher gestreichelt werden. Um diese Lust auszudehnen, machte ich alles so langsam wie möglich. Dann richtete ich die nun dunkel violett gefärbte Spitze auf meine Bauchdecke und mein Schwanz entleerte sich zuckend über den Nabel. Manchmal spritzte er auch bis in mein Gesicht. Ich blieb nach der entspannenden Entladung zunächst ruhig liegen und rieb mir die schäumende Masse genüsslich in die Bauchdecke ein. Dadurch hatte ich das Gefühl, dass nichts verlorenging und ich sogar gekräftigt aufstehen konnte. Später, als ich es mit den ersten älteren Frauen machte, brachten mir diese erfahrenen Liebhaberinnen bei, dass ein Mann seinen Orgasmus – oder auch mehrere hintereinander – ohne Samenerguss haben kann und damit auch der Frau solange Vergnügen bereitet, bis sie selber ihren oder ihre Orgasmen erreicht und sich das Sperma ihres Liebsten wünscht. Meist auf die erwartungsfrohen Brüste mit den steifen Nippeln und anschließendem zärtlichen Einreiben – bisweilen aber auch in die Vulva, in der dann der Samen einige Tage die Erinnerung an die lang hingezogene Liebesnacht wachhält. Am liebsten aber, ohne auf den Orgasmus hinzuarbeiten, dann aufhören, wenn es am schönsten ist. Was mein Schwanz gar nicht mag, das ist das in Pornofilmen bis zum Überdruss gezeigte sogenannte »Blasen« mit dem ekelhaften Gewürge des »deep throat« und dem noch ekelhafteren Spritzen des Spermas – das empfindet er immer als besonders erniedrigend für die Frau. Aber auch für den Mann, der mit dieser machohaften Geste Verachtung statt Liebe ausdrückt. Am liebsten hat es der kleine Prinz, wenn er sanft gestreichelt heranwächst und zur gezähmten Beherrschung der Lüste aufgefordert wird. Dann fließt die Liebe in der richtigen

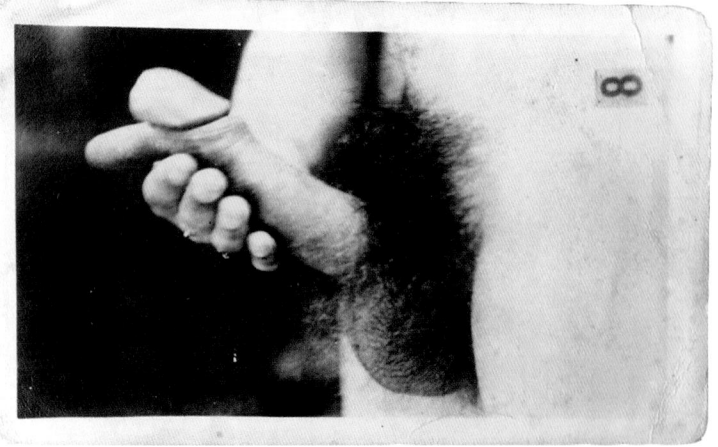

»Polla«, ca. 1930, Sammlung Alexis W.

Richtung: von oben aus dem Herz über den mit der Vulva vereinigten Schwanz in die Geliebte, von wo sie dann in das Herz der Angebeteten aufsteigen kann, um wieder zurückzukehren, hin- und her zu fluten. Dieses gegenseitige Durchströmen empfindet er als die höchste Liebeswonne, die beide Beteiligten entzückt.

*Initiation amoureuse 1, Sammlung Reinhard Grüner*

**Das erste Mal**

Kurz vor dem Abitur geschah ein kleines Wunder. Die angebetete Klassenkameradin Birgit interessierte sich ganz offensichtlich für mich. Ich konnte es fast nicht glauben. Wir fuhren mit der Isetta meiner Mutter in den Wald und küssten uns leidenschaftlich bis die Scheiben beschlugen. Birgits Hand verirrte sich schon mal bis unter den Gürtel, schreckte aber dann vor der Ausbeulung in der Hose zurück.

Sie gestand mir, dass sie keine Jungfrau mehr sei. Ein amerikanischer GI sei ihre erste große Erfahrung gewesen. Nun sei er aber in die USA zurückgekehrt und sie wieder allein. Ich dagegen hatte noch nie mit einer Frau geschlafen – damals war man viel später dran als heute.

Wir büffelten zusammen für die Prüfungen und es wurde Frühling. Meine Eltern waren geschieden, der Vater ausgezogen, meine Schwester im Schweizer Internat. Meine Mutter hatte einen Freund und verbrachte viel Zeit mit ihm. Ich hatte unser Haus mit der großen Sonnenterrasse über dem Wohnzimmer fast alleine für mich. Birgit und ich arbeiteten also meist brav bei mir. Dazwischen gab es bisweilen ein süßes Küsschen, die Sinnlichkeit hielt sich in Grenzen.

Dann aber sprach der warme sonnige Mai ein Machtwort zu den zwei Zwanzigjährigen prall mit Liebessehnsucht gefüllten Gymnasiasten. Wie auf ein geheimes Signal standen wir eines Nachmittags vom Arbeitstisch auf und küssten uns auf einmal ganz anders. Fest, sinnlich und fordernd. Pressten uns aneinander, spürten uns heiß und begehrend. Wir hatten nicht viel an, und etwas unbeholfen fing ich an, Birgit auszuziehen. Sie ließ mich gewähren. Als sie nackt war, glühte mein Gesicht

*Initiation amoureuse 2, Sammlung R. Grüner*

und schnell hatte auch ich alles ausgezogen und mein Schwanz stand steif und begehrlich vor ihr. Birgit nahm ihn und streichelte ihn, bis seine Spitze fast violett angeschwollen war. Dann verlangte sie nach mehr und ich küsste ihre Brüste und fasste in den dunklen Busch, der zwischen ihren Schenkeln heiß und nass geworden war. Wir gingen die Treppe nach oben. Aus dem Schlafzimmer nahm ich eine Decke mit, die ich auf der sonnigen Terrasse am Boden ausbreitete. Wir legten uns hin, küssten uns, ich streichelte ihre Brüste, ihren Po, kraulte ihr dichtes Schamhaar, steckte den Finger in die nasse Möse und kitzelte ihre Klitoris. Sie griff nach meinem sehnsuchtsvoll aufgerichteten Schwanz. Ich kletterte schließlich über sie, drückte

ihre Beine auseinander, sah das dunkle Schamhaar und meinen Steifen mit einem glasklaren Tropfen Gleitflüssigkeit an der Eichel dicht davor – ich konnte es kaum glauben: jetzt sollte es endlich sein!
Wir küssten uns noch einmal, heftig, lüstern. Birgit nahm schließlich mein noch zauderndes Glied und führte es in sich ein. Ich drang langsam bis ganz hinten tief in sie hinein – es war alles ganz nass, eng und heiß und meine Eier lagen in ihrem Schamhaar wie in einem Nest. Ich stützte mich auf die Arme, richtete den Oberkörper auf und sah an uns herunter. Ihre Brüste waren ganz steif, die Nippel standen braunrot weit hervor, die Ränder waren dunkel zusammengezogen, mein Sack lag prall auf ihrem dunklen Schamhaar, der Schwanz war bis zum Anschlag in der Scheide verschwunden, nur eine dicke blaue Ader war noch an der Schwanzwurzel zu sehen. Die Sonne schien auf meinen Rücken, auf uns – das musste es sein! Alles in diesem Moment schien stillzustehen und brannte sich in mein Gedächtnis ein. Ich war zum ersten Mal tief im Körper eines Mädchens, das ich wie verrückt liebte. Ich bewegte mich nicht – es war ein wundervoller, einzigartiger Moment der Erfüllung.

Ich war wie erstarrt, dann aber wollte ich mich in ihrer sanft saugenden Höhle bewegen. Aber – plötzlich und unerwartet spürte ich meinen Samen kommen – ich riss den Schwanz heraus und ergoss mich über Birgit. Es spritzte weit bis in ihr Gesicht, auf ein Auge, die Nase, ins Haar, es war einfach überall, auf ihren Brüsten und ihrem Bauch. Es hörte nicht auf, in breiten Strömen aus mir zu quellen. Sie fand es ganz offensichtlich ekelhaft. Fürchterlich. Sie erstarrte zu Eis. Ich glitt ungeschickt von ihr, sie stand auf, ging ins Bad, wusch das Ekelzeug ab, zog sich an und nahm ihre Sachen, während ich dämlich mit noch tropfendem, aber wieder schlaffen Schwanz betreten daneben stand. Birgit verließ wortlos das Haus. Das war's. Wir sprachen bis zum Abitur nur noch das Nötigste miteinander und gingen uns aus dem Weg. Ich schämte mich.

Das war aber noch nicht das Ende vom Lied mit Birgit – die richtige Musik unserer Jugendliebe spielte dann doch noch ein paar Jahre später auf das Sinnlichste und Schönste auf den dann besser eingestimmten Instrumenten unserer nackten Körper: wir fickten uns die Seele aus dem Leib. Leider blieben wir auch danach nicht zusammen. Nur die Dankbarkeit dafür blieb.

## *Anton G. Leitner*

**Pubbadäd**
Heid gibds wieda
A scheene Sauarei.
Awa bloos zum O-
Schaung. So a
Hosndialdrazza!

**Pubertät**
Heute gibt es wieder
Schön saftiges Fleisch.
Aber nur zum An-
Heizen. Was für ein
Hosenknopfsprenger!

*Pepper*

*René Hamann*

**Der englische Rasen**

Ich habe den Faden verloren. Wie hieß die Geschichte? Der Junge. Die Geliebte. Das satte Grün. Während ich den Rasen mähte, räkelte sie sich lasziv auf dem Sofa und wurde vom Nachmittagsprogramm latent angemüllt. Ich liebte sie.

Es war ein heißer Sommertag in den Schulferien, und das Geschehen spielt in den achtziger Jahren. Ich trug eine ausgeblichene Jeans und ein verwaschenes, hellblaues T-Shirt. Meine Freunde waren sämtlich in eine Freizeit gefahren, irgendwo in Südtirol, es schien, als gäbe es in diesem Dorf nur noch sie und mich. Ich werde nie mit einer Wimbledonsiegerin schlafen, und ich werde nie eine Schauspielerin heiraten, dachte ich, während die TALKING HEADS durch mein tragbares Abspielgerät sangen, dessen Kopfhörer mir wie Micky-Maus-Ohren auf dem Kopf saßen, aber vielleicht heirate ich einmal diese Sofakatze.

Der Rasen stand hoch. Es war mühsam, den Mäher durchs Gras zu schieben. Die Rasenfläche schien riesig; die Nachbarn hatten vor einem halben Jahr ein halbes Feld geerbt und Rasen gesät. Aber ich wurde nach Stunden bezahlt und ließ mir dementsprechend Zeit. Die Belohnung für diesen wöchentlich auszuführenden Job war im Grunde lächerlich; aber von angemessenen Löhnen für Kinderarbeit dieser Art wusste ich noch nicht viel; ich hatte keine Vergleichswerte. Hauptsache, es sprang ein neues Buch, eine Single, oder am Ende der Ferien eine LP dabei heraus. Es war vielleicht zwei Uhr, das wie immer ausgesucht dürftige Mittagessen noch nicht lange her, ich schwitzte und fühlte mich matt. Und gleichzeitig angeregt. Der Duft von frisch gemähtem Rasen, die neuen Bäume, der himmelblaue Himmel, ich bekam Lust, ein Bein zu lecken. Ich –

*Initiation amoureuse 3, Sammlung R. Grüner*

Ich habe den Faden verloren. Wo war ich? Während ich mähte, lag sie auf dem Sofa, so weit waren wir schon. Ich liebte sie. *And She Was.* Während ich den Elektrorasenmäher der Marke WOLF, der ebenfalls den Nachbarn gehörte, er war jedenfalls um Klassen besser als der alte Mäher, den wir hatten – während ich also den Wolf durchs hohe Gras schob, stellte ich mir ihre Schenkel vor, Schenkel, die ich lange nicht gesehen hatte, untervögelt wäre gar

93

kein Ausdruck. Es war ja schon wieder eine Woche her. Und jetzt strichen meine Hände über den Bogen des Mähers, den Schubgriff, über die Querstange und die Verstrebung, sie empfanden sogar Lust, den Grasauffangkorb zu streicheln.

Das Geräusch des Rasenmähers änderte sich kaum, nur in besonders hohem Gras. Ein permanentes Dröhnen, das die laszive, aber blechern klingende Musik auf meinen Ohren nur geringfügig übertönte. Die Sonne stand hell irgendwo rechts über den Dorfdächern. Die Farben waren satt. Der Rasen hatte dunkle Stellen. Moos drohte. Nach der Grobarbeit kam die Feinarbeit, die Kanten schneiden, dann das restliche Gras aufharken. Nach einer guten Stunde und etwas mehr als der Hälfte der Rasenfläche machte ich eine Pause, in der ich mich verschwitzt und aufgelöst an eine Mauer lehnte, Leitungswasser aus der Plastikflasche trank und überlegte.

Wir hatten es noch nicht oft miteinander getrieben, eigentlich erst zweimal, und im Grunde waren wir auch noch zu jung für das Ganze, von der öffentlichen Moral her gesehen zumindest, aber illegal war es nicht. Wir waren ja gleichaltrig. Sie hatte vor mir Geburtstag, war also älter, ein Grund mehr, sie scharf zu finden. Von unserem Verhältnis wusste soweit niemand etwas. Jedenfalls dachte ich das. Woher die Pille kam, die sie nahm, wusste ich nicht, aber es sollte mich auch nicht kümmern, Hauptsache, meine Freunde, oder schlimmer noch, die Mädchen aus meiner Klasse bekamen nichts von dieser Sache hier mit. Von meinen Eltern rede ich erst gar nicht. Eine Schönheit war sie nämlich tatsächlich nicht gerade, und ein Intelligenzbolzen schon gar nicht, noch zwei Dinge, die mich scharf machten. Von Liebe, selbst in ihren, übrigens sattblauen Augen, konnte also keine Rede sein. Wir waren bloß zwei Teenager, die es endlich treiben wollten, mit irgendwem, oder nicht unbedingt mit irgendwem, Sie wissen schon, und die es dann einfach taten. Vermutlich schlecht. Es ging jedenfalls immer sehr schnell.

Heiß war es jetzt schon seit mehreren Tagen, fast seit zwei Wochen. Das war ungewöhnlich. Die Ventilatorenindustrie freute sich über die einzigen auftragsstarken Tage im Jahr. Die Nachbarn hatten bereits ihre Rasensprenger aktiviert, ich zögerte noch. Nein, stimmt nicht, ich zögerte nicht, sondern weigerte mich. Ich stellte mir nämlich vor, dass die Hitze das Wachstum des Rasens einschränken würde, und außerdem mochte ich dieses bleiche Gelb. Die ausgeblichenen, vergilbten Wiesen. Und obwohl ich Gartenarbeit eigentlich hasste, konnte ich mich der Schönheit dieses Anblicks nicht verschließen. Ich meine, dem Anblick eines gleichmäßig geschnittenen, sauber geharkten englischen Rasens. Es war nicht mein Rasen, das war klar, und dass ich ihn mähen sollte, war im Grunde nichts als Ausbeutung, aber in diesem Moment empfand ich nicht nur Erleichterung über die erledigte Arbeit, sondern sogar so etwas wie Stolz. Zwei weiße, kleine Schmetterlinge flatterten freimütig über die ebene, tiefgrüne Fläche. Nicht ein Halm stak heraus. Für vielleicht fünf Minuten legte ich mich fast glücklich in mein Werk. *And She Could Hear The Highway Breathing*. Geil war ich allerdings immer noch.

Während ich so dalag, malte ich mir frivole Dialoge aus. Sätze, die ich ihr sagen wollte, andere Sätze, die ich von ihr hören wollte. »Zieh dich aus, dann bist du nackt« etwa. Oder: Sie: »Ich bin irgendwie nur so ein bisschen geil.« Ich: »Dann lass uns ganz schwach Sex haben, ganz schwach.« Ich lächelte vor mich hin, während sich meine Hose weiter ausbeulte. Es begann wehzutun. Vielleicht sollte ich jetzt doch an etwas anderes denken. Stattdessen fielen mir noch weitere, eher merkwürdige Sätze ein: »87 ist doch ein stattliches Alter für eine Jungfrau.« Oder der folgende Dialog: »Warum schläfst du eigentlich mit so einer übergewichtigen Person?« – »Ich weiß nicht. Es tröstet mich irgendwie.«

Mitten in diese Überlegungen platzte ein breites, fett grinsendes Gesicht. Es beugte sich über mich und gehörte dem älteren Bruder eines Nachbarjungen. Ich nahm vorsichtshalber die Kopfhörer ab.
»Na, war anstrengend? Wärst besser schwimmen gegangen.«
»Du hast leicht reden.«
»Also, ich fahr jetzt zum Baggerloch raus. Mit meinem Gebrauchten. Wenn de willst, kannste mitkomm.«
»Lass ma, danke, ich muss hier noch fertig machen und nachher muss ich, äh, zu Hause sein.«
»War nurn Angebot«, meinte das Gesicht und entfernte sich. Von dem »Tschö«, das er mir hinterhersandte, hing noch das Ö in der Luft.
»In einem Schlafzimmer kommt es zum Sex«, dachte ich. Dann machte ich mir Sorgen darüber, ob der Kerl – er hieß Alfred, ein komischer Name für einen Spätpubertierenden in dieser Gegend, er wurde auch nur Fred oder Freddy genannt – irgendetwas bemerkt haben könnte. Ich richtete mich auf und schaute zu, wie er in einen grauen Ford Escort Baujahr 1978 stieg, mehrfach die Zündung probierte, bis die Kiste endlich ansprang. Dann setzte er zurück, parkte aus und bog um die Ecke. Vermutlich nicht. Zu stumpf dazu, dachte ich. Schwimmen gehen, dachte ich als nächstes. Wäre tatsächlich eine Option gewesen. Die Königin geht schwimmen, ich rate ihr: nicht zu weit raus. Da war die nächste Sorge: Vielleicht war sie gar nicht daheim und räkelte sich auf dem Sofa, während das Radio lief oder das ZDF-Ferienprogramm? Vielleicht war sie mit ihren Freundinnen – so sie welche hatte, ich konnte mir das kaum vorstellen – ebenfalls zum Baggerloch unterwegs? Und räkelte sich dort auf einem Handtuch, und lächelte dem grauen Ford Escort entgegen, aus dem dann –
Nein, so geht das nicht. Ich stand auf, nahm einen tiefen Schluck aus der Plastikflasche, lehnte mich an die nächste Hauswand, erfand das Mobiltelefon und rief sie an. Es war eine sehr kurze Nummer, wir waren schließlich auf dem Dorf und in den achtziger Jahren.
»Ich habe von deinem Klingelton geträumt«, sagte sie trotzdem.
»Oh«, machte ich. »Das heißt, ich habe dich geweckt.«
»Hm-hm«, sagte sie. Es klang, als läge eine Wolldecke auf ihren Stimmbändern. Ich schaute auf die Uhr, vielleicht brauchte ich hier noch so eine halbe bis dreiviertel Stunde, der späte Nachmittag war frei, meine Eltern waren ausgeflogen, sturmfreie Bude. Ich bestellte sie also zu mir. Sie sagte gleich zu. Ich konnte fühlen, wie es in mir glühte. In ihr glühte es wahrscheinlich auch. Über dem frisch gemähten Rasen glühte es ebenfalls. Englischer Rasen, dicht und weich, auf optimaler Länge, nur Rasen, und nichts sonst. Alles, was höher wachsen wollte, hatte keine Chance. Kein Moos, keine

Blümchen, kein Unkraut.
Zwei Stunden später klingelte es. Ich hatte nicht groß aufräumen müssen, ordentlich war ich schon damals. Ordnung hatte mir mein Vater beigebracht, indem er meine Schreibtischschubladen auf den Kinderzimmerboden ausschüttete und mit einer ausholenden Armbewegung alles, was sich auf dem Schreibtisch befand, mit dazu herunterwischte. Dann hieß es aufräumen: Die Hälfte sollte in den Müll, die andere ordentlich in die Schubladen. Die Schreibtischoberfläche sei bis auf den Becher mit den Stiften und der Lampe leer zu halten. Jedenfalls, es war ordentlich im Haus meiner Eltern, im Kaminzimmer lockte die Couch, der Fernseher stand parat, ich hatte sogar etwas zu Knabbern da, außerdem gab es Vanilleeis in der Tiefkühltruhe, das Stelldichein konnte beginnen. Um zehn Uhr musste sie wieder zu Hause sein.
Sie betrat den Raum wie eine Wanderleuchte und setzte sich in einer natürlichen Bewegung auf die Couch. Ich servierte die Eiscreme. Sie freute sich und lehnte sich nach vorn. Ich leckte den kleinen Silberlöffel. Kurz darauf leckte ich schon ihr Gesicht. Dann leckte ich ihr die Achseln aus, die Haare machten mir nichts.
Wenige Minuten später stocherte ich in ihr herum. Sperma bis zum Hals. Sex für alle, dachte ich. Die Verhütungsfrage, Sie erinnern sich vielleicht, war vorher schon geklärt worden. Am Schluss durfte ich ihn in ihrem Mund platzieren. Es war, als fickte ich ihr die Farbe aus den Augen.
»Das ist das erste Mal, dass ich mich nach dem Sex nicht in einen verliebe«, sagte sie danach.
»Auf diesen Satz habe ich gewartet«, antwortete ich. Aber vielleicht hatte ich mir auch diesen Dialog nur ausgedacht. Ich stand auf, im Badezimmer schaute ich in den Spiegel. Leichte Müdigkeit zeichnete sich ab. Gras wuchs mir aus den Ohren. Grünes, fein geschnittenes Gras. Ich zupfte es mir behutsam mit einer Pinzette aus.

*Initiation amoureuse 4, Sammlung R. Grüner*

Dann nahm ich Vaters Nasenhaarschneider und hatte das Geräusch eines sich entfernenden Motors in den Ohren. Ein alter Wagen, der um eine Ecke bog. Ich öffnete den Apothekerschrank, eine Handlung, die mir gefiel, ich hatte sie schon oft in Filmen gesehen. Das ist etwas, das Erwachsene tun: Sie öffnen Apothekerschränke. Und tatsächlich: Ein Beruhigungsmittel stand bereit. Es gehörte meiner Mutter. Ich schraubte das Gläschen auf und schaute hinein. Gelbes Glas, drei, vier weiße ovale Pillen. Ich nahm eine. Samstag sah ich gut aus, heute nicht, dachte ich. Ich wollte die

Dorfjugend ficken. Dabei war ich selbst noch die Dorfjugend.
Auf meiner Couch, nein, auf der Couch meiner Eltern saß eine Blondine und gab an, grüne Augen zu haben. Ich war fast bezaubert. Der Motor war nicht mehr zu hören.

Vielleicht sollte ich hier die Hintergründe unserer Geschichte einfügen. Auch, um ihre Figur deutlicher zu machen (obwohl, na ja, Sie wissen schon). Also, was fällt mir zu ihr ein? Oder was sollte mir zu ihr einfallen? Ihr Name vielleicht. *Give Me Back My Name*. Andererseits, Namen sind so banal, Namen haben doch irgendwie alle. Selbst ich habe einen, und den binde ich Ihnen ja auch nicht gleich auf den Bauch. Oder aufs Auge. Auf die Nase, heißt es, okay. Um ehrlich zu sein, ihr Name war eher nicht so toll. Nicht, dass sie Priska hieß, aber es ging schon in die Richtung. Also, ein alter Tantenname irgendwie. Lassen wir es dabei. Priska liebte Postkarten und später wollte sie Kinder. Den Zusammenhang habe ich selbst nie kapiert. Aber so war das. Priska wurde nicht erst wie spätere Geliebte im Jahr meines ersten Orgasmus geboren, sondern tatsächlich im selben Jahr wie ich. Wir hatten uns am Tag unseres Kennenlernens – am Rande eines Fußballspiels auf dem örtlichen Bolzplatz – zum ersten Mal geküsst. Eine Anziehung hatte es sofort gegeben, flankiert von Schamgefühlen und dem Reiz des Verbotenen; irgendwie fand ich sie auch peinlich, also war höchste Geheimhaltung geboten. Sie Hauptschule, ich Gymnasium. Drei Wochen später haben wir zum ersten Mal miteinander geschlafen. Warum sie mir peinlich war, trotz ihrer lässigen Art, ihrer coolen Sprüche, ihrer angenehmen Fülle, ist nicht leicht zu sagen. Sie war wie gesagt nicht die Hellste, aber vielleicht täusche ich mich auch. Sie hatte vielleicht nur das falsche Elternhaus, den falschen Umgang. Und dementsprechend einen unausgebildeten Geschmack. Die Mainstreamwelt da draußen nahm sie wie selbstverständlich. Sie lehnte nichts ab, sie ignorierte höchstens. An Gegenprogrammen zum Üblichen hatte sie kein Interesse, und auch das nicht aufgrund irgendeiner Entscheidung. Es tangierte sie einfach nicht. Manchmal überraschte sie mich allerdings mit Denksportaufgaben. So sollte ich jeden Tag, an dem wir uns nicht sahen, aufschreiben, wie oft ich an sie gedacht hatte. Dann sollte ich drei gute und drei schlechte Dinge dazuschreiben, die mir an diesem Tag passiert waren. Vielleicht lag es daran, dass sie des Deutschen nicht so mächtig war. Sie war die Tochter von Frühaussiedlern. Sie hatte einen harten Akzent und vertauschte oft Wörter. Die Verben standen nie da, wo sie stehen sollten. Sie hat mich auch nur dieses eine Mal in ihren Mund kommen lassen. Einmal habe ich gesehen, wie sie im Jogginganzug in die Videothek am Markt ging. Sie sollte sich Taxi Driver ausleihen, hatte ich gedacht. Aber sie kam mit einem Zeichentrickfilm wieder heraus. Erstaunlich, dass sie ihr überhaupt ein Video ausgeliehen hatten. Den Zeichentrickfilm hatte ich dann mit ihr zusammen angeschaut, auch wenn ich ihn schon kannte. Es war ein älterer Film, in dem es um die Freundschaft zwischen einem jungen Hund und einem jungen Fuchs ging. Während ich fast heulen musste, als sich die beiden erwachsen gewordenen Tiere ihrem Schicksal fügen mussten, den Ansprüchen ihrer Familien, Jäger und

Gejagter, genügen, also erbitterte Gegner wurden, stopfte sie sich ungerührt mit Kartoffelchips voll. Sie ließ sich auch ewig die Fingernägel wachsen, sie brachte die Ferien nahezu komplett in ihrem Schlafshirt in XXL zu, auf dem Bugs Bunny in Lebensgröße abgedruckt war. Sie ging auch nie zum Friseur; vermutlich schnitt sie sich die Haare selbst.

»Sind die nicht ein wenig lang, die Haare?«, versuchte ich, als die Abspannmusik erklang.

»Nein, wieso«, machte sie, und damit war das Thema erledigt.

Während einer späteren Werbepause erzählte ich ihr die Geschichte meiner Masturbation. Sie war traurig, aber wahr, und hatte nichts mit Tieren zu tun. Sie hatte nichts mit Magazinen oder Filmen zu tun, die waren damals noch schwer erhältlich. Ich entdeckte die Masturbation eher zufällig. Ich war allein und dachte an das erste Mädchen, das mich geküsst hatte. Mit Zunge. Ich dachte an das Mädchen und zog mich aus und legte mich aufs Bett und begann, mich leicht auf und ab zu bewegen. Schnell, schneller. Bald stieg ein seltsames Gefühl auf, das ich versuchte, aufzuhalten, wenig später konnte ich mein Glück kaum fassen. Ich hatte etwas entdeckt. Danach freute ich mich auf jede Wiederholung. In dieser ersten Zeit gab es diese Wiederholung jeden Tag. Sie gelang nicht immer. Im Laufe der Zeit setzte Scham ein, woher sie kam, wusste ich nicht, vielleicht von irgendeinem Wissen oder aus einem Kollektivgedächtnis. Die Scham wurde von einer Überhöhung von Individuation begleitet. Ich hielt mich in negativer Form für etwas Besonderes. Ich glaubte nicht, dass noch irgendjemand sonst in meiner Klasse schreiben würde, ich hielt meine Fantasien für einzigartig, und ich dachte auch, der einzige zu sein, der masturbierte. Für alle drei Besonderheiten schämte ich mich. Ich wollte nicht anders sein als die anderen.

Während dieser Erzählung schaute sie mich mit offenen Augen an. Irgendwie imaginiere ich ein großes Kaugummi dazu, das sie unablässig in ihrem süßen Mund bearbeitete, aber das war vermutlich gar nicht so, das hatte ich wiederum aus irgendeinem Film. Ich habe keine Ahnung, welchen besonderen Eindruck ich auf sie machte. Was sie von den Sachen hielt, die ich ihr erzählte. Ob sie sie für abgehoben, für krank, für verrückt hielt. Manchmal war es schlicht besser, in

*Initiation amoureuse 5, Sammlung R. Grüner*

bestimmten Momenten wieder zu gehen, raus, irgendwie einfach nach draußen, den Rasen mähen, den vor dem Haus, den hinter dem Haus, den bei ihren Nachbarn. Ihr bedauernder Blick, als ich mich dazu durchgerungen hatte, aufzustehen. Sie endgültig zu verlassen und das schale Abenteuer bei den brustarmen Mädchen aus der Mittelschicht zu suchen. Was natürlich de facto bedeutete, dass ich in die Einsamkeit zurückkehrte, in die Einsamkeit, die mich schon damals Jahre gekostet hatte, sinnlose Jahre unter dem Zeichen der Masturbation, sinnlose Jahre der frühen Pubertät. Nur die Rasenflächen beruhigten mich. Wie gesagt, ich hasse diese Arbeit, ich hasse Gartenarbeit, und doch muss ich sagen, dass mich das Dröhnen des Wolfs, das Surren der späteren, kleinen elektrischen Rasenmäher beruhigte, dass mich die Arbeit in Gleichklang mit der Welt, mit mir selbst brachte, und mich immer wieder scharf machte, immer und immer wieder. Englischer Rasen, grün und saftig, gelb und verblichen, ich liebte sie über alles. Aber das nächste Mal, dass ich auf dem heiligen grünen Rasen stand, fühlte ich mich wie Boris Becker, der kurz zuvor nach zwei Turniersiegen in Wimbledon in der zweiten Runde gegen einen kraftmeierischen australischen Nobody verloren hatte. Nur, dass auf mich keine Limousine wartete, in die ich mit dunkler Sonnenbrille und Sporttasche über der Schulter melancholisch hätte einsteigen können. Alles, was hier vor der Tür stand, war ein kastenförmiger, grauer Ford Escort, Baujahr 1978.

## *Sigrun Casper*

**Wie's drängelt**
Blättchen
für Blättchen
kann man zusehen
wie's drängelt
das Grün
in Berlin

Tag und Nacht
warten hölzern
aufs Ausbrechen
Bäume und Mieter
in Hinterhöfen
in den Biotonnen
gären Gerüche
zur Wonne der Sonne
sind sie alle schon da
machen ihren Krach
na klar
Amsel Fink Star

Hellen Atem hat der Wind
wenn er die grauen
Fenster küsst
die Haut der Pfützen und Kanäle
erwidert zitternd
windige Zungenschläge

Wer nichts weiter vorhat
geht runter
schnuppern
und macht Augen
aus der muffigen Maske
wächst Lächeln
ein gelber Krokus

Wir schütteln
verdattert die Köpfe
weil wir es dem da oben
endlich abnehmen
sein Blau
und alles

## Wolfgang Kirschner

**Die Feldstudie**

Drei Tage vor Ostern entstand die Idee, unsere Eltern beim Sex zu beobachten. Aus rein wissenschaftlichen Gründen, versteht sich. Arthur Finkbein, genannt Einstein, brachte das Ganze ins Rollen.

»Mal unter uns, Leute«, sagte er, als wir in der großen Pause über den Schulhof schlurften und mit den Strohhalmen unseren Kakao nuckelten, »wer glaubt eigentlich noch an den Osterhasen? – Hand hoch, bei wem das noch so ist!«

Er grinste uns mehrdeutig an, und wir guckten mehr dämlich zurück. Wir waren vierzehn, wer glaubte da noch an den Osterhasen?

»Hä?«, machten wir der Reihe nach.

»Okay«, meinte Einstein, »wie ich sehe, ist das Thema durch. Aber habt ihr schon mal darüber nachgedacht, warum an Ostern ein *Hase* die Hauptrolle spielt? Also vom religiösen Aspekt mal abgesehen.«

Er guckte uns wieder so mehrdeutig an, und keiner kapierte, was er eigentlich meinte.

»Sag mal«, fragte Matze, »bist du vom Kakao besoffen?«

Einstein ignorierte das. »Also gut, anders gefragt: Was sagt euch die Tatsache, dass drei von uns im Januar Geburtstag haben?«

»Das sind 75 Prozent«, sagte Kevin.

»Exakt«, bestätigte Einstein. »Also, klingelt's?«

»In fünf Minuten«, sagte Matze nach einem Blick auf seine Multifunktions-Armbanduhr.

Einstein war enttäuscht wegen unserer langen Leitung. Aber wir waren in Gedanken mehr mit der bevorstehenden Mathearbeit beschäftigt als mit der wirren Gedanken-

*Rimaldas Vikšraitis*

welt unseres Klassenprimus. Vielleicht stellte ich deshalb aus Versehen den entscheidenden Zusammenhang her: »Und was hat das alles mit dem Osterhasen zu tun?«

»Bingo!«, rief Einstein, «er hat's kapiert!« Überhaupt nichts hatte ich kapiert, aber ich hütete mich, das zuzugeben. Außerdem wurde es Matze zu blöd, da war Vorsicht geboten. »Alles Quatsch! Ich gehe ins Klassenzimmer zurück. Da kann ich mir wenigstens noch 'n paar Formeln aufn Unterarm kritzeln.«

Einstein seufzte. Er gab es auf, uns seine neueste Theorie *induktiv* erklären zu wollen, und sagte einfach, was er herausgefunden hatte: Im Januar gab es seines Erachtens überdurchschnittlich viele Geburten, was, wenn man neun Monate zurückrechnete, *kausal* mit den Osterfeiertagen zusammenhing. An Ostern, so seine Erklärung, hatten die Leute Zeit, sie waren entspannt, es war Frühling, und folglich war Ostern das wahre Fest der Liebe, nicht Weihnachten. Das bewies auch der *signifikante* Anstieg der Geburtenrate im Januar. Der Hase, auch Rammler genannt, war somit das perfekte Ostersymbol.

Wir waren platt. Nur Matze, der Plattkopf, musste noch eins draufsetzen: »Stimmt!«, rief er begeistert. »Außerdem ist Ostern das Fest der Auferstehung …« Er grinste breit und machte mit dem gekrümmten Zeigefinger, der sich langsam aufrichtete, eine entsprechende Geste. Wir lächelten. Matze war der Chef. Da war es besser, sich bei seinen Witzen amüsiert zu zeigen.

»He«, meinte er jetzt, »wollen wir Einsteins Theorie einem Realitätstest unterziehen?«

»Hä?«, stöhnte Kevin.

Matze plusterte sich auf. »Na, wenn Einsteins Theorie stimmt, müssen unsere Herrschaften an Ostern doch rammeln wie die Hasen, stimmt's? Das sollten wir unbedingt veri… very ficksieren.«

»Verifizieren«, korrigierte ihn Einstein.

»Sag ich doch. Also: Wir legen uns an Ostern auf die Lauer und schauen nach, was die Oldies so treiben. Könnte doch spannend werden, oder?«

»Hört sich eher nach Spannen an«, entgegnete Einstein. »Wisst ihr was? Wahrscheinlich ist meine Theorie sowieso falsch.«

»He«, knurrte Matze, »kneifen gibt's nicht, kapiert?«

Kevin kratzte sich die Locken. »Wir können unsere Eltern doch nicht bei – bei *so was* beobachten. Wenn mein Vater mich erwischt, bringt er mich um. Außerdem sind wir an Ostern in den Bergen zum Skifahren. Da läuft bei denen eh nichts.«

»Von wegen, du Schlappohr!«, höhnte Matze. »Bei so viel Skihasen geht die Möhre ab! Da wird gerammelt, dass die Berge wackeln.«

Einstein, Kevin und ich sahen uns betreten an. Matze würde darauf bestehen, so viel war klar. Und wer seinen Vorschlägen nicht folgte, dem konnte er das Leben ganz schön »verpissen«, wie er es nannte. Da kam man noch gut weg, wenn man nicht in die Fußballmannschaft berufen wurde.

»Also, Leute, das wird 'ne Feldstudie«, verkündete er großspurig. »Wir checken, ob die Alten noch wie die Feldhasen rammeln. Alles für die Wissenschaft – Feldforschung und so. Wer erwischt wird, sagt einfach, dass er sein Osterhäschen gesucht hat. Dienstag treffen wir uns im Clubhaus. Fotos zu Doku-Zwecken sind natürlich erlaubt. Noch Fragen?«

Kevin wurde bleich. Er hatte am meisten Schiss vor seinem Vater. »Wozu brauchen wir diese ›Feldstudie‹ überhaupt?«

Matzes Miene verfinsterte sich. Derartige Fragen grenzten an Meuterei. »Mann, das interessiert doch jeden! Einstein wird unsere Beobachtungen wissenschaftlich aufbereiten, und dann bieten wir's dem *Playboy* an. Gibt bestimmt Kohle dafür, und wir werden berühmt. Ist das etwa nichts?«

Na ja, so recht überzeugt waren wir nicht. Vielleicht würde er das Ganze über Ostern vergessen.

Fünf Minuten später brüteten wir über der ersten Mathe-Aufgabe, bei der es um ein gleichschenkliges Dreieck ging. Ausgerechnet. Als ich zu Matze rüberschielte, grinste er dreckig, während sich sein gekrümmter Finger langsam aufrichtete. Der würde das nie vergessen.

In der Nacht auf Ostersonntag lag ich im Bett und dachte daran, dass ich jetzt langsam mal aktiv werden müsste. Aber das konnte ich mir schenken. Mein Vater hatte Nachtdienst. Die ganzen Feiertage über. Als Polizist musste er unter anderem Feiertags-Selbstmörder davon abhalten, sich von den Dächern der Stadt zu stürzen. Da gab's nichts, was neun Monate später auf ihn zurückfallen konnte.

Natürlich hatte ich das gleich gewusst, aber wenn ich es laut gesagt hätte, hätte Matze womöglich verlangt, dass ich unsere Nachbarn beobachtete. Aber die waren schon über siebzig und kein bisschen repräsentativ. Oder attraktiv, wissenschaftlich betrachtet. Also lag ich im Bett und überlegte, was ich am Dienstag erzählen sollte. Dann überlegte ich, wie es jetzt wohl den anderen erging. Bei Einsteins Mutter, Frau Finkbein, konnte ich mir nicht mal vorstellen, dass sie überhaupt Sex hatte. Sie war so zart und zerbrechlich, dass sie sich bei der geringsten Atembeschleunigung wie eine Pusteblume aufgelöst hätte. Zumal ihr Mann ein kugelrunder Riese war, mit einem Bauch, unter dem Frau Finkbein komplett verschwunden wäre. Und Herr Finkbein hätte nicht mal gesehen, dass seine Frau unter ihm verschwand. Na, jedenfalls war Einstein nicht blöd. Der würde am Dienstag irgendwas zusammenfantasieren. Ich war gespannt, was.

Bei Kevin war ich mir nicht sicher. Seine Eltern waren die jüngsten und sie waren sportlich und so. Aber Kevin war ein Hasenfuß. Andererseits war er zu fantasielos, sich irgendwas auszudenken. Schon möglich, dass er jetzt gerade vorsichtig die Türklinke in einem Berghotel herunterdrückte und eine Kamera mit einem lichtempfindlichen Spezialfilm ins Zimmer hielt.

Matze selbst hatte dagegen überhaupt keine Skrupel, seine Eltern auszuspionieren. Nur bei was? Seine Mutter trug Leggins und Lockenwickler und sein Vater sammelte Briefmarken und trank zu viel. Der war höchstens hinter der blauen Mauritius her, wie Matze selbst mal gehöhnt hatte. Die Feiertage verbrachte ich überwiegend mit Lesen, weil's regnete, und mit Essen, weil man nicht immer lesen konnte. Im Fernsehen kam so ein Endlos-Bibel-Epos, aber nach zehn Stunden oder so wurde es mir zu blöd und ich las und aß wieder. Na ja, und dann kam der Dienstag. Der Tag der Feldstudien-Auswertung im Clubhaus. Das Clubhaus war ein alter Bauwagen, den Matzes Vater irgendwo aufgetrieben hatte. Es stand im Salatbeet hinterm Haus und sollte ursprünglich zum Party-Treff ausgebaut werden. Nachdem aber sein Vater das Interesse daran verloren hatte, hatte Matze den Wagen zum Clubhaus erklärt.

Als ich kam, waren die anderen schon da. Kevin sah besorgt aus, aber das war ja nichts Neues.

»Wird Zeit«, maulte Matze. »Wer zu spät kommt, fängt auch an.«

Na bestens. Alle starrten mich an.

»Tja, also … äh«, stammelte ich, »wie soll ich's sagen?«

»He«, sagte Matze, »es ist für die Wissenschaft, okay?« In seinen Augen war aber ein so sensationsgieriger Glanz, dass ich nicht einfach die Wahrheit sagen konnte.

»Es war … also … na ja … äh … echt schwer in Worte zu fassen …«

»Scheiße«, unterbrach Matze ungeduldig, »haben die es so irre getrieben, oder was?«

Ich zuckte halb zustimmend mit den Schultern.

»Scheiße, Mann, die haben's doch nicht etwa die ganze Nacht und so – oder …?«

Ich zuckte wieder vor mich hin.

»Mann, das ist ja unglaublich – und wie oft insgesamt?«

Ich breitete ratlos die Hände aus, und schon geiferte Matze los: »Meine Güte, ZEHNMAL?! Das ist ja schlimmer als bei'n Karnickeln!«

Er guckte mich fassungslos an, während Einstein grinste und Kevin der Mund offen stand.

»Okay«, meinte Matze, »bevor wir zu den Details kommen, kann Kevin ja mal berichten.« Er wollte wohl das Vergnügen langsam steigern.
Ich war erleichtert. Kevin verzog das Gesicht und meinte: »Gibt nicht viel zu erzählen. Mein Vater hat sich den Arm gebrochen.«
»Hä?«, machte Matze, »beim Skifahren bricht man sich eher das Bein!«
»Ist auch nicht beim Skifahren passiert, sondern nachts, als ich mich auf die Lauer gelegt habe.«
»Scheiße«, meinte wieder Matze, »was um alles in der Welt haben *die* denn angestellt?« Er fiel vor Neugierde fast vom Sitz.
»Keine Ahnung«, sagte Kevin, »ich bin vor ihrer Tür eingeschlafen, und als mein Vater nachts auf die Toilette musste, ist er über mich gestolpert und zwei Treppen tiefer gestürzt. Jetzt hat er 'n Trümmerbruch im Ellbogengelenk. Er musste in 'ne Spezialklinik bei München geflogen werden. Er ist stinksauer auf mich, sagt meine Mutter.«
»Scheiße«, sagten wir im Chor.
Damit war die Feldstudie praktisch gestorben. Für Feldstudien, die zu Trümmerbrüchen führten, würde der *Playboy* garantiert nichts zahlen. Selbst Matze spürte, dass dieses Thema abgehakt war.
»Hm«, machte er nach einer Weile, wobei er mich so seltsam anstarrte, »dein Vater ist doch bei der Polizei. Da soll es die haarsträubendsten Einsätze geben. Hab neulich gelesen, dass es welche mit Handschellen gemacht haben, und hinterher musste die Polizei anrücken, weil sie den Schlüssel nicht mehr gefunden haben. Wäre 'n gutes Thema für 'ne neue Studie, finde ich. Unfälle beim Sex! Da kannst du doch sicher Infos beschaffen. Für 'ne Sexunfall-Statistik oder so …«
Er blickte mich erwartungsvoll an, Einstein grinste und Kevin hielt sich das Ellbogengelenk.
Mein Gott, vor knapp einem Jahr hatte uns noch die Bundesliga-Statistik interessiert. Was war bloß aus uns geworden?

*Sammlung Karl Diether Gussek, Neujahrsgruß v. Steffen S.*

# Rafael Grünberg

## Ichbindochnichtschwul

Richard lud mich in seine elterliche Villa ein. Er hatte gar keinen Vorwand. Er sagte, er müsse etwas Existenzielles mit mir bereden. Mir schien klar, dass ich auf den Philosophen treffen würde. Nun wusste ich wenig bis gar nichts über den Existenzialismus. Klar, Sartre und so. Sehr ernst, dunkel bekleidet. »Ich weiß nichts über Sartre«, sagte ich ihm, gleich als ich zur Haustür hineinkam.
Er starrte mich an. »Es geht nicht um Sartre. Es geht um mich.«
Da erst fiel mir mein Erlebnis mit seiner Sylvia ein. War es erst vier Wochen her? Meine Defloration! Hatte ich nicht dran gedacht! War ich bereits infiziert von der Allgegenwart dieser erotischen Leichtigkeit? Ich zog meinen Mantel aus, die Schuhe ebenfalls, es schüttete draußen wie aus Eimern, und ließ mich von ihm ins Wohnzimmer führen. Wir sprachen kein Wort. Ich kauerte mich in einen Sessel und krächzte: »Es geht um Sylvia.«
»Ja.«
Schweigen.
»Hat sie …? Sie hat … Ist sie … Nein. Wir beide waren es. Wir sind zu weit gegangen.«
»Ja.«
Er sah blicklos zum Kamin. »Nein. Ja. Ich weiß es nicht. Was soll ich denn glauben? Sie sagt, sie liebt mich. Nur mich. Aber wie kann das sein?«
Ich schwieg.
»Weißt du das, Dirk? Wie kann das sein?« Er sah mich verloren an. »Liebt sie dich?«
Allein, dass er sich dies vorstellen konnte …
»Richard. Nein. Sylvia liebt nur dich.«
»Aber warum? Warum das?«
Ich gewann an Sicherheit.
»Sie hat von einer Nacht mit dir, Anne und Alex erzählt …«
Er schrak auf. »Davon hat sie …? Au weh.«
»Nein, keine Angst, Richard! Es klang alles sehr … Wunderschön klang es …«
»Davon hat sie erzählt …« Er verfiel ins Träumen.
»Ja. Aber keine Einzelheiten … Sie war nur so begeistert …«
Seine Augen wanderten hilfesuchend von Tür zu Kamin, von Sessel zu Teppich. Er versank in Gedanken. Fast schien es, als hätte er mich vergessen, da sah er auf.
»Dirk, ich habe Angst, dass sie mich nicht mehr liebt.«
»Sie liebt dich. Nur dich. Was passierte … hat nichts mit Liebe zu tun.«
Er schwieg lange.
Dann hauchte er, kaum vernehmbar: »War es schön?«
Was sollte ich sagen? Ich schreckte vor einem »Ja, sehr« zurück.
Aber konnte ich behaupten, der Sex mit seiner Sylvia wäre lausig gewesen? Ich horchte in mich hinein, fühlte mich zu jenem Nachmittag zurück und war so erfüllt von der Erinnerung, dass ich felsenfest wusste: Das würde er mir niemals glauben.
»Richard …«
Er schaute auf. Mir in die Augen.
Ich schaute zurück, sah, wie die Bitte nach einer Antwort, nach welcher Antwort? in seinem Blick allmählich der Neugierde wich, und hauchte ebenfalls: »Ja.«
Schweigen.
Wieder ich: »Ja, sehr.«
Er senkte seinen Kopf. »Das hat sie auch gesagt. Und mich geküsst.«

Er seufzte tief. Und dieses Seufzen lehrte mich, worum es beim Existenzialismus ging: Um sein ganzes Leben, um sein Dasein, um sein Alles.
»Richard, es tut mir schrecklich leid. Wir haben einen großen Fehler begangen.«
Er schüttelte den Kopf. »Nein, es ist etwas anderes. Seitdem kann ich nur noch daran denken, ob sie es mit mir genauso schön haben kann. Ich bin ganz durcheinander … Wenn wir uns … Es geht gar nichts mehr!«
Er wandte sich wieder mir zu. Verzweiflung: »Ich hab schon gedacht, du hast einen schöneren Penis!«
Au wei! Und doch konnte ich ihn gut verstehen. Sehr gut.
Ich suchte einen Scherz, doch fiel mir nichts ein. Lahm entgegnete ich: »Na, das glaub ich in keinem Fall.«
»Doch.«
»Aber du weißt doch, dass es darauf nicht ankommt.«
»Aber worauf denn?«
»Auf gar nichts. Es ging nur um diese … erotische Begeisterung …«
Er starrte mich an. Hatte er mir überhaupt zugehört?
»Ich möchte das sehen.«
»Was?«
»Was Sylvia hatte.«
»Wie?«
»Deinen Penis.«
Er spinnt, dachte ich. »Du spinnst.«
»Nein.«
Jetzt starrte ich ihn an. Er spinnt. Nein, es war ihm ernst. Ich sah es in seinem Blick.

Nie hätte ich je für möglich gehalten, was ich nun tat.
Ich stand auf, zog meine Hose aus, meinen Slip und stand mit nacktem Glied vor ihm.

»Da. Schau. Nichts, absolut nichts Besonderes.«
Er sah hin, hob eine Augenbraue, nickte. Irgendwie kränkte mich das.
Als ich das merkte, musste ich lächeln. Er merkte, was los war, und lächelte ebenfalls. Dann lachten wir beide. Lauthals, glucksten, bis wir keine Luft mehr bekamen.
Soviel zum Thema Existenzialismus.
Plötzlich wurde er verlegen. Mit einem Ruck zog er seine Hose herab. »Sorry …« murmelte er. »Hier.« Dann hatte er seinen Slip beiseitegeschleudert und stand mit nacktem Penis da.
Ich wollte sichergehen. »Ähm … Deine Eltern sind nicht zufällig nebenan?«
»Nein. Die bereiten die Firmenfeier vor.«
»Und jetzt?«
»Komm. Wir gehen in den Pool.«
So lernte ich das berühmte Bad der Stahlingers kennen.
Unten warf er den Rest seiner Kleidung ab, ich tat es ihm gleich. Im Wasser fiel mir ein, dass dort am Beckenrand Sylvia, Anne, Alex und Richard …
Er dachte das Gleiche. Er sah zu den Handtüchern und murmelte: »Es war wirklich … überirdisch. Einfach Eros. Einfach Sex, zu viert. Fast hätten Alex und ich …«
»Was?«
»Ach …«
Wieder dieses Schweigen, das so viele Geheimnisse verbarg.
Bis es gebrochen wurde.
»Wir hätten uns … berührt …«
Plätschern der leichten Wellen, Brummen der Pooltechnik.
»Nicht als Mann und Frau …«
Blaues Poollicht im Sonnenuntergangsrot.

»Ihr Glied und mein Glied …«
Stille, Herzklopfen.
»Hast du sowas mal …«
Nein.
Ichbindochnichtschwul. Mein Mantra.
Mein Ex-Mantra.
»Ich möchte das mal …«

Ich. Auch.

»Komm.«
Bisher hatte Richard gesprochen. Doch wer hatte dieses letzte Wort geflüstert? Wir fanden uns auf einem Handtuch wieder. Nebeneinander, uns zugewandt, er sah mein Glied an, er streckte die Hand aus, er berührte es, er nahm es in die Hand, er fasste es zwischen Daumen und Zeigefinger, er rieb die Haut, auf und ab, er fragte »ist das gut?«, ich sagte »ja«, es war gut, es war irre und es war schön, er hatte sehr feine lange Finger, sie waren zart zu meinem Glied, ich bewegte mich leicht, ich bewegte mein Glied zwischen seinen Fingern, ich stieß leicht hinein, er formte eine runde Hand, ich stieß in seine runde Hand, er rieb wieder, ich stöhnte.
»Lass mich auch«, sagte Ichbindochnichtschwul, ich nahm seinen Penis, er stand schon, ich rieb ihn, es war ein ganz merkwürdiges Gefühl, dieses Weich und Hart gleichzeitig, ungeheuer attraktiv, ich wusste ja, wie er fühlte, also machte ich es so sanft und bestimmt, wie ich es auch mochte, er stöhnte, ich beugte mich zum Penis, um besser sehen zu können, er sah appetitlich aus, saftig, rot durchpulst, nass an der Spitze, und ich tat mit ihm das, was meiner so irre schön gefunden hatte.
Ich nahm ihn in den Mund.
Richard bekam einen Schreck, das hatte er nicht erwartet. Sein Penis wurde etwas weicher. Das konnte ich nicht zulassen, ich ließ meine Zunge nur zart seine Eichelhaut liebkosen, als er dann wieder härter wurde, nahm ich den ganzen Schwanz bis in die Kehle und tanzte mit dem Gaumen auf dem marmorsamtenen Penisrund.
Woher hab ich denn das gelernt, fragte Ichbindochnichtschwul sich verwirrt, dann legte er sich zur Ruh und verschwand für immer. Dirk Benthin, passabler Musiker und sozial nicht mehr so unterdurchschnittlich aktiv, übernahm. Er schlang seine Lippen um Fabrikantensohn und Philosoph Richard Stahlingers langen harten Schwanz und saugte. Saugte und leckte und genoss den so unerwartet hinreißenden Sex und ließ die Stange aus seinem Mund und beäugte sie und rieb sie und lauschte dem lauten Stöhnen und war einigermaßen überrascht, als sich der Philosoph mit einem Mal zurückzog, mit Händen und Füßen wehrte, und eine fremde Stimme sagte:
»Oh.«
Und:
»Richard!!!«
Und:
»Das ist ja Dirk!«

Sylvia.
Sie stand zu unseren Köpfen und war wenigstens genauso verwirrt wie wir. Richards Schwanz zuckte noch etwas, sank aber in nullkommaeins Sekunden von Hundert auf Null.
Auch mein Glied war nicht mehr wahrnehmbar.
Sylvia setzte sich rücklings auf einen glücklicherweise parat stehenden Liegestuhl. Selbst dies tat sie wie eine jahrelang geübte Solotänzerin.
Sie sah uns an.

»Aha.«
»Sylvia …« Nie hatte mir jemand mehr leid getan als Richard, als er dieses eine Wort sprach.
»Hm.« Ihr Laut ließ ihn betreten schweigen.
»Ihr saht geil aus.«

Mir war, als hätte ich einen Boxhieb empfangen. Richard schaute ebenfalls angeschlagen.
»Weitermachen.«
Schweigen. Nichts machte weiter.
»Muss man euch helfen? Nun denn.«
Sie lächelte kurz. Dann wurden ihre Augen konzentriert. Sie zog ihr rotweißes Kleid aus. Den roten BH, den ich schon kannte. Den weißen Slip.
»Ihr dürft mich aber nur anschauen. Nicht berühren.«
Ich wusste nichts mehr, wusste nicht, wer ich war, wo ich war. Sah die nackte Sylvia und sah ihren Busen, ihren braungebrannten Bauch, ihre dunkle Scham, und wusste nichts mehr. Erinnerte mich dann irgendwann undeutlich, sah zu Richard, der starrte und starrte, und dann sah ich zu seinem Glied und sah, dass es aufrecht stand, und dann sah ich mein Glied und sah, dass es aufrecht stand, und ich wusste, es war nicht die nackte Sylvia, die uns anmachte, es war die unglaubliche Situation, wir beide nackt, Sylvia nackt, ich wusste, er starrte seine Sylvia an, und er wusste, ich starrte seine Sylvia an, und beide lagen wir hier mit einem wieder steifen Schwanz, und wussten partout nicht, was wir tun sollten. Dann bemerkten wir gleichzeitig, dass wir unsere kleinen Mistkerle in den Händen hatten, und wollten aufhören, doch wir konnten nicht, wir mussten weiter uns streicheln, nur weil die Situation so irre war, so jenseits allem, was wir beide kannten, irre, aber auch wunderbar, wunderbar deshalb, weil ich genau wusste, wie Richard empfand, und er wusste, wie ich empfand, wir sahen Sylvia nackt und spürten uns nackt, und als Sylvia wiederholte: »Weitermachen«, da war ganz klar, dass ich wieder seinen Schwanz nehmen würde, und genauso klar war, dass er meinen Schwanz nehmen würde. So fühlte ich nun seine Hand um

*Les Archives d'Éros*

meinen Penis und griff seinen, und Sylvia sagte »gut so« und beugte sich zu uns, sie zeigte mir ihre volle Brust, dann Richard die andere, sie drückte mir ihre Pobacke ins Gesicht, dann sah ich ihre offene Vulva, auch Richard stöhnte, als er sie so sah, dann hockte sie sich neben uns und befahl: »Nehmt euch in den Mund. Ich möchte sehen, wie ihr eure Schwänze schluckt.« Gehorsam drehte Richard sich, sein Mund suchte mein Glied, er streckte mir seinen Penis hin, ich nahm ihn in die Hand, bewunderte noch einmal seine schöne rote nasse harte Länge, dann machte ich meine Lippen leicht auf, dass sie nur eine kleine Öffnung bildeten, und saugte ihn langsam in mich hinein, massierte ihn dabei mit den Lippen und schluckte, bis seine Eichel meine Kehle erreichte. Ich konzentrierte mich darauf, ruhig durch die Nase zu atmen. Und darauf, wie mein Schwanz warm und nass in seinem Mund empfangen wurde.
Ruhe.
Wir lagen nebeneinander, Schwanz in Mund und Schwanz in Mund, nichts rührte sich, außer dass in uns die Säfte aufstiegen.
»Macht was. Fickt euch, stoßt euch.«
Wir wurden unruhig. Würden explodieren, würden dem anderen die Kehle vollficken.
»Nein. Fickt mich. Stoßt in mich.«
Sylvia kam zu uns. Legte sich vorsichtig längs auf uns beide drauf. Richards Ohr bekam ihre Brüste ab, mein Ohr ihre Scham.
»Fickt mich. Kommt raus und fickt mich. Stoßt in mich.«
Wir gehorchten. Ich entließ Richards schlanken, pochenden Schwanz. Er stieß unruhig in die kühle Luft. Ich nahm ihn und führte ihn in Sylvias offengespreizte Scham. Dann spürte ich kurz Kühle an meinem Glied und sofort wieder feuchte Wärme. Sylvias Mund.
Wir konnten nur noch wenige Sekunden einhalten. Dann trieb ich meinen Samen unaufhaltsam gegen Sylvias Gaumen, ich vermochte nichts zu ändern, zu stoppen, es war, als würde ein Troll meine Hüfte gegen ihr Gesicht schleudern, als würde ein Perpetuum mobile alles aus mir saugen, was nicht niet- und nagelfest war. Im selben Moment presste sich Richards Po gegen Sylvias Hüftknochen, sein Schwanz war tief in ihr verschwunden, sie würde ihn behalten, und das schien mir das wahre Liebesopfer zu sein, Richard, der für immer sein edelschönes Glied seiner Sylvia schenkte, dass sie es für immer behielte und nach Herzenslust gebrauchte, wann immer sie wollte.
Und er hatte Angst, sie fände meinen Schwanz schöner!
Ich hatte mich doch irgendwann ausgepumpt und sah neidlos zu, wie Richard mit seiner Geliebten schlief. Ja, schlief, er schlief mit ihr, ich hatte mich etwas gelöst, und er fickte sie noch immer, viele Minuten vergingen, er stieß, sie antwortete, er zuckte, er drückte sich gegen sie, sie wand sich um ihn, hatte meinen Penis schon längst entlassen, hatte aus ihren Mundwinkeln einigen Samen auf meiner ermatteten Exstange zurückgelassen und sich gänzlich ihm zugewandt, immer noch pressten sie sich aneinander, fickten leise und zart, murmelten »Ich liebe dich«, kuschelten schweißnasse Hautlandschaften, küssten sich, »ich liebe dich«, feines unendliches Ficken, Lecken, Keuchen, Seufzen, Ruhen, Küssen, Schlafen.
Und ich sah, es ward gut.

# Thomas Luthardt

WIE SEIDE LIEGT
Die Abendluft
Um unsere Leiber
Ich liebe diese zarten
Schwarzen Haare deiner Brust
Deinen sanft behaarten Waschbrettbauch
Durch den Park fliegen
Blaue Töne
Einer Harfe
Im Mohnfeuer brennt
Die Wiese
Dein leuchtender Leib
Schreibt sich in kein Gedicht
Allein in unser beider Leben
Schreibt er sich ...

MANCHMAL bin ich gerne
Exhibitionist, manchmal
Treibt mich Zuschaun
In allergeilste Höhen –
Heute, bitt ich,
Schau du zu,
Hol ich mir vorm gold-
Gerahmten Spiegel
Mehr als einen runter
Vor Jahren stand
Bei acht Orgasmen
Mein Rekord: Acht
In einer halben Stunde ...


Schwulenviertel im Stadtpark

Wir flüstern auf der
Mondscheinhellen Bank
Aus zwei Gesichtern
Leuchtet Einverstehen
Mit flinken Fingern
Ziehen wir uns aus:
Geilheit schüttelt uns
Von Fuß bis Kopf
Macht die Bank vibrieren:
Mit allen Sinnen
Wollen wir
Den neben uns spüren ...
Mondlichtschatten
Werfen unsere Schwänze
Tanzen stundenlang
Nie geprobte Tänze

NEBEN MIR LEISE
Dein Atem, warm
Und zart deine Haut
Irgendetwas
Zwingt meine Lippen
Sanft auf deine.
Sie lächeln. Im Halbschlaf
Schließt du mich
In deine Arme.

Anja Müller

*Peter Butschkow*

**Archies erster Kuss**

Archie küsste verdammt gerne, allerdings gab es da in der Praxis gravierende Unterschiede. Manche Frauen quirlten mit ihrer Zunge wie ein panischer Ventilator in seinem Mund herum, andere schlugen mit ihr wie das Pendel einer Wanduhr hin und her oder wanden sich wie die Schlange um den Äskulapstab um seine Zunge. Es gab auch Frauen, die stopften ihm ihre Zunge wie einen warmen Kloß in den Mund und warteten gespannt, was er damit anzufangen wüsste. Andere feudelten mit ihrer Zunge wie mit einem Putzlappen seine Mundhöhle und die ganz Harten saugten sich fest, bis sein Kiefergelenk schmerzte. Archie mochte den Kuss voll und weich, schon auch rhythmisch, halt sinnlich, ungefähr so, als würde die Frau ihn mit ihren Schamlippen küssen. Die Zunge, davon war Archie überzeugt, war schließlich die Botschafterin der Begierde und diese sollte sie auch freimütig überbringen. Er musste einen Kuss bis in sein Innerstes spüren. Mehr verlangte er nicht. Selber hatte er die Kunst des Küssens keineswegs vom ersten Augenblick an beherrscht, sie war ja auch ganz schwer zu vermitteln, keine Volkshochschule lehrte die Kunst des Küssens. Beim Aufklärungsunterricht in der Schule malte der Aufklärer vorrangig Penisse und Scheiden an die Tafel, auch lustige Spermien, vom Kuss jedoch, dem Schrittmacher der Lust, war nie die Rede. Nun, so muss man fairerweise konstatieren, ein Kuss ist kein Organ, also außer im Bild von zwei aufeinander gepressten Lippen grafisch nicht wirklich darzustellen. Den Kuss musste man einfach in der Praxis probieren und wenn man das Glück hatte, an ein Mädchen zu kommen, die schon wusste, dass man vom Küssen nicht schwanger wurde, dann machte das Training durchaus Spaß. Bis dahin kannte Archie nur die schmatzenden Küsse seiner Mutter und die seiner Tante, die sie ihm immer mit ihrem rosettenförmig gespitzten Mund auf die Wange stempelte. Vor ihren Küssen ekelte er sich. Ihm erschien anfangs der Weg seines Mundes zum Mund eines Mädchens grenzenlos weit und das Wissen, dass ihr eindeutig bewusst war, dass er jetzt mit der Absicht auf sie zusteuerte, sie zu küssen, empfand er in seiner profanen Zielstrebigkeit als lächerlich, zumal noch lange nicht klar war, ob sie sich überhaupt küssen lassen wollte.

Diese Unsicherheit machte Archie am meisten zu schaffen. Wie peinlich, wenn sie den Kopf einfach wegzog und er mit seinen sehnsüchtigen Lippen ins Leere stieß? Andererseits wollte er diesen magischen Moment auf keinen Fall mit der nüchternen Frage »Darf ich dich küssen?« entzaubern. Es gibt Augenblicke, wo Worte sich vom Projekt ablösen sollten, wo nur noch die Handlung zählt. Aber wie zum Teufel schaffte man es, diese schier endlose Strecke bis zum Ziel kurzweilig zu überbrücken? Im Kino sah das immer perfekt aus. Das Paar schaute sich tief in die Augen und erkannte darin das eindeutige Signal zur Bereitschaft zum Küssen. Wie selbstverständlich brachten die beiden ihre Körper und Köpfe in die ideale Position, drehten sich passgerecht ineinander rein, um sich dann hinge-

*Anthony Quinn & Katy Jurado in »Man From Del Rio« (1956)*

bungsvoll mit geschlossenen Augen zu küssen. Manchmal war er sich nicht ganz sicher, ob ihre Münder auch korrekt aufeinanderlagen oder ob sie sich nicht eher das Kinn küssten, wie auch immer, er empfand solche Szenen, speziell in Western, nicht nur lästig, sondern geradezu gefährlich, weil der Mann seiner Meinung nach im feindlichen Indianerland seine Augen besser offen und nicht geschlossen halten sollte. Die Rothäute waren völlig unromantische Typen und hatten wenig

Verständnis dafür, wenn sich zwei Bleichgesichter auf ihrem Land küssten, anstatt ordentlich zu schießen.

Bei solchen Szenen brüllten alle Jungs im Kino immer »Pflaster! Pflaster!«, womit sie offensichtlich vermitteln wollten, dass man die Szene überkleben sollte. Eine typische Reaktion verklemmter Kindsköpfe, aber selbstverständlich brüllte er mit, um nicht als lausiger Softie aus der Reihe zu fallen, fand aber »Pflaster« irgendwie nicht sonderlich originell und sich selbst insgeheim verlogen, weil ihn diese Knutschszenen in Wahrheit wahnsinnig interessierten. Irgendwann war es auch für Archie so weit. Bekannte seiner Eltern besuchten sie an einem Sonntagnachmittag zum ersten Mal bei ihnen zum Kaffeetrinken – und brachten ihre Tochter mit. Mit so einem hübschen Mädchen hatte Archie angesichts des Elternpaares überhaupt nicht gerechnet. Er stocherte mit der Gabel nervös in seinem Käsekuchen herum, starrte verstohlen auf ihren traumhaften Mund und stellte sich vor, was das für ein Gefühl sein müsste, dieses Kunstwerk zu küssen. Nur mal ganz kurz, einfach so, ohne Indianer im Nacken. Sie hingegen wirkte so, als würde sie seine bebenden Sehnsüchte nicht bemerken. Sogar seine Eltern bekamen mit, dass ihr Söhnchen sehr aufgeregt war, und plauderten belangloses Zeug mit Manuelas Eltern, während ihm fast die Kuchengabel aus der Hand rutschte, so schwitzte er. Auf einmal hüstelte seine Mutter und sagte: »Kinder, geht doch mal ein bisschen raus, frische Luft schnappen. Nicht, Frau Bergemann? Mal an die frische Luft, das tut doch immer gut.«

»Aber selbstredend. Kinder, geht doch mal ein bisschen raus auf den Balkon, frische Luft schnappen!«, rief Frau Bergemann.

»Nun aber raus an die frische Luft!«, ermunterte Herr Bergemann, »das kühlt den Kopf!«, und zwinkerte Archies Mutter zu. Archie fiel zum zweiten Mal in Ohnmacht. Mit Manuela und ihrem herrlichen Mund an die frische Luft? In der Zwischenzeit war es draußen schon dunkel und – obwohl es Ende Oktober war – immer noch ziemlich lau. Er stand auf und folgte steifbeinig Manuela, die bereits forsch aufgestanden war und zur Balkontür ging. Hilfe!

»Aber bleibt ja anständig!«, feixte seine Mutter.

»Hübsch brav bleiben, Kinder!«, rief keckernd sein Vater und Herr Bergemann setzte launig hinzu: »Dass ihr uns keine Schande macht!«, und alle wieherten vor Lachen. Archie war davon überzeugt, dass sie sich unter dem Tisch gegenseitig mit den Füßen anstießen. Dann stand er wakkelig mit Manuela allein in der Dunkelheit in der frischen Luft auf dem Balkon und schaute auf die erstaunlich stille Stadt. Er hörte sie atmen und wusste, dass er jetzt irgendwie handeln musste, ihre Erwartung konnte er fast greifen. Er schaute in seiner Verlegenheit zum Himmel und stotterte: »Ää–äh ... viel Wolken heute.« Er fand, das war ein durchaus gelungener Einstieg. Manuela schaute schweigend zum Himmel. Dann sagte sie: »Ach, wie interessant.« Archie räusperte sich und sagte: »Rächen wärmo griechen.«

Manuela starrte ihn an. »Wie bitte?«, fragte sie. Es klang ein wenig wie: Hast-du-sie-noch-alle? »Griechen?«, fragte sie nach, »was machen Griechen?«

»Nein, höhö, keine Griechen. Rächen wärmo griechen«, wiederholte Archie, leicht verlegen grinsend. Er zog das jetzt durch, komme, was wolle.

»Gibt's dafür 'ne Übersetzung?«, fragte sie. »Ist Sächsisch, heißt auf Hochdeutsch: Regen werden wir kriegen. Hahaha.« Sein Lachen klang irgendwie aufgesetzt. Manuela schaute ihn stumm an. In ihren Augen sah er zwei riesige Fragezeichen schweben.
Er grinste schief und wiederholte: »Na? Re-gen wer-den wir krie-gen! Hm?« Alle seine Kumpels hatten ihm bestätigt, dass er prima Dialekte imitieren konnte, für dieses Talent verfügte er also hinlänglich über Bestätigungen, aber Manuela schien in der Wahrnehmung solcher außerordentlicher Begabungen eher weniger begabt. Doch er war noch nicht am Ende. »Rächen wärmo griechen, bedeutet aber auch? Hm? … Regenwürmer kriechen!« Er lachte laut auf und starrte Manuela erwartungsvoll an. »Regenwürmer kriechen, Rächen wärmo griechen … hahaha.«
Im stumpfen Blick von Manuela zeigte sich ein erstes Signal von Hoffnungslosigkeit. Mit tonloser Stimme und leichtem Ekel fragte sie gedehnt: »Reeegenwürmer kriechen?«
»Regenwürmer, die kriechen – im Rächen …«, würgte er noch ein letztes Mal heraus und beendete dann mit einem finalen Seufzer seinen misslungenen Versuch, witzig zu sein. Er entschloss sich, diese Aktion wie einen geschmacklosen Happen einfach runterzuschlucken, und schaute wieder hoch zum Himmel und dann wieder auf den Boden und dann wieder zum Himmel und dann wieder auf den Boden und dann über den Balkon – und dann bellte ein Hund. Niemals zuvor hatte er sich über dieses Geräusch so gefreut, wie in diesem Augenblick. Endlich konnte er über etwas anderes reden als über sächsische Wortspiele.
»Ein Hund«, sagte er.

»Er bellt«, bestätigte Manuela.
»Ich mag Hunde«, sagte er, um die aufkommende thematische Vielfalt mit dem Geständnis einer persönlichen Vorliebe zu vervollkommnen.
»Ach?«, sagte Manuela. Sie klang jetzt aber irgendwie so, als würde sie an diesem Dialog etwas die Lust verlieren.
Er knetete seine schweißnassen Hände und kämpfte mit seinem bekannten Problem, wie er die endlos weite Strecke zur oralen Seligkeit am geschicktesten überbrücken konnte. Es war ihm klar, wenn er nicht langsam in die Gänge käme, wäre die Chance vertan. Ihre Eltern rechneten ja fest damit, dass sie alsbald aus der frischen Luft in die Wohnung zurückkehren würden. Also haute er tapfer einen Satz raus, der, wie sich danach herausstellen sollte, die entscheidende Bewegung in das Ganze brachte: »Bellen kann ich auch.«
Er ging fest davon aus, dass sie jetzt von ihm verlangen würde, das zu beweisen. Kein Problem für ihn, Hunde konnte er gut, Katzen nicht ganz so gut. Aber weit gefehlt, sie sagte: »Was kannst du denn sonst noch?«
Wumm! Was kannst du denn sonst noch? Jetzt gab es kein Zurück mehr. Mann, diese Manuela, was für ein freches Stück, dachte er. Sie will es nicht anders. War sich aber noch nicht ganz sicher, ob sie wirklich meinte, was er verstanden hatte.
»Zum Beispiel Fußballspielen«, antwortete er.
Stille. Völlige Stille. Dann fragte sie trocken: »Das ist alles?«
So, dachte er. Jetzt reicht's aber, echt. Wo sind wir denn? Ob das alles ist? Hör mal, Baby, nun ist die Schonzeit aber vorbei. Du sollst kriegen, was du verdient hast. Also hör mal, ob das alles ist? Archie zeigt

dir jetzt, wonach du schon die ganze Zeit bettelst. Er spannte sich innerlich und fragte knallhart:
»Ähm … was meinst du?«
Sie grinste ihn frech an und wiederholte: »Ich fragte, ob das alles ist, was du kannst?« Archie spürte nun überdeutlich, sie wollte es einfach nicht anders. Er hatte ihr Alternativen angeboten, aber nein, sie ließ nicht locker. Er schaute kurz zum Himmel, kurz auf seine Schuhe und ging sie dann brutal an: »Du stellst ja Fragen.« Er war noch total gespannt darauf, wie sie mit dieser starken Ansage umgehen würde, da drehte sie sich blitzschnell um und gab ihm einen Kuss. Ihre wundervollen Lippen hatten die seinen berührt! In seinem Kopf drehte sich alles und er drohte umzufallen. Mit den letzten Resten seines Verstandes erkannte er, dass sie ganz offensiv den Anfang gemacht hatte und dass er jetzt darauf reagieren musste. Er presste blitzartig seinen Mund auf ihre heißen, feuchten Lippen, ungefähr so, wie es die Kerle in den Cowboyfilmen in solchen Momenten auch immer taten.

Er erkannte sich gar nicht mehr wieder. Er küsste einfach ein Mädchen auf den Mund. Und was für einen. Die Welt stand ehrfürchtig still. Aber wie ging es weiter? Seine Kusstechnik ähnelte eher einem Wiederbelebungsversuch, irgendwie sah das in den Western hinter den Pflastern anders aus. Er grübelte noch, welche entscheidenden Punkte verbessert werden mussten, da spürte er Manuelas warme Zunge. Erst bekam er einen Heidenschreck, weil er annahm, sie hätte die Kontrolle über ihre Körperfunktionen verloren, fand dann aber so großen Gefallen an dieser Technik, dass er sich fragte, warum er auf diese grandiose Idee mit der Zunge nicht selber gekommen war. Zungenkuss war ihm durchaus ein Begriff, er hatte das oft von seinen Kumpels gehört, konnte sich jedoch darunter nie so recht was vorstellen und nachgefragt hatte er auch nicht, weil er dann offenbart hätte, dass er nicht wusste, was genau ein Zungenkuss war. Diese Blamage wollte er sich ersparen. Zungenkuss … Zungenkuss … hm … irgendwas mit Zunge. Und das

war er nun, dieser Zungenkuss. Genial, einfach genial. Machte einen Höllenspaß und richtig heiß. Dann hörten sie Schritte aus der Wohnung und lösten sich blitzschnell voneinander.
»Na, ihr Süßen!? Nun kommt mal wieder rein, sonst bekommt ihr noch 'ne Sauerstoffvergiftung«, hörte er plötzlich die schrille Stimme seine Mutter. Daran merkte Archie, dass sie drinnen inzwischen vom Kaffee zum Hochprozentigen gewechselt waren und auffallend gute Laune hatten. Sie gingen beide zurück in die Wohnung, setzten sich wieder an den Tisch und wussten nicht recht, wo sie hinschauen sollten, während Herr Bergemann einen schmutzigen Witz nach dem anderen raushaute und alle fast schrien vor Lachen. Er betrachtete indessen Manuelas wunderschönen Mund, den er eben noch so köstlich geschmeckt hatte, der immer noch so nah und doch so unerreichbar weit weg war.
Wenig später verabschiedeten sich die Bergemanns. Archie gab Manuela ganz brav die Hand und sagte: »Tschüß, Manuela.« Er traute sich nicht, zu ihr »Sehen wir uns mal wieder? Möchte dich unentwegt dumm und dusselig knutschen« zu sagen, weil alle mit großen Ohren zuhörten. Seine Mutter seufzte seltsam verzückt »Selige Jugend« und sein Vater sagte »Auf Wiedersehen und kommt gut nach Hause. War doch ein herrlicher Besuch.« Dabei schielte er zu Archie rüber und alle lachten. Archie bekam einen ganz roten Kopf. Er wunderte sich noch, dass Herr Bergemann mit der Fahne noch Auto fuhr, sein Vater aber meinte, dass könne der ab, er führe in diesem Zustand sicherheitshalber immer mit offenen Fenstern, deswegen sei seine Frau auch so oft erkältet. Archie schrieb dann Manuela noch heiße Briefe, die jedoch ihre Gegenwart nicht annähernd ersetzen konnten. In ihren Antwortschreiben erzählte sie von ihrer Schule und ihren Problemen in Latein. Archie hatte zugegebenermaßen etwas mehr Herz und weniger schulische Sorgen erwartet, aber offenbar hatte dieser Moment auf dem Balkon sie nicht so nachhaltig aufgewühlt wie ihn. Sie schien offenkundig schon über mehr Erfahrungen zu verfügen, wie ihr frivoler Zungenkuss ihm ja unzweideutig vermittelt hatte. Gesehen hatte er Manuela nie wieder, aber den Geschmack ihrer unvergleichlichen Küsse noch ewig in sich bewahrt.

**Specks erster Blues**
An seinen ersten Blues konnte er sich noch gut erinnern, das war an dem Tag, als seine Eltern ihn zum ersten Mal alleine ließen, um zur Kur nach Bad Lauterberg in den Harz zu fahren und er ihnen zum Abschied ausgelassen vom Balkon hinterherwinkte. Anlass dieser inniglichen Verabschiedung, die seine Mutter zu Tränen rührte, war jedoch weniger das Mitgefühl, dass sich seine Eltern eine wohlverdiente Kur gönnten, sondern dass sie ihm verdammt noch mal endlich für drei Wochen die Bude überließen. Kaum waren die kleinen Heckflossen ihres Ford 17M um die Ecke verschwunden, rief er sofort seinen besten Freund und Klassenkameraden Jockel an. Eine halbe Stunde später stand der mit Babs und Nancy, zwei Mädchen aus ihrer Schule, vor Specks Tür. Solche Paarbildung von zwei jungen Mädchen in inzüchtiger Unzertrennlichkeit ist typisch für Mädchen in einer speziellen Altersstufe und

dient als letzte Phase vor dem großen Schritt ins Leben, in dem die süßesten, aber auch bittersten Erfahrungen auf sie warten. Eine der beiden war in der Regel immer die etwas Hübschere, die sich keine Sorgen zu machen brauchte, dass ihre Freundin sie bei den Boys ausstach. Die wiederum bekam in der Strahlkraft der Hübscheren auch etwas von ihrem Glanz ab. So hatten scheinbar beide etwas voneinander und zelebrierten in der Öffentlichkeit ihre Innigkeit gerne mit Händchenhalten. In Wirklichkeit lauerte jede auf ihre Chance. Diese Symbiose zerplatzte dann auch in dem Moment, wo eine der anderen auf der Pirsch ernsthaft in die Quere kam. Dann bekamen ihre weichen Pfötchen plötzlich Krallen. Speck stellte Cola, Salzstangen und eine goldfarbene Kugel auf den Tisch, ein Tischrequisit seiner Eltern, aus der sich die Zigaretten wie Igelborsten dem Raucher entgegenspießten. Die Zigaretten hatte er vorher heimlich gekauft und vor seinen Eltern unter seinem Bett versteckt, das Geld dafür beschaffte er sich durch die Einlösung von zwei vollen Rabattsparheften seiner Mutter, die er ihr aus ihrem Geheimfach im Küchenschrank entwendet hatte. Wohl hatte ihn der Seifenhändler, bei dem er die Hefte einlöste, danach bei seiner Mutter denunziert (»Wissen Sie eigentlich, dass letzte Woche ihr Sohn bei mir zwei Rabattsparhefte eingelöst hat? Ich frag ja nur.«), aber Speck leugnete alles und stellte seiner Mutter die Vertrauensfrage: »Wem glaubst du mehr, einem schmierigen, verleumderischen Seifenhändler – oder deinem eigenen Fleisch und Blut?« Ihre Entscheidung fiel selbstverständlich zu seinen Gunsten aus.

Für die nötige Musik stand im Wohnzimmer eine wuchtige Musiktruhe mit integriertem Rundfunkgerät und einem Zehnplattenwechsler aus dekorativ gemasertem und lackiertem Holz zur Verfügung. Um an dieses mechanische Wunderwerk heranzukommen, musste man mit aller Kraft den schweren Deckel der Truhe hochstemmen und ihn zur Arretierung seitlich einrasten lassen – und beten, dass die Halterung hielt und der Deckel nicht versehentlich wieder zufiel. Er wäre glatt in der Lage gewesen, mit seiner massiven Wucht einem Menschen die Hand zu zerschmettern. Dieser musikalische Sarkophag beherbergte auch die komplette Plattensammlung seines Vaters, bestehend aus drei Langspielplatten, eine von Fred Bertelmann mit dem Super-Hit *Der lachende Vagabund*, bei dem sein Vater immer lippensynchron mitlachte, einem Potpourri bunter Rhythmen mit dem Untertitel *Wir machen Musik, da geht uns der Hut hoch* und *My fair Lady*, einem populären Musical, von dem sein Vater alle Texte komplett beherrschte und teils schaurig falsch mitsang. Weiterhin diverse kleine 45er Scheiben mit Gute-Laune-Musik, Vaters kleine »Stimmungsbomben«, die er gerne bei Familienfesten explodieren ließ. Im Zehnerpack gestapelt warteten sie darauf, dass der strenge Haltebügel sie der Reihe nach zum Abspielen frei gab und auf den rotierenden Plattenteller klatschen ließ. Dort setzte sich in zackiger Mechanik der Tonabnehmer über sie, senkte erstaunlich zärtlich seine Nadel in die rotierenden, lackschwarzen Rillen und ließ die Musik erschallen. Speck besaß fünf 45er-Platten, eine von Eddy Cochran, eine von Duan Eddy, eine von den Platters und zwei von den Drifters. Auf die setzte er seine ganze

Hoffnung. Speziell *Save the Last Dance for Me* und *Smoke Gets in Your Eyes* waren ausgemachte Schmusetitel und für einen Abend wie diesen wie geschaffen. Zur weiteren Förderung einer stimulierenden Stimmung hatte sich Speck aus der Hausbar seines Vaters eine Flasche Schwarzer Kater genommen. Dieser dunkelrote Likör war wohl zwar schmerzhaft süß, machte aber zügig locker. Babs und Nancy tranken zum Leidwesen von Speck und Jockel nur Cola pur. Es war zu vermuten, dass ihnen ihre unseligen Eltern eingetrichtert hatten, in solchen Momenten stets einen kühlen Kopf zu bewahren, an ihren knallroten Ohren erkannte man jedoch, dass ihnen ganz schön heiß war. Speck nahm sich vor, darüber Erkundigungen einzuholen, warum Menschen ihre Erregung verräterischerweise über die Ohren vermittelten. Sie leuchteten wie zwei glühende Henkel an einer Amphore. Scheinbar eine neckische Laune der Natur, die für ihre Launenhaftigkeit ja allenthalben bekannt ist. Als beide Mädchen kurz ins Bad gingen, nutzte Jockel die Gelegenheit, um Speck zu fragen, ob er ihn mal was fragen dürfe. Speck dachte, dass Jockel klären wollte, wer von ihnen Babs und wer Nancy kriegen sollte, was für ihn persönlich längst geklärt war, aber Jockel hatte etwas anderes auf dem Herzen: »Findest du, dass ich gut aussehe?« In dieser Situation, so fand Speck, eine seltsame Frage. Es gab wahrlich bessere Momente für die Behandlung von Minderwertigkeitskomplexen, als in der Pinkelpause von zwei Mädchen. Aber Jockel ließ nicht locker und raunte, er würde doch sehr drunter leiden, dass er so glatte Haare habe, wo er doch Locken viel lieber möge – und da er gerade dabei war – auch mit seinem Kinn sei er nicht ganz zufrieden. Speck versicherte ihm, Kinn und Haare würden prima zu Jockels Gesicht passen, er könne ihn sich beim besten Willen nicht mit lockigen Haaren und einem kleinen Kinn vorstellen. Das war auch gar nicht möglich, weil er sich längst an den Anblick von Jockel gewöhnt hatte. Inwieweit Jockels Äußeres auch mit den Folgen seiner strengen Erziehung im Zusammenhang stand, mochte Speck indes nicht beurteilen. Womöglich hätte er eine andere Kopfform, wenn ihm sein Vater nicht bei jedem Widerwort sofort eine reinballern würde? Aber man wusste es nicht. Den Grund für die außerordentliche Reizbarkeit seines Alten, so hatte Jockel ihm mal erzählt, vermutete er in dessen permanentem Schlafmangel. Sein Alter war nämlich Bäcker und musste jeden Morgen um zwei Uhr früh aufstehen. Specks Frage, ob der arme Mann wenigstens am Wochenende, wo er ausschlafen konnte, besser drauf war, musste Jockel leider abschlägig bescheiden. Speck nahm sich das als Mahnung, niemals im Leben Bäcker zu werden und in seinem Leben unbedingt immer dafür zu sorgen, dass er ausreichend Schlaf bekam. Und daran hielt er sich. Wie auch immer, Jockel sah nun mal aus wie Jockel. Basta. Genau genommen wirkte er mit seinen leicht fettigen, glatten Haaren schon etwas ungepflegt und, ehrlich gesagt, auch sein Kinn passte eher zu einem Nussknacker als in Jockels Gesicht, und – wenn er schon mal dabei war – würde er ihm raten, die Mädchen nicht immer so wie Rasputin anzustarren und dabei so lüstern zu grinsen, so, als wollte er ihnen im nächsten Moment die Kleider vom Leib reißen. Das mochten

die Mädchen gar nicht. Speck vermutete, dass Jockel in dieser spannungsgeladenen Atmosphäre das ganze Ausmaß seiner Kritik nicht so schnell verdauen würde, ohne dass die Stimmung des Abends dadurch Schaden nähme, und behielt sie besser für sich. Jockel faselte dann noch, dass er auch mit seiner Haut und seinen Zähnen überhaupt nicht einverstanden sei und er immer schon mal wissen wollte, wie lang – ganz ehrlich, ohne zu schummeln – denn Specks Penis sei. Er habe einfach das unbehagliche Gefühl, seiner sei zu kurz. Als Speck gerade genauer wissen wollte, wie und vor allem womit Jockel das Maß seines Dinges eigentlich ermittelt habe und warum er überhaupt einen langen Penis haben wolle, der sei doch im Alltag nur hinderlich, und ob es überhaupt grundsätzlich nicht effektiver sei, wenn er ihm kurz und bündig erzähle, mit welchem Bereich seines Körpers er im Einklang stehe, da kamen die Mädchen mit frischen Duftfahnen aus dem Bad zurück und zu Specks Erleichterung war dieses eigentümliche Gespräch damit beendet. Die drei Schwarzen Kater, die Speck zuvor getrunken hatte, zeigten langsam Wirkung. Er fühlte wohltuende Hitze in sich aufsteigen und verspürte nun den Wunsch, mit Nancy zu tanzen. Es faszinierte ihn, welch enthemmende Wirkung eine kleine Menge süßen Destillates bei ihm bewirkte und er nahm sich vor, bei der nächsten Gelegenheit auszutesten, wie weit sich dieses wohlige Befinden noch steigern ließ, heute jedoch war nicht der Moment für Experimente. Jockel saß mit Babs auf dem Sofa, knabberte Salzstangen im Akkord und starrte sie an wie Rasputin. *Als Smoke Gets in Your Eyes* auf dem Plattenteller lag, zündete Speck sich zeitgleich eine Zigarette an, trat auf Nancy zu und fragte: »Äähm … wollen wir … äh … willst du … möchten wir … ähm … magst du vielleicht …?« Nancy verstand und wollte – und erhob sich zum Tanz. Speck hatte ganz weiche Beine, glühte wie ein Kohleofen, umfasste mit dem rechten Arm ihre schmale Taille und hielt im linken Arm leicht abgespreizt die glühende Zigarette, damit er Nancy damit nicht verbrannte. Als die Zeile *Smoke Gets in Your Eyes* erklang, nahm er einen tiefen Zug und atmete ihn in perfekter Inszenierung zart dosiert in Nancys Gesicht wieder aus. Genau so hatte er sich das vorher ausgedacht, allerdings nicht mit ihrem Hustenanfall gerechnet. Als sie sich wieder beruhigte, schmiegte sie sich noch leicht hüstelnd an ihn und beide schaukelten auf dem dicken Teppichboden des Wohnzimmers zwischen Esstisch und Balkontür sanft im Takt der Musik. Für einen flüchtigen Moment rauschten Speck die letzten Worte seiner Mutter vor ihrer Abfahrt durch den Kopf, dass er sich unterstehen solle, in den neuen Teppich einen Flecken reinzumachen. Den bekomme man nämlich ganz schwer wieder raus. Sogar ein zufällig vorbeikommender Vertreter eines Wunderreinigers habe sich an einem Flecken wundgerieben, den einst Onkel Erich bei einem geselligen Abend mit einer mexikanischen Teufelssoße verursacht hatte. Man könne die Umrisse noch deutlich erkennen. Also, Speck wisse Bescheid. Das klang so, als würde sie es nicht für ganz ausgeschlossen halten, dass ihr Sohn in ihrer Abwesenheit zu Unfug fähig war.
Angesichts eines an ihn geschmiegten Mädchens entschwand die Warnung seiner Mutter im Nebel der Belanglosigkeit.

Nancys duftenden Körper zu berühren, ihr klopfendes Herz zu fühlen und dem zarten Träger ihres BHs bis zu der Stelle zu folgen, wo er keusch unter ihr Kleid schlüpfte, das weckte in ihm eine Lust auf das magische Unbekannte, welches er in verwirrender Erregung aus seinem glühenden Innersten endlich zu erfahren trachtete. Hatte Nancy überhaupt auch nur einen Hauch von Ahnung, was sich da Gewaltiges in ihm abspielte? Spätestens an seiner Erektion aber müsste sie das spüren. Und die war ihm schrecklich peinlich. Also hielt er pingelig Abstand zu Nancy, der das scheinbar gar nicht gefiel. Sie rückte nämlich behutsam nach – er zog wiederum zurück. So entstand im Wechselspiel zwischen seiner verkrampften Distanzierung und ihrem Nachsetzen ein eigenwillig anmutender Tanzstil. Es ärgerte ihn, dass der Natur zur Verkörperung sexueller Lust für die Männer kein anderes Organ eingefallen war, als dieses bedrängende Instrument. Sein martialischer Charakter stand zum weichen Geschlecht der Frau in erschreckender Disharmonie. Speck wusste aber auch keine andere Alternative zur Ausübung der Fortpflanzung, er glaubte auch nicht, dass etwaige Verbesserungsvorschläge etwas bewirken würden. Dieses System funktionierte stur, seitdem es den Menschen gab. Vielleicht hatte es im Laufe der Evolutionsstufen Momente gegeben, in denen noch etwas zu korrigieren gewesen wäre, aber diese Lösung hatte sich letztlich durchgesetzt. Bis zum heutigen Tage. Also fügte er sich den Gegebenheiten und tanzte mit diesem seltsam abgewinkelten Unterkörper, als stünde ein Stuhl zwischen ihnen. Ihm war klar, dass Nancy wusste, warum er so verzweifelt Abstand suchte, er sah es in ihren verklärt lächelnden Augen. Und so tanzte er beharrlich weiter in dieser

*Günter Zint*

linkischen Haltung, lauschte neben der Musik dem Wummern seines Herzens und dem Rauschen seines Blutes und wünschte, trotz der unbequemen Aufführung, dass dieser Abend niemals wieder aufhören möge. Mit Nancy tanzen bis in die Ewigkeit und darüber hinaus, ausreichend versorgt mit Schwarzem Kater.

Wochen später hatte er sich dann alleine mit Nancy verabredet. Sie radelten zum Picknickmachen in den Grunewald. Ihm wurde in dieser Situation schon wieder so heiß wie an dem besagten Abend im Wohnzimmer seiner Eltern. Es war der Moment für Gefühle, Fragen und Bekenntnisse. Also nutzte er die Gelegenheit, Nancy anzuvertrauen, dass er glaube, er habe hässliche Füße. Noch nie zuvor hatte er diesen, seinen tief sitzenden Komplex, jemandem offenbart. Nancy spürte das und war tief bewegt. Er zierte sich noch etwas, dann schauten sie sich aber endlich gemeinsam seine beiden Füße an und er war heilfroh, dass er sie sich am Abend zuvor gewaschen hatte. Nancy fand an seinen Füßen nichts auszusetzen. Nein, auch dass sein zweiter Zeh am rechten Fuß etwas länger war als der große Onkel, nein wirklich, überhaupt kein Problem für Nancy. Sie fand das »drollig«. Offensichtlich mochte sie seine Füße sehr und machte sich sogar einen Spaß daraus, ihn spielerisch an den Zehen zu ziehen. Jedes Mal wenn es knackte, jauchzte sie laut. Beim besten Willen, dachte Speck, so schön waren seine Füße wiederum nun auch nicht, dass sie wegen eines kleinen Knochengeräusches gleich so abdrehte. Ihre eindeutige Absicht, eine ausgewiesene Schwachstelle seines Körpers in der Einmaligkeit dieses Augenblickes in eine exorbitante Attraktivität umzuwandeln,
war lieb gemeint, kam ihm aber aufgesetzt therapeutisch vor. Flugs zog er sich wieder seine Socken an, um ihr Spiel mit seinen Zehen zu beenden. Dann legten sie sich auf den Rücken, hielten sich die Hände und schauten in den Himmel. Die Wolken über ihnen quollen zu Formen, die für ihn alle etwas mit Nancy zu tun hatten. Eine Weile lagen sie stumm und genossen die Zeit. Plötzlich seufzte Nancy tief und fragte ihn mit bewegter Stimme, ob sie ihm etwas sagen könne, was sie noch keinem gesagt habe? Sein Herz klopfte dermaßen, dass er annahm, es spränge ihm gleich aus dem Körper.

»Du kannst mir alles sagen«, flüsterte er. Das war großes Kino. Nancy drehte ihren Kopf zu ihm und schaute ihn mit ihren großen, braunen Augen an, sodass ihm ganz schwindelig wurde. Sie würde sich schämen, flüsterte sie. Sag's mir, bitte sag's mir, drängte er sie und war wahnsinnig gespannt, welchen großartigen, sündigen Gedankens sie sich schämen würde. Sie atmete schwer. Sie könne ihm alles sagen, wiederholte er nochmal, um ihr Mut zu machen, sich von einem schweren Ballast zu befreien.

»Sag es mir, bitte«, flüsterte er noch mal nachdrücklich.

»Ich … ich … oh Gott, … egal, ich sag das jetzt einfach: Ich habe seit einer Woche …«, sie rückte mit knallrotem Kopf ganz dicht an sein Ohr; »… keinen Stuhlgang mehr und mache mir ganz furchtbare Sorgen«, hauchte sie.

Sie hatte seit einer Woche keinen Stuhlgang mehr? Er brauchte etwas, um einzuordnen, was er da gerade vernommen hatte. Dann spürte er einen akuten Erregungsabfall und fühlte sich, als wäre er von einer rosa Wolke direkt ins Klo gefallen.

Es half nichts, dass er sich sagte, auch aus dem Hintern von Marilyn Monroe kamen schließlich keine Zimtplätzchen, bei aller Liebe, Nancy hatte sich für sein Verständnis mit der Offenbarung ihrer sehr intimen Kümmernis zu weit über den Wolkenrand gelehnt. Er war noch lange nicht so weit, sich mit ihrem Stoffwechsel zu beschäftigen. Natürlich bewies sie mit ihrer Beichte, dass sie Vertrauen zu ihm hatte, aber seine Stimmung war – mit Verlaub – im Arsch. Die wabernden Wolken über ihm nahmen nun die Form von Nancys Darm an. Er konnte nichts dagegen tun. Der ganze Himmel war voll davon. Er schaute lieber nicht mehr nach oben. »Versuchs doch mal mit rohem Sauerkraut oder trink eiskalte Milch«, riet er ihr. Bei ihm würde es danach innerlich brodeln. »Du Glücklicher«, sagte Nancy seufzend und strich sich über ihren Bauch, der ihm jetzt, wo sie es ihm anvertraut hatte, auch unangenehm geschwollen erschien. Er mochte sich nicht vorstellen, wie es da drunter aussah. Sie versprach ihm ganz fest, es nach seinem Rezept zu versuchen, und wirkte erleichtert, dass sie sich das von der Seele geredet hatte. Danach radelten sie nach Hause und als sie sich an einer Kreuzung trennten, schaute er ihr sinnierend hinterher und wünschte ihr von ganzem Herzen, dass das Treten endlich ihrer Verdauung förderlich sein möge. Was Nancy betraf, war er nun massiv ernüchtert, für die Zukunft quasi emotional verstopft. Er bekam das Bild von Nancys aufgeblähtem Bauch nicht mehr aus dem Kopf, dennoch hätte es ihn interessiert, ob seine Sauerkraut-Milch-Therapie ihr geholfen hatte. Einfach so.

## Anna (*1982)

### Ein lesbischer Kuss

Ich bin keine »gute Küsserin«. Mir fallen einige widerliche Küsse irgendwelcher Bekannter meiner Mutter ein oder die Küsse einer langjährigen Freundin, mit der ich ansonsten glücklich war, aber etwas an ihren Küssen war mir unangenehm, zu nass. Ich vermied das Küssen im Verlauf unserer Beziehung. Das wurde sogar zu einem Problem zwischen uns, à la »Du liebst mich nicht mehr!«. Über Sex haben wir einigermaßen offen sprechen können, über die Küsse zu reden, das ging nicht. Als wären Küsse das einzige Zeichen von Liebe, als wären gut miteinander reden, viel miteinander lachen zu können weniger bedeutsam. Meine Freundin und ich sind seit ein paar Jahren kein Paar mehr, sie ist mit einer anderen Frau zusammen und inzwischen verheiratet, ich hatte seitdem Kurzzeitbeziehungen. Vor einer Weile lernte ich auf einer L-tunes-Party eine Frau kennen. Sie war allein da und stand schüchtern an der äußersten Ecke der Bar, aber beobachtete mich beim Tanzen. Als ich ihre Blicke bemerkte, sprach ich sie an. Wir tranken ein Bier miteinander. Eine schmale Frau, doch zugleich hübsch gerundet, ihr kleines griffig hervorstehendes Bäuchlein verlockte mich. Ich fasste ihren Bauch an. Sie zuckte zurück. Ich sagte: »Du hast einen sehr schön geformten Bauch«, und entschuldigte mich gleich darauf, »sorry, wenn ich dir zu nahegekommen bin.« Wir gingen in dieser Nacht miteinander zu ihr, sie wohnte in der Nähe. Auf dem Weg erzählte sie mir, dass sie eigentlich keine zu sich mitnähme, sie sei Einzelgängerin, wolle keine Beziehung, lebe in einem Kokon, es sei unaufgeräumt und Sex wolle sie auch nicht. Wir haben es trotzdem gemacht. Es war schön zu spüren, wie ihre Schüchternheit abbröckelte. Wie sie weich wurde. Es gab nur einen kleinen Schreibtisch, einen Stuhl, viele

*Anja Müller*

Bücher, Krempel auf dem Boden und das Bett. Wir saßen nebeneinander auf dem Bett, und ich überlegte, wie ich anfangen sollte, ob ich überhaupt anfangen sollte, da küsste sie mich. Sie küsste mich! Ich war so überrascht, dass ich erstarrte. Sie nahm mein Gesicht in eine überraschend kräftige Hand, drückte mir die Wangen zusammen, dass sich meine Lippen leicht öffneten, und dann begann der Kuss. Ich konnte meinen Kopf nicht bewegen, so fest blieb ihr Griff die ganze Zeit, die mir endlos erschien. Ihre Zunge, auch überraschend kräftig, wie sich später zeigen sollte, virtuos und geschickt, schob sich sehr langsam und immer tiefer in meinen Mund, ich blieb starr und bewegte meine Zunge kaum, schmiegte sie zart an ihre, sie küsste langsam, nicht speichelnd, nicht nass, und ein Kitzel, ein Beben erfasste mich, fast bis zum Orgasmus – oder war es vielleicht ein leichter Orgas-

*Esperanza Moreno*

mus?, keine Ahnung. Vielleicht war es meine Überraschung, dass diese Frau die erste Berührung gemacht hatte, vielleicht auch die Vorfreude: Ich war seit Stunden scharf auf sie, hatte auch schon einige Wochen lang keinen Sex mehr gehabt, keine Ahnung. Dieser ist der schönste Kuss, an den ich mich erinnern kann. Wir sehen uns immer noch in unregelmäßigen Abständen, und das Küssen mit ihr ist jedes Mal ein Genuss.

*Melissa Mathäa*

**Plumpes Herz 7**
*November 2016*

Holprig, Zu-Dir,
Wackelig, Um-Dich,
Aufdringlich, An-Dich,
Plump, An-Sich.

Aber bitte nun,
Keine traurigen Gesichter!

*Anja Müller*

*Anja Müller*

# Jörg Karweick

**Enricos Kuss**

Der Kuss kam erst am zweiten Tag, auf unserem dritten Spaziergang. Da hatte ich schon nicht mehr damit gerechnet. Verabredet hatte ich mich nur mit ihm, weil es ein unvorhergesehenes Zeitfenster gab, weil mir nach der Dienstreise plötzlich zwei freie Tage in einer Stadt blieben, die ich noch nicht kannte.

Zu Hause in Berlin zerrann mir gerade eine Liebschaft, meine Libido lag im Gefrierfach, und es wäre nicht nötig gewesen, jemanden kennenzulernen. Zwei Tage in einer italienischen Großstadt hätte ich auch anders rumgekriegt: essen, alte Kirchen, Aperol Spritz.

Stattdessen traf ich mich mit Enrico. Glatze und Vollbart, als wäre er mein Spiegelbild, große Nase und, auf dem Profilbild wie in natura, Augen wie zwei Angelhaken. An denen hing ich fest.

In Kastanienbraun.

Am ersten Tag trafen wir uns vormittags, vor seiner Arbeit, am zweiten Tag ebenso und dann noch einmal am frühen Abend mit mehr Ruhe und Zeit.

Zwei Tage mit flüchtigen Berührungen der Arme und der Schultern. Während er mit die Fassade des Palazzo Ducale erklärte, traten wir unnötig nah aneinander, sodass sich unsere Handrücken streiften, ebenso während wir an der Jungfrau mit dem Kinde in Santa Maria delle Vigne vorüberschritten, oder wenn wir einfach nur an der Ampel standen und warteten, dass sie grün wurde. Dabei hätte es meinetwegen auch bleiben können. Und ich dachte, seinetwegen auch.

Der Kuss kam, als wir den Aufzug verließen, der die untere Stadt mit den höheren Vierteln verbindet. Enrico hatte mir gesagt, dass es dort oben ein Panoramafenster gebe, an dem die Einheimischen im Alltagstrott achtlos vorbeigingen. So ließen wir alle anderen vor uns aussteigen, und dann, als wir in der Galerie mit dem Fenster alleine standen und ich gerade hinaussah, zog er mich an sich und drückte seine Lippen an meine. Mein Blick ließ sich noch für eine Sekunde von der Aussicht auf Genua von oben ablenken, begrünte Dächer, Türme, Hafen, Meer, bis ich die Augen schloss und nur noch seine Lippen spürte. Und die waren fest. Im Nachhinein denke ich, dass er selbst überrascht von dem Kuss war. Zwei Tage lang hatten seine Lippen so verführerisch ausgesehen, aber jetzt waren sie fest und hart und irgendwie auch stur, und ich hätte es vorgezogen, die schöne Aussicht zu erleben statt dieses ungelenken Kusses. Aber diese Lippen drängten, schoben, da kam noch was, merkte ich, da wollte was raus.

Und schließlich begannen sie zu zittern. Es war ein zartes Zittern, und es wurde noch zarter. Mit einem Mal war es wie ein flüchtiger Kuss, der einfach nicht aufhörte.

Der Aufzug verkehrte im Fünfminutentakt, und mehrfach kamen Leute daraus an uns vorbei. Enrico tat nichts, als seine Lippen auf meine zu legen, wo sie zitterten. Schließlich flimmerten sie nur noch sanft.

Irgendwann öffnete Enrico sie und seine Zunge glitt in mich hinein.

*Daniel Schmude-Sterling, oben: Berliner Fenster; unten: New Yorker Fenster*

## Henrike Lang

**Der Kuss**

Küssen ist so etwas wie ein Reset, oder? Eine überwältigende sinnliche Erfahrung, die alle Sorgen und Ängste löscht. Neulich habe ich das akut gebraucht. Es war auf einer Seilbahn, einer alten aus den 1950er-Jahren mit Zweiersitzen, die von Schloss Burg hinab ins Tal führt. Oben überlegte ich noch: »Soll ich – soll ich nicht – soll ich …«, als meine Frau mich schon in den Sitz schubste und den dunkelgrün lackierten Schutzbügel zu uns herabzog. Ich fühlte mich wie in einem kolorierten Heimatfilm, als wir langsam hinaus in die Weite glitten, mit Judith als O. W. Fischer neben mir. Schuld an diesem Abenteuer war unser neunjähriger Sohn, der mit seinem Patenonkel in der Gondel vor uns schwebte. David liebte Freizeitparks und Jahrmärkte – an einer Seilbahn konnte man ihn nicht guten Gewissens vorbeilotsen.

Klock. Unsere Gondel senkte sich jetzt im 45-Grad-Winkel hinunter, zehn Meter über dem grünen Steilhang. Meine Hände waren schweißnass, ich bekam keine Luft mehr. Der Schutzbügel war eher dekorativ und hätte mich bei einer Ohnmacht nicht zurückgehalten.

»Geht es dir gut?« Judith, meine Frau. Die bekam auch nie etwas mit. Meine Höhenangst war Legende. Aber immerhin, eine fürsorgliche Nachfrage.

»Nggghhh …« Ich presste mich nach hinten in den Sitz, der zum Glück abgeschrägt war. Außerdem glotzte ich angestrengt in die hohen Eichen neben mir und summte »Mein Freund, der Baum«. Bäume beruhigen mich immer. Fast immer. Gerade leider kaum.

»Nimm meine Hand«, sagte Judith, die jetzt besorgt zur Seite blickte. Aber dazu hätte ich ja meine Hand von der Mittelstange nehmen müssen, an der ich mich festklammerte. No way.

Langsam fuhren wir den Abhang hinunter. Ich atmete wieder, flach, aber immerhin. Solange ich neben mir die sattgrünen Baumkronen sah, war alles gut. Aber dann näherte sich der große Besucherparkplatz. Parkplatz! Mein Körper, auf Asphalt zerschmettert! Nach all der Mühe, die ich in mein fast fünfzigjähriges Leben gesteckt hatte!

»Aaaah«, wimmerte ich erst leise, dann lauter. Konnte das Geräusch nicht stoppen.

»Psst«, entgegnete Judith streng. »Du ängstigst den Jungen.« Tatsächlich drehte sich David kurz zu uns herum, wie ich mit starrem Blick wahrnahm.

Unter uns waren jetzt Spielzeugautos. Und viel Asphalt. Kein Rasen und keine Bäume mehr. Vor uns die tosende Wupper.

»AAAAAH!« Jetzt hielt mich nichts mehr. David und sein Patenonkel drehten sich beide fragend zu uns um. Davids liebes rundes Kindergesicht, mit großen Augen. Judith handelte wie ein Filmheld. Lehnte sich kurzerhand zu mir herüber und drückte ihre Lippen fest auf meine, um mir den panischen Mund zu schließen. Ihre wunderbaren Lippen. Sie konnte küssen wie keine andere. Vergessen die Zeiten, wenn sie mich anschrie. Vergessen meine Höhenangst. Judiths Lippen, und alle Bewusstseinsinhalte schmolzen dahin, ob Vorsatz oder Panik.

Unter uns die schwarze Wupper. Egal. Judith und ich waren äußerlich so verschieden. Ich groß und unordentlich, sie klein und proper. Wenn ich sie küsste, sah es aus, als ob ein Troll eine Buchhalterin überfiel. Und das in unserem Alter. Egal.

Unter Davids Jubel fuhren wir knutschend in die Bodenstation ein. »So«, sagte Judith, löste sich von mir und schob den Schutzbügel hoch. Als ich zittrig aufstand, schien für mich die Sonne.

*Les Archives d'Éros*

*Erste Male*

## Florian (*1987)

**Das erste Mal**
Als ich zwölf war, habe ich monatelang auf meinen ersten Samenerguss gewartet. Das Wort kannte ich aus der Schule, das Wort »wichsen« kannte ich von Freunden. Ich wusste auch ungefähr, wie das ging, auch wenn ich eine Weile brauchte, um mir eine praktikable Technik anzueignen. Ich hatte dann auch irgendwann, im stummen Dialog mit den Nacktbildern aus der BRAVO, tatsächlich so eine Art Orgasmus, aber ich konnte mich darüber nicht so richtig freuen, denn »es kam einfach nichts raus«. Nun wusste ich aber auch nicht, ob man das Ejakulieren irgendwie bewusst veranlassen musste, oder ob es wirklich von ganz allein passieren würde, als natürlicher Höhepunkt der Erregung. Also experimentierte ich in großer Einsamkeit herum. Bei einem dieser Experimente stützte ich mich auf die kühne These eines etwas älteren Freundes, dass es sich bei Sperma ja bekanntlich nur um Pipi handele, das eben im Moment der Ejakulation durch Hormone auf geheimnisvolle Art verwandelt werde. Das Erlebnis selbst war gar nicht so unangenehm und das Triumphgefühl des ersten Moments war unbeschreiblich: »Es kommt was raus, es kommt was raus!«. Die Euphorie wich zwar peinlicher Bestürzung, als ich bemerkte, dass ich mitnichten ejakuliert, sondern nur mein Bett vollgepisst hatte. Doch die eine Sekunde Hochgefühl war mir nicht mehr zu nehmen, und hat die Erinnerung an den ersten »richtigen« Samenerguss, der ein paar Wochen später erfolgte, für immer überlagert.

## Franziska (*1993)

**Grübelei**
Ich hatte in letzter Zeit ab und zu Gespräche über das erste Mal – es scheint etwas zu sein, was Menschen aller Hintergründe beschäftigt. Einige sprachen darüber, dass sie gerne einmal dieses oder jenes ausprobieren würden, oder nannten als erstes Mal einen überraschenden Zeitpunkt, der nicht mit der Mainstream-Sicht zusammenpasste.
Ich jedenfalls störe mich an dem Mythos, der das erste Mal umgibt. Es erscheint mir ein antiquierter, heteronormativer Mythos. Oft stößt man in Gesprächen an einen Punkt, an dem man zu grübeln beginnt und sich fragt, wieso das Gespräch ad Absurdum ging. Es scheint, als hätte das erste Mal in der Mainstreamsicht ein heterosexuelles Paar, auf jeden Fall aber einen Penis zu involvieren. Einige meiner Freundinnen sehen das erste Mal Fingern oder Oralsex nicht als Sex, sie hatten ihr erstes Mal erst, als sie zum ersten Mal mit einem Penis penetriert wurden. Was soll ich da als Lesbe sagen? Die Grenze ist selbst gezogen, denn für jede*n ist eine andere Grenzüberschreitung die eine wirklich relevante. Der erste Kuss mag vielleicht für manche relevanter sein als das erste Mal sexuelle Intimität. Für andere mag vielleicht die erste Auslebung ihres Fetisches relevanter sein als das erste Mal Blümchensex. Manchmal hat man eine erste Erfahrung, die einen als Menschen revolutioniert, und es ist nicht notwendigerweise Sex. Oder nicht das erste Mal Sex im herkömmlichen Sinne, sondern vielleicht der erste Dreier,

der erste gleichgeschlechtliche Sex, usw. Das erste Mal ist ein Mythos – ein heteronormativer noch dazu – denn es gilt nur eine Form von Sex als erstes Mal, und dieses eine Mal hat wichtiger zu sein als alle anderen neuen Erfahrungen. Das erste Mal hat immer noch eine antiquierte, quasi religiöse Note, es soll am besten ein wenig Blut fließen (als könnte man nicht vorsichtig sein und das vermeiden), und immer noch schwingt ein wenig das englische Wort des »deflower« mit, ein Akt, in dem aktiver und passiver Part klar getrennt sind (wenn es sich nicht bei beiden Partnern um das erste Mal handelt). Ist nicht jedes Experiment ein erstes Mal? Jede*r neue Partner*in? Kann man nicht stets von Neuem ein erstes Mal erleben?

Vielleicht liegt das Problem in dieser Mystifizierung, darin, dass in ein »vorher« und »nachher« unterteilt wird. Man ist kein unsexueller Mensch ohne Bedürfnisse, weil man noch nicht den richtigen Moment gefunden hat, oder bisher noch keine Lust hatte, oder die große Liebe noch nicht kam und man sich das erste Mal romantisch bis dahin aufsparen will. Man kann Spaß an sich selber haben, auch an anderen, ohne das berühmte erste Mal gehabt zu haben. Und ist man hinterher anders, weiser, vielleicht ein ganzer Mensch? Und hinterher – nach was genau?

---

## Claudia *(\*1953)*

**Noch nie**

Mein erstes Mal mit einer Frau gab es auf einer Party neunzehnhundertneunundsechzig, die sich zu einer Orgie entwickelte. Es war lustvoll, ohne dass ich das wirklich realisierte, ich hatte sogar Orgasmen. Das erste Mal (kurz davor) mit einem Mann war undefinierter. Ich dachte, ich wäre »schuld«, dass »es« nicht ging. Dass ein Mann dazu eine Erektion braucht, hatte ich vielleicht schon gehört, das weiß ich nicht mehr, wusste aber weder, wie eine Erektion aussieht, noch, wie sie sich anfühlt. Er hatte keine. Ich dachte, ich wäre zu. Meine »Jungfernhaut« zu kräftig. Ich ging danach zu einem Frauenarzt, um das überprüfen zu lassen. Der Arzt verschrieb mir (ich war 16) die Pille. Weil ich solche Fragen stellte, ging er davon aus, dass ich Sex (mit Männern natürlich, mit wem sonst) hatte und also eine Pille brauchte. Er sagte, dass alles ok sei. Ich wagte nicht, das mit der »Jungfernhaut« zu vertiefen. Irgendwann kurz darauf ging »es« auch mit einem Mann, nach einem Rock-Konzert im Zoom. Ich war aufgeregt, weil es mit einem »In-Typen« dazu kam, aber eigene sexuelle Lust empfunden habe ich kaum, wehgetan hat es auch nicht. Es gab für mich schon damals kein definiertes erstes Mal. Die ersten unerwiderten Verliebtheiten in Mitschülerinnen Jahre davor waren (in meiner Erinnerung) genauso oder sogar aufregender als diese ersten sexuellen Male. Danach gab es (und gibt es hoffentlich weiterhin) viele erste Male. (Nicht nur in der Sexualität. Pannen beim Büchermachen können überraschend erstmalig passieren, ebenso, dass etwas erstmalig so schön wird). Nicht umsonst heißt es in Texten, in denen Erfundenes oder Erlebtes zum Thema Erotik erzählt wird, die oder der Protagonist*in empfinde etwas wie »noch nie« empfunden. Was subjektiv sicher stimmt, denn vergangene »Noch nie« stehen im Hintergrund. Das macht die Intensität eines Moments erst möglich.

## Andreas Hennig

**Mein letztes Mal**

Ich erinnere mich deutlich die
Sonne schien nicht trotzdem
wollte sie raus »Andieluft« also
zogen wir uns umständlich die
hellen Mäntel über halfen uns
gegenseitig die steilen Stufen
hinunter begaben uns auf den
unbeschwerlichen Weg in den
nahen Park es lag ein Flirren
über meinem Herz das ich vor
zwanzig Jahren mit Glück über
setzt hätte klarer Herbst um uns
Meeresrauschen der Wipfel das
träge Wasser des alten Flusses
ihre noch immer tiefschwarzen
Augen und die Spur heiteren
Einverstandenseins mit der Szene
als sie fragte bist du soweit ich
stand wegmittig sie hielt einen
Finger in den Bogen aus Licht
Wasser Wärme und sang du bist
der Beste mein lieber Lieber sie
küsste mich atemlos zärtlich sanft
»meine Lippen nur-eben-streifend«
da öffnete die Zeit ihre weite Klappe
sie rutschte an mir hinunter wie in
eine unbekannte Welt später lief ich
unseren Weg weiter bis an sein Ende

Reinhard Grüner, Exlibris Willy Braspennincx

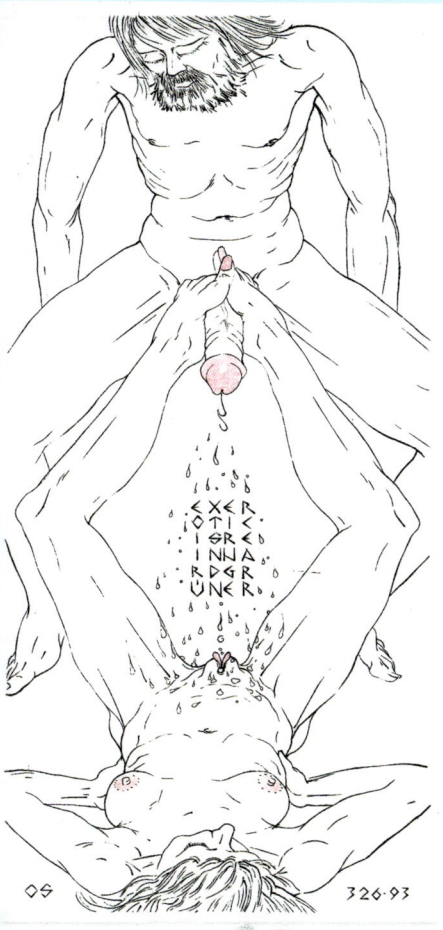

nhard Grüner, Exlibris Oskar Roland Schroth

**Alter**

Ein alter Mann starrt in die Ferne
Und sieht dabei in sich hinein
Entdeckt die grenzenlose Leere
In seinem Herz und schüttet Wein

In seinen längst erloschnen Krater
Der ein Vulkan war stark und heiß
Da plötzlich lächelt still der Alte
Der ausgetrunken hat und weiß

Dass Liebe nur ein schlichtes Wort ist
Und nicht ein Felsen nicht ein Platz
Zum Aufbau von erfülltem Leben
Vokabel nur und niemals Schatz

Ach komm doch nochmal an die schmale steile Küste
Und steig mit mir in meinen schön morbiden Kahn
Wir fahren raus ich zeig dir Inseln es gibt Fische
So singt beseelt voll Wehmut am Balkon der Mann

Er sieht ein Mädchen drüben auf der großen Brücke
Es pisst aufs Pflaster wie auf Sinn und alle Welt
Ihr Freund macht Fotos und winkt zum Balkongeländer
Wo jetzt der Alte steht den endlich nichts mehr hält

# Erik Engelhardt

*Steffi, Wechselburg 2017*

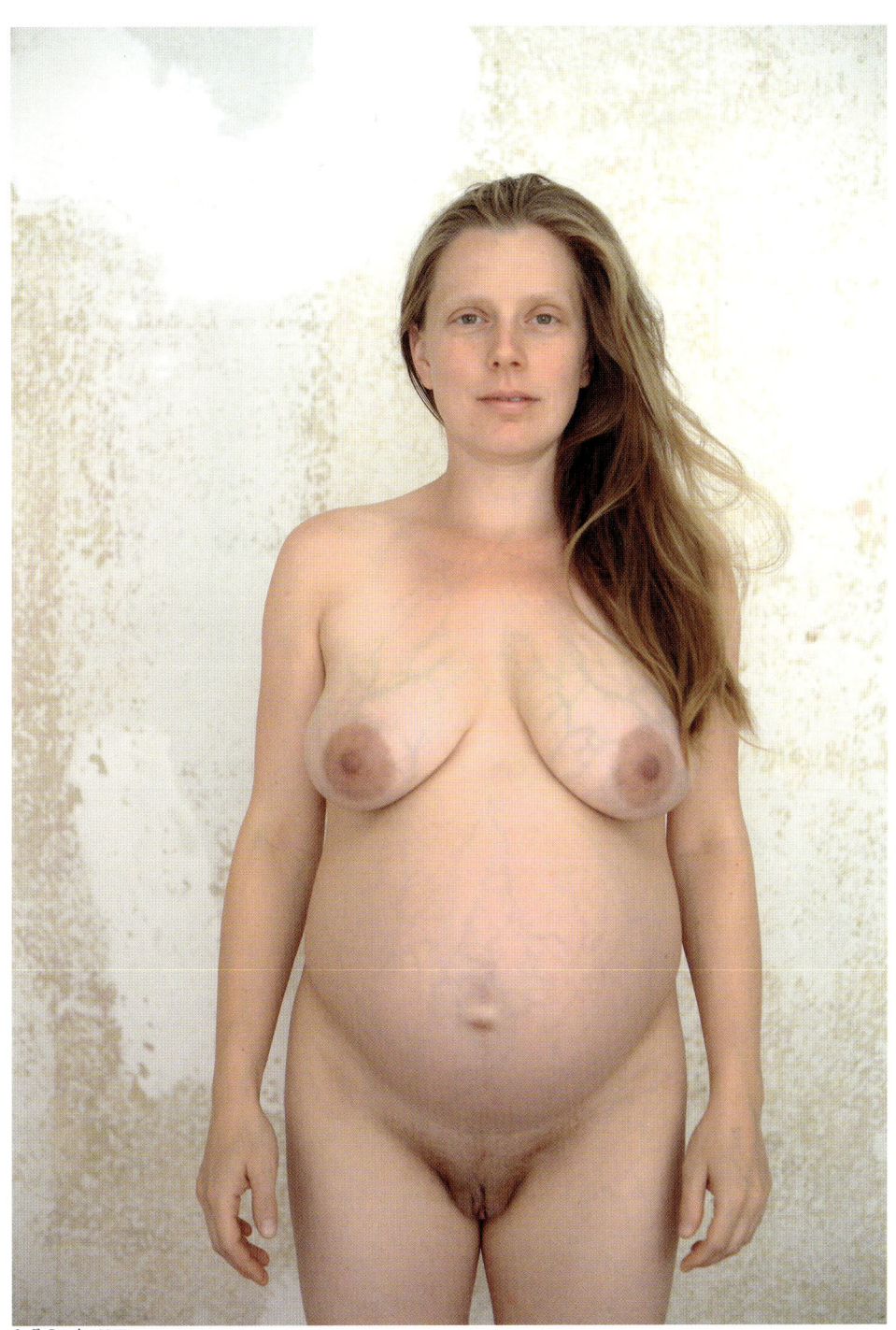

*Steffi, Dresden 2017*

## Steffi Engelhardt

Wenn ich an mein Kind in meinem Bauch denke,
mich in es hineinzuversetzen versuche,
– dann erinnere ich mich an ein Erlebnis mit dir, Liebster:

*Wir treiben
im körperwarmen Salzwasser der Therme.*

*Ich spüre meine Grenzen nicht.
Ich schlinge Arme und Beine um dich,
wie ungeboren bin ich, satt und versorgt.*

*Mein weiter Schoß wärmt sich an deinem Bauch,
ich spüre das Leben in dir wie eine Musik.
Ich bekomme meine Nabelschnur zurück.
Ich bin schwerelos und du bist mein Halt.
Bin losgelöst von dem, was war, was ist und was sein wird.*

Auch dass wir uns manchmal beim Liebemachen wie Neugeborene fühlen,
fest in ein Tragetuch eingebunden,
daran denke ich:

*Wir hüllen uns ein und ziehen den
Stoff fest um uns,
halte ich dich oder du mich?
Ich ziehe am Tuch und binde dich
fester an mich,
vielleicht schmerzt es dich wohlig,
wenn du mein Verlangen spürst.*

*Wenn wir satt sind, löst sich die Hülle
auf und lässt uns frei.*

*Mühlviertel 2017*

*Sylvia Catharina Hess*

*Gustav König*

Ich habe mir für Dich den Schwanz gewaschen.
Das ist nur halb so eklig wie es klingt
Hygiene ist mir schließlich durchaus wichtig
Jedoch so gründlich wasch ich mich sonst nie.
Nicht anlasslos zumindest. Aber diesmal
nahm ich mir gerne alle Zeit der Welt.
Das war's mir wert. Ich tat es ja für Dich.
Und erst in einer Stunde fuhr der Zug.

So cremte ich nun mit der neuen Seife
Von Hodensack bis Eichel alles ein.
Ich selber mag's zwar gern, wenn's etwas riecht
Ein leichter Hauch von frischen Meeresfrüchten …
Doch da wir uns noch gar nicht kannten, dachte ich
Dass Dich der Shrimpsduft irritieren könnte
Das wäre ja für beide nicht sehr schön, nicht wahr?
Du denkst, es stinkt und willst es mir nicht zeigen
Ich merke, was Du fühlst und bin beschämt
Der Abend wär gelaufen – und zwar schlecht.

Auch schwante mir, dass just die beiden Schwänze
die Du zuletzt gehabt hast, bessren Duft
als meiner abgesondert haben mochten
Genaues hast Du davon nie erzählt
doch kannte ich in groben Zügen ihre Träger:
Der reife Anwalt konnte sich bestimmt
die allerbeste Körperpflege leisten
und hat wohl gerade im Intimbereich
von seiner Lotion reichlich draufgeschmiert.
Und dann der Tänzer! Dessen durchtrainierter
biegsamer Körper Dein Gefallen fand
Kaum vorstellbar, dass er nicht auch gut roch
Verströmten seine Hoden Moschusduft?

Die Blöße also wollt ich mir nicht geben,
Der widerlichste meiner Art zu sein.
Daher die ausgedehnte Duschpartie
So nahm ich denn den Brausekopf zur Hand
Und hielt den Strahl von unten auf die Eier –
Ein nie gekanntes Wohlgefühl umfing mich.
Es kribbelte im Sack, mir schien's, als machten
All meine Spermien sich zum Start bereit
Ich fühlte mich noch niemals so potent
Heut könnt ich Ahnherr ganzer Völker werden
Es war ja noch ein bisschen bis zum Zug.

Da sehe ich Dich plötzlich vor mir stehen
Erst gibst Du mir nur einen scheuen Kuss
Doch als ich Deine harten Nippel fühle
Da weiß ich es ganz sicher: Du willst mehr
Ein zweiter Kuss von Deinen feuchten Lippen
ein bisschen tiefer schon, streift meinen Hals
Dann gleitet Deine Zunge langsam weiter
Zu Brust und Bauch, dann legt sich eine Hand
geübten Griffes fest um meinen Schwanz …

Im Endeffekt hab ich den Zug verpasst

*Hartmut Krügener*

*Ramona Deckers*

## Ina Paul

**Unbeschreibbar! (An meinen Geliebten)**

Ich find Dich schön, was soll ich weiter sagen,
genauso könnt ich sagen wunderschön,
dies aber wäre nichts als Wortgetön,
denn jeder, der es hörte, würde fragen:

Was heißt denn schön?! – Ich will es besser sagen:
Ich finde alle Deine Glieder schön
(es näher auszuführen, wär obszön)
und denk an sie mit höchstem Wohlbehagen.

Gedanken im Gehirn sind nicht vertreibbar:
Die meinen kreisen unentwegt um Dich
(dabei denk ich wahrscheinlich auch an mich).

Dein schönstes Glied, es ist mir einverleibbar,
und manchmal (viel zu selten!) fügt es sich.
Was ich dabei empfinde? – Unbeschreibbar.

## Randi & Martin

**Flaschendrehen**
Die Kinder sind nach drei Wochen wieder bei der Ex.

*Ich möchte mit dir alleine wegfahren.*
Das wird dieses Jahr nichts mehr.
*Dann geht das mit uns nicht.*
Schweigen.

Was machen wir jetzt?
*Lass uns Flaschen drehen.*

Sage mir einen Gedanken, den du denks
*Öffne Dein Hemd.*
Erzähle mir wie es deiner Muschi geht.
*Deine Hose.*
Woran denkst du?
*Ich möchte Deinen Schwanz
in den Mund nehmen.*
Er ist nicht sauber. Ich möchte,
dass du ihn wäschst.
*Ich habe meine Tage. Ich möchte
auch gewaschen werden.*
Ich möchte deine Muschi lecken.
*Wir können es in der Badewanne tun.*

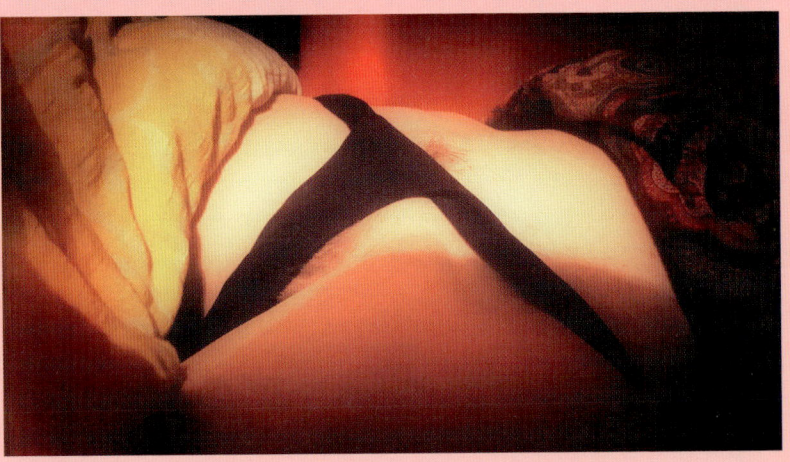

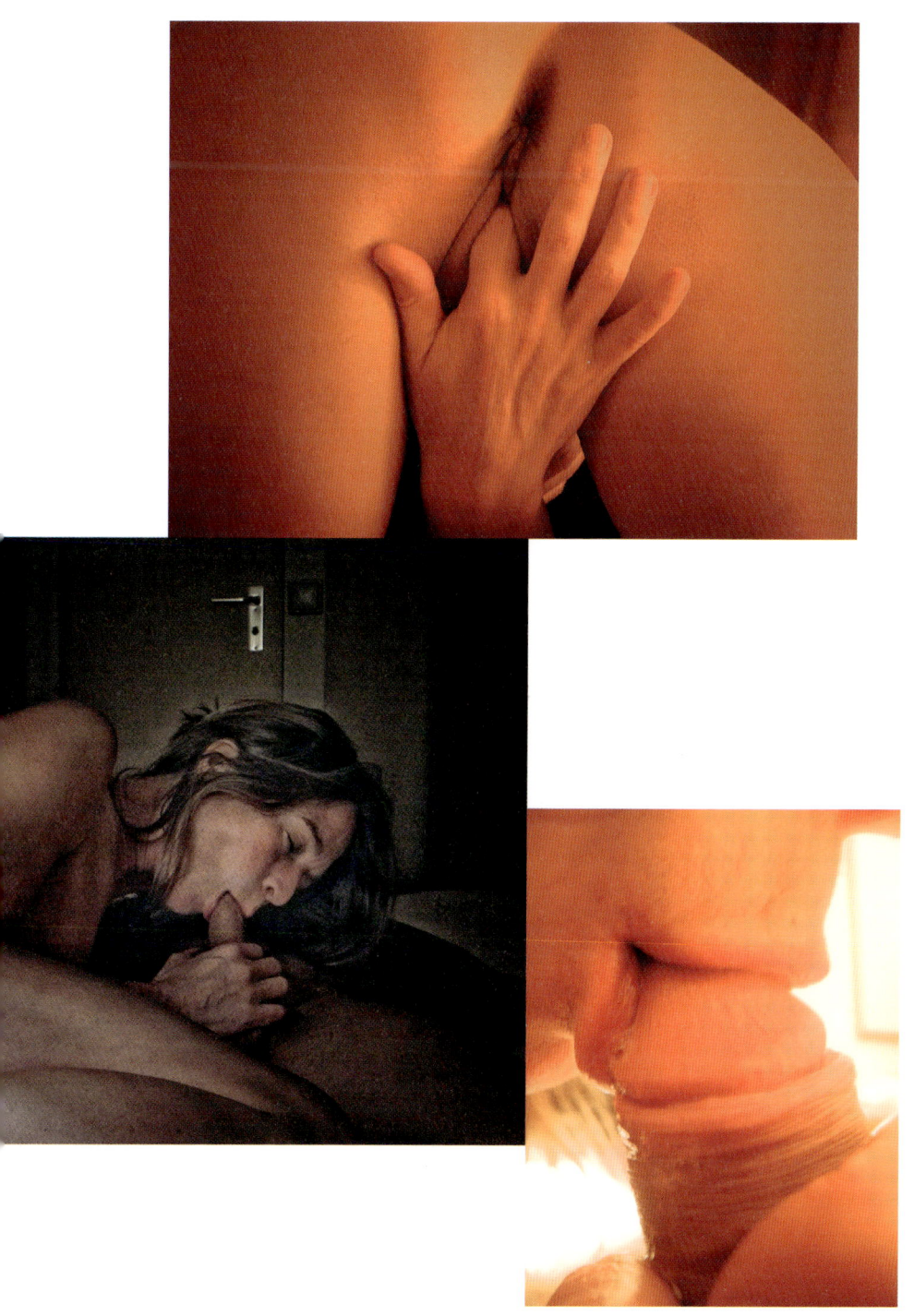

*Randi & Martin*

## Zwei Gespräche über das sexuelle Leben

### Franziska (*1993) & Sophia (*1990)

*Franziska: Ich kenne dich als sehr politischen Menschen. Hat auch Sex für dich eine politische Ebene? Zum Beispiel, was die Ansichten der anderen Person angeht?*
Sophia: Auf jeden Fall. Ich hatte ja lange Zeit nur was mit Veganern, das hat sich inzwischen ein bisschen gelockert. Ich lerne eigentlich nur Typen kennen, die auch irgendwie in die Richtung links gehen, manche mehr, manche weniger. Ich fände es schon unerotisch, wenn ich wüsste, dass ein Typ irgendwie – also Nazi sowieso nicht – aber eher konservativ ist. Ich finde, das bringt immer ein bestimmtes Frauenbild mit sich. Ich mag es, wenn Typen auch feministisch sind, auf die Sexualität der Frau schauen und das respektieren. Ich denke, manche andere, konservativere, würden eine Frau vielleicht mehr unterdrücken wegen ihrer politischen Einstellung, oder einfach von ihr sagen »Das ist eine Schlampe, sie hatte schon so viele Typen«. Ich denke schon, dass Politik auf jeden Fall mitspielt, wenn auch meistens unbewusst.
*Du hast mir nach deinem Auslandssemester in den USA von dem Amerikaner erzählt, der so extrem christlich war.*
Der war lustig. Er war jünger als ich, ich war 26 und er 20 oder 21. Er kam aus North Carolina, ein typischer Südstaatler, wollte eigentlich Jungfrau bis zur Ehe bleiben. Damit kam er nicht lange durch … Auf der einen Seite war er total konservativ und kam immer mit Gott und so weiter, war Republikaner, auf der anderen Seite war er total cool drauf. Er hatte zum Beispiel einige Transgender-Freunde. Ich habe mich einige Male mit ihm und seinen Transgender-Freunden getroffen und er war total easy drauf. Er hatte – was bei Amerikanern oft so ist – dieses Zwiegespaltene in sich, dass er nach Hause hin anders war. Wir haben beispielsweise einmal Kondome gekauft, und er hat fünf Mal nachgefragt, ob das auf seiner Abrechnung steht, seine Eltern sollten das auf keinen Fall sehen. Aber einem anderen Kumpel hat er Bilder von mir gezeigt und gesagt: »Ja, kuck mal, die hab ich flachgelegt.«

*Und siehst du auch den Sex selber oder dein Sexualleben als Form des politischen Ausdruckes?*
Auf jeden Fall. Ich stehe nach außen hin sehr zu meiner Sexualität und mache kein Geheimnis daraus. Das mache ich ein Stück weit, um Rollenbilder in Frage zu stellen und zu provozieren. Denn ich bin von Herzen Feministin und sage, jede und jeder soll mit ihrem oder seinem Körper machen, was er oder sie will, solange alle Beteiligten das ok finden. Ich provoziere das auch ein bisschen, indem ich sage: »Ich hab sexuell das und das gemacht und hatte viele Typen, ich mache, was ich will«, und meistens »gewinne« ich auch die Diskussion, weil die Leute nichts dagegen sagen können, dass jeder macht, was er oder sie will, solange es niemandem schadet. Das will ich schon aufzeigen. Und klar, dass es halt nicht nur Männer dürfen und können … Wobei ich auch, wahrscheinlich durch die Kreise, in denen ich verkehre, kein schlechtes Feedback bekomme.
*Ist es nicht immer noch so, dass Leute oft bei Männern etwas ok finden und bei Frauen nicht?*
Das ist mir schon bevor *Slut Shaming* ein großes Thema wurde aufgefallen, vor Jahren schon, wobei ich in den letzten Jahren »wilder« geworden bin. Ich lasse mich auf Diskussionen ein, und am Ende müssen mir die Leute immer recht geben, da es meine Entscheidung ist. Sie sagen entweder, sie finden das weder bei einem Mann noch bei einer Frau gut, oder sie sagen »ja, ok, stimmt.« Es ist wichtig, dass es ein Thema bleibt. Die Männer wollen ihre Vormachtstellung nicht aufgeben. Sie haben Angst vor emanzipierten Frauen. Ich meine, sie haben jahrhundertelang bequem gelebt, und da ist es natürlich ein Risiko, dass es jetzt starke Frauen gibt …
*Und wenn man was sagt, das passiert mir manchmal, dann ist man gleich die Kampflesbe …*
Genau, das ist auch ein interessanter Punkt! Ich finde es gut, dass ich die Leute überrasche, wenn ich sage, dass ich Feministin bin, weil ich mich schminke und lange Haare habe und auf mein Aussehen achte, meine Nägel rot oder pink anmale und auch mädchenhaft sein kann, mit *Hello Kitty* und so weiter … Das finde ich cool. Jede*r kann rumlaufen, wie er oder sie will. Aber

ich bin wahrscheinlich vom Aussehen her das, was sich der Normalbürger nicht unter Feministin vorstellt. Ich bin darauf auch etwas stolz, dass ich zum einen feminin bin, aber gleichzeitig Feministin.
Ist ja auch bei Veganismus so, dass ich wahrscheinlich eher nicht die Klischeeveganerin bin. Wobei ich durch das Schwarztragen schon wieder ein Stück weit alternativ bin, aber eben halt nicht so die Öko-Tante.
*Eher so die Gothic-Tante.*
Ja, mit rasierten Beinen und ohne Leinenhosen.
*Gibt es für dich Ausschlusskriterien?*
Also für eine Beziehung müsste jemand vegan sein, oder zumindest Interesse daran haben, vegan zu werden.
Weg vom Politischen: Da ich einen Bartfetisch habe, wäre für mich ein Typ ohne Bart ein Ausschlusskriterium. Narzisstische Männer finde ich auch ganz schrecklich, aber das merkt man meistens am Anfang nicht. Ich hatte schon ein paar Mal was mit narzisstischen Männern. Das ist nie gut gegangen, weil wir irgendwann aneinander geraten sind. Ich mag eher die lieben, ruhigen Männer, die zurückhaltend sind. Vielleicht, weil ich eine starke Persönlichkeit bin und gern die Aufmerksamkeit auf mich ziehe. Bei mir würde es auch problematisch werden, wenn ein Typ dominant wäre, weil ich das schon bin – das würde nicht passen. Ich brauche jemanden, der, wenn ich mal emotional werde oder einen Ausraster habe, ruhig bleibt und sagt »macht ja nichts«, anstatt eine Woche lang beleidigt zu sein. Und die Einstellung zu Sexismus und so weiter ist natürlich sehr wichtig. Respektvoller Umgang. Und dass sie mit ihrer Sexualität im Reinen sind. Ich hatte auch schon mal was mit einem Mann, die noch nie Sex hatte, ohne in einer Beziehung zu sein. Er war etwas älter als ich und fand das zuerst auch irgendwie gut, aber dann war es für ihn komisch danach … Weil er Schuldgefühle hatte, obwohl er keine andere Beziehung hatte. Für ihn war das was Neues. Vielleicht, weil er aus einer anderen Generation war. Auf so was habe ich keine Lust, der Typ sollte mit sich und seiner Sexualität im Reinen sein.
*Wie fängt für dich eine sexuelle Beziehung an? Gibt es so eine Art von Schema, wie das passiert?*
Eher nicht, ich bin nicht auf Websites angemeldet, dafür bin ich wohl zu wählerisch. Ich bekomme deutlich mehr Angebote, als ich annehme. Außer in den USA, da habe ich Tinder benutzt, da war es nicht so leicht, Leute kennenzulernen. Hier in Deutschland lerne ich sie durch Freunde, Gruppen oder Veranstaltungen kennen. Ich weiß eigentlich ziemlich schnell, wenn ich jemanden kennenlerne, ob ich mir Sex mit ihm vorstellen kann oder nicht. Ich habe

*Les Archives d'Éros*

mich, glaube ich, noch nie darauf eingelassen, wenn ich jemanden nicht anziehend fand.
Ich weiß nicht ganz genau, wie ich es mache. Man ist in Kontakt, redet. Irgendwie kann ich das Thema Sex immer anbringen. Dann kann man sich ein bisschen vortasten, um zu schauen, ob auch Interesse von der anderen Seite besteht. Was meistens der Fall ist, denn Männer sind leicht rumzukriegen, ist halt so. Nur ein, zwei Mal wurde es nichts, aber im Endeffekt sagen die meisten Männer, die ich kenne: Wenn eine Frau keine schlechte Ausstrahlung hat, lässt man sich darauf ein. Oder auf einer Party, wenn man etwas getrunken hat und ein bisschen hemmungslos wird und sich mehr traut. Wobei ich mich noch nie auf jemanden eingelassen hab, mit dem ich es nicht auch nüchtern gemacht hätte.
Zum Beispiel war der Dreier mit den zwei Typen überhaupt nicht geplant, der hat sich ergeben, als wir alle drei getrunken hatten.

*Wie kamt ihr darauf? So was muss man ja auch irgendwie initiieren.*

Ich habe meine letzte Freundschaft Plus, Sebi, auf einer Party kennengelernt. Er fand mich von Anfang an toll, hat den ganzen Abend mit mir geredet. Ich war nicht abgeneigt, aber irgendwie hat er so seine Art. Ich merkte, dass er eher der Beziehungsmensch ist. Ich hatte keine Lust darauf, dass er sich in mich verknallt und so weiter ... Nachdem wir eine Weile keinen Kontakt hatten, haben wir uns zufällig in Stuttgart auf einer Gothic-Party wiedergetroffen. Wir sind ins Gespräch gekommen und haben uns wieder gut verstanden. Dann fragte ihn eine Freundin, die mit war, nachdem sie ein bisschen Alkohol konsumiert hatte, ob er mich von der Bettkante stoßen würde. Sie hat mir dann erzählt, dass er darauf geantwortet habe, das würde er nicht. In der Folgezeit haben wir viel darüber geredet. Man will ja nicht eine Person ausnutzen oder ihr das Herz brechen oder so.
Kurz darauf habe ich Sebis besten Freund Mario kennengelernt. Ich hatte ihn davor schon einmal gesehen. Dann gingen wir vom Club aus zu Mario zum, wie man das so schön nennt, Vorglühen. Er wohnte in Stuttgart nicht weit weg vom Club. Seine Freundin war an dem Wochenende nicht da. Mario hat mich schon bei unserer ersten Begegnung eingeladen, weil er Philosophie und Geschichte und Germanistik

*Les Archives d'Éros*

studiere. Er sagte, wir könnten ja über Philosophie reden. Ich amüsierte mich über die »geile Anmache«. Tatsächlich lief dann nichts, aber wir haben offensiv geflirtet. Ich hatte so ein Spitzenkleidchen an und einen Spitzentanga drunter und er sagte, er finde es schön, wenn Frauen Kurven haben, und dann habe ich mein Kleid hochgezogen und gefragt, wie er denn diese Kurven finde, also es war schon ... Danach hat mir eine Freundin einen ziemlich starken Cocktail gemixt, und Mario hat mir weiter Komplimente gemacht, und dabei gesagt, er dürfe ja nicht, er habe eine Freundin. Aber ich habe gedacht: »Du bist nicht so der treuste Mensch«. Ich dachte mir jetzt doch: »Warum soll ich es nicht mal mit dem Sebi probieren«. Und habe mit ihm darüber gesprochen und er räumte ein, dass er doch schon mal was ohne Beziehung gemacht habe. Wir sind zusammen von Mario aus zurück Richtung Club gegangen, mit einer Flasche Sekt, obwohl wir schon vorher ziemlich angetrunken waren. Ich hab mich bei beiden in der Mitte eingehängt. Bis in den Club haben wir es gar nicht geschafft – ich weiß nicht, wer den ersten Schritt gemacht hat, aber es ging los – Sebi sagte dann: »Komm, lass uns irgendwo hingehen«, und dann hat sich der Friedhof, an dem wir vorbeikommen, angeboten. Es ist ein ehemaliger Friedhof, aber es gibt noch ein paar alte Gräber und Grabsteine. Inzwischen ist es ein Park. Mario kannte den schon … er wusste, dass dort nicht viele Leute unterwegs waren, und dass es auch dunkle Plätze gibt. Er schlug vor, dass wir auf diesen Friedhof gehen, Und ich muss ganz ehrlich sagen, ich hab in dem Moment noch nicht gedacht, dass daraus ein Dreier wird. Ich dachte, er zeigt ihn Sebi und mir, und dann geht er alleine weiter in den Club. Da war eine Mauer. Ich hab mich drauf gesetzt und angefangen, mit Sebi rumzumachen, und Mario war immer noch da. Er sagte, er will ein bisschen zuschauen. Aber dann ist er doch dazugekommen. Er hat sich hinter die Mauer gestellt, auf der ich saß, und dann hab ich seine Hose geöffnet und angefangen, ihm einen zu blasen. Das ist alles ohne Worte passiert. War auch schon länger mal eine Fantasie von mir, mal einen Dreier zu haben. Ich hätte nicht gedacht, dass es an dem Tag sein würde. Ich habe mir an dem Tag nur »vorgenommen«, mit dem Sebi Sex zu machen … Aber im Endeffekt hat es gut geklappt, denn die beiden sind beste Freunde. Es hat schön harmoniert.

Da beide hetero sind, war ich die Hauptperson. Dann sind wir zurück in die Wohnung von Mario gegangen und haben dort weitergemacht. Wir sind irgendwann nach drei Uhr nachts in den Club zurückgekommen und alle haben gefragt, wo wir waren. Ich sagte, ich sei müde und betrunken gewesen und sei eingeschlafen. Wir haben Ausreden erfunden. Später, also am frühen Morgen, waren wir noch einmal auf dem Friedhof. Sebi hat Mario gebeten, dass ich bei ihm schlafe, weil seine Freundin nicht da war. Sebi war inzwischen zu betrunken und konnte keinen mehr hochbekommen, und das wäre ihm mir gegenüber peinlich gewesen. Dann habe ich bei Mario gepennt. Wir haben zu zweit weitergemacht, auch am nächsten Tag. Und mittags bin ich dann zu Sebi gegangen, als der sich wieder ausgenüchtert hatte. War ein wildes Wochenende! Es blieb nicht bei diesem einen Mal, wir haben es danach öfter zu dritt gemacht.

*Und die beiden finden sich nicht irgendwie geil?*
Nein, gar nicht! Sebi sagte zu Mario auch direkt, dass er keine schwulen Sachen mag. Bei so Dingen wie Double-Penetration sagte er einmal zu Mario: »Fass mich nicht an!« – Es war keine aggressive Stimmung, aber es wurde vor allem von Sebi, der wirklich überhaupt nicht an Typen interessiert ist, verdeutlicht, dass er nichts zwischen sich und Mario wollte. Ich war im Fokus. Mario sagte hingegen, er würde es gerne einmal mit einem Typen ausprobieren. Wenn es sich ergibt, sei er offen. Mario hat zu ihm auch gesagt »Deiner ist schön, ganz groß« und so weiter. Er hat schon deutlich gemacht, dass er hingeschaut hat. Aber die beiden waren beste Freunde, sie fanden sich nicht »geil«.
*Du hattest auch mal einen Dreier mit einem Mann und einer Frau, oder?*
Ja, das ist eine andere Geschichte.

*Sammlung Wulf Göbel*

Wobei ich sagen muss, dass ich den Dreier mit den beiden Männern besser fand. Aber das lag einfach auch an den Personen. Es war mit einer Frau, die ich aus der Gothic-Szene kenne. Ich fand sie von Anfang an sehr süß. Wir haben rumgeflirtet, haben auch manchmal, wenn wir betrunken waren, auf Partys miteinander rumgemacht. Es war lange im Gespräch, dass wir es beide miteinander ausprobieren wollten, weil wir beide noch nie was mit einer Frau hatten. Aber beide waren wir dann doch zu unsicher. Wir haben auch manchmal zusammen im Bett geschlafen, aber es lief nichts. Das haben wir uns dann hinterher gegenseitig angekreidet! Wie es mit Sex losgeht, empfinde ich bei Männern als einfacher. Bei Frauen hatte ich doch irgendwie Angst, wenn man befreundet ist, dass es was kaputt macht. An dem Abend waren wir zusammen auf einer Gothic-Party. Sandra wollte mich mit zu sich nach Hause nehmen. Dann sind wir auf die Idee gekommen, dass wir ja auch noch einen Typen mit uns nehmen könnten. Den Leo, der in dem Club arbeitet, fanden wir beide ganz attraktiv und nett. Es war fünf Uhr morgens, wir wollten gehen. Ich hatte nichts getrunken, weil ich noch fahren musste, aber Sandra hatte ganz schön gebechert. Wir sind rausgegangen und haben rumgeknutscht. Dann sagte ich, »ich geh mal runter und frag Leo, ob er mitkommen will.« Und dann habe ich ihn ganz direkt gefragt, ob er Lust auf einen Dreier hat. Der hat das Angebot gern angenommen. Er wohnt dort um die Ecke, wir sind dann zu ihm gegangen. Es war alles sehr harmonisch und respektvoll, er hat auch gefragt ob wir bei ihm pennen wollen. Doch wir haben danach nicht mehr direkt darüber geredet. Aber es steht nicht zwischen uns.
*Das heißt, ihr wolltet beide gerne mit einer Frau schlafen, und weil das nicht geklappt hat, habt ihr euch quasi als Katalysator den Typen dazu geholt?*

Ja, das kann sein, so habe ich noch nie darüber nachgedacht, aber das kann gut sein. Vielleicht war das quasi was Vertrauteres, was man kennt. Ich glaube, dass es bei vielen damit anfängt. Einige, die ich kenne, hatten zum ersten Mal einen Dreier mit einem Typen und dann … Ich hätte es auch mit ihr alleine gemacht. Aber es wär schon was ganz Neues für mich gewesen.
*Hattest auch schon Sex mit einer Frau zu zweit?*
Nein. Das war bisher der einzige sexuelle Kontakt, den ich mit einer Frau hatte. Rummachen oder rumfummeln mache ich relativ oft, aber richtig Sex hatte ich mit einer Frau noch nicht. Ich hab zum Beispiel auch noch nie eine Frau oral befriedigt. Das hat sich an dem Abend nicht ergeben. Ich finde Dreier reizvoll. Mit den zwei Typen besonders, vielleicht, weil ich doch eher hetero bin, oder vielleicht, weil die Frau die Hauptperson ist, wenn die Typen beide hetero sind.
*Und weil sie beide einen Penis haben?*
Nein, das ist nicht der Grund. Frauen sind schön, vielleicht sogar schöner. Vielleicht hat es auch an der Sandra gelegen. Sie hat ziemliche Komplexe. Wollte das Licht aushaben und hat immer rumgejammert, dass sie abnehmen muss. Auch wenn das völliger Quatsch ist. Vielleicht, wenn es eine offenere, selbstbewusstere Frau gewesen wäre, wäre es spaßiger gewesen. Und bei Leo hat es nicht so hundertpro geklappt. Ich habe dann ihr quasi den Vortritt gelassen, weil sie nicht so wie ich öfters mal was hat, und deswegen hatte ich keine Penetration an dem

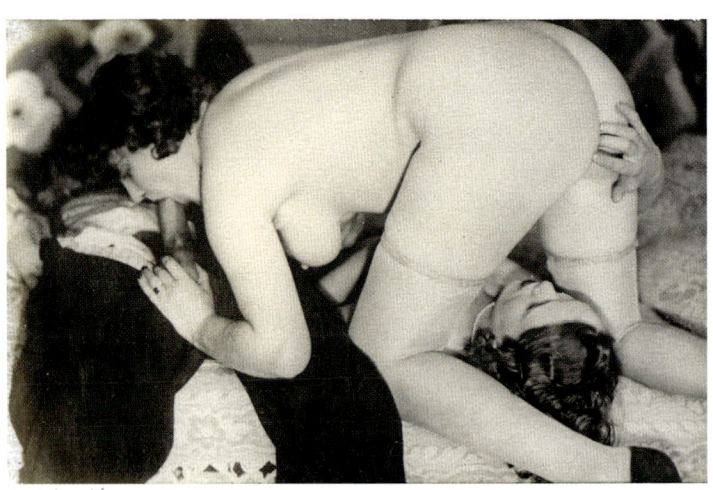

*Les Archives d'Éros*

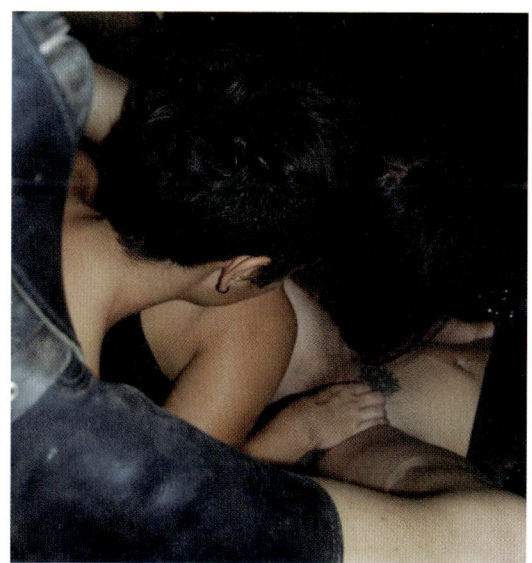
*Esperanza Moreno*

Abend. Was aber ok war. Ich hab dabei aber schon gemerkt dass Frauen richtig gut fingern können. Bei Typen bin ich noch nie durchs Fingern gekommen, aber bei ihr bin ich gekommen. Ein Typ hat das noch nie geschafft. Ich fand es trotzdem schön, und ich fand es gut, dass er auch beiden Frauen Aufmerksamkeit geschenkt hat. Wobei, er hat mich zuerst geküsst. Er hat kurz überlegt und sich dann für mich entschieden. Ich könnte es mir eigentlich auch mal mit drei Typen vorstellen, aber ich kann mir nicht so ganz vorstellen, wie das dann funktioniert.
*Also eine Orgie?*
Eigentlich habe ich immer nur was mit Leuten, die ich vorher schon kenne, mit denen ein freundschaftliches Verhältnis besteht. Ein One-Night-Stand mit irgendeinem Fremden aus der Disko reizt mich nicht. Manche meiner Sexpartner waren gute Kumpels oder Freunde, andere eher flüchtige Bekanntschaften, aber immer war ein Vertrauensverhältnis da. Doch manchmal denke ich, es wäre cool, einfach mal auf eine private Sexparty zu gehen oder eine zu organisieren.
Der Tim, meine aktuelle Freundschaft Plus, hat mal gesagt, dass er mit zwei seiner Kumpel immer mal wieder darüber redet, dass sie sich irgendwann übers Wochenende was mieten und ein, zwei Frauen einladen und dann da … Ja, ich würde die Kumpels gerne mal kennenlernen und schauen – er ist halt auch schon etwas älter – wie die so drauf sind, und wie sie aussehen, und ob ich sie attraktiv finde und so, aber im Grunde wäre ich nicht abgeneigt.
Aber zu viert geht ja gleichzeitig eigentlich schwer, oder? Zu dritt geht ja noch, entweder vaginal-oral, oder vorne-hinten oder so, aber zu viert, das wäre mir dann irgendwie doch zu viel. Zum Beispiel mit drei Hetero-Männern und einer Frau, das wär mir, glaub ich, zu stressig. Ich hab nicht gerne Analverkehr, aber beim Dreier passt das irgendwie … sonst stehe ich da nicht so drauf. Und wenn ich mir denke, einer vorne, einer hinten, einer oben… Ne, das brauch ich glaube ich nicht. Aber trotzdem bin ich da auf jeden Fall offen. Solange ich nicht als Frau als Sexobjekt gesehen werde oder so…
*Aber du kannst dir keine Beziehung mit mehreren Leuten vorstellen, oder?*
Ich kann mir überhaupt keine Beziehung mit irgendjemandem vorstellen. Und ein Mann ist schon stressig genug. Ernsthaft: Ne, also das kann ich mir tatsächlich nicht vorstellen. Ich überlege oft, ob für mich eine offene Beziehung was wäre. Aber es wäre, glaube ich, nur so, dass ich darf und der Typ nicht. Ich hatte ja jetzt auch schon länger keine Beziehung mehr, ich werde schon immer offener. Vielleicht könnte ich das irgendwann mal schon auch umgekehrt akzeptieren …
*Das ist im Übrigen ein interessantes Thema: Du meintest, du wirst immer offener. Es ist spannend, wie sich Begehren oder das Verhältnis zu Sex, zum Körper verändert … Du hattest ja dein erstes Mal relativ spät im Verhältnis dazu, dass du ja relativ offen bist, oder?*
Ja, erst mit 20 oder 21.
*Willst du von deinem ersten Mal erzählen?*
Mein Ex hatte schon Erfahrung. Er hatte vor mir zwei Jahre eine Freundin und war insgesamt mit vier oder fünf Frauen im Bett gewesen. Das »erste Mal« war gar nicht so anders, denn wir hatten davor schon Oralverkehr. Wenn man den Oralverkehr auch als Sex ansieht, dann hatte ich das erste Mal schon einige Zeit früher. Und die erste Penetration war dann mit 21. Wenn ich den Oralsex als erstes Mal ansehe, dann war das

schon, bevor wir eine Beziehung hatten. Er hat bei mir übernachtet. Wir haben darüber geredet und ich sagte, dass ich es gerne mal ausprobieren würde. Er hat mir nicht geglaubt, dass ich das zum ersten Mal mache, weil ich, wie er sagte, so gut war. Vielleicht, weil ich so gut wie keinen Würgereiz habe. Die Penetration war dann nicht mehr so anders. Wir wollten es auch früher schon einmal machen, aber ich war zu nervös. Es hat auch wehgetan, weil ich auch ziemlich eng war, und wenn man halt noch nie hat … Ich konnte früher zum Beispiel auch keine Tampons verwenden, ich bin nicht reingekommen. Aber ich fand das »erste Mal« nicht spektakulär. Es war auch nicht schlimm, aber war nichts, was ich ewig in Erinnerung behalten werde. Ich bin da ziemlich rational, ich finde auch, dass es besser wird. Mit mehr Erfahrung hat man mehr Spaß. Geblutet hab ich dann lustigerweise erst beim zweiten Mal. Keine Ahnung, woran das lag. Vielleicht war er beim ersten Mal nicht wirklich drin oder so. Man sollte sich vom ersten Mal grade als Frau – wobei, als Mann kriegt man vielleicht keinen hoch und das ist auch blöd – man sollte sich allgemein vom ersten Mal nicht zu viel erwarten.

*Gilt das auch fürs erste Mal mit einer neuen Person?*
Da würde ich es nicht ganz so extrem sagen. Denn man kennt es dann ja doch grob. Und es ist ja immer mehr oder weniger das Gleiche. Ich meine klar, Menschen sind verschieden, Penisse sind verschieden, Vaginas sind verschieden, aber im Großen und Ganzen ist das doch kein Riesenunterschied. Und ich hatte auch bisher nur einen in den USA, der noch Jungfrau war. Aber bei dem hat man es nicht sehr gemerkt, also Respekt. Man muss sich schon anpassen, dann wird es besser, deswegen mag ich auch längere Geschichten. Ich denke auch, wenn jemand schon 100 One-Night-Stands hatte, hat er unterm Strich wahrscheinlich weniger Erfahrung als jemand, der schon längere Geschichten hatte, weil man sich einfach an die Person angleichen muss. Und es ist auch öfters schon passiert, dass es bei den Typen beim ersten Mal nicht so wirklich geklappt hat, weil sie nervös waren, schlappgemacht haben und sich unter Druck gesetzt haben. Das passiert. Das war denen immer total peinlich – aber ich finde es nicht schlimm, das passiert bei ersten Malen.

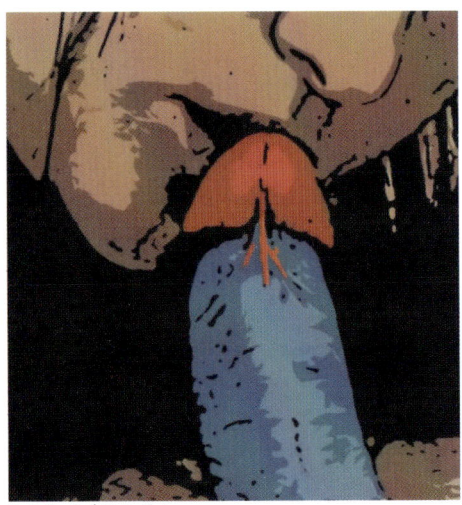

*Boris Kurylo & Yvette Costeau*

*Wie hat sich seit deinem ersten Mal und im Vergleich zu vorher deine Sichtweise verändert?*
Ich war eigentlich schon immer ein ziemlich sexueller Mensch, also auch schon, bevor ich Sex hatte. Auch vorher hab ich die Typen gerne ein bisschen scharf gemacht und das genossen und mich auch ziemlich oft selbst befriedigt. Als ich sexuell noch nicht aktiv war, habe ich das teilweise mehrere Male am Tag gemacht. Also ich hatte immer ein großes Bedürfnis, und mich hat das Thema Sex auch schon immer interessiert. Dass ich so spät mein erstes Mal hatte, lag nur daran, dass ich mein erstes Mal mit jemandem haben wollte, den ich auch liebe, oder mit dem ich in einer Beziehung bin. Es hatte sich halt davor nichts anderes ergeben. Wenn ich mit jemandem eine Beziehung eingehe, dann muss ich wirklich davon überzeugt sein. Gerade weil ich ja nicht so der Beziehungsmensch bin. Mit meinem Ex, also mit meinem ersten Freund, mit dem ich auch mein erstes Mal hatte, war der Sex nicht so gut. Er hatte schon mehr Erfahrung und ich wollte alles ausprobieren. Er wollte nicht so oft wie ich. Das hat öfters mal zu Streit geführt. Es war jetzt nicht so, dass wir immer nur Blümchensex hatten, aber es war mir einfach manchmal nicht genug. Und das war am Ende ein Stück weit sogar ein Trennungsgrund. Ich hatte das Gefühl hatte, was zu verpassen, wenn ich mein Leben lang nur mit einem Typen was habe. Viele sehen das ja als Ideal, aber für mich

ist das eher ein Albtraum. Wenn ich Leute sehe, die ihre erste Liebe heiraten und immer zusammenbleiben, denke ich mir: »Ihr Armen, ihr verpasst was«, also, mich hätte es gestört, wenn ich nur einen Typen in meinem Leben gehabt hätte. Ich bereue da nichts.

Danach hatte ich öfter mal Freundschaft Plus, aber eigentlich noch relativ, sagen wir, brav, also immer nur ein Typ und über einen längeren Zeitraum. Wie es sich dann ergeben hat dass es auch mehrere parallel waren, da gab es gar keinen wirklichen Einschnitt. Es hat sich einfach mit der Zeit so ergeben. Man wird offener und selbstbewusster, wenn man Erfahrungen sammelt und positives Feedback bekommt und merkt, dass es Spaß macht.

*Welche Erlebnisse haben dich in der Richtung geprägt?*
Ich würde auf jeden Fall den Dreier mit den zwei Typen nennen. Das hat mir schon total gefallen und danach habe ich mich auch ein Stück weit sexuell revolutioniert gefühlt. Sonst gab es bisher nicht so viel, wobei es durchaus noch auf meiner To-Do-Liste steht, es mal richtig mit einer Frau zu machen. Denn der Dreier mit Sandra war ja doch wieder – naja, nicht überwiegend hetero, weil ich schon auch viel mit ihr gemacht habe und durch ihr Fingern kam, aber trotzdem. Es wäre schön, das mal allein und intensiver mit einer Frau zu machen, mit Oralsex. Das wäre was, was mich definitiv reizen würde. Aber das ergibt sich nicht, denn die, die dafür offen sind, gefallen mir nicht, und ich ihnen, wahrscheinlich, auch nicht. Vielleicht liegt es daran, dass ich eher auf feminine Frauen stehe. Heutzutage sind eigentlich die meisten Frauen offen. Ich bin mir auch nicht sicher, eigentlich dachte ich immer dass ich bi bin, aber mittlerweile glaube ich, dass ich hetero bin, aber sehr offen. Ich war auch noch nie ernsthaft in eine Frau verliebt, in Männer schon, auch wenn ich keine Beziehung wollte. Aber ich hatte schon auch öfter Interesse an Frauen.

*Sachen, die du noch nie gemacht hast und dann ausprobierst, befreien dich immer auch?*
Ja, auf jeden Fall. Das war ja schon lange in meinem Kopf, mal einen Dreier zu haben, in verschiedenen Konstellationen.

*Gibt es bei dir eine Grenze, die du niemals überschreiten würdest?*
Die Grenze ist bei mir nicht sehr tief angesetzt, ich würde viel mitmachen. Ich würde eigentlich das meiste ausprobieren, immer vorausgesetzt, dass es für alle ok ist natürlich, außer mit Tieren oder Kindern natürlich, oder so was wie Fäkalien oder Natursekt. Auch ins Gesicht abspritzen akzeptiere ich nicht. Ich finde das demütigend und aus ganz praktischen Gründen unangenehm, weil man dann das klebrige Zeug im Gesicht und am besten noch in den Haaren hat, die Schminke endgültig verwischt und so weiter … Scheint irgendwie so ein Pornoding zu sein, dass manche Typen das total geil finden. Dazu wollten mich schon welche überreden, ich habe das abgelehnt. Das mussten sie einfach so akzeptieren. Das waren aber zum Glück echt wenige.

Anal find ich auch nicht so toll, hab ich auch schon mehr als ein Mal ausprobiert … Aber wenn man seine Periode hat oder bei einem Dreier ist es schon sinnvoll, aber – es ist nicht so, dass es wehtut, aber es gibt mir einfach nichts, ich habe einfach irgendwie das Gefühl, aufs Klo zu müssen. Kommt aber wahrscheinlich auch auf den Typen an. Ich finde es halt unnötig, aber wenn jemand drauf steht, ist das ok. Bei Schwulen versteh ich es, die haben ja eine Prostata, vielleicht ist es da noch lustvoller.

Was ich auch ganz schrecklich finde, ist Sex im Auto. Es gibt ja Leute, die das geil finden und bei denen es eine Fantasie ist, aber ich finde es einfach nur unbequem. Genauso wie Sex im Freien: Es ist eine Notwendigkeit. Ich wohne ja bei meiner Mutter. Wenn man halt nicht zu dem Typen kann. Dann ist das ein Mittel zum Zweck. Aber ich finde den Gedanken, dass man erwischt werden kann, eher stressig als geil.

*Aber auf dem Friedhof war es witzig, oder?*
Ja, aber da war auch klar, dass da niemand kommt. »Kommt« haha. Viele machen das, weil sie die Idee, erwischt zu werden, geil finden – das ist bei mir nicht der Fall. Aber der Friedhof war schon lustig. Vor allen Dingen war ich danach noch öfter mit einem von den beiden oder mit beiden dort, weil wir quasi gemerkt haben, dass es sehr zentral ist und man gut von der Party aus hinkommt, aber es kommt echt nie jemand vorbei.

*Das war dann quasi euer Sexort?*
Ja, schon. Da der Mario eine Freundin hat, geht es bei dem daheim nicht, und zu Sebi könnte man eigentlich, aber irgendwie …

*Das heißt, es ist für dich kein No-Go, wenn ein Typ eine Freundin hat?*

Ich hab früher immer gesagt, ich würde das nie machen. Mario hat mir gesagt, er habe sie schon mal betrogen, das habe sie rausgefunden, und dann sei die Beziehung auch nicht vorbei gewesen, und auch jetzt würde sie es ahnen. Er sagt auch öfter, dass er gerne eine offene Beziehung hätte und nicht treu sein könne auf Dauer, und dass es eh nicht so gut läuft – aber ich denke, das sagen Typen immer. Ich glaube sie wissen, wenn sie zu einer Frau sagen würden: »Ich habe eine super Beziehung und bin total glücklich«, dass die Frau dann vielleicht nicht mitmachen würde. Mario war der erste und bisher auch der einzige. Aber ich denke, im Endeffekt muss er das wissen. Für mich persönlich ist Treue sehr wichtig. Ich hatte bisher zwei feste Beziehungen, die waren beide monogam, und ich wäre während der Beziehungen auch nie auf die Idee gekommen, fremdzugehen, auch wenn es bei meinem ersten echt nicht gut lief. Letztlich muss das halt der Typ entscheiden. Es wäre was anderes, und ich würde es vermutlich nicht machen, wenn ich mit seiner Freundin gut befreundet wäre. Aber da ich sie nur flüchtig kenne … Muss er wissen.

*Was ist mit Fetischsachen?*
Fetischsachen interessieren mich, aber ich bin noch nicht wirklich drin. Ich bin auf jeden Fall dominant veranlagt. Bei mir geht es dabei weniger um SM, sondern mehr um dominant-devot. Also ich stehe nicht unbedingt primär auf Schmerzen, sondern auf Macht ausüben und Unterwerfung. Meine ehemalige Freundschaft Plus Sebi zum Beispiel ist sehr devot veranlagt. Mit dem wollte ich mir auch für die nächste Fetischparty ein Halsband und eine Leine kaufen – das hätte ich schon irgendwie geil gefunden. Hat sich jetzt leider nicht ergeben, weil er inzwischen ja vergeben ist, aber so was reizt mich schon. Wir haben uns schon auch auf den Hintern gehauen, aber so richtig krasse Sachen mit Schmerzen törnen mich nicht so an. Es ist schon eher so das Machtding, dominant zu sein.

*Aber weniger in einer Beziehung als im Bett, oder?*
Mein Ex meinte, dass ich dominant bin, aber ihn das nicht stört. Man merkt das ja schon auch an meiner Persönlichkeit, nicht unbedingt nur in einer Beziehung oder beim Sex. Du hast das sicher auch schon gemerkt. Wir sind eher beide dominant, aber man passt sich dann an das Gegenüber irgendwie an. Bei Sebi bin ich zum

*ca. 1920, Sammlung Alexis W.*

Beispiel viel dominanter gewesen, weil ich weiß, dass er das toll findet, als bei Mario, bei dem ich weiß, dass er nicht devot ist. Für mich ist es definitiv ein Ausschlusskriterium, wenn ein Mann zu dominant ist. Mit zwei Dominanten funktioniert es nicht, und ich kann auch nicht switchen. Viele können ja switchen, aber das kann ich nicht. Ich bin wirklich zu null Prozent devot. Ich glaube auch, dass ich gar nicht auf den Typ Mann stehen würde, das spürt man ja schon. Aber nicht nur in Richtung SM, ich bin halt einfach sehr emanzipiert. Ich würde keinen unterdrücken, sondern ich suche einfach immer nach jemandem, der das schon auch braucht und mag. Im Grunde sollte aber ja eine Beziehung schon ausgeglichen sein, egal ob Freundschaft Plus oder feste Beziehung. Aber ich denke, es ist in jeder Beziehung so, dass der eine eher dominant und der andere eher ein bisschen gelassener ist, bei manchen vielleicht mehr ausgeprägt und bei manchen weniger. Ich würde auch nie jemanden zu was zwingen.

*Wenn wir schon bei Fetischen sind: Erzähl mir von deinem Bartfetisch.*
Das ist tatsächlich lustig und es nervt mich, dass es gerade so ein Trend geworden ist.

*Aber andererseits haben jetzt viele Männer Bärte!*
Ja das stimmt, das finde ich gut – aber andererseits will ich, dass er aus Überzeugung Bart trägt.
*Wie meinst du, aus Überzeugung Bart tragen?*
Dass man es halt nicht macht, weil es jeder hat oder weil es cool ist, sondern dass man einfach einen Bart hat, so wie ich mich auch aus Überzeugung rasiere. Also jetzt nicht am Kinn, du weißt schon. Mich törnt es tatsächlich auch sexuell an, wenn ich einen Bart berühre oder das Geräusch höre, wenn sich ein Mann über den Bart streicht, dieses Reiben, das macht mich total an, da werd ich wirklich rallig. Manchmal fasse ich dann auch beim Sex den Bart an oder nehme ihn in den Mund oder so, auch beim Knutschen. Es ist wirklich ein sexueller Fetisch, ich finde das nicht nur gut. Ich suche mir auch immer Typen mit mehr oder weniger Bart. Jemand ganz ohne Bart spricht mich auch einfach nicht an, muss ich sagen.
*Vielleicht hat es deshalb noch nie mit Frauen geklappt?*
Ne, bei Frauen hab ich andere Prioritäten. Es ist nur bei Männern der Bart.
*Noch eine witzige Geschichte zu deinem Bartfetisch?*
Lustig ist: Ich habe einen Bekannten, der auf mich steht, aber ich sehe ihn nur als Kumpel. Der hat sich jetzt einen Bart wachsen lassen und hat auch mal angedeutet, dass er das wegen mir gemacht hat. Sich für mich einen Bart wachsen zu lassen, nur um mir zu imponieren! Aber ich steh ja natürlich nicht nur auf jemanden, nur weil er einen Bart hat, da müsste ich ja auf viele stehen. Es ist halt das Sahnehäubchen – vegane Sahnehäubchen. Es sah für Außenstehende vielleicht lustig aus: Mein Ex hatte immer einen Vollbart. Wenn ich daran rumgelutscht hab oder so, sah es vielleicht für manche nicht lustig, sondern ziemlich eklig aus. Aber mich hat es angemacht. Er war auch sehr stolz auf seinen Bart und hat ihn gepflegt. Jedes Mal, wenn ich ins Bad kam, hat er Bartöl hineingerieben oder seinen Bart gekämmt oder so. Schlimmer als eine Klischeefrau mit ihren Haaren.
*Was ist für dich guter Sex?*
Ich stehe extrem auf Oralverkehr. Das ist für mich eigentlich das Wichtigste, sowohl aktiv als auch passiv. Penetration mit dem Penis gehört halt dazu. Sebi zum Beispiel hat das nicht gerne bei mir gemacht, weshalb ich es auch nicht bei ihm gemacht habe – das ist auch wieder Teil meiner feministischen Ader: ich mache es eigentlich echt gerne, aber wenn ein Typ das bei mir nicht macht, dann nicht. Ich lasse auch, wenn ich das erste Mal was mit einem Typen habe, immer ihn zuerst. Sodass ich quasi weiß, dass er es macht, und dann erst mache ich es. Das ist bei mir eine Regel. Manche finden das vielleicht kindisch, aber ich nicht.
*Naja, oft ist ja die Schwelle zum Blowjob geringer als umgekehrt.*
Ja, und das sehe ich nicht ein. Das war für mich mit Sebi ein Problem, als ich mit ihm was hatte. Er hat es so gut wie nie gemacht und konnte es, als er es auf meinen Wunsch hin mal versucht hat, auch dementsprechend schlecht. Man hat gemerkt, dass er keinen Spaß daran hat. Und danach hat mir tatsächlich auch die Penetration weniger gefallen, weil ich weniger erregt war. Es fühlt sich einfach nicht so intensiv an. Vor allem kann ich vom Oralsex gut kommen. Wenn ich vor der Penetration gekommen bin, dann ist es intensiver, finde ich. Keine Ahnung, woran das liegt, vielleicht lässt sich das biologisch erklären, vielleicht ist es im Kopf, es hat ja auch viel mit der Psyche zu tun. Ich gehöre zu den Frauen, die es wirklich gerne auch aktiv machen. Viele wollen es gar nicht und machen es halt, weil der Partner es

*Ismael DeLarge*

will. Aber ich finde es gut! Das ist, glaube ich, so meine zweite große Vorliebe neben Bärten. Klar, Penetration gehört auf jeden Fall auch dazu, also nur oral wäre für mich auf Dauer auch nicht das Richtige. Grade so die Mischung macht es aus.

*Hattest du auch schon so richtig schlechten Sex?*
Klar. Es war einer, der hatte vor mir erst einmal Sex oder so, und es war einfach schlecht. Er hat sich Mühe gegeben , aber irgendwie hat er das Loch nicht wirklich getroffen oder gefunden, und dann hat es einfach weh getan, wenn er hundert Mal auf den Damm oder sonst wo hin schlägt. Und es war so … ich weiß nicht, einfach nicht gut. Es hat mir keinen Spaß gemacht. Dann habe ich es auch abgebrochen und gesagt: »Sorry, aber es läuft nicht«. Weil es halt einfach wehgetan hat. Der hatte gar keine Ahnung. Und ein anderes Mal schlechter Sex war mit einen, der gar nicht wirklich darauf geschaut hat, dass ich auch meinen Spaß habe. Er hätte genauso gut, naja, ein Astloch vögeln können. Bei ihm war das Lustige, dass er beim Vorspiel, das eh nicht lange gedauert hat, fragte, ob ich ihm einen blase. Ich antwortete: »Ne, du hast es bei mir ja auch nicht gemacht«. Und dann hat es tatsächlich keiner von beiden gemacht. Aber ich fand's schon krass, wie er es als selbstverständlich gesehen hat. Er ist damit, glaube ich, schon auch ein bisschen in die Realität zurückgeholt worden. Darauf war ich fast ein bisschen stolz, weil ich mir dachte: »Was für Frauen hatte der vorher?« Wenn der Typ sich nicht wirklich Mühe gibt und sich an einem nur selber befriedigt, oder wenn er wenig Erfahrung hat … Wobei, der in den USA hatte gar keine Erfahrung und mit dem war es auch recht gut, also … Ich glaube, es kommt auf die Person an, darauf, dass es zwischenmenschlich stimmt, wie die Person sich anstellt, ob sie die richtigen Knöpfe drückt. Ob die Person sehr unsicher ist, spielt eine große Rolle. Der in den USA zum Beispiel war sehr selbstbewusst und der andere mit den wenigen Erfahrungen nicht. Ich denke, dass Selbstbewusstsein schon auch mit dem Sex zusammenhängt. Ich hab auch schon Geschichten von Frauen gehört, die beim Sex das Licht ausmachen wollen und totale Komplexe haben und sich nicht ungeschminkt zeigen und so. Das hemmt!

*Was findest du noch wichtig beim Sex?*
Es darf alles nicht zu ernst sein. Ich dachte am Anfang, dass das irgendwie ernst abläuft, und habe mir nicht vorstellen können, dass man währenddessen auch mal lacht. Ein Beispiel: In manchen Situationen beim Sex gibt es komische Geräusche, zum Beispiel, wenn man es von hinten macht, sammelt sich irgendwie Luft in der Vulva und dann klingt es, als würde man pupsen, aber es kommt vorne raus … Ich finde es auch gut, wenn die Typen locker damit umgehen. Ich sag dann auch immer: »Ich hab nicht gepupst!« Ich sag das dann immer extra, damit wir lachen, denn sie wissen es ja.
Und wenn's mal nicht funktioniert, dann funktioniert es halt nicht. Meistens, wenn die Typen schlapp machen oder keinen hochkriegen, machen sie es damit schlimmer, dass sie rumheulen und Rechtfertigungen suchen, anstatt halt einfach cool damit umzugehen. Sie könnten es ja auch anders mit mir machen. Ich bin froh, eine Frau zu sein, weil man sich beim Sex weniger blamieren kann als ein Mann – wenn der das als Blamieren ansieht. Als Frau kann man weniger falsch machen. Außer, man liegt vielleicht nur da wie ein Brett. Aber selbst das ist nicht so verheerend, denke ich.
Auch lustig: Ich stehe bei Frauen drauf, wenn sie laut stöhnen, und bei Männern finde ich das fürchterlich. Das machen auch die wenigsten, aber ich hatte schon ein paar Typen, drei oder vier, die laut gestöhnt haben – und das törnt mich total ab. Ich finde das bei Typen echt nicht sexy. Aber bei meinen jetzigen – die sind eigentlich so leise, dass ich mich immer frage, ob sie wirklich gekommen sind. Ich merke das einfach manchmal nicht. Und das finde ich anziehend. Bei Frauen finde ich es gut, wenn sie laut stöhnen, unbewusst. Vorspielen, davon halte ich nichts! Dann weiß die andere Person ja nicht, was sie falsch macht. Das machen aber leider viele Frauen.

*Gab es bei dir Typen, die überrascht waren, weil du das nicht gemacht hast?*
Es kam nicht direkt zur Sprache, aber ich habe schon gemerkt dass sie sich gewundert haben. Ich denke mal, auf der einen Seite ehrt es ja auch die Typen, dass sie unbedingt wollen, dass die Frauen auch einen Orgasmus haben, aber manchmal versteifen die sich auch zu arg darauf und verstehen nicht, dass es für eine Frau gar nicht unbedingt immer sein muss, auch nicht jedes Mal automatisch dazu kommt.

*Muss es für dich für guten Sex sein?*
Ich finde es natürlich schon gut, Orgasmen zu haben! Es funktioniert auch meistens. aber wenn es mal nicht so ist, dann kann ich trotzdem befriedigt sein. Das ist kein Problem. Mir sind die um meine Orgasmen besorgten natürlich lieber als Typen, die es gar nicht interessiert. Aber manchen ist es den anderen echt zu wichtig. Und die glauben mir auch nicht, dass ich trotzdem befriedigt bin, und fühlen sich irgendwie unmännlich, wenn sie es nicht schaffen. Ich merke aber daran, wie sie es probiert und immer wieder probiert haben, dass wahrscheinlich andere Frauen ihnen das schon lange vorher vorgespielt haben. Eigentlich schade, finde ich.

## Thierry (*1959)

*Was erinnerst du aus deiner Jugend, was du im Nachhinein mit Erotik, Lust verbindest?*
Da sind einige Bilder, von ersten homo- und heterosexuellen Erfahrungen. Eine meiner Phantasien im Kindesalter vor der Pubertät war, mich als König zu sehen, der seine Untertanen antreten lassen konnte. Die Frauen unter ihnen waren also völlig seinem Verlangen unterworfen. Meine Phantasien gründeten zu der Zeit freilich auf sehr wenigen Erfahrungen und meine Erotik endete bei der Anzahl der Falten, die ich in den Seidenstrümpfen meiner Religionslehrerin sehen konnte … ich beschränkte mich also darauf, mir vorzustellen, auf dem Boden liegend ein Defilee von Frauen in Röcken über mir zu beobachten, ihre Beine und Unterwäsche. Die Verbindung mit meiner heute gelebten Sexualität könnte vielleicht meine Hinwendung zu mehreren gleichzeitigen Beziehungen mit Frauen sein.
*Hast du erotische Träume? Träumst du eher surreal, von Unbekannten oder von Begegnungen mit Menschen, die du kennst? Von einer Frau/einem Mann, die oder der im Wachzustand tabu oder aus anderen Gründen unerreichbar ist? Von wem?*
Ja, ich erinnere mich präzise. Meine Phantasien sind häufig mit nicht-imaginären Frauen verbunden, Frauen mit denen ich im Alltag in Kontakt bin, Nachbarinnen, Ehefrauen, eine Frau aus der Verwandtschaft oder der Familie, eine Kollegin; es sind häufig Personen, um die herum ich mir ein Szenario ausmale, in dem sich eine intime und erotische Beziehung aufbaut. Meine erotischen Träume sind einfallsreich und sie gefallen mir wirklich. Bedauerlicherweise tauchen sie meistens nach einer Periode der Abstinenz auf, die ich aushalte, weil mir diese nächtlichen Reisen Hoffnung geben.
Diese Träume aus dem Unbewussten zeigen enthüllende oder eigenartige Situationen, in denen manchmal Homosexualität oder Inzest mit der Mutter eine Rolle spielen.
*Eine vielleicht »altmodische« Frage: Ist Sex für dich privat oder auch politisch?*
Sexualität ist in ihrem Kern privat, sie öffentlich zur Schau zu stellen ist ein militanter Akt und damit politisch.
*Wie oft etwa hast du Sex? Wenn du keinen Sex hast, fehlt er dir, oder ist es nicht wichtig?*
Ich habe zwei- bis viermal pro Woche Sex, wenn nicht, dann fehlt er mir, und das lässt mir dann keine Ruhe.
*Lebst du in einer festen Zweierbeziehung, oder hast du Kurzzeitaffären oder mehrere sexuelle Verhältnisse parallel? Lebst du in einer offenen Beziehung?*
Ich lebe in festen und engagierten Beziehungen. Ich habe nie Partnerinnen getroffen, die an einem One-Night-Stand interessiert waren. Früher habe ich meine Sexualität innerhalb einer exklusiven Beziehung ausgelebt, jetzt teile ich diese Freude innerhalb von mehreren Liebesbeziehungen. Ich führe mehrere polyamouröse oder polyamore Beziehungen, ausschließlich jeweils zu zweit.
*Wie ist es mit Eifersucht? Gibt es Situationen, in denen du, auch wenn du es vielleicht in der Theorie ablehnst, eifersüchtig warst?*
Ich kann Eifersucht spüren und darunter sehr leiden. Jetzt habe ich mich entschieden, den anderen wirklich seiner selbst wegen zu lieben und nicht für mich, ich versuche es ohne Eifersucht.
*Erinnerst du dich an besondere Situationen beim Sex? Zum Beispiel an einen besonders intensiven Orgasmus?*
Ja, ich habe Erinnerungen dieser Art und ich denke, dass sich diese Erlebnisse unter bestimmten Umständen noch einmal ereignen könnten – oder in anderer Form, ohne besonders meine Erwartung darauf zu richten. Nach 10 Jahren sexueller Misere, gelebt im Schoß einer monogamen exklusiven Paarbeziehung, waren die ersten ehebrecherischen Begegnungen heftig und lust-

voll. Eine dieser Lusterfahrungen war extrem und derart unerwartet, dass unter dem aufsteigenden Gebrüll meine Befreiung stattfand – und meine Sexualität zu leben begann. Dieser Moment ist unlöschbar in meiner Erinnerung verankert – ebenso wie die Situation, in der mich eine Freundin in Wut masturbierte und gleichzeitig Schluss mit mir machte.

*Was magst du besonders beim Sex? Was ist guter Sex? Schlechter Sex? Was kommt nach dem Sex?*
Ich liebe die Verbindung, die sich aufbaut zwischen zwei Personen, die Intimität, das Vertrauen, die damit einhergehen. Ich liebe das Gefühl der Fülle, das Sex vermittelt.

*Reizt dich Schmerzlust?*
Nein, ich bin nicht darauf konditioniert und ich suche nicht den Schmerz, obwohl ich zugebe, dass er die Lust und die Sinnlichkeit steigern kann.

*Kannst du etwas erzählen zum Thema Lüge und Wahrheit in Liebesbeziehungen?*
Sobald die Liebe nicht besitzergreifend ist, ist sie die Grundlage für Vertrauen. Lügen haben demnach keinen Platz: nur die Aufrichtigkeit erlaubt den Protagonisten einer Beziehung, sie in wahrer Freiheit aufrechtzuerhalten oder aufzulösen.

*Wie geht es los mit einer neuen Beziehung?*
Wie bei allen Liebesbeziehungen – nur dass ich unverzüglich über meine Wahl spreche, keine exklusiven Beziehungen mehr zu führen.
Ich bin mit Freuden Zeuge, wenn eine Beziehung Glück im anderen hervorruft. Das bestätigt mich in der Wahl meines Lebens und meiner Philosophie und darin, die Suche nach Wegen zum menschlichen Glück weiterzuverfolgen.

*Hat sich dein Verhältnis zum eigenen Körper gewandelt? Magst du deinen Körper?*
Ja. Und ich erlaube mir inzwischen auch, meinen Penis zu schätzen. Und sonst? Mit dem Lauf der Zeit verschwindet die Scham, oder vielmehr, sie wird schwächer, denn es bleibt eine grundsätzliche soziale Zurückhaltung, um zu verhindern, andere vor den Kopf zu stoßen und an die Grenzen ihrer Scham.

*Wie ist dein Verhältnis zu deinem Schwanz? Wie nennst du ihn?*
Ich schätze mich glücklich, einen Penis zu haben, auf dessen Erektionen ich stolz bin. Er genügt, um mich an mir selbst zu erregen. Ich gebe ihm keine Namen, und um ihn zu beschreiben, würde ich sagen, dass er einfach der Ästhetik entspricht, die man von einem männlichen Glied erwartet, eher konform als difform.

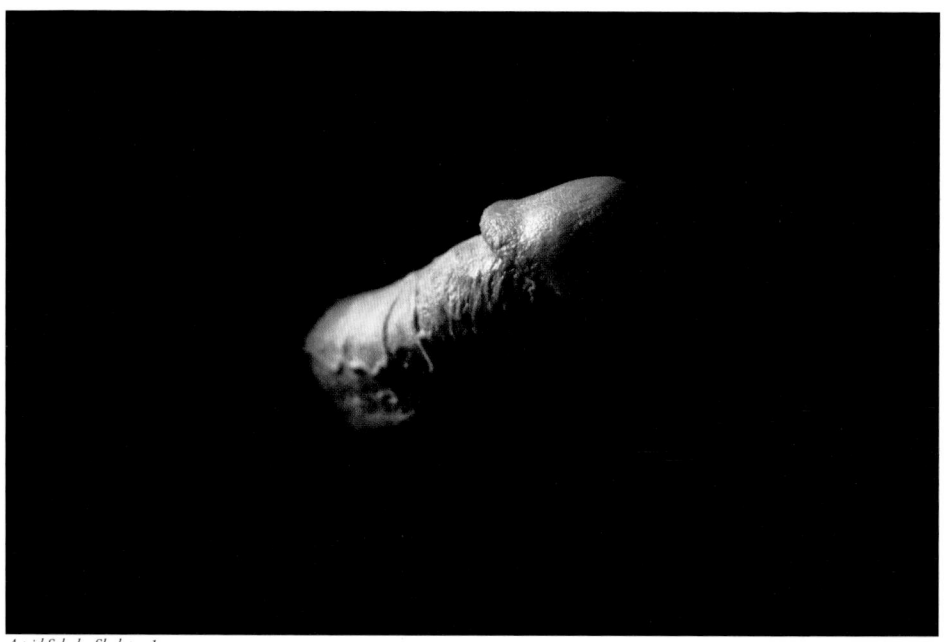

*Astrid Schulz, Skulptur 1*

*Astrid Schulz, Skulptur 2*

## Dorothee Bührendt

**Erotische Objekte/Subjekte**

Ein Metallphallus, so groß wie der kleine Finger eines Mannes, darauf verschlungene Linien, eine Kerbe an der Spitze und eine Echse, die ihn umklammert hält – das war in den 80ern mein Schlüsselanhänger. Es war Begehren auf den ersten Blick. Neben den Buddhastatuen hatte der Straßenhändler in Bangkok ein Sortiment dieser Amulette aus einem Lappen gerollt. Die meisten waren unverhohlen geil, fast obszön, es waren Affen an ihre Gemächte gekrallt. Doch dieses gewundene Reptil in seiner kühlen Ästhetik auf seinem dicken Ast gefiel mir, das wollte ich haben, in meiner Faust wärmen – und andere damit provozieren. Ein Bote meines Über-Ich mit steifem Kragen klopfte von innen gegen meine Stirn und fand meine Absicht unangebracht. Pflichtschuldig kaufte ich noch ein paar Buddhas dazu. Die stellte ich in meine Vitrine und verbrachte Jahre mit einem zierlichen Silberphallus in der Tasche. Ich konnte seine Existenz vergessen und unbeabsichtigt in peinliche Situationen geraten, ich habe ihn versteckt und über ihn do-

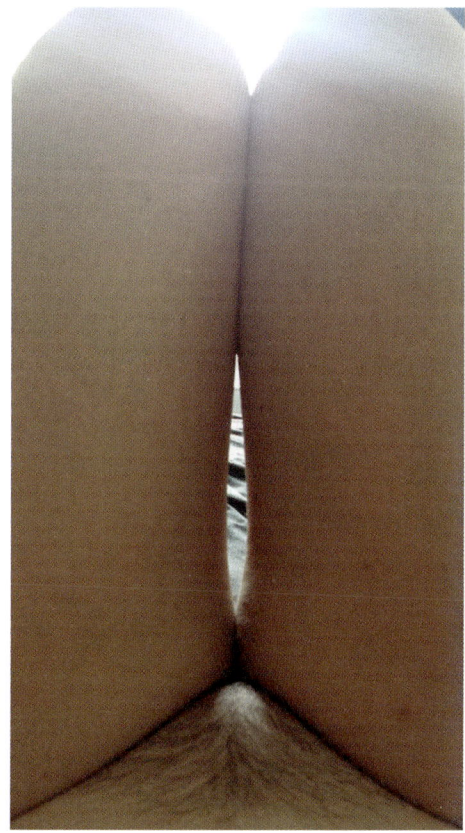

ziert. Ich konnte ihn auf den Schlüsseln drapiert »vergessen« und die Reaktionen beobachten – sie reichten von Belustigung über Bewunderung bis Befremden. Ich weckte Neugier, riskierte abfälliges Verhalten und schüchterte ein. Das maskuline Minigenital an meinem Schlüsselbund wurde zum Katalysator für meine ganz private Frauenbewegung. Das Feedback einer Freundin ist mir in Erinnerung geblieben: Sie war gänzlich unbeeindruckt. Phallus-

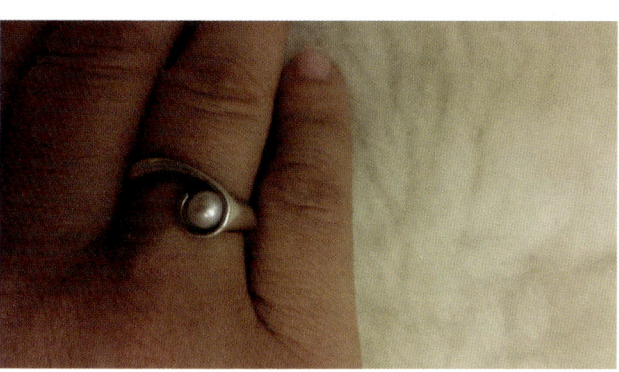

darstellungen gebe es viele; ein Objekt mit Vulvaoptik, das wäre endlich mal etwas anderes. Es sei an der Zeit, solche Gegenstände zu entwickeln und sichtbar zu tragen. Touché, das war für mich damals unvorstellbar.

Der letzte Ring, den ich mir gekauft habe, erinnert an eine Klitoris: eine Perle liegt eingebettet in der Öffnung eines sich verjüngenden Silberschlauchs. Es ist eine subtile Form, keine explizite Nachbildung. Ich sehe darin mein Frausein, meine Sinnlichkeit, Erregbarkeit und Sexualität. Es ist meine Botschaft an mich, diese Aspekte auszuleben. Es gibt Männer, die das Zitat der Ringform erkennen und das Signal verstehen. Es sind die von der angenehmen Sorte.
Das Amulett aus Thailand habe ich vor Jahren verschenkt.

PS:

**5 Tips für guten Sex**

Sex mit Fremden ist nichts für Anfänger
Lass nichts an Deinen Schoß, was Du nicht auch in den Mund nehmen würdest
Verlange nicht mehr als der Andere geben will
Lass den Autopilot ausgeschaltet: lass die Augen auf.
Postkoitale emotionale Nachsorge ist wichtiger als das Vorspiel.

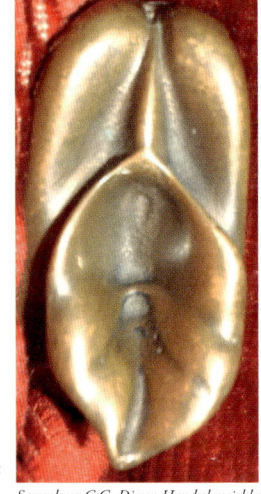

*Sammlung C.G. Diesen Handschmeichler in Vulvafom hat mir eine Freundin schon Anfang der Achtzigerjahre geschenkt.*

## Thomas Hald

**loreley**
was es bedeuten soll,
daß ich sie sah –
unglaublich, toll,
was heute geschah!

da kämmte loreley
in der straßenbahn
ihr haar! fuhr vorbei.
ich blieb im wahn

zurück, ging ins büro.
die schöne blondine
entschwand mir sogleich auf der schiene …

*02.08.16*

## Sonja Ruf

in das samtpapier der förde eingeschlagen
in ein puppenhaus hineingestellt
streck ich über eine rote lehne
meine jung gewordne hand
die du fasst seit jeher
weißes licht und
wiege freundlicher begegnung
ist es gut nicht wahr ja alles gut
bist du wieder jener junge mensch
der hier liebte der verliebt ins meer war

*eckernförde im juli 2017*

*Thomas Karsten, Marina Anna Eich*

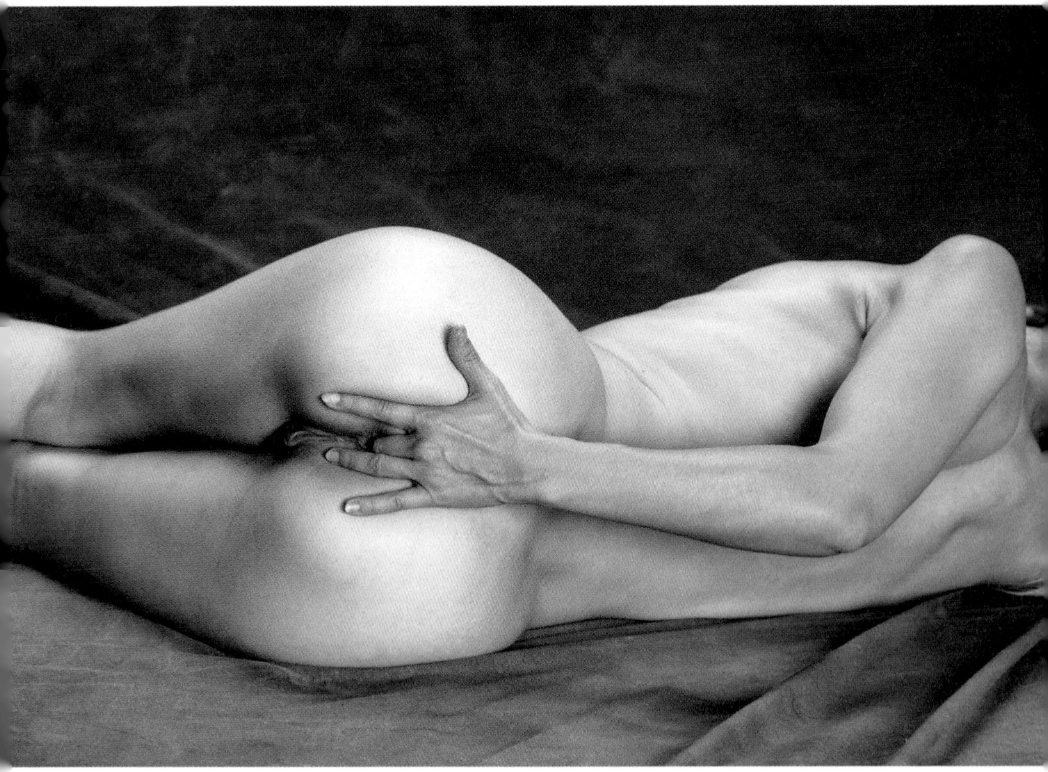

*Thomas Karsten, Marina Anna Eich*

## *St. Augustin (Pseudonym)*

**Über Masturbation**

Am schönsten ist es bei warmer sommerlicher Temperatur, bei offenem Fenster, wenn sich die Vorhänge leicht bewegen, nackt vor dem Bildschirm, in den Anblick schöner Frauen vertieft, die lächeln, manche lachen sogar übermütig, mit ihren angezogenen langen Beinen, schönen Füßen; die glatten Popos und die fröhlichen Brüste, – und immer wieder das erstaunliche Geschlechtsteil. Stets fühle ich große Dankbarkeit, dass sie sich mit Hingabe selbstlos und großzügig entblößen, manchmal sogar masturbieren (hoffentlich unter guten Arbeitsbedingungen), nichts wissend von mir, aber zu meinem Vergnügen.

Dann hocke ich nackt auf meinem Sessel, das erregte Glied zwischen den Oberschenkeln, mit der rechten Hand langsam die Vorhaut über die harte Eichel bewegend, immer wieder, bis sie feucht wird: Entspannung, Erholung, Muße.

Würde mich jemand beobachten, böte ich wohl einen fragwürdigen Anblick: erkennbare Unsportlichkeit, mäßiger Schmerbauch, teilweise erschlaffte Haut, ein Leib, der auf die 70 zugeht. Dennoch erregt mich der Gedanke, dass mich jemand beobachten könnte. Dabei sehe ich mich als 20-Jährigen, auf den sich noch das Begehren von Frauen richtete.

Inzwischen würde ich mich als jemanden betrachten, der sein masturbatorisches Handwerk sehr gut beherrscht, ein Meister gewissermaßen: Onaniere nur, wenn du in guter Stimmung bist, vor allem lass dir Zeit, erzwinge nichts, sorge dafür, dass du ungestört bist, wechsle den Standort und die Körperhaltungen, befürworte die Onanie als eine ehrenwerte Form der Sexualität und vor allem: Habe kein schlechtes Gewissen!

Das war nicht immer so. Als ich in den frühen 60er Jahren in die Pubertät kam, lebte ich in einem katholischen Internat. Da war niemand, der mich vernünftig hätte begleiten können. Stattdessen wurde die Onanie hoch gehandelt, nämlich als schwere Sünde, so stand es im Beichtspiegel, war also offizielle katholische Lehre. Bezeichnenderweise hieß sie auch »Selbstbefleckung«. »Schwer« bedeutete ewige Höllenstrafe, nur durch Beichte und Reue konnte man dem Strafgericht entgehen. Einschlägige kirchliche Aufklärungsbroschüren, die oft im Vorraum von Kirchen auslagen, schürten die Angst vor körperlichen und geistigen Schäden infolge Selbstbefriedigung. In einer Schrift wurde sogar, wenn ich mich recht erinnere, die Ansicht vertreten, dass jede Spermazelle im Keim schon einen ganzen Menschen enthalte, man demnach durch Onanieren eigentlich ein Massenmörder sei. Zumindest sei geistiger und körperlicher Zerfall zu erwarten, wenn man diesem verbotenen Laster über längere Zeit fröne.

Der notorische Vorsatz nach jeder Beichte, nie wieder zu onanieren, lenkte die Aufmerksamkeit nur noch mehr auf die Onanie. Die Erinnerung an den letzten Orgasmus verlangte nach Wiederholung. Damit nahm ich ein weiteres Abgleiten in die sündhafte Verworfenheit in Kauf.

Aufgrund meiner Erziehung war ich ohnehin schon überängstlich und skrupulös, aber die Verdammung der Onanie war für mich über mehrere Jahre hinweg eine mittlere Katastrophe, die nur durch häufiges Beichten etwas gemildert wurde. Die Katastrophe war psychischer Art: Ich fühlte mich schlecht, sündhaft, wertlos. Konzentrationsprobleme stellten sich ein, die schulischen Leistungen litten darunter; sozialer Rückzug, Schüchternheit, mangelndes Selbstbewusstsein, ein gehemmtes Verhältnis zum eigenen Körper. Mir war, als ob ich mich ständig entschuldigen müsste. Den Kameraden unterstellte ich dagegen, keine Probleme mit der Onanie zu haben. Wir sprachen nicht darüber, es war ein Tabu.

Kaum auszudenken, wie befreiend es gewesen wäre, wenn die kirchlichen Autoritäten gesagt hätten: Masturbation? Kein Problem; in der Jugend sogar das Mittel der Wahl in Sexualnot; mit Sünde hat das nichts zu tun.

Lange dachte ich, die Verdammung der Selbstbefriedigung sei ein katholisches Spezifikum, doch das ist keineswegs der Fall. Sie ist ebenso verbreitet in anderen christlichen Kirchen. Heute allerdings scheint es kein (großes) Thema mehr zu sein. Wie es die anderen Religionen halten, weiß ich nicht. Ich würde aber gern wissen, wie in der islamischen Welt heute darüber gedacht und geschrieben wird.
Verblüffend und tief enttäuschend war für mich die Entdeckung, dass ausgerechnet im 18. Jahrhundert, dem großartigen Zeitalter der Aufklärung, man plötzlich auch in nichtreligiösen Kreisen die Masturbation als fürchterlich schlimm und verabscheuungswürdig, ja geradezu als Verbrechen verurteilte. Europa wurde, von England ausgehend, von einer Flut von Antimasturbationsschriften überschwemmt.
Die Gründe hierfür kann man genauer nachlesen in der großen lesenswerten Studie von Thomas W. Laqueur (Jg. 1945): Die einsame Lust. Eine Kulturgeschichte der Selbstbefriedigung, Berlin, Osburg 2008, (englische Originalausgabe: 2003). In diesem Zusammenhang sei auch auf Volker Elis Pilgrim (Jg. 1942): Der selbstbefriedigte Mensch, München, Desch 1975, hingewiesen, eine Verteidigungsschrift für die Masturbation, in der die Propaganda gegen die Onanie in einen Zusammenhang mit den Verwertungsbedürfnissen der kapitalistischen Entwicklung gebracht wurde.

In meinen Anfängen glaubte ich, man könne nur auf der Bettkante onanieren, das Glied zwischen die leicht bewegten Oberschenkel gepresst. Hoch erregt, wie ich damals in solchen Situationen meistens war, erfolgte nach kurzer Zeit der Samenausstoß und mit ihm sogleich das schlechte Gewissen. Ohne vernichtende Schuld- und Minderwertigkeitsgefühle waren Orgasmen für mich damals nicht zu haben. Es dauerte Jahre, bis ich entdeckte, dass man das Glied in die Hand nehmen und eigentlich in jeder Körperhaltung, beim Stehen vor allem, masturbieren kann.

Lieblingsphantasie: In einer überschaubaren Gartenlandschaft im englischen Stil mit Büschen, Hainen, kleineren Baumgruppen, Laubhütten und Sitzgelegenheiten, stellen sich Menschen ein, die dort lustwandeln, manche mit einer venezianischen Augenmaske versehen, ansonsten nackt. Man kommt dorthin, um sich beobachten zu lassen und selbst andere zu beobachten, beim Liebesspiel, beim Geschlechtsakt, beim Masturbieren. Man steht in einer gewissen Entfernung zueinander, kann sich aber auch annähern. Gesprochen wird wenig, hin und wieder hört man Seufzer, Stöhnen oder einen entfernten Lustschrei.

Wie ein verzerrtes Echo dieser Lieblingsphantasie fand ich in einer Stadtzeitung zufällig ein Inserat, in dem Teilnehmer gesucht werden für gemeinsames Onanieren. Die Vorstellung nackt mit Leuten meines Alters und ihren teils unschönen Körpern, womöglich in einem Wohnzimmer, im Kreis zu sitzen, schwitzend, vielleicht riechend, – ein einziger Lustkiller.

Da bleibe ich lieber bei meiner Lieblingsphantasie. Eigentlich schade, dass ich mich noch nicht getraut habe, sie mit meiner Frau zu teilen.

*Jardin de la Volupté, 1913, Sammlung H.-J. Döpp*

*Volker Klaus*
**Vanitas-Stillleben**

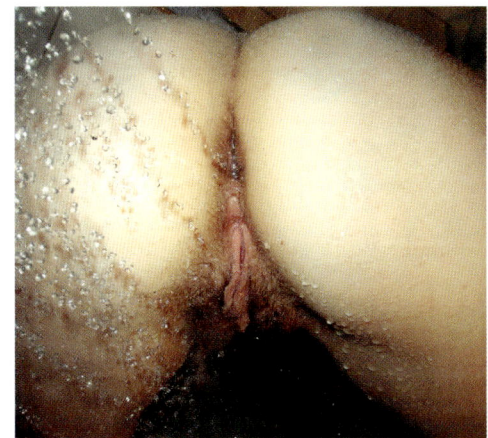
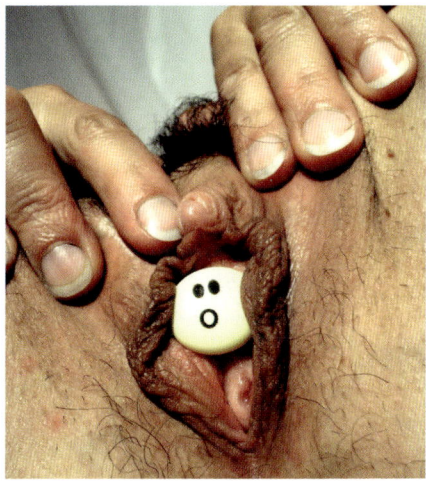
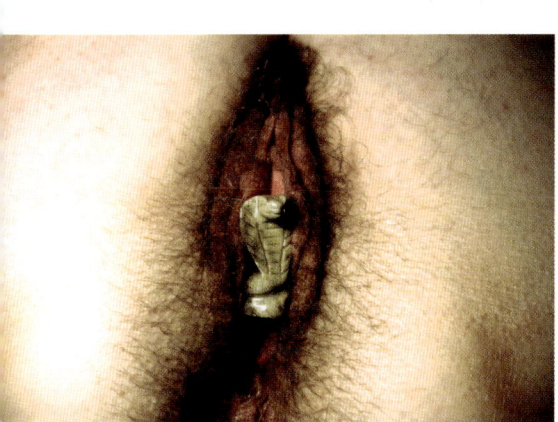
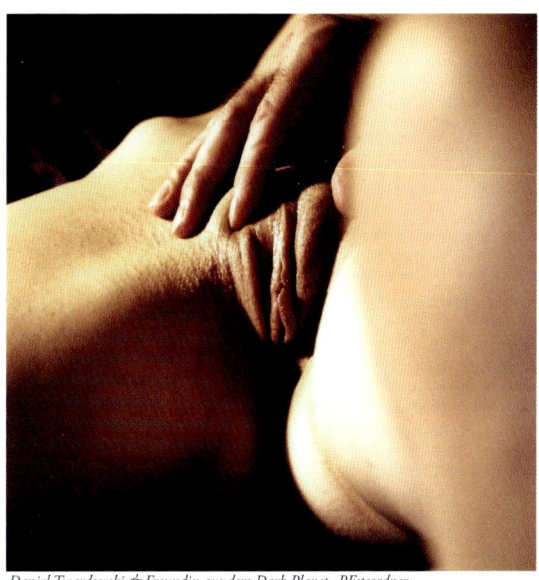

*Daniel Twardowski & Freundin aus dem Dark Planet »REsteordner«*

## Julia (*1988)

**Mit mir selbst**

Ich mache es oft mit mir selbst. Angeblich, das erzählte mir meine Tante, soll ich schon als Kleinkind quietschend vor Lust auf dem Teppich herumgerollt sein. Und auf einem Gummitier geritten, das oben eine Art Griff oder Sattel hatte, und immer soll ich mich genau an dieser Stelle draufgesetzt haben. Das herausragende Gummiteil wurde zusammengequetscht. Ich erinnere mich nicht mehr daran; irgendwann entdeckt jede (wenn beim Griff in die Richtung nicht gleich Eltern fragen: »Musst du Pipi?«, und dir, wenn du den Kopf schüttelst, die Hand wegziehen), dass das Ding da unten nicht nur fürs Pinkeln geschaffen ist. Ich vergaß diese Lust und widmete mich anderen Abenteuern und Dramen der Kindheit: Fußballspielen, Piratin spielen, auf alte Kirschbäume klettern, von angehimmelten Mitschülerinnen ignoriert, als zu fett, zu dürr, zu was weiß ich befunden werden und mich als Außenseiterin fühlen: die Pubertät. Alle anderen hatten schon tollen Sex. Nur ich nicht. Erst mit vielleicht 15 fand ich sie wieder, die Vulva und die Lust. Beim Einschlafen malte ich mir endlose Liebesgeschichten mit einer Erika aus, die in Küssen gipfelten, und diese Küsse im Kopf verursachten ein Beben da unten, und ich folgte diesem mit der Hand. Die Masturbationsphantasien wurden härter, haben aber immer auch mit begehrten Menschen zu tun, Frauen meistens, manchmal Männer. Manchmal reicht der Gedanke an bald bevorstehenden Sex: Ich bin extrem aufgeheizt von Vorfreude. Oder auch mal von einem Traum, den ich nicht mehr erinnere, keine Bilder, nur der Körper verflüssigt, die Hand kaum an der Klit, und gewaltige Orgasmen kommen. Aber dann brauche ich wieder Bilder im Kopf, Mösen, Schwänze kommen vor, Dildos, Stangen, Peitschen, je härter, je heftiger kommt es mir. In Realität ist es anders. Gefesselt sein zum Beispiel, einmal probiert, hielt ich nicht aus, Panik! Ich muss mich frei bewegen können. In der Phantasie jedoch kann ich fixiert, unbeweglich gemacht werden, sie kommen in alle meine Öffnungen, mit Dildos, Händen, Zungen, und lassen mich mich auflösen in schreiende Lust – oder ich bin aktiv, Pos malträtierend, Finger, Fäuste in schwarzhaarig umrandete, purpurlippige Mösen stoßen, Frauen zwischen meine Schenkel ziehen, mit einem Arm halten und dem anderen sie vögeln und dabei gegen mich, meine Möse, meinen Bauch, meine Titten treiben. Er öffnet seine Hose, herausspringende schöne sehr große Schwänze stehen mir vor dem Gesicht, geädert, goldolivfarben, kräftig (nicht lang und dünn), es sind solche, die es nur auf schwulen Porno-Fotos zu sehen gibt, die Schwänze berühren mich überall, bevor sie mit Kraft hineinstoßen, in Vulva und Mund. Ich mache es mit mir selbst fast täglich zum Einschlafen. Meistens einfach Finger um die Klit kreisen lassen, Bilder in den Kopf, manchmal mit einem großen Vibrator mit noch größerem in alle Richtungen beweglichen Kopf. Das ist schon eine andere Empfindung als allein mit Fingern. In einer erotischen heißen Liebesbeziehung verbiete ich es

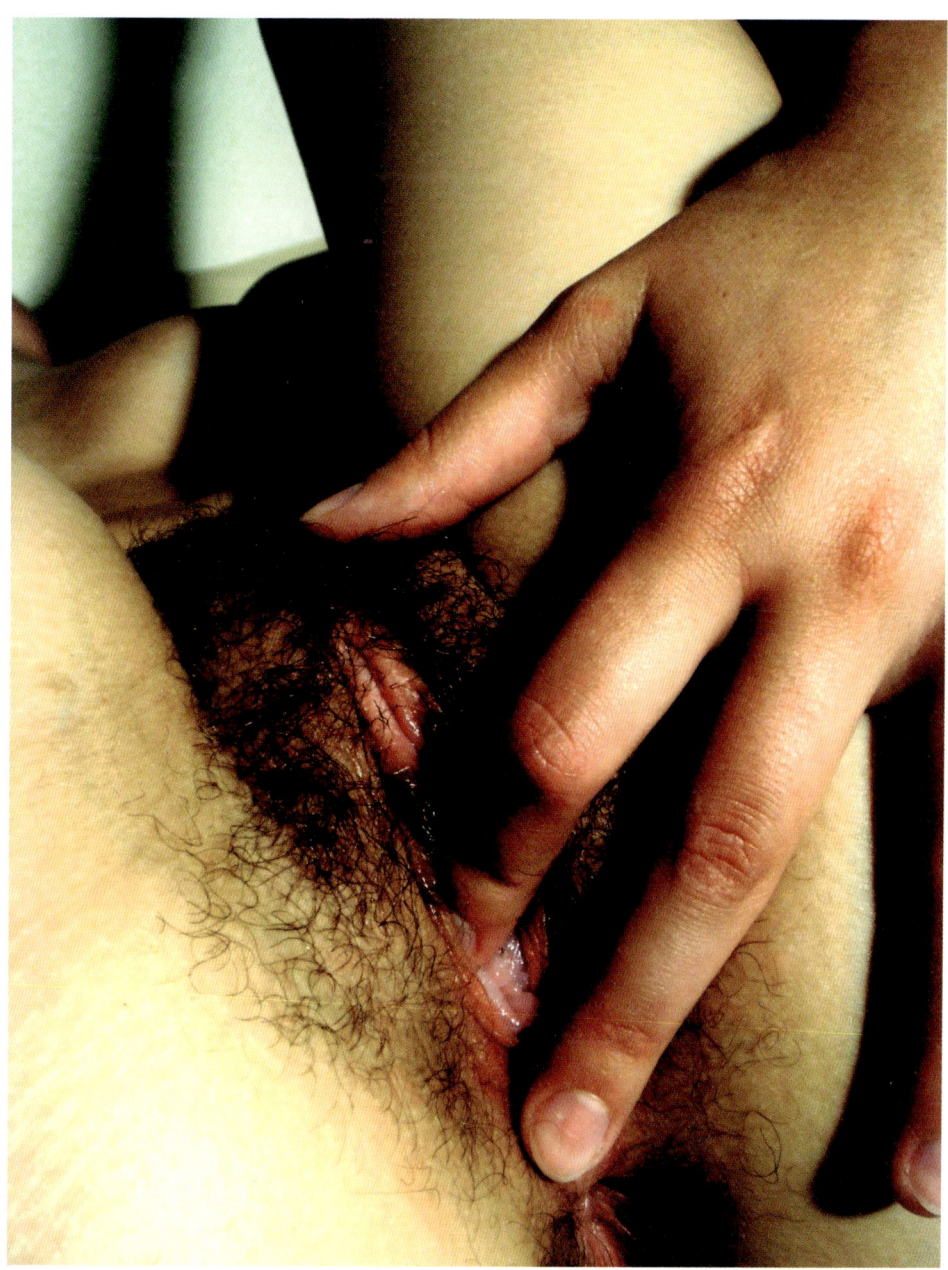

mir ca. eine Woche vor Begegnung. Die Geliebten leiten in meinen Masturbationsphantasien oft andere an, mich zu ficken, und sehen, sich mit harter Hand selbst erregend, zu, bis sie mich, kurz bevor ich komme, kurz bevor sie kommen, von der anderen wegzerren und wir derb und zärtlich weitervögeln.

Vor Kurzem gab es eine Zeitlang sexuelle Chats mit einem Mann. Er umflirtete mich heftig (ich bin Autorin und, vor allem aus Werbegründen, relativ aktiv und sichtbar auf Facebook unterwegs), er las meine Bücher, »befreundete« sich mit mir und schmeichelte mir in Nachrichten solange, bis ich mitmachte. Es war verlockend, mich während einer öden Arbeit am Bildschirm (als Nebenjob korrigiere ich langweilige wissenschaftliche Arbeiten) auf seine erotischen Andeutungen einzulassen. Der Flirt wurde schnell sexueller, bald trieben wir es quasi life im Chat miteinander. Beide uns masturbierend. Er begann, mir Bilder von sich zu schicken, mit Schwanz. Auch mal mit Erguss. Diese Bilder reizten mich im Sinne der Steigerung von Erregung nicht, ich fand sie andererseits auch nicht unsympathisch. Also, der Typ gefiel mir durchaus. Besser als die Fotos von ihm selbst gefielen mir einige der vielen fröhlichen Sex-Bilder von Frauen, die er aus den Untiefen des Internets fischte und mir massenhaft zuschickte; er bemerkte wohl, dass sie mich durchaus anregten. (Während umgekehrt er nicht nur mit diesen vielen anonymen Bildern, sondern auch mit Bildern von meinen Titten o. Ä. wichste, die ich ihm einmal leichtsinnigerweise und aufgeheizt geschickt hatte, aber es stört mich nicht, im Gegenteil). Doch es waren vor allem seine Worte, die es schafften, mich zu erregen und den virtuellen Sex zu genießen.

Meiner Freundin erzählte ich nichts, wieso auch, es hatte keine Bedeutung zwischen uns. Wir wohnen nicht zusammen, kontrollieren uns auch nicht. Wir treffen uns alle paar Wochen an Wochenenden, sie wohnt in einer anderen Stadt.

Einmal haben der Mann und ich uns verabredet. Er war anders, als ich ihn mir vorgestellt hatte, viel größer, langgliedriger. Er hatte sehr schöne Hände, das war mir am Bildschirm nicht aufgefallen. Ich hatte das Gefühl, dass er beim Sex im Kopf gleichzeitig mit mir masturbierte, dass in ihm ablief, was er sich vorstellte, wenn er alleine vor dem Bildschirm saß; während wir real vögelten, vögelte er mich zugleich digital. Gekommen ist er mit Hilfe seiner eigenen Hand. Ich hatte einen leichten Orgasmus, als er sich in mir bewegte. Ich kenne stärkere, saftigere. Ob er sich masturbierend lustvoller auf mich einlassen konnte als beim realen Sex? Natürlich ist ein erstes Mal nicht perfekt. Ist es überhaupt je »perfekt«? Es wird bei einem Mal bleiben (höchstwahrscheinlich. Wie sieht er das wohl? Vielleicht hat er eine andere Wahrnehmung unserer Begegnung). Masturbation ist eine schöne und eigene Form von Sexualität, lässt sich nicht durch »realen« Sex ersetzen – eine Binsenweisheit. Sex mit anderen und Masturbation sind zwei verschiedene Formen der Lust. Männer können es mit Fotos und Filmen, Frauen weniger (meiner Erfahrung nach), sie tun es mit den Bildern im Kopf. Sex mit anderen, Berührungen, Kommunikation zweier Körper, Haut an Haut brauche ich zum Leben wie Wasser. Weil ich generell zu viel an Bildschirmen arbeite, lass ich mich nicht mehr aufs virtuelle Vögeln ein, wär ja auch blöd, wenn ich wie eine Telefonsexlady nebenher zum Beispiel korrigieren würde. Ich mach's mir oft selbst, mit ganz vielen verschiedenen heftig pornografischen, surrealen Bildern im Kopf – und mit der Freundin, die diese Bilder in Bewegung setzt.

*Barbara Thielen*

## Juliette Bensch

**An Ungnade Gefallen**
»Geh auf die Knie!«
Ich spürte das wohlige Kribbeln, das Bea mit dieser Art von Sätzen bei mir immer auslöste.
»Warst du heute artig? Hast du an mich gedacht?«
»Ja.«
»Ich kann mich wirklich an dich gewöhnen.«
Ein Anflug von Stolz überkam mich. Dabei wusste ich genau, dass ich nicht ihre Einzige war. Sie hatte es mir selbst gesagt. Irgendwann nach einem unserer Amüsements. Gefragt hätte ich sie niemals. Im Gegenteil, ich war erstaunt, als sie plötzlich im Plauderton daherkam. Wir hatten den Deckmantel unseres Spiels gelüftet, Bea hatte ihn gelüftet und dann hatte ich festgestellt, dass wir nicht anders waren als irgendwer sonst. Wir sehnten uns nach Liebe, nur dass es nicht die Art von Liebe war, die einen dazu bringt, einen Lebenspartnerschaftsvertrag zu unterzeichnen oder eine gemeinsame Wohnung zu mieten. Es war die Liebe zum Gegensätzlichen, zum Fremden, zu dem Puzzlestück, was das Gesamtbild vervollständigt. Ich suchte schon seit geraumer Zeit nach dem fehlenden Teil, wusste nur nicht genau, wie es aussehen muss. Bea hat es schon längst gefunden, tauscht es immer mal wieder aus und bewundert die leichte Abwandlung im Gesamtbild.
Als sie zum ersten Mal aus der Rolle gefallen ist, war ich überrascht und es fiel mir fast schwerer, mit der offenen, authentischen Frau umzugehen als mit ihrem gertenknallenden Alter Ego. Mittlerweile waren mir beide Seiten an ihr

*Marlen. Foto: Mirella Frangella*

vertraut. Ich musste nur wissen, wer sie gerade war.
»Erzähl mir, was ich heute mit dir anstellen soll.«

*Alexandre & Jocelyne Dupouy*

Ihre geliebte Fangfrage. Es war egal, was ich nun von mir gab. Sie würde sich sowieso nicht danach richten. Ich war zumindest nicht ausschlaggebend dafür. Manchmal folgte sie meinen Vorschlägen, aber wenn ich ihr zu viel Genugtuung entgegenbrachte, änderte sie ihre Strategie. Die Bilder in meinem Kopf wechselten sich ab wie im Daumenkino. Mal war es dieser Film, mal jener. Vielleicht würde sie mich auch mit einem neuen überraschen. Verstohlen presste sich meine Hand zwischen meine Schenkel, als ich noch immer auf der Suche nach einer Antwort war. Je länger ich zögerte, desto mehr erzürnte ich sie, aber das war nicht unbedingt das Schlechteste. Ich schob meine flache Hand in Hosenbund und Slip und massierte meine Vulva. Vielleicht würde ich Bea bald gar nicht mehr brauchen, wenn sich alle Filme immer wieder abrufbar in mein Hirn gebrannt hatten.

»Bist du auf den Mund gefallen?«

Ich spürte mein eigenes Lächeln und die wohligen Schauer in meinem Körper. Plötzlich durchfuhr mich ein völlig anderer Schauer, einer, der nicht im Spiel zwischen Bea und mir begründet lag. Und dann ging alles ganz schnell. Ich zog meine Hand aus dem Schritt, als ich schon das Geräusch des Schlüssels im Türschloss hörte. Wie irre hämmerte ich auf die Tastatur ein: »Shit, ich muss gehen!«, und schloss manisch das Chatfenster.

»Hallo.« Ich hörte, wie Daniela ihren Schlüssel in den Bastkorb im Flur legte und ihre Jacke an die Garderobe hängte.

»Hi.« Ich räusperte mich, als ich meine eigene, kratzige Stimme vernahm.

Sie trat ins Wohnzimmer und betrachtete mich mit schief gelegtem Kopf. »Na, wie war dein Tag?«

»Hm-hm«, murmelte ich nur.

Sie würdigte das mit einem Begrüßungskuss. »Schon wieder am PC?«

»Ich schreib Bewerbungen.«

»Sicher, Süße.« Sie schaute auf den Monitor, der weder ein geöffnetes Internetbrowserfenster noch eine Textdatei zeigte. Stattdessen war das Hintergrundbild zu sehen: Daniela und ich im Urlaub am Strand. An das Bild hatte ich mich schon so gewöhnt, dass ich es gar nicht mehr wirklich wahrgenommen hatte. Jetzt weckte es zum ersten Mal seit Langem Erinnerungen an unseren gemeinsamen Urlaub. »Wer's glaubt. Ich wette, du vertrödelst mehr Zeit auf Facebook als sonst irgendwo.«

Darauf wusste ich nichts zu sagen. Ich fühlte mich ohnehin schon wie die größte Sünderin aller Zeiten.

Daniela bewegte sich nicht vom Fleck. Sie zog nicht wie sonst ihre Schuhe aus und wechselte in eine gemütlichere Hose. Sie setzte auch kein Wasser für eine Tasse Tee auf. Sie stand einfach nur da und sah

*Marlen, Bondage. Foto: Pascale Jean Luis*

mich an. Ich wusste, dass sie mich eine Spur zu lange ansah.
»Du bist ja so gerötet. So warm ist es hier drin doch gar nicht.«
»Was?« Ich legte meine Handrücken überrascht auf meine Wangen und spürte in der Tat den deutlichen Kontrast beim Wärmeausgleich zwischen Haut und Haut. Ich war wohl die schlechteste Schauspielerin, die ihr je untergekommen war. Dabei hatte ich immer das Gefühl, dass ich mit Bea zu schauspielerischen Höchstleistungen fähig war. Sklavin, Zofe, Schülerin, Sekretärin, einfach nur ich selbst. Ich war alles für sie, solange sie das passende Gegenstück abgab. Aber ich wusste auch, dass das mit ihr nur eine Kurzfilmsammlung war. Der wahre Blockbuster lief hier, genau vor meiner Nase.
Ich weiß nicht, ob ihr das wirklich schon Antwort genug war, aber sie wendete sich von mir ab, zog ihre Schuhe aus und setzte Teewasser auf.
Ich blieb sitzen und starrte ihr hinterher. Es gab eigentlich gar nichts zu sehen. Sie war in die Küche verschwunden, die ich vom Wohnzimmer aus nicht einsehen konnte. Trotzdem starrte ich die Wand an, als könnte ich hindurchschauen. Wenn sie genau in diesem Moment herauskäme und mich so sähe, könnte sie sich an fünf Fingern abzählen, dass etwas nicht in Ordnung war.
Ich wendete meinen Blick dem Bildschirm zu, glotzte darauf, ohne etwas zu sehen. Nur hellblauer Himmel mit ein paar Schäfchenwolken, Horizont, Meer, Sand, Steine, Muscheln und mittendrin wir, hineingemauert und nicht heraustrennbar.
Ich hatte zu viel Zeit zum Nachdenken. Zu viel Zeit zum Pläneschmieden und Unfug stiften. Wie als Kind, wenn ich Sommerferien hatte und vor lauter Nichtstun zu spät heimkam. Meine Mutter hatte mir immer verziehen, aber Daniela war nicht meine Mutter und ich war auch kein Kind mehr.

Ich hörte, wie sie die Küche verließ und ins Schlafzimmer ging. Meine Finger überprüften die Hitze meiner Wangen, während ich mich wie ferngesteuert erhob.
»Dani?« Ich schob die angelehnte Tür auf und sah auf ihren Rücken. Eine Hose lag auf dem Bett, aber sie machte keine Anstalten, sich umzuziehen. Ich wusste, dass sie mich gehört hatte, trotz des immer lauter rauschenden Wasserkochers im Hintergrund.

In Zeitlupe ging ich auf sie zu. Bei meinem letzten Schritt drehte sie sich um und sah mich an. Sie lächelte nicht, sie weinte nicht, sie schaute mich einfach nur an und schien auf meine Reaktion zu warten.

Ich spulte wieder Filme in meinem Kopf ab, sah mich reagieren, mal so, mal anders, mal gar nicht. Wie so oft wusste ich wieder nicht, welcher Film der richtige war. Gesehen hatte ich sie schließlich alle noch nicht. Vielleicht würde sie auch reagieren. Vielleicht würde sie sagen: »Hast du eine andere?« Das wäre ein doofer Kitschfilm.

Ich sah, dass sie immer noch wartete. Alle Filmrollen in meinem Kopf rissen mit einem Mal. Ich lehnte meinen Kopf ihr entgegen, bettete meine Stirn auf ihrer Schulter.

Dann spürte ich ihre Arme, die sich um meinen Körper schlossen. »Weißt du was?«, begann sie. »Ich will es gar nicht wissen.« Plopp. Der Wasserkocher knackte und das Rauschen erstarb.

Ich riss die Augen auf und sah das Webmuster ihres dunkelroten Pullovers so dicht vor mir, dass die Maschen verschwammen und ich ihre sauber geordnete Struktur nur noch erahnen konnte. Du willst es nicht wissen?, wimmerte ich stumm. Jede Sünderin muss beichten, sonst kann ihr niemand vergeben. Vergebung gibt es immer, aber nur wenn vorher auch gebeichtet wird. Dann betet man ein paar Rosenkränze und die Welt ist wieder im Gleichgewicht.

Vielleicht war es auch gar nicht so schlimm. Es war ja alles nur in meinem Kopf. Manche sagen, im Kopf fängt der Betrug an, oder dass Fremdgehen im Kopf schlimmer ist als wirkliches Fremdgehen. Sie streichelte meinen Rücken, als hätte ich längst gebeichtet und wir wären schon bei der Vergebung. Dann liebkoste sie meinen Nacken mit ihren Fingerspitzen, ließ ein Schmetterlingsballett tanzen. Ihre Wange schmiegte sich an meine Schläfe. Schließlich gab sie mir einen Kuss auf die Erhebung meines Wangenknochens. Ich hätte es nicht geglaubt, wenn sie nicht absichtlich ein kleines Schmatzgeräusch gemacht hätte. Das Schmetterlingsballett wanderte meine Wirbelsäule hinunter und ich konnte nicht mehr zuordnen, ob ihre Fingerkuppen schuld daran waren oder ob es eine Reaktion meiner Nervenstränge war. Ich wusste nicht mehr, wann ich das zum letzten Mal gespürt hatte. Nicht einmal mit Bea …

Daniela hob mein Kinn mit ihrem Zeigefinger an und sah mir tief in die Augen. Dann küsste sie mich. Sie riss mich an sich. Nahm augenblicklich von mir Besitz. Jede Geste signalisierte, dass ich nur ihr gehörte. Sie schob mich aufs Bett und deckte uns beide zu. Ihre Küsse raubten mir fast die Luft. So kannte ich sie nicht. Auf mir thronend ergriff sie meine Handgelenke und drückte sie über meinem Kopf auf die Matratze. Meine Oberschenkel kribbelten, wie ich es noch nie zuvor erlebt hatte. Ungeduldig und offenbar verärgert, weil sie mich loslassen musste, zerrte sie den Pullover von ihrem Oberkörper. Dann entblätterte sie mich. Mein Hemd zog sie in kurzen, schnellen Bewegungen um meine Handgelenke. Als sie den Knoten festzurrte, hörte ich die Fasern des Stoffes bersten. Sie riss an meiner Jeans,

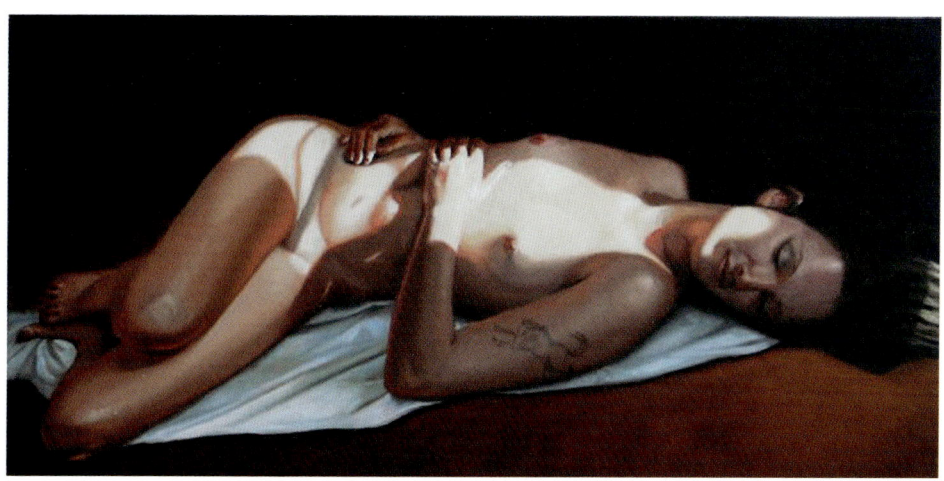

*Suzanne Shifflet*

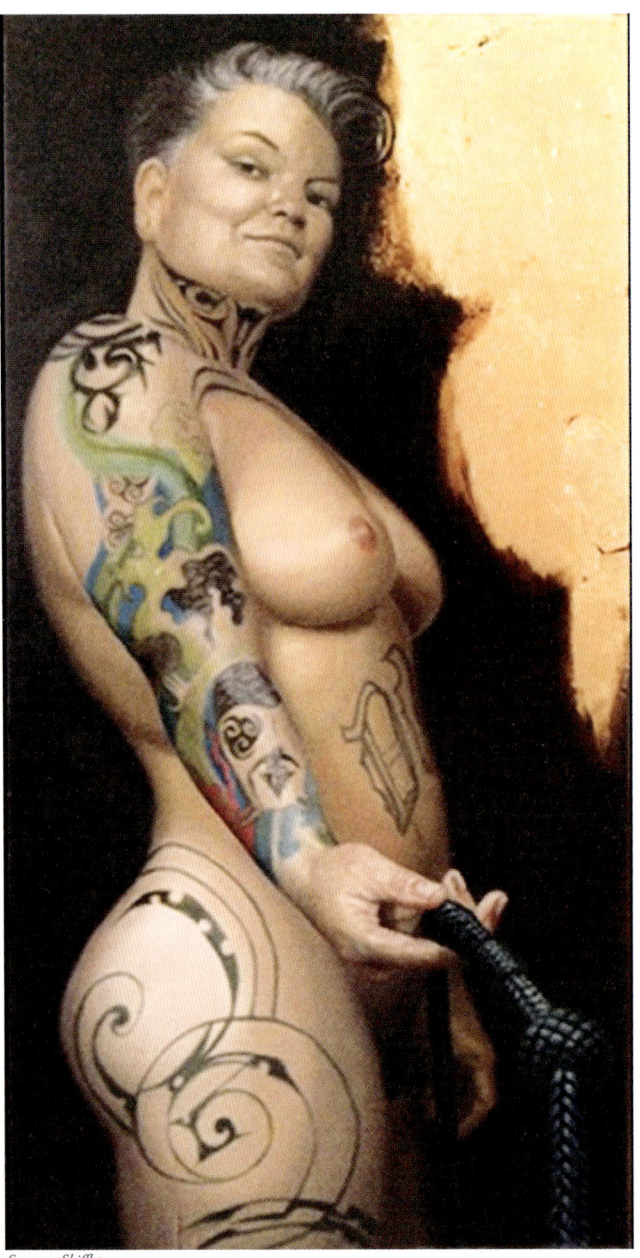
*Suzanne Shifflet*

was Daniela tat, nicht existent war.

Sie rollte mich auf den Bauch und setzte sich auf einen meiner Oberschenkel. Dann hörte ich das Klatschen noch bevor ich ihre feste Hand auf meinem nackten Po fühlte.

Sie beugte sich über mich, ihre Arme rechts und links von meinem Kopf, ihre süßen Brüste streiften meinen Rücken und ihre Vulva presste sich gegen meine Pobacke.

»Ich weiß, was in dir vorgeht«, raunte sie dicht an meinem Ohr und wartete meine Reaktion ab. Völlig unerwartet biss sie mich in den Nacken und verpasste mir erneut einen Klaps auf die freie Hälfte meines Hinterns. Als sie meine Reaktion vernahm, spürte ich die leichte Bewegung ihres Unterleibs. Das wiederholte sie einige Male, bis sie ihre Bewegung abrupt einstellte und ich ein verheißungsvolles Seufzen über mir vernahm.

»Bleib so liegen!«, befahl sie mir kurz darauf in einem Ton, der keinen Widerspruch duldete. Sie stieg von mir ab. Als sie zurückkam, drehte sie mich wieder auf den Rücken und fi-

sodass meine Schenkel rote Striemen bekommen mussten.

Mir wurde warm unter der Bettdecke, aber ich wusste, dass sie auf uns lag, damit das, xierte mich nun auch an den Knöcheln. Mit aller Kraft verknotete sie einen Schal oder ein Tuch um meine Fußgelenke, bis ich sie nicht mehr bewegen konnte. Es schien, als hätte sie unerwartet Gefallen an dieser neuen Variation gefunden. Gleich würde sie sich auf mich setzen. Mein Herz schlug mir bis zum Hals, als ich eine Vorstellung davon entwickelte, wozu Daniela noch fähig sein würde. Sie streichelte mir einmal zärtlich über den Venushügel und ich widerstand der Versuchung, mich ihr entgegenzubäumen. »So, und jetzt«, begann sie und entfernte sich von mir. Dann blieb es einen Moment lang still. Sie war offenbar vom Bett aufgestanden.

Mit einem Ruck, der meinem Herz einen Aussetzer bescherte, riss sie die Bettdecke von meinem Körper. Ich blinzelte, als mich die tief stehende Nachmittagssonne plötzlich ungehindert anstrahlte. »Keine Versteckspiele mehr!«, bestimmte Daniela für mich. Meine splitterfasernackte Geliebte stand vorm Fußende des Bettes und sah auf mich hinab, mir genau in die Augen bis in mein Innenleben, das sie besser zu kennen schien als ich selbst. »Wage es nicht, dich vom Fleck zu bewegen, bevor ich es dir gestatte!«, drohte sie mir. Eine Spur von Missbilligung stand in ihren Augen, ob gespielt oder nicht konnte ich nicht sagen. Dann ging sie auf die Schlafzimmertür zu und ich beobachtete sehnsüchtig, wie sich meine Herrin entfernte und mich meiner Strafe aussetzte.

An Bea verschwendete ich nie wieder auch nur einen Gedanken.

*Suzanne Shifflet*

## Iliana Godoy
*aus dem Spanischen von S. W. Artur Beyer*

| | |
|---|---|
| Tu piel | Deine Haut |
| Cráter solar, | Sonnenkrater |
| mediodía del trigo entre mis manos. | Mittag des Weizens in meinen Händen. |
| Un océano de seda me circunda, | Um mich ein Seidenozean, |
| me desvanezco en luz y me reintegro | ich verschwimme in Licht und kehre wieder, |
| bañada en un humor de líquidos metales. | in den Saft flüssiger Metalle getaucht. |

---

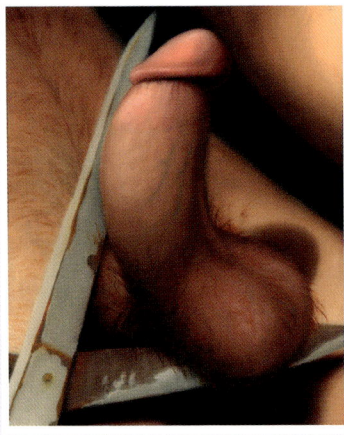

So sehr haben wir uns gesucht,
das wir uns nun Stirn an Stirn verabscheuen.

Nichts zu machen.

Unsere Leiber haben das noch nicht bemerkt
und fallen sich wie trunkene Schiffe an.

Prallen gegen die undurchdringliche Nacht.

Mit geballten Fäusten und schreiend lassen
wir die Lust Türen einschlagen;
den Orgasmus das Allein-
sein im Denken zerreißen.

Nos hemos buscado tanto,
que ahora nos odiamos frente a frente.

No se puede hacer nada.

Nuestros cuerpos lo ignoran
y se embisten como embarcaciones ebrias.

Chocan contra la noche impenetrable.

Cerramos los puños y a gritos hacemos
que el placer derribe puertas;
que el orgasmo traspase
la conciencia de estar solos.

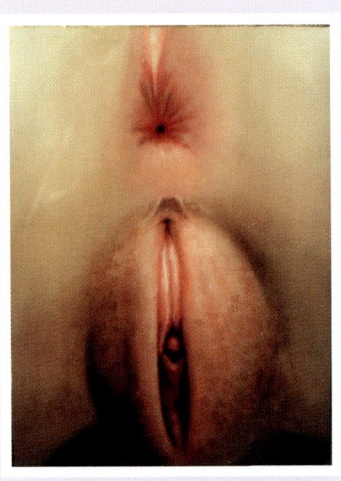

El sabor de tu sexo invade el pan,
    el agua,
        el aire que respiro.

Ya posees la cifra de la sangre que me estalla por dentro
en cada pulsación que repite tu nombre.

El dardo de tu lengua mueve mi cauce oscuro,
lo derrama y penetra en cada célula
horadando el plasma azul de la memoria.

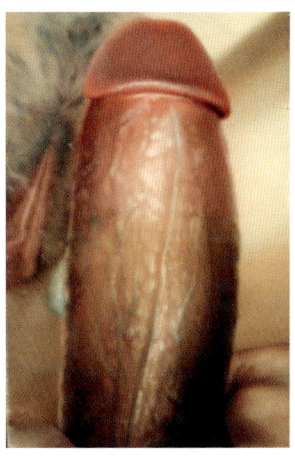

Der Geschmack deines Genitals durchzieht das Brot
    das Wasser
        meine Atemluft.

Du besitzt den Blutcode, der mich von innen her zermalmt
in jedem Puls, der deinen Namen nachspricht.

Deine Speerzunge wühlt in meinem dunklen Flussbett,
vergießt es und dringt in jede seiner Zellen,
bohrt sich in das blaue Plasma des Erinnerns.

*Suzanne Shifflet, alle 4 Bilder*

Los que duermen ignoran el parto de las flores,

su rumor en crecimiento
su música en sordina.

El durazno despierta en las yemas latentes

    su tacto vegetal
    polen de cielo.

Die Schlafenden wissen nicht um die Geburt der Blumen,

    ihr rauschendes Wachstum
    ihre gedämpfte Musik.

Der Pfirsich weckt in den latenten Fingerkuppen

        seine pflanzliche Berührung
        Himmelsblütenstaub.

## Litt Leweir

Nick und Alex fahren in die Stadt. Ich bleibe mit Sarah zurück. Das gefällt mir nicht. Sarah ist mir unheimlich. Komisch, dass ich das zuvor nicht bemerkt habe. Ich habe Sarah die ganze Zeit kaum bemerkt. Ich weiß nicht mehr, als dass sie Sarah heißt und Alex' Freundin ist. Und auch hinein. Sie schwimmt zu mir, stellt sich neben mich. Sie hat große Brüste, sie schwimmen auf der Wasseroberfläche, und es gefällt mir nicht, dass mich das erregt. »Wer bist du?«, fragt sie, und als ich nicht antworte, sagt sie: »Wer auch immer du bist, ich kann nicht mehr aufhören, an

 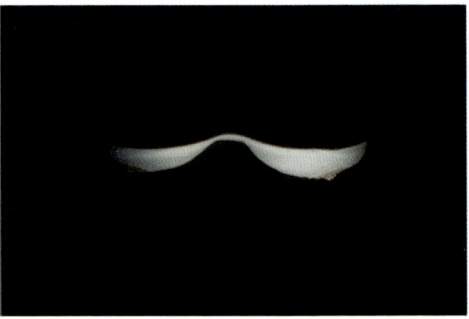

*Julija Goyd*

dass sie Auren massiert, aber ich habe keine Ahnung, was das bedeutet. Wenn ich ehrlich bin, habe ich darüber noch nicht einmal nachgedacht. Sarah hätte genauso gut nicht hier sein können. Jetzt wäre mir lieber, sie wäre tatsächlich nicht hier. Und ich habe das Gefühl, dass es ihr mit mir genauso geht. Aber warum? Warum sieht sie mich so an, als wäre ich schuld, dass nun alles anders ist? Als wäre ich das Gespenst. Vielleicht ist sie es ja. Auren massieren, das ist doch unheimlich. Wenn ich so etwas wie eine Aura hätte, und davon bin ich nicht überzeugt, dann möchte ich nicht, dass Sarah sie massiert.
Den ganzen Nachmittag schleicht sie um mich herum. Was will sie von mir? Sitze ich auf der Terrasse und lese, setzt sie sich in den Stuhl neben meinem. Schwimme ich im Pool, steigt sie kurze Zeit später dich zu denken.« Sie nimmt ihre Brüste in die Hände, presst die Nippel zusammen und streckt sie mir hin. Ich kann nicht wegsehen. Ich kann auch nicht verhindern, dass mein Kopf sich in Richtung ihrer Brüste senkt, dass meine Zunge an ihren Nippeln leckt, dass mir das Blut zwischen die Beine schießt. Als es vorbei ist, und es ist schnell vorbei, steige ich ohne ein Wort aus dem Wasser, renne zum Haus und verkrieche mich in mein Zimmer. Kurze Zeit später klopft sie an die Tür und fragt, ob ich Tee möchte. Ohne eine Antwort abzuwarten, kommt sie herein, stellt eine Tasse auf den Nachttisch und setzt sich neben mich.
»Ich weiß auch nicht, was über mich gekommen ist«, sagt sie. »Wirst du es erzählen? Erzähl es bitte nicht. Alex ist wahnsinnig eifersüchtig.«

*Julija Goyd*

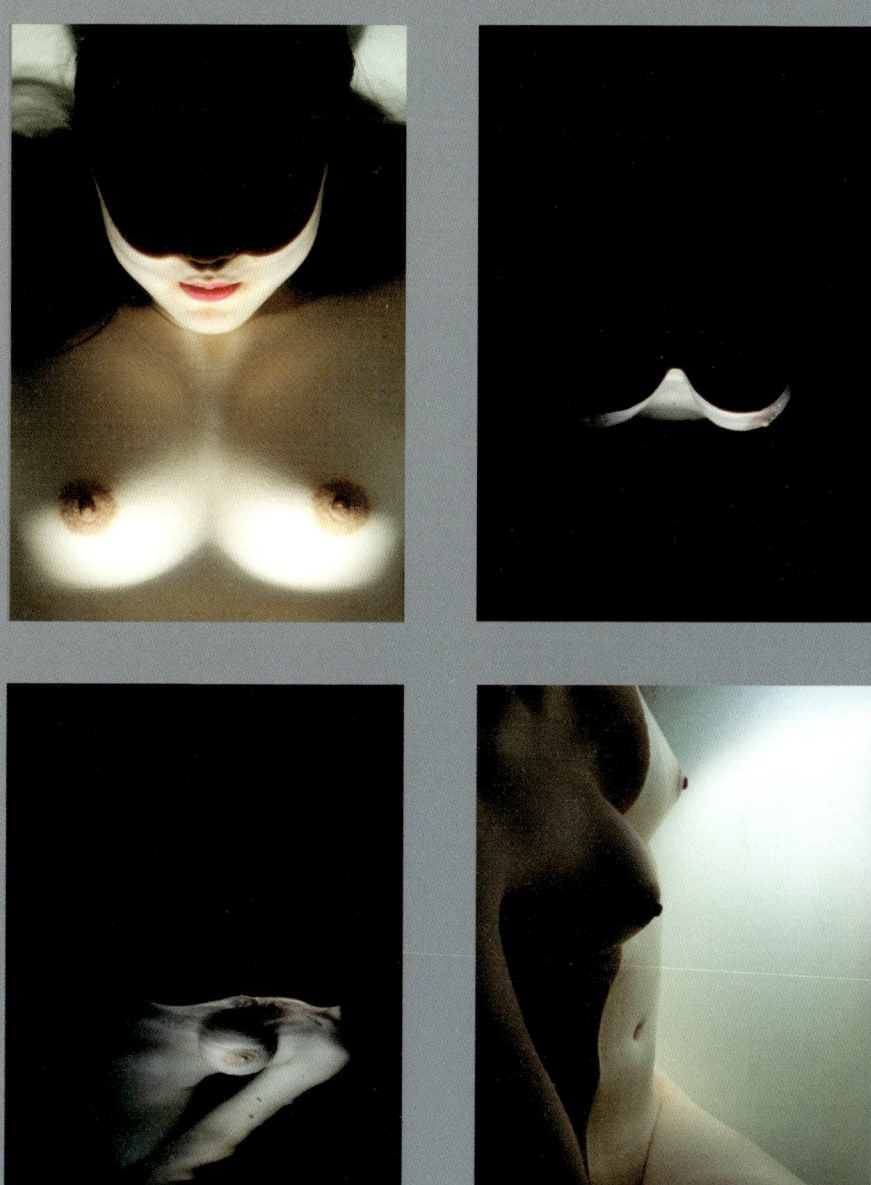

Georg Maurer

## Rebecca C. Creek

Noch lag die Hitze des glühenden Tages auf dem schweigenden See, obwohl die errötende Sonne schon langsam hinterm Horizont versank. Mit anmutigen Bewegungen glitten die beiden Liebenden durch das glänzende Nass. Zart glänzte das letzte Licht des fliehenden Tages in den sich leise kräuselnden Silberwellen. Aber noch zärtlicher war der geheimnisvolle Glanz in Petras Augen, als sie den sehnsuchtsvollen Blick zu ihrem delphingleich dahinziehenden Gefährten wandte. »Weißt du eigentlich«, rief sie ihm mit ihrer glockenhellen Stimme zu, »dass ich mich noch niemals zuvor mit einem Fremden so weit hinaus in unbekannte Tiefen gewagt habe?« »Ach!«, seufzte Peter gerührt, und ließ seinerseits das schöne Geschöpf, das seit einer Viertelstunde an seiner Seite schwamm, nicht eine Sekunde aus den Augen. »Ach! An deiner Seite will ich mich noch weiter hinauswagen, als es jemals ein Mensch unternommen hat. Ja, von außen ist es vielleicht nur ein kleiner See, den wir in diesem Augenblick durchschwimmen, aber für uns, für uns ist es ein Ozean der Liebe.« Kaum hatten diese Worte seine attraktiven Lippen verlassen, da griff Petra schon nach seiner Hand, und Hand in Hand schwammen sie nun durch den Ozean ihrer Liebe, und es war, als würde die Sonne nicht untergehen, sondern direkt in ihre im selben Takt schlagenden Herzen hineinsinken.

*Stephanie Lay*

**Warme Gedanken**

Als die Blonde die Sauna betrat, wusste ich, dass sie den Spieß umgedreht hatte. Mein Herz pochte wie verrückt und ich schwitzte wie ein Schwein. Natürlich war das in einer finnischen Sauna normal. Hier wüteten kuschelige 100 Grad. Backofen-Romantik für Hausfrauen. Seit dem Honigaufguss war es unerträglich.

Die Blonde kletterte an mir vorbei und breitete ihr Saunatuch auf der obersten Stufe aus. Ich hätte mich umdrehen müssen, um einen guten Blick auf sie zu erhaschen. Viel zu auffällig. Da lag sie nun auf ihrem bequemen Hochsitz aus hellem Fichtenholz und beobachtete ihr Jagdrevier. Genauso hatte ich es Montag für Montag getan. Ich spürte ihre Augen auf meinen Fettpolstern, die aufgequollen waren wie ein Hefekuchen, garniert mit saftiger Orangenhaut. Ein Traum. Hinter meinem Rücken lachte sie mich lautlos aus. Sie war locker 10 Jahre jünger als ich und besaß eine kurvige Figur. Ich hätte dafür getötet. In Notwehr natürlich. Es ist nämlich nicht leicht, heutzutage als fette Kuh rumzulaufen, reif für die Schlachtbank.

Ich hasse meinen Körper nicht, ich sehe ihn nur nicht gerne an. Wieso musste der Teufel auch Spiegel erfinden? Vor Männern hätte ich mich hier niemals ausgezogen, deshalb besuchte ich stets die Damensauna. Jeden Montag von 10 bis 16 Uhr. Ich liebte nackte Frauenkörper, sie waren schöner anzusehen als Männer.

Immer wenn ich eine Sauna betrat, legte ich meine Brille in das Brillenfach, wackelte scheinbar blind zu meinem Platz und kniepte mit den Augen, als fiele mir das Sehen schwer. Auf gar keinen Fall sollte man mich für eine Spannerin halten. Doch genau das war ich natürlich. Im Brillenfach lag nur meine Lesebrille. Ohne Anstoß zu erregen, genoss ich Brüste, Beine, Bäuche, Hintern und Gesichter. Davon gab es eine Menge. Doch die Frau, die mich fast süchtig machte, kicherte gerade lautlos hinter mir. Ich kannte ihre Routine, wusste, wann sie wo lag und aus welchem Winkel sie

*Georg Maurer*

am besten zu beobachten war. In der Farblichtsauna schimmerte ihre Haut rot und grün. Im Dampfbad verschwand sie hinter Nebelschwaden, um kurz darauf wie eine Fata Morgana zu erscheinen, übersät mit feinen Schweißperlen, die wie Diamanten funkelten. Im Balkan-Pool stand sie bis zu den Hüften im Wasser und ließ den Wasserfall auf sich herabprasseln. Sturzbäche liefen durch ihre Haare, den Rücken herab und über ihre Pobacken. Ein Anblick für die Götter. Und für meine spannende Wenigkeit am hinteren Beckenrand.

Die Verfolgung war zum Ritual geworden und ich hätte nie im Traum gedacht, dass sie davon etwas mitbekam. Sie wirkte stets in sich gekehrt, abwesend. Im Gegensatz zu mir schien sie keine Schwierigkeiten zu haben, den heiligen Olymp der Entspannung zu erklimmen.

Heute hatte sie ihre Routine gebrochen. Sie war nicht an den immer gleichen Stellen aufgetaucht, ich hatte sie aus den Augen verloren und eh ich mich versah, lag sie hinter mir. Die Gejagte jagte die Jägerin. Sie wollte mir eine Lektion erteilen. Jawohl, zeigen wir es der fetten Spannersau.

Mir wurde schwindelig. Obwohl es gerade erst Mittag war, hatte ich genug. Ich krallte mir die Lesebrille, verließ die finnische Hölle, warf meinen XXL-Bademantel über und schlüpfte in meine Aldiletten. Auf der Terrasse bestellte ich einen Eiskaffee mit Schuss. Die Luft war herrlich und selbst die Sonne meinte es gut mit mir. Wirklich schade, dass ich mir eine andere Sauna suchen musste, wenn mir meine Ruhe lieb war.

»Ist hier noch frei?« Die Blondine, in einen Yin-Yang-Kimono gewickelt, zeigte auf den Stuhl mir gegenüber.

»Natürlich.« Es war ein höflicher Reflex. In Wirklichkeit rückte sie mir arg auf die Pelle und die halbe Terrasse war außerdem noch frei.

Sie griff nach der Speisekarte und hielt sie weit von sich. »Darf ich mir kurz die Lesebrille ausleihen?« Bevor ich etwas sagen konnte, hatte sie sie schon auf die Nase gesetzt.

»Ich nehme auch den Eiskaffee, der sieht lecker aus.« Die Bedienung kritzelte es auf ihren Block und zog ab.

Auf einmal kam mir die Terrasse stickiger vor als die finnische Sauna. Die Blondine hatte mich sowas von durchschaut, gleich würde die Moralpredigt kommen. Sie würde mich eine perverse Spannerin nennen, die lieber Diätbücher als schlanke Frauen studieren sollte.

»Bist du nicht auch immer montags hier?« Ihre Augen hatten etwas Faszinierendes an sich. Ich konnte nur nicht sagen, was. Mein Hirn wollte einfach nicht darauf kommen.

»Oft. Ich gehe nicht so gerne in die gemischte Sauna.«

»Ja, ich kann mit Männern auch nichts anfangen.«

»Ich schon. Es ist einfach …« Was? Es ist einfach schöner Frauen anzugaffen als Männer? »Ich mag die Atmosphäre.«

Ihr Eiskaffee kam und die Blondine stieß mit mir an, als wäre es Prosecco. Falls sie etwas zu sagen hatte, sollte sie langsam mal loslegen. Ich würde nämlich gleich die Biege machen.

Die Blondine gähnte und streckte die Arme so weit von sich, dass sich ihre Brüste deutlich unter dem Kimono abzeichneten. Oh, là là!

Ich konnte sie in Ruhe betrachten, ohne eine Scharade zu veranstalten. So nah war ich ihr noch nie gekommen. Jetzt erkannte

*Dinah G. Maurer*

ich, was ihre Augen so ungewöhnlich machte: Sie hatten verschiedene Farben. Eins war braun, das andere blaugrau.
»Ich schaue mir auch gerne Menschen an«, sagte sie lächelnd und musterte mich von oben bis unten. Viel gab es da nicht zu sehen. Aus dem XXL-Bademantel ragten mein hochroter Kopf und meine Wurstfinger. Ihrem Lächeln tat es keinen Abbruch. Allmählich wuchs ein Gedanke in meinem Hirn, der völlig verrückt war: Die Blondine mochte mich. Sie war nicht sauer, sie war … interessiert.
Ich nahm einen großen Schluck Milchkaffee. Für mich hatte sich bisher noch nie eine Frau interessiert. Vielleicht war es mir auch nie aufgefallen, was ich nicht ausschließen möchte. Ich war schließlich so hetero wie Arnold Schwarzenegger. Von einer Frau angemacht zu werden, war ein kleiner Schock.
Wir quatschten über das Wetter, ohne uns selbst dabei zuzuhören. Stattdessen flirteten unsere Augen, unsere Hände und unsere Gesichter miteinander. Ich hatte genug Flirts mit Männern erlebt, um zu wissen, was hier los war. Allerdings lief es zärtlicher, vorsichtiger und irgendwie raffinierter ab.
»Kommst du mit in den Whirlpool?«, fragte sie sanft.
Dort wurde gefummelt, hatte ich gehört. Vor allem dann, wenn Kerle anwesend waren. Unter dem Schutz des blubbernden Wassers wanderten Hände auf Schenkel oder sonst wo hin. Ich war noch nie im Whirlpool gewesen, aber das Angebot klang verlockend. Zwischen uns knisterte es so laut, als würden Insekten in einer elektronischen Falle verbrutzeln. Bzzzz.
»Vielleicht später, ich lege mich lieber noch ein bisschen in die Sonne.«

»Verbrenn dich nicht.« Sie erhob sich lächelnd. Ihre magischen Augen warfen mir einen letzten Blick zu, dann war sie weg. Meine Gedanken rasten. Das war alles ein bisschen zu viel auf einmal, ich wollte nichts überstürzen. Spontanität war eine der vielen Tugenden, die ich nicht besaß. Ich nahm meine Sachen und suchte mir einen guten Platz zum Sonnenbaden. Ich breitete mein Saunatuch auf einer Liege aus, die rein zufällig in der Nähe des Whirlpools stand, und schälte mich aus dem Bademantel. Die Sonne lachte auf mich herab und ganz sicher spannten ein braunes und ein blaugraues Auge schamlos um die Wette. Es fühlte sich toll an. Mit geschlossenen Augen malte ich mir aus, wie Blondies Hände unter Wasser auf Wanderschaft gingen. Vielleicht streichelte sie gerade die Innenseite ihrer Schenkel, wer weiß? Nächsten Montag würde ich den Whirlpool testen und es herausfinden.

*Georg Maurer*

## Barbara Thielen

*Tanka Lupina*

Mein wildes naives Tier
kriecht unter den Tisch

Du leckst mir Lust
meine Pussy pulsiert

Quasi eine Qualle

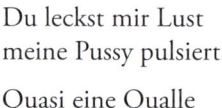

*Jana Süß*

Du machst mich hündisch
zittern
mein Herz
die Flügelschläge eines Kolibri

Barbara Thielen

## Ines Witka

**Champagnerküsse**
»Oder du lebst deine Ängste«, sagte Gil, meine Freundin, als ich ihr davon erzählte, wie sehr ich fürchte, dass Situationen entgleiten, wenn ich mich spontan auf einen Mann einlasse, und ich deshalb noch nie einen One-Night-Stand gehabt habe. Letztendlich habe ich mich immer dafür entscheiden, nicht zu vertrauen.
»Wenn ich Angst habe, vergewaltigt zu werden, kann ich mich doch nicht vergewaltigen lassen.«
»Natürlich in abgewandelter Form. Nimm einzelne Elemente deiner Träume, gerade diejenigen, die dich am meisten verwirren und lebe sie aus.«
»Wer würde mir diese eigenartigen Wünsche erfüllen?«

»Ich kenne hunderte Menschen mit den verrücktesten Vorlieben. Denke an Ralf und mich! Ich würde dir diese Wünsche erfüllen. Ralf würde dich gern für ein Atemkontrollspiel knebeln, da bin ich sicher.« Ihr lautes Lachen entspannte mich langsam. Überrascht stellte ich fest, dass dieser Vorschlag ein prickelndes Gefühl auslöste. Auf so eine Idee, mich von einem Menschen, der mir wohlgesonnen ist, der mir nichts Böses tun möchte, ähnlich behandeln zu lassen wie es in meinen Fantasien abgeht, wäre ich nicht gekommen. Gespannt fragte ich: »Und welche meiner Fantasien würdest du mir für den Anfang empfehlen?«
Sie lachte verführerisch und senkte die Stimme: »Die mit der Flasche, die werde ich dir schenken. Wir inszenieren das in einem Hotelzimmer. Champagner ist dafür die beste Wahl.« Ihre Augen glitzern.

»Das kickt unglaublich. Wenn ich dir eine Champagner-Fontaine in die Pussy schieße, wirst du einfach abheben. Diese kleinen perlenden Bläschen werden von dort durch den Bauch in deinen Kopf steigen und dir den Verstand in einen süßen Champagnernebel legen.«
Obwohl ich es mir nicht so genau vorstellen konnte, machte mich der Gedanke glücklich.
Drei Tage nachdem wir darüber gesprochen hatten, stehe ich am frühen Abend in einem eleganten Kleid und raffinierten Dessous vor der genannten Hotelzimmertür. Angespannt klopfe ich. Die Tür schwingt auf und Gil steht vor mir. Sie ist wunderschön, ihre schlanke Gestalt steckt in einem engen, knöchellangen Rock mit einem Schlitz hoch bis zu den Oberschenkeln. Als sie einen Schritt rückwärts macht, gibt er den Blick auf schwarze engmaschige Netzstrümpfe und gefährlich hohe ausgefallene Ankle Boots mit Plateausohlen und Strasssteinen frei.
»Wie schön, dass du gekommen bist.«
Erfreut küsst sie mich links und rechts auf die Wange. »Schickes Kleid.« Sie sieht mich aufmerksam an. »Magst du etwas trinken?« Das Zimmer ist klein, eingerichtet in dieser typischen puristischen Art des modernen Hoteldesigns. Die Textilien sind in einem Farbspektrum von warmen Brauntönen gehalten. Von dem hellen Braun der bereits geschlossenen Vorhänge bis zu dem dunklen Braun der Dekokissen und der am Bettende liegenden zusammengelegten Tagesdecke. Das Licht ist gedimmt. Warum hat sie mich in ein Hotel bestellt und nicht zu sich eingeladen? Wahrscheinlich weil sich meine Ängste auf Unbekanntes beziehen.
Sie bückt sich zur Minibar, die in einem Schreibtisch eingebaut ist: »Wie wäre es mit Orangensaft?«
Als wir mit den kleinen Saftflaschen anstoßen, stehen wir eng beisammen. Eine erste Umarmung, ein erster Kuss. Sie schmeckt nach der Süße des Saftes und der Herbheit von Zigaretten. Als sie mir die Flasche aus der Hand nimmt, berühren sich unsere Fingerspitzen und tauschen einen Stromschlag aus.
»Entspann dich, ich werde nichts tun, was dir nicht gefällt.«
Ich nicke, sage nicht, was ich denke: Du nicht, aber die Stimmen in meinem Kopf werden mir vielleicht drohen, vielleicht sogar dafür sorgen, dass mir die Sinne schwinden. Doch darüber will ich nicht nachdenken. Kein Zweifel soll das Experiment ruinieren. Außerdem sind Gils Berührungen von bemerkenswerter Zärtlichkeit. Ich seufze, meine Schultern entspannen sich. Ich habe nur angenehme Gefühle in der Magengegend, obwohl es das erste Mal ist, dass ich eine Frau küsse. Außer damals in der siebten Klasse, da küsste ich einmal Pia. Doch das zählt nicht. Es war Neugierde gewesen, führte zu nichts weiter. Ganz anders dies hier. Ich weiß nicht, wie lange ich diesen Zustand genoss, wie ihre Hand meinen Körper erkundete, ihre leisen Berührungen all meine Nervosität verjagten und gleichzeitig mein Begehren anstachelten. Bis sie die Hand von meinem Nacken löst und mir ins Ohr flüstert: »Zieh dich aus. Ganz langsam.«
Sie rafft ihren Rock und lässt sich auf das Bett fallen. Während ich die Pumps abstreife, das Kleid und die Strümpfe ausziehe, dann den BH und den Slip ablege, streicheln mich ihre Blicke.
»Toll siehst du aus«, sagt sie.

Nackt strecke ich mich neben ihr aus. Nach einem langen Kuss dreht sie mich auf die Seite, den Blick weg von ihr. Ihre Fingerkuppen gleiten über den Nacken, die Schultern, langsam den Rücken hinunter, jeden Wirbel nachzeichnend. Mit beiden Händen fasst sie meinen Hintern, krallt sich mit ihren langen Fingernägeln in die Pobacken wie in einen prallen Apfel, was mir eine Gänsehaut beschert. Für sie ein Zeichen weiterzugehen und mit den Fingen über meine Schamlippen zu streifen. Heute Morgen habe ich sie rasiert. Nun sind sie glatt und zart. Gil streicht darüber, immer wieder, so, als würde sie eine Katze streicheln. Schon fange ich an zu schnurren und öffne die Beine, um ihrer Hand mehr Spielraum zu geben. Ihre Lippen berühren meinen Hals. Mit zwei Fingern reibt sie meine Lustperle, reizt sie sanft, und ich dränge mich ihrer Hand entgegen. Ihr Mund küsst und knabbert meinen Nacken, womit sie mir süße Seufzer entlockt. Da hält sie inne, entzieht ihre Hand, ihren Körper, steht auf, geht wohl zur Minibar. Bis sie zurückkommt, habe ich mich aufgerichtet und die Beine angezogen. Außer einer Demi Champagnerflasche hat sie noch ein Badetuch mitgebracht, das ich mir unter den Po schiebe. Sie setzt sich vor mich, hält mir das kühle Glas an die Wange und sieht mir in die Augen. Ihre sind voller Erregung, meine sicher dunkel vor Verlangen. Gleich werde ich etwas Gewagtes und Aufregendes erleben. Wie

*Barbara Thielen*

wird es sich anfühlen? Was werden meine Gedanken tun? Werden sie mich in eine Orgie aus Gewalt und Blut treiben? Schon ahne ich sie, wie einen Nebel um mich herum, doch ich verweigere ihnen die Manifestation. Ich will Gil vertrauen. Langsam wickelt sie die Goldfolie vom Korken, zieht diese sorgfältig vom Flaschenhals ab, prüft mit den Fingern, ob sie alles entfernt hat. Mit dem Daumen hält sie den Korken in der Flasche, den Boden drückt sie auf meinen Schamhügel.
»Bist du sicher, dass du es willst?«
Ich nicke und lege, abgestützt auf die Ellenbogen, meinen Oberkörper leicht zurück. Langsam öffne ich meine angezogenen Beine, spüre, wie hilflos erregt, wie bereit ich bin. Gil gleitet vom Bett in die Hocke, kniet sich auf den Teppich. Das kühle Glas der Flasche wandert meine Schamlippen entlang, sodass ich die Form der Flasche fühle. Sie schüttelt sie leicht und lässt den Korken in ihre Hand ploppen. Dann schüttelt sie die Flasche heftig, wobei sie die Flüssigkeit mit dem Daumen in der Flasche hält und platziert sie geschickt zwischen meinen Oberschenkeln. Als sie den Daumen von der Öffnung löst, schießt eine Champagner-Fontäne hervor, die klatschend meinen Bauch trifft und auch nicht versiegt, nachdem Gil den Flaschenhals entschlossen in mich geschoben hat. In Bruchteilen von Sekunden verstehe ich, dass das Wichtige nicht der schmale Flaschenhals ist. Es ist die Champagner-Fontäne, die einen druckvoll füllt. Die Lust und die Erkenntnis lassen mich laut aufkeuchen. Mein Herz hämmert vor wilder Freude über diesen Spaß. Rhythmisch schiebe ich mich weiter auf den Flaschenhals. Da zieht Gil die halbleere Flasche aus mir heraus und presst ihre roten Lippen

*Barbara Thielen*

auf die vom Champagner benetzten gekühlten Schamlippen. Ihr Mund saugt die Flüssigkeit aus mir. Ich hebe mein Becken, bis sie mich leergetrunken hat. Ihr Kopf taucht aus meinem Schoß auf: »Es ist ein großartiger Geschmack, mit nichts vergleichbar. Die Essenz der Weiblichkeit.« Die Leidenschaft, mit der sie dies behauptet, gefällt mir. Ich fühle mich so besonders. Sie schüttelt die Flasche noch einmal heftig, wiederholt das Ereignis. »Das ist das Beste, was ich je getrunken habe.«
Den letzten Rest Champagner gießt sie mir in den Mund. Sie lächelt, ich auch. Neben mir liegend tastet sie mit ihren Fingern nach meinem Geschlecht. Ihre Finger suchen sich den Weg ins Innere. »Deine Pussy ist so eng. Vor Kälte, vor Lust? Möchtest du dich fühlen? Komm, gib mir deine Hand.«
Sie nimmt meine Hand und drückt meine Finger zu ihren. »Jetzt sind wir schon mit vier Fingern in dir. Fühle, was ich fühle.« Ich bin von der Festigkeit des Fleisches überrascht. Es macht mich glücklich, es unverletzt zu fühlen. Es ist das Beste, das ich je gespürt habe.
Gil sagt leise: »Ich verwöhne dich gern weiter. Möchtest du?«
Ein Nicken signalisiert meine Bereitschaft. Sie bedeutet mir, mich auf den Bauch zu drehen, zieht meine Hüften nach oben. Um nicht zu stürzen, stütze ich mich auf den Unterarmen ab.
»Du wunderbares erotisches Geschöpf. Bleib so.« Meine Ohren verraten mir, dass sie das enge Oberteil und den Rock auszieht. Neugierig wende ich den Kopf. Sie hat einen sportlichen Körper, die Haut makellos. Die Wäsche schwarz und glatt. Schuhe und Strümpfe lässt sie an. Da dreht sie mir den Rücken zu und holt etwas aus ihrer Tasche. Was mich ziemlich nervös macht. Geräuschvoll hole ich tief Luft. Sie schmiegt sich warm an mich.
»Schsch, keine Angst. Schließe die Augen, lass dich überraschen.«
Die weiche Haut und der warme Ton beruhigen mich wieder. Dabei streichelt ihre Hand über meinen Hintern und gleitet zwischen meine Schenkel.
»Ich habe Lust in dich einzudringen. Vertraue mir. Ich weiß, wie ich dir Lust bereiten kann.«
Schon kniet sie hinter mir, ihre Hände umfassen meine Brüste. Sie streichelt sie, während sie wieder mit mir spricht. »Ich möchte dich intensiv lieben. Erschrecke nicht.« Ihre Hände wandern zu meiner Hüfte. Etwas dringt vorsichtig in mich ein. Obwohl das Material angenehm ist, zucke ich zusammen. Ich weiß nicht, wie ich die Idee finden soll.
»Hätte ich dir den Dildo erst zeigen sollen? Sieh ihn dir an. Er ist aus Silikon.« Seine Spitze ist wie eine Blüte geformt, seine Farbe ist magenta. Er glänzt vom Champagner benetzt wie eine Blume vom Tau. Meine aufkeimende Angst legt sich wieder. Ich beschließe, mich ihr empfangend hinzugeben. Alles anzunehmen, was sie mir gibt und meine Gedanken auf aus zu stellen.
»Ist alles gut?« fragt sie. Dabei fasst sie in meine Haare, leckt den Hals, zieht mich eng an sich, drängt den Dildo weiter in mich, der mich durch seine Form innerlich auf wundersame Weise massiert. Auf der einen Seite ist sie zärtlich, auf der anderen Seite vögelt sie mich sehr bestimmt. Lange kann ich mich nicht mehr zurückhalten: »Es ist zu schön, ich komme gleich.« Meine Oberschenkel zittern.
»Ja, genieße es.«

Schon schreie ich ins Kissen, beiße mich in ihm fest, während ich von einer Welle der Lust erfasst werde, die mich umzuwerfen droht. Da streicht sie über meinen Rücken und zieht mich an den Schultern wieder auf den Dildo, stößt in meinen Schrei und dringt noch tiefer vor. So erlöst sie mich. Ich sinke zusammen, werde schützend von ihrem Körper bedeckt. Wir reden nicht, halten uns nur. So erlebe ich Sex auf eine ganz neue Weise. Dass Lust so sein kann!

Dann zieht Gil sich langsam zurück, legt die Decke über mich und sagt leise: »Fühlst du das Glück, etwas getan zu haben, vor dem du dich sehr gefürchtet hast? Das ist Freiheit. Öffne die Augen erst, wenn ich weg bin.«

Während sie sich anzieht, blinzle ich durch halbgeschlossene Lider, um noch einmal ihre Schönheit zu genießen, von der ich so wenig fühlen durfte. Gerade wie sie den BH über ihre kleinen festen Brüste zieht, entdecke ich einen Stab aus Metall, der durch einen ihrer Nippel geschoben ist. An den Enden blitzen zwei Kristalle. Nach diesem Schmuck will ich sie fragen, später. Entspannt döse ich vor mich hin. Die Gedanken zappen hin und her. Werde ich an der Rezeption auf die Rechnung angesprochen werden oder hat Gil das schon erledigt? Wird man mir dieses wunderbare Erlebnis ansehen? Ich jedenfalls genieße die tiefe innere Zufriedenheit darüber, wie ihre Idee bereits wirkt und welch großer Kosmos sich da öffnet.

*Barbara Thielen*

*Sigrun Casper*

**The Boys of Summer**
*(sehr frei nach einem Liedtext von Don Henley)*

Kaum jemand zeigt sich noch am Strand.
Du fühlst es der Luft an: Der Sommer, verbrannt.
Kein Mensch im Wasser, die Straßen leer,
die Sonne geht ganz allein ins Meer.

Ich fahr vorbei da, wo du gewohnt,
als ob mein Blick dorthin noch lohnt.
Du bist nicht da, ich weiß das doch,
aber sehen, dich sehen kann ich noch.

Wie deine Haut im Sonnenlicht schimmert.
Wie du dein Haar kämmst, wie es flimmert.
Du setzt die Sonnenbrille auf, die Gläser funkeln.
Wo du auch bist, ich seh dich im Dunkeln.

Die Jungs vom Strand, sag ich dir,
sind lange weg. Meine Liebe bleibt hier.
Die Nächte mit dir vergess ich nicht.
War das alles nur Traum? Noch frag ich es mich.

Nur Traum, wie du mich wild machst nach dir,
wie Du geschrien hast vor Gier nach mir.
Das soll nicht mehr wahr sein,
alles nur Schein? Ich bin allein.

Dich, deine braune Haut seh ich überall
du schlenderst lächelnd durch Rauch und Schall.
Die Jungs vom Strand treiben sonst wo ihr Spiel.
Meine Liebe bleibt hier, bei mir, bei dir.

Sah einen Cadillac, Totenkopf drangekleistert,
hörte die Stimme, die in mir geistert:
Dreh dich nicht um! Blick nicht zurück!
Ich dachte, ich wüsste, was Liebe ist, Glück –

was kann ich jetzt wissen, was bleibt mir hier?
Vorbei die Tage, die Nächte mit dir,
vergiss das alles, befehle ich mir,
doch ich kann nicht anders, ich sehe dich immer:

Auf deiner braunen Haut, dieser Schimmer.

*Image Fabre*

**Die Frau, ihre Geige & die Nacht**
Die Band war nicht gut.
Doch die Geigerin war gut.
Langes, schwarzes Haar; man hatte das Gefühl, es würde wehen, wenn sie spielte. Sie schloss die Augen. Ihr Mund war geöffnet und fast klang es so, als wenn die Töne nicht aus ihrer Geige kämen, sondern aus ihrem Mund.
Es war unheimlich, wie die Geige zart und leise den Hauptklang ausmachte, wie die Melodie im Raum schwebte und die Gläser leise vibrierten.
Es kam mir vor, als wenn mich der Klang ihrer Geige nicht direkt erreichte, sondern er sich um mich herumschlängelte, immer enger, bis er dann doch mein Ohr berührte.

Die Band ging von der Bühne.

Sie kam an die Bar. Dann lächelte sie. Das würden nur wenige hören können, sagte sie leise, aber sie spiele noch besser allein. Sie würde es mir zeigen, wenn ich möchte.
Ich nickte und nippte am Glas.
Ich solle sie an der Hintertür erwarten.
Ich folgte ihr in eine kleine Wohnung.
Es war dunkel. Überall Vorhänge, schwere Stoffe, Kissen.
Sie lächelte.
»Einen Drink?«
»Ja.«
Ich setzte mich.
Sie schenkte zwei Gläser Whisky ein. Wir stießen an. Sie trank das Glas in einem Zug. »Warte!«, sagte sie zu mir und verschwand hinter einem Vorhang.
Ich wartete sehr lange, trank noch zwei, drei Gläser. Vielleicht war sie eingeschlafen? Vielleicht sollte ich mich hier einfach auf den Diwan legen?

Aber dann kam sie.
Nur ein hauchdünner Schleier bedeckte ihre braune Haut. Sie hatte sich verändert, der Zauber ihrer Musik lag jetzt auf ihrem Gesicht.
Es war fast so, als wenn ich die Töne schon hören würde, die sie erst noch spielen musste.
Aber ich war nicht mehr nüchtern, die Bilder fingen an zu tanzen.
Sie hatte die Geige in der linken Hand, in der rechten den Bogen. Nur zwei Meter trennten mich von ihr. Sie wandte mir ihr Profil zu. Dann ließ sie den Schleier fallen. Sie war nackt. Sie schloss die Augen, mir stockte der Atem: Ihre Haare. Ihr Körper. Ihre Brüste. Ihre Taille. Der Hintern. Und ein seltsamer Klang erfüllte den Raum.
Die Illusion einer Mehrstimmigkeit drängte sich auf. Aber die Töne kamen direkt von ihr. Sie schob den Bogen von hinten zwischen ihre Schenkel.
Die alten Töne waren noch nicht verklungen, schon bauten sich neue auf. Sie wurde lauter, sie atmete schwer, ohne dass die Geigentöne verstummten.
Die Töne wurden heller, lauter und schriller. Es schrie die Geige und ihre Schreie gellten durch das Zimmer. Die Musik hing im Raum wie der Morgennebel im November und ihre Schreie durchbrachen alles, was ich bisher von einer Frau gehört habe.

Sie sah mich an. »Ich muss mich jetzt ausruhen. Ich habe morgen einen harten Tag vor mir, du findest doch den Weg allein?«
Als ich aufsah, war sie nicht mehr da.
Beim Gehen summte ich »Norwegian Wood« von den Beatles. *This bird has flown.* Aber hier war ich es, der ging.
Ich winkte das nächste Taxi heran und verließ das Viertel, betrunken.
Ich fand die Bar nicht mehr.
Oft dachte ich, es hätte sie nie gegeben. Aber manchmal spürte ich noch ihren Geigenbogen, der mich nie berührt hatte.

*Ina Paul*

**Ein Konzert mit Hindernissen oder Das teuerste Konzert meines Lebens**
Charles Aznavour, der große französische Chansonnier, gab an seinem 90. Geburtstag am 22. Mai 2014 ein Konzert, nicht etwa in seiner Geburtsstadt Paris, sondern in meiner Geburtsstadt Berlin. Die Nachricht traf mich wie ein Blitz, mitten ins Herz. Ich würde die Erste sein, die sich um Konzertkarten kümmert.
Auf Anhieb gelang es mir, im Internet, auf der Website der »O2-World«-Halle, wo das Ereignis stattfinden soll, den Sitzplan aufzurufen. Am Bestellvorgang für die Tickets allerdings scheiterte ich kläglich. Griff zum Telefon und erreichte bei einer Event-Agentur einen sympathischen jungen Mann. Der beglückwünschte mich dazu, dass ich eine der ersten Anruferinnen sei und mir jeden Platz aussuchen könne, den ich möchte. Unter Zuhilfenahme des Sitzplans wählte ich zwei Mittelplätze im Parkett. Der junge Mann beglückwünschte mich erneut: Es sind die teuersten, dafür aber auch die besten! Ich gab mein Okay. Er erledigte die Bezahlung per Kreditkarte. Fragte mich, ob ich die Tickets zugeschickt haben möchte. Ich wollte. Schon am nächsten Tag lagen sie in meinem Briefkasten. Ich platzierte sie auf meinem Schreibtisch, gut sichtbar, um an jedem Tag bis zum 22. Mai daran erinnert zu werden, dass mir das schönste Konzert meines Lebens bevorsteht, in Begleitung des Mannes, mit dem ich seit Anfang des neuen Jahrhunderts liiert bin.

Ein einziges Mal, noch im vorigen Jahrhundert, hatte ich das Glück, ein Konzert

*Eleonore Hochmuth*

von Charles Aznavour besuchen zu können, zusammen mit meinem Ehemann, der, ebenso wie ich, ein glühender Verehrer des Sängers war, dessen Schallplatten wir uns in über drei Jahrzehnten wohl tausend Mal angehört haben.
Bei unserer Trennung habe ich den Plattenspieler und auch die Platten leider meinem Mann überlassen. Meine Trauer darüber hielt noch viele Jahre an. Solange, bis ich irgendwann einen CD-Player und dann schon bald die erste Aznavour-CD mein Eigen nennen konnte. Die höre ich bis heute immer wieder, vor allem, wenn ich traurig bin. Und immer tröstet mich die wunderbar traurige Stimme des kleinen großen Mannes, der über tausend Chansons geschrieben hat, von denen eins immer schöner und trauriger als das andere ist.
Der Mann, den ich zum Zeitpunkt des Konzerts schon seit fünfzehn Jahren liebte,

hörte diese CD ebenso gerne wie ich, eines der vielen Wunder unserer Beziehung. Wie das Leben so spielt, musste er am Montag der betreffenden Woche leider eine Dienstreise antreten, würde aber am Donnerstag, dem Tag des Konzerts, bereits am Nachmittag wieder zurück sein, spätestens um achtzehn Uhr.

Gegen siebzehn Uhr kam sein Anruf aus dem Intercity-Express: Auf halber Strecke zwischen Hamburg und Berlin habe es einen Unfall gegeben, die Fahrgäste seien mit dem Schrecken davongekommen, werden aber voraussichtlich nicht vor zwanzig Uhr aus dem Zug befreit sein.

Ihm war zum Glück nichts passiert, und ich war zum Glück alt genug, um mich über solche »Schicksalsschläge« nicht aufzuregen. Also fuhr ich mit der S-Bahn und nahm den anschließenden Fußweg vom Ostbahnhof zur »O2-World« einfach als Spaziergang, voller Vorfreude auf das Konzert, auch wenn ich das nun leider allein besuchen musste.

Kurz vor dem Ziel zog ich eins meiner beiden Tickets aus der Tasche. Bei einem seit Wochen ausverkauften Konzert wird es zweifellos genügend Interessenten geben, die dankbar für ein Last-Minute-Angebot sind, also könnte ich vielleicht sogar den Originalpreis verlangen.

Im Gedränge vor dem Eingang umringten mich gleich drei Interessenten. Der Mittlere ergriff beherzt das hochgehaltene Ticket und drückte mir vier aufgefächerte Scheine in die Hand, die ungefähr der Hälfte des Preises entsprachen.

Ich sagte: »Nee!« Der Mann sagte: »Mehr is nich!«, und die beiden anderen gaben ihm dabei Rückendeckung. Sollte ich mich etwa mit diesen Typen anlegen? Nee! Ich würde mir von denen doch nicht den Abend verderben lassen!

Im Foyer für die VIP-Karten-Besitzer fühlte ich mich in meinem Kleinen Schwarzen, das ich extra als Hommage an die Existenzialistenjahre des Chansonniers angezogen habe, zwischen lauter vielfarbig herausgeputzten Damen und Herren ziemlich deplaziert, ließ mich aber auch davon nicht verdrießen. Rechtzeitig begab ich mich in den Saal, zu meinem Platz in der Mitte des Parketts. Der bot wirklich den besten Blick auf die Bühne, vor allem, wenn die beiden Plätze vor mir unbesetzt bleiben sollten. In meiner Reihe waren bereits alle Plätze besetzt, bis auf den Platz zu meiner Rechten. Also hatte ich dummerweise das für mich gedachte Ticket weggegeben und ssß nun auf dem Platz, auf dem eigentlich der Mann an meiner Seite sitzen sollte. Was solls, man muss die Dinge nehmen, wie sie kommen. Der groß gewachsene ältere Herr, der dann zu meiner Rechten Platz nahm, erzählte mir im Überschwang seiner Gefühle freudestrahlend, dass er seine Karte gerade erst ergattert habe. Ich verriet ihm, dass ich es war, die sie verkauft hatte, weil mein Begleiter leider verhindert war. Der Mann sagte: »Das tut mir leid!« Ich nahm meinen ganzen Mut zusammen und fragte ihn, wie viel er dafür bezahlt habe. Freimütig nannte er mir die Summe. Die war viermal so hoch wie die, die ich dafür bekommen hatte, das heißt doppelt so hoch, wie die, die ich dafür bezahlt hatte. Ein Last-Minute-Angebot der anderen Art. Die Karten-Maffia hatte also einen saftigen Gewinn gemacht. Noch immer war ich entschlossen, heiter zu bleiben. In letzter Minute wurden die beiden Plätze vor uns von einem älteren Paar besetzt, der rechte von der ausgesprochen zierlichen Frau, der linke von ihrem ausgesprochen groß und breit gewachsenen Mann. Wenn der vor mir sitzen bleibt, werde ich den kleinen Mann auf der Bühne wahrscheinlich überhaupt nicht sehen können.

Ich nahm meinen noch verbliebenen Mut zusammen, tippte dem Herrn vorsichtig auf die Schulter und fragte ihn so dezent wie möglich, ob er vielleicht mir zuliebe den Platz mit seiner Gattin tauschen könne. Er sagte, er habe in einem Konzert noch nie rechts neben seiner Frau gesessen. Ich sollte den groß gewachsenen Mann neben mir, der auf dem Platz hinter der zierlichen Dame saß, auf dem eigentlich ich sitzen sollte, fragen, ob er vielleicht seinen Platz mit mir tauschen würde, weil es ihm, im Unterschied zu mir, sicher nichts ausmachen würde, hinter einem ziemlich großen Mann zu sitzen. Leider hatte ich dazu nun gar keinen Mut mehr.

Die Bühne war so riesig, dass sie von der Big Band nicht mal annähernd ausgefüllt wurde, also hoffte ich, dass Aznavour das riesige Areal dank seiner unglaublich starken Bühnenpräsenz schon ausfüllen würde, auch wenn sich seine winzige Gestalt eigentlich darauf verlieren müsste.

Als der kleine große Mann in der Tiefe des Bühnenraums durch den schwarzen Vorhang trat, fiel er wegen seiner schwarzen Existenzialistenbekleidung fast gar nicht auf. Erstaunlicherweise hatte ihn eine Gruppe von Fans, die auf den billigen Plätzen im hintersten Bereich der riesigen Arena saß, dennoch entdeckt, jedenfalls schallte ihm von dort vielstimmiger Happy-Birthday-Gesang entgegen. Der Neunzigjährige eilte beflügelten Schrittes, agil wie eh und je, zur Rampe, brachte den Chor mit einer einzigen eleganten Geste zum Verstummen, um dann nach einer eleganten Wendung seinen Musikern das Zeichen zum Anfangen zu geben, worauf die Big Band loslegte, mit einer gewaltigen Lautstärke, die durch die hypermodernen Lautsprecheranlagen ins Gigantische potenziert wurde.

Mir wurde schlagartig klar, dass ich wegen der ungeheuren Lautstärke nichts oder so gut wie nichts von seinem Gesang hören würde. Und wegen des Riesen, der mir die Sicht auf die Bühne, speziell auf die Bühnenmitte versperrte, würde ich so gut wie nichts von ihm sehen, jedenfalls nicht, solange er sich vor dem Mikrofon aufhielt, abgesehen davon, dass man einen Mann, der in einem schwarzen Outfit vor einem schwarzen Hintergrund auf einem schwarzem Bühnenboden agiert, eigentlich sowieso nicht sehen kann.

Tatsächlich bekam ich den Star des Abends nur hin und wieder mal kurz zu sehen, immer nur dann, wenn er sich aus der Bühnenmitte entfernte. Und die Lautstärke der Beschallung überstieg dann auch noch meine schlimmsten Erwartungen. Wo, um alles in der Welt, hatten die Tonleute der O2-World ihren Beruf erlernt und was waren das für Musiker, die an einer solchen Verstärkung keinen Anstoß nahmen? Warum hörten sie nicht, was ich hörte, nämlich dass man bei dieser Lautstärke des Orchesters den Sänger nicht hören kann? Und warum, um alles in der Welt, gab es unter den 3500 Zuschauern, die gekommen waren, um den Sänger Charles Aznavour zu hören, keinen Aufstand oder wenigstens Buh-Rufe?

Während des ganzen Konzerts gab es nur ein einziges kurzes Zwischenspiel, wo die Band mal die Bühne verlassen hatte und der Sänger nur von einem Pianisten am Flügel begleitet wurde, wie es sich für einen Chansonnier gehört, der gehört werden will und den man hören will. Nur in diesen zehn Minuten konnte ich endlich hören, dass Charles Aznavour noch immer ein hinreißender Chansoninterpret war, bei dem man jedes Wort verstehen konnte! Ein begnadeter Sänger mit einer einmaligen Stimme, die trotz seiner neunzig Jahre noch immer saß, und die man wie eh und je lieben konnte, weil sie einem einfach unter die Haut geht! Nur in diesen paar Minuten war es dann genau so, wie ich es mir vorgestellt hatte, nämlich dass ich im teuersten Konzert meines Lebens vollkommen hingerissen sein würde vom Gesang und von dem Anblick eines Mannes, den ich vom ersten Augenblick an geliebt habe. Der kleinste Sänger der Welt, oder jedenfalls der kleinste Chansonnier der Welt, aber der bestaussehende von allen. Der mit dem zauberhaftesten, jungenhaften Lächeln. Der mit der faszinierendsten Ausstrahlung. Der mit der Stimme, die mir von allen Männerstimmen dieser Welt am meisten unter die Haut gegangen ist und immer noch geht. Der, der in meinen Augen schon immer »the sexiest man of the world« war und immer noch ist, abgesehen von dem Mann, den ich liebe. Der erwartete mich nach dem Ende des Konzerts, als hätte er gewusst, dass er mich trösten musste, vor dem Ausgang der »O2-World«, zwischen Tausenden Menschen unübersehbar, dank seiner hohen Gestalt und dank seines jungenhaften Lächelns, das mich immer erneut bezaubert. Ich warf mich in seine Arme und brach auf offener Straße in Tränen aus. Keine Ahnung, wie wir nach Hause gekommen sind!

Später, tief in der Nacht, bekam ich dann in seinen Armen den wahren Aznavour zu hören, auf der CD, die wir beide am meisten lieben und die wir wohl schon tausend Mal zusammen angehört haben und vielleicht noch tausend Mal anhören werden, sofern wir dafür lange genug leben werden.

Chansonsängerin Eleonore Hochmuth auf einem Konzert 2016 in Verona. Sie hat auch ein Programm mit Aznavour-Liedern. Charles Aznavour begeistert sie. Auch, weil seine Lieder mutig Stellung beziehen.
»... Ich bin ein Homo, wie sie sagen
Wenn dann der neue Tag erwacht
Kehr' ich zurück in meine Nacht
Der Einsamkeiten
Das Kleid und die Perücke fällt
Ich bin ein Clown vor aller Welt
Nur da zu leiden
... Nein, keiner hat von euch das Recht
Hier als entartet oder schlecht
Mich anzuklagen
Der Grund, daß ich so anders bin
Liegt von Natur aus in mir drin
Ich bin ein Homo, wie sie sagen.«
Das Lied »Comme ils disent« kam 1972 heraus. In Deutschland war der Paragraf 175 noch nicht abgeschafft (Sex zwischen Männern war strafbar), auch wenn es 1969 eine erste Reform gab. In Frankreich gab es einen solchen Paragrafen zwar nicht, aber Diskriminierung.

Sylvia Catharina Hess

*Anna Breitenbach*

**Die allerletzte Unterhose**
Hab meine allerletzte Unterhose an.
Es ist die allerletzte, nicht übertrieben.
Die Farbe schon ziemlich ausgelaugt, es
scheint, als ob sie nicht mehr viel taugt.
Nur der Spitzenrand, wo meine Beine
ein- und ganz gern wieder aussteigen,
ist noch schön schwarz geblieben.
Aber mein Problem mit ihr, fast, nein!
schon so lang, wie wir uns haben, ich
sag's hier offen: Sie zieht sich rein.

Nun könnte man sagen: Müll? Ab in die
Kleidersammlung damit!? Nicht wieder
in die Wäsche, nicht!! Ent-sor-gen!
Doch zögere ich, die mich befreiende,
wegwerfende Handbewegung endlich
zu machen. Weil: ich hänge an ihr, wie
sie an mir. Denn wenn, wie gehabt, alle
andern gut sitzenden, seidigen, schwarz
bespitzten bis edelschlichten Slips, Pantys
aus sind, alle! dann wartet sie, eisern,
allein, meine letzte Rettung zu sein.
Das treue Teil.

Und wiegt mich in dem Kinderglauben,
dass sie besser sitzen wird, inzwischen,
passt unter der angedrohten Trennung,
dass sie sich jetzt mal zusammenreißen,
anstrengen wird, den Po zu umrunden,
in vertrauter Wärme und festem Halt.

Morgens geht's noch, aber lauf ich mehr,
steige ins Auto, dann macht sie sich dünn,
schrittweise, immer schmäler, wo will es
denn hin? das dumme Ding!?
Sich transformieren, zum String-Tanga
mutieren? Jedenfalls will es sich stofflich
einbringen, unverblümt einmischen, sich
reinschaffen in mich. Will ich aber nicht!
Wann ich einen String anziehen will, das
entscheide immer noch ich!

Ich lenke mit links, ziehe raus mit rechts.
Richte wenig aus, sie ist stärker als ich.

Im Supermarkt dann beim Schieben vom
Einkaufswagen: spürbare Schieflagen!
Fasse an meinen Po, wo ist sie, wo?
Die eine, meine Backe! schon mal völlig
unbedeckt, die andere ebenso, gecheckt.
Wo ist sie hin? Wenn man mich sieht!?
So etwas breitbeinig laufen, der Cowboy,
nach langem Ritt vom Gaul gestiegen.
Heimliche Grabungsarbeiten von hinten
durch die Beine, Geburtshilfe leisten!
Das Kind holen, wenn's auch verdreht.
Entwicklungshilfe? Alles, was geht!

Jeder weitere Schritt im Laden zwischen
Ware und den Regalen wirft uns wieder
zurück und scheint's zu ihrem Glück!?
Da will mir wer nahe sein, mehr als nahe
sein, außen vor bleiben, reicht der nicht.
Aufdringlich, eindringlich in dem privaten,
sensiblen unteren Bereich, eine Stalkerin!

Sie zieht sich hoch, sie zieht sich rein. So
eng wollte ich aber noch nie mit ihr sein!!

Nehme ja an, schon falscher Schnitt, in
der Fabrik, handmade im Schritt, gepatzt
schon bei der Produktion, nachhaltig im
weiteren Warenverhalten und damit in
meinem Verbraucherbefinden auch, seit
Jahren! muss ich da so einschneidende
Erfahrungen machen, ertragen.

Eine hemmungslose Unterhose! Ich leide
unter dem übergriffigen Stück. Der Slip ist
ein Schlüpfer? Jetzt hab ich's! Der Name
Programm. Schlüpfriger geht's ja wohl
nicht, ganz dicht? Was mach ich denn, in
der nächsten Maschine mit »Unterwäsche«
ist sie doch schon so gut wie: wieder dabei.
Uns trennt nur der Tod, von einer, von uns 2.

*Holger Pacem*

**Atlas trägt die Erdkugeln**

Neulich ging ich in einer süddeutschen Kleinstadt spazieren und entdeckte vor mir eine interessante Frau – oder genauer: nur deren Rückansicht. Sie war schlank, zog ein Köfferchen hinter sich her und ihr Po war umwerfend. Dieser Hintern, ganz einfach traumhaft, schlank, aber trotzdem weiblich ausgeprägt, die Bäckchen waren von der griffigen Art, dass man sie in die Hand nehmen musste. Kurioserweise hatte sie auf dem rechten und linken Bein ihrer Hose je eine athletische Figuren aufgedruckt, die sich redlich mühten und die beide Bäckchen stützten, so wie Atlas einst die Last der Erdkugel trug … Wenn ich einen anderen Sprachduktus besäße, hätte ich bestimmt ausgerufen: »Wow, ein geiler Prachtarsch!«

Kurzum, dieser köstliche Anblick hat mich angestachelt. Mit der Frau musste was laufen! Ich überlegte, wie ich mit ihr ins Gespräch kommen könnte?

Da bog sie unvermittelt nach rechts ab, betrat die Terrasse eines Cafés und setzte sich an den letzten freien Tisch. Ich folge ihr, schaute mich demonstrativ nach einem freien Platz auf der Terrasse um … fand natürlich keinen, der mir entsprochen hätte außer den unbesetzten Stühlen an ihrem Tisch. Also fragte ich, ob ich mich zu ihr setzen dürfte? Sie schaute mich zunächst etwas erstaunt an, bejahte aber schließlich mit einem huldvollen Lächeln. Ich freute mich, denn als ich sie endlich von vorn sah, musste ich bewundernd feststellen, dass die Vorderansicht hielt, was der Po versprochen hatte.

Die Unbekannte bestellte sich einen Kaffee und wir kamen schnell ins Gespräch. Dabei war ihr Tonfall auf merkwürdige Weise fremd und vertraut zugleich. Ich kannte diese sprachliche Färbung – es war kein Dialekt, auch kein Akzent – wusste sie jedoch zunächst nicht einzuordnen. Als ich sie fragte, woher sie käme, nannte sie Ostpreußen … und da wusste ich auf einmal, warum mir ihre Sprachmelodie so bekannt vorkam. Genau so sprach mein längst verstorbener Onkel August aus Königsberg. Die Frau mit einem Po wie ein erotisches Juwel war aus Ostpreußen? Aber wie kann eine so schöne Frau, um die 35 Jahre alt, aus Ostpreußen kommen, das doch vor 70 Jahren verloren ging? Sie erzählte mir, sie hätte als Kind ostpreußischer Eltern lange in Polen gelebt und war dann vor einigen Jahren als junge Spätaussiedlerin nach Deutschland gekommen. Im weiteren Verlauf des Gesprächs gestand sie mir, dass sie ein bisschen nervös sei, weil sie zu ihrem ersten Auftritt in einer Burlesque-Show ging. In dem Koffer hätte sie lauter Requisiten: schöne Dessous, Nylons, Korsagen, High Heels etc. Ich wurde neugierig und wusste nicht so genau, was denn Burlesque eigentlich war? Gewiss, ich hatte von Dita von Teese gehört, wusste, dass es sich um so eine Art Striptease handelte. Die Frau erzählte mir, dass das Wort Burlesque aus dem Italienischen komme. »Burla« bedeutet dort »Schabernack« und ist im Zusammenhang mit Theateraufführungen zu verstehen. Etwa seit dem 17. Jahrhundert gibt es solche burlesquen, eher clownartigen Einlagen in Theaterstücken. Im 19. Jahrhundert wurde aus diesen komischen Einlagen in Frankreich und England eine erotisch aufreizende Show, manchmal verbunden mit artistischen Darbietungen. Über die Pariser Varietétheater wie Moulin Rouge oder Folies Bergère kam die Burlesque dann nach Amerika und feierte in den Roaring Twenties in USA, aber auch in Berlin und in anderen europäischen Großstädten große Erfolge, ehe das plattere, direktere Striptease die Burlesque verdrängte. Regina, so hieß meine neue Bekanntschaft, schwärmte mir vor, wie erotisch ein langer Handschuh ausgezogen werden könne oder wie aufreizend das Anziehen oder Ausziehen eines Strumpfes sei … Und sie erzählte mir von ihrer Gewohnheit, sich schöne Dessous anzuziehen, ein Negligé überzuwerfen und den Abend in dieser Aufmachung zu genießen. Ich war wie vom Blitz getroffen. War das etwa die schöne Frau, die meinem Faible für Strapse und Strümpfe huldigte, die stolz auf ihre wohlgeformten Beine war, an denen sich die Naht nach oben zum Abschluss der Nylons hochschlängelte …? Nach einem Blick auf die Uhr sagte sie, sie müsse jetzt leider zahlen und zu ihrer Show … und da sie doch etwas aufgeregt sei und wir uns gut unterhalten hätten, fragte Regina unvermittelt, ob

*Bana Banana bei »Love Bites«*

ich sie nicht begleiten wolle? Ich gäbe ihr Sicherheit, die sie jetzt bräuchte. Der Auftritt sei halböffentlich und ich könnte zuschauen … nur zu gern willigte ich ein und wir gingen gemeinsam … Nach wenigen hundert Metern erreichten wir eine zweistöckige Jugendstilvilla in parkartigem Garten und klingelten. Regina nannte ihren Namen und wurde hereingebeten. Mich stellte sie als ihren Begleiter vor. Wir kamen in einen Raum mit einer improvisierten Bühne. Während Regina mit ihrem Köfferchen hinter der Bühne verschwand, setzte ich mich auf einen Platz in der zweiten Reihe. Auf den gut besetzten Stuhlreihen saßen viele schicke Frauen mittleren Alters, gepflegt, teils selbst burlesque gekleidet, die zugehörigen Herren meist im Anzug. Aus den Boxen erklang die mitreißend jazzige Barockmusik von Christina Pluhars L'Arpeggiata, die Klarinette weckte Sehnsüchte und beim Turlurù kam eine blonde Frau auf die Bühne, gekleidet als Lufthansastewardess mit eng anliegender glatter Bluse und kleinem, kecken Käppi auf dem blonden Bubikopf, betont engem Rock der 50er Jahre und hauchdünnen braunen Nylons mit Naht und High Heels. Sie servierte Sekt und entkleidete sich dabei ganz unaufgeregt langsam. Mit dem letzten Tablett schritt sie nur im breiten Strapsgürtel und den Nylons lasziv zu den Gästen, bot den Sekt und lächelte …
Nach dem Applaus trat bei Kastagnettenklang einer Tarantella Napoletana Regina auf … Sie trug ein eng anliegendes, schulterfreies Kleid, seitlich hoch geschlitzt, lange schwarze Handschuhe, auf dem Kopf einen kessen kleinen Hut mit Federn, schwarze, hauchdünne Nylons mit Naht und Stiefelchen mit schwinde-
leregend hohen Absätzen, dazu in der linken Hand einen schwarz-blauen Fächer. Nach einigen erotisch ausdrucksstarken Schritten an der Rampe und einem Versteckspiel mit dem Fächer begann sie, das Kleid zu öffnen, langsam, dem Rhythmus der Musik folgend. Sie ließ das Kleid zu Boden gleiten, um sich danach mehrfach um die eigene Achse zu drehen. Ihr Spiel mit dem Fächer bekam nun Sinn, denn er verdeckte den Blick auf ihren BH, auf das Corsett mit den breiten Strapsen, das man in den 50er Jahren als Hüfthalter bezeichnet hätte. Sie beugte sich vor und alle Blicke folgten ihrem Dekolleté, bewunderten die schwellenden Brüste, bevor der Fächer wieder alles verbarg. Aber statt sich weiter auszuziehen, warf sie sich ein blickdichtes, mit Rüschen besetztes Negligé über und legte sich auf ein Biedermeiersofa. Sie stützte sich mit dem linken Arm auf und stellte ihre langen Beine wirkungsvoll auf das Sofa, sodass auch ihre High Heels gut zur Geltung kamen. Ihr Umhang war auseinandergeglitten und sie streichelte mit ihrem Handschuh das angewinkelte Bein, zupfte den Saum des Strumpfes, prüfte, ob die Strapse richtig sitzen, liebkoste die seidige, hell schimmernde Haut an der Innenseite ihres Oberschenkels und öffnete die Beine, gab kurz den Blick auf ihre Weiblichkeit frei, den rasierten Venushügel und die leicht geöffnete Spalte … dann stand Regina wieder auf, verbeugte sich tief, genoss den Applaus und verließ mit einem vielsagenden Lächeln die Bühne …

Den weiteren Darbietungen konnte ich nicht mehr konzentriert folgen, denn ich dachte an Regina. Und ich überlegte, wie es mit ihr weitergehen könnte? Ich würde sie nach der Burlesque-Show mit in mein

*Mamma Ulita von den Lipsi Lillies bei »Love Bites«. Foto Frank Helbig*

*Lipsi Lillies bei »Love Bites«. Foto Frank Helbig*

nahe gelegenes Hotel nehmen … sie leidenschaftlich küssen … meine Zunge in ihrem Mund, meine Zungenspitze tastet am Zahnfleisch entlang, stößt in Reginas Mund … meine Hände halten ihren Kopf, wandern über die Schultern und den Rücken vor zu den Brüsten, drücken, fühlen die Erregung der Knospen durch den BH, fühlen, wie sie hart und steif werden, wie sie sich in meine Hand drängen … mit belegter Stimme sage ich zu ihr, komm, lass uns ins Zimmer gehen, ich hab Lust auf dich!

Ich nehme sie bei der Hand und ziehe sie ins Zimmer, wir küssen uns wieder, mein Kopf wandert vom Mund zum Hals, gleichzeitig öffne ich die Bluse und sehe ihre Brüste prall aus dem BH quellen, klappe den dünnen Stoffe weg und habe die Knospen endlich vor mir, küsse sie erst zart, meine Zunge umkreist sie und die Aureolen werden wieder fest und hart.

Ich sauge dran und knabbere ganz sanft mit den Zähnen, bis sie aufstöhnt, umfasse die rechte Brust … ihr Atem geht heftig und mein Herz pocht vor Aufregung. Meine Hände wandern weiter, streicheln Reginas Körper, finden ihre Knie und schieben den Rock hoch … wir gehen zum Bett, sie legt sich auf den Rücken und öffnet die Beine … meine Hände gleiten vom Knie langsam über Reginas Oberschenkel, verharren auf der heißen Haut über dem Abschluss der Strümpfe … dabei küssen wir uns heftig … ich ziehe ihr das Höschen herunter und meine Hand legt sich auf den fleischigen Venushügel … ich flüstere Regina ins Ohr, dass ich in sie dringen muss …

Aus den Boxen erklang die Stimme von Juliette Greco. Ihr Lied *Déshabillez-moi* riss mich aus meinen Träumereien. Die Veranstaltung war beendet und ich wollte hinter die Bühne und Regina abholen.

Aber der Zugang wurde mir verwehrt. Ich müsse warten, bis die Künstlerinnen die improvisierte Garderobe verließen … alle Darstellerinnen des Abends gingen an mir vorbei, manche nickten mir zu, lächelten … nur Regina kam nicht. Da erinnerte ich mich an ihre Erklärung des Wortes Burlesque, an das italienische Wort »burla«. Regina hatte mir einen »Schabernack« gespielt.

*Alexandre & Jocelyne Dupouy*

## Peru John

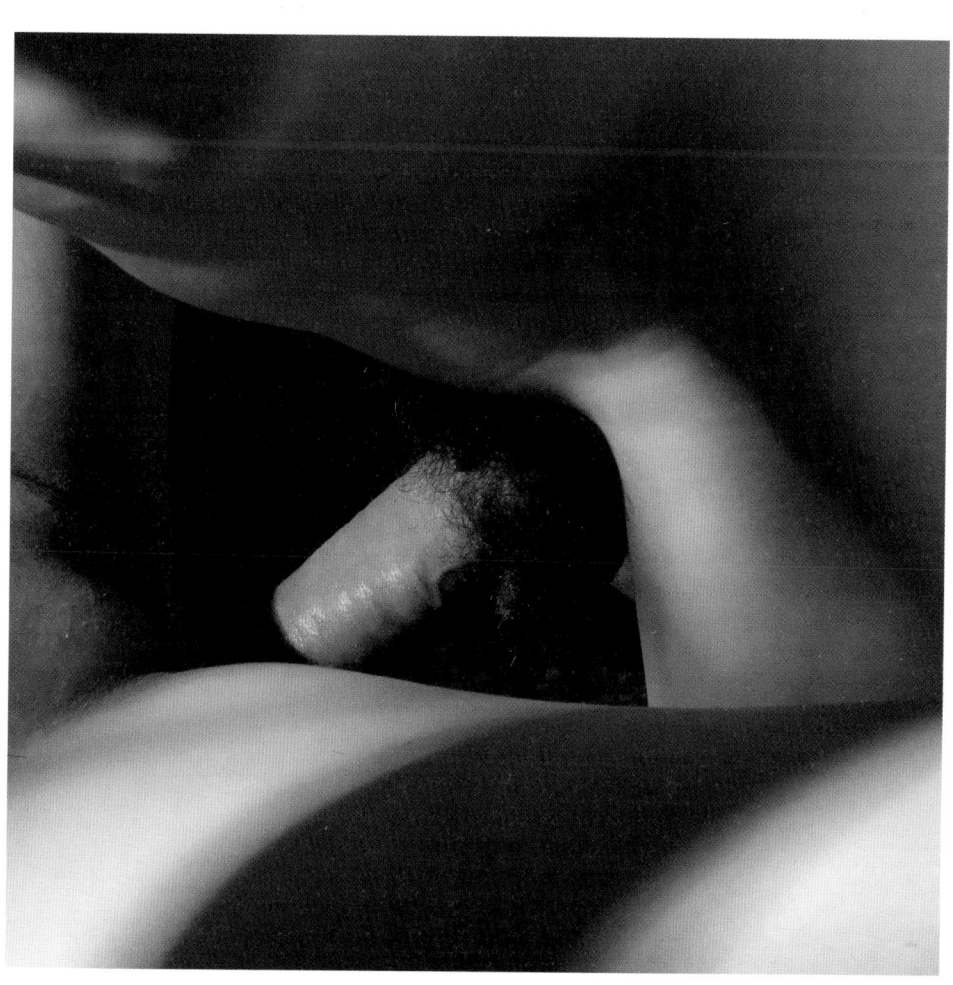

# Edith Grunwald

**Er**

Die Lust baut sich Tag für Tag auf, das Tier in mir wird hungrig und braucht Fütterung. Meine Beine gleiten in seiner Gegenwart von alleine auseinander. Ich wusste, ich werde geduldig warten müssen, bis er sich mir zuwendet. Er genießt es, wie ich mich in meiner Geilheit winde. »Du tropfst, läufst aus!« Er drückte seinen Penis an meine Vagina, mein Feuer glitt auf ihn über. Er nahm mich von hinten, massierte zugleich meinen Anus, ich schrie vor Freude und Geilheit. Er zog seinen harten Schwanz aus der triefenden Höhle, nahm den Ledergürtel, der rechts von uns auf der Liege in seiner Werkstatt lag, und ließ den Gürtel auf meinen Rücken und Hintern knallen. Einmal, fünfmal, es brannte. »Mehr?«, schrie er, es klang wie eine Frage, aber zu weiteren Gedankenspielen kam ich nicht, er nahm jetzt den Rohrstock und schwang ihn über mir und in meine neuen Wunden hinein, es zischte: »Ja, du hast es verdient!« Ich stöhnte auf, meine Schreie wurden lauter und schriller. Er stopfte mir den Lappen in den Mund, »wir wollen doch nicht, dass die Nachbarn die Polizei rufen«, biss mir in die Schulter, legte sich auf meinen Rücken und massierte meine Warzen, erst zärtlich, dann zerrte er fest daran, der Schmerz tobte durch meinen Körper wie ein Feuerstrahl. Er fickte mich jetzt wieder intensiv und immer noch von hinten, ein Finger immer noch im Anus, krallte sich in meine Haare und fickte immer härter. Ich explodierte über seinem Schwanz. Es interessierte ihn scheinbar nicht, er drehte mich auf den Rücken wie eine Marionette, ich spürte meine Wunden, er presste meine Schenkel auseinander und massierte sanft mit seinem Kinn meine Schamlippen, legte meinen Kitzler frei und leckte die Reste meines Orgasmus von mir, leckte weiter, hart. Ich konnte es nicht mehr aushalten und spritzte in seinen Mund. Er nahm die Handschellen, so schnell konnte ich mich gar nicht von diesem Orgasmus erholen, und kettete mich an sein Bettgestell, und dann benutzte er mich ohne Rücksicht von der Seite, küsste mich fordernd auf den Mund, leckte meine Mundhöhle, ich schmeckte meinen Saft, meine Lust. Er riss mich wieder herum, die Handschellen drückten an meine Gelenke, aber er legte mich wie ein erlegtes Wild auf den Rücken, der nicht aufhören wollte zu brennen und stopfte seinen immer noch harten Penis in meinen Mund, dabei packte er meine Arschbacken fest und fickte mich in den Mund. Jetzt schrie er auf und explodierte in meinem Mund. Die Reste verteilte er in meinem Gesicht, »damit du meinen Geruch nicht vergisst, wenn ich nicht bei dir bin, mein geiles Stück!«, dabei umarmte er mich zärtlich und küsste mich. Befreite mich dann von meinen Fesseln und auch vom Sperma. Ich sank befriedigt und gesättigt in seine Arme, die muskulös waren, zugleich schlank. Er desinfizierte meine Wunden.
Stärke geht von ihm aus, sie kommt von innen, vermute ich. Ich liebte in solchen Momenten alles an ihm, meinem Herrn und Meister! Hätte nie diese Seite an ihm vermutet, diese dunkle unterschwellige.

Nur in seinen großen dunklen Augen ahnte ich seine Sehnsucht, den Abgrund die Tiefe, als ich ihn das erste Mal sah. Er stand da mit einem viel zu großen Rucksack. Ich wartete auf die Bergziege, so hieß der 48er-Bus in Hamburg-Blankenese, ein sonniger Tag. Einer Frau und mir fiel auf, dass auf der gegenüberliegenden Seite der Bushaltestelle in der Villa, in der eine Boutique war, schon wieder Räumungsverkauf war. »Dauerschlussverkauf?«, sagte plötzlich der Rucksack neben mir, ich drehte mich langsam zu ihm hin, schaute ihn mit überheblichem Blick an, den er später kritisierte, er lächelte mir amüsiert zu, zu amüsiert, fand ich. Ich bejahte aber höflich seine Frage und dachte, diese Unterhaltung sei beendet. Er würde im Theater arbeiten, hier im Sommer im Park, sagte er dann. »Oh, haben wir hier einen Schauspieler?« »Nein, Techniker bin ich«, er sprach geduldig auf mich ein, als wenn er ein Schulmädchen vor sich hätte. »Du kannst gerne vorbeikommen, es ist lustig, ich lade dich ein zur Premiere.« Jetzt duzt er mich auch noch!, dachte ich und sagte, ich habe davon gehört und wolle schon mal das Theater besuchen. Insgeheim freute ich mich über die Einladung, anderseits: Was denkt der von mir? Er könne mich schnell aufreißen, typisch! Na, da kann er lange warten. Er hatte inzwischen seinen Rucksack abgesetzt, einen Stapel Flyer herausgeholt und drückte mir einen davon in die Hand, drückte zu lange. Mir lief ein Schauer durch den Körper. Ich ließ den Flyer in die Tasche gleiten, der Bus kam, wir stiegen ein und jeder ging an einen Platz. Ich stieg einige Haltestellen später aus, er fuhr weiter. Ich würdigte ihn keines Blickes mehr. Vergessen war dieser Moment und auch er.

Er drängelte sich genau drei Wochen später in meine Gedanken. Mich überflog Leere und Langeweile an diesem sonnigen Tag in diesem großen Mietshaus an der Elbe im Treppenviertel im Wohnzimmer mit Blick auf eine wunderschöne, bekannte Villa, umgeben von einer Baumpracht, die Sonne erleuchtete die Blätter, ein schöner Anblick. Ich war nackt. Niemand konnte durch die Fenster schauen. Ich wollte aus der Leere ausbrechen, etwas unternehmen. Mir fiel das Theater ein, bestimmt schön an einem dieser lauen Sommertage! Ich zog mich an. Wusste nicht, was mich erwartete. Es war mir egal! Ich war neugierig auf das Theater – auf ihn, sagte die Stimme in mir, gib es zu. An diesem Abend sollte sich alles ändern, es war der Anfang von Sehnsucht, Liebe, Hingabe, Geilheit!

*Michael Sonntag*

*Michael Sonntag*

# Michael Sonntag

**Vier kleine Abenteuer**

*1. Die Narbe*
Ich liebe die kleine Narbe an deinem Po. Du sagst, du hasst sie. Du sagst, du würdest sie gern wegoperieren lassen. Sie stammt von einer Operation. Ein Krebsgeschwür, das entfernt wurde. Und ein Arzt, der die Wunde zu grob vernäht hat. Für mich ist die Narbe ein Geschenk. Eine Spur, dass du überlebt hast. Ich bettel darum, dass sie bleiben darf. Ich massiere und streichle deinen nackten Rücken. Und dann küsse und liebkose ich die kleine Narbe, die mir so viel bedeutet.

*2. Die Nachtwanderung*
Wir waren schwimmen, bis es dunkel wurde. Natürlich am FKK, wo auch sonst? Den Rückweg nehmen wir durch den Wald. Es ist nicht weit, vielleicht eine halbe Stunde. Die Kleidung habe ich nicht wieder angezogen. Ich denke mir nichts weiter dabei. Nur die Freiheit des Nacktseins, kein erotisches Empfinden.
Sie sieht das anders. Immer wieder findet mich ihre Hand, reizt mich. Irgendwann ist der Punkt erreicht, an dem ich nachgebe. Ungeduldig ziehe ich sie aus und drücke sie auf den Waldboden, bis sie auf allen Vieren vor mir kniet. Wir ficken hart.
Doch dann spüre ich, wie sie schwach wird. Ich fange sie noch auf, bevor sie zusammensinkt.
Es war zu viel.
Die Erinnerung an den Abend, an dem ihr Schlimmes passiert ist, ist wieder hochgekommen. Wir liegen lange da und ich halte sie einfach fest. Und wir sind uns in dem Moment näher als zuvor.

*3. Kleidung*

Meine Sklavin liegt neben mir. Wir hatten einen schönen Nachmittag. Jetzt sind wir bis an die Grenze des Erträglichen erregt. »Mein Zug fährt bald, wir haben keine Zeit mehr.«, sagt sie. Aber wir verlieren die Beherrschung.

Meine Hand schiebt sich zwischen ihre Beine, reibt, drückt. Sie zieht mich näher, wir pressen uns aneinander. Keine Zeit zum Ausziehen, wir müssen gleich los. Wir reiben uns, halten uns so fest wir können. Ein Fick ohne Hautkontakt. Durch die Kleidung hindurch fühle ich die Wärme ihrer Haut und wir kommen, ohne dass ich in ihr war.

*4. Ohrenzeuge*

Die Trennung von meiner Sklavin hatte mich aus der Bahn geworfen. Ich hatte nicht mehr die Kraft, zu führen. Stattdessen trage ich den Ring nun an der rechten Hand, bin selbst auf der unterwürfigen Seite. Seit meine Herrin einen festen Partner hat, darf ich nicht mehr mit ihr schlafen. Doch unser Spiel hat uns beide sehr erregt. Ich spüre noch die Wärme der Peitschenhiebe auf meinem Rücken. Sehe in ihrem Gesicht noch das Vergnügen, das sie empfindet, wenn sie mich leiden sieht.

»Geh ins Bad!«, befiehlt sie mir »Und wehe, du fasst dich an!«

Durch die Tür höre ich, wie sie in ihrer Kiste kramt. Dann das Brummen ihres Vibrators und ihr Stöhnen. Dann ihre Schreie. Endlich ruft sie mich wieder heraus. Am nächsten Morgen legt sie mir den Keuschheitsgürtel an.

*Michael Sonntag*

# (K)eine Liebesgeschichte

*1. Kapitel*
Kennenlernen. Wrestlingshow besuchen. Gemeinsam blödeln.

*2. Kapitel*
Einladung zum Essen. Gemeinsam duschen. Gegenseitig einseifen. Nackt auf das Sofa setzen. »Du, du hast mich echt aufgeregt.« »Leg Dich hin!« Hand am Schwanz. Harter Griff.
Brutales Wichsen. Bin nur noch Spielzeug. Wimmern. »Bitte, härter. Vergewaltige mich!«
Noch härterer Griff. Noch brutaleres Melken. Dann Entspannung.

*3. Kapitel*
Fernsehabend. Vorsichtige Streicheleinheiten. »Traust du dich, mir wehzutun?«
Peitsche. Fingernägel. Austausch geheimer Fantasien. Erfüllung versprechen. Kuscheln.
»Darf ich dich noch mal auspeitschen?«

*4. Kapitel*
Kuscheln. Fummeln. Zurückstoßen. Abtasten. Küssen. Zurückstoßen. Gefühle verletzen.
Trösten. Zurückstoßen. Kuscheln. Gefühle verletzen. Küssen. Zurückstoßen. Kuscheln. Gefühle verletzen. Küssen. Zurückstoßen. Trösten. Küssen. Auspeitschen. Blutig kratzen.
Küssen.
»Ich hasse dich!«
»Du liebst mich.«
»Ja.«

*5. Kapitel*
»Lüg mich an!«
»Du willst die drei Worte hören?«
»Ja, auch wenn ich weiß, dass du es nicht fühlst. Lüg mich einfach an.«
»Das werde ich tun.«

*6. Kapitel*
»Es geht nicht mehr. Ich habe mich in jemanden ernsthaft verliebt.«
Fernsehen. Vorschwärmen. Sich anschauen.
»Du darfst mich nicht mehr anfassen.«
Sanft Arm streicheln.
»Ich hasse dich!«
»Du liebst mich!«
»Das schließt sich nicht aus.«
Unerfüllte Versprechen bleiben im Raum. Und keine Lügen mehr.

*Detlef Seydel*

**Liegewiese**
Sie lag in Gräsern hingestreckt
Zwei Ahornwedel deckten ihre kleinen Hügel
Das Delta unter Dattelblatt versteckt

Der Himmel wölbte sich so blau und tief
Aus einem Loch im Blanken: Milde Sonne
Keine Seele die nach Einhalt rief

Sie war allein

Erst spürte sie am Nackenhaar
Den Kitzel, fein wie Federstrich
Sie ahnte nicht, wovon das war

Bald flammte ihr die Haut
Fackelbrand von Schulterblatt bis Bein
Als läge sie auf Nesselkraut

Der Feuerschröter, wohl auf Hochzeitsreise
Nahm unterm Dattelblatt Quartier
Mit rauem Halsschild in der Schneise

Alle Schatten standen still

Die Ahornwedel hoben an
Gestützt auf steifen Pfeilern
Und dann, und dann …

Ihr Rücken bog sich ohne Not
Fingerkraut und Sommerwurz zerrissen
Den Bogen spannte scharf – der kleine Tod

**Der Widerspruch**
Sie saßen sich auf einfachen Holzstühlen gegenüber. Knie an Knie. Nur ein kleiner Abstand war zwischen ihnen, sodass sich ihre Knie nicht berührten. Sie saßen aufrecht und blickten sich gerade in die Augen. Sie wollten ein Spiel spielen. Eines, bei dem sie ihm Fragen stellte, auf die allein er ihr eine Antwort geben konnte.

Sie räusperte sich, ruckte mit dem Po auf der Stuhlfläche, schob ihren roten Rock etwas zurück, sodass ihre langen Beine, die in einer schwarzen Strumpfhose steckten, noch länger wurden. Dann spreizte sie diese undeutlich, legte beide Handflächen auf die Oberschenkel und fragte: »Welches sind meine weiblichen Geheimnisse, die dich erregen?« Sie sprach ganz unaufgeregt, als fragte sie ihn, welches Gemüse er in Suppen bevorzuge.
Doch es ging nicht um Gemüse. Es ging um Weiberleibergeheimnisse. Er dachte über eine Antwort nach.
Das Erregende, begann er, sei, je mehr er denke, sie zu deuten, umso rätselhafter

werde sie ihm. Dieser Widerspruch sei das Wesen der Frau. Und alles Frausein sei ihm wesentlich.

Aber es sei für ihn nicht der Geschlechtsakt, der oben anstehe. Bei dem sei die Ablenkung durch seinen eigenen Körper zu groß. Er komme sich dann wie Hand in Hand mit ihr vor, als rätselten sie beide gemeinsam.

Nein, das Eigentliche liege im Passiven, im Beobachten, wenn allein sie mache und er ihr dabei zusehe, zuhöre, sie schmecke oder rieche.

»Nenne ein Beispiel!«, sagte sie, beugte sich leicht vor und kam mit ihrem Gesicht seinem näher, ohne den Augenkontakt zu ändern.

Er nannte dies Beispiel: Die Warzen ihrer kleinen Brüste würden sich anders steifen, wenn sie sie vor seinen Augen berühre.

Oder: Sehe er ihr mit klopfendem Puls zu, wenn ihre Finger zwischen ihren Schamlippen entlangglitten, zucke zuletzt ihre Bauchdecke anders, stieße sie neue Laute aus, röteten sich ihre Wangen in unbekanntem Ton.

Er wisse aber wohl, erwiderte sie, dass sie sich hin und wieder – anders – auch ohne sein Beisein befriedige?

Tatsächlich schrieb sie ihm dann anderntags in einer E-Mail, dass sie es getan habe. Sie schrieb es mit der Gelassenheit einer Buchhalterin; denn sie wusste, dass ihm das Selbstverständliche des Außerordentlichen leicht ins Glied fuhr.

Dass sich die Frau jederzeit selbst zugänglich war und davon nach Belieben Gebrauch machte, begriff er mit eifersüchtiger Bewunderung. Wie sie es tat und was sie dabei empfand, blieb ihm

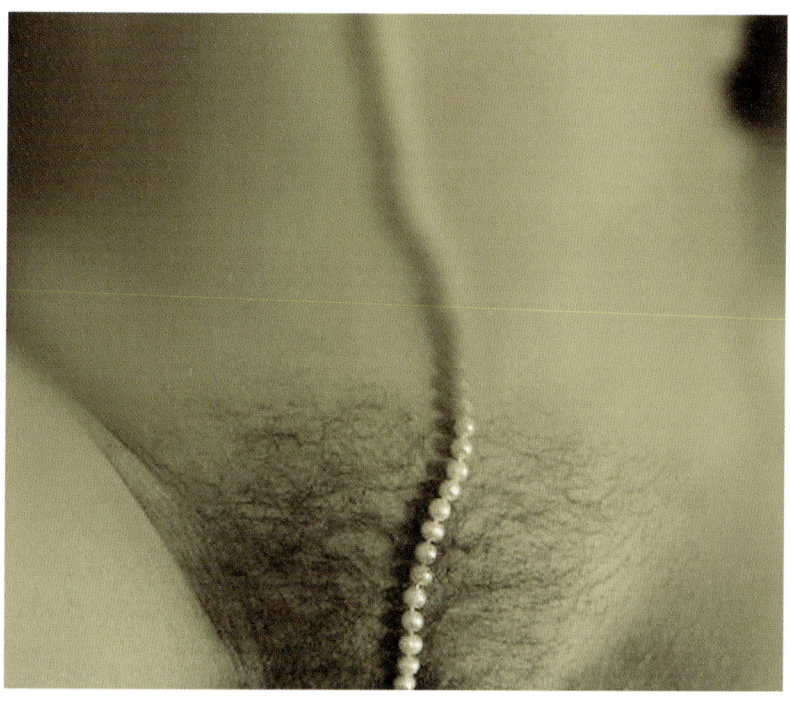

verborgen. Fragte er sie danach, antwortete sie ihm ausweichend ungenau. Er konnte ihre Worte jedenfalls nicht in den Kitzel übersetzen, den sie zweifellos dabei empfunden haben musste.

Das sagte er ihr. Und sie lächelte und schnaubte dabei ein wenig. Und dieses schnaubende Lächeln meinte alles und erklärte nichts.

Er erinnere eine Situation, ergänzte er, in der sie ähnlich reagiert habe wie gerade jetzt. Ob er die nennen solle, obwohl die aus dem Rahmen fiele, weil dabei sie nicht aktiv sei, sondern es vielmehr mit sich geschehen lasse.

»Ich ließ es mit mir geschehen? Wehrlos geschehen?«

Sie erinnere vielleicht, begann er, dass im Schwimmbad gelegentlich ihre Schamhaare, die unter dem Gummi ihres Badeanzugs am Schenkelbogen hervorwucherten, im bewegten Wasser wogten. Ihr sei das stets bedeutungslos gewesen, ihm aber immer vorgekommen, als stelle sie ihr Geschlecht zur Ansicht aus.
Später habe sie sich bereitwillig auf ein Handtuch gelegt und sich von ihm die Ränder schneiden, einseifen und rasieren lassen.
Als der scharfe Stahl des Geräts über die weiche, empfindsame Haut zwischen Schamlippe und Schenkel, die er für eine ziemlich bedeutende Zone halte, geglitten sei, hätte er für sich einen Schnittschmerz vorweggenommen, den sie selbst gar nicht zu befürchten schien. Auch damals, als er von seiner Verwunderung über ihren Gleichmut sprach, habe sie ähnlich gelächelt und dabei mit den Fingern nur die Glätte der Schur nachgeprüft.

Eine Zeit lang saßen sie sich nun schweigend gegenüber. Sein Blick streifte über ihren Körper, tastete über die Mädchenbrüste, wanderte den kleinen Kugelbauch hinunter, glitt unter den gerafften Rocksaum und legte sich erschöpft in ihren Schoß.

»Mich drückt die Blase! Ich muss pinkeln«, sagte sie plötzlich und legte die rechte Hand wie ein Ahornblatt zwischen ihre geöffneten Schenkel. Das hatte er so geplant. Er hatte ihr zuvor reichlich Tee eingegossen. Er war sich nicht sicher, ob sie den Plan ahnte und ihn sogar selbst wollte.

Es machte ihr bisher nichts aus, ins Klo zu pinkeln, wenn er dabei vor ihr hockte und aufmerksam das Geräusch analysierte. Ob sie daran einen ähnlichen Gefallen fand, gehörte zum Geheimnis. Fragte er sie, lächele sie.
Er zog dann seine Schlüsse aus der Heftigkeit, mit der der Strahl ins Wasser schoss, oder in den Schnee dampfende Canyons schnitt, wenn sie sich vor ihm, wie im vergangenen Winter, hingehockt hatte.
Er wollte wissen, wo genau es bei ihr austrat, was dem klaren Wasser die Form gab, den Wechsel von Breite und Enge, Glätte und Wirbel. Sie war sogar bereit zur Vorführung in der Duschkabine. Knickte dazu leicht in die Hocke und schob ihre Lippen auseinander, sodass alles frei austrat.
Irgendwann, sagte er, während sie pinkelte, habe sie als kleines Mädchen, wohl instinktiv oder durch Anweisung, lernen

müssen, sich die Tropfen in angemessener Weise abzuwischen.

Es helfe ihm bei seinen Erkundungen, wenn er das nun bei ihr machen könne. Und sie ließ es zu. Sie korrigierte nur die Anzahl der Blätter und führte anfangs seine Hand. Er fühlte sich umso berechtigter, sie abzuwischen, je mehr er dabei ihr feines Stöhnen zu hören glaubte, wenn er durch das Papier ihre vollen Lippen berührte, ihren nassen Schlitz, durch den er, übertrieben gründlich, auf und ab fuhr, dann erst nach hinten zum Po wischte, der nass geworden war von den wilden Perlen, die die kleine Barriere übersprungen hatten, an der beide Rinnen ineinander übergingen.

Während ihrer Periode war das Abwischen nach dem Pinkeln für ihn noch ergiebiger. Hatte sie ihre Tage, ging er in die Knie zwischen ihre Schenkel und wechselte ihr zum Studium auch dieser Situation den Tampon. Der durfte nicht zu weit hineingeschoben werden. Er fürchtete, ihr dabei wehzutun, weil ihre Scheide dann trockner war.

Einmal, als sie zusammen durch eine fremde Stadt gingen, griff sie sich von oben in den Rock und wechselte im Gehen den Tampon. Und er staunte über ihre Geschicklichkeit.

Einmal hatte sie das fleckige Klopapier nicht weggespült.

Als er es im Becken fand, war ihm die Menstruation wie eine Katze vorgekommen, die ihr Opfer freigibt, um es erneut am Nacken zu packen.

Sie reckte sich hoch; sie ertrug den Druck ihrer prallen Blase nicht mehr, sprang auf und zog ihn mit sich ins Klo – das sie, undurchsichtig lächelnd, »Dein Hörsaal« nannte.

*Urolagnie, Deutsches Album 1925, Sammlung H.-J. Döpp*

*Silke Andrea Schuemmer*

**Lilith und die anderen**
Wie so die Sünde auf dem Rücken liegt
und alle Viere an die Decke streckt
da macht sie kaum mehr was
von den großen sieben her
Eben hat sie noch gebrannt
da hat das Feuer noch geleckt ging tiefer rein
hat unerlässlich stark gejuckt sah heißer aus
und trug den Schlangenkopf ganz hoch
Jetzt ist sie eine wie die andre kalt
Und türmt man sie wie Zündelsteine hin
gibts nicht mal Funken in der Hand
Eine überfressen eine nicht gegönnt
eine rumgehurt gesuhlt und schon vergessen
eine glatt verschlafen eine übersehn
angerafft zerschlagen liegt schwefelgelb im Magen
und stößt so säuerlich wie Mango auf
Das schmeckt nach Terpentin und Rauch
achja denkt man die Brandbeschleunigung

*Anna-Stina Treumund*

*Anna-Stina Treumund*

## Susanne Schmidt

**Stille**
Stille, Schritte kommen näher, Schritte entfernen sich, die Stimme von Maria João dringt gedämpft zu mir, ich werde ruhig, ich warte, ich weiß nicht, ob die Zeit vergeht, ist die Nacht vorbei?, Schritte kommen und werden immer lauter, kommen näher, noch näher, das Klackern metallbeschlagener Sohlen, ist es die Frau, der Mann? Das Licht ist zurück. Der Raum ist leer. Dann kommen sie. Ein Mann, eine Frau. Wer wird es tun? Langsam erwacht mein Blut, schießt in die Mitte, verflüssigt sich, sie stehen vor mir, schwarz. Ich warte. Ich bin stumm. In mir spielt es sich ab. Dann kommt die Hand. Unter mein Kleid, hart und bestimmt. Der schwarze Peitschengriff folgt. Noch befreien sie mich nicht. Sie gehen. Ich bin wieder alleine. In mir spüre ich noch den geriffelten Griff. Spannung und Entspannung. Die Ruhe, die kleinen Bewegungen, die mir möglich sind, mehr gibt es nicht. Die Schritte kommen näher –

## Anna-Stina Treumund

### Andreas Rüdig

**Weltraumrecht**

Das Weltraumrecht
ist wirklich geil, in echt

auf dem Mond
wird jetzt gewohnt

das Stundenhotel
ist wirklich nobel

bezahlt wird in Naturalien
an den Saturnalien

das sind die Feiertage
bei denen jeder das Küssen wage

die ersten Kolonisten
waren Männer, die ein tristes
Leben fristen

Voyeure, Nudisten, Zoophil –
es gab viel, was ihnen gefiel

Fotos For Friends BDSM

doch bei allem Sexualbestreben:
Darf man das wirklich alles leben?

So stritten die Gelehrten:
Neues Recht sie begehrten

die menschliche Sexualität
ist unsere Spezialität

Leben wie auf Erden
darf entdeckt werden

auf dem Saturn das Freudenhaus
brannte völlig aus

die Affenklone waren beim Gruppensex
ihre Leidenschaft war ein Gewächs

sie wuchs wie Hologramme
es überforderte die Programme

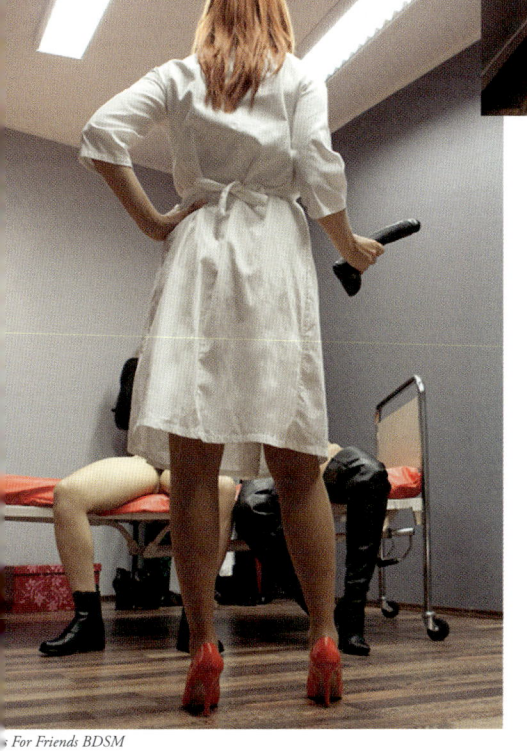

auch künstliches Leben
darf es nicht geben

wir sind die Kohlenstoffimperialisten,
die in ihren Träumen nisten

in irdischen Filmen gab es sie schon
Wesen als Computersimulation

und Leben aus Chlor
eine Gefahr sie heraufbeschwor

es wabernd,
instabil und labernd

man kann keinen Sex erzwingen
das Glied nirgends eindringen.

Die Geschmäcker sind verschieden
ich bin zuhause geblieben

*For Friends BDSM*

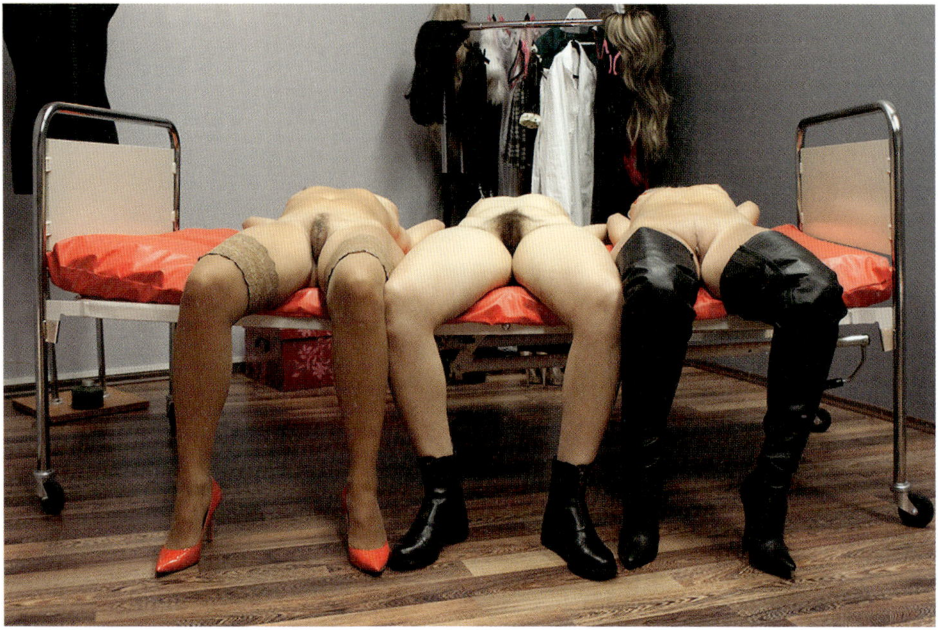

*Fotos For Friends BDSM*

auf der guten alten Erde
dort gab es keine Beschwerde

von und durch meine Frau
sie ist ein Import aus Alpha-Gamma-Esau

der Sex mit ihrem Rüssel
gleicht einer göttlichen Schüssel

gegen die Einfuhr von Leben
gab es kein Widerstreben

Sex um der Lust willen
widerspricht niemandes Willen

so ist jeder zufrieden
in meinem Bett hienieden

das Weltraumrecht
ist wirklich nicht schlecht.

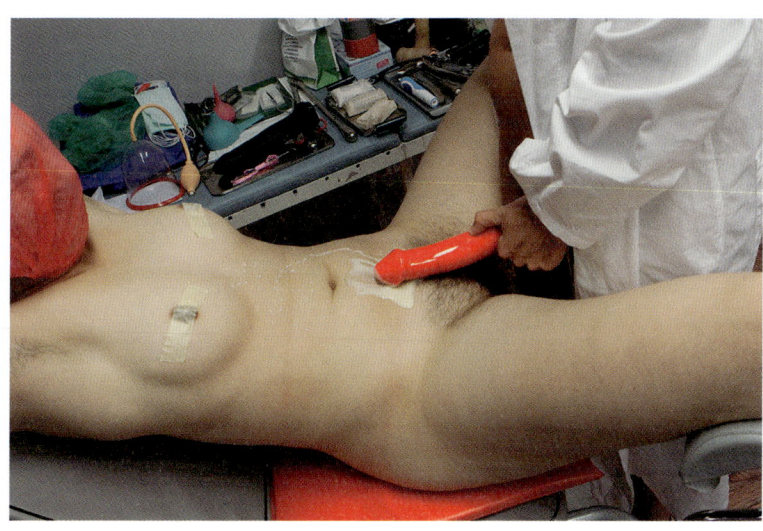

*Fallon Din*

### Eine ziemlich geekige Sexszene

»Was magst du denn an mir?«, fragt er. Ich mag die Frage nicht und verstecke meine Augen an seiner Nackenbeuge. »Was?«, vibriert sein Adamsapfel an meiner Stirn. Dieser Geruch seiner Haut, Mensch und Rasierschaum und Waschmittel und Curry und dieser leichte Duft, den Menschen an sich tragen, wenn sie viel Zeit in der Gegenwart von Computern und anderen technischen Geräten verbringen, als trügen sie selbst Kabel und Platinen unter der Haut.

»Still«, kommandiere ich und trete einen Schritt zurück, fixiere sein Gesicht wie ich einen Gegner in Shootern fixiere, bevor das Gefecht beginnt.

Und plötzlich muss ich an eine Szene denken, die mich so geil gemacht hat wie wenig anderes, was ich je auf einer Leinwand gesehen habe, auch wenn darin gar kein Sex vorkam. Ein bulliger Mann mit riesiger zerfurchter Stirn und schwarzer Zottelmähne und eine geschmeidige Frau mit blauen Augen und Flecken auf den Seiten ihres Gesichtes, in Uniform, zwischen ihnen tödliche Waffen, Bat'leth, die sie kreuzen, Kling, kreuzen, Kling, ein Schleifen, ein knappes Verpassen, eine Drehung, ein Schrei und die Frage, ob das Liebe ist oder der Versuch, die andere Person möglichst qualvoll zu Tode zu bringen. So viel Kraft und so viel Spiel mit dem Tod …

*Markus Sauer*

*Senta van Fredericana*

Und eine andere Szene, zwei Hände, seine liegt über ihrer und presst ihre Fingernägel in ihre Handballen, dass Blut unter ihren Fingern hervorläuft, seine Nase an ihrem Handgelenk und ihre spitzen Zähne …
Ich greife sein Handgelenk. Ob mein Griff wohl blaue Flecken hinterlassen wird? Er bleckt die Zähne im Schmerz, oh, dass er nur wüsste, wie richtig diese Reaktion gerade war. Ich muss ihn einsaugen, meine Nase fährt über seinen Unterarm, während ich einsauge, bis mir Sterne vor den Augen tanzen. Ich zeige ihm meine Zähne und rieche weiter an ihm, während ich seine Hand brutal quetsche.
Endlich versteht er die Filmreferenz. Er nimmt meine Hand, riecht an meinem Handgelenk, am Unterarm, wir beschnuppern uns wie Tiere. Ich ziehe die Oberlippe hoch und knurre ihn an. Er knurrt zurück. O ja, das mag ich an dir, denke ich, du verstehst Referenzen.
Ich stoße ihn heftig zurück, dass er auf den Boden fällt, er reißt mich mit sich, hoffentlich hat sich dabei niemand was gebrochen. Sein Kopf ist hart aufgeschlagen, er ist kurz benommen, schüttelt sich dann und rächt sich, indem er meine Arme greift und versucht, sich nach oben zu ringen. Wir kämpfen auf dem Boden, ungeachtet der Bücher, die um uns regnen, weil er beim Fallen sein Regal mitgerissen hat, ungeachtet sogar des lauten Schepperns, als sein Fuß seinen in wochenlanger Recherche mühsam zusammengesuchten Gamingcomputer trifft, während er nach Luft ringend versucht, sich aus meinem Würgegriff zu befreien, der ihn immer noch auf den Boden fesselt. Wir knurren uns an, schnappen, kratzen, endlich gelingt es ihm, sich zu befreien, wir graben uns Finger gegenseitig in die Schultern, zeigen uns die Zähne und fauchen, bis es schließlich in seinen Augen blitzt, und dann spüre ich es auch, und wir lassen locker, legen den Kopf in den Nacken und lachen röhrend, bis wir beide keine Luft mehr bekommen.
Dann ist das Klingonenspiel vorbei und er liegt da und betastet die Beule auf seinem Kopf. »Nun ja«, murmelt er dann, »Die ganze Sache wäre wohl angenehmer, wenn wir die entsprechende Technologie hätten, die uns jetzt«, er macht das Geräusch der medizinischen Geräte in Star Trek nach, »wieder zusammenflicken würden …«
»You know nothing«, sage ich und reiße mir meine verbleibenden Kleider vom Leib.
Ja, denke ich, kurz bevor mich seine Zunge in eine andere Ebene meines irdischen Daseins befördert, das mag ich an dir – du verstehst Referenzen …

*Laura*

*Senta van Fredericana*

# Ba Osse

**Glühendes Zinnober**
Ein Scharren durchdringt die Stille. Dringt in mich. *Hinter der Wand ein Tier?* Hebe minimal den Kopf. Der Rest bleibt eingehüllt in Schlaf. Bewege behutsam die Augenlider. Blinzle. Filetiere das Licht bis zur Gewöhnung. Das Weiß der Wand öffnet sich, gibt den Blick frei auf ein Farbenmeer, in dem ich mich verlieren kann. Aber dann löst sich Blau heraus, zieht sich zusammen, wird zur Silhouette, schwebt in meinen Raum, als käme es auf Besuch. Kneife die Augen zu. Reiße sie auf. *Doch! Ja! Da ist wer!* Ein Kopf, noch kein Gesicht. Lange, offene Haare, die sich vor meinem Blick zurückziehen wie Schlangen auf der Flucht. Unter einem Schleier aus Blau ein Körper. Ein Blau, das verblasst, sich ablegt auf der Haut. Freie Sicht auf einen langen Hals, markantes Schlüsselbein, Brüste, je eine Handvoll. Dann das weiche Heben und Senken des Bauchs. Stütze mich auf die Unterarme. Sehe klar und konkret. Ihre muskulösen Arme heben sich. Ihr Rücken dehnt sich zurück. Erwarte einen Schrei – nichts.
Richte mich in Zeitlupe auf, schwenke die Beine, stelle die Füße auf den Boden, bleibe sitzen. Senke den Kopf, schließe die Augen. Schaue wieder. Taste mich über den Boden zu ihren Füßen. Streife über den bläulichen Schimmer ihrer Haut. Von der Geraden zum Bogen, vom Glatten zum Behaarten, vom Ruhigen zum Pulsierenden. Steige höher. Schaue in ihr Gesicht. Eine Landschaft aus Falten und einem Lächeln und Augen, die auf mich gerichtet sind. Versuche, meine Augen scharf zu stellen. Und je schärfer, desto besser erkenne ich. Aber noch bevor ich das Gefühl von vertraut sortiert habe, wird sie fremd. Beugt sich und steht auf allen vieren. Zurückgezogen sind die Finger, die Zehen. Stattdessen Krallen, die über den Boden scharren.
Mein Blick wandert. Wie athletisch! Panther-schwarz. Ein In-Bewegung-Setzen, ein geschmeidiger Schritt auf mich zu. *Ich möchte auf ihr reiten*, raunt es in mir. *Mich tief mit meinen Händen an ihrem Fell festhalten.* Ein weiterer Schritt. Sie starrt mich an. Funkelnd schwarze Diamanten, goldgelb glänzend umfasst. Mir stockt der Atem. *Was wird sie tun, wenn sie nah ist?* Erinnere mich: *Bin mit Feuer im Bauch geboren.* Lehne mich zurück. Will glühendes Zinnober speien.

Bevor mein Rot dich überhaupt erreicht, löscht ein Blau – löscht zu Tiefen eines Ozeans. Und – zu meiner Verwunderung – machst du kehrt und verschwindest. Die Farben gehen aus. Die Welt geht unter. Brauch kein Ich ohne dein Du. Falle in ein Schwarz. Rette mich in ein Weiß. Aber trügerisch ist die Welt, durch die ich da stolpre.

D*ie* Hermel*in*, im Winter wie Schnee, wer hat sie getötet? Nicht der Eisbär, der mit Zuckerwatte vorübergeht.
Sucht den Täter! Nicht nur dort, wo das Edelweiß steht; auch bei den Lilien und Baumwollblüten; spürt auf die Jasmin; und traut kein bisschen den Margeriten. Es wird Ebenholz zu Mitternacht zurück auf dem Asphalt, auf dem der Schornsteinfeger – der, der war's – mit einem Raben verschwand.

*Sylvia Catharina Hess*

Kurz steht es still, das Universum. Was für ein Pech! Komm, Marie, lass mich dir Gutes tun! Ein Espresso? Mit etwas Milch und ein Stück Zucker? Oder lieber Kaviar an Sahne? Oder ein Vanille-Shake mit Lakritzgeschmack?

Ei*ne* Pingu*in* auf einer Eisscholle träumt. Träumt von einem Zebra. Lässt sich treiben, denn groß ist das Meer.

Kehre heim. Bin müde geworden, ausgeträumt und leer.
Klopfe mir die Leben ab, die geschmeidigen, die zarten, die heftigen, die schmerzenden.
Und mein Klopfen wird ein Häuten, ein Zerfallen zu Staub. Feinster Puder aus Lapislazuli, Alabaster und Schiefergestein mit einer Prise Zinnober.

*Titus Grab*

Du! – Blüte meines Herzens
verlockst
verzückst
verzauberst
mich: Zinnober! Zinnober!
mit Deinen Farben, Formen
Deinem Frau-Sein
Deinem Genau-so-sein
mit dem Glanz Deiner Augen und
dem Deiner Höhle
süß und herb
lockend.

Dir folge ich gern
hin zu Deinem Nektar
mit dem Nektar meiner dunkelroten Blüte
zart und hart
Dich streifend
stoßend Deinen Kelch.

Knospen und Triebe
in der Frühlings-Sonne unserer Liebe
innig vereint möchte ich
mein Leben und Beben Dir geben
dabei gemeinsam
erblühen
mich mit Dir im Waldgras wälzen.

*agafia*

# Astrid Schulz

*I love more hair down there*

*Marina Lioubaskina*

**Alice**

**I**

Die Sonne strahlte! Er streifte mich mit der Schulter, mit der rechten Schulter. Ich drehte den Kopf nach rechts und leicht nach oben, als ich seine Entschuldigung annahm. Ein zauberhaftes Licht leuchtete aus seinem Inneren. Das Band am kurzen Ärmel meiner Bluse verfing sich am Knopf am kurzen Ärmel seines Hemdes. Wir mussten stehen bleiben und versuchen, uns zu entheddern. Unsere Hände berührten sich, die Finger verstrickten sich in der Schnur, und ich schlug vor, in meine Wohnung hochzugehen, um uns mit Hilfe einer Schere voneinander zu trennen, zum Glück hatte ich von der Eingangstür meines Hauses bis zum Ort des Zusammenpralls nur wenige Meter zurückgelegt. Ich ging ein Stück rückwärts, doch dann ließ er mir, ganz Gentleman, den Vortritt beim Vorwärtsgehen und ging selbst rückwärts. Das war in jeder Hinsicht schlauer, denn so konnte ich ungehindert die Eingangstür öffnen. Nachdem der Fahrstuhl uns in den achten Stock heraufgeschleudert hatte und wir in der Wohnung waren, stürzten wir uns aufeinander, die Gesichter einander zugewandt. Bluse und Hemd fielen zerrissen von unseren Körpern und das Licht seines Korpus' verzauberte den engen Raum des Flurs, die Wände verschwanden! Der Mann war ein einziger Brillant! Die Jeans glitten von seiner glatten Oberfläche und vor mir stand aufgerichtet ein korallenfarbener brillanter Schwanz. War das ein Fick! Und Kälte und Hitze und Trick! Warum Trick? Trick eben. Entkräftet fielen wir danach gleich dort im Flur auf den Fußboden, schliefen mit den Köpfen zur Tür auf dem Abtreter mit dem Wort WELCOME ein. Ich wachte als Erste auf, mit dem unwiderstehlichen Wunsch, das Wunder zu wiederholen. Ich hatte auf dem Bauch geschlafen. Aus der liegenden Position ging ich in die Doggy-Stellung über, kroch ein Stück zurück und beugte mich zu seinen Füßen herab, um seine durchsichtigen Zehen zu küssen. Ich berührte sie mit den Lippen und den Fingerkuppen und spürte etwas eklig Klebriges. Ich richtete mich abrupt, mit vor plötzlicher Abscheu verzerrtem Gesicht, auf und beobachtete erstarrt den Prozess, in dessen Verlauf sich der junge Mann in großer Schnelligkeit von einem Brillanten zu Brillantine verwandelte und schließlich zu einer formlosen Masse wurde, die sich im gesamten Flur verteilte.

**II**

Meine Augen sind geschlossen, ich bin vollständig mit der Natur verschmolzen. Plötzlich spüre ich, dass mich wer im Nacken packt (wie eine Katze, dachte ich. Was für eine Unverschämtheit!) und an einem Haken hochzieht. Ich winde mich hin und her und strample mit den Beinen, wie sie es uns beim Pilates beigebracht haben, doch es gelingt mir nicht, mich von dem Haken loszureißen. Na gut, soll kommen, was will. Meine Neugier und die Sehnsucht nach neuen Erfahrungen siegten, und allmählich wurde ich an dem Haken bis hinauf in die Baumkrone

*Also sprach Zarathustra*

gezogen. Der Boden war aus dieser Höhe schon nicht mehr zu sehen, auch deshalb, weil sich die Äste wieder unter mir schlossen, nachdem ich zwischen ihnen hindurchgezogen worden war. Auf einmal befand ich mich in einem Häuschen ganz aus Zweigen, Schilf und Stroh, der Fußboden mit bunten Vogelfedern ausgelegt. Die gesamte Konstruktion stellte eine zylinderförmige Hütte dar, in der Mitte der Baumstamm, und diese Konstruktion lag fest verankert auf dicken Ästen und konnte nicht nach unten wegsacken. Ist ja interessant, aber wer hat mich nun eigentlich so geschickt heraufgehievt? Auf der Suche nach meinem Entführer ging ich einmal rundherum, wobei ich mich leicht am Baumstamm festhielt. Zurück am Ausgangspunkt wunderte ich mich, niemanden entdeckt zu haben. Aaah jaa! Der Entführer war mir sicher geräuschlos auf Zehenspitzen auf dem Federboden gefolgt? Ach so, darin liegt das Geheimnis! Ich entschied mich, ganz schnell um den Baumstamm herumzulaufen, um ihn einzuholen und am Schwanz zu packen (falls er einen Schwanz hatte). Hm, niemand da. Wieder lief ich um den Baumstamm herum, ging jeweils einen Schritt nach vorn und einen halben zurück, um mich trotzdem vorwärtszubewegen. Wie-der kei-ner! Ist das nun real, oder was geht hier eigentlich vor, fragte ich mich. Und entschied, es müsse eine Möglichkeit geben, nach unten zu gelangen. Schließlich konnte ich hier nicht ewig wie ein Storch herumstehen. Plötzlich fühlte ich, dass in meinem Darm etwas anschwoll und sich heftig aufbäumte. Ehe ich mich versah musste ich mit einem Mal loslachen, weil mich in meinem Rachen etwas Samtweiches, Seidenes kitzelte, dass ich gar nicht anders konnte, als eben lauthals zu lachen. Im nächsten Moment entlud sich mein Organismus in einem ungehemmt losbrechenden orgastischen Sturm, ähnlich einem plötzlichen Frühlingsgewitter. Und ein warmer Strom rann in mir hinab. Wie schmelzendes Kerzenwachs. Erstaunt über dieses wunderliche Abenteuer, hielt ich Ausschau nach dessen Verursacher, und wieder ließ sich keiner blicken. Aber natürlich: Endlich hatte ich des Rätsels Lösung – es handelte sich hier um den berühmten Phallusmann, Homo Phallus Erectus! Und sehen kann ich ihn deshalb nicht, weil er in nichterregtem Zustand und mit bloßem Auge nicht sichtbar ist; nur unter Zuhilfenahme eines Mikroskops bekommt man ihn zu Gesicht und kann mit ihm Bekanntschaft schließen, indem man sich ihm vorstellt, woraufhin er ebenfalls seinen Vor- und Nachnamen nennt. Ein Mikroskop war hier aber nicht

*Ulysses*

*Alice im Wunderland*

aufzutreiben, also beschloss ich, nicht länger in dem Baumhäuschen zu bleiben; und mit ein paar Sätzen von Ast zu Ast war ich in gehobener freudiger Stimmung alsbald unten angelangt, wo noch immer meine violette Lacktasche mit dem Muster aus roten Rosen stand. Bemerkenswert – und er ist geschmolzen und weggeflossen wie der letzte Schnee! Demnach steht der Frühling vor der Tür!
Es klopfte an der Tür. Ich riss meine Stirn vom Tisch los, auf dem eine Wachstuchdecke mit einem kleinen blauen Raukenmuster lag, und durch den heftigen Satz fiel die volle Kaffeetasse mit dem grünen Frosch auf der rosafarbenen Lilie um, wodurch sich der Kaffee wie ein brauner See auf das schachbrettgemusterte Linoleum ergoss. Wie, bin ich etwa eingeschlafen nach dem Frühstück? Morgens frühstücke ich eigentlich nie, trinke meistens nur einen Liter Kaffee. Ich öffne die Tür, da steht Ljudka aus Donezk mit einem Koffer. Sie sollte doch erst morgen ankommen.

»Alice, hallo, meine Liebe, wir haben uns ja ewig nicht gesehen! Du hast hoffentlich deinen Anrufbeantworter abgehört? Ich hab dich gestern von Zuhause aus nicht erreicht. Also, hier bin ich. Ich habe am Flughafen noch kurz gewartet und mir dann ein Taxi hierher genommen! Ich freue mich so, dich zu sehen! Du hast dich kein bisschen verändert!«

Eine Weile noch sah ich Ljudka an, als wäre sie ein Gespenst. Was denn, bin ich nach dem Frühstück gestern schon eingeschlafen?

*Armin Morawietz*

# Charlotte Corday

**Die Krankenschwester**
Diese Nacht! Ich wollte sie nicht! Ich wollte sie nie erleben! Ich habe dich nicht um sie gebeten! Diese Nacht, voller Schmerz und Qual und ungewünschter Lust! Diese Nacht, in der ich allein lag in meinem Bett, und dich hinter meinen weitgeschlossenen Augen in immer wilderen Phantasien sah. Mit dieser Frau!!! Mit dieser Unbekannten, von der ich wünschte, ich hätte nie von ihr erfahren! Warum musstest du es mir gestehen?! W
Wie ein Voyeur beobachte ich euch heimlich in meinen Gedanken und ergötze mich an eurem Treiben. Ich will mehr sehen, mehr, mehr, mehr! Und obwohl mich der Schmerz lähmt, steigt lechzend die Erregung in mir auf. Ein Mal, zwei Mal, dutzende Male bis zum Morgengrauen, lege ich die Hand zwischen meine aufgeheizten Beine, auf mein von den vielen Orgasmen der Nacht klebriges, nach Schweiß und Sex riechendes Geschlecht, und befriedige mich, verbissen und brutal. Danach liege ich ermattet in dem zerwühlten leeren Bett und erhoffe mir endlich Ruhe und Vergessen. Schlaf! Doch stattdessen kommen immer wieder die Phantasien. Von dir und von deiner Lust an dieser fremden Frau, der Krankenschwester.
Eine einmalige Sache!, hast du gesagt. Ich weiß gar nicht, was wirklich vorgefallen ist, ich wollte keine Einzelheiten hören, und so entfesselt das Wenige, was ich erfahren habe, meine Phantasie und ich liege erregt im Bett und male mir Bilder aus von euch beiden zusammen. Jedes Mal sehe ich die Frau anders. Mal ist sie jung, mal älter, mal dunkelhaarig, mal blond. Mal zierlich und fein, mal prachtvoll und prall. Aber immer ist sie geil und lächelt dich mit diesem luderhaften Lächeln an, das ein vieldeutiges Versprechen ist. Und du, du bist scharf darauf, dieses Versprechen einzulösen. Musst die ganze Zeit an sie denken. Du willst sehen, wie ihr Blick immer verschwommener wird, ihre Atmung immer schwerer, ihre Brüste immer härter. Du willst sehen, wie die Lust sie aufpeitscht, wie sie sich unter dir windet und biegt, wie sie dich beißt und in dich krallt vor Verlangen und wie sie aufschreit, wenn du in sie eindringst. Nachts kannst du nicht schlafen und verlierst dich in Gedanken an sie. Und wenn du wieder deinen Freund im Krankenhaus besuchst und sie siehst, wirst du, auch wenn du äußerlich ruhig bleibst, fiebrig vor Begehren. Wie die glitschigen Arme einer Krake umschlingen deine Blicke die Frau, schlängeln an ihrer Haut entlang, dringen tief in das Geheimnis ihres Geschlechts und saugen sich fest daran. Ich sehe dich am Krankenbett deines Freundes sitzen, dann kommt sie herein. Sie richtet das Bett, fummelt an den Geräten, und bei jeder Bewegung spannt der weiße Kittel und offenbart unverschämt die Nacktheit darunter. Du springst auf, stellst dich hinter sie, gehst ihr scheinbar zur Hand. Dabei berühren sich eure Körper … Du willst nicht, dass es zu schnell geschieht. Du willst es hinauszögern, du willst die Spannung auskosten. Also machst du einen Rückzug und sagst: »Ich gehe kurz raus, eine rauchen.«
Draußen stehst du allein unter dem Vordach des Krankenhauses, ein schmaler Schatten in der Dunkelheit, angelehnt an der kalten Wand, und bläst den Zigarettenrauch in den Regen. Du fühlst dich allein, nackt und schutzlos, als wäre ein kaltes, starrendes Auge gnadenlos auf dich gerichtet. Ungeduld und eine unerklärliche

Angst machen dich fiebrig, doch du bist fest entschlossen, es geschehen zu lassen. Dann, genau wie du erwartet hast, kommt sie heraus. Sie hat deine Botschaft verstanden. Sie fröstelt. Du legst ihr dein Jackett über die Schultern. Dabei gleitet deine Hand an ihrem Rücken herunter. Mit einer kaum wahrnehmbaren Bewegung neigt sie sich zu dir.

Im Aufzug, auf dem Weg nach oben in die Krankenstation, steht ihr schweigend nebeneinander, ohne euch zu berühren. Du siehst sie eindringlich an, ihre Brüste heben sich, ihre Lippen sind feucht. Die Frau ist heiß. Das Verlangen verbrennt sie, die Erwartung strömt aus ihren erhitzten Genitalien heraus. Es ist nicht mehr aufzuschieben, das weißt du, ihr werdet es gleich tun. Die Gewissheit bringt dich zum Glühen.

Ihr steigt schweigend aus und du gehst zu dem Freund und verabschiedest dich. Auf dem Weg nach draußen schaust du im Schwesternzimmer vorbei und fragst harmlos, wo du einen Kaffee bekommen könntest um diese Zeit. Die Krankenschwester antwortet, sie hätten auf der Station einen Kaffeeraum für dringende Notfälle. Die Unverschämtheit ihres Angebots ist offensichtlich. Du folgst ihr in ein kleines Zimmer, wo eine Kaffeemaschine steht und in der Ecke eine Liege.

Ich sehe dich am Fenster stehen, wie du deinen Kaffee aus dem Plastikbecher trinkst und an der Zigarette ziehst. Die Krankenschwester steht vor dir, ganz nahe, viel zu nahe, sodass du ihre Wärme auf der Haut spürst. Die Frau erzählt etwas Belangloses. Du siehst sie schweigend an. Du siehst auf ihre Nippel, wie sie unter dem leichten Stoff hervorstechen. Du siehst in ihre feuchtglänzenden Augen und ihre Worte kommen aus weiter Ferne zu dir. Achtlos stellst du den Kaffeebecher ab, drückst hastig die Zigarette aus, nimmst das Gesicht der Frau in die Hand und beugst dich über sie. Sie redet nicht mehr, sie stockt und leckt die Lippen nass, und einer fleischfressenden Pflanze gleich, öffnet sich ihr Mund: klebrig, schleimig und weich, gierig darauf, dich in sich aufzunehmen.

Du nimmst ihre angeschwollenen Lippen fest in den Mund, leckst und beißt sie. Du beschmierst sie mit deiner Spucke! Eure Zungen stoßen sich an, umspielen sich, zwei erregte Schlangen. Dann beginnt deine in den Frauenmund zu stoßen. Wollüstig und geil. Erst dringst du nicht tief ein, triffst nur mit der Spitze, und die Frau umleckt sie und versucht, sie einzusaugen. Zäh und warm fließt ihre Spucke in deinen Mund hinüber. Plötzlich drängst du in ihren Rachen hinein. Eng ist es da! Die Frau versucht zu schlucken, und du stopfst sie gnadenlos.

Schweißgebadet liege ich nackt in meinem Bett und ergötze mich an meiner Phantasie. Ich greife mit der Hand in meine aufgeheizte Spalte. Der Kitzler zuckt und schwillt an. Die Glattheit der Häute schmatzt unter meinen Fingern, und die Hand rutscht über das glitschige Fleisch. Ich wichse mich mit schmerzhafter Heftigkeit.

Du weißt, dass die Frau jetzt bereit ist. Deine Hand wandert ihrem nach hinten gestreckten Hals hinab, gelangt an den obersten Knopf des Krankenschwesterkittels und öffnet ihn. Du wartest lange mit dem nächsten Knopf und die Frau stöhnt leise und gedämpft. Gierig entblößt du vollständig die sich wellenden Brüste. Scharf beißt du in die steifgewordenen Nippel, und während die Krankenschwester unter dem reißenden Schmerz wogt und zuckt, öffnest du den Kittel ganz, und

siehst auf die aufwallende Nacktheit herab. Du bist nur noch ein von Brunst und Wollust getriebenes Tier mit aufgerissenen Augen, zitternden Lenden und schnaufendem Atem, das gewaltsam auf die Öffnung des Weibchens zusteuert.
Ich will an ihrer Stelle sein! Ich will, dass du mich zerfleischst in deiner Gier! Ich spreize die Beine und reibe wild.
Deine Finger greifen gnadenlos in den Schoß der Krankenschwester. Lust und Qual verdunkeln ihre Augen, sie gibt sich hin. Mit Mühe unterdrückt sie den aufkommenden Schrei. »Komm, Mädchen!«, forderst du sie auf. »Komm! Ich will dich schreien hören!« Und sie schreit. Leise und verhalten zunächst, doch nach jedem Stoß, den du ihr mit den Fingern versetzt, immer gellender, entfesselter. Überschäumend reitet sie auf deiner Hand. »Komm, Mädchen, komm! Komm!«. In ihrem Gesicht setzt die Verkrampfung ein, die Frau erstarrt am ganzen Leib und nur ihr aufgezerrtes Geschlecht zuckt und schlägt in deinen Händen. Sie brennt im Höllenfeuer.
Ich komme mit ihr gleichzeitig. Der Orgasmus peitscht durch mich durch und ich entgleise in die Agonie der Zuckungen.
Mit sicherer Hand schiebst du die Frau zu der Couch in der Ecke und legst sie unsanft darauf. Sie lässt es geschehen. Du hältst mit einer Hand ihre Scham offen, während du mit der anderen deinen Gürtel aufschließt. »Du weißt, was ich jetzt mit dir mache«, zischst du halblaut. »Ich werde dich nicht verschonen! Dir wird nichts erspart!« Während du sie in die Bewusstlosigkeit fickst, erliege ich erneut der in mir entfesselten Lust. Mein leerer Unterleib zerfließt, meine zerfledderte Scheide zuckt unaufhörlich in dem Griff der krampfhaft stoßenden Hand.

Das nächste Mal geht es rasend schnell bei euch. Du klingelst bei ihr an der Wohnungstür und die Frau erscheint im Bademantel, ihre Haut noch warm vom Duschen. Du öffnest das Tuch und die dampfende Nacktheit strömt dir entgegen. Noch im Flur schiebst du den Bademantel von ihren Schultern, die Nackte sinkt auf die kalten Fliesen, ihr Gesicht in der Höhe deines Schrittes. Du hältst dich nicht mit Ausziehen auf, öffnest nur den Reißverschluss deiner Hose und hältst den pochenden Schwanz der Frau entgegen. Sie sieht ihn mit aufgerissenen Augen an und öffnet willig den Mund, eine läufige Hündin! Du packst sie an den Haaren, ziehst ihren Kopf nach hinten in den Nacken. Mit gewaltiger Hand reißt du ihr die Mundwinkel zur Seite, sperrst ihren Mund auf und dringst mit deinem verdickten Glied grausam in die konvulsiv schluckende Kehle ein. Unter meiner unerbittlich stoßenden Hand reißt mein Geschlecht auf …
Und es hört nicht auf, es hört nicht auf! Dieses Mal sehe ich euch in deinem Wagen. Wieder regnet es, in Strömen, der Himmel grau und dunkel, und ihr seid aus dem Krankenhaus hinausgegangen und ins Auto gestiegen, um im Trockenen zu rauchen. Der vom Regen durchnässte Kittel der Krankenschwester klebt an ihrer fröstelnden Haut. Du ziehst schweigend an deiner Zigarette, die Frau erzählt. Du siehst ihr lange und scharf in die Augen, und langsam verstummt sie. Dein Schweigen spannt sie auf die Folter. Sie Frau schluckt und spannt die Lenden an. Langsam gleitet deine Hand zwischen ihre Schenkel. Vom Fahrersitz beugst du dich über die Krankenschwester und hältst sie fest am Kinn, während du ihr den Kopf nach hinten in den Nacken drückst. Draußen regnet es. Sie küssend,

knöpfst du mit der freien Hand den durchnässten Kittel der Krankenschwester auf, und gleitest mit den Fingern über ihre nasse Haut. Die Frau erzittert. Als sie es am wenigsten erwartet, rammst du ihr mehrere Finger in die Vagina und fickst sie grob und kräftig, dein lechzender Blick auf ihr erstarrtes Gesicht fixiert.

Ihre Scheide schmatzt. Sie will dich fressen! Sie will dich zerfleischen! In einem gewaltigen Spasmus, bäumt sich die Frau auf – der Ekstase hoffnungslos ausgeliefert, verkrallt sie sich fest in dich und schlägt mit aller Kraft das Geschlecht auf deine geballten Finger. Es dauert, bis die Starre nachlässt, und die Erschöpfte ihren Scheidengriff lockert und auf den Sitz zurücksinkt.

Du nimmst deinen pochenden Schwanz in die Hand, schiebst ihn tief in die glitschige Öffnung hinein und stößt!

Ich beobachte dich! Du bist schön, wenn du fickst! Die Erregung macht dich schön! Ich starre gebannt auf die zwei verschränkten nackten Körper und kann die Augen nicht abwenden!

Die Frau stöhnt und spannt an. Verdreht die Augen, streckt den Hals. Spucke fließt ihr über die Wange. Ihr Fleisch wabbelt, eine riesige weiße Qualle in der Dunkelheit! Deine Haut reißt unter den scharfen Frauennägeln und rote Striemen zeichnen sich an deinem Rücken ab! Der Schmerz macht dich rasend und du fickst sie schlagend, in tobendem Wahn. Die Frau schreit auf und beißt! Du ziehst wütend an ihren Haaren und sie wirft sich hin und her und sieht aus wie eine Hexe, die man zum Schafott zerrt! Du drückst deinen Schwanz an ihre Nasenflügel, stopfst deine Hoden in ihren Mund. Der Rausch dieser Obszönität schäumt in dir auf. Ihr Gesicht schwimmt in dem klebrigen Saft, bald ist es nicht mehr zu erkennen.

Ich gehe in Lust auf! Mein wundes Fleisch brennt unter meinen Fingern … Ich finde keine Ruhe … Es gibt für mich keine Erlösung … Es ist qualvoll und es ist schön … Die Zuckungen der Krankenschwester erschüttern mich und ich beruhige mich langsam … Die Dunkelheit kommt … Unersättlich verschlinge ich die ständig wechselnden Bilder in meinem Kopf.

Ich sehe euch im Treppenhaus. Im Wald. Unter der Dusche. Ich ergötze mich an euch, labe mich an eurer Fleischigkeit und beschlafe mich wild. Und du fickst sie unablässig weiter. Bis zum Morgengrauen. Meine Orgasmen brauchen immer länger und verlieren an Kraft. Meine Hand erlahmt, mein Arm verkrampft. Aber die schändliche Begierde nach noch mehr von euch, und auch das schreiende Verlangen des leeren Geschlechts zwischen meinen Beinen nach noch mehr Orgasmen lassen nicht nach. Unersättlich ist der dunkle Rachen der Lust. Gnadenlos die Strafe des Fleisches.

*Suzanne Shifflet*

*Suzanne Shifflet*

*Suzanne Shifflet*

*Peter Zingler*

**Jackpot**

Sie stiegen vierzig Kilometer voneinander entfernt gleichzeitig in ihre Autos: Erwin Heller vor seiner Villa in einem Taunusstädtchen nördlich von Frankfurt, Karl Mund südlich der Stadt vor der Garage seines Anwesens.

Erwin Heller war vierzig Jahre alt, genauso wie Karl Mund. Doch während Karl recht gut aussah, schlank war, mit nachblondierten Locken und künstlich gebräunter Haut, wirkte Erwin Heller älter und solider. So wie ein gestresster Manager aussieht, der zu viel arbeitet, unregelmäßig isst und nicht auf seine Gesundheit achtet. Rundlich, blass, mit gelichtetem Haar, verweichlichtem, genießerischem Mund, doch energischem Kinn, trug er einen unauffälligen, aber teuren Bleyle-Anzug, handgenähte Schuhe, Maßhemden aus Seide und die obligatorische Krawatte.

Karl Munds Garderobe sah teurer aus. Doch die schwarze, lederne Bundfaltenhose, das Hemd und die Windjacke von Lacoste und die Tennisschuhe aus Känguruleder kosteten nicht mal halb so viel wie Erwin Hellers Anzug.

Die Automarke, in der sich beide der Stadt am Main näherten, war identisch, nicht aber die Modelle. Erwin Heller steuerte eine unauffällige, grau lackierte fünfhunderter Limousine, seinen Geschäftswagen, dessen Anschaffung und Unterhalt durch das Finanzamt vergütet wurden. Auch Karl Munds SLC existierte vom Gemeinwohl, weil er, trotz hoher Einnahmen, keine Steuern zahlte.

Beide verdienten pro Tag etwa zehntausend Euro. Bei Erwin Heller stammten sie, netto, aus den Einnahmen von vierzig Lebensmittelfilialen, bei Karl Mund aus dem Tagesumsatz, netto, zweier gut laufender Bordelle und den Erträgen von zwanzig an Prostituierte vermieteten Wohnungen.

Erwin Heller hatte eine, wie in seinen Kreisen üblich, apart aussehende, sportliche Frau, die er sich, wie fast alles in seinem Leben, gekauft hatte, und zwei Kinder, die sich selbstverständlich in einem Schweizer Internat befanden. Karl Mund hatte es nie in seinem Leben nötig gehabt, eine Frau zu kaufen. Im Gegenteil. Er ließ sich bezahlen. Stets umgaben ihn, wie einen Pascha, vier bis fünf Frauen gleichzeitig, die damit wetteiferten, durch die höchste Tageseinnahme ihrer horizontalen Tätigkeit die jeweils anderen auszustechen. In Hellers Familie trug die Frau den kostbaren, von ihm angeschafften Schmuck, während Karl Mund behängt war wie ein Weihnachtsbaum. Vom Zweikaräter im Ohr bis zur brillantenbesetzten Rolex am linken Handgelenk gab es keinen dazu geeigneten Ort, an dem es nicht funkelte. Und wäre es Mode, die Nase mit Goldringen zu durchbohren, Karl Mund hätte sich dem willig unterworfen. Eine Zeit lang hatte er mit dem Gedanken gespielt, sich, wie in der Karibik gesehen, die Schneidezähne mit Diamanten zu verzieren, doch weil es nicht seine echten waren, ließ er es bleiben.

Die Ausbildung der beiden Einkommensmillionäre unterschied sich in der Art und Dauer. Erwin Heller durchlief Grundschule, Gymnasium und Studium dank elterlicher Mittel zwar nur mittelmäßig; aber ohne Probleme. Er trug aus dieser Zeit als einzig sichtbare Verletzung den Schmiss auf der Wange davon, den er, auf Vaters Wunsch, im gleichen Heidelberger Studentenkorps erwarb wie dieser. Demgegenüber waren die Narben an Karl Munds Körper dicht gesät. Die unterschiedlich dicken Handknöchel erinnerten an häufige Faustkämpfe, ebenso wie das fehlende Originalgebiss. Sein nackter Körper wies zudem einige Messerstich- und Schusswunden auf. Nur sein klassisch schönes Gesichtsprofil blieb stets verschont. Es war ebenso wichtig für seinen Lebensunterhalt wie die Grundausbildung durch Erziehungsanstalt, Jugendgefängnis und Zuchthaus. Seine Intelligenz half ihm immer wieder, den Kopf aus frisch gelegten Schlingen zu ziehen und dahin zu gelangen, wo er heute war: in einer fast unangreifbaren Position.

Erwin Heller war auf seine Art genauso clever und skrupellos, und der Unterschied zwischen Zuhälter und Lebensmittelkaufmann war auf diesem Gebiet gleich null.

Gleichzeitig trafen sie in der Stadt ein. Acht Stunden später würden sie sich gegenüber sitzen.

Heller traf einen Kaufmann, den er als häufigen Besucher der Spielbank Wiesbaden kannte. Nach einem vertraulichen Geschäftsgespräch fuhr man gemeinsam ins Spielcasino, vertändelte dort einige Stunden und einige tausend Euro, bevor ein anderer Bekannter des Kaufmanns diesem mitteilte, heute gehe im Hinterzimmer des »Las Vegas« im Frankfurter Bahnhofsviertel eine starke Pokerpartie ab. Minimum fünfzig Mille pro Platz. Heller, vom Ort des Spiels peinlich berührt, aber nicht minder angereizt wie sein Kollege, folgte der Einladung.

So saß er kurz nach dreiundzwanzig Uhr am runden, filzbespannten Tisch und nahm die Karten entgegen, nachdem er zuvor bei dem ihm wohlbekannten Kasinokassierer auf einen Scheck fünfzigtausend Euro Bargeld erhalten hatte.

Für Karl Mund war die Partie obligatorisch. Den Spätnachmittag hatte er damit verbracht, verschiedene Bekannte aufzusuchen, vom Betreiber seines Puffs die eingesammelte Miete der Nachtschicht zu kassieren und zu Abend zu speisen. Fünf Minuten vor dem Eintreffen Hellers betrat er das Spielzimmer und nahm den für ihn freigehaltenen Platz ein.

Um Vier in der Früh befand sich Erwin Heller nahe der psychischen und physischen Erschöpfung. Er hatte seine fünfzig Mille bereits vor Stunden verloren, und seine Opponenten, hauptsächlich dieser blond gelockte Zuhälter, waren im Besitze hochdatierter Schuldscheine. Sein Begleiter war gegen Eins, nach dem Verlust seines Geldes gegangen, nicht ohne vorher alle Mitspieler auf die Bonität Hellers hingewiesen zu haben. Heller wusste, dass er diesen Raum nicht eher verlassen würde, bis am Morgen ein von ihm geschickter Bote die geschuldeten Beträge beibrachte. Er wagte sich nicht auszudenken, was ihm geschähe, könnte er die Summe nicht beschaffen.

Um sieben schuldete er Achtzigtausend, und selbst kulante Mitspieler weigerten sich mit dem Hinweis, nicht gegen ihr eigenes Geld spielen zu wollen, weitere Schuldscheine anzunehmen. Karl Mund folgte schweigend dem kurzen Disput, blätterte seinen Gewinn durch und kaufte alle Verpflichtungen Hellers zusammen.

»Spielen wir alleine weiter?«, bot er an.
»Natürlich«, nickte Heller heftig. Karl Mund stoppte mit einer Handbewegung den Kartengeber, der wieder verteilen wollte.
»Rufen Sie jemanden an, er soll das Geld herbringen. Hunderttausend, dann leih' ich Ihnen die weiteren zwanzig.«
»Genügt es nicht, wenn wir um neun auf die Bank gehen?«
»Nein«, schüttelte Mund den Kopf. »Das Geld muss her. Die Schuldscheine verlassen diesen Ort nicht, ohne eingelöst zu sein. Also rufen Sie schon an!« Seine Stimme klang jetzt deutlich fordernder. Erwin Heller schwitzte. Nicht der Gedanke an den Verlust, sondern der, dass nur seine Frau berechtigt war, derartige Summen abzuheben, beschäftigte ihn. Sie kannte zwar seine Spielleidenschaft, aber größere Verluste hatte er ihr stets verheimlicht. Er telefonierte.
Es war halb acht, als seine Frau sich meldete.
»Heller?« Sie schien tief geschlafen zu haben, und Erwin Heller ärgerte sich darüber.
»Renate? Ich bin's. Hör jetzt genau zu. Bitte, steh gleich auf und fahr, sobald die Bank aufmacht, dorthin, sprich mit dem Filialleiter, hebe Hunderttausend ab und bring sie mir sofort hierher.«
»Erwin?«, schrie sie auf, »ist etwas passiert? Wurdest du entführt?«
»Nein, Liebling, es ist nichts. Nur, ich brauche dringend das Geld in bar.«
»Dann geh doch selbst. Auf meinem Konto ist nicht so viel, und fürs Geschäftskonto bräuchst ich deine Unterschrift zusätzlich.«
Das hatte Erwin Heller nicht bedacht.
»Ich kann nicht. Renate, glaub mir doch! Ich werde um halb neun die Bank anrufen, dass du berechtigt bist, den Betrag abzuheben, ja?«
»Erwin, was ist los? Warum gehst du nicht selbst?«
Erwin Heller sah sich um, fühlte sich unbehaglich und schämte sich vor den Männern. So sagte er lauter und härter als nötig: »Ich kann dir's nicht erklären. Renate, du musst es hierherbringen!« Er gab ihr die Adresse.
»Wo ist das?« fragte sie.
»Im Bahnhofsviertel.«
»Also ist doch etwas geschehen?«
»Nein«, entschied er sich für die Wahrheit. »Ich habe verloren. Im Kartenspiel. Jetzt weißt du es, und ich muss das Geld haben. Bitte, beeile dich!«
»Erwin! Hunderttausend verloren?« Ihre Stimme klang schrill.
»Renate, jetzt ist keine Zeit für Diskussionen. Hol's ab und bring's her«, brüllte er in den Apparat. Sie atmete tief ein und aus.
»Gut, ich komme. Aber darüber sprechen wir noch.«
Erleichtert legte Erwin Heller auf, sah mit verlegenem, um Verzeihung bittenden Lächeln um sich.
»Das Geld kommt. Muss nur um halb neun die Bank anrufen, damit sie's ihr auch geben. Ich halte meine Frau nämlich kurz«, meinte er hinzusetzen zu müssen.
»Spielen wir weiter?«, fragte er Karl Mund.
»Gleich«, erwiderte dieser, erhob sich, trat an eines der Fenster und riss den Vorhang auf. Helles Tageslicht drang ein und ließ die übernächtigten Zockergesichter karikaturenhaft und blass aussehen. Karl Mund tankte mehrmals tief Luft in seine Lungen, bevor er Fenster und Vorhang wieder schloss. Er ordnete einen Kaffee und gab dem Verteiler das Zeichen.
Die Karten flitzten über den Filz. Das

Spiel lief ausgeglichen. Mal gewann Heller ein paar Tausender, mal Mund. Um halb neun instruierte Heller telefonisch den Bankfilialleiter, der versprach, seinem Wunsch nachzukommen.

»In welchem Auto kommt Ihre Frau?«, fragte Karl Mund.

»Mit einem weißen Porsche.« Mund winkte dem Faktotum, der für Kaffee und Verpflegung zuständig war, flüsterte kurz mit dem Klubbesitzer und wies den Alten an. »Geh auf die Straße, sonst findet die Dame den Weg nicht hierher. Sie kann auf dem Hof parken.«

Trotz des Geräusches, das der Porsche bei der Einfahrt in den Hof machte, war der Eintritt der großen, blonden Frau fast unbemerkt geblieben. Alle Anwesenden starrten auf die Spieler, die ihre Karten in der Hand verborgen, einander ansahen. Auf der Tischmitte lag bereits mehr als die mit Kredit zugesagten 20.000, und doch war das Ausreizen der Karten erst am Anfang. Jeder war sicher, ein unschlagbares Blatt zu besitzen.

Da trat Renate Heller ein. Nur schwer lösten sich die Blicke der Anwesenden von den Vorgängen am Tisch. Als letzter blickte Karl Mund auf. Seine Augen verengten sich.

»Klasse Frau«, dachte er. »Viel zu schade für den schlappen Sack.«

Ihr schulterlanges Haar fiel glatt herab. Große, blaue Augen, eine kurze, gerade Nase und ein sinnlicher, breiter Mund, der jetzt zornig verzogen war, lagen über dem runden, festen Kinn. Ihr Hals war lang und schlank. Ihre helle Bluse verbarg nichts, ließ die dunklen, spitzen Nippel ebenso erkennen wie die gut geformte Brust. Ein Krokogürtel umspannte die schlanke Taille, und die hauteng sitzende, hellbraune Stoffhose gab keine Rätsel auf. Sie schloss die Tür, trat näher und sagte mit einer Stimme, die ahnen ließ, dass das, was sie tat, ihr wider den Strich ging: »Hier hast du's«, und warf den prallen Umschlag vor Erwin auf den Tisch. Ein dickes Bündel Fünfhunderter rutschte raus auf den grünen Filz.

»Danke«, sagte Heller kurz und schob den Umschlag rüber zu seinem Kontrahenten Karl Mund. Der legte seine Karten vorsichtig mit den Bildern nach unten auf den Tisch, zog das Geldbündel zu sich, zählte es durch, schob Heller die Schuldscheine zu und entnahm auch dem in der Mitte liegenden Pott die handschriftlichen Zettel und ersetzte sie durch Bargeld.

»Sie spielen nicht?«, fragte Mund die Frau und schaute sie mit spöttischem Lächeln an.

»Ich kann mir einen besseren Zeitvertreib vorstellen«, erwiderte sie spitz. Karl Mund grinste.

»Ich mir auch«, sagte er anzüglich. Ihm entging das kurze Aufzucken der Iris nicht, bevor ihr Blick wieder gleichgültig wurde.

»Es ist die letzte Partie, bleiben Sie doch«, sagte Karl Mund, als sie sich der Tür zuwandte. »Vielleicht gewinnt er alles zurück, oder sie müssen nochmals tätig werden.«

»Nein«, sagte sie kalt und klar. Dennoch blieb sie, beobachtete schweigend.

»Los, weiter, weiter«, drängte Erwin Heller und wandte sich an seine Frau. »Es ist wirklich das letzte Spiel. Wir gehen dann«.

Er hob seine Karten an. Misstrauisch schaute er hinter sich, ob ihn auch niemand beobachtete, führte das Blatt dicht vor sein Gesicht und fächerte es langsam auf, um sich erneut davon zu überzeugen, dass er das hatte, was er bereits seit zehn Minuten wusste. Vier Damen. Weil er

beim Kaufen einen König und ein As weggeworfen hatte, hielt er den besten Vierer in der Hand, den es in dieser Runde gab.
»Nun was ist?«, forderte er Karl Mund auf. »Machen Sie zu, oder setzen Sie nach?« Mund ließ die Karten auf dem Tisch und fixierte sein Gegenüber.
»Nachsetzen?«, fragte er ihn. »Sie haben zwar alles bezahlt, doch jetzt liegt der Rest ihres Geldes bereits im Topf. Wenn ich erhöhe, müssten Sie den Betrag auch bringen, doch Sie haben nichts mehr.«
Heller verschluckte sich. Sein Gegenüber hatte zwar recht, aber er ärgerte sich, vor allem jetzt, wo er eine kaum zu überbietende Siegeskarte hatte.
»Das ist ein ganz übler Trick, mit dem Sie mich rauswerfen wollen, ich habe doch Kredit, habe doch bisher alles bezahlt!«
»Aber ihre Frau hat gesagt, sie holt nichts mehr. Und es zählt nur das, was cash gebracht wird.« Damit griff er in sein Geldbündel, zählte es durch, warf Achtzigtausend in die Tischmitte und sagte: »Ich gebe Ihnen Gelegenheit, ihre hundert Mille zurückzugewinnen. Doch jetzt fehlen sie mit achtzig …«
Erwin Heller kochte vor Wut. »Sie spüren, dass ich ein bombiges Blatt habe. Sie wollen mich betrügen. Ich werde die Polizei rufen!«
Er hatte noch nicht ganz ausgesprochen, da veränderten die Anwesenden bedrohlich ihre Mienen. Selbst seine Frau schüttelte den Kopf über so viel Dummheit. Sofort beschwichtigte er.
»So habe ich's nicht gemeint. Natürlich hole ich keine Polizei, aber ich lasse mich nicht verladen. Ich habe eine Riesenkarte, und Sie wollen mich durch Ihre Regeln aufs Kreuz legen …«

»Die Regeln sind auf der ganzen Welt gleich«, unterbrach Mund. »Wer kein Geld mehr hat, kann nicht mehr spielen. Bringen Sie nun die achtzig oder geben Sie auf?«
»Niemals«, schrie Heller. »Ich bin besser als Sie. Renate!«, er drehte sich bittend zu seiner Frau. »Geh' zur BFG und hol die Achtzigtausend. Bitte! Ich kann mit diesem Blatt nicht verlieren.«
»Nein«, sagte sie hart, »ich hab's dir gesagt. Brich ab.«
»Es ist mein Geld«, schrie er sie an. »Alles mein Geld, und du hast zu tun, was ich dir sage. Du bist meine Frau!« Blut stieg ihm in den Kopf, verwandelte sein Gesicht in eine überreife Tomate. Alle Anwesenden starrten auf die Frau. Sie wurde blass. Ihre Augen zogen sich zusammen. Beherrscht erwiderte sie: »Es mag sein, dass es dein Geld, oder das deiner Firma, oder das deiner Eltern ist. Und du kannst dir alles damit kaufen, nur nicht meinen Weg zur Bank!«
Ihre Lippen vibrierten und in den Augen erschienen kleine Tränen der Wut. Karl Mund betrachtete die Szene. Ihm imponierte diese Frau. Ruhig sprach sie weiter: »Ich sage es dir noch einmal. Lass das verfluchte Geld sausen und komm mit.«
Erwin Heller tat, als hätte er nicht gehört, sondern wandte sich an Karl Mund: »Ich selbst gehe, sollte ich wirklich verlieren, anschließend mit Ihnen zur Bank«
Mund schüttelte den Kopf. »Sie kennen doch das BGB? Spielschulden sind nicht einklagbar. Wenn Sie nicht zahlen, kostet mich das achtzig Mille und noch ein paar Tausender, um Sie anschließend verprügeln zu lassen. Geh'n Sie!«
»Nein!«, geiferte Heller, der sich in der letzten halben Stunde total verändert hatte.

Die Augen quollen hervor und standen vor seinem Gesicht wie bei einem Frosch, das Haar lag schweißnass angeklebt flach am Kopf, und da, wo seine Hände den Filztisch berührten, bildeten sich feuchte Flecke. Seine Stimme vibrierte »Sie müssen mir die Chance geben. Sie müssen!«
»Ich muss gar nichts«, stellte Mund fest, »aber ich mache Ihnen einen Vorschlag.« Sofort wurde es still.
»Was für einen Vorschlag?«, fragte Erwin Heller.
»Ein Pfand!«
»Ein Pfand? Welches Pfand! Ich habe keine Wertgegenstände in dieser Höhe bei mir.«
»Nicht?« Karl Mund runzelte die Stirn. »Da bin ich anderer Meinung«. Er wies mit dem Kopf auf die Frau. »Sie unterschätzen den Wert Ihrer Frau. Wenn Sie verlieren, gehört die Frau bis morgen mir. Dann können Sie sie, wenn sie Ihnen achtzig Mille wert ist, einlösen. Morgen, nicht heute!«
Die Anwesenden, die Karl Mund kannten, waren erstaunt. Nie im Leben hatte dieser Mann Geld für eine Frau ausgegeben, immer nur umgekehrt. Der Frau schoss die Röte ins Gesicht und sie brauste auf. »Du nimmst diesen Vorschlag doch nicht etwa ernst?«, fragte sie ihren Mann. »Abgesehen davon, dass das gegen meinen Willen nicht geht.«
Ihr Mann sah von Karl Mund auf seine Frau, ächzte, atmete tief ein und aus, und die Schweißtropfen fielen von seiner Nasenspitze in schneller Folge auf seine Anzughose und es sah fast so aus, als hätte er sein Wasser verloren. Dann winkte er seine Frau zu sich.
»Renate, komm her, bitte, sieh dir das Blatt an, bitte, na komm doch schon! Sieh, ich kann gar nicht verlieren. Komm nur, schau!« Er wurde wütend und lauter, weil sie sich nicht bewegte.
»Erwin, du willst das doch nicht im Ernst erwägen?« Ruhig trat sie jetzt an den Tisch, stützte sich mit beiden Händen darauf ab und brachte ihr Gesicht über die Tischplatte in die Nähe ihres Mannes. »Es geht nicht um todsichere Blätter, um gewinnen oder verlieren, sondern darum, dass du deine Frau weder verpfänden noch verspielen kannst wie einen Chip. Ich bin kein Jackpot. Ist dir das klar?«
Erwin Heller sah auf den Tisch, wich ihrem Blick aus und sagte leise, ja er zischte: »Renate, begreif doch! Ich will, ich muss dieses arrogante Arschloch schlagen, und du musst mir dabei helfen. Mir geht's nicht ums Geld. Ich schenke es dir. Alles, was ich gewinne, schenke ich dir. Ich will ihn schlagen. Nur das! Verstehst du?«
Sie starrte ihn eine Minute lang unverwandt an, doch er hielt die Augen gesenkt und wiederholte immer nur den letzten Satz: »Ich muss ihn schlagen!«
Renate Heller sah auf einmal sehr erschöpft aus. Sie trat vom Tisch zurück, sah einzeln in die Gesichter aller Umstehenden, zuletzt in das von Karl Mund, der ihren Blick ruhig erwiderte. Dann sagte sie mit kaum hörbarer Stimme: »Mach, was du willst!«
Erwin Heller verstand den drohenden Unterton nicht.
»Also gut«, wandte er sich an Karl Mund. »Es gilt! Meine Frau bleibt bei Ihnen, bis ich die Achtzigtausend gebracht habe, wenn ich sie verlieren sollte!«
Mund schüttelte den Kopf. »Morgen, nicht vor morgen, wenn Sie verlieren«, sagte er sanft, doch es klang hart.
»Also gut, morgen«, stimmte Heller zu, kritzelte mit schnellen Bewegungen einen

weiteren Schuldschein, warf ihn auf die Tischmitte und rief: »Hiermit bringe ich den Betrag. Los, decken Sie auf!!« Er warf sein Blatt auf den Rücken.

»Vier Damen!!«, sagte er mit triumphierender Stimme. Karl Mund drehte, als gehe ihn das alles nichts mehr an, seine Karten um. Sie lagen übereinander. Zu erkennen war nur die Kreuz sieben. Fahrig griff Erwin Heller danach und schob sie auseinander. Seine Hand wurde zögernder und zögernder. Kreuz sieben, acht, neun, zehn und Bube. Ein Straight Flush.

Als glaubte er es nicht, wischte Heller nochmals und nochmals mit der Hand darüber, als könne er aus der Spielfarbe einer Karte eine andere machen. Dann, als er begriff, entwich die Luft aus ihm wie aus einem Ballon. Er fasste sich ans Herz, stand auf und schleppte sich ans Fenster, riss es auf und atmete tief ein. Minutenlang sprach niemand.

Dann ging Heller mit staksigen Schritten zur Tür und sagte: »Sie haben meinen Schuldschein. Kommen Sie nachher in mein Büro und holen Sie das Geld. Renate, komm mit. Niemand kann dich zwingen, hier zu bleiben!«

Er zog die Tür auf.

»Na, komm schon, worauf wartest du noch?«

Seine Frau stand zwischen Tisch und Tür. Sie schaute ihn an und drehte ihren Kopf zu Mund, der sie unverwandt ansah, aber keinen Ton sagte.

»Los, komm«, rief Erwin Heller aggressiv und war schon halb aus der Tür.

»Nein!« Sie schüttelte den Kopf.

*Michael Kühn*

*Senta van Fredericana*

# Katharina Kranichfeld

**Das erste Mal für Geld**
Ich stand gerade in der Badewanne und hatte eiskalt geduscht, als das Telefon klingelte. Es war 10 Uhr morgens. Kein vernünftiger Mensch, der mich kannte, würde mich um diese Zeit anrufen. Nach dem fünften Klingeln schaltete sich der Anrufbeantworter ein. Natürlich war es Eva. »Kathrinchen«, flötete sie. »Nimm ab, wenn du da bist. Es ist wichtig. Wir können Geld verdienen!« Meine Neugierde siegte. Fluchend stieg ich aus der Badewanne, schlitterte mit nassen Füßen über den Dielenboden in mein Arbeitszimmer und nahm ab. »Guten Morgen«, sagte ich. »Sieh mal an, da bist du ja!« Wir lachten. »Kathrinchen, morgen um 19 Uhr will Gian Carlo kommen. Er will eine Freundin von mir kennenlernen, die es noch nie für Geld gemacht hat. Der zahlt sehr gut.« Ich schwieg. »Ich habe ihm von dir erzählt, dass du de Sade-Lithografien zeichnest und Mitte fünfzig bist!« Wir lachten. »Komm schon ... sonst verliert er das Interesse. Er hat eine lange Liste.« Sie schwieg und fügte dann hinzu: »Wir brauchen Geld für die Fotoabzüge!« Ich überlegte. Um meine Füße bildete sich eine Pfütze. Nach langem Zögern sagte ich: »Gut, ich komme. Bin um 18 Uhr da! Was soll ich mitbringen?«
»Das Gummi-Zofenkleid ... und Rasieren nicht vergessen.« Ich legte auf.
Nun also war der Augenblick da, wo alles anders werden würde: ich, eine Hure, die es für Geld macht! Mir wurde unwohl bei dem Gedanken. »No risk, no fun,«, flüsterte eine Stimme in meinem Kopf – dann eine schreckliche, kalte Stimme: »Wer sich in Gefahr begibt, kommt darin um!« Es war die Stimme meiner Mutter. Sie versorgte mich mit einer Vielzahl von Zeitungsartikeln: »Frau beim Sonnenbaden im Garten vergewaltigt«, »Mädchen von Mädchenhändler durch Lockangebot von billigen Bikinis in den Laden gelockt. Als die Polizei eintraf, lag sie schon bewusstlos und gefesselt in der Umkleidekabine« So impfte mich meine Mutter gegen die Bosheit der Welt und implantierte mir mein Misstrauen.
Bis jetzt hatte ich dieses »Hurenspiel« nur in Wachträumen durchgespielt.
Dazu ging ich in den Keller, legte mich auf das schwarze Ledersofa und dachte mir die tollsten Geschichten aus. Einmal als Edelprostituierte bei berühmten Persönlichkeiten. Dann wieder eine, die Hausbesuche machte und zu verrückten Leuten gerufen wurde. Ich ging zu Psychopathen, die ihren Dampf über ihr verkorkstes Leben am liebsten bei Prostituierten abließen. Die brutalen Monster gaben keine Ruhe, bis sie ihr Machtbedürfnis nach absoluter Kontrolle über mich befriedigt hatten, mich gefügig machten und mich demütigten, bis ich seelisch gebrochen war. Ich wurde im Keller eingeschlossen, man band mich nackt auf alle möglichen Fesselgeräte und fotografierte mich so. Aber immer gelang es mir, diesen gefährlichen Abenteuern heil zu entkommen.
Oft verkleidete ich mich als Mädchen. Ich zog die angemalte Gipsmaske mit den blutroten Lippen über das Gesicht. Und die Perücke mit den langen blonden Zöpfen über mein dunkelblondes Haar Ich wurde zu eleganten Damen bestellt.

Die leckte ich oder fickte sie mit umgeschnalltem Dildo. Ich wollte eine hervorragende Hure sein.

Diese Fantasien wurden gespeist von den elektrisierenden Sexorgien, die ich in den Clubs kennenlernte, in die mich Eva mitnahm. Eva arbeitete ab und zu als Domina in dem Studio ihrer Freundin Victoria. Eva war meine Lehrmeisterin. Sie hatte mich gelehrt, wie ich meine eigenen Ängste und psychologischen Hemmungen langsam abbauen konnte, damit unser gemeinsames Spiel nicht zu sehr erschwert würde.

Ich ging ins Badezimmer zurück, trocknete mich ab und betrachtete mich im Spiegel.

Es gefiel mir nicht sonderlich, was ich sah. Meine dunkelblonden Haare brauchten dringend wieder einen Friseur. Sah man mir mein Alter an, ich, eine Frau Mitte sechzig, oder würde man mich jünger schätzen?

Mein Gesicht entsprach dem einer fast sechzigjährigen Frau. Ich cremte es ein und schob die Wangen- und Kinnpartie nach oben. Das so gestraffte Gesicht entsprach schon mehr dem Bild, das ich wünschte. Die Hamsterbäckchen müssten verschwinden, die Tränensäcke und die Schlupflider auch. Aber trotzdem würde ich nie Face-Lifting machen lassen. Ich ließ das Handtuch fallen und musterte meine Figur. Ich zog meinen Barockbauch ein. Das Einzige, was unter meinem strengen Blick bestand, waren meine kleinen Brüste mit den großen Brustwarzen. Ich drehte mich um, kniff den Po zusammen und besah mich von hinten. Mit meinem drallen, bäurischen Po konnte ich noch ganz zufrieden sein. Er hing zwar etwas, war aber immer noch prall und von guter Form. Leichte Cellulitis.

Plötzlich hörte ich von ganz großer Ferne Lisas Stimme: »Zeig Enrico deinen Po!« Die Wohngemeinschaft in Berlin. 1975. Lisas Zimmer und mein Zimmer waren nur durch eine dünne Verbindungstür getrennt. In dieser Nacht war es wieder sehr laut. Sie feierte. Ich musste am Morgen eine Klausur schreiben. An Schlaf war nicht zu denken. Wütend schob ich die Tür auf und sah in einen nebeligen Raum: Zigarettenrauch, Haschgeruch, Duft von Räucherstäbchen und Katzengestank. Die rauchige Stimme von Klaus Kinski tönte vom Plattenspieler: »Ich bin so wild nach deinem Erdbeermund«, rezitierte er Francois Villon. Lisa lag nackt auf ihrem alten Sofa mit dem bunten Ke-

lim, obenauf ein dunkelhaariger schlanker Hüne. Auf dem Boden stand eine leere Weinflasche. Sie fickten wild.

Ich wusste nicht, wie lange ich dastand und mir als Voyeurin ihren wilden Exzess anschaute. Ich konnte die Lust der beiden ineinandergekrallten Körper wie ein elektrisches Knistern spüren, das derart erregend war, dass ich das wohlbekannte Kribbeln in den Lenden spürte. Die beiden ahnten meine Anwesenheit. Eine Peep-Show, für mich inszeniert. Als sie entspannt in seinen Armen lag, mich mit ihren leuchtenden Augen in schönstem Azurblau ansah, exotisch wild wie eine Zigeunerin mit ebenholzschwarzem, schulterlangem Haar, den kleinen, festen Brüsten, neben sich die schwarze Katze, rief sie: »Zeig Enrico deinen Po!« Schlaftrunken hob ich mein Nachthemd hoch und bot ihm meinen Po dar. »Das ist der schönste Po von Berlin!«, rief er entzückt und gab mir einen Klaps. Seitdem wusste ich, dass ich den schönsten Po von Berlin hatte.

Die Traumfetzen waren in die Unendlichkeit davongeschwebt. Immer wieder war ich mit meinen Gedanken bei der Verabredung. Was würde sich daraus ergeben? Mein anfängliches Unbehagen steigerte sich langsam zu Angstgedanken, die ich fast nicht mehr kontrollieren konnte.

In der Nacht schlief ich sehr unruhig. In dem Moment, als ich die Nachttischlampe ausknipste, flammte ein abscheuliches Bild vor meinem inneren Auge auf und machte alle Hoffnung auf eine annähernd friedvolle Nacht zunichte. Es war viel realer als eine gewöhnliche Fantasievorstellung, so deutlich und einprägsam, als wäre das Bild eine Wirklichkeit, die sich hier und jetzt abspielte. Ich war plötzlich überzeugt, in rasender Geschwindigkeit auf ein bevorstehendes, schreckliches Ereignis zuzusteuern. Ich lag nackt auf einem Bett. Arme und Beine ausgestreckt, an Handgelenken schon gefesselt. Eine Frau mit langen, blonden Haaren kniete über mir. Sie fesselte mein Fußgelenk. »Nein!« schrie ich. Von diesem Schrei wachte ich auf. Herzrasen. Mein Nachthemd war durchnässt. Draußen war es dunkel. Der Regen peitschte ans Fenster. Der Sturm klapperte an den Fensterläden. Am Morgen fühlte ich mich zerschlagen. Kopfschmerzen. Ich nahm Tabletten. Mein Magen rebellierte, aber ich versuchte, die Reaktionen meines Körpers zu ignorieren. No risk, no fun. In einer Art Trance erledigte ich den Tag über, was erledigt werden musste. Die Angst lag ständig auf der Lauer.

Gegen 14 Uhr begann ich mich fertigzumachen.

Im Badezimmer stellte ich den Whisky auf den Boden. Ich füllte die Wanne mit heißem Wasser, zog mich aus und ließ mich langsam hineingleiten. Ich genoss das heiße Wasser, schäumte mich kräftig mit einem Waschlappen ab und machte gelegentlich eine Pause, um einen Schluck Whisky zu trinken. Im Gefühl, nun wieder gründlich sauber zu sein, legte ich das Stück Seife beiseite und ließ mich in das duftende Wasser sinken. Dampf hüllte mich ein, während der Whisky von innen heraus wärmte. Entspannt stieg ich aus der Wanne und trocknete mich ab. Beinahe hätte ich das Rasieren meiner Scham- und Achselhaare vergessen. Ich fasste mein Haar zu einem Pferdeschwanz zusammen und schlang mehrmals ein Gummiband darum, zog ein schwarzes Trikot über schwarze, enge Leggins. Dazu kniehohe, schwarze Lackstiefel. Gegen 17 Uhr zog ich den schwarzen Lack-Anorak an, nahm die Tasche und den Regenschirm von der Garderobe und verließ eilig das kleine Reihenhaus in der Waldsiedlung im Süden von Berlin. Lautlos drückte ich die Haustür hinter mir ins Schloss.

Es regnete. Ein eisiger Novemberwind wehte mir ins Gesicht. Ich zog die Kapuze hoch. Es war dunkel. Wenige Straßenlaternen erleuchteten den Weg.

Wie ein Dieb huschte ich auf leisen Sohlen durch die Privatstraße. Im U-Bahnhof Yorkstraße in Schöneberg stieg ich die Treppen hinauf. Freudlose Menschen eilten an mir vorbei, erschöpft von der Arbeit. Ein Glücksgefühl durchströmte mich: Ich fühlte mich lebendig und vibrierend: etwas Erregendes würde gleich geschehen. Eva wohnte in einer Seitenstraße mit heruntergekommenen Gründerzeithäusern. Ich durchquerte den dunklen Hinterhof.

Die Haustür im Quergebäude stand offen. Im Treppenhaus war es dunkel und Essensgeruch schlug mir entgegen. Ich stand vor ihrer Wohnungstür. Ich zögerte ein paar Sekunden, die Hand auf den Klingelknopf zu legen. Dann drückte ich die Klingel.

»Ist sie nicht da«, murmelte ich, als auch nach einigen Sekunden keine Reaktion erfolgte. Ich sah den pfenniggroßen Spion, der in Kopfhöhe in die dunkelbraune Holztür eingelassen war. Auf den ersten Blick schien das winzige runde Glasauge schwarz, aber aus einem bestimmten Winkel heraus konnte ich sehen, dass dahinter Licht brannte. Vielleicht störe ich sie gerade mit einem Kunden, dachte ich. Dann könnte ich auf dem Absatz kehrtmachen! Unsinn, du ziehst es jetzt durch! Ich streckte die Hand nach dem Klingelknopf aus und drückte ihn so lange, bis das Geräusch von Schritten durch die Tür drang. Dann war das Klirren einer Kette zu hören, die Tür wurde geöffnet und meine Göttin mit den langen blonden Haaren blickte zu mir herab. Sie trug ihr sündhaft teures Burgfräulein-Kleid: eine transparente, hauchdünne violette Latexbluse mit langen Puffärmeln und gerüschtem, bodenlangen blau-metallic Gummi-Rock. Kniehohe schwarze Stiefel mit hohen Absätzen. Ein schwarzer Gummi-BH betonte ihre großen, festen Brüste.

Immer wenn ich dieses Kleid sah, musste ich an unsere erste Begegnung vor zwei Jahren denken: Maria nahm mich damals mit in einen Szene-Club. Sie schminkte mich und setzte mir eine schwarze Perücke auf. Wir saßen an der Bar. Es war voll. Da drängte sich eine hochgewachsene aufsehenerregende Frau dicht an mir vorbei. Ich konnte ihr teures Parfüm und den Gummigeruch riechen. Über ihrem langen Gummi-Kleid trug sie ein weites, rotes bodenlanges Cape. Um den Kopf hatte sie sich aus einem gold-metallic Latextuch einen Turban geschlungen. An der Kette zog sie einen hageren, nackten Mann, der als Sklave in Ledergeschirr gekleidet war, hinter sich her. Seine Hände waren auf dem Rücken gefesselt. Sie ließ sich in einen schwarzen Ledersessel sinken. Der Sklave kniete vor ihr auf dem Boden nieder, den Kopf auf das Kinn gesenkt, wenig später kniete ich genauso neben ihm, schaute zu ihr hoch und fragte sie, ob ich sie als Modell malen dürfte. »Komm rein«, sagte Eva, drängte mich in die winzige Diele und schloss hastig die Wohnungstür.

Eva war Mitte fünfzig und hatte die Eleganz einer Herrin. Sie sah verführerisch aus: sie hatte etwas Rouge auf ihre Wangen gelegt und einen scharlachroten, feucht wirkenden Lippenstift aufgetragen. Lidstrich und die Lidschatten waren kräftig. Sie strahlte eine Sinnlichkeit aus, die mich erregte. Eine Art sonderbarer Magie, die ich nicht ganz verstand; und mit dieser Aura entspannte sie mich. Sie ließ das Gefühl in mir entstehen, als wäre mit der Welt alles in Ordnung. Das erfüllte mich mit der Hoffnung auf ein paar aufregende, nicht gefährliche Stunden.

Die rubinroten Samtvorhänge waren zugezogen. Leise Musik plätscherte im Hintergrund. Das Licht gedämpft, sodass der Großteil des Zimmers im Dunkeln lag. Nur über dem Tisch brannte noch eine einsame Lampe mit rotem Lampenschirm und tauchte die gläserne Platte und unsere Gesichter in rotes Licht. Hinter uns

schwarzbraune, tiefe Schatten. Der Tisch war leergeräumt und auf dem polierten Glas lag nur eine schwarze Augenbinde. Im dämmrigen roten Licht vor dem Schrank mit der Spiegeltür begann ich mich umzukleiden. Als ich das Trikot und die Leggins auszog und beiseite warf, merkte ich, dass meine Hände zitterten. Als ich nackt war, reichte mir Eva einen Gummi-BH und ein Gummi-Höschen. »Carlos mag es, die Unterwäsche zu zerreißen, dass du nicht erschreckst!«, sagte sie. Meine Hände zitterten noch immer, als ich das Zofenkleid überstreifte. Und trotzdem war es ein erregendes Gefühl, als der enge, stramme Gummi langsam über meinen Oberkörper glitt. Behutsam zog Eva den Rückenreißverschluss zu. Je höher der Verschluss glitt, umso strammer umspannte der Gummi meine Brüste. Als dann der Reißverschluss bis zum Ausschnitt geschlossen war, steckte ich in der schwarzen, glänzenden Haut. Ich trug nun ein Mini-Kleidchen aus feinem, schwarzen Latex mit kurzen Puffärmeln, einen tiefen, viereckigen Ausschnitt, der mit weißen Latex-Rüschen verziert war. Das weite, faltenreiche Röckchen bauschte sich um meine Hüften.
Dann holte Eva aus dem Kleiderschrank ein schwarzes Latex-Teil: eine Haube, die den Kopf eng umschloss. »Zieh das an«, befahl sie mir, und ohne lange Vorrede zog sie den Reißverschluss auf und stülpte mir das Ding über den Kopf. Ein beklemmendes Gefühl kroch hoch: die Angst, nicht atmen zu können. Aber ich hatte schon davon geträumt, einmal so eine Maske zu tragen. Vorsichtig steckte sie meine Haare unter das Gummi. Es ziepte.» Du solltest mal wieder zum Friseur gehen. Kurze Haare sind besser!« Sie massierte so lange an der Maske herum, bis Augen, Nase und Mund genau an den richtigen Stellen saßen. Dann schloss sie den sich hinten befindlichen Reißverschluss, und wie eine zweite Haut spannte sich der Gummi um meinen Kopf. Sie betrachtete mich mit wohlgefälligem Grinsen: »Eine tolle Gummipuppe! Carlos wird geil wie Puma-Scheiße werden!« Wir kicherten wie Schulmädchen.
»Ich muss mal auf die Toilette«, sagte Eva und ging ins Bad.
Kaum allein, betrachtete ich mich im Spiegel. Ich sah aus wie die Gummimädchen in den Fetisch-Magazinen..Ich war in die Haut eines jungen Mädchens gekrochen. Ich fühlte mich jung und begehrenswert. Die Spuren meines Alters waren hinter der pechschwarzen Haube verschwunden.
Etwas unheimlich sah ich aus, nur die roten Lippen und die Augen schauten aus den Löchern heraus. Die schwarze Maske und meine pechschwarze Haut erinnerten mich an den schwarzen Mann, mit dem man mir als Kind beibrachte, brav zu sein. Die Härchen stellten sich auf. Ich bekam eine Gänsehaut, das wohlige Kribbeln der Angst durchfloss mich. Die Angstlust hatte ich seit Kindertagen. Meine Haut prickelte lebendig wie tausend winzige sensible Finger, die mich streichelten. Es war elektrisierend, dass ich dieses Wagnis eingegangen war. Bald würde sich der Vorhang meiner Ängste heben. Ich zitterte und war zugleich entzückt. Gebannt starrte ich in mein Spiegelbild.
Ein höllischer Schmerz an meinen Handgelenken riss mich brutal in die Wirklichkeit zurück. Eva umklammerte sie mit einem eisernen Griff. Mit geübten

Händen legte sie mir Handschellen um, kettete meine Hände zusammen und drehte den Schlüssel im Schloss herum, legte den Schlüssel auf die Kommode und drehte sich zu mir um. Über ihrem Kopf tanzten rote Lichtstrahlen wie ein Gloriolenschein. Ihr schulterlanges platinblondes Haar und ihr grell geschminktes Gesicht leuchteten im roten Schein der Lampe hexenhaft. Sie schaute sardonisch lächelnd auf mich herab: »Carlos will Fesselspiele, meine Süße!«. »Das hast du mir aber nicht gesagt!«, wehrte ich mich. »Ach, das habe ich vergessen!«, lachte sie. Im Spiegel sah ich meine Hilflosigkeit: da stand ich nun, mit dem schwarzen Zofenkleid und schwarzer Haube, mit gestiefelten, gespreizten Beinen und vor dem Bauch meine gefesselten Hände, ihr ausgeliefert. Ich wäre nicht einmal in der Lage, eine Tür zu öffnen »Sei doch nicht albern, Süße. Denk an das Geld. Lass es einfach über dich ergehen. Dann hast du es schnell hinter dir!«, sagte sie mit Lächeln in ihren blauen Augen. Aber es waren keine warmen Augen mehr. Diese kalten Augen jagten mir Angst ein. Ich zitterte. Schweiß brach mir aus. Mein Herz pochte wie wild. Ich trat einen Schritt zurück.
»Mir wird schwindelig«, jammerte ich.
»Lächerlich«, höhnte sie.
»Dein Sträuben kannst du dir für Carlos aufheben, das gehört zum Spiel. Das macht ihn noch wilder. Hast du verstanden.« Jetzt wurde Evas Ton heftiger.
»Sie meint es ernst«, dachte ich.
Sie stand dicht hinter mir, blickte in den Spiegel und zog seelenruhig mit dem Lippenstift ihre Lippen nach.
»Eva, wirklich, mir ist nicht danach. Mir ist schwindelig. Hol den Schlüssel und schließ auf. Ich mach es Carlos, du weißt schon, auf die andere Art!«, jammerte ich.
»Bist du sicher, dass du das willst?«, fragte eine kalte Stimme in mir. »Bist du wirklich sicher, dass du überhaupt Sex mit diesem Mann haben willst?«
»Ich werde dich befreien, wenn du zu Carlos sehr, sehr lieb bist … kannst du sehr, sehr lieb sein?« fragte sie mit drohendem Unterton.
Ich wollte diese Spiel nicht mehr. Ich zitterte. Herzrasen. »Hör auf Eva, mach diese albernen Handschellen los. Ich fühle mich nicht sexy, ich komme mir nur lächerlich vor.«, flehte ich.
»Du blamierst mich noch bis auf die Knochen!«, schrie sie. Auf ihrem Gesicht lag solcher Zorn, dass mir ein Angstschauder über den Rücken lief. »Ich werfe den Schlüssel ins Klo!«
»Bitte nicht!«, jammerte ich.
»Ich werde dich ans Bett anketten und dann gehe ich mit Carlos essen! Dann kannst du sehen, wer dich in dieser Nacht befreit!«, knurrte sie. Ich starrte sie entgeistert an. Ist sie verrückt?, dachte ich, oder gehört das zum Spiel? Sie flößte mir eine Heidenangst ein. In ihren Augen lag ein fremder, unerbittlicher Blick, den ich nie zuvor an ihr gesehen hatte. Jetzt fiel mir auf, dass sie einen Knebel in der Hand hielt.
In diesem Augenblick klingelte es an der Wohnungstür. Sie band mir hastig die Augenbinde um. Dann öffnete sie die Tür …

*Andreas Maria Kahn*

## Norbert Tefelski

*RandArscheinung 32a/2017*
**Skinny-Jeans**

Die Hosen wie mit Gips gefüllt
robotern sie stramm vorbei
Kein Stoff, der um die Kurven spielt
kein Backenpaar wackelt frei

Figur'n aus Barbies Spielzeugreich
so starr wie aus Styropor
Da nehm ich mir doch lieber gleich
'ne Schaufensterpuppe vor

(Die ist keinesfalls weniger fesch
und verschont mich mit Teeniegewäsch)

*Andreas Maria Kahn*

# SAID

**meine knallroten zehennägel**
das auto fuhr an den rand des trottoirs. die männer hatten das café fest im blick. die art, wie sie nach meinen knallroten zehennägeln gierten, machte mich unruhig. ich erhob mich und hängte meine handtasche über die schulter. man tat mir den gefallen und fuhr langsam ab. ich folgte mit gemessenen schritten. meine brüste wogten hin und her und die nippel standen bereits ab.
es war nicht die begierde, die mich antrieb, sondern die versuchung, einen fremden zu berühren. bis mein körper nicht einen einzigen geheimen winkel mehr besitzt, bis mein gang alle beherrschung abwirft.
an einer sackgasse hielt das auto an. drei männer stiegen aus und verwickelten mich in ein gespräch. von ihren reden verstand ich wenig, fand aber, dass sie sprachen wie jemand außerhalb der zeit – falsch, aber schön.
dann flüsterten sie in einer sprache, die ich nicht kannte. mir wurde klar, dass sie eine wahl trafen. zwei stiegen ein und versperrten mit dem auto den eingang der gasse. der dritte mann lehnte sich an das auto und wartete. der gedanke an flucht ist mir gar nicht gekommen. wenn ich fliehe, selten genug, wälze ich mich auf den rücken und nehme die position ein, die den angreifer begünstigt. bis er wiederkommt, bis ich die scham verliere und erzähle.
der mann machte eine eindeutige geste. ich zierte mich nicht lange. wie gern ich seine schritte hinter mir hörte.
dann hatte ich plötzlich ein dringendes bedürfnis und wollte gar nicht erst dagegen kämpfen. ich setze mich auf den bordstein, das eine bein angewinkelt, das andere ausgestreckt. ich ließ die pisse in die handschalen rinnen und besprengte damit die tauben, die um meinen füßen nach brotkrumen pickten. das plätschern löste den rest anspannung und stimmte mich fröhlich. ich sprang auf, schob die hand unter das kleid und klatschte auf die nackten brüste. die tauben flogen auf; der mann öffnete seine hosentür.
die art, wie er seinen schwanz hielt, machte mich kirre. ich hatte den eindruck, mit dem schwert in der hand sei er unbesiegbar. ich schob die träger meines kleids über die schulter, bis meine brüste vor seinen augen wippten. erst kratzte er sie mit den fingernägeln, um mich auf wehleidigkeit zu prüfen, sagte er. ich hielt seinem blick stand, senkte leicht den kopf, strich die haare hinter das ohr und fuhr mit der zunge über die lippen.
er führte mich zur mauer, lehnte mich mit dem rücken daran und umspannte mich mit beiden armen. ich brauchte nicht nach ihm zu rufen. seine finger fanden mich und bedrängten alles.
er sagte, die dinge zu missbrauchen sei eine wesentliche voraussetzung, um ihrer herr zu werden. so verfuhr er dann mit meinen brüsten – als hätte er lange gedurstet.
mich bereit zu halten, erregte mich. die erregung ging von meinen brustspitzen aus und die bedürftigkeit auch – bis zu den zehen.
er legte seinen mund auf meinen und machte sich daran, mich in grausamen

zügen zu trinken. ich hatte die vision, daß er sich von mir ernährt. in diesem moment war mein begehren für alle richtungen offen – genau das machte aus ihm etwas besonderes. als hätte er das gespürt, ließ er von mir ab, drehte sich um und pfiff. das auto wendete und die hintere tür wurde geöffnet. ich hatte gerade noch zeit, einmal sein geschlecht zu streicheln und meine brüste ins kleid zu stecken.
bald verlor ich die orientierung und wußte nicht mehr, in welchem stadtviertel wir waren, als das auto hielt und uns verließ. in dem raum, der niemandem gehörte, zeigte er auf meinen breiten gürtel.
– ob er uns vor der außenwelt schützt? schon ahnte ich, daß er mich hernach verlässt. dass ich bei ihm das gewohnheitsrecht nicht geltend machen konnte. er sagte, er wolle mich nur einmal ausprobieren. er zog mich aus, legte mich aufs bett und befahl, nichts zu tun. dann begann er, mein geschlecht zu küssen, er tat nichts anderes. eine zeitreise begann – mit verschiedenen tempi. ich flüsterte, ich schrie, ich weinte. und ich ging denselben weg zurück zu seinem mund.
– jeder mund, den du fortan berührst, wird nach meinem schmecken.
ich verging fast vor lust; so anmaßend war er.
sein geschlecht starrte mich an. als wäre ich eine feindliche armee, die es zu besiegen galt.
die dunkelheit im raum erhöhte mein begehren. ich streckte die hand aus und wollte ihn berühren, doch ich sah seine augen nicht.
– ich habe angst.
das sagte ich und hoffte, dass er weitergeht. sein schwanz wurde hart in meiner hand, und ich kniete zu ihm runter.

ich versuchte ihn mit meiner zunge zu beschwichtigen; doch er war ungestüm. ich schloss die augen und gab mich hin – ihm, seinem schwanz und was sie mit mir vorhatten. bis er in mein haar griff und meinen kopf hochzog – ich öffnete die augen und blickte auf. er ließ aus seinem mund einen faden auf mich herabtropfen. mit der zunge fing ich ihn auf, ohne die umrisse seines gesichts aus den augen zu lassen. selbst die verachtung in diesem blick erregte mich.
dann drang er ein, als ob er den moment abgewartet hätte. er fluchte, nannte mich eine schlampe und drang voller gewalt ein. das gefühl, machtlos zu sein, vergrößerte die kluft zwischen uns und trieb ihn an, noch härter vorzugehen. ich versuchte, unmündig zu bleiben und öffnete mich weiter. damit er die wunde sah, die er mir zugefügt hatte, damit er zu ihr zurückkehrte.
hernach sprach er nicht mehr, er fluchte nicht einmal. er stand über mir und schaute zu, als wollte er die grenzen meines körpers abzeichnen – für später, für sein gedächtnis.
mein körper lag unordentlich herum. die beine angewinkelt, das gesicht verzerrt, der mund verschmiert mit lippenrouge. ich schaute hinauf und wusste, dass er meinem körper etwas gutes angetan hatte. dafür erzählte ich ihm von seinem geschlecht. ich wollte, dass er sich mit ihm versöhnte.
seine stimme zitterte, er stammelte etwas unverständliches, öffnete die tür und ging hinaus. was er gegeben hatte, klebte zwischen meinen schenkeln. meine aufgewühlten partikel fügten sich mählich zu einem körper. und er dachte nicht daran, sich zu bewegen.

*Volker Barthold*

# Thomas Feix

**Acht auf einen Streich**

Es war in einer Wohnung im ersten Stock eines alten Mietshauses in einem der Außenbezirke der Stadt. Eine Wohnung mit Bettgestellen und Spinden als Rotlichtbetrieb hergerichtet und jedem zugänglich, der Eintritt dafür zahlte. Dort habe ich ein einziges Mal an einem professionellen Gangbang teilgenommen.

Die raue, erbarmungslose Massennummer, ein ständiges Hereinkommen und Hinausgehen, und auch sonst alles sehr laut. Doch keine erbarmungslosen oder rauen Typen mit dabei. Bloß ein Haufen Unbekleideter. Auch keine Huren, die die Männer reihenweise auffraßen. Außer einer einzigen vielleicht.

Mit Badelatschen an den Füßen und Handtuch um die Hüften bin ich aus dem Umkleideraum bis zum ersten von den Zimmern und habe durch die weitaufgesperrte Tür hineingesehen. Die Fenstervorhänge waren zu. Nur eine Tischlampe mit schwachem Schein war an. Auf dem roten Tuch des Doppelbettes ließ sich gerade eine Brünette von vorn durchnehmen. Die beiden Lautsprecher an der Decke oben spielten Techno dazu. Die Hände der Brünetten umklammerten die Unterarme des Fickers über ihr. Sein Gesicht sah ich nicht. Dafür das Wippen seiner Klöten. Ihr Gesicht erblickte ich ebensowenig. Aber die auseinandergespreizten Beine reckte sie schön hoch. Dadurch hatte ich volle Sicht auf ihren kleinen dunklen Anus und wie er scheinbar im Takt der Dauerbässe auf- und niederhüpfte. Der offene Zwickel ihrer Netzstrumpfhose gefiel mir. Ich bin dann

*Daniel Frank*

aber weg von der Tür. Der Spiegel an der Wand gegenüber störte mich.

Auf dem Flur lief eine sonnenbankgebräunte Blondhaargefärbte umher. Zierlich und um die Anfang vierzig.

In Jogginganzug und Turnschuhen verschwand sie im Bad, in Pumps und cremefarbenem Torselett kam sie wieder heraus. Keine Strümpfe an. Die Strapsbänder hingen lose herunter. Einen Slip trug sie ebenfalls nicht. Aus rein praktischen Erwägungen heraus wahrscheinlich. Es sah dennoch aufregend aus.

Ihr Blick war wie in die Ferne gerichtet, als sie aus dem Bad auf den Flur einbog, sie sah niemanden an. Sie ging bis zum letzten Zimmer durch und ich zusammen mit anderen, die wie ich auf dem Gang herumgestanden hatten, hinter ihr und ihrem blanken Hintern hinterher.

Wohl hatte er zu viel an Volumen und außerdem stark die Cellulitis. Aber eben darum mehr Charakter als ihr Gesicht, fand ich. Die Backen standen ihr hinten weit über, durch die Pumps aber schwebten und wogten sie. Sie schwenkte jetzt ins letzte Zimmer ein, und ihr Hintern schwenkte mit ihr mit.

Drinnen bei Schummerlicht, House und dem Geruch nach spermadurchfeuchteten Kondomen wartete schon ein ganzer Schwung von weiteren Nackten auf sie. Sie legte Schuhe und Mieder ab und schob sich auf die rotbespannte Doppelliege vor. Wie es eine einzelne Frau schafft, es so vielen Männern auf einmal zu besorgen, die sie alle abtatschen, abschlabbern und durchrammeln.

Einige umstanden die Liege in engem Halbkreis. Wie angespannt sie alle waren und wie sie guckten. Sie warteten darauf, bei der Blonden dranzukommen. Dazu hatten sie den Platz auf der Liege von denjenigen einzunehmen, die vor ihnen drangewesen waren. Das Monotone der Musik aus der Box trieb gleichfalls zu Aufmerksamkeit an. Ich saß auf meinem Handtuch auf der Bank in der Ecke, hatte Blick auf alles im Raum und wartete auch. Hast kam auf. Ein Dicker drängelte sich vor. Nachdem die Blonde einen Kerl zuendegeblasen hatte, der mit ge-schlossenen Augen der Länge nach auf dem Rücken liegenblieb,

hielt der Dicke ihr über ihn hinweg seinen Schwanz hin. Sofort belutschte sie ihm das Ding. Vor Erregung wäre er um ein Haar hintenüber von der Liege heruntergekippt.

Ich bemerkte, wie jemand dabei war, vom Platz am Hintern der Blonden aufzustehen. Ehe ein anderer darauf reagierte, drang ich bis nach dorthin vor und kniete mich hin. Ihr Hintern blickte mich jetzt direkt an. Vielleicht sprach er auch zu mir. Jedenfalls erwiderte ich den Blick und horchte auf.

In dem Moment tippte mich ein Typ an. Er bedeutete mir, dass er sich eine viertel

*Les Archives d'Éros*

*Daniel Frank*

Viagra zugefüttert hat, dass die Pille anschlägt und dass er das jetzt schnell ausnutzen will. Er schwitzte unter den Achseln. Ich wich zur Seite.
Er hatte sich ein Gummi aufgezogen, mit viel Gleitgel aus einer Art von Pumpspraydose drauf. Die Blonde blies den Dicken weiterhin, und der Typ packte sie beidhändig bei der Taille, zeigte die Hockstellung und bestieg sie. Deutlich das Geräusch, das patschig, nass und abgehackt einsetzte, genau das Matschen.

Zu dem Klang schlugen ihre Hinterbacken jähe Wellen. Im selben Rhythmus schaukelten ihre Brüste groß und schwer vor und zurück, und die Schübe von hinten her waren es auch, weshalb sie mit der Stirn immer wieder gegen den Bauch des Dicken anprallte. Das alles zusammengenommen, sah lustig aus. Hart aber irgendwie auch.
Die Frist für die beiden war anscheinend erreicht, die Blonde machte sich jetzt für den Abschluss zurecht. Zu dem Zweck griff sie dem Typen mit einer Hand zwischen ihren Schenkeln hindurch an die Eier und streichelte sie ihm. Dem Dicken verpasste sie Spuckefäden auf die Eichelspitze. Er und der Typ erstarrten beide gleichzeitig, und beide gleichzeitig entluden sie sich. Routinierte Dramaturgie. Bis zur letzten Sekunde sah ich mir das an. Die Blonde hob den Kopf, langte sich die Zewarolle und putzte sich an einer doppelten Lage Papier den Mund ab. Der Typ, der Dicke und der Kerl, der auf dem Rücken liegengeblieben war, räumten ihre Plätze und verließen den Raum. Drei andere Nackte drängten dafür herbei.
Sie nahm einen Schluck aus der Colaflasche, die auf dem Beitisch neben mir stand, und ohne mich anzusehen oder etwas zu mir zu sagen, senkte sie den Kopf über meinem Schoß. Mit Zusehen allein war es jetzt für mich vorbei, jetzt hatte sie mich zum Bestandteil ihrer Darbietung gemacht, jetzt bekam ich ihre Routine zu spüren.
Ein Graumelierter hatte jetzt ein Gummi drüber. Im Abstand der Rückenlänge der Blonden voneinander getrennt, blickten er und ich uns gegenseitig an. Ich beobachtete ihn dabei, wie er zitterte und bebte, wie ihm die Glieder flatterten. Wie er schnaufte und keuchte und sich beschweißte und sich seine Finger mit dem goldenen Ring am rechten Ringfinger in das Weiche ihrer Hinterbacken eingruben. Wie er sich abmühte im Willen, sie von hinten zu bespringen. Beinahe dass es ihm misslungen wäre.
Wie sie dann bei jedem einzelnen seiner Beckenstöße in hellsten Tönen aufseufzte und mir dabei ihr Atem am Bauch entlangstrich, fehlte mir das eine Geräusch zu alldem. Es matschte überhaupt kein einziges Mal, geradesowenig auch nur das leiseste Schmatzen. Vielleicht dass es manchmal trocken und verhalten flappte. Als es dem Graumelierten unter Zukken und Stöhnen kam, fing die Blonde plötzlich laut zu summen an. Als wäre sie weggetreten, wie entrückt. Dabei kraulte sie mir mit ihren Fingernägeln den Schaft, da kriegte ich nun das Flattern in den Gliedern, das Zittern und Beben am ganzen Körper, fast dass mich ein Krampf ergriffen hätte, und mit einem Klagelaut, der mir entfuhr, lud ich restlos alles auf die beiden Blatt Küchenkrepp ab, die ich mir bereitgelegt hatte.
Eilig duckte ich mich unter den Augenpaaren der Umstehenden weg. Mit einem Mal waren mir ihre Blicke unangenehm. Wie es mich da gerade geschüttelt hatte, musste ich ihnen eine lustige Figur abgegeben haben. So wenig wie sie mich davor gekümmert hatten, so sehr verunsicherten sie mich jetzt.
Augenblicklich war der nächste Nackte an den Lippen der Blonden dran. Auch an ihre Hinterbacken, die breit ausgestellt mitten aus dem Durcheinander der Leiber heraus emporragten, rutschte ein neuer Typ heran. Mir fiel auf, dass die Säume ihres straffgeflochtenen Zopfes in zahllose einzelne Haare auszufransen begannen. Vom Andrang auf sie kam das, von all

*Daniel Frank*

denjenigen, die nach ihr tasteten und sich an ihr rieben, damit sie sie drannahm. Ich habe mich von der Liege heruntergerollt und bin über den Flur bis zur Dusche hin. Nachschub rückte an. Aus dem Umkleideraum kam er mir entgegen, fünf Nackte mit Handtuch und Latschen. Einer nach dem anderen wehten sie an mir vorbei und verteilten sich auf die einzelnen Zimmer, um dort in die Welt einzutauchen, der ich soeben entstiegen war. Ich war soweit mit allem zufrieden. Bloß das Gesicht der Brünetten hätte mich noch interessiert. Ob es anders als das der Blonden wäre, dessen Ausdruck mir in der Flurbeleuchtung als von Teilnahmslosigkeit erfüllt erschienen war. Besser vielleicht, sich immer nur ihren Hintern zu betrachten und nie ihr Gesicht. Besser die Cellulitefalten und -grübchen als die stumme gleichgültige Miene.
Wenn sie wüsste, dass ihr Hintern wahrhaftiger ist als ihr Gesicht. Das einzig Wahrhaftige an ihr überhaupt. Aber vielleicht weiß sie es, und vielleicht sieht sie deshalb keinen an. Andererseits, wozu in Gesichter blicken, die einem nichts bedeuten. Genau richtig, wie sie es macht. Unter der Dusche dann dachte ich an Technobeats. An Hände, die Unterarme umklammern. An auseinandergespreizte hochgereckte Beine. Ich dachte daran, wie gern auch ich der Brünetten und ihrer Netzstrumpfhose den Ficker gegeben hätte. Ihr Anus, der auf- und niederhüpft, und darüber meine Klöten, die dazu wippen. Und derart im Einklang miteinander dem Höhepunkt entgegen.
Bestimmt hätte ich nach ihr gesehen. In welchem der vier Zimmer sie zu finden wäre. Bestimmt hätte ich sie entdeckt, und bestimmt wäre sie für mich freigewesen. An ihrer Netzstrumpfhose hätte ich sie erkannt. Heruntergerissen vor Leidenschaft hätte ich sie ihr und in einzelne Maschen zerfetzt und die Fetzen um mich herumgeworfen. Nur hatte die Blonde alle meine Kraft aufgebraucht. Genauso wie die Kraft der zwei Männer, die jetzt den Duschraum betraten.
Total leergepumpt, sagte der eine, fix und fertig, und der andere nickte dazu. Die holt auch noch den allerletzten Tropfen aus einem raus, sagte er. Über ihr Gesicht sagten die beiden nicht ein einziges Wort zueinander. Wahrscheinlich deshalb, weil sie es anders als ich nicht zu sehen bekommen hatten.
Ganz wie der Graumelierte und ich hatten sie nach ihm und mir die Blonde gehabt. Einer vorn, einer hinten. Denjenigen, der auf dem Rücken liegengeblieben war, denjenigen, der sich vom Platz an ihrem Hintern erhoben hatte, den Dicken und den mit dem Achselschweiß miteingerechnet, hatte sie acht Mann in weniger als einer halben Stunde bezwungen. Einer Maschine gleich, strengnormierte Arbeitsschritte und nicht das geringste Anzeichen von Ermatten.
Als ich nach dem Ankleiden dem Ausgang zu am letzten Zimmer vorüber bin, habe ich kurz ins Halblicht des türlosen Raumes hineingeblickt.
Die Blonde war noch immer da. Seit über einer Stunde war sie jetzt auf Ellbogen und Knien dort drin auf dem Bett. Viel von ihr sah ich im Auflauf der Gestalten rings um sie herum nicht. Im Grunde genommen nicht viel mehr als ihren Kopf, der in gleichmäßigem Tempo rauf- und runterwalzte.

Daniel Frank

# S. Spartacus

**Opas sündhafte Erbschaft**
Mein Opa Adolf entschlummerte friedlich im eigenen Bett. Es hatte ihm eigentlich nichts gefehlt, wenige Tage zuvor war er zuhause im Wohnzimmer hingefallen und hatte sich dabei die Nase angeschlagen. Omi hatte danach sofort den Arzt gerufen, der Opa gründlich untersuchte. Es sei nichts Ernstes, allgemeine altersbedingte Schwäche. Irgendetwas mit dem Blutdruck sei nicht in Ordnung, doch das sei kein Grund zur Besorgnis. Freilich könne ein Krankenhausaufenthalt nicht schaden, um ihn dort wieder aufzupäppeln. Doch Opa wollte keinesfalls ins Krankenhaus. Sein Hospitalismus saß tief. Als Kind verbrachte er Monate in Krankenhäusern: Ärzte wollten seinen Klumpfuß kurieren, diagnostizieren, amputieren, reparieren. Der Klumpfuß war auch der Grund dafür, dass Adolf den von den Nazis geforderten »Arier-Ausweis« in den 40er Jahren penibel ausgefüllt hatte. Statt des »kleinen Arier-Nachweises«, der für sein bürgerliches Leben im Nationalsozialismus gereicht hätte, entschied er sich gleich den »großen Arier-Nachweis« zu erbringen, zurückreichend bis 1750 zu seinem Ururgroßvater, der Gerber von Beruf war. Zu groß war seine Furcht, die neuen Machthaber könnten ihm »unwertes Leben« attestieren und fortschaffen. Kein Krankenhaus! Daher zog er es vor, einfach zu sterben. Und so schlief er ein. Adolf E., geboren irgendwann 1913, kriegsuntauglicher Patriarch, erzkatholischer Scheidungsrechts-Anwalt im Ruhestand, gestorben Anfang Mai 1992. Einen Monat vor meinem Abitur. Der katholische Cartellverband, eine christliche Burschenschaft, ließ es sich nicht nehmen, bei Adolfs Begräbnis in voller Montur anzutreten und dem alten Adolf das letzte Geleit zu geben.

*Anna-Stina Treumund*

Adolf war Zeit seines Lebens ein Knauser. Jeden Groschen hatte er drei Mal umgedreht, bevor er ihn zähneknirschend ausgab. Wir hätten alle keinen Krieg erlebt, klagte er immer, wenn er Omi wieder einmal eine kleinere Ausgabe für den Haushalt verweigerte. Im Krieg, da musste man sparen! Gespart hatte er, auch mit seiner christlichen Moral. Als er während des Kriegs in seiner Funktion als Jurist mithalf, slowenischen Bauern die Milchkühe zu konfiszieren, für ein Regime, an

das er nicht glaubte. Später rechtfertigte er sein Mitwirken damit, dass er die genaue Anzahl der konfiszierten Tiere notariell dokumentierte. Damit »die Slowenen« nach dem Krieg nicht behaupten konnten, es wären mehr Kühe beschlagnahmt worden. Korrektheit war ihm wichtig. Dass der Krieg enden würde – und nicht zugunsten »der Deutschen«, auch darüber schien er sich damals schon im Klaren. Nichtsdestotrotz trat er in die NS-Reichskammer der Rechtsanwälte ein. Musste man damals, sagte er, da hatte man keine Wahl. Im Bücherregal stand immer noch die gewidmete Ausgabe von »Mein Kampf«, die er und Omi zu ihrer Hochzeit vom »Führer und Reichskanzler« geschenkt bekommen hatten. Sein passiver antifaschistischer Widerstand erschöpfte sich darin, einen Brief an seinen Vater geschrieben zu haben, in dem er diesem darlegte, weshalb der Nationalsozialismus in seinen Augen mit christlichen Werten unvereinbar wäre. Seinen Namensvetter hatte er trotz des Klumpfußes überlebt. Der Goebbels hatte schließlich auch einen, witzelte Adolf später, dem hat er auch nicht geschadet. Mit Kindern konnte Adolf nicht, und ich war in Adolfs Augen bis zu seinem Tod ein Kind geblieben. Außerdem war ich ja ein Bastard, obendrein heidnisch erzogen und verzogen. Ich aß nicht widerspruchslos, was auf den Tisch kam. Beuschel zum Beispiel, da hungerstreikte ich lieber, als das zu essen. Heutige Jugend eben, man kennt das ja. Früher war alles anders. Da war man dankbar, wenn es Fleisch gab. Ich heulte dennoch an seinem Grab, als wäre mein allerbester Freund gestorben. So erbte ich noch kurz vor meinem 18. Geburtstag von Opa 1000 Schilling. Und ich wusste ganz genau, wie ich das Erbe anzulegen gedachte. Ganz unchristlich. Es gab nur ein Problem bei der Sache: Opas Erbe so zu verwenden, widersprach nicht nur dessen christlicher Moral, sondern leider auch meiner unchristlichen. Doch Borneman, der Sexualforscher hatte es ja in seinen Büchern prognostiziert, sadomasochistische Perversion führt unweigerlich ins Rotlicht. Für Abartige wie mich, davon war ich fast selbst nach Lektüre diverser Fachartikel überzeugt, gab es nur einen Weg. Ich würde wahnsinnig werden und meine nicht vorhandene Katze am Küchentisch schlachten, so wie angeblich einst Leopold Ritter von Sacher-Masoch am Ende seines Lebens es tat, wenn ich nicht endlich …
Leonhardstraße 28, komm zu Tina, erotische Massagen, Französisch, Russisch, Griechisch, Englisch, ich warte auf dich!!!
Oft schon war ich – noch nicht volljährig – um das Haus 28 in der Leonhardstraße herumgeschlichen, ein einzelstehendes Haus fünf Gehminuten von der Wohnung meiner Eltern entfernt. Im Hinterhof, der von der Straße aus zugänglich war, gab es eine dreistufige Treppe, die auf eine Art Veranda führte. An einer der Türen dort stand in goldenen Lettern »Tina«. Vor einem Jahr hatte ich dort einen Brief vor die Tür gelegt. Ich sei erst 16, hatte ich darin geschrieben, und dürfe wohl noch nicht anklopfen, doch Miss Tina solle mir bitte schreiben, ob die Möglichkeit bestehe, ihr ihre abgetragenen Schuhe abzukaufen. Ich würde alles dafür geben, schrieb ich, und wollte sie mir diese Gnade erfüllen, solle sie einfach einen unauffälligen Zettel mit einem Preis an der Stelle deponieren, wo ich den Brief hinterlegt hatte: Unter der Fußmatte, ein klein wenig hervorragend, damit sie ihn

sehen konnte. Natürlich hatte ich niemals eine Antwort erhalten. Rückblickend wurde mir klar, dass dieser verzweifelte Versuch völlig naiv gewesen war. Weshalb hätte sie sich darauf einlassen sollen? Doch nun war ich 18, endlich 18. Jetzt dürfte ich anklopfen. Aber sollte ich es auch? War das nicht gegen jede Moral? Die christliche war mir gleich, aber die feministische nicht. War es rechtens, ethisch vertretbar, eine Frau zu »kaufen«? Ich hatte keine Ahnung, was »Französisch«, »Russisch« und »Englisch« bedeuten könnte. Ich würde anklopfen und fragen, ob ich ihr denn auch einfach nur eine Stunde zu Füßen liegen dürfte. Ob das nun »Spanisch«, »Portugiesisch«, »Slowenisch« oder »Hinduistisch« war, war mir völlig gleich. War es verwerflich, eine Prostituierte dafür zu bezahlen? Ja. War es devot, es zu tun? Nein. Würde eine Frau, die ich dafür bezahle, dass ich ihr zu Füßen liegen darf, über mich herrschen, so wie ich es mir herbeiphantasierte, erträumte, brauchte? Wäre das Zu-Füßen-Liegen eine Unterwerfungsgeste? Nein. Es wäre eine bezahlte »Dienstleistung«. Ich wäre ein Kunde. Nicht mehr und nicht weniger. Und damit in der Machtposition eines Kunden. Denn ein Kunde ist bekanntlich König, nicht Knecht. Es sprach also alles dagegen, es zu tun. Bis auf eine klitzekleine Sache: Ich würde sterben, täte ich es nicht. Denn meine Sehnsucht, von einer Frau dominiert zu werden, mich einer Frau zu unterwerfen, ihr zu Füßen zu liegen, nahm seit meiner Pubertät mit jedem Jahr, jedem Monat, jeder Woche, jedem Tag, jeder Stunde zu, unerträglich qualvoll, peinigend und brennend. Meine unerfüllten Phantasien nahmen mir die Luft zum Atmen, lasteten auf meiner Brust wie ein Felsbrocken, brachten mich beinahe um den Verstand.

Nervöser denn je, trat ich auf die Veranda. Keine Herrin würde ich nun treffen, und doch, eine Frau. Eine Göttin, denn alle Frauen waren mir Göttinnen. Eine Göttin, der ich vielleicht zu Füßen liegen würde dürfen. Allein der Gedanke löste eine Revolution der Schmetterlinge in meinem Bauch aus. Aber dann war da noch das Gewissen. Ich tat etwas Verwerfliches. Ich verwandelte mich nun gleich in einen von diesen schmuddeligen Männern, die glauben, sie könnten eine Frau kaufen. Die mutmaßliche Notlage einer Frau ausnutzend, ihr mit Geld eine sexuelle Dienstleistung abkaufend. Ihr musste doch vor mir ekeln. Ich blieb auf der Veranda vor der Tür Tinas stehen und dachte noch einmal nach. Sie musste sich nicht ausziehen. Sie musste nicht mit mir schlafen. Sie musste mich kaum berühren. Sie musste nicht einmal nett zu mir sein. Ich war – redete ich mir ein – der vielleicht angenehmste Kunde. Leichtverdientes Geld, das war ich. Sie hatte sicher viel schlimmere Kunden. Kunden, die sich schlecht benahmen, sie demütigten, sie wie eine Hure behandelten. Da war ich doch ganz anders. War ich das? Rechtfertigte das mein Handeln? Die Würde des Menschen ist unantastbar. War es nicht entwürdigend für Tina? Aber ich würde doch ihre Würde nicht verletzen? Im Gegenteil. Dennoch! Man lebt nur einmal. Schon morgen könnte ich von einem Auto überfahren werden. Und im Unterschied zu meinem Opa, würde ich in keinen Himmel kommen. Auch in keinen Femdom-Himmel, wo ich tagein, tagaus, bis in alle Ewigkeit der Schöpferin zu Füßen liegen dürfte. Müsste ich morgen sterben und hätte nie

*Les Archives d'Éros*

erfahren, wie es ist, einer Frau zu Füßen zu liegen, hätte ich nie gelebt. Kurzentschlossen klopfte ich an. Eine bildschöne Frau, kaum zehn Jahre älter als ich, mit gelockten, blonden Haaren, wunderschönen braunen Augen und einem sinnlichen Mund öffnete die Tür. Sie trug schwarze Strapse, einen schwarzen Tanga, schwarze Lack-Pumps und ein silbernes Jäckchen, sonst nichts. Sie bat mich herein und fragte mich gleich, ob ich etwas trinken mochte. »Oh, gerne, eine Cola«, antwortete ich und wünschte sogleich, ich hätte mir auf die Zunge gebissen. Cola. Ich war jetzt volljährig. Welchen Eindruck hinterließ ich, wenn ich nach einer Cola fragte? Fehlte nur noch, dass ich um ein Glas Milch bat.

Sie führte mich in einen kleinen Raum mit nur einem Fenster. Links befand sich eine kleine Theke, dahinter Flaschen mit verschiedenen alkoholischen Getränken und einem Kühlschrank. Rechts an der Wand ein Doppelbett. Tina holte aus dem Kühlschrank eine Flasche Cola und schenkte zwei Gläser ein. Dann stellte sie sich zu mir an die Theke. Sie fragte mich weder nach einem Ausweis, noch nach meinem Alter. Sie fragte stattdessen, was wir beide denn jetzt »Geiles« machen würden. Stotternd trug ich vor, was ich mir so sehnlichst wünschte, nippte an meiner Cola und sah sie verschüchtert an. »Fußerotik, geht klar, mit oder ohne GV?« Ich sah mich selbst für eine Sekunde gefesselt auf dem Bett, bewegungsunfähig und wehrlos, wild genommen und vergewaltigt von dieser schönen Frau. Verlegen schüttelte ich den Kopf und flüsterte: »Ohne«. Während wir an der Theke unsere Cola tranken, fragte sie mich ein paar banale Dinge, ob ich studiere, ob ich einen Job hätte, woher ich ihre Empfehlung hätte. Sie erzählte mir, dass sie aus Tschechien komme, zum Studieren nach Österreich gekommen sei, Medizin studieren wolle. Unvermittelt unterbrach sie den Smalltalk und schlug vor, dass ich mich entkleide. Ich erhob mich vom Barhocker, ging ein Stück in Richtung Fenster, zog meine Jeans aus, das T-Shirt, die Socken. Bei der Unterhose zögerte ich und blickte schüchtern in ihre Richtung. Sie saß ungerührt auf ihrem Barhocker, ihre Füße ruhten auf der Fußstütze, sie saß in aufrechter Haltung, sah mir zu und ihr Blick war unergründlich. Sie nickte aufmunternd und mit einer lapidaren Handbewegung deutete sie mir, dass ich auch meine Scham zu entblößen hätte. Ich lief rot an, mir wurde unerträglich heiß, und doch streifte ich nun auch meine Unterhose ab. Sie nippte an ihrer Cola und mir war, als unterdrücke sie ein Lachen. Meine verschämte, jungfräuliche Art schien sie zu amüsieren. Wieder deutete sie mir mit einer beiläufigen Handbewegung, dass ich mich ihr nähern sollte. Nackt, beschämt und eingeschüchtert stand ich jetzt neben ihr am Barhocker und wusste nicht recht, wie es nun weitergehen sollte. Meine linkische Unsicherheit kitzelte offenbar die Domina in ihr hervor, mit einem wortlosen Fingerzeig zwang sie mich vor ihr in die Knie. Ich fühlte, wie mein Herz raste, spürte den Herzschlag bis in den Hals, starrte verlegen auf ihre Lack-Pumps, voller Sehnsucht und zugleich voller Scham. Sie setzte mir ihren Fuß auf die Schulter, drückte mich sacht, aber bestimmt zu Boden. Endlich lag ich vor ihrem Barhocker wie ein Teppich ausgebreitet auf dem Holzboden. Ihre Schuhsohlen berührten meinen Bauch, streiften meine Nippel und ich bäumte mich unwillkürlich auf vor Lust. Fußmatte einer Göttin, oh heißersehnter Wunsch meines halben Lebens, ich wusste, ich würde nun verglühen vor unbändiger Leidenschaft, ach, allein die erotische Wonne ihrer kalten Schuhsohlen auf meiner glühend heißen Haut elektrisierte mich und versetzte mich in Ekstase. Ich blickte zu ihr auf, sie trank seelenruhig ihre Cola, während ich unter ihrer Schuhsohle vor Erregung zuckte. Ewig hätte ich da liegen mögen, ich schloss die Augen und genoss jede Sekunde. Ich spürte, wie sie ihre Schuhe an meiner Brust abstreifte, fühlte ihre nylonbestrumpften Fußsohlen auf meiner Haut, die im Gegensatz zu ihren Schuhsohlen warm und weich über meine Haut glitten. Bald hatte sie ihre Strapse abgestreift und ihre Strümpfe auf mein Gesicht fallen lassen. Sie dufteten nach Parfüm, weiblich, warm, süßlich und maßlos erregend. Schließlich beugte sie sich zu mir herab, hob die Schuhe, die sie achtlos an mir abgestreift hatte und die nun links und rechts neben meinem Oberkörper lagen, auf. Ihre Füße ruhten dabei immer noch auf meiner Brust, ich spürte ihr Gewicht, während sie sich hinabbeugte und die Schuhe aufhob. Sie platzierte sie nun auf meinem Bauch, als wäre ich ein lebendes Schuhregal, zog ihren Fuß ein Stück weit zurück, sodass ihre Fußsohle nun auf meinen Lippen zu liegen kamen, mit dem anderen Fuß spielte sie an meiner Scham … mir fiel das Atmen immer schwerer, zärtlich, schüchtern und vorsichtig küsste ich ihren Fußballen, ihr Spiel zu meinen Lenden versetzte mich zugleich in Raserei und unbeschreibliche Erregung. Immer wilder, maßloser, inniger, gieriger küsste ich ihre Fußsohle und diese Geste der Unterwerfung, diese demütigende Symbolik, dieser Göttin zu Füßen liegend, ließen mich in einen tranceartigen Zustand gleiten, ungekannte, atemberaubende, unkontrollierbare Lust durchzuckte wellenartig meinen Körper, bis ganz plötzlich und unerwartet mein Penis explodierte. Ich schrie auf, wand mich wie ein Wurm zu ihren Füßen, von Euphorie, Glück und hemmungsloser Sinnlichkeit überflutet. Was war geschehen? Als ich langsam wieder zu Sinnen kam, begriff ich: Ich hatte meinen ersten, wachen, feuchten Traum erlebt. Ein Orgasmus! Mein allererster, wacher Orgasmus … zu Füßen dieser wunderschönen Göttin. Draußen war es schon dunkel geworden, als ich erneut auf die Veranda trat. Von Tina verabschiedete ich mich unterwürfig, dankte ihr noch einmal von ganzem Herzen und ging schließlich über den Hinterhof auf die Straße zurück. Nie zuvor hatte ich mich so befreit gefühlt. Ja, ich spürte regelrecht, wie gelöst ich atmen konnte, als hätte man endlich einen schweren Felsbrocken von meiner Brust genommen. Es fiel mir schwer, den Impuls zu unterdrücken, jeder Passantin und jedem Passanten in die Arme zu fallen. Euphorisch vor Glück schien es mir, als ginge ich nicht auf Beton, sondern auf Wolken nach Hause. Ich war erlöst. Dank Opas Erbschaft endlich erlöst.

---

*Ben Marcato*

*Coucou und Jiefff*

Übertragung aus dem Französischen durch Google.
Behutsam für die dt. Leser eingerichtet durch Sonja Ruf

**Der einwärts gedrehte Dudelsack**
Gesättigt, gespült, atemlos danken wir Gott für die fünfzig Pumpen der Missionarsstellung.
Von Angesicht zu Angesicht, die Beine gespreizt, zwei oben, zwei unten.
Unsere chacunes miteinander verflochten.
Auf den Hügeln wächst nasses Haar.
Nässe mäandert herab und rote Schmetterlingsflügel entfalten sich, während meine Schöpfkelle ins Freie rutscht. Helle Höhle mit dunklem Hintergrund, die Rose Gold hypnotisiert mich.
Ihre kleine Eichel blickt neugierig auf meine braune Qualle, die faltig und mit goldenem Haar bedeckt ist.
Sie sagen: »Ich habe pinkeln zu gehen.«
Baoum – Badaboum! Sie wecken damit das Teufel Ass.

Das Teufel Ass diktiert ständig schmutzige Tricks.
Das letzte Mal hat es Sie noch mit Feuchtigkeit inspiriert, als Sie schon eine halbe Stunde nördlich vom Laster gewesen sind.
Das Teufel Ass sagt durch mich: »Kleben Sie das rosa Ende meiner geöffneten Spaghetti an der richtigen Stelle auf.«
Ich helfe. Mit zwei flinken Fingern befestige ich meinen Schwanzsauger auf Ihrem Ausgang.
»Eh – alles vorhanden? Ja? Also nun reden Sie mit der großen Kuh, die in Ihrem Bauernhof wohnt, und sehen dabei auch noch gut aus.«
Aus ihren fernen Tiefen steigt der Druck und mein Penis bekommt ihren Jet auf sein Loch.

Klaus Nerlich

Lochbrennen schneidet radikal wie durch ein Netz und mein Ende wird abgefackelt.
»Nichts verschwenden«, flüstert der Teufel, »ich kneife Sie.«
Sie elektrisiert Wut, das Haar ist gespickt. Sie richten die clitotruffe. Ich bin noch nie so behandelt worden.
Der Druck fährt als U-Bahn durch den Vulkan.
Sie pissen Sex auf Feuer.
Mein Schwanz verwandelt sich zum Ballon. Überall ist er erweitert, geädert, zittert purpurn, transparent, streckt sich um eine Kapazität.
Ich rühre in Ihrer festen Creme, um Platz zu schaffen.
Ich will es aus Ihrer eigenen Tasche hören: Also stöhnen Sie, keuchen Sie, überspannen Sie dicke!
Ich drücke mein ganzes Gepäck, mein Alles in Ihre Höhle, das Steak, das ein barbarischer Metzger verkauft hat, bis alles bei Ihnen zu Hause ist.

Mein Penis poltert hart wie Eisen und stolz wie hart. Mein Schwanz, Bogen, Olympier. Ihre Sicherungen vibrieren.
Sie beleben die Wände Ihrer Vagina, schütteln mich in kleinen muskulösen Schlucken.
Sie reiben meine Stalagbites und ich kitzle Ihre Stalagmouilles.
Das haben wir schon so lange gewollt, nicht wahr, dieses animierte Innenleben? Es ist duftend, vibrierend und spritzig, eine neue Welle in Ihren aktuellen unterirdischen Flüssen.
Meine Eier exorbitées.
Vom Blitz getroffen, drehe ich das Auge.
Unsere Münder suchen unsere Sprache.
Das Meer sackt in Ihrem Hause nach unten. Sie wollen schlafen.
Ihr Mund gleitet mit den Gezeiten, wir schlafen gestillt, meine Nudel kräuselt sich im Schlaf.
Teufel Ass, mein Gott, bist du gut!

Klaus Nerlich

## Bright Angel

**Helen**

Ich bin Helen. Ich bin seit siebzehn Jahren mit Joschi verheiratet, und seit weiteren zwölf Jahren sind wir zusammen, eine halbe Ewigkeit kann man dazu sagen. Unser Sohn heißt Manuel, er ist gerade einundzwanzig geworden. Er ist unser Sonnenschein, ein wahres Kind der Liebe, das hat ihm Joschi einmal gesagt, wobei Manuel so getan hat, als ob er nicht verstünde, aber ich denke, das hat er sehr gut. Ach ja: Als ich ihn nach der Geburt erstmals sah, wollte ich ihn Malcolm nennen. Zum Glück hat mich Joschi davon abgebracht, sonst würde es Manuel jetzt auch so gehen, wie es mir geht und immer gegangen ist – nein, ich bin weder Britin noch Amerikanerin, ich bin Österreicherin. Doch hier soll es nicht um ihn gehen, sondern es geht um uns, genauer gesagt um unser Sexleben.

What is it about? How to sex up your life. Natürlich schleicht sich Gewohnheit in eine Beziehung, eigentlich ist es mehr ein Eindringen auf breiter Flanke als ein Schleichen. Das Alter hat da auch Vorteile, kein Sich-selbst-Belügen jetzt, tatsächlich!, ist man älter, macht man mehr. Als Beispiel: Welche Gemeinsamkeiten gibt es zwischen Lindsay Lohan und Sarah Palin? Nicht gewusst? Okay, es ist die Größe, sie sind beide 1,65 Meter groß. Sarah ist um zweiundzwanzig Jahre älter als Lindsay, aber mit ihr kann man sexuell bestimmt viel mehr anfangen als mit Lindsay – von einem Mann gesprochen –, ich könnte mir vorstellen, dass sie sogar asexuell ist. Sarah Palin ist ein durchaus heißer Feger. Als Politikerin ist sie verständlicherweise ungeeignet, aber das ist eine andere Geschichte. Zwischen Joschi und mir ist es körperlich eigentlich immer recht gut gelaufen. Hat man viel Dope geraucht, macht das sinnlich, absolut ist das so, eine sachte Berührung kann dann wie ein elektrischer Schlag sein. Und Koks macht einen ja soundso zum Tier, jeder drei Lines und ab geht die Post. Ja, so war das früher, aber vor sieben Jahren haben wir damit aufgehört, dann wurde der Sex schon um einiges matter. Und mit dem Saufen haben wir schließlich vor fünf Jahren aufgehört. Seitdem ist schon wirklich ziemlich Ebbe im Gelände oder Flaute am Segel, wie soll ich mich ausdrücken?, naja, ich denke doch, so ist es verständlich. Da ist mir dann auch diese Diskrepanz klargeworden: Wie viele erogene Zonen hat eine Frau? Viele. Wie viele erogene Zonen hat ein Mann? Eine.

Ich will das Tal des schlechten Sexes verlassen. Wie denn? Die einfache Möglichkeit ist, sich einen Liebhaber zu suchen. Ist eine Frau nicht ganz hässlich, findet sie immer einen Sexpartner, und aus dem kann ein Liebhaber werden. Früher, als Joschi und ich noch nicht lange zusammenwaren, bin ich öfters fremdgegangen. Nie hatte ich ein schlechtes Gewissen. Er hat nicht gefragt, und ich habe nichts gesagt. Nur hatten wir damals noch keine gemeinsame Wohnung. Jetzt wäre eine Affäre schwer geheim zu halten, und es wäre ein ziemlicher Stress, das Lügenkonstrukt müsste tragfähig sein, würde ich auch nur einmal etwas anderes erzählen als zuvor, würde Joschi misstrauisch werden, nein, die Bilanz fällt negativ aus, ein Lover würde mehr Stress machen als Spaß bringen.

Okay, also bleibt nur Joschi. Warum auch nicht?, wir lieben uns doch, nicht so wie am ersten Tag, sondern mehr. Stoned und besoffen fickt es sich doch am besten, aber wir wollen die alten Laster nicht wiederaufleben lassen. Also haben wir es zuerst einmal mit Pornos versucht, ausgeborgt auf DVD oder im Internet, mir haben die ganz gut gefallen, aber Joschi hat damit nicht so viel anfangen können, speziell wenn die Frauen perfekte Schönheiten waren, hat ihn das komplett abgeturnt. Deshalb ist wohl auch Hängetitten ein sehr häufig gesuchter Begriff im Netz. Damit kann ich dienen, Möpse mit megaviel Volumen, die unter der Schwerkraft leiden.

Was dann? Neue Techniken? Wir haben schon so einiges ausprobiert, eigentlich nicht nur ausprobiert, sondern es regelmäßig vollzogen: anal, Natursekt. Wenn man nüchtern ist, findet man das nicht mehr so toll. Einen Dreier haben wir uns verkniffen. Das funktioniert nicht bei einem Liebespaar, hinterher gibt es Schmerz, Wehmut, vielleicht Eifersucht, auf keinen Fall führt es zu etwas Gutem. Reizwäsche? Darauf fährt Joschi nicht ab, Strapse findet er beispielsweise kompliziert, wie er sagt. String mag er, das ist so ziemlich das Einzige, und sonst nichts, das ist für ihn ziemlich perfekt. Gut oder nicht gut, was steht sonst noch zur Debatte? Mal nachdenken, nachdenken, das taten wir. Rollenspiele? Rollenspiele! Der Klassiker. Aber welche?

Sich scheinbar zufällig in einem Lokal kennenlernen? Diese Situation wird bestimmt öfters gewählt. Das wäre gewiss infrage gekommen. Aber andererseits: Ist in dem Lokal nichts los, wird das trist, ist viel los, ist es laut und man kann sich kaum unterhalten. Nein, guter Anfang vielleicht, aber schlechtes Ende, das ließen wir bleiben. Ich als Autostopperin? Mit dem Daumen in der Hand geht's durchs ganze Land? Das klang reizvoll in meinen Augen. Aber wer stoppt denn heute noch? Praktisch doch nur noch Frauen aus dem Osten. Das ist zu sehr retro, fiel also auch flach.

Aber da kam mir eine hell blinkende Idee: Ich erinnere mich, als wir einmal eingekifft, besoffen und auf Acid den Wiener Gürtel round Midnight entlangfuhren, vor mehr als zwanzig Jahren. Damals war am Gürtel noch viel los, viele Puffs, Straßenprostituierte in grellen Farben. Ich hatte noch im Kopf, wie Joschi die Frauen gierig anstarrte. Frauen, die sich anbieten, das ist es, Frauen, die für Geld alles mitmachen, das wollen die Männer, lassen wir das für Geld weg, das alles mitmachen ist es. Wenn man einem Mann in einem Auto einen bläst, hat das eine ganz andere Qualität. Ich fragte vor ein paar Jahren Joschi einmal spaßhalber, ob er in Puffs gehe, und er sagte: »Nur mit meinen Kunden. Aber auf dem Zimmer war ich nie mit einer.« Das fragte ich ihn gar nicht.

Okay, das machen wir, sagten wir uns. Ich richtete mich nuttig her und fuhr in die Bahnhofstraße, Minirock, obwohl schon November war, und High Heels, rossonero, in den Farben des AC Milan. So stellte ich mich in Position und schwang mein Handtäschchen. Joschi sollte mich dort in einer halben Stunde aufgabeln. Nach weniger als fünf Minuten kam eine »Kollegin« auf mich zu und sagte: »Hey, du Schnalle, bist wohl neu hier. Du bist doch viel zu alt für den Job. Mach, dass du Meter gewinnst!« Ich sah sie an und merkte, dass sie es ernst meinte. Ich ging zweihundert Meter stadteinwärts und wechselte die Straßenseite. Nach wieder nur ein paar Minuten näherte sich mir ein Mann mit schlenderndem Gang, ich sah seinen V-förmigen Oberkörper und bemerkte, dass er jung war, als er kurz vor mir war, registrierte ich sein slawisches Gesicht. »Du, du bist hier am falschen Platz. Hau ab von hier, sonst wirst du in deinem Blut schwimmen!«, sagte er mit einem Akzent, der ein serbischer gewesen sein könnte. Ich entgegnete nichts, natürlich nicht, ich bin ja nicht lebensmüde. Sofort trollte ich mich.

Ich stellte mich in eine Seitengasse, direkt vor das Finanzamt. Von dort sollte mich niemand vertreiben. Dort fahren in der Nacht kaum Autos, und ein leichtes Mädchen erwartet hier niemand. Ich schickte Joschi ein SMS, wo ich nun sei. Es kam nichts zurück. Wird schon in Ordnung sein, dachte ich. Ich wartete, hielt aber vor Angst die Augen weit offen. So ein Scheiß, was habe ich nur aus meinem Leben gemacht?, kam mir da in den Sinn. Sekretärin in einem fleischverarbeitendem Betrieb bin ich geworden, und nicht einmal die Chefsekretärin. Dabei habe ich Matura und verschiedene Uni-Kurse absolviert, außerdem bin ich staatlich geprüfte Buchhalterin, allerdings ohne Bilanz. Und was ist nur aus meiner Singerei geworden? Bei der Band, mit der ich im Proberaum herumhing, wo behauptet wurde, ich wäre deren Groupie gewesen, was ich natürlich nicht war, jedenfalls nicht so richtig, hing ich eben nur im Proberaum herum. Warum habe ich denn nie gesagt: »Wisst ihr was? Ich kann auch singen.« Und später: »Wisst ihr was? Ich kann auch Songs schreiben.« Ich habe es verabsäumt, ich habe es vergeigt. Aus mir hätte eine zweite Sharon den Adel werden können. Aber nein, aus mir ist gar nichts geworden. Jetzt singe ich Kärntnerlieder und manche alte Schlager, wobei ich nicht mehr so hoch hinaufkomme.

Vergessen, vergessen, oder noch besser: Gar nicht daran denken, das ist die Devise. Warum soll ich verzweifelt werden? Es steht doch nicht dafür. Nein, in ein paar Minuten wird Joschi auftauchen. Er wird langsam auf mich zukommen, vor mir bremsen, und ich werde ihn fragen: »Hey Süßer, hast du Lust auf eine versaute Nummer?« Männer stehen ja auch auf dirty talking, manche Frauen übrigens auch, zum Beispiel ich. Er wird sagen: »Komm rein!« Dann wird er irgendwo parken, und wir legen los. Oder nur ich werde loslegen, Joschi wird sich nicht ausziehen wollen, weil ihm zu kalt sein wird, also werde ich seinen Schwanz aus der Hose holen und alleine loslegen. So wird es sein. Wo bleibt er denn eigentlich? Er ist schon fast eine Viertelstunde über der Zeit. Ich friere mir hier den Arsch ab, und er kommt nicht. Jetzt, da sehe ich zwei Lichtkegel, aber es sind andere Lichtkegel als die von Joschis Mazda6. Das Auto verringert seine Geschwindigkeit. Es ist ein edles Auto, mit Rechtslenker, wie mir scheint, es könnte ein Aston Martin sein. Jetzt bleibt es stehen, direkt vor mir. Und wer sitzt am Steuer? Robbie Williams! Träume ich?

Ja! Denn Robbie Williams hat keinen Führerschein. Und trotzdem fahren, das würde Robbie niemals tun.

*Volker Kaminski*

**Beifahrer**

Hi Mike, seit deiner Abreise vor drei Wochen waren wir schon zweimal in deiner Gegend. In Sesenheim (oder Sessenheim?) haben wir spontan auf dich angestoßen. Dort sprechen die Leute denselben Dialekt wie du. Wir haben nichts verstanden, es war ein lustiger Abend. Agnes fand übrigens deine Uhr. Sie lag im Auto unter dem Beifahrersitz. Sie hat sich wahrscheinlich bei einer Umarmung von deinem Handgelenk gelöst.
Nachdem du fort warst, wurde Agnes krank und musste sich ins Bett legen. Ich sagte ihr, lass dir Zeit, aber sie hielt es nur einen Tag zu Hause aus, dann saß sie wieder hinter dem Steuer des Wagens und war mit ihren Gedanken nur noch bei unseren Kunden.
Es ist seltsam, wann wäre Agnes sonst einmal so aus sich herausgegangen? Sie scherzte, alberte herum, tat, als ob das Leben ein Spaß wäre. Und kaum bist du fort, schweigt sie, verdreht die Augen und ist glatt beleidigt, wenn ich ihr sage, dass sie nicht jeden Morgen pünktlich aufstehen muss.
Sie würde mir übrigens verbieten, dir das zu schreiben. Aber ich habe gerade etwas Zeit und Lust dazu.
Wie sie den Kellner im Restaurant mit ihren Sonderwünschen traktierte, bis der arme Mann nicht mehr an unseren Tisch kam (ich war es dann, der sich bei ihm entschuldigte). Ich habe die ganze Zeit gedacht: Da fährt man jahrelang nebeneinander her, durch Stadt und Land, und kennt sich doch so wenig.
Erinnerst du dich an den Abend in der zweigeschossigen Trattoria? An den Wänden hingen verrostete Anker, alte graue Fangnetze, getrocknete Seepferdchen. Wir waren in Hochstimmung, kicherten die ganze Zeit. Agnes lachte Tränen. Auf einmal nahm sie unsere Hände, deine rechte, meine linke, lehnte sich zurück und schloss die Augen.
Ein merkwürdiger Moment, nicht wahr? Ich spürte den Strom fließen.
Von Anfang hat sie versucht dich zu provozieren und deine Schlagfertigkeit zu testen. Es schien fast, als ob ihr euch schon kanntet. Obwohl du ziemlich überraschend bei uns hereingeschneit warst, war es, als ob wir uns am Tag davor erst getrennt hätten. du warfst dich in den Sessel, kaum dass du zur Tür herein warst, gähntest und strecktest die Glieder aus. Du sagtest nicht, »du bist also Agnes.«
Als wäre es so abgesprochen, überspielten wir die erste Verlegenheit mit scherzhaften Bemerkungen über deinen kleinen froschgrünen Rucksack.
Ich hatte geglaubt, dass du gespannt wärst auf die große Stadt und alles sehen wolltest. Aber beim Begrüßungstrunk sagtest du nur: »Fühlt euch wie zu Hause.« Worauf Agnes so laut lachen musste, dass der Wein aus ihrem Glas auf den Teppich schwappte.
Ich wollte dich durch die Wohnung führen, dir unsere Kleiderkollektion präsentieren, aber du warst irgendwie lustlos. Das Fenster stand offen und die üblichen dumpfen Geräuschsalven aus den Fernsehgeräten der Nachbarn drangen herein. »Ist das normal?« fragtest Du. »Was?« fragte ich. »Das sind doch Terroristen«, murmeltest du kopfschüttelnd.

Agnes machte dich mit den Gepflogenheiten unserer Hinterhofwelt schneller bekannt, als ich es gekonnt hätte. Sie führte dich in jeden Winkel. So ist sie. Wenn sie über das praktische Leben spricht, übergeht sie beim Zuhörer jegliches Desinteresse.
Aber am meisten hast du gesprochen, oder? Wie du den Spießer ins Gespräch brachtest! Auf einmal sprachen wir nur noch davon, wie man seinen jugendlichen Biss bewahrt und es verhindert, zu einem braven angepassten Bürger zu werden. Der Bösewicht sei dir hundertmal lieber, sagtest du. Du würdest lieber Schaden nehmen und deine Gefühle strapazieren (so hast du dich ausgedrückt), du würdest jeden Tag mit eiskaltem Wasser duschen. deine wahre Heimat sei das einsame Hochgebirge, die Gletscherspalte und so weiter.
Agnes sagte, »der Bösewicht duscht nicht kalt.« Das fand ich ziemlich einleuchtend, aber dich ärgerte ihr Einwand. »So reden die Leute, die ihre Gedanken aus dem Fernseher haben.«
»Der Bösewicht ist viel zu bequem«, beharrte sie, »er nimmt lieber ein lauwarmes Schaumbad und lässt es sich gut gehen.«
Später, als ich mit einer neuen Flasche Wein hereinkam, standet ihr in der Zimmermitte, als hättet ihr gerade in der Bewegung inne gehalten. Agnes sagte, ihr wolltet zu den Nachbarn gehen und euch wegen des Fernsehlärms beschweren. »Ist es denn heute so schlimm?«, fragte ich.
»Auf geht's«, sagtest du und marschiertest los. Agnes folgte dir und knallte die Wohnungstür hinter sich zu.
Nachher strahlte sie. Ihr hättet mit den Nachbarn gesprochen, sowohl mit denen unter als auch mit denen über uns. Und du hättest beiden gesagt: »Jetzt ist Schluss. Entweder macht ihr die Kiste leiser, oder es kommt die Polizei.«
Am nächsten Morgen sagte Agnes, sie wolle sich eine Woche frei nehmen.
»Und wie soll ich dann die Ware transportieren?«, fragte ich.
»Ich könnte Margot fragen.«
»Margot!? Bist du verrückt? Ich kann nicht neben deiner Schwester sitzen und ihr stundenlang den Weg erklären.«
Sie beendete das Thema, indem sie sagte, »verschieben wir das lieber.«
Als wir am Abend in ihr Zimmer kamen, hatte sie ein paar Möbel umgestellt und das alte Ölbild von der Wand genommen: drei Engel, die sich über eine Schlafende beugen. Dahinter kam ein großes weißes Stück Tapete zum Vorschein.
»Fällt euch gar nichts auf?«, fragte sie und schaute uns beide an.
»Natürlich, dein Kleid«, sagte ich, »das ist neu.« Ich hatte den ganzen Nachmittag mit Kundenbestellungen zu tun gehabt und fühlte mich mit der Welt in bestem Einverständnis. »Es kommt mir nicht bekannt vor. Woher hast du es?«
Sie warf mir einen eisigen Blick zu. »Ich will dir sagen, woher es ist. Es ist das schwarze Kostüm aus unserem Herbstkatalog.«
»Und wie kommt es dann, dass ich es nicht wiedererkenne?«
»Vielleicht weil du ein Kostüm nicht von einem Kleid unterscheiden kannst?«
Als wir zu dritt das Haus verließen, fragte Agnes: »Wohin gehen wir?« Ich sagte scherzend: »Immer zum Auto.«
Ich fand es in Ordnung, dass ihr vorne saßt, während ich auf der Rückbank blieb. Du warst nicht halb so gut angezogen wie Agnes. Mit deinem olivgrünen Parka, dem Karohemd und den unrasierten Wangen wirktest du fast wie ein Penner.

Mussten wir zu diesem See fahren? Ein Hundeauslaufgebiet mit weißem Sandstrand, umgeben von dunklem Nadelwald. Dort sei ein netter Biergarten, hatte Agnes gesagt. Ich glaube, sie wollte ein bisschen angeben, dir beweisen, dass wir nicht nur italienische Restaurants kannten.
Nach einer halben Stunde war immer noch nichts von einem Biergarten zu sehen.
»Du musst dich verfahren haben, Schatz«, sagte ich zu ihr vorgebeugt, »das ist nicht der richtige Weg.« Ich schrie fast in dein linkes Ohr hinein. Agnes reagierte nicht. Und du konntest auch nicht mehr tun, als unbestimmt nach vorne zu zeigen. Sie kurvte ziellos im Fichtenwald herum. Zwischen den dichten Stämmen war der See in der Dämmerung als schwarzer Teppich zu erkennen. Kurz bevor es dunkel wurde, wendete sie und sauste eine Sandpiste hinab. Ich höre immer noch, wie der Motor aufheulte und die Hinterräder sich im Sand drehten.
Du kurbeltest das Fenster herunter und riefst: »Ein großes Pils, bitte!«
Es war natürlich unangenehm, dass der Wagen feststeckte, wir stemmten uns mit ganzer Kraft gegen das Heck. Nach zwei Versuchen gabst du auf und sagtest, du wollest eine Pause machen und eine Zigarette rauchen. Es war dir piepegal, ob wir den alten Audi aus dem Graben bekamen. Ihr beschlosst einfach, zu Fuß loszugehen. Ich fand das unmöglich. Wir stritten eine Weile wegen dem Auto. Und plötzlich liefst du voraus, gabst das Zeichen zum Aufbruch. Mit einer knappen, scharfen Handbewegung winktest du Agnes zu dir her.
»Was soll schon passieren«, sagte sie, als sie an mir vorbeiging, »der Wagen ist nirgends sicherer als hier.«
Ich folgte euch nicht gleich. Es gefiel mir nicht, dass nirgends Lichter waren. Ich blieb auf dem Hauptweg, der oberhalb des Sees entlangführte. Als die ersten Lampions des Biergartens in der Ferne aufleuchteten, hörte ich auf, nach euch zu rufen. Spaziergänger mit großen Hunden waren mir entgegengekommen – ein einsam rufender Mann hätte sie bloß aggressiv gemacht.
Agnes sagte, ich hätte mich in Luft aufgelöst. Das Gleiche hätte ich von euch sagen können.
»Wo wart ihr denn so lange?« Diese Frage konnte ich nicht unterdrücken.
»Es war ein Missverständnis«, sagte sie, ohne mich anzusehen.
»Ein Missverständnis?«, fragte ich etwas zu laut. »Seit einer halben Stunde warte ich auf euch!«
»Komm, sei gut.« Sie schob ihre Hand herüber. »Ist dumm gelaufen. Hier ist es so schön.«
Ich frage mich, warum du die Gebühr für das Taxi nicht übernommen hast, mit dem wir dann zurückfuhren. Als wir vor der kleinen Bar in der Innenstadt ausstiegen, in die ihr unbedingt noch wolltet, war Agnes beim Bezahlen wieder schneller als du.
Es war keine Überraschung, dass du Agnes am nächsten Tag begleitet hast, um den Wagen zu holen, ihr wart der perfekte Abschleppdienst, drehtet noch eine Extrarunde um den See (so stelle ich es mir vor). Agnes bewies dir, dass die Welt vielfältiger und schöner ist, als sie dir auf deinem einsamen Gletscher manchmal vorkommt. Ich denke, du hast nach langer Zeit wieder etwas gefühlt, Wärme, Spaß, lauter Dinge, die dir vorher nur noch als feiger Trost erschienen waren. Agnes hat dir den Aufenthalt versüßt, dir eine neue Welt gezeigt.

Ich habe eure Bewegungen gesehen, ihre aufgerichteten Handflächen, die sie dir scheu präsentierte, wenn du ihr zu nahe kamst, deine gestraffte Bauchmuskulatur, wenn du zur Tür hereinkamst, ich habe die plötzlich abbrechenden Sätze bemerkt, die Versuche, die Stille zu übertönen, und ich sah deine hastigen Blicke zur Uhr, deine alte Quarzuhr mit den Zeigern, die du im Wagen zurückgelassen hast.

du hast dich endlich doch wie ein stinknormaler Städtetourist benommen. Wir haben alle Ausflugsziele abgefahren, die es gibt, und feierten deine Wiedergeburt, an der auch ich meinen bescheidenen Anteil hatte, einfach, weil ich die meiste Zeit dabeisaß.

»du hast die besseren Augen«, sagt Agnes gern zu mir, wenn wir über Land fahren. Ja, ich sehe besser auf die Ferne als sie, sie verlässt sich auf mich, wenn sie nach einer bestimmten Abzweigung sucht. Jetzt ist sie allein losgefahren. Sie will ein Wochenende für sich haben. Zwei Tage raus aufs Land. Ich denke, sie meint Sesenheim.

Erik Engelhardt

*Erik Engelhardt*

*Salean A. Maiwald*

**Abgenutztes Band**
Das Wort Trennung musste nicht ausgesprochen werden, es nahm schon breiten Raum ein in dem alten Sportwagen; der enge Zweisitzer schien plötzlich einen dritten Sitz zwischen Anton und Isolde zu haben. Anton hielt den Wagen vor ihrer Haustür, ließ den Motor laufen, wandte den Kopf keinen Zentimeter zu ihr, als wäre er von der Fahrbahn vor ihm hypnotisiert. Isolde zögerte, wollte das Schweigen durchbrechen. Dann presste sie die Lippen aufeinander, um einen Schwall unkontrollierbarer Worte zurückzuhalten. Abrupt öffnete sie die Tür und wand sich aus dem tiefen Sitz hoch. Immer noch kein Wort. Mit einer heftigen Bewegung schlug sie die Autotür zu.
Die ersten Tage danach wählte sie immer wieder seine Nummer bis auf die letzte Ziffer und legte den Hörer auf. Zwischen ihnen war alles gesagt, ihre Erwartungen an eine Beziehung klafften auseinander, jede aus Kompromissen ausgehandelte Brücke für ein entspanntes Miteinander war nach einiger Zeit wieder eingestürzt. Isolde kaufte neue Bettwäsche, verbannte Laken und Kopfkissen, auf denen sie mit Anton gelegen hatte, nach unten in der hölzernen Wäschetruhe. Die neuen Laken schienen Anton nicht vertrieben zu haben, manchmal tastete ihre Hand unwillkürlich zur Seite ihres Bettes, wo er früher gelegen hatte, und suchte seine Hand. Sie musste sich selbst Lust verschaffen, zwang sich, an andere Männer und nicht an Anton zu denken. Doch es waren seine Zunge, die ihren Bauchnabel liebkoste, und seine sensiblen, dunkel beharrten Hände, die sich an den Innenseiten ihrer Schenkel sehr langsam und genussvoll aufwärtsstreichelten.

Es ist vorbei!, schrieb sie mit Lippenstift auf den Spiegel. Gegen den Sog ins depressive Ödland las sie Kontaktanzeigen im Berliner Stadtmagazin Tip, kreuzte ein paar Anzeigen an und schrieb auf zwei oder drei. Die Antworten machten sie nicht einmal auf ein Telefongespräch neugierig, doch nach zwei Wochen gab es den neuen Tip. Manche Männer schienen ein Anzeigen-Abo gebucht zu haben, inserierten in jeder Ausgabe mit gleichen Worten, wie Topf sucht Deckel.
Isolde beschloss, selbst zu inserieren, und presste ihre günstigen Eigenschaften in drei kurze Zeilen. Ein dicker Stapel mit Antworten lag im Briefkasten, nur mit wenigen Männern lohnte es sich zu telefonieren; zwei Verabredungen folgten. Abtasten mit Blicken und Worten, wir telefonieren, hieß es vor der Tür des Cafés, anstatt: Das war es wohl! Also den neuen Tip abwarten und das Anzeigenspiel wiederholen. Es gab auch mal eine gemeinsame Nacht, mit anschließendem krampfigen Treffen. Isolde ertappte sich dabei, dass sie nach Anton suchte, wenn sie in einem ihrer Cafés saß. Dann schien sich im Hals ein Kloß zu bilden, das Schlucken schmerzte.
Nach Monaten telefonierten sie und trafen sich. Flüchtiges Umarmen, kein Kuss. Anton schwelgte in Erinnerungen seiner langen Thailandreise, und Isolde zeigte ihm ihre neuen Fotos, eine Serie von Abbruchhäusern. Sie trafen sich bald re-

gelmäßig, sprachen über alles außer über ihre Beziehung. Isolde erzählte von den Kontaktanzeigen und beobachtete dabei Anton genau. Keine Reaktion. Sie gab sich innerlich einen Ruck und fragte, ob er eine neue Freundin habe. Als er verneinend den Kopf schüttelte, provozierte etwas in ihr ihn anzustacheln, es doch auch mal mit einer Anzeige zu probieren. Er sagte nichts.
Er will keine feste Beziehung, schrieb sie mit Lippenstift auf den Spiegel und gab eine neue Anzeige auf. Wieder ein dicker Stapel Antworten. Plötzlich schrie sie auf: Sie hielt einen Brief von Anton in der Hand, an die anonyme Inseratin gewandt. Ungläubig las Isolde ihn mehrmals, konnte den Kloß im Hals nicht runterschlucken. Ein Satz hämmerte in ihrem Bewusstsein: Er sucht eine neue Freundin, ich bin nur Gesprächspartnerin für ihn.
Die Filmfestspiele lenkten sie ab. Isolde verabredete sich mit einem Mann für einen Film, der nach Motiven einer Geschichte von Marguerite Duras gedreht worden war. Der Film entsprach Isoldes Stimmung: Antike Ruinen in einer weiten Landschaft, eine Frau und ein Mann irrten zum klagend suchenden Ton eines Streichinstruments umher.
Für den nächsten Tag hatte Anton sie zum Frühstück bei sich eingeladen. Sie erzählte von dem Film und erwähnte, dass sie ihn nicht allein angesehen habe. Schnell setzte sie mit einem Blick auf den üppig gedeckten Tisch hinzu: »Du verwöhnst mich.«
»Und du triffst dich mit anderen Männern!«, rutschte ihm heraus. Ihr stockte der Atem. Ihre Blicke tasteten sich ab. Lass es uns noch einmal miteinander versuchen, klangen als unausgesprochene Worte im Raum.
In seinem Zimmer griff er nach ihrem Pullover und streifte ihn über ihren Kopf. Sie ließ es zu, genoss es. Er zog den Reißverschluss ihres Rockes auf, während ihre Hände sein Hemd aufknöpften.
Die Zigarette danach; genussvoll inhalierte sie und schaute den Rauchwolken nach. »Du brauchst dringend ein neues Farbband für deine Schreibmaschine.«
»Wieso?« Er richtete sich auf und schaute sie an.
»Du hast auf meine anonyme Anzeige geschrieben. Dein Brief war kaum zu entziffern, total abgenutztes Band. Schlechter Eindruck, mit so jemandem würde ich mich nie …«
Da hatte Anton sich schon über sie gebeugt und umspielte mit seiner Zunge ihre Halsgrube.

# Günter Guben

**Von der Hingebung**

Da sieh mich an
da sprich zu mir
da nähere dich

Da staune
da fass Mut
da streichle mich
da scheue nicht den Kuss
da fass mich an
das möchte ich

Da umarme mich
da geh ich zurück
da steige auf
da bäume ich mich auf
da stoß zu
da gebe ich mich hin
das Vertrauen schenk ich dir

Da küss mich aufs Ohr
da greif ich zu
da zwinge mich
da gehe ein und aus
das soll uns gefallen

Da besteige mich
da will ich dich zähmen
da kusche ich
da sei dein Heim
das ist vergänglich

Da springe ab
da komm zurück
da will ich Brücken bauen
da kreis ich dich ein
das ehrt mich

Da friss mich
da warte ab
da bist du fern
da bleibst du fremd
das könnte uns passen

Da sei gut
da bist du schlecht
da rase ich
da stumpfst du ab
das ist nicht Absicht

Da kehre um
da blicke ich tief
da sprichst du falsch
da spiele ich
das ist die Täuschung

Da sieh dich um
da schreie ich
da fühl dich schuldig
da begehre ich
das glaubst du

Da schone mich
da beiß ich
da dringe ein
da reiß mich auf
das bringt mich um

Da drück mich nieder
da tu mir weh
da täusch ich dich
da bleib ich Sieger
das macht dich verrückt

Da mach dich frei
da lass uns fleißig sein
da umschließe ich dich
da werde ich stark
da weine ich
da lache
das soll dein Ende sein

Da nimm mich ganz
da zögere nicht
da schlage ich zu
da küss ich dich
da reg dich auf
da weis ich dich ab
da nehm ich dich
da bin ich Tier
das ist mein Preis

Sagt Venus
und zerfällt zu Staub

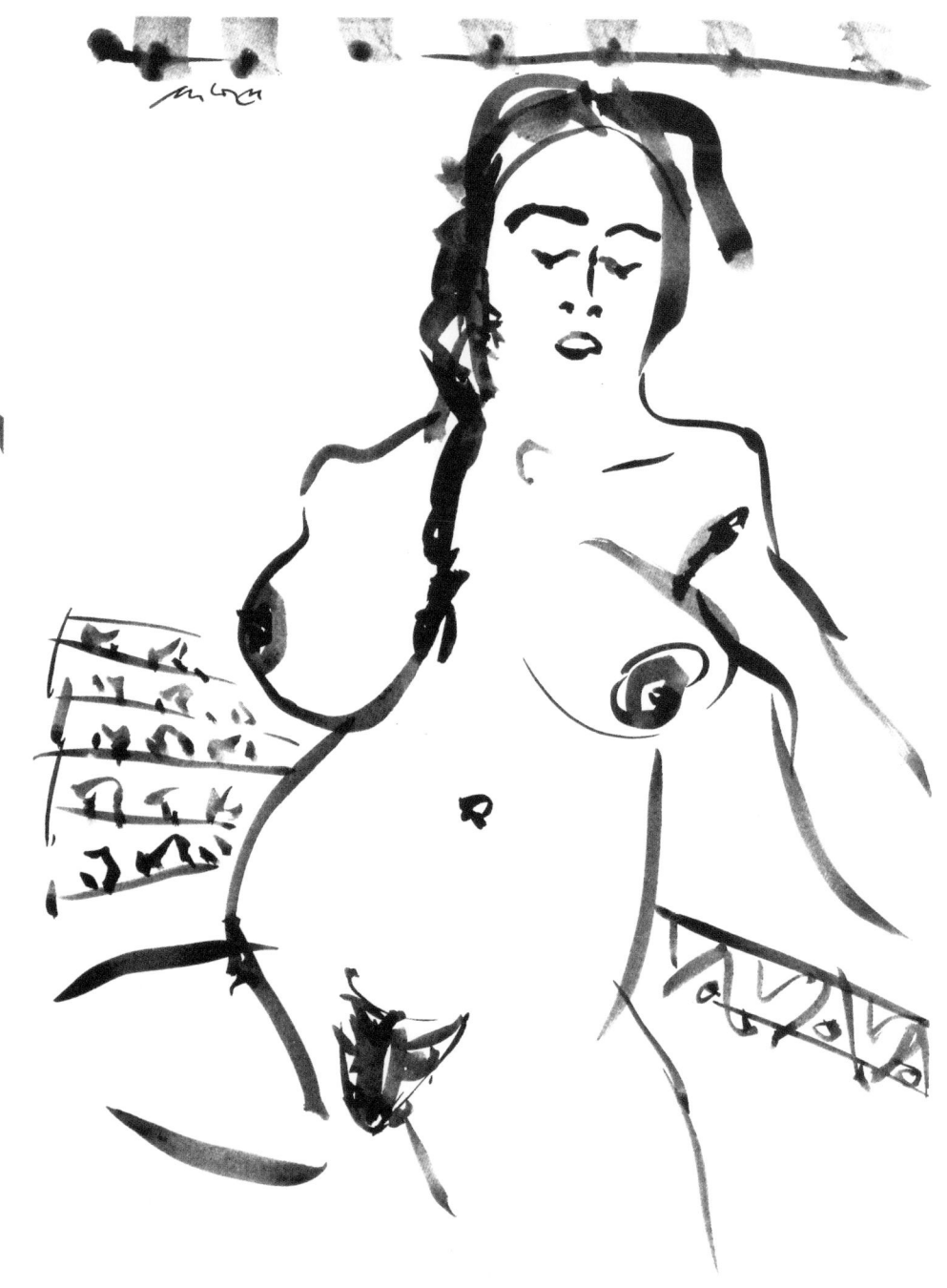

# Jürgen Baumann

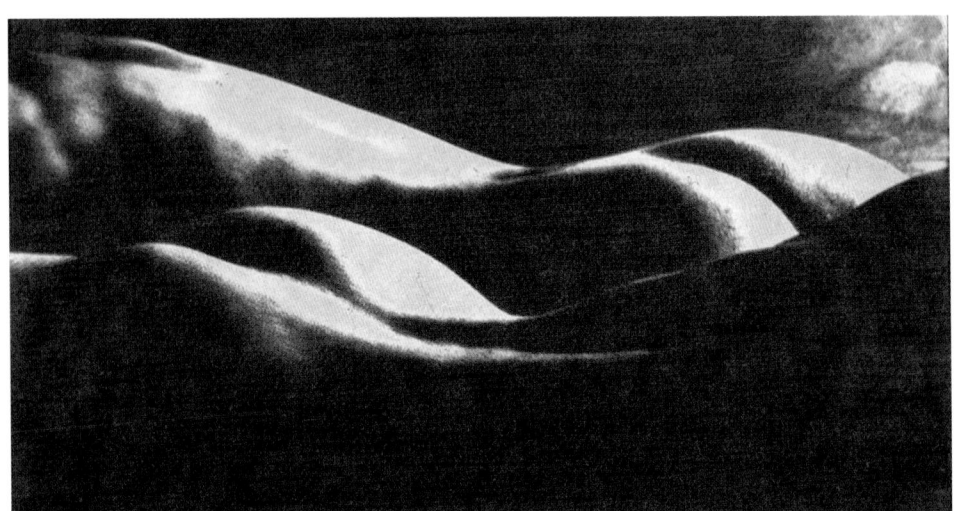

# Ludwig Schumann

## Himmelsmails

### I

Wölkchen, den Weg, den wir heute gingen, dieses magische Licht, der Fast-Vollmond, die dräuenden Wolken, ein Weg, den ich im Traum noch einmal gehen mag – und sicher mit Dir. Ich werde mich nicht sträuben, finden sich unsere Hände. Mehr kann ich nicht verraten, weiß ich doch noch nicht, wohin uns mein Traum führt. Es ist ein schönes Bild, dieses erste: Ich seh die beiden. Sie bleiben stehn. Ich kann leider nicht verstehen, was sie sich zuflüstern. Schlaf schön. Gute Nacht, Wölkchen.

### II

Die Prinzessin schaute aus dem Burgturm dem davonreitenden Prinzen nach. Schade, dachte sie. Er war gar nicht so unnahbar, wie sie immer gesagt haben. Als seine Hände mich berührten, wusste ich, dass mich noch nie jemand berührt hatte, der so zärtlich mit den Fingerspitzen über meine Haut glitt. Wie sie zu atmen begann und seine Wärme aufnahm, als wollte sie den morgigen Tag anheizen. Ach, dachte die Prinzessin, beim nächsten Mal schicke ich ihn nicht wieder weg. Seine Hände haben mich neugierig gemacht. Wenn er das nächste Mal kommt, werde ich ihn empfangen, wie Gott mich geschaffen hat. Ich glaube, er braucht so viel Platz, wenn er seine Fingerspitzen auf mir spazieren gehen lässt. Die Wärme wird Spuren auf meiner Haut hinterlassen. Wenn er sich neben mich legt, glaube ich, werde ich seinen Mund beinwärts führen, dass sich die Feuchte seiner Zunge mit der meinen mischt. Ich denke, ich werde mein Gesäß auf das Kopfkissen betten, dass die Erschütterungen ihre Sanftheit nicht verlieren. Ach, sagte die Prinzessin, aber nun kann ich lediglich davon träumen. Vielleicht kann ich ihm mein Täubchen hinterher schicken, dass es ihn an mich erinnert. Ich werde es in meinen Duft eintauchen, dass er vor lauter Träumen nicht in irgendwelche Kriege zieht und er am Ende nur darin umkommt. Doch muss ich mit Vorsicht zu Werke gehen, weil das Täubchen nicht fliegen kann, wenn es die Fülle der Nässe am Boden hält. An was man alles denken muss. Ich glaube, die Liebe ist keine so einfache Übung und erfordert sehr viel Vor- und Umsicht. Wobei ich schon jetzt spüren kann, wie er seine Hände, seine Haut unter mein Gesäß schiebt und mit seiner Zunge spazieren geht. Mia Bella, hört die Prinzessin den König rufen. Wo bist Du? Träumst Du schon wieder vom Prinzen? Ich habe ihn soeben gegen den Feind geschickt. Erst konnte sich der König nicht erklären, woher das Rossgetrappel kam. Da sah er, wie die Prinzessin auf der königlichen Lieblingsstute aus dem königlichen Marstall fegte, über das Burgtor sprang und hinter dem Prinzen herjagte. Lieber wollte sie ihn im Wald überwältigen, als ohne ihren Handmeister in ihrem Prinzessinnenzimmer einsam dahin zu dösen. Damit hatte der König nicht gerechnet.

### III

Das Wasser, das jetzt, am Morgen, über Deinen Körper läuft, darf Deinen Nachtschweiß riechen. Es streichelt über Deine Haut, läuft neugierig in all die kleinen Vertiefungen. Wie glücklich muss es sein, dieses Wasser. Es kann sich Zeit lassen,

Deine Haut zu benetzen. Du wirst Dich nicht wehren, sondern es als angenehm empfinden.

Ich träume davon, neben Dir zu liegen. Mich fasziniert diese wunderfeine große Zärtlichkeit, mit der wir uns einander zuwenden. Ein Leben, das gelingen soll, musst Du auf der Haut führen.

## IV

Liebes Wölkchen, erinnerst Du Dich des Prinzen, seiner Prinzessin, die auf ihrem Ross über die Burgmauer flog? Im Wald holte sie ihn ein. Hejo und Hija rief sie ihn, dass er sie hörte und anhielt. Der Prinz war erstaunt über den unerwarteten Besuch. Die Prinzessin flog heran, und zog im Vorbeireiten den Prinz vom Pferde, ließ sich mit ihm fallen und beide schauten verdutzt, weil sie sich auf dem weichen Waldboden wiederfanden. Die Prinzessin erzählte dem Prinzen den finsteren Plan des Königs. Der Prinz hörte sich die Geschichte an und war sehr traurig, weil er dem König solche Ränke nicht zugetraut hätte. Was machen wir jetzt?, fragte er die Prinzessin. Ach, sagte sie, es scheint die Sonne, wir liegen auf dem weichen Waldboden. Was sollte uns da einfallen? Sprach es und zog ihn zu sich heran. Einen Moment schaute sie in sein ungläubiges Gesicht, hatte sie ihn doch eben im Schloss noch abgewiesen, dann ließ sie die Zunge auf seiner Nasenspitze kreisen, nässte die Seiten seiner Nase und leckte ihm wahrlich feucht um die Nase das Gesicht, öffnete mit den Fingern seine Lippen, schob sie ihm vorsichtig in den Mund und ließ schließlich ihre Zunge folgen. Neugierig schien ihm ihre Zunge. Sie schob sich dahin und dorthin, als suchte sie in seinem Munde etwas, was ihr auf der Zunge zergehen konnte. Schließlich umkreiste sie mit ihrem Körper den seinen, sodass sie mit den Gesichtern seitenverkehrt übereinander lagen. Langsam führte sie ihre Zunge auf dem Wege der Liebe zu seinem Hals, den sie gut einspeichelnd leckte. Das sollte seine Vorfreude auf ihre Feuchtigkeit erhöhen. Sie hat einen Plan, schoss es ihm in den Kopf. Aber er vergaß den Einwurf gleich wieder, eroberte ihre Zunge doch seine Brust, spielte um seine Nippel und nahm an ihm freudenvoll Maß. Er hingegen spürte ihre Brüste links und rechts der Nase, schälte sie aus der Umhüllung und nahm sie zwischen die Zähne. Er spürte, wie sie bebte. Er spürte auch, wie sich sein Schwert regte. Ach, dachte er, was ist das für ein Freudentag. Ich hätte von ihm nicht zu träumen gewagt. Sie öffnete die Hose des Prinzen, schob seinen samten-warmen Schwanz ganz behutsam zwischen die Lippen, umschloss ihn fest und ließ ihn langsam, sich dabei festsaugend, wieder aus dem Mund gleiten. Dies wiederholten sie mehrere Male. Er hatte inzwischen das Gesicht zwischen ihren Beinen, spürte ihren Duft und begann, ihr Röschen zart mit den Lippen zu beknabbern. Sacht stieß immer mal die Zunge dazu und vermittelte ihr das wundersame Gefühl einer warmen und feuchten Geborgenheit. Er konnte es auch an den Tönen, die sie von sich gab, und die ihm wie ein Loblied schienen, auf eine melodisch-genussvolle Weise nachempfinden. Währenddessen nahm sie seinen Liebesstengel zwischen ihre Hände und rieb ihn schnell und rhythmisch, während sie die gespaltene Spitze mit der Zunge antippte, bis er sich ergoss. Sie leckte an dem Weiß zwischen ihren Händen. Das wollte ich, sagte sie.

Ich wollte wissen, wie du schmeckst.
Der Prinz war noch außer Atem. Und, fragte er. Ach, sagte sie. Du schmeckst so verschieden von den anderen auch nicht. Salzig. Na, vielleicht ein wenig milder. Ja, sagte er, aber Du warst so vorschnell. Wie machen wir denn jetzt weiter? Das ist doch ganz einfach, lieber Prinz, sagte sie. Wir schlafen eine halbe Stunde in der Lage, in der wir jetzt liegen, und dann setzen wir unsere Lustfahrt fort. Der Prinz ergab sich und dachte sich: Hoffentlich hat sie recht.

## V

Es war schön, liebes Wölkchen, Dich am Telefon zu hören. Da wird mir das Herz warm, das Blut erzählt längst vergessene Geschichten.

## VI

Es ist Frühling, flüsterte ihr der Prinz ins Ohr. Die Prinzessin hatte tatsächlich eine kurze Weile geschlafen und sich dabei doch vom Ort des Geschehens ein wenig weggedreht, sodass der Prinz ihr Ohr erreichen konnte. Seine Hände verirrten sich und die Finger krabbelten nun wie kleine Käfer über die Blätter ihrer Rosenblüte. Manchmal verirrten sie sich mehr als gedacht und suchten Schutz in der kleinen Spalte. Sie entlockten der Prinzessin dann ganz sonderbare Laute. Der Rosenkelch schnalzte vor Vergnügen, ihrer Kehle entkamen Laute des Entzückens, die sie gar nicht aufhalten wollte. Tiefer sagte sie und spürte, wie die kleinen Fingerkäfer in sie eindrangen, mit ihrer Feuchte spielten. Mit dem Zeigefinger der rechten Hand aber rieb er dazu ihre zarteste Knospe. Die Laute wurden intensiver, was ihm zeigte, dass er auf dem richtigen Weg war. Die linke Hand verschwand bis zum Armgelenk in ihrer Liebesöffnung und fuhr langsam vor und zurück. Dabei trommelten die Käferchen an die Wände. Plötzlich aber wurde der Prinzessin orange vor den Augen und mit einer Urwucht ohnegleichen entlud sie einen See an Flüssigkeit, der sich über seine Oberschenkel ergoss. Ihre Augen weiteten und irrlichterten. Nein, sagte sie. Oder eher: Doch. Ja. Und dabei streckte sie ihm ihren Hintern entgegen, sodass er seinen Liebesstengel in sie einfahren konnte, während seine Fingerkäfer noch an die Wände ihrer Spalte trommelten. Das ist das Paradies, sagte sie leise und bebte vor sich hin. Das ist das Paradies. Ja, sagte er. Aber dann konnte er für einen Moment nicht sprechen, weil der Liebessaft an Luft und Sonne drängte. Was ist das nur für ein sonderbarer Tag, fragte er die Prinzessin. Nichts davon wollte ich, aber alles kam mir so ungemein selbstverständlich vor. Und rein war es, sagte er. Und schön.
Der Prinz saß da und schüttelte den Kopf. Die Prinzessin strahlte ihn an. Mein lieber Prinz, sagte sie, wie recht Du hast. Es ist Frühling.

## VII

Der Wind, den Du spürst, streichelt Dich in meinem Auftrag. Manchmal ist er wild und ungestüm, manchmal sanft und zärtlich. Er streift Dir über Hals und Brust, verfängt sich in Deinem Haar, dreht eine Pirouette und kommt zurück, um nur leicht über Deine Lippen zu huschen. Er legt sich auf Dich, weht um Dich, bläst Dir das Nachthemd über den Bauch. Ein frecher Wind. Ein Frühlingswind. Schlaf schön, mein Wölkchen, mein.

*Erik Engelhardt*

## VIII

Nein, mein liebes Wölkchen, ich werde keine Wölkchen zählen, um einzuschlafen. Davon gibt es nur eins. Und die Nacht über eins und eins zusammenzuzählen, würde mich ja blöde machen. Das wirst Du nicht wollen?

## IX

Ach, sagte das Wölkchen, wo mag nur die Frau Holle sein? Es war mitten im Winter, eigentlich knatterkalt. Aber den Trick, wie man aus Wasser Schnee rührt, den kannte nur Frau Holle. Was mache ich da nur?, fragte sich das Wölkchen. Ich kann das Wasser nicht mehr halten. Wenn ich Frau Holle nicht finde, kann ich nicht schneien. Dann werden die Leute nach oben schauen und rufen: Hilfe! Die blöde Wolke bepieselt mich. Und das bei der Kälte! Die Leute kommen ins Rutschen, fallen auf ihren Allerwertesten, schimpfen und grollen und wünschen mich vom Himmel. Nein, das will ich nicht. Schaut mich doch an: Keiner Seele kann ich etwas zuleide tun. Da hält sie ein. Keiner, denkt das Wölkchen. Kratzt sich am Hinterkopf und meint: Diesen und jenen wünsche ich schon auf den Mond. Aber es sollte ihm da trotzdem gut gehen. Sie verbiegt sich im Wind, weil die Wolkenblase gemein drückt. Frau Holle!, ruft sie. Frau Holleeee! Schon quetschen sich die ersten Tröpfchen durch Wolkes Höschen. Da endlich schaute Frau Holle um die Ecke. Holla!, rief sie. Ich glaub, es pressiert! Sie sprach ein paar nicht zu verstehende Worte, umkreiste Wölkchen mit ihrem Zauberstab und meinte: Lass einfach los. Und da begann es zu schneien. Die Kinder verließen ihre Schularbeiten und waren den ganzen Abend nicht wieder an den Tisch zu bringen. Auf Skiern, Schlitten und großen Töpfen rutschten sie den Ringelberg hinab. War das ein Gekicher und Geschrei. Ja, liebes Wölkchen, das haben die Kinder ganz allein Dir zu verdanken. Denn soviel Schnee, wie da zur Erde fiel! Da staunte sogar Frau Holle. Kind, sagte sie, Du musst ja Monate Deine Blase angehalten haben. So viel Schnee habe ich in Jahren nicht gesehen. Und richtig, das alles fiel nur wenige Tage vor Weihnachten. Wölkchen bekam den Ehrenring der deutschen Schlittenverkäufer und ging, sich eine Bratwurst zu kaufen. Weihnachten ohne Bratwurst, sagte sie, ist wie Hirsch ohne Heinrich. Sie biss vergnügt in die Wurst, tanzte, schwenkte ihr Kleid, sodass sie noch manches Sternchen am Himmel wieder verlöschen sah. Ihr Freund aber bewunderte sein Wölkchen.

## X

Wölkchen, wenn es heut auf der Arbeit mal anpocht im Kopf, bin ich es, der in Dir heimlich anklopft. Ich sitze in Deinem Kopf und lächle Dich an. Was wird das für ein schöner Arbeitstag.

## XI

Ach, sagte die Prinzessin, das war schön mit Dir. Du liebst irgendwie fürsorglich. Der Prinz schaute sie ungläubig an. Was soll das sein, fragte er. Naja, sagte sie, der Prinz Ehrenmuz beispielsweise, der rammelt drauflos und grunzt dabei wie ein wild gewordener Eber. Das ist doch unästhetisch. Oder Prinz Hadrubar, der einem nach jedem Liebesakt einen Taler reicht, dann umfällt und auf der Stelle einschläft. Da weiß man doch gleich, wo der sozialisiert wurde. Aber Du, mein

lieber Prinz, Du schaust, dass auch ich zu meinem Recht komme. Du legst zärtlich Deine Hand auf meine Knospe und lässt sie kreisen, reibst ihren Blütenkelch und fährst sanft in ihn hinein. Es ist immer irgendwie, als ob ein Schwarm armloser Engel auf meiner Knospe züngelt. Wie wirst Du im Alter lieben? Der Prinz verschluckt sich. Alter? Ich? Ich werde nicht alt. Ich bin neugierig für drei Leben. Wie soll ich da altern? Naja, sagte die Prinzessin, aber wenn Du alt würdest, gesetzt den Fall, wie würdest Du dann lieben? Das hast Du doch schon gesagt, meinte der Prinz. Es klang irgendwie beiläufig. Fürsorglich. Hm, sagte die Prinzessin, fürsorglich. Das klingt, als ob der Waschlappen der Volkssolidarität zwischen meinen Beinen liegt. Das liegt an der Frage, meinte der Prinz. Nein, das liegt daran, dass Du kneifst. Der Prinz sagte eine Weile nichts. Gut, sagte er dann, wenn Du es unbedingt wissen willst: Ich glaube, dass ich im Alter behutsam sein werde, viel behutsamer als jetzt. Die Liebe braucht im Alter mehr Zeit. Aber sie wird ungleich schöner werden. Allerdings nur, wenn man den richtigen Partner dazu findet. Warum?, fragte die Prinzessin. Weil man im Alter kein Leichtathletikfestival mehr veranstalten will. Man hat ein Leben lang Zeit gehabt, den eigenen Körper zu erkunden. Und den seiner Partnerin, auch wenn die mitunter wechselten.
Du kannst Dir sicher vorstellen, dass, wenn man die Hauptwege kennt, es leichter fällt, die Erkundungen auf den Nebenwegen zu führen. Außerdem muss man auch einen Genuss daran finden, ganz leise Töne zu hören. Sie auf der Haut zu hören. Da muss man in sich hineinhorchen können. Das gefällt mit, sagte die Prinzessin. Gibt es irgendein Mittel, dass Dich im Nu altern lässt? Ich möchte das gern ausprobieren. Ja, sagte er, das Mittel gibt es. Schließe die Augen und hör zu, was meine Fingerspitzen Deiner Haut erzählen. Du darfst aber kein Wort sagen, solange die Fingerspitzen nicht am Ende ihrer Erzählung sind, sonst verschwindet der Zauber. Komm, sagte sie. Das üben wir jetzt.

## XII

Wölkchen. Weißt Du, das ist zart, kann aber auch dem Sturm trotzen. Hat etwas Fließendes, Umfließendes, in Besitz nehmendes. Es ist etwas sehr vorsichtiges. Es kann Tage verwandeln, weinen, aber auch lächeln. Mit einem Wort: Du bist es. Vor allem, wenn Du einen Rock trägst. Wenn Du Dich im Tanze wiegst, Dich an mich schmiegst, Dich in meine Hand begibst. Ich muss jetzt aufhören zu träumen, liebes Wölkchen, sonst fallen mir unentwegt Prinzessinnengeschichten ein. Ich habe ein Faible für diese Lusttänzerinnen des Glücks der unbeobachteten Momente. Ich versuche, heute im Konzert meine Hand stillzuhalten. Und nicht nur diese. Wie gern würde ich Dir geheime Dinge ins Ohr flüstern, es zugleich dabei erkunden und mich freuen, wenn Dir zusehends meine feuchte Zunge im Ohr spielt und Dir Vergnügen bereitet.

## XIII

Es regnet. Wölkchen sind am Himmel. Etliche. Welche bist Du? Ich glaube, die freche. Links am Himmel streckt sie ihre vorwitzigen Arme nach mir aus und begießt mich. Wie hinterhältig. Andächtig sah ich sie an und was macht sie? Schmeißt mit Wasser um sich. Und sieht doch tatsächlich aus, als ob sie sich krumm und schief lachen wollte. Na warte, wenn ich Dich kriege. Ich werde mir die Himmelsleiter ausborgen und dann … wirst Du wahrscheinlich wieder schneller sein als ich.

## XIV

Ich würde jetzt gern mit Dir auf der Couch sitzen. Du liegst völlig entspannt mit dem Rücken auf meinem Schoß und hast die Augen geschlossen. Ich streich Dir über das Haar, über die Wangen. Ich küss Dich auf den Mund, während meine rechte Hand Deine rechte Brust empfängt. Sie zart streichelt, meine Fingerspitzen auf ihrer Hügelspitze spazieren gehen, manchmal an ihr zupfen, sie umspielen. Du genießt es. Nichts ist um uns, was uns bedrängt. Es ist eine wunderschöne Ruhe in uns. Für einen Moment hältst Du die Luft an, willst protestieren, als meine Hand sich auf Deinen Schoß legt, langsam reibend Wohlgefühl verbreitet. Ich sehe, wie Du den Protest verdrängst, Dich hingibst der Gunst des Augenblicks, an meine Hand heranrückst, sie in die Hand nimmst und auf die Haut Deines Bauches führst, den ich mit den Fingerspitzen im Uhrzeigersinn streichle, sie langsam unter die Seide Deines Slips gleiten lasse, während meine Zunge Dir die Augenlider befeuchtet. Pardon, jetzt habe ich Dich doch erschreckt, als meine Hand sich langsam, ganz langsam zwischen Deine Schenkel schob. Diese Wärme, diese Nähe. Diese Feuchte, die sich auszubreiten beginnt. Das Seufzen in meinen Ohren. Mehr passiert jetzt nicht. Ich möchte diesen Moment einfach mit Dir genießen. Na, eigentlich hättest Du das abends, vor dem Einschlafen lesen sollen. Vielleicht hättest Du Dich dann mit dem Gesicht auf meinen Schoß gedreht. Liebe Grüße, liebes Wölkchen. Ein wenig möchte ich nun doch auch meine Lippen befeuchten.

## XV

Wölkchen fliegt über das Land. Oh, wie schön, sagt es. Unter ihm zieht sich ein Bach. An dessen Ufer steht eine historische Wassermühle. Das Rad dreht sich sogar. Da würde ich gern Rast machen, denkt das Wölkchen. Eine steife Brise treibt sie plötzlich schneller voran. Der Wind muss wohl ihre Schwärmerei bemerkt haben. Er ist ein gestrenger Fürst, der Wind. Er mag nicht, wenn er fühlt, dass die Aufmerksamkeit seiner Wolken anderen Dingen gilt. Ja, sagt er, da ist vor lauter Rührung manche Wolke viel zu früh ausgelaufen. Dann kamen wir im Zielgebiet an und hatten kaum noch Wasser. Das führt doch zu nichts, grummelt er vor sich hin. Wölkchen ist ganz traurig. Sie hätte gern an der Mühle Rast gemacht. Na ja, sagt sie, beim nächsten Mal. Ach, Wölkchen, es gibt doch kein nächstes Mal.

## XVI

Das Kopfkissen sendet Schlafsignale in den Himmel. Der Wind hat viel zu kräftig gepustet. Alle Wolken eilen dahin. Alle, bis auf ein kleines freches, renitentes Wölkchen, dass, als es sieht, dass der Wind sich um die große Herde kümmert, sich unversehens vom Himmel abseilt und, unten angekommen, sofort unter dem Kopfkissen verkriecht. Gerade rechtzeitig, denn der Wind hatte sich doch noch mal kurz gedreht. Doch da stand Wölkchens Freund bereits am Bett und nahm dem Wind die Sicht. Wölkchen ließ ihn sich auf das Bett legen und breitete sich dann über ihm aus. Na gut, hier war es ein wenig zu kurz, dort ein wenig zu schmal. Aber was geht über das Gefühl, wenn Haut auf Haut trifft, ohne trennenden Stoff, schlicht warme Haut auf warmer Haut, die sich vor Wonne krisselt. Wölkchen ergießt sich über ihrem Freund. Erschrocken hält sie die Hand vor den Mund, aber ihr Freund lacht und nimmt sein Wölkchen auf die Hand. Wie leicht Du geworden bist, staunt er. Ein kleiner Flausch. Werde nicht frech, sagt sie. Ich kann mich gut verteidigen. Das weiß ich, sagt ihr Freund. Und ich habe da eine ordentliche Portion Respekt davor. Wölkchen schaut ihn etwas ungläubig an. Komm, sagt er, wir reden schon wieder. Lass uns einfach uns lieben. Dann tragen wir die ganze Welt in uns. Und er küsste sie, ehe sie sichs versah, lang und zart und immer wieder, bis sie sich ganz und gar ergab.

## XVII

Du warst gestern wieder zum Verlieben schön.

## XVIII

Da war die kleine Hexe namens Wölkchen und fegte über den Himmel in einem Hui. Ich bin die Windbraut, rief sie, geht zur Seite, ich komme mit einem Hui und fege Euch einfach um.
Wie das weitergeht, erzähle ich erst morgen.

## XIX

Hast Du es gemerkt? Ich habe mich auf Dein Kopfkissen gesetzt, saß hinter Dir und habe Dir sanft, ganz sanft Deine wunderschöne Brust gestreichelt, die aus dem Nachthemd schaute. Und Du bist selig lächelnd eingeschlafen.

## XX

Ich habe heute Nacht geträumt, Wölkchen. Du lagst in Deinem Bett auf dem Bauch und zugleich auf meiner Hand. Ich solle sie stillhalten, trugst Du mir auf. Nur die Wärme unserer beider Haut erzählte vom je anderen. Manchmal zitterte, ganz leicht, mein Mittelfinger, der in Deiner Mitte lag. Pst, sagtest Du, nicht rühren. Ich will den Frieden genießen, wenn ich so in Deiner Hand liege. Die Wärme zog die Finger hinauf in den Arm. Ein wohliges Gefühl. Du bewegtest Dich manchmal auf, manchmal ab, bis die Feuchte nach meinem Finger griff. Eine Wärme, die es mir schwer machte, still liegen zu bleiben. Ganz behutsam tariertest Du jede Bewegung aus, auf dem ausgestreckten Finger reitend. Unglaublich zart. Ich legte den linken Arm um Dich, streichelte Dir den Hals und schob Dein Ohr in die Reichweite meiner Zunge. Sie umkreiste Dein Ohr, ebenso feucht. Du erschrakst, als meine Zunge in Dein Ohr drang. Du weißt, sie will die bösen Worte und Begegnungen, die dort sitzen, austragen und die schönen Momente festsetzen. Manchmal hast Du ein wenig gezittert, wenn ich mit der Zunge tief ins Ohr vordrang.
Jetzt ist der Moment, indem Du meinen Finger in Dir spüren willst. Du löst Dich und liegst glücklich neben mir. Dein Duft in meiner Nase lässt Deine Lippen suchen. Ich hoffe, Du hast gut geschlafen und freust Dich auf den neuen Tag.

## XXI

Du hältst ein? Sich in die Hand des Anderen zu begeben, setzt voraus, dass man sich loslassen kann, Wölkchen. Die meisten Menschen gestehen sich es nicht zu. Schade. Es hat sich zu keiner Zeit gelohnt, sich zu fürchten.

## XXII
Heute ist so ein Tag, an dem mir mein Wölkchen fehlt. Ihre sanften Berührungen. Ihre Augen, die so wunderbar aufstrahlen können, ihr Nachfragen. Aber Dein Kopf darf auf meinem Schoß liegen, dass ich Dir die Wangen, den Hals ein wenig streicheln kann. Ich verkomme ohne Zärtlichkeit.
Liebe Grüße, ich würde meine Hände jetzt gern in Deine legen, die warme Haut spüren, das Leben. Dein Irrlicht.
Du hattest neulich den Sommer im Gesicht.

## XXIII
Wenn Du so sinnlich bist, wenn Du nicht sinnlich bist, wie sinnlich bist Du dann, wenn Du sinnlich bist?

## XXIV
Was heißt das, Wölkchen, die Augen schließen und sich hingeben? Die Augen schließen und erwarten, was da kommen mag. Wenig geschieht zu Anfang. Wer führen soll, verrät seine geheimen Wünsche und offenbart sich vor dem Anderen. Das gilt für den, der führt ebenso wie für den, der es nicht zu tun gedenkt. In welche Lage bringt er mich, wirst Du denken, Wölkchen. Übernähme er die Führung, könnte ich abwehren, aber er liefert sich aus, bleibt unbeweglich, reglos, wartet. Über die Stirn. Ich streiche ihm über die Stirn. Sie ist feucht. Nein, nicht nass. Aber feucht. Als arbeitete es hinter dieser Stirn. Er hat die Augen zu, aber er wird Bilder sehen. Vermutlich andere Bilder, als ich sie ihm offenbaren will. Ich streichle ihm über die Stirn, die Nase, die Wangen. Was sieht er? Sieht er meine Hände schon da, wo ich sie ihm nicht hinlegen werde? Wie kann ich das verhindern? Aber selbst, wenn ich ihm lediglich mit meinem Zeigefinger über den Hals zum Ohr fahre, wird er andere Bilder sehen. Komm, öffne die Augen. Weshalb schließt er sie nur so beharrlich. Weil er diese anderen Bilder sehen will. Er sieht ins Fenster meiner aufgeknüpften Bluse, ich würde wetten. Er ist eben ein Mann. Nie werden Männer anderes schauen können. Aber weshalb sollte das schlimm sein? Eigentlich empfinde ich es reizvoll. Auf so einfache Weise kann man sie umgarnen. Ist es mir unangenehm, wenn er mich so sieht, wie ich geschaffen wurde? Wurde ich nicht vollkommen geschaffen? Nein, wohl eher nicht. Unvergesslich. Er sagte mir neulich, ich sei unvergesslich. Was für ein wunderschönes Kompliment. Jetzt, es fällt mir jetzt erst auf, wie warm das klingt. Wie er mich höre, wie er mich sehe, wie er mich rieche, wie er mich wahrnehme, ich sei für alle seine Sinne einfach unvergesslich. Wer hätte mir je ein solches Kompliment gemacht. Komm, leg mir Deinen Kopf auf den Schoß. Mit meinen Händen werde ich Deiner Haut die Ewigkeit lehren, indem ich sie die Unvergesslichkeit buchstabieren lasse. Und glaub mir, die Bilder, die Du dabei siehst, hast Du unter Garantie nicht erwartet. Und aufwachen wird er dann mit seinen feinen, feuchten Händen in der Ebene von Lethe, liegend am Flüsschen Ameles und mich aus einem Wohlgefühl heraus anschauen, dass ihn selber überrascht. Schließe die Augen, mein Schöner und gib Dich mir hin.

# Anna-Stina Treumund

*Akif Hakan*

## *Gustav König*

An einsamen Stränden. An schmutzigen Wänden.
In wildfremden Betten. Auf Museumstoiletten.
In zugigen Höfen. An wärmenden Öfen.
Auf klapprigen Bänken. Ohne Bedenken.
In löchrigen Hemden. Mit vollkommen Fremden.
Auf samtenen Kissen. Mit schlechtem Gewissen.
In Ketten und Fesseln. Auf fleckigen Sesseln.
Ohne Routine. Mit Vaseline.
Auf Langstreckenflügen. In Nahverkehrszügen.
Im blühenden Garten. Auf akrobatische Arten.
In kleinen Kapellen. An Bushaltestellen.
Auf gefährlichen Reisen. Zu saftigen Preisen.
Nach viel zu viel Wein. Mit mir ganz allein.
Mit Glitzer und Glitter. Bei Wind und Gewitter.
In dunklen Spelunken. Mit schlimmen Halunken.
Auf knarzenden Treppen. In glühenden Steppen.
Mit befreundeten Pärchen. Mit ziependen Härchen.
Auf wackligen Tischen. Beim Fußbodenwischen.
In stinkenden Sümpfen. Mit kratzigen Strümpfen.
Auf schaukelnden Booten. An rußigen Schloten.
Auf saftigen Wiesen. Auf hässlichen Fliesen.
Mit kleinen Päuschen. Im Bahnwärterhäuschen.
Mit wohligen Schauern. Mit leisem Bedauern.
Auf schwankenden Planken. Nur in Gedanken.
Mit brennenden Kerzen. Unter ziemlichen Schmerzen.
Auf gehobelten Brettern. Beim Augedurchblättern.
Gegen Vergütung. Ohne Verhütung.
Auf Miele-Maschinen. In Seilbahnkabinen.
Abends vorm Schlafen. Vor Fotografen.
In alten Gemäuern. An Lagerfeuern.
An stürmischen Küsten. Auf hohen Gerüsten.
Ohne Spirenzchen. Mit mickrigen Schwänzchen.
Auf schummrigen Bühnen. In wogenden Dünen.
Mit lautem Geschrei. In der Stadtbücherei.
Bei blühenden Garben. Mit Fingermalfarben.
In Hast und in Eile. Aus Langeweile.
In exotischen Ländern. Mit bombastischen Ständern.
Bei Regen und Sturm. Im Hölderlinturm.

# Autor*innen & Künstler*innen

**Agafia**, S. 251, anonyme*r Künstler*in. In Vorbereitung ist ein schön gestaltetes in Handarbeit gebundenes Fotobuch mit sehr deutlich sexuellen Bildern. Die Frau mit sich, mit Partner. Kleine limitierter Auflage. Über Konkursbuch Verlag.

**Andresky**, Sophie, S. 15, *1973, Autorin und Kolumnistin (Playboy und Joyclub), Bücher u.a. *Vögelfrei*, zuletzt *Hotel d'amour* (Heyne 2017)

**Anna**, S. 124, *1982.

**Anonym**, S. 38 f.

**Anya**, S. 37, *1991, studiert Amerikanistik, veröff. auch in *Mein heimliches Auge XXX* und *XXXI*.

**Bana Banana**, S. 217, Burlesque-Künstlerin aus Andalusien.

**Barthold**, Volker, S. 288, studierte an der Hochschule für Grafik und Buchkunst in Leipzig, Fotostudio, lebt dort.

**Baumann**, Jürgen, S. 318, *1958 in Dillingen/Donau, Berufsfachschule für Fotografie, freiberuflicher Fotodesigner in Berlin.

**Bensch**, Juliette, S. 182, *1986, veröffentlichte Kurzgeschichten (u.a. in *Mein lesbisches Auge* 11 und 17) und einen Roman: *Last minute Liebe* (edition el!es)

**Berger**, Theo, S. 84, 88, *1941, Pseudonym.

**Breitenbach**, Anna, S. 215, *1952 in Hessen, war Reporterin und Autorin für den SDR, Thaddäus-Troll-Preis. Aktuelles Buch: *Haus und Hof, Sachen, Leute. Brauchbare Gedichte*, Klöpfer & Meyer 2016.

**Bright Angel**, S. 304, Pseudonym, wurde Mitte der 1960er Jahre in Kärnten geboren. Er ist ein unsteter Geist und ein rollender Stein. Er schreibt Lyrik, Prosa und Hörspiele.

**Bührendt**, Dorothee, S. 165, *1963, Projektmanagerin, Brüssel.

**Butschkow**, Peter, S. 112, *1944 in Cottbus. Preisgekrönter Karikaturist und neuerdings auch Romanautor. Sein Debütroman *Rebecca, Roswitha und die irren Siebziger. Die Geschichte eines Betruges* erscheint im Herbst 2017 im Konkursbuch Verlag.

**Cárdenas**, Juan Antonio, S. 20 f.

**Casper**, Sigrun, S. 99, 205, geboren in Kleinmachnow, seit 1961 in Berlin. Früher Industrienäherin, Stoffmusterentwerferin, Verkäuferin in der legendären Dt. Bücherstube (Ostberlin), Flucht nach Mauerbau, später Lehrerin. Romane, Erzählungen, Jugendbücher, Gedichte, Fotos.

**Corday**, Charlotte, S. 262, Pseudonym.

**Coucou und Jiefff** (mit beliebig vielen F), S. 302, Pseudonym eines französischen Autorenkollektivs.

**Costeau**, Ivette, **Kurylo**, Boris, S. 156

**Creek**, Rebecca C., S. 192, indianisch-kanadische Mustangzüchterin und Bestsellerautorin, deren Romane sich auf gefühlvolle Weise mit dem Weltwunder Liebe auseinandersetzen. In Deutschland erscheinen ihre Werke im DAMOUR-Verlag.

**D'Ange**, Eric, S. 30, Projekt-Pseudonym des Künstlers Erik Engelhardt, der sich neben seiner Arbeit als Fotograf mit seiner Frau Steffi auf vielfältige Weise für Körperbewusstsein und sexuelle Bildung engagiert. In Vorbereitung Fotobuch LOVERS.

**Deckers**, Ramona, S. 142 f., Fotografin in Amsterdam. Agent (Frankreich): wilfridesteve@gmail.com. *www.ramonadeckers.com*

**Delarge**, Ismael, S. 159, *1981, Fotograf und Kurzfilmregisseur italienisch-spanischer Abstammung, *www.ismaeldelarge.com*

**Din**, Fallon, S. 244, *1995, beschäftigt sich meist mit Nerdzeugs.

**Döpp**, Hans-Jürgen, S. 16 f., 175, 237, Grafik-Sammler, Autor von Essays zu erotischer Kunst.

**Dupouy**, Alexandre, S. 182, 221, lebt in Paris, Sammler, Fotograf und Galerist. Requisiten, Einrichtung und Kostüme seiner handcolorierten Bilder von Jocelyne Dupouy. Eigene Bücher im Konkursbuch Verlag.

**E. & A.**, S. 42

**Ebner**, Martin, S. 43, *1962 in Neuwied/Rhein, lebt in Aachen, Mitglied im Literaturbüro Euregio Maas-Rhein, verschiedene Veröffentlichungen in Anthologien, zuletzt in Versnetze_10, hrsg. von Axel Kutsch, Verlag Ralf Liebe, 2017.

**Eich**, Marina Anna, Schauspielerin. Sie ließ sich viele Jahre lang in ihrer Lust und ohne Selbstzensur von Thomas Karsten fotografieren. Limitiertes Buch mit Farbaufnahmen ist vergriffen, in noch kleinerer limitierter Auflage ist soeben ein umfangreicher Band mit Schwarzweißaufnahmen erschienen, beziehbar über Konkursbuch Verlag. S. 167 ff.

**Engelhardt**, Erik und Steffi, vgl. D'Ange, S. 11, 136 ff., 310 f., 322 f.

**Fabre**, Image, S. 206 ff.

**Feix**, Thomas, S. 289

**Florian**, *1987, S. 34, 132

**Fölsch**, Dietlof (Pseudonym), S. 26, *1951, wurde in Lübeck geboren, arbeitet dort als Lehrer und steht kurz vor der Pensionierung. Erste Veröffentlichung in *Mein heimliches Auge XXXI*.

**Frank**, Daniel, S. 22 f., 25, 289, 291, 293, 295, *1968 in Zürich, Studium an der Ecole Cantonale d'Art de Lausanne, viele Ausstellungen.

**Franziska**, * 1993, S. 132, 150

**van Fredericana**, Senta, S. 245, 247, 276, *1984 in Göppingen, lebt dort, Fotografin, Fotografie, Ausstellungen, zuletzt in Stuttgart. Website: *www.vanfredericana.com*

**Gliwa**, Ute, S. 22, *1972. Gründerin, Herausgeberin und Chefredakteurin von Séparée. Lebt nach langjährigen Reisen und Auslandsaufenthalten mit ihren beiden Kindern in Berlin. Ihr Romandebüt *Liebesspiel* (vorläufiger Titel) erscheint 2018 im Konkursbuch Verlag.

**Godoy**, Iliana, S. 14, 188, mexikanische Autorin, promovierte Kunsthistorikerin. Gedichtbände, Erzählungen und Essays. Viele Auszeichnungen in Mexiko, sie hat selbst einen kleinen Verlag, wo auch Übersetzungen deutschsprachiger Lyrik publiziert werden. Die für *Mein heimliches Auge* von Stefan Beyer übersetzten Gedichte erschienen in ihrem Buch *Invicta carne y otros delirios*, das eine ausgezeichnete Auswahl ihrer Gedichte enthält. Eine deutsche Übersetzung des gesamten Gedichtbands ist in Vorbereitung. Bei Interesse fragen sie beim konkursbuch Verlag nach.

**Göbel**, Wulf, S. 153, leidenschaftlicher Sammler und Mitherausgeber der zweisprachigen Reiselesebücher *La Palma* und *Canarias*.

**Goyd**, Julija, S. 190 f., *1979 in Vilnius (Litauen). Aktuelle Ausstellung 2017: *In Between Beyond*, Art Loft Berlin. Lebt und arbeitet in Berlin. Sie studierte Ökonomie, arbeitete zuerst im Finanzsektor, dann als Modedesignerin, seit 2010 sieht sie Fotografie und Video als ihr Medium. Website: *www.julijagoyd. com*. Beitrag von ihr auch in *Mein heimliches Auge XXVIII*.

**Grab**, Titus, S. 250, Bildhauer, Installationen, Typografie, Soziale Kunst-Projekte, lebt in Wiesbaden.

**Grünberg**, Rafael, S. 104, gelernter Musiker, Pianist, einige Jahrzehnte lang Auftritte in ganz Deutschland, schreibt nebenbei erotische Literatur. Website: *www.rafaelgruenberg.de*.

**Grüner**, Reinhard, S. 89 f., 93, 96, 98, 134 f., Buchkünstler (Exlibris), Sammler.

**Grunwald**, Edith, S. 66, 225, *1953, Altenpflegerin, engagiert sich für sozial benachteiligte Jugendliche. Lebt in Hamburg. Dies ist ihre erste Veröffentlichung.

**Guben**, Günter, S. 314 ff., *1938, studierte Fotografie, Film- und Fernsehtechnik sowie Kunstgeschichte. Schriftsteller und Maler.

**Gusssek**, Karl Diether, S. 103, Professor, Sammler, publiziert Bücher über Wein, lebt in Halle.

**Gympel**, Jan, S. 80, *1966, Berliner Eingeborener, Journalist, Autor und manches mehr. Website: *www.gympel.info*

**Hakan**, Akif, S. 45, 47 f., 55 f., 330, internationaler Fotograf, unter anderem in Hong Kong, Tokyo, Taipei, lebt zurzeit in Istanbul. Website: *www.hakanphotography.com*

**Hald**, Thomas, S. 166, *1967 in München, als Diplomsoziologe im Resozialisierungsbereich tätig, seit 2007 Bewährungshelfer beim Landgericht München.

**Hamann**, Rene, S. 93, *1971 in Solingen, studierte Germanistik, Anglistik und Philosophie in Köln, lebt als freier Schriftsteller und Journalist seit 2003 in Köln.

**Hennig**, Andreas, S. 134, *1955 bei Leipzig geboren und aufgewachsen, wurde Bauingenieur, absolvierte das Literaturinstitut in Leipzig und studierte 1999 in Dresden Kulturmanagement. In den Jahren 2008–2017 erschienen über 50 Kurzgeschichten und 10 Gedichte im *Kalendarium toter Musiker The Beat Goes On*.

**Hess**, Sylvia Catharina, S. 139, 214, 249, *1952 in Freiburg/Breisgau. Figurative Malerei; Landschaftsmalerei; projektgebundene Installation / Kunst im freien Raum. Bis 2014 Atelier in Bettendorf, seitdem in Nierstein am Rhein und auf La Palma. Beteiligungen und Einzelausstellungen (zuletzt in Tazacorte 2016).

**Hochmuth**, Eleonore, S. 210, 213, Sängerin aus Tübingen

**Jensen**, Marcus, S. 83, *1967 in Hamburg, lebt als Autor und Redakteur in Berlin. Drei Romane, über 130 Storys und Essays, zahlreiche Auszeichnungen, zuletzt 2017 Arbeitsstipendium des Berliner Senats.

**Julia**, S. 178, *1988, Pseudonym einer mittelmäßig erfolgreichen Autorin.

**Kahn**, Andreas Maria, S. 284 f., *1969 in Braunschweig, lebt in Berlin, Bildender Künstler, Website: *www.andreasmariakahn.de*

**Kaminski**, Volker, S. 307, *1958, freier Schriftsteller in Berlin, Romane und Erzählungen, zuletzt *Rot wie Schnee*, Wortreich Verlag 2016. Er schreibt auch Glossen für die Berliner Zeitung. Lehrbeauftragter für Creative Writing an der Alice Salomon Hochschule Berlin.

**Karsten**, Thomas, S. 167 ff., lebt in Uffenheim, viele Aktfotobände, zuletzt in limitierten Auflagen *Marina Anna Eich* (Farbfotos, vergriffen), *Skin to Skin* (noch wenige Exemplare vorhanden). 2016 Fotobuch *Und schön bin ich doch*, ca. 200 seiner ersten großteils unveröffentlichten Aktporträts und Interviews mit den Fotografierten, limitierte Auflage 500 Ex., 2017 *Marina Anna Eich, black and white*. Limitierte Auflage von 500 Ex., beide beziehbar über Konkursbuch Verlag.

**Karweick**, Jörg, S. 68, 128, *1965 in Hamburg, Studium Anglistik, Hispanistik, lebt in Berlin. Kurzprosa, Krimis, Phantastik in Anthologien, u. a. *Mein schwules Auge*, *Tatort Internet* (Kärntner Krimipreis), *Mords Apfel* (Sieben Verlag). Kontakt: *karweick@gmx.de*

**Kirschner**, Wolfgang, S. 100, Autor in Tübingen, viele Lesungen, eigene Kolumne bei Tübingen im Fokus. Aktuelles Buch: Huch, das Leben! Erzählungen und Glossen, 2017 bei uns erschienen. Website: *www.wolfgang-kirschner.eu*

**Klaus**, Volker, S. 176, *1962, lebt in München, beschäftigt sich in seiner Freizeit mit Kunst, Kultur, Fotografie und Erotik.

**Kleintges**, Franziska, S. 46, *1993 nahe Freiburg, Studium Literatur und Gender Studies, dies ist ihre erste Veröffentlichung.

**König**, Gustav, S. 140, 331, *1987, lebt in Tübingen.

**Kranichfeld**, Katharina, S. 277, *1954 in Stuttgart, Studium an der Hochschule der Künste Berlin. Grafikerin mit dem Schwerpunkt Lithographie und Radierung, lebt in Berlin

**Krügener**, Hartmut, S. 140 f., *1940, als Bühnenbildner zeichnet er sehr viel, nebenher entstanden viele »Lustskizzen«

**Kühn**, Michael, S. 275, *1964 in Wittenberg, Friedhofsgärtner und Künstler. Sein erotisches Rommé-Spiel ist im Konkursbuch Verlag erschienen.

**Lang**, Henrike, S. 130, *in Norddeutschland. Journalistin und Autorin mit Hirn. Regenbogenfamilien nimmt sie bissig und humorvoll aufs Korn. Letztes Buch: Episodenroman *Bettenroulette*, Konkursbuch Verlag 2017.

**Laura** (Peréz Vernetti), S. 28 f., 40 f., 246, studierte und lebt in Barcelona. Sie zeichnet vor allem Comics und Graphic Novels, oft mit Texten von Dichterinnen und Dichtern. Als Kind (Mutter aus Italien, Vater aus Spanien) las sie begeistert spanische, italienische und auch französische Comics in beiden Sprachen und zeichnete ihre ersten Comics in Schulhefte, wenn die Lehrer Langweiliges erklärten. *Sin permiso / Ohne Erlaubnis*, erotische Zeichnungen, im Konkursbuch Verlag.

**Lay**, Stephanie, S. 193, *1983, scheut öffentliche Auftritte und würde niemals ihren richtigen Namen nennen. Die Autorin, die sich hinter dem Pseudonym verbirgt, glaubt fest daran, dass nur in der Anonymität unzensierte, persönliche Geschichten entstehen. Sie lebt und arbeitet in Köln. Veröffentlichungen in *Andere Liebe. Ein Kopfkissenbuch* (Autorenhaus Verlag), in *Mein heimliches Auge XXX* und *XXXI*. Erster Preis des *Dirty-Writing* Wettbewerbs.

**Leitner**, Anton G., S. 86, 91, *1961 in München, lebt in Weßling. Lyriker, Herausgeber und Verleger (u. a. Zeitschrift *Das Gedicht* seit 1993). Bislang 11 Lyrik-Bände, zuletzt *Schnablgwax. Bairisches Verskabarett* (2016). Hrsg. von über 40 Anthologien für dtv, Reclam u. a. Etliche Preise, zuletzt *Tassilo-Kulturpreis der Süddeutschen Zeitung 2016*. Website: *www. AntonLeitner.de* und *www.Schnablgwax.de*

**Les Archives d'Éros**, S. 5, 24, 80 f., 107, 131, 151 f., 154, 290, 299, Online-Archiv (des Sammlers Alexandre Dupouy), das erotisches Bildmaterial aus der Zeit von 1850 bis 1950 sammelt.

**Leweir**, Litt, S. 190, *in Waldkirch/Schwarzwald, lebt in Berlin, arbeitet neben dem Schreiben in einer Einrichtung für Menschen mit Lernbehinderung. Aktuelles Buch: *Mersand*, 2017 bei uns erschienen.

**Lipsi Lillies**, S. 219 f., Burlesquetruppe aus Leipzig, Website: *www.lipsilillies.de*

**Lioubaskina**, Marina, S. 254, *1960 in Usbekistan, seit 1998 in Berlin. Diplom der Schönen Künste in Kaliningrad, viele Ausstellungen. Debüt mit erotischen Episoden *Marinotschka, du bist so zärtlich*. 2018 erscheint ihr surreal-erotischer Roman *Alice*, beide Konkursbuch Verlag. Website: *www.marina-l.de*

**Lupina**, Tanka, S. 198, erlebt und schreibt erotische Gedichte und andere. Sie ist gerne nackt unter der Sonne und mag den Duft von trocknendem Gras im Sommer und die Wärme des Kachelofens im Winter. Buch mit Gedichten: *Leuchtfeuer*

**Luthardt**, Thomas, S. 109, *1950 in Potsdam, Arzt und Schriftsteller.

**Maiwald**, Salean A., S. 312, *in Wuppertal, lebt in Berlin. Sachbücher, u. a. über Aktdarstellungen durch Künstlerinnen. 2017 erschien ihr Debütroman *Schwebebahn zum Mond* im Konkursbuch Verlag.

**Mandel**, Bea, S. 86 f., dokumentiert seit vielen Jahren fotografisch ihr und ihres Partners Liebesleben.

**Marcato**, Ben, S. 57 ff., 301, *1951 im Ruhrgebiet, Ingenieursausbildung, Fotografie (Autodidakt) dient ihm als künstlerisches Hilfsmittel, sich mit Menschen auseinanderzusetzen.

**Marlen**, Kristina, S. 52, 182 f., tantrische Domina und Bondagelehrerin in Berlin, gibt Workshops für Frauen, Männer, alle dazwischen und darüber hinaus. Kombiniert das tantrische Ritual mit Elementen des BDSM. Sexarbeit ist für sie Berufung, Leidenschaft und Vision

**Mathäa**, Melissa, S. 125, studiert Kulturwissenschaften

**Maurer**, Dinah G., S. 195, *1950, studierte an der HfBK Hamburg Kunst und Erziehungswissenschaften, lebt und arbeitet in Schneverdingen.

**Maurer**, Georg, S. 27, 192 f., 196, 1938–2015, arbeitete in den 1970er und 80er Jahren als Fotograf in der Hamburger Musikszene, später als freischaffender Maler und Graphiker u. a. in Schneverdingen.

**Mayer**, Selina, S. 62 ff., Britische Bildende Künstlerin und Fotografin, lebt in London. 2010 Abschluss in Kunst an der Central St Martins School of Art and Design. Kontakt: *selina@selinamayer.com*, Website: *www.selinamayer.com*

**Meyer**, Karsten Uwe, S.85, Orthopädiemechaniker, nebenher Fotografie, Zeichnungen, Plastik.

**Moral**, Encarnación, S. 20, Tänzerin und Performerin. Zwei Sex-Geschichten aus ihrem Leben in *Mein heimliches Auge* 30 und 31.

**Morawietz**, Armin, S. 258 ff., *1976, DJ, Fotograf, Maler, Poet, Reisender, Träumer und Beobachter. Website: *www.arminmorawietz.de*

**Moreno**, Esperanza, S. 50 f., 125, 155, *1980 in Cadíz, Magisterarbeit über die Bildsprache der Cuerpos lesbianos en la red (lesbische Körper im Internet), öffentliche Aktionen zur Sichtbarkeit von lesbischem Sex. Beiträge in *Mein lesbisches Auge*.

**Müller**, Anja, S. 110 f., 124, 126 f., Fotografin in Berlin. Schon mit 16 fotografierte sie das Leben auf den Straßen Ostberlins, nach der Wende Menschen beim Sex, dann erotische Porträts von Menschen allen Alters.

**Nerlich**, Klaus, S. 302 f., *1952, lebt als Künstler, Fotograf und Hochschullehrer in Weimar.

**Oswald**, Alina, S. 33 ff., 38, *1992 in Starnberg, Fotografin und Konzeptkünstlerin. 2013 bis 2016 Ausbildung zur Kommunikationsdesignerin an der Designschule München mit Schwerpunkt Film. Aktuelle Ausstellung: Moments. Art & Weise, Farbenladen München, September 2017.

**Osse**, Ba, S. 248, *1962, Soziologin, lebt in Berlin, liebt Indien.

**Pacem**, Holger (Pseudonym), S. 216, *1951, bekleidet eine leitende Position im technisch- wissenschaftlichen Umfeld; neben den zahlreichen wissenschaftlichen Publikationen ist diese Kurzgeschichte sein zweiter erotischer Beitrag in *Mein heimliches Auge*.

**Paul**, Ina, S. 143, 210, Studium an der Dt. Hochschule für Filmkunst, Babelsberg, Arbeit beim Radio Hanoi/Vietnam, Dramaturgin Dt. Fernsehfunk, künstl. Leiterin DEFAStudio für Synchronisation, Autorin in Berlin. Letzter Roman *Im freien Fall*. Band mit erotischen Sonnetten: *In mir und um mich wolkenwarme Nässe*, beide Konkursbuch Verlag.

**Pepper**, S. 92, Fotograf in Berlin, zurzeit in Warschau. Buch *Snapshot Beauties* über Verlag erhältlich.

**Peru**, John, S. 222 ff., *1955 in Edersleben, viele Ausstellungen, darunter in Halle verbotene Erotikausstellung, Herausgeber des Halleschen Erotikkalenders. Gründete die Agentur IMAGE FABRIK e. K.

**Randi & Martin**, S. 144 ff., *1977 u. 1969 in der Prignitz und im Thüringer Wald, leben in Berlin, leidenschaftlich verbunden seit einigen Jahren, lieben das einfache Leben mit großen und kleinen Höhepunkten.

**Ringel**, Albina A., S. 14 f., Studium an der Hochschule für Angewandte Kunst in Wien und an der Königlichen Akademie für Bildende Kunst in Kopenhagen, arbeitete u. a. in Dänemark, Griechenland, Italien und den USA.

**RS**, S. 44, *1966, m. Seine ersten Masturbationsmaschinen zeichnete er in der zweiten Klasse Seither hat ihn die Erotik nicht mehr losgelassen.

**Rüdig**, Andreas, S. 240, *1968, Journalist und Autor, lebt in Duisburg.

**Ruf**, Sonja, S. 18, 166, 302, freie Schriftstellerin aus Saarbrücken, veröffentlicht Romane, Erzählungen, Gedichte und Essays, v.a. im konkursbuch Verlag Claudia Gehrke. Zuletzt den Roman *Erste Lieben*.

**SAID**, S. 286, *1947 in Teheran, 1965 kam er als Student nach München, hier verbinden sich seine literarischen Interessen mit einem politisch-demokratischen Engagement. Freier Autor, mit zahlreichen Preisen ausgezeichnet. Zuletzt Alfred-Müller-Felsenburg-Preis für aufrechte Literatur 2017. Website: *www.said.at*

**Sauer**, Markus, S. 60, 67, 83, 244, *21.5.1963. Freier Künstler (Gemälde und Fotos), lebt in 63867 Johannesberg (bei Aschaffenburg/Main), Mühlbergstr. 2a, Mobil: 0151 218 68 366, Kontakt: *Markus.Sauer@gmx.de*

**Schimel**, Lawrence, S. 71, *1971 in New York, Autor, Mitglied der Academy of American Poets.

**Schmidt, Susanne**, S. 239, *1981, lebt bei Frankfurt, veröffentlichte u. a. in Mein heimliches Auge und den erotischen Roman *In einem glühend blauen Sommer* (Konkursbuch Verlag).

**Schmude-Sterling**, Daniel, S. 72 ff., 77 ff., 129, *1977, Fotografenausbildung in Berlin und New York, lebt in Berlin, oft Beiträge in *Mein schwules Auge*.

**Schuemmer**, Silke Andrea, S. 238, *1973 in Aachen, freie Autorin in Berlin. Mit vielen Preisen und Stipendien ausgezeichnet. Aktueller Roman: *Nixen fischen*, Konkursbuch Verlag, 2017.

**Schulz**, Astrid, S. 19, 162 f., 252 f., *1972 in Wildeshausen, autodidaktische Fotografen mit Schwerpunkten Portrait und Akt, seit 2015 freiberufl. Fotografin, lebt und arbeitet in Bremen. Aktuelle Ausstellung u. a. 2017 Kap-Hoorn ART *Die Neunte – Kunst in der Halle*, Bremen, mit über 70 nationalen und internationalen Künstlern. Website: *www.subwooferin.de*

**Schumann**, Ludwig, S. 319, Diplom-Theologe und Autor, Zeppernick/Fläming. Website: *www.ludwig-schumann.de*

**Seydel**, Detlev, S. 234, *1945, verheiratet, drei Kinder, emeritierter Hochschullehrer für Mathematik. Bisherige literarische Tätigkeit u. a. Forschungen (und Ausstellungen) über den Münchner Verleger Albert Langen.

**Shifflet**, Suzanne, S. 185 ff., 265 ff. lebt und arbeitet in San Francisco, »Als ein natürlicher tomboy sehnte ich mich nach der Freiheit und den Abenteuern, auf die all jene ein natürliches Recht zu haben scheinen, die als Männer auf die Welt gekommen waren. Die Versuche meiner Familie, mich zu feminisieren, sind allesamt gescheitert.«

**Slack**, Kevin, S. 71, *1969 in Kanada, Fotograf, Auslandsaufenthalte u. a. in Korea und Ecuador, besondere Faszination für Kuba.

**Sonntag**, Michael, S. 226 ff., *1978, Autor, Künstler und Kultur- und Literaturwissenschaftler, Gründung der Kunstgalerie *Kunst in der Ruine*, lebt in Hohenst.-Ernstthal.

**Sophia**, S. 150, *1989, promoviert im Moment.

**Spartacus**, S. 296, *1973, lebt in Wien, zwei Romane, zuletzt *Blue Velvet Band*.

**St. Augustin**, S. 173, *1951, Pseudonym

**Stötzer**, Gabriele, S. 7, geboren 1953 in Emleben, Schriftstellerin und Künstlerin. Aktuelles Buch *das brennen der worte im mund*, Arte Fakt Verlag 2017.

**Süß**, Jana, S. 198, fotografiert Freundinnen, immer wieder einmal finden sich einige ihrer Privatfotos im heimlichen Auge.

**Tasso**, Federico, S. 37, Pseudonym, *1973

**Tefelski**, Norbert, S. 284, *1950 in München, seit 1979 relativ freier Autor in Berlin. Mehr Infos über ihn gibt es hier: *www.literaturport.de/Norbert.Tefelski*

**Thielen**, Barbara, S. 84, 181, 197, 199 ff., 204, *1969, veröffentlicht in Magazinen und Fotozeitschriften. Website: *www.blickpunkt-fotografie.de*

**Thierry**, S. 161, *1959, lebt in Belgien.

**tomboy62**, Cover, S.1, 3 und 336. Fotoclub Mannsbilder, Berlin. Er fotografierte auch das Cover von *Mein heimlliches Auge 25*

**Treumund**, Anna-Stina, S. 238 ff., 296, 329, (1982–2017). Sie studierte Fotografie an der Kunstakademie Estlands, später Kunst und Design. Viele Einzel- und Gruppenausstellungen in Museen und Galerien, zuletzt (April 2017) *M's Wet Dream* in Kopenhagen. Für *Mein lesbisches Auge* und *Mein heimliches Auge* schickte sie uns im Frühjahr 2017 viele Bilder. Ein schöner Beitrag u.a. mit einer besonderen Variation zu Courbets Ursprung der Welt auch in *Mein lesbisches Auge 17*.

**Twardowski**, Daniel, S. 177, 179, Literaturwissenschaftler, Autor (hauptsächlich von Unterhaltungsliteratur), zum Ausgleich fotografiert er seit über 30 Jahren Akt. Aktuelles Fotobuch: *Dark Planet. 200 Variationen zu Courbets Ursprung der Welt*, Konkursbuch Verlag.

**U. & A.**, S. 43

**Velvet**, S. 32, 57, in etwa genau 30 Jahre alt. Macht sich Gedanken über das erotische Potenzial von Menschen, Momenten und Robotern. Macht nebenbei Musik und verdient ihr Geld im Labor. Dies ist ihre erste Veröffentlichung.

**Vikšraitis**, Rimaldas, S. 100, Fotograf aus Litauen. Bilder von ihm erschienen in verschiedenen Ausgaben von *Mein heimliches Auge*.

**Vogel, Fritz Franz**, S. 8, 13, 9, Sammlung, Forschung, Lehrtätigkeit, Publikationen zu Fotografie, Körperbilder u. a. Ein großformatiges Buch mit historischen erotischen Fotografien seiner Sammlung ist in Arbeit. Nachfrage über Verlag.

**Voss**, Ulrike, S. 39, arbeitete u.a. als Dramaturgin, Veröff. in Anthologien, Romane. Da sie nicht möchte, dass Schüler sie googeln (ihr Brotberuf ist im Bereich Sprachunterricht), findet man sie nicht im Internet. Aktuelle Bücher: *Das dritte Mal* (3. Auflage) *Rebeccas Küsse*, Konkursbuch Verlag, 2016.

**W.**, Alexis, S. 68 f., 88, 158, *1972 in Taibique / El Hierro, Fotograf, lebt dort und in Madrid, viele Ausstellungen.

**Witka**, Ines, S. 199, studierte Kunst und Verlagswirtschaft, dann Master of Arts in Biografischem und Kreativen Schreiben an der Alice-Salomon-Hochschule, Berlin. Konzipiert und realisiert Schreibwerkstätten. Mitmachbuch zum erotischen schreiben: *Dirty Writing*. Romandebüt: *Perle um Perle*, Konkursbuch Verlag 2016

**Zingler**, Peter, S. 269, *1944, war Berufseinbrecher und begann im Gefängnis mit dem Schreiben. Veröffentlichung über seine Haft in *Mein heimliches Auge II*, und andere Texte in weiteren Ausgaben. Schriftsteller und Drehbuchautor (u. a. Tatorte), lebt in Frankfurt. Aktuelles Buch *Im Tunnel*. Biografischer Roman.

**Zint**, Günter, S. 121, *1941 in Fulda, Fotograf, Gründer der *St. Pauli-Nachrichten*.

## INHALT

- S. 3: **Die erotischen Jahrbücher**
- S. 6: **Liebesleben lesbisch, queer ...**
  Anne Bax, Ulrike Voss, Kali Drische, Henrike Lang, Regina Nössler, Karin Rick ...
- S. 12: **Liebesleben Sachbücher**
- S. 13: **Liebesleben hetero**
  Jette Miller, Phoebe Müller, Dagmar Fedderke ...
- S. 17: **Thriller/Krimis**
  Litt Leweir, Regina Nössler, Annette Berr ...
- **Allgemeine Literatur:** S. 21: **Yoko Tawada**
- S. 26: **NEU 60er/70er/80er-Jahre:**
  Kindheit, Familie, Pubertät, erste Lieben, erster Sex etc. Peter Butschkow, Sigrun Casper, Karen-Susan Fessel ...
- S. 30 **Gedichte** S. 31 **Über Literatur**
- S. 32 **Konkursbuch**
- S. 35 **REISEN** S. 36 **KANARISCHE INSELN**
  S. 39 Korea S. 40 Japan / Mallorca
- S. 41 **Erotische Fotografie** Kunst & Comic
- S. 56 DVDs S. 59 Autor_innenverzeichnis

### Unser Programm:

*konkursbuch* zu Leben, Kultur & Politik.
Erotische Jahrbücher, Fotobücher, Reihe
Liebesleben: vielfältig, abgründig, multisexuell.
Thrillerreihe mitten aus dem Alltag. Ermittler sind in vielen der Thriller weniger wichtig, im neuen von Regina Nössler kommen sie gar nicht vor. Die Spannung kommt allein aus der Bedrohung und Gefahr, die in das Leben einbricht.
Allgemeine Literatur und Reisen „zwischen den Kulturen": z.B. Kleistpreisträgerin Yoko Tawada oder Bücher kanarischer Autoren und besondere Reiseführer – die kanarischen Inseln als Urlaubsziele und als literarische Orte zwischen Europa, Afrika und Südamerika;
Literatur aus Korea, Japan-Lesebücher, einzelne Fotobücher über ungewöhnliche Reisen.
*Alle literarischen Bücher gibt es auch als E-Book.*

Einige der Autor*innen und Fotograf*innen sind mit vielen Büchern und schon lange bei uns; wir freuen uns, wenn Sie unsere „Klassiker*innen" entdecken! Und wünschen viel Vergnügen beim Blättern und Lesen!
*Die Verlegerin*

Covermotiv: Sammlung F. F. Vogel

## Zum Namen „konkursbuch" und zur Verlagsgeschichte:

Jeden Mittwoch wurde an einem großen Tisch (der noch existiert) opulent gegessen, heiß debattiert – und manchmal passierte Erotisches. In diesem „Salon", aus den politischen Ideen und Liebesexperimenten der Zeit, wurde die Periodikum „konkursbuch" ausgedacht; die meisten hielten dessen Realisierung für Tagträumerei. *Claudia Gehrke* gründete den Verlag am 1. April 1978. (Anfangs Zusammenarbeit mit WG-Mitbewohner *Peter Pörtner*, der dann nach Japan ging und später Japanologie-Professor wurde). *Konkursbuch 1 Vernunft & Emanzipation* erschien. Der Name spielte auf „Kursbuch" an (1965 gegründet, sollte dieses wegweisend für die 68er-Bewegung werden. Das Vorwort zum ersten „Kursbuch" erwähnte das „Kursbuch" der Bahn.) Die Frage, auf welchem Weg sich welches politische Ziel erreichen ließ, blieb unbeantwortet, besonders nach den Ereignissen von 1977 – RAF, Mogadischu etc. Heute, bald 40 Jahre danach, haben wir selbst schon etwas an der Zeitgeschichte mitgeschrieben. (Über die Zeit, aus der auch wir hervorgingen, erscheinen im aktuellen Programm vergnügte Bücher.) 1982 erschien „Mein heimliches Auge" als Folgeband zu konkursbuch 6, Erotik (1980). Seit den 80er-Jahren kommen Autorinnen zum Verlag, so erschien bereits vor 30 Jahren, 1987, das erste Buch von Yoko Tawada. In den 90er-Jahren bis Anfang der 2000er gab es Prozesse rund ums erotische Jahrbuch. Und immer bestand und besteht die Gefahr, „Konkurs" zu gehen, heute Insolvenz genannt. Dazu kommt der Wortsinn von „concurrere": „zusammenlaufen", „aufeinandertreffen". Scheinbar disparate Programmbereiche treffen aufeinander, gehen ineinander über, „Erotisches" und „Literarisches" zum Beispiel (was zurzeit wieder verstärkt – beflügelt durch Überangebote im Internet – in unterschiedliche Schubladen sortiert und getrennt wird.) Wir bieten keine „Kurse", sondern bewegen uns durch Abschweifungen.
Que(e)r durch die Genres.

*Mehr zu Verlagsgeschichte und AutorInnen: www.konkursbuch.com/html/Kurzportraetakt.htm*

**DIE JAHRBÜCHER**
# Mein heimliches Auge
**Das Jahrbuch der Erotik**

Kurzgeschichten, Bilder, offene Berichte aus dem Leben, Sachtexte, Gespräche und Gedichte: zart, hart, deutlich und andeutend, heiter, leidenschaftlich, erregend & romantisch geht es um Alltagsrealität und Fantasie. Aktuelle Kunst, Fotografie und Literatur namhafter und debütanter AutorInnen sowie Privatfotos, Fundstücke, Erinnerungen und Tagebuchblätter, die uns von LeserInnen zugeschickt werden. Grenzüberschreitend: aus unterschiedlichen Altersgruppen, sexuellen Orientierungen und Szenen, aus dem Blickwinkel des Lebens und der Kunst. Das Jahrbuch dokumentiert Zeitgeschichte und zugleich die zeitlosen Seiten des Erotischen.
*Je zwischen 288 und 336 S., Fadenhftg., ältere Ausgaben 15,50, ab XXVIII 16,80.*

**Neu 2017 Die Nummer 32**
**Mein heimliches Auge**
*Das Jahrbuch der Erotik XXXII 2017/2018*
*336 S., 16,80; ISBN 978-3-99769-531-6.*
Sex mit sich, zu zweit, zu vielen. Wie leben Menschen ihre Lust 2017? Wie kommen sie? Was beschäftigt ihre Fantasie? Es geht um Orgasmen aus männlicher und weiblicher Innensicht, um erste Male, leidenschaftlichen Sex und um das, was sich Menschen wünschen und wie das manchmal mit dem Erlebten im Widerstreit steht. Es geht um SM und um vieles mehr.

*Das Jahrbuch der Erotik XXXI 2016/2017*
*ISBN 978-3-99769-531-6, 16,80; 336 S.*
Einige Themen: Musik, für viele mental wie körperlich erotisch. Sex und Schreiben – FB-Nachrichten, Briefe ... Besondere Orte, sich zu lieben. Sex im Alltag und unterwegs. Peitschen. Träume. Liebe und mehr.

**Pressestimmen:** HZ: *„Frisch, authentisch, aktuell."* Stuttgarter Zeitung: *„Es ist gelungen, mit Fotografie und Bildern, Kunst, Prosa und Lyrik jedweder sexuellen Inszenierung Raum zu schaffen, ohne den Eros zu zerstören."* Der Spiegel: *„Eigenwillig, irritierend, intelligent."*

**Auge-Pakete: je 3 Nrn.:** je 42,–.

**10er-Paket:**
10 lieferbare Nummern 125,–.

**25er-Paket:** 300,–.
inklusive einer Überraschungsbeilage

**AUGE-Paket-Mix:** 20 x heimliches Auge, lesbisches 1-4, schwules 1-2: 300,–.

**Abo: Pro Ausgabe 12,–.**
Wir freuen uns über jedes Abo, auch ab früheren Ausgaben möglich!

**Einsendeschluss** für Bilder und Texte für Nr. XXXIII: 1.8.2018

Albina A. Ringel, Auge XXXII

**Themen**: In jeder Ausgabe finden sich viele Themen rund um Erotik und – vor allem in den Gesprächen – kleine Schwerpunkte. Die runde Nummer XXX *(ISBN 978-3-99769-530-9, 336 S.)*, enthält zusätzlich einen 16-seitigen Beihefter: Das erotische Wörterbuch. In den Gesprächen u.a. das Thema Orgasmus – XXIX: u.a. Sex in Langzeitbeziehungen – XXVIII: Das Verhältnis zum eigenen Geschlecht, zu Möse und Schwanz; Schmerzlust. Porno: was sind „gute" Pornos? – XXVII: Orgien, Polyamorie & Zweisamkeit, Sex lernen, warum sind welche Bilder „erotisch"? – XXVI: Fantasie vs. Realität; erste Male; Beziehungen – XXV: Klassiker der Lust. Schaulust. Masturbationsfantasien – XXIV: Fetische, Mythen – XXIII: Sex & Sprache, Dirty Talk – XXII: Alltag und Erotik – XXI: Exzentrische Liebesformen – XX: 20 Jahre – XIX: „Die große Liebe" – XVIII: Was erregt? – XVII: Anfänge der Lust – XVI: Romantik – XV: Träume – XIV: Der besondere Orgasmus – XIII: Zensur – XII: Tabus, Grenzüberschreitungen – XI: Attraktion; „animalischer Sex" – X: SM – IX: Erotische Pannen – VIII: Sexuelles Lernen – VII: Lust an der Zeugung – VI: Sex & Politik – V: Jenseits der Geschlechter – IV: Geschlechtertausch.

# Mein schwules Auge
**Das schwule Jahrbuch der Erotik**

Explizit, theoretisierend, politisch, satirisch und poetisch. Heiße Bilder, Geschichten, Sachtexte rund um schwulen Sex. Etablierte Autoren und renommierte Künstler, sowie Debütanten. *Hg. Rinaldo Hopf & Axel Schock. Je 320 S.,16,80.*

**Neu 2017: Mein schwules Auge 14** *ISBN 978-3-88769-944-4.* Eine Spezialausgabe. Mit seltenen Originalarbeiten und vielen Bildern junger Künstler und Fotografen aus der Sammlung der „Tom of Finland Foundation". Erotische Erzählungen, angeregt durch Finland-Zeichnungen, Essays und Interviews zur Bedeutung von Tom of Finlands Werk für die Lederszene, die Gay Community, die schwule Kunst wie auch auf persönlicher Ebene von schwulen Persönlichkeiten.

**Mein schwules Auge 13** *ISBN 978-3-88769-553-8.* Erotische Begegnungen mit dem Unbekannten, mit Männern aus fernen Ländern und vom Zusammentreffen unterschiedlicher Kulturen.

**Nr. 12** *ISBN 978-3-88769-012-0. Ein Thema: Rausch: Was macht den schwulen Mann trunken vor Lust?* Ekstasen, Sexrausch, Sehnsucht und Sucht, Abhängigkeit etc.

**Nr. 11** *ISBN 978-3-88769-971-0. Thema: Freiheit.* Männer machen sich frei: Es geht um sexuelle Entgrenzungen. Und den politischen Kampf um Freiheit und Menschenrechte.

**Nr. 10** *ISBN 978-3-88769-910-9. Thema: Glück.* Macht Sex glücklich? Was bedeutet Glück für einzelne, ein Paar, die Community?

**Nr. 9** *ISBN 978-3-88769-399-2. Thema: Was erregt, fasziniert und betört den schwulen Mann?*

**Nr. 8** *ISBN 978-3-88769-398-5.* Rebellen, böse Jungs, Tabubrecher, Revolutionäre.

**Nr. 7** *ISBN 978-3-88769-397-8.* Obsessionen.

**Nr. 6** *ISBN 978-3-88769-396-1.* Die schwule Lust am Reisen.

**Nr. 5** *ISBN 978-3-88769-395-4.* Wie treibt es der schwule Mann privat und zuhause?

**Nr. 4** *ISBN 978-3-88769-394-7. Schwuler Sex: Ikonen und Idole; Lebensstil.*

**Nr. 3.** Internetdating, Barebacksex, Pornomacher, Pornostars und Pornokonsumenten.

**Nr 2 und 1**. Noch ohne Schwerpunkt. Hg.: Anja Müller und Mathias Trosdorf.

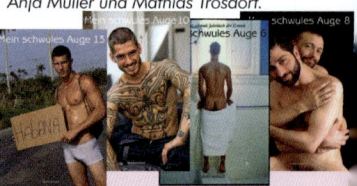

**Spezialangebote:** Schwules Auge Paket: je 3 Nrn: 1-3, 4-6, 7-9, 10-12, je 39,90.
**Schwules-Auge-Jubiläumspaket:** 1-10 und eine Überraschungsbeilage **nur 99,90.**
**Abo: Pro Ausgabe 12,–.**
Einsendeschluss für Nr. 15: 30.06.2018

„Facettenreich, voller Erotik, Kraft und Agressivität, sinnlich und mit Hintersinn." (gaywinner)

„Das schwule Auge ist eins der geilsten Bücher mit Anspruch." (Box)

*Erik Philipps, Markus Sauer, aus Mein Schwules Auge*

# Mein lesbisches Auge
**Das lesbische Jahrbuch der Erotik**

*Hrsg. Laura Méritt, Redaktion Regina Nössler. Je ca. 288 S., bis Nr. 15: 15,50, ab Nr. 16: 16,80.* In jeder Ausgabe: Offene Berichte und viele Bilder über lesbisches Liebesleben und lesbischen Sex. Zarte, harte, heitere, erregende und anregende Erzählungen, Sachtexte, Interviews, Bekenntnisse. Was erregt, fasziniert und betört heute? Coming-out. Verliebtsein. Liebe. Monogamie vs. Polyamory. Sex. Anregende Erotik. Lesbische Politik „Hier komisch, dort ergreifend, manchmal brutal, immer lesenswert." (Aviva) „Eine der progressivsten Veröffentlichungen über lesbischen Sex." (Siegessäule)

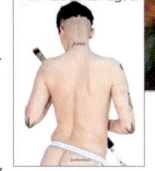

Jizz Lee, LA 16

**SOMMER 2017:**
**Mein lesbisches Auge 17**
*ISBN 978-3-88769-817-1.*
Einige Themen: Masturbation, Vulva, sich verlieben, lieben, trennen, romantische & erotische Bildserien echter Liebespaare, SM und die Frage, was Lesben vom Begriff „queer" halten und wofür sie Geld ausgeben u.v.m.

Jo Swarzynska, LA 17

**Nr. 16** *ISBN 978-3-88769-816-4.* Einige Themen: Besondere Orte für Sex, Orgasmen, Butch & Bondage, Lesbian Pornfilm. Und die Liebe! Dazwischengestreut: Kurzinterviews zu Erinnerungen an die Zeit, in der wir 16 waren.
**Nr. 15** *ISBN 978-3-88769-715-0.* Jung und alt, Tabus, Leidenschaft vs. Alltag, u.v.a.
**Nr. 14** *ISBN 978-3-88769-814-0.* Idole, Vampirinnen, Psychoanalyse, Sex.
**Nr.12/13** *ISBN 978-3-88769-811-9.* Schwärmen; Romantik; SM; Erotik in Gesichtern, KV/butch/femme
**Nr. 11** ISBN 978-3-88769-811-9. Erste Liebe – Masturbation – Pro-Sex-Feminismus – Polyamorie – Körperbilder.
**Nr. 10** ISBN 978-3-88769-810-2. Sich Kennenlernen – Älterwerden – Crime.
**Nr. 9** ISBN 978-3-88769-809-9. Darkrooms, Lesben-Sex-Szene Paris & Berlin – Erotikfilme.
**Nr. 8** *ISBN 978-3-88769-808-9.*
Zart & hart – Fisten – Langzeitbeziehungen – virtueller Sex – lesbische Pin-Ups.
**Nr. 7**: ISBN 978-88769-807-2. Pandrogyn – Sextechniken – Wie reden Lesben über Sex.
**Nr. 6:** *ISBN 978-3-88769-806-5.* Erregung – Orgasmus – Transgender.
**Nr. 5:** *ISBN 978-3-88769-201-8.*
Sex & Liebe – BDSM – Spielzeuge.
**Nr. 4:** Sex & Sport – Küssen – Harter Sex – Sex & Politik – Sex & Kunst – Heteras – Dildos – Kontaktanzeigen.
**Nr. 3:** Das erste Mal – Herzschmerz – Aufklärung – Lesben und Männer.
**Nr. 2:** Die Foto-Love-Story – Was ist gut im Bett? – Pannen – Was macht uns an?
**Nr. 1:** Dirty old women – Boxerinnen – Artistinnen – Hermaphrodykes.

**Mein lesbisches Auge 18. Sommer 18.**
Themen finden Sie ab Dezember auf unserer homepage. Einsendeschluss: 31.3.18

**Angebote:** Mein lesbisches Auge Pakete: 1-3, 4-6, ... 13-15 je 39,90.
**Paket Lesbisches Auge 1–10 nur 99,90**; ISBN 978-3-88769-899-7
**Abo: 12,–.**

Paula Hemsi, Lesb. Auge 17

*„Darf in keinem lesbischen Bücherregal fehlen." (Melanie Götz, L-Mag)*

*„Verträumt, zart, hart, fordernd, abwartend, düster, aufregend, erregend. Anregende Unterhaltung garantiert!*

Anastasia Kuba, Lesb. Auge 16

## LIEBESLEBEN LESBISCH — Anne Bax

### ANNE BAX
### Love me Tinder
*Kurzgeschichten, 9,90; ISBN 978-3-88769-656-6.* Die erfolgreiche lesbische „Kurzgeschichten-Queen" erzählt vom Liebesleben im Zeitalter von apps, Tinder, facebook & Co. Es bieten sich reichlich neue Möglichkeiten an Romantik und Komik. Auch die „klassischen" Dramen und Liebes-Höhepunkte kommen nicht aus der Mode: Was ältere Tanten von Sex halten, wie sich die Welt nach einer Trennung anfühlt, wie der erste Liebesfunke zündet und vieles mehr.

### Wirklich ungeheuer praktisch
*256 S., 7,90; 978-3-88769-728-0,* **6. Aufl**. Ihr erstes Buch mit lesbischen Liebesgeschichten. „Ausgesprochen kurzweilig! Kein Thema wird ausgelassen." „Es wird geküsst, gelacht, geschluchzt, verliebt, entliebt, getrennt, gelebt." (Lescriba)

### Rachel ist süß, 288 S., 9,90;
*ISBN 978-3-88769-725-9* **4. Aufl**. Kurzgeschichten. „Haarscharf beobachtet sie die Frauen. Bodenlos amüsant." (AVIVA)

### Kochen & Küssen
*geb., 192 S., 12,90; ISBN 978-3-88769-730-3,* **3. Aufl.** Erotisches Kochbuch mit Geschichten zum Vorlesen, Rezepten und Zeichnungen. „Jedem lebendig illustrierten Rezept sind kurzweilige Stories zugeordnet. Nichts für versnobbte Gourmets, sondern schlicht gut und leicht nachkochbar." (L-Mag) „Enthaltsamkeit dürfte einem nach Lektüre schwerfallen." (Uniqueen)

Anne Bax liest, ANIKA singt.

### Herz und Fuß
*Romantik-Thriller, 288 S., 9,90; ISBN 978-3-88769-765-5,* **3. Aufl.**
Beim Sonnenuntergang über stillgelegten Hochöfen träumt Charlotte von der Liebe. Vor Jahren war ihre letzte Beziehung dramatisch zu Ende gegangen. Als sie in ihr Büro zurückgeht, macht sie in einer Ecke der Aussichtsplattform einen grausigen Fund. Die Polizei tappt im Dunklen. Kurz darauf findet Charlotte noch einmal etwas Furchtbares, und diesmal weist es auf sie hin. Ist sie persönlich gemeint? Muss sie um ihr Leben fürchten? Bei den Ermittlungen lernt sie die aufregende Journalistin Irene kennen. „Spannung, Spaß und Liebe verschmelzen zu einem funkelnden Lesevergnügen" (Nicole Bruschkeit, Hajo)

### HerzKammerSpiel

*Romantik-Thriller, 288 S., 9,90; ISBN 978-3-88769-783-9.* Das Glück scheint vollkommen, Charlotte ist frisch verliebt in Irene. Doch auf einmal wird Irene merkwürdig still. Hat ihr Ex Markus wieder Einfluss? Und dann bricht sie Hals über Kopf auf, Richtung Berlin. Zugleich ereignen sich seltsame Einbrüche, fast ohne Spuren. Nichts wird gestohlen. Harmlos, bizarr – und bedrohlich. Die Polizei kann nichts unternehmen. Die Rentnerinnen rund um Charlys Mutter versuchen, dem unheimlichen Einbrecher auf die Spur zu kommen. Und dann ist Irene spurlos verschwunden. *„Ein facettenreicher Roman, sympathische Protagonistinnen unterschiedlichen Alters, eine perfekte Mischung aus Liebesroman und Krimi. Spannend, ungewöhnlich und mit jeder Menge trockenem Humor."*

**In Arbeit: Ein neuer Roman der Serie**

**BAX-PAKET alle 6 Bücher:** Herz und Fuß, Herzkammerspiel, Kochen & Küssen, Wirklich ungeheuer praktisch; Rachel ist süß, Love me tinder **nur 45,-.**

## ULRIKE VOSS *Erotische Romane*

### Rebeccas Küsse
*320 S., 10,90;*
*ISBN 978-3-88769-668-9.*
Julia und Gudrun lieben sich und leben zusammen. Beide haben ab und zu kurze Affären mit anderen, nichts Ernstes, sie kommen damit einigermaßen zurecht. Doch dann beginnt Julia ein virtuelles Verhältnis. Eigentlich will sie es nicht. Nur Facebook, sagt sie sich. Bald raubt es immer mehr Zeit, sie chatten täglich, haben virtuellen Sex. Eine Sucht. Facebookfreundin Rebecca scheint keinen Wert darauf zu legen, dass sie sich auch im Realen treffen. Versuche Julias, eine Begegnung herbeizuführen, scheitern. Wer ist Rebecca wirklich? Ein Fake? Werden sie sich begegnen? Ist das Leben groß genug für mehrere große Lieben? Ulrike Voss schreibt lebensnah und tabulos aus der Innenperspektive. Wie in allen ihren Romanen gibt es viel Sex, Romantik, Verwicklungen, Thrill.

### Alicia
*256 S., 9,90; ISBN 978-3-88769-712-9,*
**3. Aufl.** Anna verliebt sich in Alicia. Sie mögen beide Sex und tun es oft. Trotzdem kann Anna eines Tages anderen nicht widerstehen und beginnt mit heimlichen Affären. Kurz darauf verschwindet Alicia spurlos. Eine scheinbar aussichtslose Suche beginnt.

*„Geilheit wie Verlustangst fühlen sich orientierungsüberschreitend ähnlich an, diese Lesbengeschichte dürfte allen gefallen."* (Heidrun Küster, ekz, Informationsdienst für Bibliotheken)
*„Ulrike Voss ist es gelungen, einen ebenso leichten wie tiefgreifenden Roman über die elementaren Triebfedern einer Beziehung zu schreiben. Dass dabei der Sex nicht zu kurz kommt, macht das Buch nicht nur ehrlicher, sondern auch hoch erotisch."* (Gay and Lesbian Books)

### Einmal im Dunklen
*288 S., 9,90; ISBN 978-3-88769-763-1,*
**3. Aufl.** Ihr Flug wurde gecancelt. Sturm. Eigentlich wäre sie nicht mehr da gewesen, doch nun sitzt sie in einer Tapasbar. Eine Frau steht an der Theke. Eine heiße Urlaubsaffäre beginnt: Sex, Liebe und doppelbödige Gefühle. Sie redet sich ein, nur Abstand gewinnen zu wollen von ihrer Beziehung und ihrem Job zuhause. Doch diese Frau bringt sie an ihre Grenzen ... kann sie wirklich mitten im Leben ein ganz neues Leben beginnen?

*„Sehr spannend, verlockt zum Weiterlesen. Dennoch wird vielleicht manche Leserin das Buch vorübergehend aus der Hand legen, da diese oder jene heiße Szene durchaus animieren kann ..."* (Hajo)

### Das dritte Mal
*288 S., 9,90; ISBN 978-3-88769-785-3,*
**3. Aufl.** Anna und Dozentin Beate begegnen sich das erste Mal in einem Schreibseminar. Es folgt ein heißer One-Night-Stand. Doch sie verlieren sich aus den Augen. Eines Tages treffen sie einander wieder. Jetzt geht die Liebesgeschichte erst richtig los. Aber es passieren seltsame Dinge. Jemand scheint Beate zu verfolgen. Ihre Ex? Als ihr Vater stirbt, erbt Beate das verfallene Elternhaus. Unheimliches verbirgt sich darin. Vergangenheit lässt sich nicht verdrängen. Ein Roman mit dramatischen Wendungen, einer düsteren Vergangenheit, die die Liebe bedroht, und viel heißem Sex.

*„Gute Sexszenen, packende Spannung und auch schöner Platz zum Nachdenken über Beziehungen für die Leserin."* (weiberdiwan)

### Herbst 2018: Gewitter *(Arbeitstitel)*
Eine große Liebe und eine gefährliche Frau. Abenteuerlicher erotischer Roman.

**VOSS-PAKET 3 Romane** (Alicia, Einmal im Dunklen, Das dritte Mal) **nur 24,90**; ISBN 978-3-88769-666-5.

# Regina Nössler

## REGINA NÖSSLER
**Strafe muss sein** Roman, Debüt der Autorin (die inzwischen Thriller schreibt, vgl. S.19). Geb., mit Abb., 12,90; **3. Aufl.**
Hildegard und Henriette sind seit 12 Jahren ein Paar, doch Hildegard, Biologin, hat Sex mit einer Unbekannten im Dinosauriermuseum. Racheaktionen von Henriette folgen. Und subtile Machtkämpfe: Ich weiß, was gut für dich ist! „Das Buch trieft vor Sex. Ausgelassenem, hemmungslosem Sex. Bei aller Wut, bei Missverständnissen und Trennungsandrohungen, bei erzwungenem und ersehntem Sex sind Henriette und Hildegard ein Paar, welches sich wahrscheinlich nie trennen wird." (TWILIGHT)

## Wie Elvira ihre Sexkrise verlor
Erotische Erzählungen, **NUR 4,95; 3. Aufl.** Sex im IC mit der Schaffnerin; mit der Professorin Frau Elsterreiter; erster Sex u.v.a. Die Titelgeschichte gilt als erotischer Klassiker und wurde oft nachgedruckt! „Locker und animierend geschrieben!" (Schlagzeilen)

## Liebe hoch drei.
Roman (zus. mit Corinna Waffender), 9,90; **3. Aufl.** Eine Politikerin ist mit ihrer Freundin auf Wahlkampftournee. In einem Lokal beginnen beide, unabhängig voneinander, Kellnerin Petra attraktiv zu finden und mehr: sie zu begehren. Ein erotisches Dreiecks-Verwirrspiel beginnt. Im Wechsel wird der innere Monolog der drei Frauen erzählt, das, was sie wirklich denken! „Vom ersten bis zum letzten Wort Genuss pur!" (lesarion)

## Eifersüchtig durch den Winter
Roman, 176 S., geb., 12,90. Anita schnüffelt bei ihrer Freundin herum – und entdeckt Briefe einer Frau, die sich heiß nach Küssen sehnt. Eifersucht packt sie. „Gehört zum Komischsten und gleichzeitig Ehrlichsten, das die deutsche Literatur in letzter Zeit hervorgebracht hat. Ihr ist ein unglaublich unterhaltsames und vielschichtiges Buch gelungen." (magdeburger citymagazin)

Regina Nössler liest

## Wahrheit oder Pflicht
Roman über die Pubertät, Hardcover, mit Originalfotos aus der Pubertät, 15,50; **2. Aufl.**
Katja lebt in Herten, 80er-Jahre, sie ist 14, wäre gerne schon 16 und quält sich durch ungeliebte Sportstunden, eklige Zungenküsse, Schwärmereien für die Lehrerin, ersten Sex mit Manfred und Liebeskummer. Sie findet sich hässlich. Alle anderen sind schöner. „Leichtfüßig, tabulos und mit einem unglaublichen Blick für Situationskomik." (Nicole Müller, NZZ)

## Dienstagsgefühle
Roman, 224 S., 7,90; ISBN 978-88769-714-3, **2. Aufl.**
Eine Frau erwacht neben ihrer Lebensgefährtin. Dienstag. Ihr Nacken schmerzt. Und dann hat sie auch das absurde Gefühl, sie kenne die Frau neben sich kaum. Kann Liebe einfach verschwinden? Sie verlässt die Wohnung, streunt duch Berlin, denkt an diese und vorige Frauen, auch an ihre Mutter. In Rückblenden werden die Liebesgeschichten erzählt. Wie beginnt Liebe? Wie hört sie auf? Kommt das Gefühl zurück? Was wird am Mittwoch sein? „Klug, spannend und abgründig. Achterbahn der Gefühle." (escape)

## Tiefe Liebe, freier Fall
224 S., 8,90; ISBN 978-3-88769-718-1
Beziehungsthriller. Isabel hat es geschafft, mit der reichen Johanna zusammenzukommen. Ihr erster gemeinsamer Urlaub. Das Glück scheint vollkommen. Doch dann kündigt sich die Exgeliebte von Johanna an. Isabel sieht ihr Glück bedroht. „Subtil, vielschichtig, durchwoben von einem Hauch Highsmith." (L-Mag)

## Die Kerzenschein-Phobie
256 S., 9,90; ISBN 978-3-88769-724-2
Liebesthriller. Schleichend macht sich der Wunsch nach immer mehr Nähe breit. Die Liebe wird zur Obsession. Viele Jahre später lasten die Schatten der Vergangenheit auf Sabines aufkeimender Liebe zu Anna. Was geschah damals wirklich?

**NÖSSLER-PAKET** Liebesleben 8 Bücher: 49,9

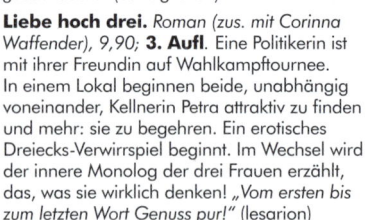

## Henrike Lang

**NEU 2017**
**HENRIKE LANG**
**Bettenroulette**
*Episodenroman, 256 S., 12,–*
*ISBN 978-3-88769-586-6*

Judith und Henrike lernen sich als Studentinnen kennen. Ihre Liebe beginnt, sie ziehen zusammen. Eines Tages entwickelt Henrike enorme Lust auf Affären. Sie lässt sich auf One-Night-Stands ein, auch auf Männer. Bis sie realisiert, was sie wirklich umtreibt: Der Wunsch noch einem Kind, physisch wie Hunger oder Durst. Judith hält das für eine von Henrikes üblichen Obsessionen. Doch Henrike lässt nicht locker. Bis ihr Sohn David auf die Welt kommt, passieren unglaubliche Abenteuer. Dann der stressige und schöne Alltag mit Baby und Kleinkind. Was passiert mit der Liebe, der Sexualität? Zum Schluss des Buchs (ein „work in progress") ist David acht. Ein großes Lesevergnügen zwischen Bettenroulette, Virenschleudern, Schwimmenlernen, Elternabenden und der Suche nach dem Roller. Sie schreibt mitten aus dem Leben, so, wie es wirklich ist, erschöpfend, umwerfend komisch und herzerwärmend. Vermutlich jede Mutter wird die eine oder andere Situation wiedererkennen.

*„Henrike Lang schildert frisch, flott und frei von der Leber weg Episoden mitten aus dem Leben heraus – und plaudert vermutlich aus dem eigenen Nähkästchen, in dem sich bei Weitem nicht nur Babyöl und Bauklötzchen befinden, sondern auch z.B. Sicherheitsnadeln, mit denen sich notfalls Risse in einer langjährigen Beziehung zusammenhalten lassen. Kritisch-klare Worte liegen ihr ebenso wie umwerfend witzige Schilderungen, und so lässt sich ihr Buch unverkrampft und sehr unterhaltsam lesen – und zwar ausdrücklich nicht nur von lesbischen Müttern."* (Hajo)

**Entspannung** 60 S., 6,90; ISBN 978-3-88769-734-1. „Entspannung" erzählt in 10 Episoden von Sex in Langzeitbeziehungen, Vibratoren, erotischen Fantasien und vom Älterwerden ...

## Annette Berr   Kali Drische

**Erweiterte NEUAUSGABE 2017**
**ANNETTE BERR Orgasmusmaschine**
*Erzählungen, 12,90; ISBN 978-3-88769-149-3*

Wie weit kann die Lust gehen – auch gegen den „Kopf"? Was heißt es, eine Symbiose zu erleben? Die Geschichten handeln von Frauen, die sich auf horizonterweiternde sexuelle und emotionale Erfahrungen einlassen. Eine literarische Perle! *„Ihr gelingt es, die Macht, den Zauber und die existenzielle Wucht von Eros und Sexus zu beschreiben!"* (zitty) *„Dabei steht die Euphorie des Schmerzes und der Leidenschaft immer im Vordergrund der erotisch-poetischen Texte. Und damit wird aus diesen Ein- und Beischlafgeschichten ein extrem sinnlicher Reigen der Lust und Gewalt…"* (tip)

**KALI DRISCHE**
**Neulich im Schrank**
*Kurzgeschichten, 9,90;*
*ISBN 978-3-88769-669-6*

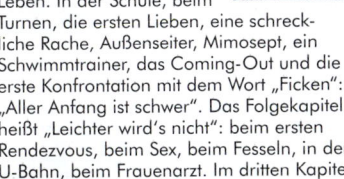

Lustige und knallhart ehrliche Stories quer durch das Leben. In der Schule, beim Turnen, die ersten Lieben, eine schreckliche Rache, Außenseiter, Mimosept, ein Schwimmtrainer, das Coming-Out und die erste Konfrontation mit dem Wort „Ficken": „Aller Anfang ist schwer". Das Folgekapitel heißt „Leichter wird's nicht": beim ersten Rendezvous, beim Sex, beim Fesseln, in der U-Bahn, beim Frauenarzt. Im dritten Kapitel geht's auf das Ende zu, es heißt „Schluss mit lustig".

*„‚konkursbuch Liebesleben', so knapp überschrieben ist die Reihe. Die Sammlung von Kurzgeschichten von Kali Drische ist für diese Überschrift wie gemacht! Trocken, direkt, sensibel, sinnlich, manchmal auch sehr komisch ... ungeheuer lebendig erzählt."* (Rosige Zeiten)

*Kali Drische liest*

## KARIN RICK

**Sex ist die Antwort** Roman, Hardcover, 12,–; **3. Aufl.** Eine Dreiecksgeschichte. Sie liebt eine Leder-SM-Frau. Doch ihre Ex-Freundin ist noch nicht vergessen. Lust an Glamour, Verletzung und Dominanz, Eifersucht, Verlangen und Sehnsucht leiten die Hauptpersonen. *„Lockerer spielerischer Erzählstil und saftige, wirkliche erotische Sexszenen."* (Siegessäule)

**Chaosgirl** Roman, 256 S., 9,90; ISBN 978-3-88769-727-3, **3. Aufl.** Zwischen Burgerbuden und Fußballbesuchen hat Anita aufregenden Sex mit Irene. Irene verliebt sich unsterblich. Doch es gibt eine Kehrseite des Glücks: Anita hat etwas zu verbergen …

*„Niemand kann heimliche, heftige Sexszenen zwischen Frauen so schön beschreiben wie die Wiener Autorin Karin Rick …"* (L-Mag)

**Wilde Liebe** Roman, 224 S., 7,90; **3. Aufl.** Eine Wiener Intellektuelle und eine Pariserin, die nach Lanzarote ausgewandert ist. Die Wienerin ist fasziniert von der scheinbar grenzenlosen Freiheit in der Natur. Ein wildes erotisches Abenteuer beginnt. Bis sich das Dilemma von Fernbeziehungen zeigt: Nähe und Distanz, Illusion und Realität geraten in Widerstreit.

**VENUSWELLE** Roman, 224 S., 9,90; ISBN 978-3-88769-674-0. Urlaub. Die frauenliebende Promi-Fotografin Nina und DJ Steve … eine heiße Sommerliebesgeschichte. Aus dieser klassischen Konstellation entwickelt sich eine Story mit twists and turns. Die sexuelle Identität ist wie das Begehren etwas Fließendes, das sich nicht festmachen lässt an fixen Definitionen und Grenzen, das im ständigen Wandel spannend bleibt.

*Karin Rick liest*

**Sex, Sehnsucht & Sirenen**, 144 S., mit Illustrationen, nur 4,95. Erotische Erzählungen aus Wien. *„Wenn zum Beispiel eine Wiener Lesbe mit der Frau Doktor Alice Dorfer, die eigentlich zu einem Professor Dorfer gehört, ins Bett geht … Sie kann Ambivalenzen der Lust messerscharf erkennen, mehr noch: sich an ihnen ergötzen."* (lespress)

**Hingabe** 192 S., Hardcover, 12,–. Eine Frau hat Sex mit Männern und Frauen. *„Purer Genuss. Vorbild für die wahrscheinlich noch längst nicht abgeschlossene Emanzipation der Bisexualität in unserer Gesellschaft."* (Lambda-Nachrichten) *„Geil ja, für Voyeure nein."* (Buchkultur)

Karin Ricks ersten Roman **Böse Spiele** haben wir als E-Book neu aufgelegt, ISBN 978-3-88769-644-3. Eine (heterosexuelle) Affäre zwischen Konkurrenz und heißem Sex im Wissenschaftler*innenmilieu.

**RICK-PAKET:** alle 6 Bücher nur 39,90.

## ELKE WEIGEL
**Robin und Jennifer**
*Historischer Roman*, 352 S., einige Abbildungen, 10,90; **2. Aufl.** Robin lebt bei ihrer Tante und will frei sein wie ein Mann – und das im konservativen Cannstatt um 1900. Mädchengymnasium, Kurzhaarfrisur und Hosen, später Studium in Tübingen. Als das Mädchen eine starke Zuneigung zu Paula entwickelt, hält die Tante sie für abartig und will sie in eine Irrenanstalt stecken … Jennifer kommt aus einer anderen Welt, aus der Künstlerszene in Paris. Ihr Stiefvater möchte sie für seine Ideen arischer Familienplanung verheiraten. Beide müssen ihren Lebensumständen entfliehen und begegnen sich auf dem Monte Verità – einem Ort, an dem sich Menschen zu einem freien Leben zusammenfinden. Doch auch hier ist ihre sich anbahnende Liebe gefährdet.

*„… so in ihre Zeit versetzt, dass ich ihnen gern noch weitere dreizehn Jahre gefolgt wäre."* (Jess Doenges, phenomenelle) *„Es ist wunderbar, dabei zu sein, wenn die beiden Frauen sich und ihre Gesinnung entdecken."* (Andrea Bruns, femalegold)

## WEITERE

**JULE BLUM, ELKE HEINICKE Dreivariantencouch**, Roman, 350 S., 9,90; ISBN 978-3-88769-764-8. Liebe zu dritt? Alles war besprochen, aber als sich der Verwirklichung nähert, bekommt Kerstin Angst. Polyamory und Zweisamkeit, Ost und West, Kindheit und Gegenwart.

**KAREN-SUSAN FESSEL Und abends mit Beleuchtung** Hardcover, 288 S., 12,–. Zeitdokument der 90er und Coming-of-Age-Roman. Lesbische, schwule, bi- und heterosexuelle Figuren verstricken sich in Liebesgeschichten. Das Debüt der preisgekrönten Autorin.
**Heuchelmund** Erotische Erzählungen, 10,50. **4. Aufl.** „Was erregend gemeint ist, erregt auch. Gut geschrieben, und Fessels Lesben bekommen ziemlich oft, was die LeserIn auch will." (Freitag)

**OLIVE FEUERBACH Teresas Berichtsheft** 160 S., 8,50; ISBN 978-3-88769-753-2. Harte lesbische SM-Fantasien. (Die Vorgeschichte lesen Sie in „Sommerkrimi", S. 20.) „Überrascht mit anregend bizarren Tagträumen, interessanten Reflexionen zu Unterwerfung und Dominanz und zu einer raffinierten literarischen Konstruktion." (WDR)

**STEFFI HAAKE, ELISABETH PRICKEN Lila weiß Bescheid** Roman, 320 S., 10,40. Illustrationen von Tanja Miller. Sonja hat sich in Vicky verliebt, die ist mit Tom zusammen und hat ein heißes Verhältnis mit Pornofilmerin Irene. Nur Lila, Sonjas Häsin, weiß alles und kommentiert es in einer eigens für dieses Buch kreierten Hasenschrift. Hörbuch mit Romantext & Liedern: **Hasenshow-CD**,15,–

**Liebe, Laster, Lust** Roman, 288 S., 9,90. Das Glück scheint perfekt. Doch während Sonja an Liebe und Treue glaubt, wirbelt die bisexuelle Vicky die Männerwelt auf.

**SANDRA WÖHE Giraffe im Nadelöhr** Erotischer Roman, 320 S., 9,90. Urlaub im Frauenferienzentrum. „Ein herrlich beschwingter, witziger und vor allem erotischer Roman." (Wir Frauen) **Auch als Hörbuch**: 14.90.

**ANDREA KARIMÉ Die Briefträgerin** Roman, 224 S., 7,90. Sara ist im Libanon aufgewachsen. Eines Tages erwischt ihr Vater sie und die Briefträgerin Hamida zusammen in Unterhosen. Hamida muss fliehen. Viele Jahre später macht sich Sara auf die Suche. „Ein betörendes Leseerlebnis" (lescriba)

**Fatina / Die Anziehung** Roman, 224 S., 9,90. Eine deutsch-libanesische Künstlerin verliebt sich in eine Frau, die ihre Familie aus dem Libanon nach Deutschland geschickt hat: Fatina. Die beiden verbindet ein Geheimnis. „Spannender Abenteuerroman und zugleich extravagante Liebesgeschichte" (Lambda)

**Alamat Wegzeichen** Erzählungen, 192 S., gebunden, **nur 7,95**. Geschichten über Scham, Entdeckung der Sexualität, wilde Frauen und Tanten. „Mit großem Gespür für Menschen baut sie Brücken und erzählt satte Geschichten voller Erotik, Tragik, Witz und dem ein oder anderen Geheimnis. Großartig." (L-Mag)

**PEGGY MUNSON Die Nacht, als sich die Welt auflöste** Erotische Erzählungen, Übersetzung van Rijn und Regina Nössler,12,–; ISBN 978-3-88769-774-7. Harte und poetische Geschichten um Top und Bottom, Daddy-Butches, die ihre Girls in Truck-Stops nehmen, und feurige Rendezvous mit College-Professorinnen.

„Ob die Leserin sich mit ihnen auf diesen krassen Roadtrip durch postmoderne Sexualität traut, bleibt ihr selbst überlassen. Allerdings: Wenn nicht, verpasst sie wahrscheinlich eine der aufregendsten Veröffentlichungen auf dem erotischen Buchmarkt der letzten Jahre." (Stephanie Kuhnen, L-Mag)

**STEPHANIE SELLIER Frisch aus der Hölle** Roman, 2. Aufl., Illustrationen, **nur 6,90**. Nach der Trennung von Monika sucht Suse eine neue Beziehung. „Sellier bringt das Zwerchfell zum Beben." (Schw. Tagblatt)

**Me, myself & I** Erotische Stories, geb. nur 6,90

## LIEBESLEBEN SACHBÜCHER

**Marion Schneider & Linda Troeller**
**ORGASMUS** *Gespräche und Bilder,*
240 S., 12,90; ISBN 978-3-88769-948-2.
Frauen unterschiedlichen Alters, mit unterschiedlichen sexuellen Orientierungen, kulturellen und sozialen Hintergründen (darunter auch bekannte Autorinnen und Künstlerinnen wie Annie Sprinkle, Catherine Millet u.a.) erzählen der Wissenschaftlerin und Autorin Marion Schneider ausführlich, offen und ohne Scham

über ihre Erfahrungen mit dem Orgasmus. Die bekannte New Yorker Fotografin Linda Troeller fotografierte die Interviewten, die sich für die Kamera in verschiedenen Orgasmen inszenierten. *„Ein Geschenk in jeder Hinsicht. Gespräche authentischer Frauen, jenseits aller Schablonen und Kli-*

*schees und jenseits der 100 Tipps, gut im Bett zu sein, mit sensiblen und ergreifenden Fotografien."* (wildfang)

### GABI PERTUS
**Lust in der Mitte** *Gesprächsprotokolle,* 256 S., 9,90; ISBN 978-3-88769-369-5, **5. Aufl.** Ein authentisches Bild gelebter Sexualität von Menschen über 50.

**Begleitservice** *Erfahrungsberichte* 224 S., 9,90; ISBN 978-3-88769-784-6. *Offen berichtet eine Frau über 60 (ihr Alter wissen ihre Kunden nicht) aus einer Begleitagentur.*

**Paket alle 6 Sachbücher:** Orgasmus, Lust in der Mitte, Begleitservice, Liebe, Lange Lieben, Dirty Writing: **nur 59,90.**

**Lange lieben**
*Gespräche.* 9,90;
ISBN 978-3-88769-950-5.
Gespräche mit Menschen, die in langjährigen Liebesbeziehungen leben. Die Gesprächspartner kommen aus unterschiedlichen Milieus, sind hetero, lesbisch, schwul oder bi und erzählen ohne Selbstzensur von Sex und Alltag, von Problemen und Wendepunkten, an denen die Beziehung fast zerbrochen wäre – und davon, wie sie die Liebe immer wieder entfachen. Ihre Liebes- und Lebenskonzepte sind sehr unterschiedlich. Das Buch lässt sich lesen als Sammlung von Liebesgeschichten, als „Liebes-Ratgeber" und manchmal „Sex-Ratgeber", dessen Ratschläge aus dem „realen Leben", den individuellen Erfahrungen kommen.

**LIEBE** konkursbuch 52,
*Hg. Sigrun Casper* 256 S., farbige Bilder, 15,50; ISBN 978-3-88769-252-0, im Abo 12,–. Soziologische, psychologische, politische, philosophische Kurzessays sowie berichtende persönliche Texte und Gedichte.

**PAKET Liebe & Lange Lieben: nur 19,90**

### INES WITKA
**Dirty Writing** *Mitmachbuch.* 256 S., 12,90;
ISBN 978-3-88769-667-2.
Wissenswertes rund um die Geschichte erotischer Literatur & Kultur, viele Textbeispiele, Bilder, Spiele und unterhaltsame Schreibübungen, die direkt ins Buch hineingeschrieben werden können. Es lässt sich auch im Freundeskreis herumreichen Oder zwei Bücher für Sie und ihre/n Partner/in, beide füllen aus, und anschließend werden die Bücher getauscht. *„Das Besondere: es richtet sich auch an all diejenigen, die intensiver, besser und erfüllter lieben wollen."* (Nadine Funck, Stg. Nachrichten)

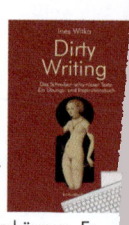

## LIEBESLEBEN HETERO   Jette Miller   Phoebe Müller

### NEU 2017:
### JETTE MILLER, LOVER
*Roman, 12,–; ISBN 978-3-88769-566-8.* Sascha lebt mit Freund Tom und Sohn Dylan in Berlin-Kreuzberg. Eine glückliche Beziehung, ein gutes Familienleben, denkt sie. Trotzdem fühlt sie sich leer, auch der Job erscheint ihr nicht mehr das Richtige. Sie ist gerade 40 geworden. Liegt es nur daran? Dann geht ihr Freund auch noch fremd. Sie bricht aus und stürzt sich in sexuelle Abenteuer quer durch Berlin. Der Roman ist eine Hommage an die romantische Liebe. Schön, schnoddrig und nah am Leben erzählt führt die Geschichte in überraschende erotische Abgründe, Träume und Schauplätze und in eine spezielle Berlin-Atmosphäre. Neben all den sexuellen Details findet sich Nachdenkliches zum Thema Frausein in unserer Zeit. *„Schlaues, sexy Buch!"* (Das Magazin)

### SUSANNE SCHMIDT
### In einem glühend blauen Sommer
*Roman, 288 S., 9,90, ISBN 978-3-88769-736-5.* Ein glühend blauer Sommer, gemacht für heißen Sex. Julia ist Ende 20 und dabei, sich beruflich zu orientieren. Mit Andy führt sie eine aufregende Fernaffäre. Aufeinander festlegen möchten sie beide nicht. Als Andy auf Abstand geht, leidet sie trotzdem und sucht Trost bei einem alten Studienfreund. Sie lässt sich schließlich auch auf neue Abenteuer ein. Dann trifft sie Felix – und ihr Liebesleben gerät in einen gefährlichen Strudel. Einer ihrer vorigen Liebhaber kann nicht loslassen.
*„Es gibt Momente, da beginnt man nichts ahnend ein Buch und entdeckt eine wahre Perle in einem Genre, das vor Büchern nur so überquillt. Die erotischen Szenen gestalten sich authentisch. Der Roman ist in tagebuchartiger Form verfasst, durch diesen Stil wirkt die Ich-Erzählperspektive äußerst direkt und persönlich."* (DeepGround)

### PHOEBE MÜLLER
**Die Beute** *Erotische Erzählungen, 256 S., 9,90, ISBN 978-3-88769-368-8,* **6. Aufl.** Tabulose S/M-Geschichten jenseits von Party-Welten. *„Absolut lesenswert."* (Schlagzeilen)

**Gejagte** *Erotischer Roman, 224 S., 9,90; 978-3-88769-773-0,* **2. Aufl.** Sie hat eine glückliche Beziehung, aufregenden Sex. Doch dieses Leben in der In-Szene ihres Viertels erscheint ihr plötzlich leer. Sie macht sich auf die Suche nach immer extremeren sexuellen Kicks, lässt sich auf Abenteuer mit Frauen und Männern ein. Wohin führt dieser Weg? *„Die Dichterin unter den erotischen Autorinnen."* (Petra)

**Schlachthof der Lüste** *Erotische Erzählungen, mit einigen Bildern* **nur 6,95**; **5. Aufl.** *„Die sprachlich hervorragenden, die spezifischen Stimmungen so genau treffenden (S/M-)Geschichten sind mit das Beste, was ich in letzter Zeit gelesen habe."* (Schlagzeilen)

**Sommer im Pelz** *Erotische Erzählungen, 160 S., frz. Br., 6,95.* Sex im Pornokino, brutale Fantasien und romantische Realitäten

**Rudel** *Roman, geb., 180 S., 7,95.* Ein Mann begibt sich in immer extremere Situationen auf der Suche nach Liebe und Lebenssinn

**Fernes Feuer** *Roman, frz.Br., 160 S., 10,–.* Louis lebt mit ihrem Vater in Wildwesteinsamkeit, da taucht die verrückte Valentine auf und bringt alles durcheinander. *„Ein bisschen Traumwoge, ein bisschen Satire, jede Menge Turbulenzen und ein Ritt ins Happy-End."* (Brigitte)

**Phoebe Müller Paket:** alle 6 Bücher **nur 39,90**

Phoebe Müller ist

## Dagmar Fedderke

**DAGMAR FEDDERKE**
**Die Geschichte mit A.** *Roman, geb., 12,90;* **10. Aufl.** Sie weiß nicht, was sie sexuell will und lässt sich in Paris auf einen sadomasochistischen Liebhaber ein. Reflektiert, zweifelnd, tabulos und mit französischer Leichtigkeit verfasst!

„Angesichts des Hypes um ‚Shades of Grey' habe ich mal wieder bei mir im Regal unter ‚F' nachgeschaut, ‚F' wie Fedderke: Die Geschichte mit A., auch eine Beziehung, die submissiv ist, welche, so wie ich denke, das neuere Werk qualitativ weit übertreffen dürfte!" (aus.gelesen)

**DVD zum Buch: Die Stadt und die Liebe:** erotische Cinémagies, die im Roman vorkommen & Gespräch mit der Autorin *BUCH & DVD: 19,90. Nur DVD: 10,–*

**Notre Dame von hinten**
*Erotische Geschichten, geb., mit farbigen Fotos, nur 7,95;* **6. Aufl.**
„Weg von den groben sexuellen Klischees und öden pornografischen Banalitäten und hin zu jener frivolen Leichtigkeit, die zum Schmunzeln einlädt und selbst mit Liebesschmerz versöhnt. Der Autorin Dagmar Fedderke ist diese lockere Hand gegeben, mit der sie freche Miniaturen über Flirts und Liebeleien entwirft." (NDR)

**Pissing in Paris.** „Reiseführer", *Klappenbr., 80 S., 7,90;* **3. Aufl**. Unterhaltsame Miniaturgeschichten und Fotos von teils historischen Pariser Toiletten, viele gibt es noch.

**Rendez-vous de charme** *Erotische Geschichten, geb., nur 7,95.*

**Couchette** *Erotische Geschichten, geb., mit Fotos, nur 7,95.* Erotik auf Reisen, in Zügen, Liegewagenabteilen, auf dem Bahnsteig.

**Ein schöner Fremder**
*Roman, geb., 160 S., nur 7,95* Marlene und Fritz beherbergen einen schönen Mann ... Sie will Sex mit, er verdienen.

*Dagmar Fedderke liest im West-Östlichen Diwan, Frankfurt, den es nicht mehr gibt.*

## Claudia Wessel

**Rosa und das Hoffnungsglück** *Roman, 296 S., geb., 15,50.* Sie ist in einer Entzugsklinik. Absurde Abenteuer und Flirts zwischen Raucherecke und Psychogruppen, Kindheitserinnerungen und Chaos im Kopf. „Mit psychologischer Gründlichkeit und Einfühlungsvermögen geschrieben." (ekz

**FEDDERKE–PAKET:** alle 6 Bücher Geschichte mit A.; Notre Dame; Couchette; Schöner Fremder; Pissing; Rosa: nur 39,90

**CLAUDIA WESSEL**
**Zu dritt** *Erotische Erzählungen. 256 S., 7,90;* **3. Aufl**. SM, Sexclubs, langjährige Ehen, kurze Abenteuer.

„Beginnt man die Lektüre, lässt einen die erotische Spannung nicht mehr los. Wie fühlt es sich wohl an, wenn man in einem Nachtclub zum Orgasmus kommt, während dies durch das Gestöhne alle Besucher erfahren..." (Super Solo, Schweizer Magazin über die Liebe) „Denkbar weit entfernt sind Wessels Texte, ihre Charaktere und deren Gedanken, Gespräche und Taten auch von perlend-frivolem Amusement etwa irgendeines Sex-and-the-City-Aufgusses." (taz)

**Affäre** *Erotischer Roman. 224 S., 7,90.* Sie treffen sich zum schnellen Sex in anonymen Hotels. Doch eines Tages möchte sie mehr: Liebe.
**Mein fremder Körper** *Erotische Erzählungen, 224 S., 9,90; ISBN 978 3-88769-356-5.* Liebesgeschichten und das Verhältnis zum Körper. „Amüsant, rührend, erotisch, manchmal tragisch, mal sanft, mal derb." (Wetzlarer Ztg.)

**WIESN-LIEBE** Hg. Claudia Wessel, Fotos aus 25 Jahren Oktoberfest von V. Derlath, 288 S., 9,90; ISBN 978-3-88769-750-1, **2. Aufl.** Bekannte Münchner AutorInnen, Festzeltwirte und Wiesn-Originale erzählen davon, wie Liebe auf dem Oktoberfest anfangen, enden, weitergehen kann.

**DVD zum Buch: FESTWIESE.** von Moses Wolff. DVD mit Buch 14,90; DVD 10,-

**WESSEL-PAKET** 4 Bücher+DVD: Zu dritt, Affäre, fremder Körper, Wiesn-Liebe: nur 29,90

## Marina Lioubaskina — Ines Witka — Cornelia Jönsson

### Neu 2018: MARINA LIOUBASKINA, ALICE ein surreal-erotischer Roman

ca. 250 S., ca. 12,90. Alice, ein „siebzigjähriges junges Mädchen", gerät in ein höchst surreales Wunderland erotischer Geschichten und grotesker Ereignisse. Alles spielt im undurchdringbaren Grenzbereich von Traum und alltäglicher Wirklichkeit einer älteren Frau. Phantastische Metamorphosen (ein Liebhaber verwandelt sich noch im Bett von einem Brillanten in Brillantine) gehören ebenso dazu wie plötzliche Dimensionssprünge in Raum und Zeit. Und in jedem Erlebnis pocht die unerschöpfliche Begierde nach Sex.

**Marinotschka, du bist so zärtlich** Aus dem Russischen von Annette Merbach, geb., mit farbigen Bildern, 14,90; ISBN 978-3-88769-676-4. In alphabetisch nach den Namen der Liebhaber*innen geordneten Episoden gibt es Sex im Doppelstockbett, zwei Frauen in einem Taxi, Sex mit fremden Ehemännern in sozialistischen Wohnungen und vieles mehr. Meist Orgasmen, manchmal Liebe. Doch dahinter steht das Leben in Russland und in Deutschland, das Selbstverständnis von Männern und Frauen, Wünsche und unerfüllte Sehnsüchte.

„Ein freies, ironisches, witziges und anrührendes Buch!" (Wladimir Sorokin)
„ ...liest sie Sätze wie ,Er nahm mich, indem er sein eisenhartes Glied in einem Ansturm rasender Leidenschaft durch meinen Slip hindurch presste, ein tierisches Gebrüll kam aus seiner Kehle, und er kam heftig in mein Inneres. Und ich liebte ihn. Ich liebte ihn. Und er tat mir leid.' Den Satz ,Und er tat mir leid' spricht sie ungefähr so wie eine Mutter zu ihrem kleinen Sohn sagt: ,Und er hat schon wieder alles verkleckert.' In den nächsten Erzählungen erfährt man entlang der erotischen Abenteuer viel über Moskau und Russland ... viel russische Seele mit Berliner Schnauzenherzlosigkeit – kann es das sein? Ja, vielleicht ist es das." (Peter Ertle, Schwäb. Tagblatt)

### INES WITKA

**Perle um Perle** Erotischer Roman, 320 S.,12,–; ISBN 978-3-88769-572-9. Margarete entdeckt eine Perlenkette im Schaufenster eines Antiquitätengeschäfts. Ihr ist, als würden die Perlen ein Geheimnis bergen. Sie traut sich in den Laden. Das Schmuckstück ist unerschwinglich. Doch der Händler macht ihr ein Angebot: Einmal in der Woche soll sie ihm eine wahre erotische Geschichte aus ihrem Leben erzählen. Für jede Geschichte erhält sie eine Perle. Sie ist schüchtern, hat noch kaum erotische Erfahrungen. So erfindet sie die Geschichten. Der Antiquitätenhändler hat sehr spezielle Obsessionen, in die er Margarete einbezieht. Die erotischen Experimente schicken Margarete auf eine gefährliche Reise in ihre Vergangenheit.

### CORNELIA JÖNSSON

**Fischfang** Liebesgeschichten, 9,90; ISBN 978-3-88769-788-4. Sie sind lesbisch, hetero oder bisexuell. Sie lieben eine/n oder lieben viele. Auch Nixen und Vampirinnen treiben es. Jönsson schreibt knapp und hart, doch immer geht es auch um Liebe, selbst in einer schmierigen Bahnhofskneipe morgens um fünf, nach durchwachter Nacht und endlosem Streit. „Kurzgeschichten über Liebes- und Beziehungsleben. Ein Buch, das im Bernhard-Schlink-Modus knifflige Situationen herausgreift und mit Blick für's Detail gefühlvoll, aber ohne zuviel Pathos erzählt. Mehr davon!" (beyondebooks.de)

Marina Lioubaskina liest

### Für 2018 in Vorbereitung:

**Ute GLIWA Liebesspiel** (vorläufiger Titel) Roman, 12,–. Eine Frau zwischen zwei Männern.

**Bettina HELLWIG (Hg.) 10 Erotische Kurzkrimis** Spannend und erregend. 12

## Sonja Ruf

**SONJA RUF Erste Liebe** *Roman, gebunden, 6,95; ISBN 978-3-88769-389-3.* Sebastian und Tina wuchsen wie Geschwister auf. Er zieht aus. Als sie 16 ist, begegnet sie ihm wieder. Sie liebt wie Feuer. Sie wird dafür kämpfen, mit ihm zusammenzukommen.

**Die Frau im Fels** *Roman, gebunden, 160 S., nur 6,95.* Inge trifft im Urlaub auf Reiseleiterin Justine, die ihrer früheren S/M-Geliebten gleicht …

**Sprungturm** *Roman, gebunden, 160 S., 7,95.* Monika wohnt in einem großen Studentenwohnheim (Sprungturm genannt). Sie hat Liebesbeziehungen zu Männern und Frauen. *„Gerne hängt sie ihren Träumen und Fantasien nach, und ebenso gern folgt man ihnen, weil sie so leicht und schön hingetupft sind."* (Die Zeit)

**Zwischen Koch und Kellner**, *Erotische Erzählungen, geb., 7,95.* Sex auf dem Fußballfeld, in der Mensa, mit dem Koch …

**RUF-PAKET:** Alle 4 Bücher nur 19,90.

**FRANZISKA STEINRAUCH Der kluge Säufer** *256 S., 9,90.* Roman über Sucht und Liebe. Mit 18 begegnet sie dem Mann ihres Lebens. Eine Zeitlang verbirgt er, dass er alkoholkrank ist. Doch bald droht ihr Liebesgefühl der Sorge zu weichen. Er hört auf; die Sucht packt ihn wieder; das Lügen beginnt erneut. Wird ihre Beziehung dies überstehen? *„Sie leuchtet die Tiefe der Beziehung aus. Ein ehrliches Buch über Selbsttäuschung, Scheitern und vorsichtigen Optimismus."* (Badische Zeitung)

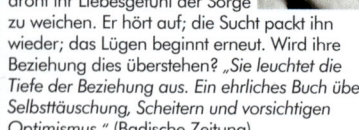

**ESTHER VILAR Reden und Schweigen in Palermo** *144 S., Hardcover, 12,–.* Ein Ehepaar fährt einmal im Jahr nach Palermo, um die Oper zu besuchen. Diesmal will er später anreisen, sie bezieht das Hotelzimmer. Als sie aus der Dusche kommt, ist ein Mann im Zimmer. Ein sexueller (Alp-)traum beginnt.

## WEITERE

**ELISABETH GÖBEL Die Kurgänger** *Roman, geb., 160 S., nur 6,95.* Johanna und Hans-Ludwig sind zur Kur. Unter der Oberfläche brodeln unerhörte Wünsche. Manche werden erfüllt. Zarte, realitätsnahe Geschichte um die Erotik des Alters.

**HARALD KÖRKE Das Bett** *Roman, 176 S., Hardcover, nur 6,95.* Ein Mann liegt neben seiner Frau, sie haben keinen Sex mehr, doch ihr Duft entführt ihn in einen sexuellen Traum zu allen Geliebten seines Lebens, bis er wieder bei seiner Frau ankommt.

**DORIS LERCHE Damit ich dich besser küssen kann** *192 S., Hardcover, nur 10,–.* Scharfzüngige erotische Geschichten über Liebeshungrige, betrogene Ehemänner, besessene Liebhaber, Tantrageschulte. *„Frivol-freche, treffsichere Ironie!"*

**BRIDGE MARKLAND Stripped,** *180 S. und ca. 50 erotische Fotos von Bridge, aufgenommen von Anja Weber.* Autobiografische Sexgeschichten, nur 7,95. *„Selten habe ich über sexuelle Erlebnisse in einer so persönlichen, authentischen, sich selbst und dem Leser gegenüber ehrlichen Weise gelesen wie in diesem Buch. Begeisternd!"* (Jürgen Rapprich, Boccaccio)

**Porträts** *ca. 100 Fotos, 15,50.* FotografInnen aus aller Welt haben die Verwandlungskünstlerin fotografiert.

**ANA ROSSETTI Treulosigkeiten**, *160 S., Erzählungen, farb. Illustrationen, nur 7,95.* Rächerinnen, Selbstentjungferung auf der Zugtoilette, Priester und Novizen, Bars und Darkrooms. *„Sie traut sich, aus den Abgründen des Begehrens zu berichten, von Geilheit und Ekel, von Schönheit und Eifersucht, sie vermag das mit derartiger Inbrunst!"* (Stuttgarter Zeitung)

**PAULINA SCHULZ Wasserwelt** *32 erotische Short Stories, 264 S., nur 4,95.* *„Ein Roadmovie. Knapp und pointiert schreibt sie über Liebe und Distanz, Schmerz und Wollust."* (dpa)

## THRILLERREIHE  Regina Nössler

### REGINA NÖSSLER
### NEU 2017: Schleierwolken
*ca. 380 S., ca. 12,–;*
*ISBN 978-3-88769-563-7.*

Sie kann sich vor allem an die Wolken erinnern. Nur, dass es vor 30 Jahren weniger Kondensstreifen gab. Elisabeth Ebel ist Lektorin in Berlin, außerdem ist sie eine gute Tochter. Oft reist sie zu ihrer Mutter, die in Wattenscheid alleine in einem zu großen Haus lebt und sich weigert, ins betreute Wohnen zu ziehen. Elisabeth erträgt es auch im Alter von 46 kaum, dass ihre Mutter an allem herummäkelt und ihre Art zu leben immer abgelehnt hat. Elisabeth fühlt sich zunehmend verfolgt, in Berlin, dann auch in Wattenscheid. Paranoia? Auch Martin lebt in in Berlin-Kreuzberg. Sie wissen nicht, dass sie fast Nachbarn sind. Ein längst verschüttet geglaubtes Geheimnis verbindet die beiden. Elisabeths alte Mutter jammert und triezt ihre Tochter. Mutterliebe und auch Tochterliebe sind keine Selbstverständlichkeit. Familie ist eine höchst komplizierte Angelegenheit. Und Teenager sind grausam, heute wie vor 30 Jahren.

### Wanderurlaub
*384 S., 10,90; ISBN 978-3-88769-780-8,* **2. Aufl.**

Die Natur ist berauschend schön. Doch die Stimmung innerhalb der Gruppe – Singles, Paare, darunter ein Frauenpaar – wird von Tag zu Tag schlechter. Alle verbindet eines, ohne dass sie es wissen: Angst vor Jobverlust, vor sozialem Abstieg. Das Wanderparadies birgt Gefahren. Steile Schluchten, Abgründe, plötzliche Wetterwechsel. Doch die eigentliche Gefahr lauert nicht in der Natur.

*„Ein Feuerwerk an genauen Beobachtungen und stimmigen Details durchzieht die sich immer bedrohlicher aufschaukelnde Handlung. Der Schrecken lauert im Alltag ... Meine Verund Bewunderung wuchs mit jeder Seite der Lektüre. Patricia Highsmith hat eine deutsche Erbin gefunden!"*
(Alf Mayer (Juror dt. Krimipreis), „Strandgut")

### Endlich daheim
*320 S.,10,90;*
*ISBN 978-3-88769-797-6.*

Kim, verträumte Außenseiterin, kommt von der Schule. Morgen ist ihr 14. Geburtstag. Doch der Schlüssel passt nicht mehr. Auch ihr Name ist vom Klingelschild verschwunden, ebenso die aller Nachbarn. Ihre Mutter ist beruflich unterwegs und nicht zu erreichen. Ein Albtraum beginnt. Kim irrt durch Berlin, die Stadt zeigt ihre unfreundlichsten Seiten. Ist Kim verrückt – oder liegt dem Ganzen ein Verbrechen zugrunde?

*„Subtil, beunruhigend, fesselnd."* (Virginia)
*„Ihre Welt ist die ganz alltägliche. Schrecken und Suspense liegen in den feinen Rissen, die sich auftun."* (CulturMag)
*„Ziemlich großes Kino."* (Rosige Zeiten)

### Kleiner toter Vogel
*416 S., 10,90;* **2. Aufl**.

Johanna soll den Haushalt ihrer verstorbenen Tante in einem schwäbischen Dorf auflösen. Düstere Herbstnebel, unheimliche Geräusche, anonyme Anrufe. Ein kleiner toter Vogel auf der Terrasse. Panik! Und dann passiert wirklich ein Mord.
*„Nervenkitzelnder Psychothriller."* (AVIVA-Berlin)

### Auf engstem Raum *416 S., 10,90.*
Ein altmodischer Berliner Schreibwarenladen. Aushilfskräfte, die auf engstem Raum zusammen mit dem Chefehepaar arbeiten. Der Laden läuft immer schlechter. Ein Toter vor der Tür ist nur der Anfang. *„... großartig, Diesen Kriminalroman lesen bedeutet, Platz vor einer Theaterbühne nehmen und mehrere Stunden gebannt draufstarren!"*
(Chr. Koch, Hammett-Krimibuchhandlung)

**NÖSSLER-THRILLER-PAKET** alle 5 Thriller (Endlich daheim; Wanderurlaub; toter Vogel; Auf engstem Raum; Schleierwolken) **nur 39,90**

# LITT LEWEIR
## NEU 2017: Mersand
*320 S., 12,–;*
ISBN 978-3-88769-562-0.

Jojo alias Mersand schlägt sich mit Dienstleistungen aller Art durchs Leben, da kommt ein lukrativer Auftrag gerade recht. Ein Koffer muss transportiert werden. Doch im Nachtzug geht etwas schief. Am anderen Morgen ist Jojos Geliebte tot und Jojo entkommt mit einem Koffer voll Geld. So beginnt eine Odyssee, die Jojo quer durch Europa und bis nach Tunesien ans Tor zur Sahara führt. Mersand verliebt sich in Nick, begegnet Pensionswirtin Rosa, Instrumentenbauer Sebastian, dem Straßenjungen Alf. Doch die Menschen in Mersands Umfeld haben die Tendenz, gewaltsam zu Tode zu kommen. Ist der mysteriöse Charon dafür verantwortlich, der Mersand ständig kryptische Botschaften zukommen lässt? Und was hat es mit dem geheimnisvollen Brook auf sich, der Mersand immer wieder begegnet? Eine Geschichte von Tod und Gewalt, aber zugleich von Liebe und Freundschaft und der Sehnsucht nach einem Platz in der Welt.

„... somnambuler Thriller ... Virtuos spielt die Autorin mit wechselnden Identitäten, so dass nicht nur die Ich-Erzählerin, sondern auch der Leser, und bewusst steht hier die maskuline Form, nachhaltig verunsichert wird." (Joachim Feldmann, Bloody Chops, culturmag)

## Am Ende des Fegefeuers
*448 S., 12,90;*
ISBN 978-3-88769-771-6.

1972. Ein Dorf im Schwarzwald. Olympiade. Da passiert etwas Schreckliches in der Familie. Die Geschwister werden auseinandergerissen. Sie gehen davon aus, dass die anderen tot sind. Erst Jahrzehnte später, nach dem Tod der Großmutter, erfährt Michael, der Älteste, der nach dem Drama im Dorf bei den Großeltern geblieben war, dass seine beiden Geschwister noch leben. Er macht Lisa ausfindig. Die steckt gerade in einer Lebenskrise, dann hat sich auch noch ihre Freundin von ihr getrennt, und nun die plötzliche Kontaktaufnahme ihres tot geglaubten Bruders! Was war damals wirklich passiert? Man hatte ihnen erzählt, es wäre ein furchtbarer Unfall gewesen, bei dem die Familie bis auf das eine Kind umgekommen sei. Aber sie leben alle drei noch. Wo ist das dritte der Geschwister, Mathias? Michael und Lisa machen sich auf die Suche. Eine Reise in ihre Vergangenheit beginnt, an deren Ende nichts mehr ist wie zuvor.

„Ein Thriller mit perfekter Spannung, wie „The Sixth Sense" in Buchform. Absolut lesenswert!" (Sabine Mahler, L-Mag) „Eine Sammlung der leisen Töne, der genauen Beobachtung und der sensiblen Schilderung. Da ist keine der fast 500 Seiten langweilig, denn Litt Leweir kann außerordentlich gut erzählen." (Reinhard Jahn, WDR)

## Migräne

*512 S., 12,90;*
ISBN 978-3-88769-731-0.
Ein großes Berliner Mietshaus. Toni und Joshua wohnen dort. Beide leiden unter Migräne. Sie kennen sich kaum. Laute Musik im Hinterhof stört sie. Und dann gibt es eine unheimliche Mitbewohnerin im Haus, die unsichtbar zu sein scheint. Ein Mord passiert. Hauptkommissarin Monika Haberstroh ermittelt und befragt die Mieter. Bald aber kann sie Privates nicht mehr von der Arbeit trennen. Sie verliebt sich in Toni … Zu was ist Joshua fähig? Zu was Toni?
„Brillant, tiefgreifend und hochspannend." (Aviva)

**LEWEIR-THRILLER-PAKET:** 3 Thriller (Mersand; Am Ende des Fegefeuers; Migräne) **nur 29,90**

**GROSSES THRILLER/KRIMI PAKET**
8 Bücher: Berr: Stille – Leweir: Fegefeuer – Nössler: Auf engstem Raum; Endlich daheim; Wanderurlaub – Weigel: Sterben in schwarzweiß – Amber: Allah; Die Idiotenflüsterin **nur 69,-**

## WEITERE

**KIM AMBER Allah wird dich strafen.** *Ellen Kant und Sebastian Dünow ermitteln*, 288 S., 10,–;
**3. Aufl.** Shayn Aslan stürzte vom Dach der Schule. Die Polizei vermutet Selbstmord. Sein Vater beauftragt Detektivin Ellen Kant. Die toughe lesbische Detektivin und ihre verträumte schwule Bürohilfe ermitteln.

**Die Idiotenflüstern** 288 S., 10,–. **3. Aufl.**
Die Kellnerin einer beliebten Szenebar wurde ermordet. Sie konnte gut mit schwierigen Gästen umgehen, daher wurde sie „Idiotenflüsterin" genannt. *„Kant/Dünow gehören ganz eindeutig zu meinen Traumpaaren in der Krimilandschaft."* (Lesbenring-Info)

*„Ein Novum für mich: Ich habe bisher noch nie fordernd vor einer Verlegerin gestanden, ihr mit einem Buch unter der Nase herumgewedelt und sie gefragt, warum es von der Reihe nur so wenige gibt!"* (Franziska, Verlagspraktikantin, August 2017) Wir warten weiter auf den dritten Fall!

**ANNETTE BERR Die Stille nach dem Mord**
*448 S., 12,90; ISBN 978-3-88769-362-6,* **3. Aufl. Glauserpreisnominiert.** Das einsame Ferienhaus liegt in einem Funkloch. Jana ist krank. Ihre Freundin macht sich auf, Hilfe zu holen. Sie kommt nie zurück. *„Klarer Blick auf die Menschen, ihre Leidenschaften und Obsessionen, ein Blick, der mich tief in den Abgrund der Liebe hat schauen lassen."* (WDR) *„Grandioser Thriller. Nichts für schwache Nerven!"* (AVIVA)

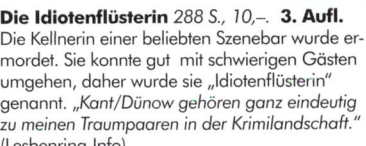

**Schwarzes Öl**, *Erotikthriller*, geb., 80 S., 8,–. ISBN 978-3-88769-350-3. Er ist unglücklich in einen Mann verliebt. Auf der Flucht vor seinen Gefühlen verirrt sich Thorben in der Sexwelt im Internet. Plötzlich ist der Feind mitten in seiner Wohnung. *„Sehr spannend! Liebe, Abhängigkeit und tödliche Verstrickungen im Netz."* (Zitty)

**Orpheus und Sibirien** *Roman*, 288 S., Br., 10,–. Sie ist allein mit ihrer Katze und fällt „in den Abgrund der Alpträume, der sexuellen Obsessionen. Eine Bereicherung für den sonst so polierten Literaturmarkt" (Schädelspalter)

**ELKE WEIGEL Sterben in schwarzweiß** 256 S., 10,90; ISBN 978-3-88769-740-2 . Die Behandlung ihrer neuen Patientin Alex bringt Carolin Baittinger nicht nur fachlich an ihre Grenze. Als eine Fotografin ermordet wird, deutet alles darauf hin, dass Alex in das Geschehen verwickelt ist.

**Mutterschuld** 288 S., 10,90; ISBN 978-3-88769-739-6. Psychologin Carolin Baittinger tritt voller Enthusiasmus ihre Stelle in der Kinder- und Jugendpsychiatrie an. Doch nach und nach kommt sie schweren Behandlungsfehlern auf die Spur. Als sie die Missstände anspricht, schweigen die Kollegen – und am nächsten Tag ist Professor Augenstein, Leiter der Psychiatrie, tot. Unfall? Mord? Kommissarin Johanna Schach, Carolins Freundin, ermittelt. *„Spannend, schaurig. Breit empfohlen!"* (Eva Fritz, ekz)

**JULE BLUM/ ELKE HEINICKE Auf der Spur** *224 Seiten, 9,90; ISBN 978-3-88769-795-2.*
*Der Geocaching-Thriller.* Buchhändlerin Marie lebt ein ruhiges Leben in einer Heidelberger Reihenhaussiedlung. Plötzlich bekommt sie Briefe, ohne Absender, ohne Briefmarke. Sie fühlt sich beobachtet. Die Briefe enthalten Koordinaten und verwirrende Informationen über ihre Eltern, die vor ihrer Geburt aus der DDR geflohen waren. Sie hat Angst und ist zugleich fasziniert von dem Spiel im Geocachingmilieu, in das sie gelockt wird. Doch das Spiel wird immer bedrohlicher.

**CLAUDIA WESSEL Die Bombe** 288 S., 10,90; ISBN 978-3-88769-739-6. Die Bombe soll kontrolliert gesprengt werden. Evakuierung wird angeordnet. Doch einige verlassen das große Mietshaus nicht. Sie haben Wichtigeres zu tun, folgen ihren Süchten; und sie haben etwas zu verbergen, düstere Geheimnisse.

# WEITERE KRIMIS & LITERARISCHE  Udo Oskar Rabsch

## OLIVE FEUERBACH
**Schmutziger Mord** Krimi, 288 S., 9,90; ISBN 928-3-88769-761-7. Grausamer Mord in einer bürgerlichen Wohngegend Stuttgarts. Der Tote: ein biederer Rentner. Zwielichtige Kinder, doch ein Verdachtsmoment nach dem anderen führt ins Leere. *"Spannender Krimi mit Lokalcolorit, der auf einem wahren Fall beruht!"* (Stg.Nachrichten)

**SOMMERKRIMI** Erotik-Krimi, **2. Aufl.** 288 S., 9,90; ISBN 978-3-88769-752-5. Urlaub in Südfrankreich. Teresa und Martin möchten auch in ihrer Sexualität neue Wege erkunden. Ferienhausvermieterin Vera, erfahrene SM-Frau, fängt ein Verhältnis mit Teresa an. Doch dann wird eine Bekannte brutal ermordet, und die drei landen plötzlich mitten in einem schwierigen Fall. Am Ende des Krimis stellt Vera Teresa eine Aufgabe: ihre Fantasien in einem Berichtsheft niederzuschreiben (vgl. S. 11).

## HARALD BRAEM Der Libellenmann
288 S., mit farbiger Bildstrecke, 12,–; ISBN 978-3-88769-551-4
Berufsfotograf Hans Bellmann, für seine intensiven Fotos von Kriegsschauplätzen mit Preisen ausgezeichnet, sucht Frieden und glaubt ihn auf der grünen Insel gefunden zu haben. Seine erfolgreiche Chefin und Geliebte Nadja finanziert ihm ein ehrgeiziges Projekt: Mit einer High-Tech-Kameradrohne soll er spektakuläre Fotos machen.
Doch die Drohne ist tückisch, er vernachlässigt seine Aufgabe und folgt wie besessen den Spuren eines mysteriösen Mordfalls vor vielen Jahren, der einen Schatten auf das Urlaubsidyll wirft. Seine Chefin, unzufrieden, lässt ihn fallen. Er gewinnt Erkenntnisse, die sein gesamtes Leben auf den Kopf stellen. Das Buch ist zugleich eine Liebeserklärung an die Insel La Palma.

## UDO OSKAR RABSCH
**Maria vom Schnee** Roman, 448 S., geb., Lesebändchen, 14,90; ISBN 978-3-88769-373-2. 1955. Maria, ein Mädchen aus den Baracken, ist verschwunden. Viele Männer des Dorfs hatten ein Verhältnis mit ihr. Der elfjährige Junge, aus dessen Perspektive erzählt wird, war in sie verliebt. Ein Kommissar ermittelt besessen und gräbt immer tiefer in der Vergangenheit … *"Erzählkunst für Genießer! Rabschs mehrdeutige Bilder, die feinen Formulierungen … Ein schrecklich schöner Roman für kalte Wintertage!"* (Stuttgarter Nachrichten)

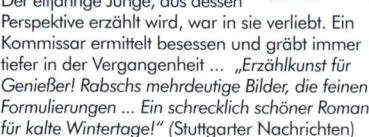

**Der gelbe Hund** Roman, 320 S., geb., 14,90; ISBN 978-3-88769-766-2. Nachkriegszeit. Am Meer. Ein gelber Hund streift umher. Auch Flüchtlinge aus der Kriegszeit leben auf der Insel. Und nach dem Krieg kamen Nazikollaborateure. Eines Tages wird wieder ein Mann in das Dorf gebracht. Er möchte nicht in die abgeschlossenen Siedlung der Deutschen. Nike Herzsieg glaubt, in ihm den Mörder ihrer Schwestern zu erkennen … Eine dramatische Suche nach der Wahrheit beginnt. Suggestiver literarischer Inselthriller.

**Tazacorte** Roman, 320 S., geb., 320 S., 12,90. Auf der Flucht vor einer Katastrophe strandet „Schmidt", er hat bei einem Unfall sein Gedächtnis verloren, auf La Palma und wird nach Tazacorte gebracht. Eigentlich wollte er nach New York, daran glaubt er sich zu erinnern – aber er kommt nicht weg, gerät in dunkle Machenschaften, verliebt sich. *"Rabschs Sprachmacht ist enorm. Es gelingt ihm immer wieder, subjektive Wahrnehmungen zu beschreiben, als befänden sich seine Protagonisten in einem Zustand hohen Fiebers."* (Die Zeit)

**Kaiman links** Roman, geb., mit einigen Fotos, 224 S., 10,-. Eine Theatergruppe in einem Hitzesommer, sie wird verfolgt von einem Stalker. Der bewundert die Chefin der Gruppe. Sie fliehen dorthin, wo die Wälder brennen.

In Vorbereitung: **Warum der Tanguero zweimal tanzte.** Kurzroman mit Bildern, 8,–

**Rabsch-Paket:** alle 8 Romane (weitere auf. S. 62): **nur 69,–**

## ALLGEMEINE LITERATUR  Yoko Tawada

**YOKO TAWADA** erhielt am 20.11.2016 den Kleist-Preis. Den Kleist-Preis haben u.a. schon erhalten: Else Lasker-Schüler, Bertolt Brecht, Anna Seghers, Herta Müller, Emine Sevgi Özdamar und Sibylle Lewitscharoff. Jurorin Ulrike Ottinger schrieb, Yoko Tawadas subtile Sprache sei von großer Schönheit und erotischer Spannung.

### NEU
### Ein Balkonplatz für flüchtige Abende

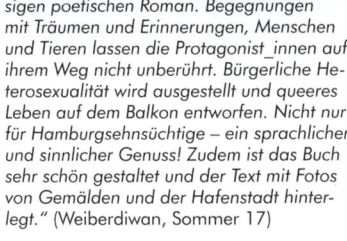

*128 S., Klappenbroschur mit Fadenhft., transparente Bilder und etwas zum Tasten, 12,–; ISBN 978-3-88769-555-2.*
Die Loreley irrt sich im Fluss und strandet an der Elbe, in Hamburg. Sie verwandelt sich, wie alle Figuren in diesem Buch. Ihre Identitäten sind fließend, changieren zwischen Mann und Frau, Hetero und Homo, Kindheit und Erwachsen-Sein. Auch Räume, Straßen und Landschaften verbergen Geheimnisse. Mitten im Alltag brechen fremde Welten in die scheinbar bekannten hinein. Jede Öffnung in der Landschaft entpuppt sich als ein Durchgang zu einer anderen Welt. Der Keller in einer Kneipe führt in die islamische Welt, ein botanischer Garten zum Theater, die Elbe zum Rhein, ein Foto im Zimmer nach Tibet ... Ein Text wie Wasser, fließender und freier als Prosa, aber doch ein erzählendes Werk, ein poetischer Roman.

*„Yoko Tawada verwebt flüchtige Geschichten und tiefgreifende Erfahrungen im Großstadtgetümmel spielerisch zu einem schlüs-*sigen poetischen Roman. Begegnungen mit Träumen und Erinnerungen, Menschen und Tieren lassen die Protagonist_innen auf ihrem Weg nicht unberührt. Bürgerliche Heterosexualität wird ausgestellt und queeres Leben auf dem Balkon entworfen. Nicht nur für Hamburgsehnsüchtige – ein sprachlicher und sinnlicher Genuss! Zudem ist das Buch sehr schön gestaltet und der Text mit Fotos von Gemälden und der Hafenstadt hinterlegt." (Weiberdiwan, Sommer 17)

### NEU akzentfrei

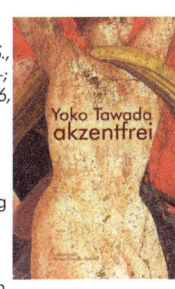

*Literarische Essays, 144 S., einige farbige Bilder, 12,–; ISBN 978-3-88769-557-6,* **2. Aufl. 2017**
Alltagserfahrungen mit Missverständnissen, sprachliche Verwirrungen und die Begegnung mit unscheinbaren fremden Dingen (zum Beispiel Joghurt) in einem neuen Land führen zu überraschenden Erkenntnissen. Vergnügt lässt sich den Beobachtungen Yoko Tawadas folgen, die in ihrer Leichtigkeit die Leser wie auf „imaginäre Reisen" mitnehmen. Aktuelle literarische Essays über Sprachen und Leben zwischen den Kulturen. *„Yoko Tawadas Sprachkunst gepaart mit ihrem feinen Humor gehören mit zum Spannendsten, was in der deutschsprachigen Literatur zu finden ist." (WDR 3, Mosaik, 20.2.2017)*

---

*„Jede Nacht lasse ich mich fallen in den Fluss, der auf mich wartet unter dem Balkon im Hafenlicht."*

---

Yoko Tawada bei der Kleist-Preis-Verleihung im Berliner Ensemble. Schauspieler Lars Eidinger las ihre Texte

## Etüden im Schnee

*Roman, 320 S., 12,90;*
*ISBN 978-3-88769-737-2,*
**2. Aufl.**

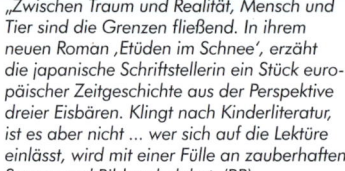

Die Erinnerungen von drei Eisbären, eingebettet in die Zeitgeschichte vor und nach dem Mauerfall, sind international äußerst erfolgreich und bereits in viele Sprachen übersetzt. Sie sind Migranten, die Älteste lebte in Moskau und emigrierte nach Westdeutschland und dann nach Kanada, ihre Tochter kommt von dort in die DDR und arbeitete im Zirkus und deren Sohn Knut wird im Berliner Zoo geboren und auf der ganzen Welt bekannt. Kleine Details beleuchten scheinbar Selbstverständliches aus unserem Alltag in neuem Licht. Mythen aus verschiedenen Teilen der Welt – zum Beispiel, dass Bären Seelen von Menschen rauben – werden ebenso lebendig wie zeithistorische Realität. Der Roman lässt sich zeitgeschichtlich, politisch und philosophisch lesen. Oder einfach als unterhaltsame Tiergeschichte; als Persiflage auf Migrantenliteratur. Die New York Times schrieb:

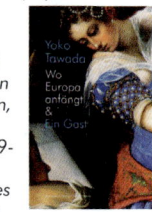

*„Durch die Eisbären lässt sie uns ‚das Andere' sehen, inklusive uns selbst. Und wie in allen ihren Büchern ist auch die Sprache eine Figur. Die Erinnerungen der Eisbären lassen sich als unterhaltsame Komödie lesen, und zugleich als tiefgründige Betrachtung über Andersartigkeit, Arbeitsbedingungen, Sprache und Liebe."*
(Rivaka Galchen, New York Times)

*„Zwischen Traum und Realität, Mensch und Tier sind die Grenzen fließend. In ihrem neuen Roman ‚Etüden im Schnee', erzäht die japanische Schriftstellerin ein Stück europäischer Zeitgeschichte aus der Perspektive dreier Eisbären. Klingt nach Kinderliteratur, ist es aber nicht ... wer sich auf die Lektüre einlässt, wird mit einer Fülle an zauberhaften Szenen und Bildern belohnt.* (BR)

## Wo Europa anfängt & Ein Gast

**Neuausgabe** *Prosa und Gedichte mit transparenten Seiten und farbigen Bildern, Gedichte zweisprachig,* 12.90; ISBN 978-3-88769-721-1. *„Reisen hieß für meine Großmutter, fremdes Wasser zu trinken. Andere Orte, anderes Wasser."*

Eine Frau reist mit dem Schiff und der transsibirischen Einsenbahn von Japan nach Moskau. Eine Reise durch die Zeit, durch verschiedene Kulturen, in Zwischenräume zwischen Asien und Europa, aus der Heimat in die Fremde, aus der Kindheit ins Erwachsensein, aus magischer Vorzeit in die Zukunft. In der nächsten Geschichte übertritt sie in umgekehrter Richtung reale und surreale Grenzen zwischen West und Ost – auf einer Reise nach Leipzig. In der Erzählung „Ein Gast" wohnt sie schließlich in einem „fremden" Land, über dessen Besonderheiten sie für ein japanisches Magazin berichten muss. Eines Tages kauft sie ein Hörbuch. Und die weibliche Stimme daraus hört nicht mehr auf zu erzählen ...

*„Unterwegs ist ihr altes Ich regelrecht zerbrochen. Aber das ist in der Welt Tawadas ein Augenblick des Lebens."* (Sibylle Cramer, Südt. Ztg. zu „Wo Europa anfängt") *„Mit ihrer ebenso abgründigen wie leichtfüssigen, fein verästelt aufgebauten Erzählung ist ihr ein literarisch faszinierender Schritt auf den Kontinent neuer Wahrnehmungs-, Fühl- und Denkweisen gelungen."* (WoZ zu „Ein Gast")

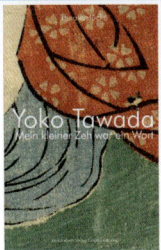  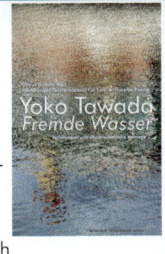

**Mein kleiner Zeh war ein Wort**
*12 Theaterstücke, 320 S., Klappenbr., Fadenhft., viele farbige Bildelemente, 15,–; ISBN 978-3-88769-781-5.*
Die Stücke nehmen uns mit auf eine abenteuerliche Reise, nicht in exotische Fernen, sondern in (Traum-)Welten mitten im Alltag. Es spielen mit: Tiere, Pflanzen, Dinge, Gespenster, Menschen, Stimmen, Wörter … Und was gefiel Kindern an der Aufführung? „Annika, Carina und Sara sind sich einig: ‚Alles!'" (Flensburger Tageblatt).
Das Buch selbst ist gestaltet wie eine Bühne, auf der gespielt wird. In einem Stück hinterfragen Tiere ihr Leben mit den Menschen. In einem anderen Stück hat eine Familie ihr Haus verloren und baut sich ein neues Haus aus Buchstaben, befreit von Gewohnheiten. „Das Alphabet als Welt, jeder Buchstabe ein Wort und der Beginn einer Szene, das Spiel damit fügt sich zu einem kleinen Kosmos als Theater der erzählten Dinge." (Thomas Irmer, Auswahljury des Mülheimer KinderStücke-Preises zum Stück „Mein kleiner Zeh …") Die Theaterstücke *Kranichmaske; Orpheus und Izanaki; Wie der Wind im Ei; Was ändert der Regen* sind als einzelne Bücher vorab erschienen und einige in kleinen Mengen direkt über den Verlag noch lieferbar.

**Fremde Wasser**
*Vorlesungen von und Gespräche mit Yoko Tawada, Beiträge zur Interkulturellen Poetik. Hg. Ortrud Gutjahr, gebunden, viele Bilder, 512 S., 24,90; ISBN 978-3-88769-777-8.*
Wie sich die Kulturkreise Japans, Asiens und Europas begegnen, durch Handel, Kolonialisierung, Missionierung, wie sie voneinander lernen und sich verwandeln, was das Wasser als verbindendes Element bedeutet, zeigt Tawada über die Jahrhunderte. So erfahren wir beim Lesen viel über Japan und viel über uns. Ihr Blick bezieht auch aktuelle Ereignisse ein, die Katastrophe, die Reaktionen nach Fukushima. Der längere zweite Teil des Buches untersucht Yoko Tawadas Schreiben. „So entsteht in dieser besonderen Konstellation ein spannendes, umfangreiches und das Werk Tawadas umfassend verknüpfendes Buch, das auch gestalterisch hervorsticht." (literaturkritik.de)

**Abenteuer der deutschen Grammatik**
*Gedichte und Kurzprosa, Klappenbroschur mit Fadenhft., 8,90; ISBN 978-3-88769-757-0,* **4. Aufl.**

**Die zweite Person Ich**
Als ich dich noch siezte,
sagte ich ich und meinte damit mich,
Seit gestern duze ich dich,
weiß aber noch nicht,
wie ich mich umbenennen soll.

Überraschungen in der deutschen Grammatik. Außerdem: Kurztexte über Städte, Dichter und Utopien. „Sachte Berührung, ein unerwartetes Aha-Erlebnis oder aufrichtiges Staunen und Wundern über die grammatikalischen Mysterien." (literaturkritik.de)

## LITERARISCHE ESSAYS:

Yoko Tawadas Bücher mit literarischen Essays sind jedes für sich und alle drei zusammen ein Kaleidoskop sinnlich erfahrbarer Sprachschichten. Nach der Lektüre lässt sich „*plötzlich wieder auf den Klang bestimmter Wörter hören, das, was man schon lange nicht mehr ansah, mit neuen Augen sehen.*" (Die Welt)

**Überseezungen.** frz. Broschur, 160 S., 12,–; **4. Aufl.**. Texte über Sprachenvielfalt und -verwirrung zwischen Japan, Amerika, Afrika, Europa und den Geschlechtern.

**Sprachpolizei und Spielpolyglotte** frz. Broschur, farbige Bilder, 160 S., 12,–; **2. Aufl.** In diesem Band wirft sie auch einen Blick auf deutsche Literatur, das Heidenröslein kommt vor, Else Lasker-Schülers blaues Klavier, Celans Niemandsrose u.v.a.

**Talisman** Literarische Essays, 148 S., frz.Br., 10,50; **8. Aufl. 2017** Beobachtungen aus dem europäischen und japanischen Alltag. „*Ich freue mich darauf, was ich bald, durch dieses Buch, anders werde sehen können.*" (Wim Wenders)

**Tawada-Essay-Paket** 3 Bücher. 29,90, ISBN 978-3-88769-361-9

**Das Bad** Roman, Klappenbr. mit Bildelementen, 12,–; ISBN 978-3-88769-041-0, zweisprachig. 2. Aufl. der **Neuausgabe**. Eine Frau sitzt vor dem Spiegel und vergleicht ihr Bild mit einem Porträtfoto, Differenzen werden durch Schminke korrigiert. Sie steigt ins Bad, trifft Xander, der sie fotografieren möchte, doch auf dem Foto ist sie nicht zu sehen, „*du musst japanischer schauen*", sagt er. Sie arbeitet als Dolmetscherin und verschwindet mitten in einem Geschäftsessen. Dann begegnet sie einer aufregenden Frau in der Nacht, die sie am Tag nicht wiederfindet. „*Ein zauberhaftes Metamorphosenwerk zum Thema Weiblichkeit.*" (Stuttgarter Ztg.) „*Halluzinogener Thriller*" (taz).

**Schwager in Bordeaux** Roman, 208 S., illustriert mit colorierten Buchstabenbildern, japanische Zeichen für Wörter, die in den Textabschnitten vorkommen, aber unlesbar bleiben. 12,90; **2. Aufl.** Yuna kommt in Bordeaux an, sie möchte Französisch lernen und wird im Haus eines Bekannten wohnen, der verreist ist. Der Tag der Ankunft entwickelt sich zu einem Roman, was sie tut und jede Sekunde der Erinnerung tauchen ineinander, Menschen, die sie kennt und liebt, treten auf, das Haus in Bordeaux möchte was von ihr, das gelbe Wörterbuch verschwindet, in einer nahezu erotischen Situation mit einer schönen Frau.

„*Der zarte Blick auf Haut. Ein Sehnsuchts- und Erinnerungsbuch. Tawada nimmt Düfte, Gefühle, Situationen, Körperhaltungen genau wahr. Ein fragiler Text, schön.*" (Stuttgarter Nachrichten)
„*Berührend, verwirrend, stark. Die Übergänge von der Realität hinüber in Tawadas Tagträume sind immer sanft und fließend ... Wem nach poetischen und ungewöhnlichen Texten dürstet, sollte dieses Buch in den Koffer packen.*" (Marion Pfordt, Badische Zeitung)

**Opium für Ovid** 222 S., 12,–; **3. Aufl.** 22 Frauen im Alltag einer Großstadt, in sinnlicher Verbindung miteinander, mit Frauen, mit Männern, mit Stoffen und Dingen. Und immer verwandeln sie sich. Die Verwandlungen werden in diesem modernen Kopfkissenbuch nicht als „Verlust"– z.B. von Schönheit oder von Jugend – erfahren, sondern als Erotik jenseits von Beziehungen. „*Tawada verschmilzt die beiden Sphären und lässt im Profanen das Wunderbare sich ereignen.*" (NZZ)

**Das nackte Auge** Roman, 192 S. **Aufl.** Ein Mädchen aus Vietnam re[?] Ostberlin, wird von einem Studente[?] Westen entführt, flieht – im Traum? [?] in Paris. Dort flüchtet sie ins Kino, i[?] mit Catherine Deneuve. Während die Mauer fällt, die Grenzen zwischen den EU-Ländern verschwinden, verknüpft sich ihr eigenes Leben immer enger mit den Filmhandlungen. „*Die Bilder laufen aus dem Kino heraus und verwandeln* *sich in Leben. Das nackte Auge wird nicht von Wörtern und Sprache verdunkelt. Das ist sehr reizvoll."* (Tagblatt)

**Nur da wo du bist da ist nichts**
*japanisch-deutsch, mit Schablone zum Gedichte-Bauen,* 12,90. Unveränderte Neuausgabe ihres Debüts, dessen 1. Auflage vor 30 Jahren, 1987, erschien. Erzählung über eine Bücherliebhaberin und Gedichte.

Leseprobe: *"Ich habe eine an Wahnsinn grenzende Leidenschaft für Bücher. Ich meine die imaginären ‚Bücher', die noch nicht geschrieben sind, noch nicht gebunden sind, in denen wir im Traum fortwährend blättern, ohne sie verstehen zu können ... Das chinesische Schriftzeichen für Körper setzt sich zusammen aus den Zeichen für ‚Mensch' und ‚Buch'; heißt das, dass der Körper ein Buch ist, das nur in der Welt ist, wenn jemand in ihm blättert?"*
*"Ihre Texte folgen den Bildern im Kopf, zerlegen sie behutsam oder beschleunigen sie bis zur Euphorie, zum Schwindel, zum orgiastischen Taumel."* (Szene Hamburg)

**Aber die Mandarinen müssen heute abend noch geraubt werden** 120 S., 10,50. Gedichte, Prosa, Traumtexte.

**Tintenfisch auf Reisen** *geb., 208 S., 15,50;* **3. Aufl.** Der Hundebräutigam – Fernenlos – Der Faltenmann vom Sumida-Fluss. Eine Frau zieht in eine fremde Stadt, sie findet ihren Mann nicht, nur Spuren eines seltsamen Wesens. Eine andere begehrt einen Tiermenschen. Die dritte verliert sich in einem anrüchigen Stadtteil. *"Imaginäre Reisen in eine andere erotische Welt."* (taz)

**Verwandlungen** *Tübinger Poetik Vorlesung, 5,50;* **2. Aufl.** Vom Klang, von der Schrift, von der Übersetzung. Vogelspuren, die wie Schriftzeichen sind, ihren Sinn verrätseln.

**Spielzeug und Sprachmagie**
*Eine ethnologische Poetologie.* 224 S. 15,50. Über die magische Bedeutung von Puppen, Nussknackern, Kreiseln, Bällen, Gespenstern.

**Yoko Tawada & Aki Takase, DIAGONAL** CD/Hörbuch, 18,-. Ein Flügel, Worte und Laute und viele andere Gegenstände werden zum Klingen gebracht. Einige Texte sind nur auf dieser CD.

### Leseprobe aus „akzentfrei"
Der Akzent ist das Gesicht der gesprochenen Sprache. Seine Augen glänzen wie der Baikalsee oder wie das Schwarze Meer oder wie ein anderes Wasser, je nachdem, wer gerade spricht ...
Im Sprachunterricht in Japan habe ich gelernt, dass das reinste Hochdeutsch in Hannover zu finden sei, und zwar auf einer Theaterbühne und nicht irgendwo auf der Straße. Aber es gibt keinen Menschen, der in einem Hannoveraner Theater geboren wurde und nie das Theatergebäude verlassen hat. Also gibt es keinen Menschen ohne Akzent, so wie es keinen Menschen ohne Falten im Gesicht gibt. Der Akzent ist das Gesicht der gesprochenen Sprache, und ihre Falten um die Augen und in der Stirn zeichnen jede Sekunde eine neue Landschaft. Der Sprecher hat all diese fernen Landschaften durchlebt, mitgeprägt, vertont, mitgestaltet, ernährt, unterstützt, vielleicht auch zerstört, und das zeigt sich in seiner Aussprache. Sein Akzent ist seine Autobiografie, die rückwirkend in die neue Sprache hineingeschrieben wird.
Der Akzent ist eine großzügige Einladung zu einer Reise in die geografische und kulturelle Ferne. In einer modernen Großstadt muss man stets darauf gefasst sein, mitten in der Mittagspause auf eine Weltreise geschickt zu werden. Eine Kellnerin öffnet ihren Mund, schon bin ich unterwegs nach Moskau, nach Paris oder nach Istanbul ...

**GROSSES TAWADA PAKET: 15 BÜCHER + CD** Etüden; Europa&Gast; Fremde Wasser; Mein kleiner Zeh; 3 Bände lit. Essays; Abenteuer Gramm.; Das Bad; Opium; Nacktes Auge; Mandarinen; Tintenfisch auf Reisen; Verwandlungen; Sprachmagie + CD **nur 150,-**

**Kindheit, Pubertät, Familie, Erste Liebe. Die 60er, 70er ... Karen-Susan Fessel**

## NEU 2017
### WOLFGANG KIRSCHNER
**Huch, das Leben!**
*Erzählungen und Glossen, einige Bilder*, 222 S., 12,90; ISBN 978-3-88769-584-2.
„In diesem Buch wimmelt es von Witz, Charme und Leben." Erzählungen über die absurd komischen Alltagsdramen Heranwachsender, über erste Verliebtheiten und das Scheitern diverser großer Lieben: „Diese wahnsinnig coole Zeit". Ob es im Erwachsenendasein weniger absurd und komisch zugeht? Das beantworten Kurzgeschichten und Glossen im zweiten Teil über alltägliche Verrücktheiten, Älterwerden, sonderbare Zufälle und merkwürdige Erlebnisse. Schablonski ist verliebt in Miriam und in die Lehrerin, später in Martha, in Maggie, in Molly. Tragik und Komik liegen nahe beieinander. Und natürlich geht es in den Erzählungen und Glossen auch um die vielen anderen Dinge im Leben, zum Beispiel um Kontinentalverschiebungen und Umfragen, um Politik und Frühstücken, das Lesen, den Sommer und um Tübingen.

## NEU 2018
### KAREN-SUSAN FESSEL
**Mutter zieht aus** *Roman*, ca. 250 S., ca. 12,90; ISBN 978-3-88769-680-1. Die 76-jährige Mutter der Ich-Erzählerin stürzt in ihrem Haus, das sie allein bewohnt. Ein Schicksal wie unzählige andere alte Frauen, das meist in eine Abwärtsspirale führt: dem Verlust der Mobilität folgt der Verlust der Selbstständigkeit, der Verlust des eigenen Heims und damit oft der Verlust des Lebenswillens. Die Mutter aber stemmt sich dagegen. Und zieht dennoch aus – aus dem Haus, in dem sie 34 Jahre gewohnt hat, zunächst mit ihrer Familie, später, nach dem Auszug der drei Kinder, als Paar, noch später, nach dem Tod des Partners, allein. Der Auszug verändert alles. Was lässt sich in Kisten packen und mitnehmen, was wird aussortiert? Was bleibt von einem gelebten Leben? Karen-Susan Fessel, die bekannte Autorin von Jugendbüchern und lesbischen Romanen, wollte schon vor Langem über die Geschichte ihrer Familie, die ihr Vater ihr nie erzählt hat, einen Roman schreiben. Damals war sie noch zu jung. Dann starb der Vater. Nun schreibt sie einen anderen Roman. Einen Roman über Mütter und Töchter und die Lebenswirklichkeit von Frauen der Kriegsgeneration.

### SANDRA WÖHE
**Die indonesischen Schwestern** *Roman*, 288 S., 9,90. Mutter und drei Töchter aus Indonesien: sie sind die einzigen „Mandelaugen" in einem Dorf in NRW. Die Handlung spielt an vier Tagen in vier Jahren, in denen die Schwestern erwachsen werden. „Ihr gelingt es beeindruckend, die immerwährende Integrationsdebatte mit Leben zu füllen ... Vier unterschiedliche Lebensgeschichten in einer einzigen rein weiblichen Familie." (Schwäb. Tagblatt)

**Fünf Jahre danach** 224 S., Klappenbr., 9,90. Ein italienisches Straßencafé. Freundinnen reden über ihren Alltag mit Krebs. „Halb Roman, halb Sachbuch" (ekz) „Ein Gespräch von zwei Frauen, mit denen man plötzlich zusammen im Café sitzt." (Phenomenelle)

### INA PAUL **Im freien Fall**, 288 S., 9,90. Autobiografischer Roman. Ein Mädchen kurz nach dem Krieg erlebt Angst, Gewalt und Mut. Es folgen Verliebtheit, Liebe, Heirat, Mauerbau. Mit der Wende zerbricht die Ehe. Auch ihren Beruf verliert sie. Sie fällt in ein Loch. Doch schafft einen Neubeginn, neue Lieben. „Ihre wohlformulierten Sätze verursachen einen Sog." (ekz)

**Auf und davon**, Roman 288 S., nur 6,95. Sie studiert in Babelsberg, teilt das Zimmer mit einer Freundin und auch einen Mann. Der flieht nach ein paar Jahren in den Westen. „So herrlich leicht und unverschämt bildhaft."(HZ)

**Damals in Hanoi im Jahr des Tigers**, 256 S., Hardcover, 12,–. Wiederbegegnungen nach dem Fall des Eisernen Vorhangs. „Sinnliche, starke Geschichten, die authentische Schicksalswege enthüllen." (Der Prignitzer)

## Salean Maiwald

**NEU 2017
SALEAN A. MAIWALD
Schwebebahn zum
Mond** *Roman, ca. 220 S.,
Klappenbroschur, 12,90;
ISBN 978-3-88769-590-3.*
Ein Coming-of-Age-Roman,
angesiedelt im Wuppertal der
60er-Jahre. Tamara ist ein
ganz normaler Teenager, beschäftigt sich mit
Musik, modernen Kleidern, Tanzen und jungen
Männern – doch gleichzeitig liest sie Gedichte
und kämpft darum, endlich aufs Gymnasium
gehen zu dürfen. Ihre Mutter, seit dem Tod ihres
Mannes alleine für sich und zwei Kinder verantwortlich,
will nicht, dass sie aufs Gymnasium geht.
Sie soll eine Ausbildung machen und Geld
verdienen. In der engen Wohnung hat Tamara
nicht einmal ein Bett für sich allein. Der ständige
Streit mit der Mutter, ein Bruder, der nie den
Abwasch macht, eine tratschende Freundin,
die nur Jungs im Kopf hat – und ein älterer
Hausbewohner, der sie verfolgt und ihr immer
wieder unangenehm nahekommt. Konfrontiert
mit erdrückenden Erwartungen, Übergriffen
und großen Enttäuschungen begibt sich Tamara
auf eine verzweifelte Suche nach Freiraum und
Menschen, die sie wirklich verstehen. Wenn es
ihr zu viel wird, steigt sie in die Schwebebahn …

**SIGRUN CASPER
Der Wortjongleur** *Roman,
256 S., gebunden, 14,90;
ISBN 978-3-88769-573-6.*
Kilian, uneheliches Kind in
einem westdeutschen Dorf der
50er- und 60er. Der „Bankert"
und seine Mutter erfahren Verachtung
von allen Seiten. Und dann bemerkt
Kilian, ein freundlicher liebenswerter Junge,
der so erstaunlich mit Sprache umgehen kann,
auch noch früh, dass er schwul ist. Eines Tages
macht er sich auf die Suche nach dem unbekannten
Vater. Wie hier beschrieben, könnten
sich die ersten Lebensjahre und Jugend des
2013 verstorbenen Dichters Mario Wirz abgespielt
haben. „Ihr gelingt, in knappen, klaren
Sätzen das Wesentliche einzufangen. Für viele
empfohlen!" (ekz-Bibliotheksservice)

## Peter Butschkow

**NEU 2017
PETER BUTSCHKOW
Rebecca, Roswitha und
die wilden Siebziger.
Die Geschichte eines
Betruges** *Roman, Fadenh-
ft., Klappenbr., 384 Seiten,
ca. 14,90;
ISBN 978-3-88769-588-0.*
Ein beschwingter Roman
über große Gefühle in einer durchgeknallten
Zeit. Der bekannte Cartoonist Peter Butschkow
entwirft in seinem ersten Roman einen kuriosen
Mikrokosmos schräger Typen auf der Suche
nach Freiheit, Lust und Liebe. Vor dem Hintergrund
eines irrwitzigen Täuschungsmanövers
entfaltet sich dabei ein so farbenfrohes wie
kurzweiliges Zeitporträt der Siebziger mit ihren
WGs, freier Liebe, der Zonengrenze und einer
Landkommune.

„… *das liest sich ja wie Butter! Ich habe angefangen
und wollte nicht aufhören …*" (Til Mette)

Die Rahmenhandlung: Zwei Freunde aus
West-Berlin haben im Bergischen Land ein
Fachwerkhaus gemietet. Dort betreiben sie
den DAMOUR-Verlag, d.h. Archie verlegt
seine eigenen, kitschigen Liebesromane unter
dem klangvollen Pseudonym „Rebecca C.
Creek". Otter, ein Freund aus Berlin, will ihn
besuchen und nimmt unterwegs zwei Tramperinnen
mit. Als er zufällig sieht, dass eine
von ihnen während der Fahrt ausgerechnet
ein Buch von Rebecca C. Creek liest, wittert
er seine Chance: Nun beginnt ein turbulentes
Schauspiel … „*Eingewoben
sind Porträts und Anekdoten
über Freunde, ersten Sex, Supermarkthändler,
Familie. Sie
entfalten eine
sprachliche
Dynamik, die den Lesefluss
heiter vorantreibt.*" (Florian
Rogge)

*Der Autor in den 70ern und 2017. In
den 70ern lebte er in Westberlin und
in einer Landkommune im Bergischen
Land.*

## WEITERE

**DIETER DE LAZZER**
**Buch für einen Leser, Bd. 1 /**
**Bd. 2** ISBN 978-3-88769-747-1 u.
ISBN 978-3-88769-748-8, je 320 S.,
geb., je 14,90. Eine Kindheit mitten im
Krieg, Heidenheim als Fabrikler-Stadt,
die Ostalb, Schreiner Schorsch Elser.
Dann Tübingen, Südtirol, Schweiz,
Schottland. Wie lebte man als junger
Mensch in dem Jahrzehnt vor 1968?
„Er erzählt spannend und anschaulich
... in ganz und gar unvorhersehbaren
Abschweifungen genüsslich auf die
Pointe zusteuernd."
(Heidenheimer Zeitung)

**ADRIAN ZINN Gehen. Eine**
**Episode** 256 S., geb.,14,90;
ISBN 978-3-88769-380-0. Eine
überschwängliche Altersliebe. Doch
nach und nach wird bei Spaziergängen durch
die schwäbische Landschaft eine dunkle
Kehrseite erkennbar, eine Sättigung am
Leben, die er als Leiden wie als Verführung
empfindet. „Selten ist in der modernen Literatur
der kontemplative Aspekt der Bewegung so
eindringlich und facettiert beschrieben worden
..." (Titelmagazin) „Lust und Verlust, Alterssex
und Sinnlichkeit ... und er schildert die formlose
Traurigkeit, die den Geher zunehmend verstört,
so fesselnd, dass es auf den Leser in keinem
Moment bedrückend wirkt." (Schwäb. Tagblatt)

**TRAUDE BÜHRMANN Cocktailstunde**
Novelle, geb., 12,–; ISBN 978-3-88769-652-8.
Freundinnen sitzen im Flugzeug, Ziel: Schweiz.
Für eine von ihnen ist es die letzte Reise. Traude
Bührmann schreibt „wie Porzellan" (Aviva) und
regt zum Nachdenken und Mitfühlen rund um
das brisante Thema Sterbehilfe an.

„Zu wünschen bleibt nur, dass diese kleine große
Novelle auf dem quantitativ so überfrachteten,
schnellen Literaturmarkt nicht untergeht!"(Aviva)

**durchatmen** Kurzroman, 96 S., Klappenbr., Fadenheftung, einige Bilder, 8,90. ISBN 978-3-88769-769-3. Alex verlässt die strukturierten Bahnen
ihres stresserfüllten Arbeits- und Privatlebens.
Ihre Erscheinung, ihre Wohnung, ihr soziales
Leben verwahrlosen. Sie bricht Beziehungen ab,
wird süchtig nach Alleinsein ...

## Silke Andrea Schuemmer

**NEU 2017:**
**SILKE ANDREA SCHUEMMER**
**Nixen fischen**
Roman, Klappenbroschur, 224 S., einige Bilder, 12,90 Euro; ISBN 978-3-88769-569-9.
Nixen fischen ist eine unheimliche, schräge
Geschichte, in der Kraken und anderes
Meeresgetier und ein heruntergekommener
Laden die Hauptrolle spielen. Studentin Ines
entdeckt im Schaufenster des verstaubten
Antiquitätengeschäfts für Maritimes ein
Fotoalbum, darin ein altes Polaroid, das mit
ihrer eigenen Familie zu tun hat. Sie betritt
den Laden. Feuchte Wände, Galionsfiguren, Permuttkämme, Fische, Quallen,
Tentakel, Kiemen in Formaldehyd und der
unangenehm obszöne Ladeninhaber Knut
Seckig erwarten sie. Ines wird im Tausch
gegen das Foto für vier Wochen im Laden
und am Stand auf der Messe arbeiten.
Seckig sammelt nicht nur Meeresdinge,
sondern auch Gestrandete, Nixen, wie er
sie nennt. Er bietet drogensüchtigen Mädchen, die auf der Straße leben und sich mit
Prostitution über
Wasser halten,
seinen Laden
als Zufluchtsort
an – gegen Sex:
Nixen fischen.
Auch Ines gerät
in sein gefährliches Netz ...

**ANNETTE BERR**
**Nachts sind alle Katzen breit** 7,90.
Berrs Debüt über Berlin-Kreuzberg war Bestseller. Erzählt wird von „Punks und Nutten,
Fett- und Schrumpflebern, langhaarigen
Müslis und stinknormaler Nachbarschaft,
Frauenlieben und Jungmachos: Geschichten
aus Kreuzberg zwischen Schnorren, Lieben
und ‚den-Tag-um-die-Ohren-hauen'. Rotzfrech und respektlos." (taz)

# SIGRUN CASPER

**Zweisamkeit** Klappenbr., mit Bildern 10,–. Szenen und Glossen rund um Wörter und die Liebe von A bis Z: Bumsen, Charme, Glück, Liebemachen, Schatz, Querkopf, Verlangen etc.

**Männer-Geschichten** 256 S., 9,90; 978-3-88769-732-7. Liebesgeschichten und erotische Erzählungen aus der Innensicht von Männern und Jungen über das erste Mal, langjährige Lieben, erste Verabredungen, Sex und mehr. *„Große Empathie für ihre Männer!" (Ossietzky)*

**Bleib Vogel** Erotische Erzählungen, 224 S., geb., nur 7,95. Sindbad mit dem aufregenden Sex im Bus, Erotik im Fahrstuhl, auf Reisen. Und „Die Japaner machen es mit Stühlen": die Gedanken einer 11-jährigen. *„Ihr gelingt es, an der Imagination zu zündeln." (Badische Zeitung)*

**Salz und Schmetterling** Roman, 192 S., geb., nur 7,95. Eine Frau reist auf einem Poesiefestival und wird beim Zuhören in die Zeit ihrer ersten Liebe zurückversetzt. Zugleich verliebt sie sich in einen der Teilnehmer; alte und die neue Liebe überlagern sich. Auch eine Liebeserklärung an die Wirkung von Poesie. *„Herzhaft, echt, unsentimental und staunend verliebt." (Ossietzky)*

**Handschrift eines Mordes** 200 S., geb., nur 6,90. Gerichtsreporterin Angelika hat ein Verhältnis mit einem verheirateten Mann. Sie schreibt an einer Reportage über einen Mord im Affekt, als sie selbst in ein tödliches Spiel verstrickt wird. *„Liebesgeschichte, psychologische Fallstudie und fesselnder Krimi." (ND)*

**Schultage** 128 S., Klappenbr., 8,–; ISBN 978-3-88769-650-4. Unterhaltsam und selbstzensurfrei geschriebene Geschichten aus dem Alltag einer Lehrerin. Die Autorin arbeitete 20 Jahre lang als Lehrerin an einer Förderschule, in der viele Migrantenkinder unterrichtet wurden. *„Wirklich gut beobachtet und aus dem Herzen gesprochen." (Gerd Wagner)*

**CD Die Japaner machen es mit Stühlen** 12,90. Erotische und poetische Geschichten, vorgelesen von Sigrun Casper, Töne von Ulf Casper.

**Unterbrochene Schienen** Ost-West-Geschichten, 288 S., einige Bilder, 12,90; 978-3-88769-375-6. Im Jahr 2018 gibt es gibt es ein besonderes Datum, die Mauer betreffend. Raten Sie, an welchem Tag. Unter den richtigen Einsendungen verlosen wir drei Bücherpakete: office@konkursbuch.com Autobiografische Gedichten aus Perspektive des Kindes und später der jungen Frau: Krieg, ein Agent, Besuch bei Tante Tilde in Westberlin, die Deutsche Bücherstube in Ostberlin, der überraschende Mauerbau, das Pressecafé, die Flucht. Jahre später die Besuche bei der Ostverwandtschaft und die Frage „Was ziehe ich an", um nicht als Westtante aufzufallen. Sigrun Caspers Westost-westblicke sind voller Selbstironie – *„Wie sich diese Flucht im Detail abgespielt hat, liest sich spannend wie ein Krimi ... Ihre sensiblen Beobachtungen kleidet die Autorin in klare schöne Sätze." (Tagesspiegel)*

**Eine andere Katze** Roman, gebunden, 160 S., illustriert, 6,95; ISBN 978-3-88769-340-4. Ihre Besitzerin sperrt die junge Katze auf den Dachboden ein. Dort warten Mäuse. Doch diese Katze möchte nicht jagen. *„Eine poetische Parabel über Norm und Andersartigkeit und einfach eine bezaubernde Geschichte über eine nonkonforme Katze." (Mario Wirz, ND)*

**ars incognita** Farbbilder, Texte 7,90; ISBN 978-3-88769-787-7. Die Autorin hat Kunst fotografiert, die nur im Moment existiert, zwischen den Dingen des Alltags aufschient und aussieht wie von berühmten Malern. Dazu subjektive Gedanken zur Kunst.

**CASPER–PAKET:** alle 11 Bücher (auf dieser Seite, S. 27 und S. 29) +CD **nur 69,-**

*Sigrun Casper, Interview nach einer Lesung*

## GEDICHTE

### NEU 2017
**JUANA INÉS DE LA CRUZ Nichts Freieres gibt es auf Erden. Gedichte** zweisprachig spanisch-deutsch, übersetzt und mit einer umfangreichen Einleitung von Heidi König-Porstner. Illustrationen: Anna Rastl, geb., ca. 200 S., ca. 15,–. Gedichte über die Liebe und politische Gedichte, kritische Gedichte über das Verhältnis der Geschlechter, zärtliche Gedichte, viele an Frauen gerichtet. In der ausführlichen Einleitung schreibt Heidi König-Porstner über das Leben der Dichterin, Nonne und Gelehrten. Sor Juana de la Cruz gilt als die bedeutendste Dichterin des mexikanischen Barock und wird oft als „erste Feministin" beschrieben. Die Gedichte bestechen durch ihre Musikalität und durch Juanas klare, pointierte, oft sehr modern anmutende Sprache.

Mich zu verfolgen, Welt, was liegt dir dran?
Was stört's dich, wenn ich einig danach strebe,
meinen Verstand mit Schönem auszuschmücken
und nicht für Schmuck und eitlen Zierrat lebe?

**ANNETTE BERR Ein Wimpernschlag, der Fallbeil ist** Gedichte und Lieder 144 S., geb., 10,–. Lakonischer Witz, Romantik, Sex, zarte Melancholie und schwarze Selbstironie. Kapitel u.a.: Herz in der Hand – Schmutzig (für'n Salon) – Schmutzig (für die Besenkammer) – Liederkiste, Wundertüte – Anagramme – ABC-Gedichte.

Wie hält man aneinander fest
und bleibt bei sich, weil man sich lässt
Wie lässt man voneinander los,
wenn man sich will, wie macht man's bloß
Ich weiß nicht, wie man die Liebe macht. [...]

**CDs** mit Liedern. Annette Berr (Text, Sängerin) & Rainer Kirchmann (Piano, Countertenor): màskará; Und decke mich mit Sehnsucht zu. haus mit 13 zimmern; Blaue Krokodile, je 15,-

**WOLFRAM FRANK Der Name des Sterns aber ist Wermut**, Liebesgedichte. **Der Ent-Wortete**, Lyrik. Je 8,–

**KARIN KNOBEL Bringe mir Wind in den Talgrund der Namen** 140 S., 10,–

**LYRIK-PAKET:** 13 Bücher (außer Juana): **69,-**

### NEUE ERWEITERTE AUSGABE 2017:
**SIGRUN CASPER Zeitlos dein Lächeln** Gedichte. Fotos, 7,90.

Es wirbelt
Nicht zu halten
Aus Kellern und Wolken.
Rank und nackt
Wie es ist
Schmieget es sich
Zwischen dich und mich
Bis in die Wimpern.
Ich hüte die Augen
Halte die Lippen fest.

**EUGENE GUILLEVIC Das Meer/ La Mer** 7,90 Miniaturgedichte mit Lithografien von Ruth Eitle.

**DORIS LERCHE Zungenspitzen** Gedichte, Zeichnungen & CD mit Lesung & Musik der bekannten Bühnenfrau. 112 S., Hardcover, 12,-., Rosen und Ratten; Friendly Fire; G-Punkt; Defloration.

**INA PAUL In mir und um mich wolkenwarme Nässe. Erotische Sonette.** 80 S., 8,-, illustriert. Nach den Gedichten Text über die Liebhaber, die zu Sonetten anregten, und darüber, wie man Sonette schreibt.

**IRMGARD PERFAHL Eukalyptus, was flüsterst du** illustriert 5,-. Mythen und Liebe.

**ANDREAS REIMANN Die männlichen Zeitalter** Erotische Gedichte über schwules Begehren und Zeichnungen, Hardcover, 7,90.

**JANNIS RITSOS Halbkreis. Erotika.** Mit farbigen Grafiken, 10,–. Erotische Gedichte und Notizen, u.a. über das Rauchen.

**INGRID SCHULZ Unterwegs sein**, A6, 48 S., 5,-. Lakonische Gedichte & herbe Bilder.

**MOON SUK Mondsüchtig.** 10,–. Liebesgedichte & Fotos der koreanischen Opernsängerin.

**IT'S A WOMAN'S WORLD** geb. Lyrik von Frauen aus vielen Teilen der Welt. 12,90. „Berauschende Fülle, großartiger, schön gestalteter Überblick." (ekz)

## ÜBER LITERATUR  Jürgen Wertheimer

**JÜRGEN WERTHEIMER Don Quijotes Erben. Die Kunst des europäischen Romans** 520 S., illustriert mit Manuskriptseiten, Korrekturfahnen, Zeichnungen aus Originalausgaben, 19,90; ISBN 978-3-88769-357-2. **2. Aufl.** In 4 Teilen auch als E-Book über Buchhandel.

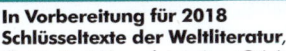

Tausend Seiten Abenteuer – das ist der Stoff, aus dem die frühen Romane sind. Mit einer großen Auswahl an schönen Zitaten und nachvollziehbaren gut lesbaren Interpretationen bringt Wertheimer seinen Lesern bekannte Romane nahe. Auch in späteren Jahrhunderten zeigt sich der subversive Grund aller Romane: Die Helden reiten oder stolpern von Beginn an ins Abseits. Was im Alltag bisweilen gerade noch einigermaßen undramatisch endet und versickert, wird im Roman gnadenlos zu Ende gedacht. Romane übersetzen latent spürbare Strukturen in körperlich erfahrbare Wirklichkeiten.

„In dieser klugen wie leichtfüßigen Studie findet man gleich 25 Klassiker von Miguel de Cervantes bis Ingeborg Bachmann." (Nils Marquardt, Freitag) „Sie erhalten nicht nur eine kurzweilige Lektüre über Literatur. Nein, durch die vielen Zitate, durch die Spannung, mit der über die Werke gesprochen wird, erhalten Sie gleich einen ganzen Handkarren an Belletristik." (Leander Sukov, Literaturglobe.) „Wahrlich, ergötzlicher kann Literaturwissenschaft kaum sein!" (literaturkritik.de)

**Schillers Spieler und Schurken** mit farbigen Zeichnungen von Schiller. 192 Seiten, 12,-.  **2. Aufl.** Schillers Charaktere: hauptsächlich Spieler. Es wird skrupellos betrogen und getrickst beim Lieblingsspiel, dem Schach mit lebenden Figuren. Ein neuer Blick auf Schillers Modernität. „Nebenbei räumt er mit törichten Schiller-Klischees auf." (literaturkritik.de)

**In Vorbereitung für 2018 Schlüsseltexte der Weltliteratur**, illustriert mit Manuskriptseiten, Originalillustrationen etc, ca. 450 S., ca.19,90. In 20 Kapiteln nähert sich der Autor dem Phänomen „Weltliteratur" und legt dabei die vielfältigen Verknüpfungen des literarischen Universums frei: James Joyces Leopold Bloom unterhält sich mit Odysseus ebenso wie Balzacs menschliche und Dantes göttliche Komödie aufeinander reagieren und der Koran, auch er ein poetischer Text, altes und neues Testament und dazu noch Dutzende von levantinischen Dichtungen verschlingt. Es sind diese Prozesse, die das Weltphänomen Literatur am Leben halten, es in unendlichen Spiegelungen und Echos in Bewegung versetzen, und zu Austausch und Osmose führen. Denn so vielstimmig und facettenreich, ungleichzeitig und ungleichgewichtig die Literatur sich im Einzelnen zeigen mag – im Kern gibt es eine überraschende Übereinstimmung. Sie ist immer Plädoyer für den Einzelnen, die individuelle Wahrnehmung und das Recht auf mögliche Um- und Irrwege.

**Grenzgänger zwischen Text und Bild** ca. 300 S., viele Bilder, ca.18,–. Analytisch-essayistische Expeditionen an die Grenzen zwischen Text und Bild, zu „Doppeltalenten" wie Goethe, Schiller, Kafka, Kokoschka und Laurie Anderson.

**Subskriptionspreis für beide zusammen** (Grenzgänger + Weltliteratur) bei Bestellungen bis 31.3.18: nur 29,90

**Tübinger POETIK-VORLESUNGEN** Hg. J. Wertheimer **Zukunft? Zukunft!** mit Bildern von Alissa Walser und Herta Müller, geb.,144 S., nur 7,–. 10 Autorinnen über die Zukunft, u.a. Batya Gur, Zoë Jenny, Herta Müller, Yoko Tawada „Anregende Lektüre, ansprechende Gestaltung, eine Freude!" (HR)

**HERTA MÜLLER** Tübinger Poetik Vorlesungen. Hörbuch. 3 Audio-CDs, 18,–. Es geht um Kindheit, Gegenwart und um Sprache als Unterdrückungs- und Widerstandsmittel.

**GÜNTER GRASS, Wort und Bild** Poetikvorlesung,Werkstattgespräch, teils farbige Abb., 6,95.
**GERHARD KÖPF, Vor-Bilder** nur 3,–.
**ARAS ÖREN, Privat-Exil** nur 3,–.

# konkursbuch / Essays, Sachtexte

„Das konkursbuch steht erfreulich quer zum Zeitgeist …" Information, kritische Analyse, Literatur, Bilder und lebensnahe Forschung, mit Rissen, Sprüngen, Brüchen im Kopf, Bauch und unter den Füßen. „Ich wüsste nicht, wo gegenwärtig in deutscher Sprache radikaler, verzweifelter, diabolischer, aufregender im wörtlichen Sinn über Kurse und Konkurse reflektiert würde als in dieser Zeitschrift." (WDR) Je zwischen 250 und 400 Seiten zu unterschiedlichen Themen, Sachtexte, Erzählungen, Essays, Erinnerungen, Glossen und viele teils farbige Abbildungen. konkursbuch erscheint unregelmäßig, zurzeit ca. einmal jährlich, neue Nummern mit Fadenheftung. Einzeln 15,50.

**Abo:** Pro Ausgabe 12,–.

**Spezialangebote: konkursbuch-Paket:** 10 Nummern Ihrer Wahl nur 66,-.

**Alle bis 2017 erschienenen Bände:**
*zum Teil nur noch wenige Exemplare, manche vergriffen:* 1: Vernunft und Emanzipation *(vergriffen)* – 2: Gesichter der Gewalt *(vergriffen)* – 3: Erfahrung & Erinnerung *(vergriffen)* – 4: Kunst. Archäologie der Moderne *(vergriffen)* – 5: Abschied von der Politik? – 6: Erotik *(vergriffen)* – 7: Müßiggang und Laster – 8: Leiden – 9: Schrecken – 10: Über Gefühle *(vergriffen)* – 11: Im Labyrinth der Zeit – 12: Frauen Macht – 13: Reiz, Auge, Phantasie – 14: Natur und Wissenschaft – 15: Verbot & Verheißung – 16/17: Japan-Lesebuch – 18: Landschaft – 19: Normen – 20: Das Sexuelle, die Frauen und die Kunst – 21: Reisen – 22: Computer *(ausgefallen, die Herausgeber wussten nicht weiter, weil sich alles so rasend veränderte und die Texte schon während der Produktionszeit (80er Jahre) veralteten. Die Texte wären heute sicher amüsant zu lesen)* – 23 *(erschien vor dem Mauerfall, im Frühjahr 1989)*: Revolution, Revolte, Utopie – 24: Geschlechterverhältnisse – 25: Musik – 26: Lebensstil & Politik – 27: Nation – 28: Schauplatz Liebe: *„Im konkursbuch sind Lust & Liebe nie naiv."* (FAZ) – 29: Rausch & Künste – 30: Mütter & Musen – 31: Bar-Geld-Los – 32: Mädchen – 33: Blut – 34: Faszination – 35: Theaterperipherien – 36: Haare – 37: Schuld – 38: Sehnsucht Berlin – 39: Gender Game – 40: Alter – 41: Haut – 42: Auto: *Liebeserklärungen & Aversionen, Technisches, Nostalgisches, Historisches & Zukunftsspekulationen.* – 43: Scham – 44: Schreiben – 45: (anti-)Fußball – Stimmen aus dem Abseits: *Aktuell zu jeder EM und WM* – 46: Angst – 47: Der erotische Blick – 48: Familien-Bande – 49: Heimat – 50: Glück – 51: Außenseiter – 52: Liebe (S. 12) – 53: Geld

**Zum Kennenlernen: SCHREIBEN**
*konkursbuch* **44**, 320 S. Hg. Regina Nössler & Claudia Gehrke, **nur 6,95**; ISBN 978-3-88769-244-5. Texte über: Deutschaufsätze, Gedichte, Einkaufszettel, Briefe ans Finanzamt, Romane, Postkarten, E-Mails, SMS schreiben, über Tinte und Liebesbriefe. Über Schreiblust und Qual. Fast alle, die schreiben gelernt haben, schreiben auch: ob in der Pubertät heimliche Gedichte oder verlegte und unverlegte Romane, Tagebücher, Notizen, Mails. Bilder, u.a. von den (unaufgeräumten) Schreibtischen der Autorinnen.

**Neu 2017: GELD** *konkursbuch* 53**, 288 S., Hg. Sigrun Casper, viele Bilder, 15,50; ISBN 978-3-88769-253-7 Kurzgeschichten, Gedichte und Glossen umkreisen das Geld, lästern, lachen und beschweren sich, erzählen davon, was das Fehlen von Geld und das Haben von sehr viel Geld mit uns macht. Dazu Essays von Autoren und Autorinnen aus den Bereichen Ökonomie und Soziologie von unterschiedlichen Ansätzen her. *„Bei der Lektüre der vielen kleinen, hübschen Texte geht einem so manches durch den Kopf … Hervorzuheben ist auch, dass aus der Lektüre des Buches insgesamt ein nachdenkliches bis ironisch-kritisches Verhältnis gegenüber dem Geld resultiert, nicht aber ein anarchistischnegatives oder moralisierend-larmoyantes."* (Das Blättchen)

**Paket 1: KÖRPER**
*vier Ausgaben: Blut; Haare; Haut; Der erotische Blick, nur 35,–*

konkursbuch 33: **BLUT** „Aufregende Textsammlung, die sich für Tabus interessiert. Frauenerfahrungen in großer Vielfalt: witzig, gelehrt, überraschend, erotisch und manchmal eklig ... Lesen Sie selbst!" (Schlangenbrut).

konkursbuch 36: **HAARE.** Achselhaar, Schamhaar, Rasur, Haare und Sex, Haarbiografien. Haare in Japan, in Kunst, Religion, Geschichte. Fremde Haare im Kamm. Haare als Zeichen der Zeit.

konkursbuch 41: **HAUT** Passage zwischen innen und außen. Körperkontakt und erotische Annäherung, Lesbarkeit innerer Zustände auf der Haut. Verhüllung. Piercing, Tattoos.

konkursbuch 47: **Der erotische Blick** Entwicklungen im Umgang mit der Lust, im Blick auf Körper. Und Gespräche mit Verlagsautoren/innen und -künstler/innen über ihren persönlichen erotischen Blick. Viele Bilder.

**Paket 2: GEFÜHLE** *drei Ausgaben: Scham; Angst; Glück; nur 29,90*

konkursbuch 43: **Scham** In Kindheit, Pubertät, Alter. Beim Sex. Politische Scham. Scham in unterschiedlichen Kulturen.

konkursbuch 46: **Angst** Paranoia vor allem oder nichts; Momente der Todesangst; Angst vor dem Fremden, vor sich selbst. Politische Verfolgung. Beiträge v. Seyran Ates, Tanja Dückers, Tamar Kron, Kathrin Röggla, Antje Wagner, Maike Wetzel, Zaia Alexander u.v.a.

konkursbuch 50: **Glück & Sinn** Über Erinnerung, Rebellionen, Krisen und Glück. Gibt Glück Lebenssinn? Gehts auch ohne? Glück beim sich Verlieben, Sex, Essen, Spielen, Reisen, mit Haustieren und anderes. *Texte von Tina Stroheker, Yoko Tawada, Hans Dieter Bahr, Bernd Nitzschke, SAID, Silvia Szymanski, Norbert Tefelski u.v.a..*

**Paket 3: FAMILIE** vier Ausgaben: Familienbande Alter; Heimat; Außenseiter, nur 35,–

konkursbuch 48: **Familien-Bande** SBN 978-3-88769-248-3, 416 S., 16,80. Essays, Erfahrungsberichte, Bilder, Gespräche mit Menschen aus vielen unterschiedlichen Familienformen. „In der Gesamtheit entsteht ein Bild, wie es kaum je zuvor so wahrhaftig und umfassend gelungen ist. Ein Buch für alle, die ihre Familie – ganz gleichgültig, ob Herkunfts- oder Wahlfamilie – lieben und für all jene, die es gern lernen möchten." (Lesbenringinfo) „Ansprechend in Layout, brillant in der Sprache, ermutigend, aber auch herausfordernd." (Alexandriner)

konkursbuch 40: **Alter** „Jeder möchte alt werden, aber keiner möchte alt sein." (Oswalt Kolle) Von der anderen Seite des nach Jugend verrückten Zeitgeistes. „Eine erfreulich erfrischende Anthologie, die nicht im Jammertal des Alters hängen bleibt und herrlich ehrlich ist." (HR)

konkursbuch 49: **Heimat** Ein Gefühl? Ein Zustand? Mit bitterem Beigeschmack? AutorInnen und FotografInnen aus drei Generationen sind der Frage nachgegangen, wie viel Heimat im Zeitalter der Globalisierung noch in uns steckt.

konkursbuch 51: **Außenseiter** Kurzgeschichten, Essays, Bilder und Gedichte, Hg. Sigrun Casper, 288 S., 15,50; ISBN 978-3-88769-251-3. Über schwarze Schafe, bunte Hunde, Sonderlinge, Originale, Paradiesvögel, Obdachlose und ausgegrenzte Schüler.

**In Arbeit für 2018:** konkursbuch 54 **Lügen** (Hg. Sigrun Casper) und konkursbuch 55 **Bücher** (Hg. Florian Rogge) anlässlich des runden Verlagsgeburtstages: Anekdoten, Essays, Erfahrungen rund um Bücher und Büchermachen und die (nicht nur technischen) Veränderungen in den letzten 40 Jahren, mit Beiträgen von Verleger*innen, Buchhändler*innen, Autor*innen. Kurze Essays und Sachtexte zu diesen und weiteren Themen können Sie uns gerne mailen: office@konkursbuch.com

# FÜR LESELUSTIGE
## Verschiedenes rund um Frauen

Thriller, Liebesleben, Literarisch Reisen und die coole Zeit im Paket: zu günstigen Spezialpreisen.

**Thriller-Paket 1:** Kim Amber: Die Idiotenflüsterin – Regina Nössler: Auf engstem Raum – Tiefe Liebe ... **alle 3 nur 19,90**

**Thriller-Paket 2** Litt Leweir: Fegefeuer – Regina Nössler: Endlich daheim – Annette Berr: Die Stille nach dem Mord. Über 1000 Seiten Spannung, **alle 3 nur19,90. Großes Thrillerpaket auf S. 18**

**Liebesleben-Paket lesbisch** Regina Nössler: Dienstagsgefühle – Kerzenscheinphobie – Karin Rick: Chaosgirl – Ulrike Voss: Alicia – Anne Bax: Wirklich ungeheuer praktisch **5 Bücher nur 29,90**

**Liebesleben-Paket hetero** Claudia Wessel: Zu dritt – Affäre – Phoebe Müller: Die Beute – Gejagte – Susanne Schmidt: Sommer – Ana Rossetti: Treulos – Jette Miller: LOVER **7 Bücher nur 39,90**

**Schmöker-Paket literarisch Reisen 6 Bücher** Rabsch: Der gelbe Hund – Körke: verdammter Tag – Kim Young-ha: Schwarze Blume; Verein – Arozarena: Mararía – Sabas Martín: Nacaria. **Nur 39,90**

**Schmöker-Paket Die coole Zeit** (60er, 70er, 80er) Peter Butschkow: Rebecca, Roswitha und die wilden Siebziger – Salean Maiwald: Schwebebahn zum Mond – Regina Nössler: Wahrheit oder Pflicht – Sigrun Casper: Wortjongleur – Wolfgang Kirschner: Huch, das Leben! **Nur 45,-**

### RENÉE RAUCHALLES (Hg.) „Mir träumte meine Mutter wieder"
Hardcover, Großformat, viele Bilder, 19,90; ISBN 978-3-88769-700-6. Autorinnen und Autoren über ihre Mütter und biografische Texte. Fotos und Dokumente.

AutorInnen u.v.a.: Rose Ausländer, Paul Celan, Erich Kästner, Rainer Maria Rilke, Gertrud Kolmar, Else Lasker-Schüler, Friederike Mayröcker, Sylvia Plath, Nelly Sachs.

### MÜJDE KARACA Zinat-Reize
Großformat geb., ca.160 ganzseitige farbige Bilder mit Texten, 29,90; ISBN 978-3-88769-385-5. Porträts von Frauen aus unterschiedlichen Kulturen, je 3 Bilder. Die Gesichter verwandeln sich mit dem Abnehmen der Stoffe. Was ist Schönheit? Manche der Frauen zogen nur für die Fotos ein Kopftuch an, andere tragen es manchmal auch im Alltag. In kurzen Texten äußern sie sich: von der grundsätzlichen Ablehnung als Unterdrückungssymbol bis dahin, es gerne zu tragen. „Wichtig ist, selbst zu entscheiden." „Schöner, verblüffender und inspirierender Band!" (Stg.Ztg)

### WEIBS-BILDER
Hg. F. B. Keller, Katalogformat, 288 S., 24,90. Essays von Ethnologinnen, Psychologinnen, Ärztinnen aus unterschiedlichen Kontinenten über Weiblichkeitsmythen und Frauenrealität in verschiedenen Kulturen und ca. 200 Bilder

### MICHAEL HORBACH, Pari
176 S., Fadenheftung, Halbleinen, Format 30,6 x 24,6 cm, 49,90. Nur 500 Ex. Über 100 Porträts der Künstlerin Pari. Privates Buch eines Liebenden.

## Eine besondere Reise

**NEU 2018**
**BRIGITTE MARIA MAYER**
**Wohnort Gottes**

ca. 180 Seiten, 24 x 17 cm, gebunden, auf 1000 Exemplare limitierte, von der Fotografin signierte und nummerierte Ausgabe. Subskriptionspreis bis 31.3. 2018: 29,90;
ISBN 978-3-88769-500-2

Brigitte Maria Mayer setzt den alten Bibeltext mit Aufnahmen von heute ins Spiel; es wird das Land hinter dem Text und der Text hinter dem Land sichtbar. Afrika-Bildbände gibt es viele, Bibelbücher noch mehr. Die Kombination von Afrika, Bildband und Bibel findet sich selten; dies gilt umso mehr für Äthiopien; ein Land, das in der gegenwärtigen deutschen Literaturlandschaft (wenn überhaupt) fast nur in Zusammenhang mit den politischen Krisen der letzten vierzig Jahre vorkommt. Die Fotografin nimmt uns mit auf eine intensive Reise durch die Zeiten, in Landschaften und zu den Menschen, zeigt Würde, Schönheit und Archetypus. Auch erzählt sie eine zweite Geschichte. Brigitte Maria Mayer arbeitete in Äthiopien an einem Film über Jesus. Der Bildband endet damit, dass die Filmemacherin mehr oder minder aus dem Land gejagt wird. Wegen der Szene „Judaskuss" (im Buch ist das Foto enthalten) verhinderte die orthodoxe Kirche die Fertigstellung ihres Films. So erzählt sie auch von der Verfolgung homosexueller Menschen, die es noch immer in vielen Teilen der Welt gibt.

*Gruß Deinen Wimpern, die die Tränenflut auffingen, und Deinen Augen, die wie ein See voll von Wasser sind [...] Gruß deinen Lippen, die nie Böses sagten, und deinem Mund. Gruß, auch Deinen Zähnen [...] Gruß Deinem Unterarm, der das Haus der Reinheit ausgemessen hat, und Gruß auch Deinem Daumen [...] Gruß deinem Geist, rein von Sünde, und deinem Eingeweide, von Liebe zum Erlöser wie Feuer brennend [...] Aus dem äthiop. Marienmalk des heiligen Filmona, CSCO XXXVI 63*

*Brigitte Maria Mayer in Äthiopien*

## Literarisch Reisen KANARISCHE INSELN

### INES DIETRICH
**Geheimnisse der Insel La Palma.**
**Reiseführer durch 12 Monate**
*Klappenbr., Fadenhftg., 400 S., viele farbige Bilder, 16,90; ISBN 978-3-88769-796-9*
**2. Aufl.**
**3. erweiterte Aufl. 2018**

Durch die Jahreszeiten, jeder Monat ein Kapitel mit vielen Fotos. Vorgestellt werden Landschaften, Pflanzen, Tiere, Feste in der jeweiligen Jahreszeit, Wanderungen und Spaziergänge (viele davon nicht in den gängigen Wanderführern), Städte und Strände. Dazu Gartentipps und Rezepte von palmerischen Freunden der Autorin, bekannte und sehr spezielle Gerichte aus bestimmten Regionen, Geschichten über das Leben, wie es früher war. Man merkt dem Buch die Liebe der Autorin zur Insel an, es *„zieht beim Lesen von Jahreszeit zu Jahreszeit mit vielen Kleinigkeiten, die sonst in keinem Reiseführer zu finden sind"* (Simone Eigen)

**In Vorbereitung für 2018** *(ca. 200 S., ca. 12,-)*
**Pflanzen- und Tierführer**

**LA PALMA** 288 S., geb., 18,–. Viele teils historische Fotografien, Essays, Prosa, Lyrik, spanisch–deutsch. Geschichte der Frauen auf der Insel, des Theaters, von Orten, Wanderungen, Kultur, Festen, Natur. Der „Klassiker", ein Reiselesebuch über Theater, Frauen, Kultur und Natur der Insel, war zugleich der erste Reiseführer der Insel. Die in den ersten Auflagen enthaltenen beiliegenden Reiseinfos sind heute wirklich historisch. Viele Texte und Bilder sind heute noch aktuell, manche zeigen die Insel, wie sie vor mehr als 30 Jahren war. *„Das schönste Reisebuch aller Zeiten."* (tip) *„Natur, Leben und Kultur der Insel nicht so sehr beschrieben als vielmehr nahegebracht."* (ekz)

### SILVIA VOLCKMANN
**Lanzarote-ABC**
**Die Zeit ist schwer zu erzählen auf der Insel.**
*Ein literarischer Reiseführer. Klappenbr., Fadenhft., viele Bilder, 320 S., 14,90; ISBN 978-3-88769-770-9.*
**3. Aufl.** Orte, Menschen, Mythen und Realität Lanzarotes aus dem vielschichtigen Blick der Literatur. Mit vielen Übersetzungen von Ausschnitten zeitgenössischer und historischer Literatur, historischen Fotos und Hintergrundinformationen. Eine Fundgrube für Lanzarotekenner und neue Gäste.

**Postkartenbücher**
je 62 historische Postkarten, heraustrennbar. Texte über Postkarten & Reiselust. 1: Teneriffa 2. Gran Canaria, *je 9,90*.
Kleinere Inseln in Vorbereitung
**NEU 2018**: Endlich der lange angekündigte **Wandkalender** La Palma mit historischen colorierten Fotos, *ca 15,–*. für 2019.
Und immerwährender Wandkaleder zu den Kanarischen Inseln mit hist. Bildern, ca 19,90, A3.

**CANARIAS Kanarisches Lesebuch** *zweisprachig/bilingüe, 512 S., ca. 300 Bilder, geb., 24,–; ISBN 978-3-88769-338-1.* Kanarische und reisende Autor*innen und Künstler*innen von allen Inseln formulieren in Bildern und Texten (Kurzgeschichten, Sachtexte, Tagebuchnotizen, Gedichte) *„eine gedruckte Liebeserklärung an die Inseln im Wind!"* (Die Zeit). Dazu historische Fundstücke. Das Buch lässt sich auch als Reiseführer nutzen, zu den versteckteren unbekannteren Ecken und zu den geheimen Geschichten bekannter Orte.

*„Für alle ist etwas dabei: Naturliebhaber, Literaturbegeiterte, an neuen Orten Interessierte …"* (Hispanorama)

## Übersetzungen kanarischer Autoren

**Neu 2016, 2. Auflage 2017:
MARÍA GUTIERREZ
Ein Zittern entwaffnet mich**
*Chilajitos/Miniaturgeschichten
12,90; ISBN 978-3-88769-576-7
Übersetzt von Barbara Krüger
de Quevedo, zweisprachige
Ausgabe. Mit historischen Fotos.*
Momentaufnahmen: Teneriffa seit den 50ern und früher, Kindheit, Geschichten, die die Vorfahren erzählten, Rebellion, Begegnungen, Liebe und Tod, Tragöden und Komödien, kleine Liebeserklärungen an Frauen – und an die Landschaft in Teneriffa.

**Neu 2017 VÍCTOR ÁLAMO
DE LAS ROSA Nicht weit von Atlantis**
*224 S.,12,90; übersetzt von
Gerta Neuroth.* Die Zeit Francos. Ein Segelschiff aus Marokko treibt im aufgewühlten Meer vor El Hierro. Auf dem Schiff Flüchtlinge und eine schreckliche Krankheit. Der Versuch, sie ins Krankenhaus der größeren Insel zu befördern, wird mit Gewalt unterbunden. Angst vor Ansteckung. Der Ich-Erzähler, auch ein Gestrandeter, bekommt von der Inselverwaltung den Auftrag, sich um die „Aussätzigen" zu kümmern, aus Geldnot macht er mit – und verliebt sich in eine der Frauen. Eine dramatisch schöne und tragische Geschichte, aus dem Gefängnis in Rückblenden erzählt.

**Caprichos de mar /
Meereslaunen** *gebunden,
viele farbige Bilder, 288 S.,
zweisprachig,15,50; ISBN 978-3-88769-768-6. Hg.u.Übers.: Gerta Neuroth. Erzählungen, Gedichte, Bilder.* Gefährliche Überfahrten; ein Traumschiff; Stürme; die Kindheit am Großstadtstrand; der Zauber der Muschel. Romantik und Schrecken.

**Großes Kanaren Paket** 12 Bücher: Sylvia Volckmann: Lanzarote – Canarias – Inés Dietrich: Reiseführer La Palma – La Palma Lesebuch – Meereslaunen – Körke: Paradies – Rabsch: Der gelbe Hund; Tazacorte (Bücher von Rabsch S. 20) – Rafael Arozarena: Mararía – Sabas Martín: Nacaria – zwei Postkartenbücher: **nur 99,–**

**SABAS MARTÍN**
*übersetzt von Gerta Neuroth*
**Klippe** *Roman, 172 S., 12,–;
ISBN 978-3-88769-554-5*
Ein unterseeischer Vulkanausbruch treibt einen Lavafels in die Höhe. Mit seinem Whalewatching-Boot zufällig zu diesem Zeitpunkt dort unterwegs, wird der Touristenführer samt Boot in die Höhe katapultiert. Er hängt fest auf der unheimlichen vulkanischen Klippe, die See kocht, der Fels ist von giftigen Dämpfen umgeben. Um nicht wahnsinnig zu werden, redet er mit sich selbst, versucht, sich in Erinnerungen zu retten. Sein Boot droht, ins Meer abzurutschen –

**Nacaria** *geb., 192 S., mit einigen farbigen Bildern,12,90; ISBN 978-3-88769-379-4*
Ein Emigrant bringt Opuntien auf die Insel. Sein Traum: Reichtum zu schaffen durch den roten Farbstoff, der sich aus der Cochenille-Laus auf diesen Kakteen gewinnen lässt. Er hat Erfolg – doch dann kommt der künstliche Farbstoff.

**Die Schritte kommen näher**
*geb., einige Bilder 12,–;
ISBN 978-3-88769-760-0*
Nach dem Tod seiner Mutter kehrt er in das einsame Haus zurück. Warum hat man ihn als Kind fortgeschickt? Was ist in den Sommern furchtbarer Trockenheit passiert? *„Ein poetisches, sprachlich wie inhaltlich sehr dichtes Buch."* (ekz)

**Flut** *geb., einige Bilder, 288 S., 14,90; ISBN 978-3-88769-759-4.* Ein Fischer, seine Frau, eine große Liebe, Sehnsucht nach einem Kind. Ein Mann, der die Geheimnisse der Insel aufbewahren möchte. Eine Frau, die nichts sieht. – Und die Flut spült Ungeheuerliches an.

*„Mit knappen Bildern und minimalen Dialogen bauen sich kolossale Szenarien auf, die man nicht so schnell vergisst."* (Rhein. Post)

**Nacaria-Trilogie:** 3 Romane über Mythen, Geschichte der Inseln, Familien-Tragödien und die Landschaft. 29,90

## Übersetzungen kanarischer Autoren

### RAFAEL AROZARENA
**Mararía**
Roman, Klappenbroschur, 256 S., 12,–; ISBN 978-3-88769-382-4, **3. Aufl.**
Das Titelbild hat der Autor kurz vor seinem Tod für uns gemalt. Der Kultroman der kanarischen Inseln. Wind, Feuer und Sonne, die archaische Vulkanlandschaft Lanzarotes, ein einsames Dorf. (Der Autor arbeitete in den 1940er-Jahren in diesem Dorf, in das nur einmal die Lastwagen fuhren.) Mararía lebt dort. Eine schöne eigenwillige Frau. Sie möchte leben, wie es ihr gefällt. Ein Affront!

**Der Rabe von Samarine**
(zus. mit **Isaac de Vega**)
Insel-Erzählungen, 192 S., 12,–; ISBN 978-3-88769-779-2
Atemberaubende Schönheit von Landschaft und Meer, Einsamkeit, das Ausgeliefertsein an die Natur und an grausame Regeln einer Gesellschaft. Die Menschen sind Prototypen der Insellandschaft: der alte Fischer, der Kneipenwirt, die Reisende, die ein letztes Mal den verlassenen Ort am Strand kommt. Latent ist oft Bedrohung spürbar, die sich wie eine Wand zwischen die Menschen schiebt. *Beide Bücher übersetzt und mit Vorwort von Gerta Neuroth.*

### EVA PAULA PICK
**Lapidosa** Umschlag und farbige Illustrationen: Sigrid Braun-Umbach, 96 S., 12,–; ISBN 978-3-88769-786-0,
Lautgedichte und Geschichten aus Lanzarote, von Einheimischen, Zugezogenen, Abreisenden und Vorbeisegelnden.

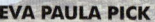

### LA PALMA KRIMIS
**Regina Nössler**
Wanderurlaub (S. 17)
**Harald Braem**
Der Libellenmann (S. 20)
**Udo Rabsch**
Tazacorte, Gelber Hund, Kaiman links (S. 20)

## Reisende Autoren

### HARALD KÖRKE
**Noch ein verdammter Tag im Paradies** 256 S., Klappenbr., mit Abbildungen, 12,90. Einer unserer Bestseller. **Neuausgabe.** Es gab 8 Auflagen der Hardcoverausgabe. Geschichten über Menschen, die mit dem Traum vom Paradies ausgewandert sind. Die Realität ist immer anders. Ähnlichkeiten mit La Palma sind rein zufällig. „Witzige literarisch exzellent geschriebene Kurzgeschichten. Harald Körke macht uns immer wieder klar, dass auch wir es sein könnten, die den Trip ins authentische wahre Leben wagten." (Die Zeit)

**Lust und Liebe auf Papaya**
geb., Illustrationen, 12,90
Neue Aussteigergeschichten.
„Ein liebevoller und amüsierter Beobachter, der in der Komik immer das Schreckliche ahnt und umgekehrt." (DLF)

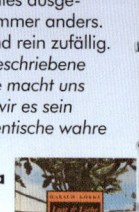

**Beutels Fiesta** Roman, geb., 12,90. Die Geschichte eines katastrophalen Hausbaus. „Charaktere, die aus einem fröhlichen Albtraum stammen könnten." (Brigitte)

**Austernbucht** Roman, geb., **nur 6,95.**
Fünf Frauen auf einer Insel. Ähnlichkeiten mit Lanzarote sind rein zufällig. Sie haben sich unter den jungen Fischern Liebhaber gesucht, doch deren Sextechniken sind frustrierend. Bis Babilon kommt, ein Mann in ihrem Alter. Er errichtet eine Liebesschule für männliche Sexobjekte. Doch leider erweisen sich seine Schüler als äußerst ungeschickt.

**Sprache des Steins**
**nur 6,95.** Geschichten über Urlaubsflirts.

**Die Kräuter des langen Lebens**
Klappenbroschur, viele Bilder, überarbeitete **Neuausgabe.** 8,–; ISBN 978-3-88769-064-9. Interviews mit alten Menschen aus La Palma. Sie sprechen auch von Heilkräutern. Dazu ein Kräuterlexikon mit Anwendungen, Texte über Ernährung etc.

**KÖRKE-PAKET:** Alle 6 Bücher: nur 39,90.

# KOREA

## KIM YOUNG-HA
**Ein seltsamer Verein** *Übersetzt von Hoo Nam Seelmann, Rudolf Bussmann, 288 S., Klappenbr., 10,90; ISBN 978-3-88769-776-1.* 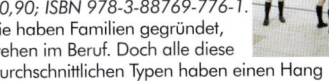 Sie haben Familien gegründet, stehen im Beruf. Doch alle diese durchschnittlichen Typen haben einen Hang zu obsessiven Leidenschaften. 10 Kurzthriller erzählen atmosphärisch dicht von einem Land krasser Gegensätze und schrägen Figuren.

**Schwarze Blume** *Historischer Roman, übersetzt von Hanju Yang und Heiner Feldhoff, mit einigen Bildern, 448 S., Klappenbr., 12,90; ISBN 978-3-88769-758-7.*  1904. Korea vor der Annexion. Ein Schiff voller Auswanderer. Auch der Straßenjunge Ijong ist unter ihnen. Auf dem Schiff Enge und Bedrängnis. Yonsu, in einer adligen Familie behütet aufgewachsen, findet sich plötzlich eingepfercht und gierigen Blicken ausgesetzt. Doch als sie Ijong begegnet, schlägt sie ihre Augen nicht nieder ... Eine Liebesgeschichte beginnt. Endlich in Mexiko angekommen, wird ihr Traum von Freiheit schnell zerschlagen, sie werden getrennt und auf Plantagen versklavt. Bis sie sich zu wehren beginnen. „*Ein sehr gut erzählter Schmöker, in den man gerne eintaucht.*" (SWR)

**Der Sterbehelfer**
*Übersetzt von Hoo Naam Seelmann, Rudolf Bussmann, Klappenbr.,9,90; ISBN 978-3-88659-789-1.* Seyon ist verwöhnt und gelangweilt. Nicht einmal dem Sex kann sie mehr große Lust abgewinnen. Der Erzähler, der uns Seyons Geschichte berichtet hat sich darauf spezialisiert, lebensmüden Menschen den Selbstmord zu arrangieren. Danach werden sie zu Protagonisten seiner Geschichten. Eines Tages begegnet dem Sterbehelfer eine besondere Frau. Die beiden beginnen ein verhängnisvolles Spiel zwischen Kunst und Realität. „*Rasant, urban und aufwühlend.*" (Süddeutsche)

**KIM YOUNG-HA-PAKET:** *3 Bücher, nur 24,90. ISBN 978-3-88769-790-7*

## AN SU-KIL (1911–1977)
**Neu 2018: Buk Gan Go**
*Roman, ca. 600 S., ca.18,–. Übersetzt von An In-Kil und Florian Rogge.* Über vier Generationen hinweg erzählt der bekannteste Roman des Autors die Migrationsgeschichte einer Familie in der chinesisch-koreanischen Grenzregion Buk Gan Do. Dabei entsteht zugleich ein hintergründiges Porträt der wechselvollen koreanischen Geschichte zwischen 1870 und 1945; vom Niedergang der Choson-Dynastie bis zum Ende der japanischen Kolonialherrschaft. Eine literarische Verdichtung individueller Lebensläufe und weltgeschichtlicher Entwicklungslinien.

**Die Brücke über den Son Zong Gang**
*Roman, übersetzt von Alissa Walser und An In-Kil, 288 S.,12,–; ISBN 978-3-88769-386-2.* Die Geschichte von Yun Won Gu. Zu Beginn ist er vier Jahre alt und geht an der Hand der Großmutter zur Brücke, sie bitten den Gott der Brücke um ein sorgenfreies Jahr. Geprägt ist seine Kindheit von Flucht und Rückkehr. Auch die Geschichte einer Landschaft in Nordkorea, in der der Autor aufgewachsen ist. Als Erwachsenem war es ihm nie mehr möglich, dorthin zu reisen.

**Eine unmögliche Liebe**
*Erzählungen, aus dem Koreanischen von Alissa Walser und An In-Kil, 10,–.* Zarte Liebesgeschichten aus einem geteilten Land.

## NEU 2017: CHEON WOON-YOUNG
**Ihre Art des Weinens** *Erzählungen, 256 S., 12,90; ISBN 978-3-88769-813-3.* Unbekanntes und Unheimliches brechen in den Alltag ein. Die Geschichten spielen im modernen Südkorea, in Städten und auf dem Land. Jede Erzählung birgt ungeahnte Überraschungen und liest sich wie ein Roman.  In der Titelgeschichte lernt eine junge Frau erst in dem Moment zu lieben, in dem sie weinen kann; in einer anderen Geschichte geht es um eine Literaturprofessorin und eine provozierende Studentin, die sich in einem Roman verlieren; ein Mann möchte im Sumpf versinken und wird von eigenartigen Frauen gerettet; zwei Mädchen im Kleiderschrank ...

# JAPAN-Lesebücher

„Die Japan-Lesebücher gehören zum Gründlichsten, Kenntnisreichsten und Kurzweiligsten, was es bei uns zu diesem Thema gibt." (FR)
**Essays, Informationen, Erzählungen, Lyrik, Bilder.**

Hg. Peter Pörtner:
**Japan, ein Lesebuch**
320 S., 12,90. Zen, Technologie, das Schweigen, Theater, Jazz, die Deutschen aus der Sicht japanischer Germanistikstudentinnen u.v.a.,

**Japan-Lesebuch II**
400 S., 12,90. Postmoderne, Stimmen der Meister, Psyche, Geld u.v.a.

**Japan-Lesebuch III**, 384 S., 15,50. „Intelli": Künstler, Filmemacher, Comiczeichner, teils farb. Bilder. (Hg. Steffi Richter)

**Weitere Japan-Titel** nur noch in kleinen Restauflagen lieferbar:
**Japan – Eine andere Moderne** Essays. 10,–. Alter, Kindheit, Frauenleben, Freizeit: Moderne ohne „Individualität"

**Wohlgehütete Pfirsiche oder Über die Traurigkeit** Erzählungen, geb., mit Illustrationen, 10,–. „Cool distanziert, lakonisch, hintergründig-verschmitzter japanischer Witz." (Süddeutsche Zeitung)

**Verführerischer Adlerfarn.**
**Das literarische Japan-Lesebuch**
400 S. Erstübersetzungen, **nur 7,95.**
Erzählungen von jungen japanischen AutorInnen: Kara Juro, Sata Ineko, Inoue Hisashi u.v.a. über Boxer, Ohren, Restaurants, Sexpuppen …

**Nach Japan. Reisebuch**
296 S., mit viele farbigen Fotos, Aquarellen und Grafiken. 16,80; ISBN 978-3-88769-349-7. Konfrontation von „Klischees" und „Realitäten". AutorInnen erzählen von ihren Reisen nach Japan. Texte und Bilder u.v.a. von: Marcel Beyer, F.C. Delius, Doris Dörrie, Durs Grünbein, Alban Nikolai Herbst, Magdalena Kauz, Adolf Muschg, Kenzaburô Ôe, Christian Rothmann, Sabine Scholl, Margit Schreiner, Yoko Tawada.

**Japan-Lesebuch IV J-CULTURE**
384 S., Fadenheftung, Essays, Gespräche und Bilder, 16,80;
ISBN 978-3-8769-372-5.
Hintergründige Einblicke in J-Pop, Manga-Kultur, J-Literatur, J-Moden (Gothic-Style) in Japan und außerhalb. Viele Zeichnungen junger Manga-ZeichnerInnen und Gespräche über ihre Japan-Vorstellungen.

**Neuauflage: Mori Ogai Deutschlandtagebuch 1884–1888**
geb., 320 S., 15,50.
Tagebuch des berühmten japanischen Arztes und Schriftstellers, mit vielen historischen Fotos.

**JAPAN-LESEBÜCHER-PAKET:**
Lesebücher I-IV, Reisebuch, Nach Japan, Literarisches Lesebuch **6 Bücher nur 49,90.**

## Und hier noch ein Ausflug nach Mallorca

**Michael HORBACH,**
**Mallorca Feste** · Fiestas · Festes Fotobuch, 224 S., gebunden, Format 31,4 x 26,8 cm, Euro 29,90; ISBN 978-3-88769-799-0. Fotobuch über die Feste auf der beliebten Urlaubsinsel. Mit einem Essay über „Kunst und Fest" von Miquel Frontera Serra und Hintergrundinformationen zu den einzelnen Festen.

**EROTISCHE FOTOGRAFIE, KUNST, COMIC**   **Neu 2017 Thomas Karsten**

**THOMAS KARSTEN**
**Marina Anna Eich**
**black white and naked.**
*Hg. Thomas Vogel, maximal 500 Exemplare, signiert und nummeriert, ca. 360 Seiten, Format ca. 32 x 21 cm, 73,- (68,- zzgl. Versand)*

Schauspielerin Marina Anna Eich hat sich viele Jahre lang ohne Tabus, lustvoll nackt, beim Sex mit sich und in alltäglichen erotischen Situationen von Thomas Karsten fotografieren lassen. Nach dem auf 1000 Exemplare limitierten Buch „Marina Anna Eich" mit farbigen Aufnahmen ihrer offenen Bilder erscheint jetzt ein umfangreicher Band mit Schwarzweißaufnahmen, frech, romantisch, poetisch, sexuell.

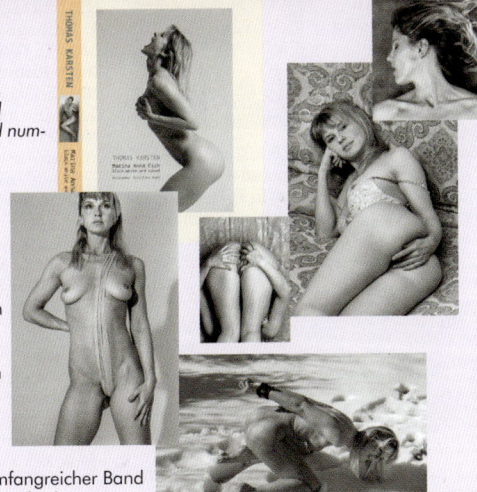

**… und schön bin ich doch**
*Hg. Fritz Franz Vogel, limitierte Auflage von 500 Exemplaren, 73,-, (inkl. Versand), 31 x 21 cm, gebunden, 288 Seiten, signiert und nummeriert.*
Die ersten Arbeiten von Thomas Karsten. Ca. 200 Akt-Porträts (fast alle schwarzweiß, Frauen, manche von Männern und Paaren), sowie Interviews mit den Porträtierten und Sachtexte über Fotografie und Körper. Die Fotos entstanden großteils noch in der DDR.

## Neu 2017 und 2018 agafia, Laura Méritt, Eric d'Ange

**NEU 2017/18
meeting agafia**
*Format ca. 30 x 30 cm, 189,–.
Bibliophil gestaltete, handgebundene kleine Auflage für Sammler_innen expliziter Buch- und Bildkunst. Das Buch wird japanisch geheftet und in eine harte Mappe eingebunden. Es enthält zusätzlich einen von agafia signierten Pigmentprint (das Bild ist nicht im Buch), Vorbesteller erhalten 3 signierte Prints, die nicht im Buch enthalten sind. Die fotografische Reise einer jungen Frau und von zweien, die sich lieben. Sie macht Sex mit sich selbst auf Feldern und mit dem Geliebten vor Spiegeln, Kräuter und Gegenstände* kommen auch vor. Poetische, witzige, zart erotische und überaus deutliche Bilder (die hier gedruckten Beispiele gehören zu den zarten), einige Bilder finden Sie auch in „Mein heimliches Auge" XXXI und XXXII.

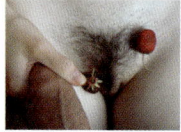

**In Vorbereitung:
Eric d'Ange: LOVERS** *ca. 200 S., ca. 39,90.* Sehr offene Fotos von authentischen Liebespaaren beim Sex. Manche auch mit sich selbst. Vorwort Ann-Marlene Henning, mit einigen Paaren Interviews.

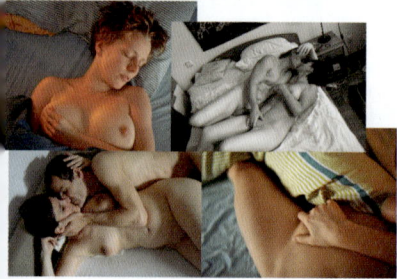

**NEU 2016,
2. Auflage 2017
DANIEL TWARDOWSKI
Dark Planet**
*200 Variationen zu Courbets Ursprung der Welt. 216 S, 22,5 x 22,5 cm, geb., 29,90; ISBN 978-3-88769-673-3.*
Die Fotos entstanden von den frühen 80er-Jahren an bis heute. Dazu ein kulturhistorischer Essay über die Geschichte des Gemäldes und des Themas Vulva mit vielen historischen Bildbeispielen. Zwischen die Bilder eingestreut sind Zitate von der Antike an.

*„Ich sage ‚Flügel' ... Berührt man sie oder betrachtet man sie, so spürt man und sieht, wie sie sich von selbst erregen und bewegen."* (Brantôme, um 1584)

**Neu 2018
LAURA MÉRITT
Clitoral Rising**
*ca 180 S., Softcover, ca. 24,90.*
Seit 2007 veranstaltet die Berliner Sexpertin den „Mösenmonat März", mit Programm rund um das weibliche Potenzzentrum – und hat seitdem Fotografien und Kunst zum Thema Vulva und Klitoris von Frauen aus vielen verschiedenen Ländern gesammelt. Seit 2009 läuft außerdem das „Million Pussy Project": Pussy Porträts von Polly Fannlaf und ein Fragebogen zur Vielfalt der Vulven (gegen Schönheits-Ops und -normen). In diesem Buch versammelt sind ca. 150 Bilder, sowie eine Auswahl der ausgefüllten Fragebögen und Vulva-Porträts, Gesprächsmitschriften und aufklärende Sachtexte und Aktionen aus unterschiedlichen Gegenden der Welt.

**Lieferbar, alphabetisch**

### CLAUDE ALEXANDRE
**immer noch geplant: Gewalt und Zärtlichkeit II** erscheint bei 100 Vorbestellungen, ca. 24,90. Unveröffentliche Bilder und eine Auswahl aus dem vergriffenen ersten Band. Hingabe und SM. Zart und hart. Dokumentarische Fotos, keine Modelle, keine Inszenierungen. „Niemand ist gezwungen, sich auf dieses Buch einzulassen. Wer es riskiert, den belohnt eine außerordentliche visuelle Erfahrung." (JW) „Eines der schönsten Fotobücher seit Langem" (Schlagzeilen)

**CORPS OBSCUR** Fadenhft. frz. Br., 160 S., 19,90. Regressive Ekstasen durch Fesselung, Einwickelung. „Mystik und Ästhetik. Frauen und Männer auf den Bildern sind hingebungsvolle und stolze Opfer." (BW)

**Das Lächeln der Katze** Erotische Fotos, Fadenhft., 120 S., **nur 7,95.** Menschen in den unterschiedlichsten erotischen Situationen. Die Katzen tauchen beiläufig auf.

„Du bist das dritte Auge. Du hast mein Leben begleitet." (C. Alexandre, aus einem der Texte im Buch, ihrem Kater gewidmet)

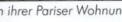
in ihrer Pariser Wohnung

**Mario A. Ma poupée japonaise** Texte japanisch-deutsch, Großformat, geb., 39,90. Tag-Traum einer japanischen Puppen-Frau.

**F the Geisha** 60 Fotos, geb., Texte, jap.–dt., 15,50. Bilder einer Punk-Geisha-Performance.

### KRISTA BEINSTEIN
**2016: Sinfonie des Lebens** 200 S., 29,90; ISBN 978-3-88769-840-9
Neue romantische, harte und bizarre Fotogeschichten sowie Bilder aus ihren ersten vergriffenen Büchern. Gespräch über Sex. Limitierte Auflage anlässlich ihrer Jubiläumsausstellung. Noch wenige Ex. vorhanden.

**Grace of Desire** geb., Großformat, 144 S., nur 12,95. Schwarzweiße Bilder, klassische Aktfotos, „stolze Körper, gemeißelte Skulpturen, Paare, sehnsuchtsvoll und authentisch."

**Gewaltige Obsessionen** 160 S., 24 x 16,5 cm, 12,95. Sexuelle Abenteuer in Sümpfen, Tunneln, Häfen. Tabulose Bilder weiblicher Lust.

**Rituale der Begierde** 160 S., 24 x 16,5 cm, 19,90. Zarte Liebe in indischen Traumlandschaften, Lesben-Sex am Hamburger Hafen und extreme Inszenierungen (manche mit „Tier-Fleisch" als Lustsymbol.) Nur noch wenige Ex.

**Theater der Ekstase** geb., 160 S., 25 x 21,5 cm, 19,90. Special Feeling, Die Marquise de Sade, Sex anonym, Obscur, Visions of Oshun. Immer vergnügen sich Frauen aus ‚Fleisch und Blut', keine geschönten Körper, so, dass man ihnen ihre Lust abnimmt." (Schlagzeilen)

**Kabinett Vagina Dentata** Duoton, geb., nur 19,90, Starke Frauen in Fetischinszenierungen.

**Klitoride Extravaganz**, geb.,128 S., ca 120 Fotos, nur 12,95. Lesbische Fetischinszenierungen. Frauen in ihren intimsten unzensierten Fantasien. „Hier finden sich keine ‚Gefälligkeiten', keine glatten Fetischfotos, sondern Lust. Vervielfältigte Körperlichkeit." (Schlagzeilen)

aus Klitoride Extravaganz

**Pascal und Isaac** geb., 27 x 21,5 cm, 160 S. Nur 12,95. Lesbischer Sex mit schwulen Männern. Mit Interviews und Essay. „Kerle beim Bondage, pralle Leder- und Stiefelfetischisten, Klappencruiser, transsexuelle Phallus-Schwestern. Fantastisches Sex-Märchenbuch." (Adam)

**BEINSTEIN-PAKET:** Grace of Desire, Klitoride, Kabinett Vagina, Theater der Ekstase, Pascal & Isaac: **5 gebundene Bücher nur 49,90.** aus „Sinfonie des Lebens" (Schwule Ladys, Original 1985)

### NEU 2017 : COLLEEN COOVER
**Small Favors, Bd. 1 und Bd. 2** zusammen. Alle erschienenen 7 Hefte + zusätzlich ein 8. Heft und andere Extras in Farbe nur in der deutschen Ausgabe; Übersetzung u. Hg. Uli Meyer, 250 S., 15,50; ISBN 978-3-88769-325-1. „Girlie"-Sex-Comics. Enthält auch ein Gespräch mit der Zeichnerin Colleen Coover. Annie masturbiert zu viel, hat ein schlechtes Gewissen. Die winzige Nibbil soll aufpassen, dass sie es nicht tut – doch stattdessen machen die beiden ununterbrochen Sex. Im zweiten Band träumt Sage von Mädchen – und begegnet Annie und Nibbil. „Unverkrampfter Umgang mit lesbischem Sex, besticht mit vielen süßen Ideen." (L-Mag)

### ALEXANDRE DUPOUY
**SCÈNES ORIENTALES,** geb., Fadenhft., 24 x 21 cm, ca. 150 handcolorierte Fotografien, Text von Stéphan Lévy Kuentz. 29,90; **3. Aufl.** Berauschte Sinnlichkeit und fröhliche Szenen wie: „Nichts kann einen blasierten Sultan zerstreuen" – „Einen Vollmond einfangen ist ein Versprechen von Wonnen" – „Honigmonde sind süßer als Gazellenhörner".

„Es gibt keine schönere Art, die Nacht zu beginnen, als mit diesen erotischen Szenen aus 1001 Nacht." (Lespress)

**SCÈNES LIBERTINES** ca. 160 colorierte Fotografien, 144 S., 24 x 21,5 cm, gb. Fadenhft. Texte über das Zeitalter der Libertinage von G. Bergfleth und Ausschnitte aus erotischen Romanen der Zeit, 29,90. Libertinage und Leidenschaft.

„Der Fotograf nimmt uns mit auf eine Reise zur Epoche der Masken, Kostüme und Perücken, dahin, wo ein flüchtiger Blick auf entblößte Haut Faszination und Verzückung hat hervorrufen können." (Fine Art Foto)

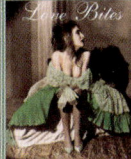

**Scénès d'interieur,** geb., Fadenhft., 24 x 21 cm, ca. 120 handcolorierte Fotos, Texte von Gilles Berquet, Phoebe Müller und Jocelyne Dupouy.

Plakatmotiv

**POSTKARTEN:** 16 Motive, 7,50
**PLAKAT:** A 2: 3,- ; A 1: 5,- zzgl. Versand
**DUPOUY-PAKET:** Oriental & libertines: 49,- (alle 3, sobald wieder lieferbar, 69,-)

29,90. Neuauflage bei 100 Vorbestellungen. „Kommen wir gleich zur Sache: A. Dupouys ‚Scènes d'intérieur' sind das erotischste und amüsanteste Fotobuch des Jahres." (zitty)

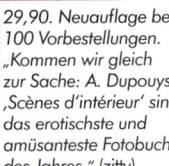

**CLAIRE GAROUTTE**
**Matter of Trust / Sache des Vertrauens** ca. 120 Fotos, Texte engl.–dt., 19,90.
**Neuausgabe in Vorb. für 2017** (als E-Book bereits erhältlich). Intensive Fotos und Gespräche mit Frauen einer lesbischen SM-Community.

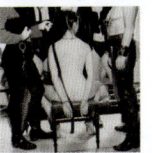

„Es geht um mehr als Sex, um ein soziales Miteinander, dessen elementarste Kräfte Vertrauen und Ehrlichkeit sind." „Weit entfernt von üblichen Fetisch- und SM-Fotos, zugleich professionell fotografiert und von einer anrührenden Authentizität … ‚Richtige Menschen' reden fundiert und ehrlich über sich und ihre Lust auf Piercing und Cutting, über ihre Erfahrungen als Top, Bottom oder Switcherin …" (Schlagzeilen)

**RINALDO HOPF**
**Trickster**
192 Seiten, Großformat, 31,5 x 24,5 cm, 29,90. „Trickster": Zauberer, Halunken, widerständige Figuren werden auf Rinaldo Hopfs Aquarellen, Gemälden und Plakatübermalungen lebendig: Golden Queers – Einzelkämpfer wie die Geschwister Scholl oder Herschl Grynspan – Karma: lebensgroße Gemälde von Freund*innen – Farbenfrohe Reiseaquarelle: Around the world in a good mood – Auroville-Porträts u.a.

**Fotobücher: Subversiv**
ca 125 Farbfotos, Großformat, 19,90. Texte u.a. von Ralf König. Erotische Porträts aus der internationalen Kunst- und Queerszene.
**Amore**, nur 10,–. Fotos von Fox, dem Geliebten. Sex, Stärke und Verletzlichkeit.

**HOPF-PAKET:** alle 3 Bücher: **39,90**.

**THOMAS KARSTEN**
**Skin to Skin**
Auf 1000 Exemplare limitierte, nummerierte und signierte Ausgabe. Es sind noch wenige Exemplare vorhanden. 216 S., gebunden, amerik. Schutzumschlag. 49,90; ISBN 978-3-88769-571-2. Lesbische Paare, Freundinnen und zwei Heteropaare streicheln sich, kuscheln, haben Sex – und Spaß daran, fotografiert zu werden.

**A Look At Myself**
224 S., geb., amerik. Schutzumschlag, Großformat 32 x 24 cm, 39,90; ISBN 978-3-88769-365-7. Frauen und einige lesbische Paare aus vielen Teilen der Welt zeigen unverblümt ihre Lust in vergnügten farbigen Bildern. „Niemals wirken die lustvollen Posen auf seinen Bildern gestellt, die Frauen strotzen vor Persönlichkeit und positiver Lebensenergie. Was für ein wunderbarer Bildband!" (erotic-lounge)

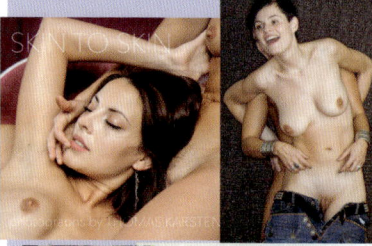

**Marina Anna Eich**
Die auf 1000 Exemplare limitierte, nummerierte und signierte Ausgabe mit erotischen Fotos der Schauspielerin ist vergriffen.

## Heat

240 S., 25,2 x 19 cm, farbig, und Duplex, geb., Fadenheftung, amerikanischer Schutzumschlag, 29,90; ISBN 978-3-88769-378-7.

Bianca, sie lebt in Madrid, entdeckte die Bücher von Thomas, wollte unbedingt von ihm fotografiert werden und schickte eine E-Mail. Entstanden sind wilde vergnügte Bilder. Draußen, drinnen, im Wald, am Meer, auf Hausdächern. Mit Freundinnen. Im Buch ein ausführliches Gespräch mit ihr. „Vertrauen, Wonne und die Freiheit, so zu sein, wie man ist ..."

## Days of Intimacy

geb., edles Papier, Schutzumschlag, 26 x 21 cm, 160 S., ca. 170 Fotos Duoton, 29,90; **2. Aufl.**
Eine kurze gemeinsame Zeit. Tage, die immer intimer werden. Das erste Buch, das Thomas Karsten einer einzigen Frau gewidmet hat.

„Ein Blick in ihr Gesicht genügt, um zu sehen: hier geht es um mehr: Liebe, Leidenschaft, Hingabe an das Objektiv – und den Mann dahinter. (...) Ein erotischer Rausch auf Zelluloid – fast wie aus einem Roman von Henry Miller." (penthouse)

**KARSTEN-PAKET** je eine Frau: „Heat", „Days of intimacy", „She": **nur 89,–.**

## She

240 S., 19 x 24 cm, edles Papier, geb., Triplex, Sonderfarbe, 39,90. Karstens zweites Buch über eine Frau. Fotografien von Sarah und Freundinnen. Und eine Liebesgeschichte zwischen Fotograf und Modell, vier Jahre lang, erzählt in Gesprächen und Bildern.

## Nude Photographs

*Twenty Six Years*, 160 S., Triplex und Sonderfarbe, Format 24 x 28 cm, Fadenhft., Klappen, 24,90. 26 Jahre Aktfotos. Frauen, einige Paare und Familien, chronologisch seit 1979, beginnend mit ersten Arbeiten Karstens. Manche Frauen tauchen immer wieder auf, andere nur einmal, man spürt die Zeit. Und einen Zauber jenseits der Zeit.

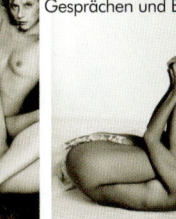

**Women Only** 288 S., Duoton und Lack, Format 30 x 24, geb., Schutzumschlag, 49,90. Vorwort von Prof. Peter Weiermair, erotische Geschichte von Paulina Schulz. Frauen, alleine, zu zweit, in Gruppen, bei der Selbstbefriedigung ... Karstens umfangreichstes, frechstes Buch. Ein Tipp, machen Sie bei seinen Büchern auch mal den Schutzumschlag ab!

Von seinen ersten Büchern sind nur noch wenige Ex. vorhanden.

**Lust an sich** 31 x 24, geb., ca.150 Fotografien, Duoton u. Farbe, Texte: Jutta Ana Dobler, Reinhard Mißelbeck, 39,90; **3. Aufl.** „Etwas Heiliges, Verbotenes liegt in diesen Szenen, etwas besonders Erotisches" (Zürcher Ztg.) „Karsten liefert ehrliche Akte und einen fast femininen Blick." (Fotomagazin)

**Love Me** geb., 192 S., Fotos Duoton, 31,5 x 24, 39,90; **3. Aufl.** Aktporträts sehr unterschiedlicher Frauen. Manche lieben dieses Karsten-Buch besonders. „Sie machen Fotos, als wären Sie von Engeln beflügelt", schrieb ein Fan. „Den Frauen merkt man ihr Vergnügen an." (Die Zeit) „Noch nie habe ich so viel weibliche Sinnlichkeit in einem Band gesehen." (Recha Jungmann)

**Moments of Intensity** geb., 192 S., geb., edles Papier, Duoton, 31,5 x 24 cm, Sonderpreis 19,90. „Akt vom Besten, niemals langweilig ‚schön' – und in der für diesen Verlag üblichen exzeptionellen Buchgestaltung." (Die Presse, Wien) „Für Freunde erotischer Unbekümmertheit." (Die Zeit)

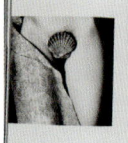 

Karstens Bücher aus anderen Verlagen können Sie auch über uns bestellen:
**Heute nackt**, geb., 224 S., 49,90. Frauen & Männer zwischen 18 und 22, ist z.Z. vergriffen. Fragen Sie nach.

**Model Years**, geb., Farbfotos von jungen Frauen, 49,90.

**Colors of Sex**, geb., 176 S., 49,90. Bunte Bilder, Polaroid-Collagen.

**Yvette-Buch/DVD** Buchkunst: 5-Farb-Druck, Leinen, Yvette in wilder Aktion, dazu ein Text von Paulina Schulz, geb., incl. DVD mit in Bewegung versetzten Bildern & Musik, 69,–.

**Yvette-DVD,** Filme aus in Bewegung versetzten Fotos dazu komponierte Musik, 64,–. (enthält viel mehr Filme als die DVD im Buch)

**White Line** Bildserie über eine authentische sexuelle Begegnung eines Paares. 29,5 x 33,5 cm, 5 Ausklapptafeln, aufwendig gedruckt und gebunden. Einmalige nummerierte und handsignierte Auflage von 500. Nur noch 10 Ex. vorhanden! 169,–.

**GROSSES-KARSTEN-PAKET:** Look at myself, Heat, She, Days of intimacy, Women Only, Nude Photographs, Moments of Intensity, Love me, Lust an sich **nur 225,-**
**POSTKARTEN Karsten** 30 Motive: 15,-

**EVGENIJ KOZLOV
Das Leningrader Album**
*160 S., farbige Zeichnungen, geb., Text Deutsch, Englisch, Russisch, nur noch wenige Ex. vorhanden,* **19,90.**  In Leningrad Ende der 60er-Jahre träumt ein mit künstlerischem Empfinden begabter Junge von Frauen und zeichnet seine Fantasien.

**MICHAEL KÜHN**, **Erotisches Rommé**
ISBN 978-3-888769-423-4, **14,90.** 2 x 55 Karten mit je unterschiedlichen lesbischen Bildern. *Am Ende besser nachzählen, ob noch alle Karten da sind! Weihnachtsgeschenktipp!"* (Siegessäule)
**Skatspiel**, mit schwulen Zeichnungen: **12,-.** (bei 100 Vorbestellungen).

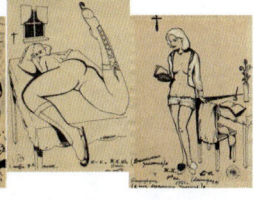

**LAURA Ohne Erlaubnis / sin permiso** *160 S., Hardcover, edles Papier,* **nur 10,-.** Erotische Zeichnungen und Aquarelle. Lesbisch, SM auch hetero, Märchenmotive. Mit erotischen Erzählungen u.a. v. Mercedes Abád.

**JEUX DE LUNE**
Nostalgisch-erotisches PC-Spiel mit aus Tausenden gezeichneten Einzelbildern animierten Szenen. Verpackt in einem Aufklapptheater Restauflage, **nur 9,99.**

**DORIS LERCHE
Daumenkino** 192 S., 5,–. **3. Aufl.** Striptease mit Überraschungen. Sorgt auf den Buchmessen seit Ewigkeiten für Kicherfanfälle und wird gerne mitgenommen.

**BRIGITTE MARIA MAYER
Perfekt sister II Im Objektiv des Canova**
*geb., 28 x 26 cm, z.T. gedruckt auf Zwiebelpapier, Seiten zum Ausklappen,* **49,90.** Fotoinszenierungen klassischer Gemälde mit Zeitbezug, u.a. von Canova, Caravaggio, Ingres, Tizian, David, der Schule von Fontainebleau. Texte von Heiner Müller. *„Durch kleine Details erreicht Brigitte Maria Mayer ungeheure Aktualität."* (Berliner Zeitung)

**Perfect sister 1**. Erotische Selbstinszenierungen der Fotografin, teilweise im historischen Lichtdruckverfahren gedruckt. Die Auflage war auf 1000 begrenzt, nummeriert und signiert. Einige wenige, besondere Exemplare (Heiner Müller hat ein paar für Brigitte Maria Mayer signiert) sind noch da. Bei Interesse fragen Sie nach.

**LAURA MÉRITT Lauras. Das lesbische Sexwörterbuch** *mit vielen Fotos und Zeichnungen, erotische Buchstaben v. K. Kremmler. Daumenkino von H. Kull.* **15,50.** Das erste Sex-Lexikon für Lesben! Sextechniken, Sex-Spielzeuge, Szenejargon, Safer Sex, Anmachsprüche, Bettgeflüster. Bleibt aktuell. *„Ganz ausgezeichnet! Mit jeder Menge Sachkenntnis, wunderbaren Fotos ..."* (Schlagzeilen)

## ANJA MÜLLER
### PAARE 2

*200 S., geb., amerikanischer Schutzumschlag, 39,90. ISBN 978-3-88769-570-5.*
Erotische Fotos. Paare verträumt, zwischen Romantik, Sex, Sehnsucht, Distanz und Vertrautheit. Lesbische heterosexuelle und schwule Paare.

### Frauen 2
*geb., Schutzumschlag, 26 x 20 cm, 200 S., farbige Bilder, 29,90. ISBN 978-3-88769-501-9.*
Frauen unterschiedlichsten Alters. Intim, ernsthaft, fröhlich.
„In dieser Vieldeutigkeit wohnt ihre Poesie. Der Aktfotograf kennt einen Satz: Komm, zieh dich aus! – Vielleicht lautet hier der Anfangssatz einfach: Schön, dass du da bist!" (de Lazzer)

*Bilder aus Frauen 2*

### Aller Liebe Anfang
*Fotobuch, 216 S., 22 x 2 cm, geb. mit Schutzumschlag 29,90.*
Situationen, die später als besonderer Moment in Erinnerung bleiben. „Sie wirken so intim, so vertraut: Ein Buch, das eine außergewöhnliche Nähe zwischen Bild und Betrachter erzeugt." (HZ) „Weiche Konturen, sanftes Spiel von Licht und Schatten – in der Sekunde, da sie den Auslöser drückt, hält sie die Zeit an." (ND)

### Männer
*160 S., Duoton, ca. 160 erotische Fotos, 19,90.* Nur noch wenige Ex. vorhanden.
„Junge, alte, androgyne, maskuline Männer. Beim Rauchen, Schlafen, Ficken. Erfrischend, schön." (Sergej). In Vorbereitung ein Band mit neuen farbigen Männerbildern.

### Paare
*128 S., sw-sepia.* Nur noch wenige Ex., 15,-.

### Frauen
*144 S., Duoton, Fadenhft., 19,90.* Nur noch wenige Ex. „Frauen, geil, erotisch und verträumt." (Siegessäule)

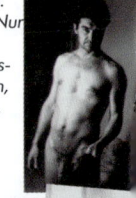

## Mittendrin

geb., 26 x 20 cm, 200 S., 29,90, **3. Aufl.** Farbfotografien. ISBN 978-3-88769-363-3.

Sie verheimlichen nicht, dass sie auf der „Schwelle" zwischen „älter" und „jung" sind. Die Fotografin und die Buch-Gestalterin haben diesem Alter zwischen 45 und 55 seine besondere Ästhetik gegeben. In Details der Körper, in der Ausstrahlung der Fotografien, in ihrer Melancholie, in ihrer Fröhlichkeit. Texte: Birgit Kausch über ihre Ängste, Unsicherheiten und befreienden Momente beim Fotografiertwerden. Claudia Gehrke über „Älter werden". Yoko Tawada über „Frauen rund um fünfzig".

## Sechzig plus

Auch als Ausstellung (über den Verlag ausleihbar). Ca. 140 erotische Fotografien, geb., 26 x 22 cm, 160 S., 20,–. Mit Texten von Oswalt Kolle und Sigrun Casper.

„Anja Müller fotografiert Frauen nackt, und zwar Frauen, die Falten und Rundungen haben. Frauen, die nicht mehr 20 sind, sondern um die 50 oder über 60. Das Ergebnis: Zwei Bücher mit ästhetischen, mutigen, absolut sehenswerten Bildern." (WDR, Frau-TV)

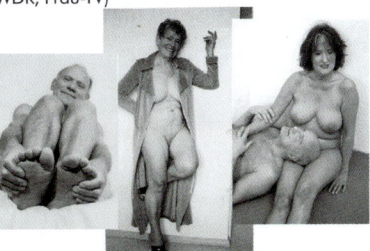

### zusammen mit Barbara Dietl: ichdich

Fotobuch, 18 x 13 cm, 80 S., Nur 5,–. Zwei Fotografinnen fotografieren sich gegenseitig jahrelang jeweils am selben Ort, zur selben Zeit.

„Irgendwann kommt es zurück. Das Weiche, Unbestimmte, Unfertige. Mädchenhafte. Ein Lächeln, das halb weinend aussieht. Das finde ich so reizvoll. Älterwerden heißt auch Rückkehr ..." (Yoko Tawada)

**ANJA-MÜLLER-PAKET**: 60 +, Mittendrin; Aller Liebe Anfang; Frauen 2, ichdich **nur 89,–.**

**Anja Müller Postkarten:** 6 Motive, 3,–

**Plakat:** (A2): 3,– zzgl. Versand.

Plakatmotiv

**MARI OTBERG
Mari geht aus**
*Postkartenformat, 64 S. mit farbigen Zeichnungen, 5,–.*
Bildgeschichte und Erzählung „Der Tote" von Georges Bataille.

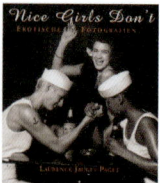

**LAURENCE JAUGEY-PAGET Nice Girls Don't**
*ca. 150 Fotos, Texte, 26 x 21 cm, 19,90.* „Die Innigkeit lesbischer Liebespaare, das SM-Vergnügen auf dem Küchentisch, die gelassenen Blicke der reizenden lesbischen Pin-Ups, die Selbstbefriedigung einer schönen Frau, Porträts zum Verlieben." *(Lespress)*
**4 Postkarten: 2,-.**

**ARPAD SAFRANEK
Augenblicke, 2. Aufl.**
*160 S., 27 x 22 cm, geb, ca. 150 Fotos, Texte von Anja. 29,90.* Ein Dokument der Lust und Liebe – Anja, die Geliebte, fotografiert in intimen Augenblicken, allein, nackt, beim Sex, beim Pinkeln, schwanger und während das Kind auf die Welt kommt. „Diese Fotos, das bin ich. Und ich bin so, wie ich gesehen werde. Nichts ist gelogen." (Anja) „Ein Kultbuch!" (penthouse)

**PETRA RAGUZ
Der Kult der Erotik**, *geb., 21 x 12,5, ca. 80 Fotos in Duoton, nur 7,95.* Dialog zwischen einem Meister und einer Schülerin über Sex, SM und Erotik. Fotos beim Sex, gemacht vom Liebhaber der Autorin.

**DAIJNA ROOS Miroir aux Androgynes**
*geb., Fadenheftung, ca. 140 farb. und sw. Fotos von androgynen Frauen, Männern und Paaren, 29,90.* Verhalten traumhafte Erotik. „Matrosen mit den Waffen der Verführung. Imaginäre Bordellzimmer und ein Hauch SM." (lespress)
**6 Postkarten: 3,–**

**Aktfotos von dir?**
*160 S., 27 x 22cm, ca. 160 Fotografien, geb., Fadenhft., 29,90.* „Gefühlvolle, verrückte, intime, zärtliche, natürliche Aktfotos von dir? Die von Safranek angesprochenen ‚Mädchen von nebenan' taugen nicht für die kalte Ästhetik der Herrenmagazine, sie vermitteln vielmehr eine ungekünstelte Atmosphäre, Stolz auf den eigenen Körper und Spaß am ‚Zwiegespräch' mit der Kamera … davon zeugt jede einzelne Seite dieses Buchs." (HZ)

**SAFRANEK-PAKET**
Augenblicke & Aktfotos nur 49,90.

## CÉSAR SALDÍVAR
### Juegos de luces
144 S., 28 x 28 cm, geb. mit Schutzumschlag ca. 100 Fotos, nur 19,95.
Essay „Eine kleine Kunstgeschichte des Schwanzes"
von Prof. Peter Weiermair.
Intime Porträts des männlichen Geschlechts, die mit Licht und Schatten spielen. Viele bekannte Schauspieler und Künstler aus Madrid sind unter den Porträtierten.

„Seine Arbeit ist poetisch, und Welten entfernt von Newtons mächtigen, aber eiskalten Frauen oder von Mapplethorpes graphischem Geschlecht. Eher folgt er der fotografischen Schule der 1930er Jahre, Man Ray."
(Art London)

**Reflexionen des Männlichen, reflejos masculinos** *Männeraktfotos*

**Spiegelungen des Weiblichen, espejos femeninos** *Frauenaktfotos*
je 144 S., Format 31 x 24 cm, ca. 120 Fotos, gebunden, Schutzumschlag ... je nur 9,95.

**SALDIVAR-PAKET:** 3. Bücher, Männlich & Weiblich & Juegos: 30,-.

## MARLON SHY
### Fetischpark. Die vergessene Kunst vor Liebe zu sterben
3. Aufl., 244 S., Br.,160 teils farbige Fotos, Zeichnungen, Texte, nur 7,95.

„Eines der beeindruckendsten und kompromisslosesten Kunstbücher ... Sex, obszöner, nackter, schmutziger und ehrlicher Sex." (JW)

**Kamatipura** ca. 150 farbige Fotos, geb., 24 x 17 cm, 19,90. Stille Porträts und Lebensgeschichten von Frauen und Eunuchen aus den Bordellen von Bombay. „Mit der Kamera malt die großartige Fotografin Gesichter und Geschichte." (Rheinpfalz)

**Die innige Verbundenheit siamesischer Zwillinge** Carla Subito & Marlon Shy, geb., 224 S., Format A4, 9,95 „Emotional erschütternde Bilder" (lift)

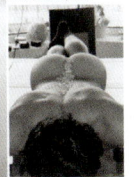

**Wesen der Verführung** ca. 150 teils farbige Fotos, Texte, nur 7,95.
„Gesichter gefangen in ihrer Lust. Verführung zu einem Kuss, einer Berührung, zum Sex." (Schlagzeilen)

**Fetischpark-CDs:** Zungenpflug – Verbundenheit – Instinktverlust – Sporen/Binumb ... 15,50. „Suggestive Spannung und Nervenkitzel ..." (Bad Alchemy)

**SHY-PAKET:** Verg. Kunst, Wesen der Verführung, Kamatipura, Innige Verbundenheit: 4 Bücher **nur 29,90**.

**Fetischparkpaket:** 2 Filme nach Wahl, 4 Bücher, eine CD: zus. **125,-**. (Filme S. 58)

**REBECCA SWAN**
**Assume Nothing** geb., 32 x 24 cm, ca. 100 Fotografien, 39,90.

Einfühlsame Bilder und Texte von Menschen, die mit einem uneindeutigen Geschlecht leben. *„Ich wurde richtig animalisch. Ich erinnere mich, wie ich Mädchen völlig anders hinterherstarrte. Ich hatte das Gefühl, sie wären Beute und ich wäre der Wolf. Das hat mich beunruhigt. Deshalb habe ich mit den Hormonen aufgehört."* (MERGE)

**CLÉO UEBELMANN**
**Mano Destra**
**The Dominas**

Geb., Großformat, 19,90. Der „Klassiker" zum Thema Fesselung erschien das erste Mal bereits vor der PorNOdebatte. Bilder von Fesselungen, Dominas, Objekten. Jede kleine Bewegung bekommt eine große Bedeutung. In ihrer Strenge und Ruhe suggestive berauschende Bilder. Die Kunst des Masochismus liegt im Warten. *„Durch die Fotos wird die Fantasie intensiv angeregt. Ich werde zur Regisseurin … Ein wahres Schmuckstück im Großformat."* (ukz).

Auch der Film Mano Destra The Dominas ist erhältlich. (S. 57)

**DEL LAGRACE VOLCANO**
**Sublime Mutations**

Gebunden, 192 S., ca. 180 Bilder Duoton u. Farbe, 31 x 24 cm, nur 25,-. Essays, Selbstzeugnisse und Interviews. Fotografien von Menschen in Verwandlung, zwischen Geschlechtern, zwischen gesund und verletzt, jung und alt. Sie rebellieren gegen binäre Zwangskonzepte. *„Das Kameraauge spielt mit dem Polysexuellen und Polymorph-Perversen. Seine psychologische Technik ist das Urvertrauen des Außenseiters."* (Monika Treut) *„Vielfältig, spannend und irritierend."* (Queer) *„Das Buch ist eins der am häufigsten angesehenen Bücher in meinem Bekanntenkreis. Jede Szene ist eine Wucht!"* (Anna Karate).

Kapitel: The Feminine Principle – Lesbian Boys & Other Inverts – Xenomorphosis – Ars Poetica – Drag Kings – Trans-Genital Landscapes – Tranz-Porträts – Kathy Acker – Hermaphrodyké – Shape shifters.

**Sex Works**
160 S., ca. 150 farbige und sw-Fotografien, 28 x 24 cm, nur 12,95.
Die Geschichte lesbischqueerer Sexualität in Fotografien aus 30 Jahren. *„Ein ‚Muss' für jedes ‚queere Bücherregal'. Eindringliche und respektvolle Bilder. Zwei Essays von Beatriz Preciado schließen den Fotoband lustvoll und provokativ ab."* (AVIVA)

## WEITERE EROTISCHE KUNSTBÜCHER BEI UNS IM VERTRIEB

**Erotische Kunst- und Fotobücher aus Paris, teils in limitierten Auflagen**

**Alexandre DUPOUY VENUS AU BORDEL**
Fotos aus den „Maisons closes" Anfang des 20. Jhds., 25,– .

**ALEXANDRE DUPOUY SCÈNES D'ATELIER**
Fotos von Sexszenen, historischen Fotos und Malerei nachempfunden, Klimt, Schiele, Degas, Toulouse-Lautrec etc., 28,–.

**LES ÉDITIONS DU COUVRE FEU**
Farbige Illustrationen der flagellantischen Literatur der 1930er Jahre aus Paris. Mehr als 500 Bilder, 45,–.

**LES JOUJOUX DE DEMOISELLES**
Lesbische Szenen (mit Spielzeugen), teils auch mit einem Mann, 1920er. Vorgestellt von Sophie Rongiéras, 28,–.

**PREMIER PORNOGRAPHE,** Erotische Fotos um 1900, 28,–. Um viele Bilder erweiterte Neuauflage.

**MANIAC**: Avantgardistische Erotik-Zeitschrift aus Paris, hrsg. von **Gilles Berquet**, je 48 Seiten, je 12,–. Nr. 1-9, 1,2 und 4 vergriffen.

**LESBOS,** Erotische Fotos aus dem vorigen Jahrhundert, 20er Jahre, 25,–.

**DELICES JOUFFLUS**
lesbisch-erotische Fotos aus den „Maisons closes" der 1930er Jahre, 25,–.

**Gilles Berqueit & Mirca Lugosi: DÉFENSE D'OUVRIR** Fotos und Zeichnungen, 45,–.

**Pierre LOUŸS, LE CUL DE LA FEMME**
Weibliche Pos, 25,–

**COLLECTIONS PRIVÉES**
Erotische Fotos aus den 1920ern, 25,–.

**L'ALBUM OBSCENE**
Erotische Fotos aus den 1930ern, 28,– .

**Amateurs 1920**
Private erotische Fotos aus den 1920er Jahren, 25,–.

**Amateurs 1930**
Private erotische Fotos aus den 1930er Jahren, 25,–.

**Amateurs 1940**, Private erotische Fotos aus den 1940er Jahren, 25,–.

**Amateurs 1950**, 25,–.

**L' Atrium de Jules Richard & ses amies.**
Anfang des 20sten Jhds. betrieb der Pariser Industrielle Richard ein Atrium in einem ungenutzten Pavillon. Dort entstanden erotische Fotos, inspiriert von den Chansons der Zeit, 25,–.

**Yva RICHARD, L'âge d'or du fétichisme**.
Fotos aus dem goldenen Zeitalter des Fetischismus, Text frz., geb., 30 x 24 cm, 60,–.

**LES ÉDITIONES OSTRA.**
Fetisch- und Flagellationsfotos 1920er, 1930er Jahre, großformatig, 280 S., 58,–.

**Guillaume Lemarie, Catalogue de PHOTOGRAPHIES GALANTES,** historisch inszenierte Fotografien eines Gegenwartsfotografen. 35,–

**Joseph Vasta, TINTED BEAUTIES**
Handcolorierte Frauen-Fotos, 30er-Jahre, 30,–.

**Montorgueil:**
**1. DANS LA MAISON DES AMAZONES** SM-Zeichnungen, teils härter, aus den 1950ern und später. Großformat, 950 nummerierte Exemplare, 48,–.

**2. LE CHEVALET DE MADAME DE BRANDES,** Der zweite großformatige Band mit SM-Zeichnungen, 48,–.

**3: CAHIERS D' ÉBAUCHES** Format A5, Zeichnungen über weibliche Domination. 28,-.

**Jean-Pierre Ceytaire, CHAIR ROUGE,** Zeichnungen, Bsp. Auge X, XI, 25,–.

**CLITORIS EMPOURPRÉS** Saftige Zeichnungen klitoraler Lust,1930er Jahre, 25,-. Bsp. in Auge XXIII.

**Pierre Louÿs, LE SENTIMENT DE LA FAMILLE** Gemälde Erich v. Götha, 30,–

**JOURNAL M. DE SARTINE** Bilder von Erich v. Götha, 30,-

**Paul Verlaine, HIPPOLYTE ROMAIN,** Zeichnungen und Poesie, 19,90.

**Feter Fendi, HISTOIRE NATURELLE** Sexzeichnungen aus dem 19. Jhd., 25,-.

**Henry Monnier LES GRISETTES EN ENFER** *Erotische Zeichnungen,* 25,–.

**PASCIN EROTIQUE,** schwule erotische Zeichnungen, 1920er, Bsp. in Auge XVII u. XX, 28,–.

**Loïc Dubigeon, MANUEL DE CIVILITÉ À L'USAGE DES GRANDES FILLES** Bsp Auge X u. XVIII, 40,–.

**Grit Scholz, DAS TOR INS LEBEN**
*252 S., gebunden, Format 25 x 25 cm*
Die Vulva in über 200 inszenierten farbigen Fotografien, 39,50.

**Minibuch Das Tor ins Leben**, 12,5 x 12,5 cm, eine Auswahl der Bilder aus dem großen Buch, 152 S., 16,50.

**CHIN-CHIN WU, vis-à-vis**
Die chinesische Fotografin fotografierte Frauen aus vielen Ländern für ihr Projekt: 50 farbige Porträts von Vulvas immer aus der gleichen PErspektive aufgenommen, und kurze Interviews mit den Fotografierten. Vergriffen, Nachauflage unbestimmt. Gerne nachfragen.

**pepper, Snapshot Beauties** *Großformatiger Bildband Softcover,* 20,–
Junge Frauen in einer leer wirkenden Wohnung. Viel Raum um sie, ein Hauch von Melancholie. Fotografiert mit einer Einwegkamera. pepper ist Galerist in Berlin, dies ist der erste eigene Fotoband, den er selbst verlegt hat.

**In Vorbereitung: PIERRE JOËL Eximiae Opacitates** *Großformatiger Bildband, Hardcover,* ca. 39,90. Der französische Fotograf arbeitet mit aufwendigem Licht, die Effekte entstehen während des Fotografierens und nicht am Computer. Die Erotik seiner Bilder entsteht oft aus dem Dunklen, in dem Sexuelles, Geheimnisse und Dämonisches aufblitzen. Bildbeispiele in Mein heiml. Auge XXXI.

# DVDs

## Filme von MARIA BEATTY:
Lesbische SM-Ästhetik, auch härter ... Interview mit Maria Beatty in „Mein lesbisches Auge 4". Sie erhielt bereits mehrere Film-Preise für ihre anspruchsvollen Fetisch- und BDSM-Filme.

**Vampire sisters** lustvoll böse, 39,90.

**Return of Post Apokalytic Cowboys** Bildbeispiele in lesb. Auge 10 ... Ein Flugzeug in der Wüste, wilder Sex, harte Frauen. 39,90.

**Post Apocalyptic Cowgirls** Nach einer Apokalypse treffen sich zwei sexy Cowgirls (Bildbeisp. heiml. Auge 23). 39,90.

**Strap on Motel** Stopp im Motel, seltsame Gäste, heftige Szenen. 39,90.

**Sex Mannequin** Eine Gestalt aus einem lesbischen Traum wird Wirklichkeit ... bis an die Grenzen der Lust und zum einmalig aufregenden Finale (Bildbeisp. heiml. Auge 22). 39,90.

**Skatebord Kink Freak,** BDSM, aufregende Spielzeuge ... (Bildbeisp. lesb. Auge 7). 39,90.

**Silken Sleeves,** Bondagekunst, zauberhafte Einhüllungen mit Midori und anderen (Bildbeispiele lesb. Auge 6; heiml. Auge 21). 34,90.

**The Boilerroom** spielt auf See, im Maschinenraum eines Schiffs, lesbischer SM, 29,90.

**Extasy in Berlin 1926**. Stimmung der 20er, 30er Jahre, ein lesbischer Club in Berlin, Flagellation. 34,90.

Erscheinen unbestimmt: **punchball.** Eine elegante Party, Frauen (und einige Männer), Dominas. Eine Frau liefert sich aus, extrem, aber auch in den extremsten Billdern des Schmerzes zeigt sich die Lust. Und **Boot Training Camp**. Eine äußerst sadistische Ausbilderin in US-Navy-Uniform und zwei ihr Ausgelieferte. Je 39,90.

### DVDs mit je zwei Filmen, je 39,90:

**7 deadly sins & Lust**
7 deadly sins: 52 Min., Farbe. Zwei Frauen, Zofe und Gräfin, langsamer, intensiver, sich hart steigernder authentischer SM, berauschende Musik, ein anregender sexueller Traum, schmerzhaft und schön. Lust: 32 Min., Farbe. Zwei Frauen, meditative Musik, Tücher, intensive Farben, Kugeln, sanft.

**Ladies of the Night & Let the Punishment,**
Ladies of the Night: Eine Frau wird von zwei Vampirinnen in ein düsteres Verlies entführt ... die beiden bereiten ihr ungeahnte Lüste, vor dem Vampirinnenbiss. Let the punishment: Ein Spiel zwischen zwei Frauen. Strenge Rituale rund um Strafe, Domination und Submission.

**The black glove,** schwarzweiß ästhetischdüsteres traumhaftes Fetisch-SM-Werk & **Elegant spanking,** nostalgisch-erotisch.

## ANDERE FILMEMACHERINNEN:

**Her Porn 1-5,** je 35,-. Aktuelle Kurzfilme bekannter Erotik-Film-Künstlerinnen (lesbisch & hetero) wie Maria Beatty, Candida Royall, Emilie Jouvet, Annie Sprinkle, Shine Louise Houston, Shu Lea Cheang u.v.a. (Hg. P. Joy).

**Feministischer Poryes-Award:**
Zum Kennenlernen: Compilation aus Ausschnitten der Gewinnerinnenfilme des 1. feministischen Porn-Filmpreises (Shine Louise Houston, Annie Sprinkle u.a.), 10,–

**Crash-Pad-Serie** von **Shine Louise Houston,** Pornaward Preisträgerin, frecher, moderner, realistischer lesbischer Sex, bisher Vol. 1-6, je ca. 100 min., je 35,–

Filme von **PETRA JOY: Female Fantasy; Sexual Sushi; Feeling it; Female Voyeur; (S)he comes** Frauenfantasien, filmisch umgesetzt. Die DarstellerInnen haben oft auch im „wirklichen Leben" Beziehungen miteinander, Zuwendung und Lust sind zu spüren, meist hetero, je ca. 60 Min., je 35,–.

**Dirty Diaries**: feministischer Erotikfilm aus Schweden von Mia Engberg, 25,–.

**Airport:** Der lesbische Sexfilmklassiker aus Berlin. Was machen Flugbegleiterinnen in der Flughafentoilette? 33 min., 45,–.

**Hommage à Trois** 40 Min., 49,90. Erotischer Film, ein Höhepunkt lesbischer Lust. Eine lange Nacht im Hotel, authentisches erotisches Ereignis. Begrenzte Anzahl.

**Watermelon Women,** 85 Min., 24,90. Fiktive Doku. Filmemacherin auf den Spuren einer schönen schwarzen Schauspielerin.

**The Girl,** Spielfilm, 29,90. In einem Pariser Nachtclub begegnet eine junge Malerin einer rothaarigen Sängerin.

**CHRISTOPHER LEE Filme:** Trappings of Transhood – Alley of the Tranny Boys – Sex flesh, schräge Transmanfilme, à 29,90.

## DIE KLASSIKERINNEN

*Achtung: die technische Qualität der folgenden alten Filme entspricht nicht heutigen Standards, es sind historische Dokumente.*

**LOVE BITES Erotische Kurzfilme von Frauen,** aus den 80er/90er-Jahren, *je 19,90, je ca. 75 Min.*
**Vol. 1-3 zusammen auf einer dvd:** nur 45,–.
**Inhalt: Vol.1:** Romantisch, humorvoll, sexy, verträumt, erregend, experimentell, auch die Erotik der Dinge kommt vor. Und die beiden berühmtesten erotischen Kurzfilme der 80/90er-Jahre: Claudia Schillinger (between) und Monika Funke-Stern, (Parfait d'Amour.) **Vol.2:** Eine Mischung etwas längerer lesbisch-erotischer Filme mit Spielfilmhandlung, dazwischen poetisch-sinnliche Kurzfilme. Sprache meist Englisch – **Vol.3:** Hier geht's um G-Punkt Stimulation (der immer noch überzeugende Film über female ejaculation: Nice girls dont do it), fisting, etc. Poetische und deutliche, aufklärerische Filme. Dazwischen Humorvoll-Erotisches.

**Gemischte Erotics:** Remix-Band mit kurzen Filmausschnitten aus einigen erotischen Kurzfilmen von Frauen aus Deutschland und Frankreich (30er Jahre), 17 Min., 10,–.
**Lesbian Erotics:** Remix-Band mit kurzen Filmausschnitten aus vielen lesbischen Erotikfilmen von zart bis hart aus Deutschland/Frankreich. 30 Min., 10,–.

**Erotische Kurzfilme aus der Anfangszeit des Films aus Frankreich,** 20er, 30er Jahre. **ARCHIVES D'EROS** Vol. 1-10 (je 39,90): Private Aufnahmen: Nr. 1: Collections privées de Ms. X, 45 Min. Nr. 2: Fessées volupteuses ; 30 Min. Professionelle Filme aus dem Milieu: Nr. 3: Nudist-Bar – Nr. 4: Le Tournée des Grands Ducs – Nr. 5: Lesbos Clandestin – Les deux roses Nr. 6: Fessées voluptueses II – Nr. 7: Au Claire de Lune – Nr. 8: L'amour chez Minouche – Nr. 9: La femme au Portrait – Nr. 10: Petit Conte de Noël 1-10 zusammen: 299,–.

**CLÉO UEBELMANN: Mano Destra – The Dominas.** Musik: The Vyllies, 60 Min., 49,90. Fesselungen, Dominas. Zwei Frauen, langsame Bewegungen. Der klassische Kultfilm aus den 80ern zum Thema Bondage bleibt unverändert schön – Nichts für Fans von schnellen Szenen und heftiger Handlung. Die Kunst liegt in einer Mischung aus Drohung und Entspannung, in der konzentrierten Erwartung dessen, was passieren könnte.
**Museum of Modern Art** ca 60 Min., 49,90. Objekte, Körper, Bewegung, Räume für die Fantasie. Einsperrung – Befreiungen.

**Filme von KRISTA BEINSTEIN**
**Bad Girls,** ca. 50 Min., lesbische Episoden (es geht in einer Sequenz auch um das Thema Blut, Tierfleisch ist im Spiel), 19,90. Dildotanz, Messerszene, Küchen-Lust etc. *Ihr erster Film, 80er-Jahre. 19,90. Achtung: Keine „glatten" Filme, auch technisch nicht, gefallen nicht jedem!*
**Boundless:** ca 30 Min., Zwei dämonische Frauen lieben sich, 29,90. *„Wir waren von ihren Filmen nachhaltig begeistert. So was von ihrer Zeit weit voraus. Wahnsinn!" (Manuela Kay, Verlegerin und Mit-Organisatorin des Berliner Pornfilmfestivals)*

**Filme von MARLON SHY:**
**Wie man Honig opfert,** *40 Min., 39,90.* Hingabe und Macht. Schwermut. Eine Frau, ein Mann. Bleiche Farben, kühler Raum, langsam wird die Frau entkleidet, auf die Toilette gesetzt, gebadet, der Akt beginnt, abruptes bedrohliches Ende, verbleichende Qualität.
**Fleischveredelung I-III,** 75 Min. Dunkle, surreal-erotische Trilogie zu Texten von Lautréamont, in französischer und deutscher Fassung. *49,90. „Ruhige, gelassene Inszenierungen, jenseits vordergründiger Provokation, dafür voll Atmosphäre und fast unerklärlicher Poesie"* (Markus Peters, JW)
**Terrassen des Weihrauchs,** 27 Min., 19,90. Verschleiert entrückte Bilder eines angedeuteten erotischen Kampfes zweier Frauen zu Textauszügen von „Das Gold von Caxamarca".
**Schöpfer des Himmels,** 29,90. Meditativer Liebesfilm, extrem langsamer Akt eines authentischen Liebespaares. *„Ein beeindruckender Affront gegen die entwertende Bilderflut der Pornografie ..." (JW)*
**Verführung,** erotische Traumwelt, 70 Min., 49,90 (im Verlagsatelier).

Fragen Sie nach, wir haben immer wieder einmal neue Filme : 07071 78779

J. Alexandre   R. Arozarena   A. Bax   A. Berr   K. Beinstein   S. Casper   Cheon W-Y.   C. Coover   I. Dietrich   K.-S. Fessel   U. Gliwa

**Claude ALEXANDRE**, 1940-2010, Paris und Sevilla. Fotografierte in Paris die erotische Subkultur, Tanz- und Bühnenfotografie. S. 43.

**AN, Su-Kil**, 1911-1977, einer der bekanntesten koreanischen Autoren seiner Generation. In seinen Romanen und Erzählungen gibt er Einblicke in die dramatische Geschichte des geteilten Landes und ihre Auswirkung auf die Psychen der Menschen. S. 39

**Kim AMBER**, Berlin, Kreuzbergkrimis. S. 19.

**Rafael AROZARENA**, 1923-2009, Santa Cruz/Teneriffa, publizierte Romane, Erzählungen, Gedichte, Essays und Malerei. Ihn und Isaac de Vega (1920-2014) verband eine über 50 Jahre dauernde Freundschaft. 1955 gründeten sie die Autoren-Gruppe FETASA, die sich zu einer „Insel der Freiheit im Meer des Franco-Regimes" entwickelte. „Mararía" ist der berühmteste Roman der Inseln. S. 38.

**Anne BAX** lebt mit Frau, Stoffschwein und Lesebrille im Ruhrgebiet. Ausschnitt aus einem Interview mit der Autorin: *„Wie wichtig sind Ihnen die profanen Dinge des Alltags? Ungeheuer wichtig! Ich komme aus dem Ruhrgebiet, außer Alltag haben wir doch nichts. Und wer jemals gezwungen war, die Erotik des Sparschälers zu entdecken, sieht die Welt mit anderen Augen."* S. 6.

**Krista BEINSTEIN**, Fotografin, Performerin, geb. in Wien, lebt in Hamburg. Tabulose „underground"-Kunst zum Thema weibliche Lust seit den 80ern, eine Pionierin. Sie war nicht die einzige Sexrebellin Anfang der 80iger, aber eine der ersten Künstlerinnen, die so radikal in Deutschland und Österreich mit ihrer Kunst in die Öffentlichkeit ging und somit angreifbar wurde. Sämtliche Ausstellungen wurden damals zerstört. S. 43.

**Annette BERR**, *1962 in Berlin, hat Liedtexte, Erzählungen, Erotisches und Krimis geschrieben, mit Band und als Chansonsängerin viele Auftritte, z.Z. Schreibpause. S. 9, 19, 28, 30.

**Jule BLUM** Germanistin **Elke HEINICKE** Slawistin & Anglistin, S. 11, 19.

**Harald BRAEM** war Professor für Kommunikation und Design an der Fachhochschule Wiesbaden und bis 2013 Direktor des Kult-Ur-Instituts. Fachbücher u.a. „Die Macht der Farben", Romane und Erzählungen. Dokumentarfilme (für ZDF, Terra X). Er lebt bei Wiesbaden und auf La Palma. S. 20.

**Traude BÜHRMANN**, Schriftstellerin, Übersetzerin, Fotografin, Berlin. S. 28.

**Peter BUTSCHKOW**, *1944 in Cottbus. Aufgewachsen in Berlin (West). Studierte auf privater Kunstschule, Lehrjahr als Bleisetzer, abgeschlossenes Studium an der Akademie für Grafik, Druck und Werbung. Angestellter Grafik-Designer in einer Werbeagentur, 8 Jahre grafischer Freiberufler.

1979 Umzug ins Bergische Land in eine kleine Landkommune. Beginn einer Karriere als Cartoonist, Comiczeichner, Illustrator und Textautor. 1983 nach Hamburg. Seit 1988 an der nordfriesischen Küste. Dies ist sein Romandebüt. S. 27.

**Sigrun CASPER**, geboren in Kleinmachnow, seit 1961 in Berlin. Früher Industrienäherin, Stoffmusterentwerferin, Verkäuferin in der legendären Dt. Bücherstube (Ostberlin), Flucht nach Mauerbau, später Lehrerin. Romane, Erzählungen, Jugendbücher, Gedichte, Fotos. S. 27, 29, 30.

**CHEON Woon-young** gilt als Vertreterin einer neuen feministischen Literatur aus Korea, in der Frauen nicht mehr „sich selbst" finden müssen, sondern von vornherein starke Gestalten sind. Virtuos bespielt sie den Zwischenraum zwischen Wirklichkeit und Surrealem. S. 39.

**Colleen COOVER**, Comiczeichnerin, USA. S. 44.

**Ines DIETRICH**, seit 1997 auf La Palma, arbeitet u.a. für das Magazin von La-Palma-Travel. S. 36.

**Kali DRISCHE** (Pseudonym *2010), lebt mit ihrem Stammhirn (*1968) zusammen in Berlin. Weil beide schreiben, gibt es manchmal Streit um den Computer. S. 9.

**Alexandre DUPOUY** lebt in Paris, Sammler, Fotograf und Galerist. Requisiten, Einrichtung und Kostüme seiner handcolorierten Bilder von **Jocelyne Dupouy**: *„Ich bin Kammerfrau und Requisiteurin, die Verbündete der Fantasien."* S. 44f.

**Dagmar FEDDERKE**, Kunststudium an der HdK Hamburg, Bühnenbilder, Ausstellungen. Sie lebte lange in Paris, ihr Debüt („Geschichte mit A.") wurde Bestseller. Jetzt lebt sie an der Loire. S. 14.

**Karen-Susan FESSEL**, Autorin in Berlin. Jugendbücher und lesbische Romane. Preise u.a.: Rosa-Courage-Preis. „Ein Stern namens Mama" unter den 7 besten Büchern für junge Leser. Ihre ersten drei Bücher erschienen bei uns. S. 11, 26.

**Olive FEUERBACH** Ihr Beruf hat, ohne Witz, mit Handschellen zu tun. S. 11, 20.

**Wolfram FRANK**, Theaterregisseur und Publizist. INSITU, *theater acéphale*, Chur. S. 30, 62

**Claire GAROUTTE**, Fotografin und Dozentin in Seattle. Arbeitet teilweise in Kuba. S. 45.

**Ute GLIWA**, *1972. Gründerin, Herausgeberin und Chefredakteurin von Séparée. Nach langjährigen Reisen und Auslandsaufenthalten mit ihren beiden Kindern in Berlin. Ihr Romandebüt: S. 15.

**Elisabeth GÖBEL** lebt in Berlin. Glossen, Reiseprosa, Bücher über Polen. S. 16.

**Gerda Edelweiss GROSSMANN** Filmemacherin, Prosa- und Drehbuchautorin. S. 62.

R. Hopf   M. Karaca   A. Karimé   Th. Karsten   Kim, Y-H   W. Kirschner   D. Lerche   Leweir   S. Martin   L. Méritt

**Steffi HAAKE, Elisabeth PRICKEN**, Schauspielerin, Journalistin in Berlin. S. 11.

**Rinaldo HOPF**, Künstler und Kurator in Berlin und Auroville, Indien. Viele Ausstellungen. S. 45.

**Michael HORBACH**, Fotograf, Kunstsammler. S. 34, 40.

**Laurence JAUGEY-PAGET**, Fotografin, DJane S. 52.

**Cornelia JÖNSSON**, *1980, studierte Theaterwissenschaften, Psychologie, Philosophie. Regieassistentin und Dramaturgin. Arbeit in einem Wohnprojekt für Menschen aus dem Maßregelvollzug. Schreibt Romane, Erzählungen, Sachbücher. S. 15.

**Müjde KARACA**, *1981 in Bamberg, Mediengestalterin am ZKM, Karlsruhe. Für „Zinat/Reize" erhielt sie einen Preis für Gestaltung. S. 34.

**Andrea KARIMÉ**, libanesisch-deutsche Autorin, Köln. Romane und Kinderbücher. S. 11.

**Thomas KARSTEN**, in Eisenach geboren, lebt in Uffenheim bei Würzburg, in den letzten Jahren viel für Fotoprojekte in Afrika unterwegs, fotografiert für Zeitschriften u. Magazine. Freie Arbeiten in allen namhaften Fotozeitschriften. S. 41, 46 ff.

**KIM Young-Ha**, in Korea sehr bekannter Autor, lebt in Seoul und New York, viele Literaturpreise. S. 39.

**Wolfgang KIRSCHNER** geboren in Stuttgart, kam zum Studium nach Tübingen, blieb dort, entging einer akademischen Karriere und schreibt. S. 26.

**Harald KÖRKE** sein Leben lang in der Welt unterwegs, u.a. in Australien, Barcelona, Berlin, auf dem Atlantik und den Kanaren. Jetzt im Jenseits. S. 16, 38.

**Heidi KÖNIG-PORSTNER**, Übersetzerin, Wien. S. 30.

**Evgenij KOZLOV**, Künstler, Berlin,*in Leningrad. S. 49.

**Henrike LANG**, *in Norddeutschland. Journalistin und Autorin mit Kind. Regenbogenfamilien nimmt sie bissig und humorvoll aufs Korn. S. 9.

**LAURA** studierte Psychologie, Fotografie und Malerei. Comiczeichnerin, Illustratorin (klassische Texte für Graphic Novels), lebt in Barcelona. S. 49.

**Dieter de LAZZER**, Jurist, Theologe, Tatort-Autor. S. 26.

**Doris LERCHE**, Karikaturistin und Autorin, Frankfurt. S. 16, 30, 49.

**Litt LEWEIR**, *in Waldkirch/Schwarzwald, lebt in Berlin, arbeitet neben dem Schreiben in einer Einrichtung für Menschen mit Lernbehinderung. S. 18.

**Marina LIOUBASKINA**, *1960 in Usbekistan, seit 1998 in Berlin. Diplom der Schönen Künste in Kaliningrad, viele Ausstellungen. S. 15.

**Salean A. MAIWALD**, *in Wuppertal, lebt in Berlin. Sachbücher, u.a. über Aktdarstellungen durch Künstlerinnen. Dies ist ihr Romandebüt. S. 27.

**MARIO A.**, Fotograf, Berlin-Tokyo. S. 43.

**Bridge MARKLAND**, Verwandlungskünstlerin. Auftritte mit Performances und Solostücken, z.Z. Klassiker (Goethe, Kleist, Schiller etc.). Oft trat sie mit schrägen Verwandlungsnummern auf der erotischen Verlagsrevue „Love Bites" auf. S.16.

**Sabas MARTÍN**, *1954 in Santa Cruz de Tenerife. Der Autor und Journalist lebt in Madrid und publiziert Romane, Erzählungen, Lyrik, Liedtexte und Theaterstücke. Mit seinem Erzählstil hat er eine Generation jüngerer Autoren auf den Kanaren beeinflusst. S. 37.

**Brigitte Maria MAYER** *1965 in Regensburg, Studium Fotografie und Performance an der Hochschule für Visuelle Kommunikation, Kassel, Fotografin, Filmemacherin in Berlin. Sie setzt sich mit mythologischen Stoffen, auch mit Themen wie Körper, Würde, Schönheit und sexueller Identität auseinander. S. 35, 49.

**Laura MÉRITT**, feministische Linguistin und Sexpertin. S. 5, 42, 49.

**Jette MILLER**, *1972 in Frankfurt/M, studierte Regie, Film und Fernsehen an der Tisch School der New York University, seit 2002 freie Autorin und Regisseurin in Berlin. Entwickelt Drehbuchstoffe, Konzepte für TV-Serien. „Lover" ist ihr Roman-Debüt. S. 13.

**Anja MÜLLER**, Fotografin in Berlin. Schon mit 16 fotografierte sie das Leben auf den Straßen Ostberlins, nach der Wende Menschen beim Sex, dann erotische Porträts von Menschen allen Alters. S. 50 f.

**Herta MÜLLER**, Literaturnobelpreisträgerin. S. 31.

**Phoebe MÜLLER**, Autorin, Karlsruhe. S. 13.

**Peggy MUNSON**, Massachusetts. Queerlit-Literaturpreis. Dies ist ihr erstes Buch in Europa. S. 11.

**Gerta NEUROTH**, Studium der Romanistik und Lehrtätigkeit am Gymnasium. Danach Übersetzerin und Herausgeberin kanarischer Prosa und Lyrik. S. 27 f.

**Regina NÖSSLER**, Studium Germanistik, Theater-, Film- und Fernsehwissenschaften in Bochum, freiberufliche Autorin und Lektorin in Berlin. Ihre ersten Bücher drehten sich um die Ambivalenzen von Liebe und Sexualität. Zurzeit schreibt sie mit großem Vergnügen Krimis und betrachtet dieses Genre keineswegs als minderwertige Literaturgattung – weder vom Standpunkt des Schreibens noch dem des Lesens. S. 8, 17.

**Mari OTBERG**, Künstlerin in Berlin. S. 52.

**Ina PAUL**, Studium an der Dt. Hochschule für Filmkunst, Babelsberg, Arbeit beim Radio Hanoi/Vietnam, Dramaturgin Dt. Fernsehfunk, künstl. Leiterin DEFA-Studio für Synchronisation. Autorin in Berlin. S. 26.

**Irmgard PERFAHL** *1921, öst. Autorin. S. 30.

**Gabi PERTUS** lebt in Rostock, Journalistin, lange betrieb sie einen Trödelladen. S. 12.

**Eva Paula PICK**, Germanistikstudium, dann Lehrerin. Kabarettauftritte, Lyrikpreise. S. 38.

**Udo Oskar RABSCH**, Arzt und Autor von Romanen in Rosenfeld und Stuttgart. S. 20, 62.

**Petra RAGUZ** lebt in Strasbourg. S. 52.

**Renée RAUCHALLES**, München Grafik- und Schauspielstudium. Sachbücher, Bilder und Lyrik. S. 34.

**Karin RICK**, geboren in Wien, lebt dort. Schreibt über Liebe, Sex und Macht. S. 10.

**Jannis RITSOS**, 1909-1990, griechischer Schriftsteller, Lyriker, zur Zeit der Junta und vorher jahrelang in Verbannung. S. 30, 62.

**Andreas REIMANN**, Leipziger Autor und Künstler. In DDR-Zeiten Haft wg. Hetze, dann Transport- und Brauereiarbeiter. S. 30.

**Daijna ROOS**, Fotografin in Paris. S. 52.

**Ana ROSSETTI**, Schriftstellerin in Madrid. Kinderbücher, Lyrik, Romane, Stücke. S. 16.

**Sonja RUF**, Autorin, viele Auszeichnungen und Stipendien, Saarbrücken. S. 16.

**Arpad SAFRANEK**, Metallgestaltung, Viersen. S. 52.

**César SALDÍVAR**, Madrid, geboren in Mexiko, fotografiert Schauspieler. S. 53.

**Susanne SCHMIDT** lebt bei Frankfurt, veröff. u.a. im „heimlichen Auge". S. 13.

**Marion SCHNEIDER**, Autorin, Wissenschaftlerin, Bad Sulza. S. 19.

**Silke Andrea SCHUEMMER**, *1973 in Aachen, freie Autorin in Berlin. Ihre Gedichte und Kurzgeschichten wurden vielfach ausgezeichnet und gefördert u.a. mit dem Georg-Christoph-Lichtenberg-Preis für Literatur und dem Walter-Serner-Preis des RBB. „Nixen fischen" ist ihr zweiter Roman. S. 28.

**Ingrid SCHULZ**, Autorin, Lehrerin in Tübingen. S. 30.

**Stephanie SELLIER**, Autorin in Köln. S. 11.

**Marlon SHY**, Malerei, Fotografie. S. 53.

**Franziska STEINRAUCH** studierte Journalistik. Ghostwriterin. S. 16.

**Moon SUK**, Sopranistin, Schauspielerin, Herzenspoetin aus Korea. S. 30.

**Rebecca SWAN**, Fotografin, Neuseeland. S. 54.

**Yoko TAWADA**, *1960 in Tokyo, 1982-2006 in Hamburg, lebt jetzt in Berlin, schreibt in deutscher und japanischer Sprache. Viele Auszeichnungen, u.a.: „Akutagawa-Sho" (der bedeutendste japanische Literaturpreis), Chamissopreis, Goethemedaille und 2016 Kleist Preis. Seit 1987 über 900 Lesungen in aller Welt. S. 21 ff.

**Linda TROELLER**, Fotografin, New York, S. 12.

**Daniel TWARDOWSKI**, Literaturwissenschaftler, Autor (hauptsächlich von Unterhaltungsliteratur), zum Ausgleich fotografiert er seit über 30 Jahren Akt. S. 42.

**Cléo UEBELMANN**, Fotografin, Filmemacherin, Schweiz. S. 54.

**Esther VILAR**, Autorin, in den 1970ern bekannt durch ein Streitgespräch mit Alice Schwarzer. S. 16.

**Del LaGrace VOLCANO**, gender-variierender Künstler aus London, viele Ausstellungen. S. 54.

**Silvia VOLCKMANN** lehrt dt. Literaturwissenschaft und -didaktik an der Uni Köln. Lebt dort und auf Lanzarote. Gastdozentur in Madrid. S 36.

**Ulrike VOSS** arbeitete u.a. als Dramaturgin, Veröff. in Anthologien, Romane. S. 7.

**Elke WEIGEL**, Diplom-Psychologin, Tanztherapeutin, eigene Praxis in Stuttgart. S. 10, 19.

**Jürgen WERTHEIMER**, Professor für Komparatistik und Germanistik in Tübingen. Schwerpunkte: Kulturkonflikte in Texten, Poetik der Emotionen. S. 31.

**Claudia WESSEL**, geboren in Gießen, Studium Amerikanistik und Medienwissenschaft, lebt in München, Redakteurin der Süddeutschen Zeitung. S. 14.

**Annette WIENERS**, Journalistin und Moderatorin beim WDR. S. 62.

**Ines WITKA** studierte Kunst und Verlagswirtschaft, dann Master of Art in Biografischem und Kreativem Schreiben an der Alice-Salomon-Hochschule, Berlin. Konzipiert und realisiert Schreibwerkstätten. S. 12,16.

**Sandra WÖHE**, geboren in den Niederlanden als Tochter einer Indonesierin und eines Holländers, Ausbildung als Krankenschwester, Autorin in Zürich. S. 11, 26.

**Adrian ZINN**, der Autor ist pseudonym. S. 28.

**RESTEXEMPLARE** teils nur noch wenige vorhanden

## LYRIK (teils zweisprachig):

**Marcos R. BARNATÁN**, Medianoche/Mitternacht, 5,–.
**Anne BERESFORD**, Charm with Stones / Zauberspruch mit Steinen, 5,– .
**Luciano ERBA**, Die Verträumten/Lo svagato, 3,–.
**Eugene GUILLEVIC / Ruth EITLE**, La mer / Das Meer. Gedichte und Bilder, 4,–.
**Glaspalast**, Chinesische Lyrik. 5,–.
**Harte Stühle**, Chinesische Lyrik. 5,–.
**Ina KUTULAS**, Herbstzeitlose, erotischer Roman in Dreizeilern, Zeichnungen. 5,–.
**Jannis RITSOS**, Der Sondeur. Szenische Dichtung und Interview, 10 Zeichnungen von Trak Wendisch. 1973 geschrieben, während der Zeit der Junta. Personen treffen sich auf der Straße und reden poetisch „irre" gegen die politische „Rationalität" an. 5,–.

## PROSA, ROMANE, SATIRE, COMIC:

**Ulrike BOCK**, Denkende Schrift. Surreal-sexuelle Prosa mit Bildern. 3,–.
**WOLFRAM FRANK, Beverin Ménilmontant Seewis**, 224 S., 12,90. Aufzeichnungen von Klinikaufenthalten. „Da begibt sich einer in die Krankheit. Ein intensives Stück Literatur: der luzide Erfahrungsbericht einer individuellen Krise." (WOZ)
**Rosamunde**, 144 S., 12,–. Ein Musikstück öffnet die Pforte ins Gedächtnis, Rosamunde ist die Großmutter.
**Das Unfassbare** 80 S., 10,–. Eine Frau verlässt einen Mann. Philosophisch beschreibt er den Schock.
**LYSIS** 288 S., 14,90. Gedichte und Essays zu verschiedenen (politischen) Themen.
**Gerda GROSSMANN**, Donauweibchen. Erotische Geschichten. **5,–.**
**Katrin KREMMLER**, Dykes on Dykes. Comic. Sie sind dauernd im Bett und vernachlässigen den Kater. 5,–.
**Ina KUTULAS**, Athen-Berlin. Reiseroman. 3,–.
**Susanna v. MOELLENDORFF**, Erinnerung an eine gewisse Nacht. Mit Fotos. Erotisches Coming-out. 5,–.
**Marie S. ROLLIN**, Die Berliner Idylle. Roman, Paris-Berlin. Intellektuelle Frauenliebe. 3,–.
**Cornelia SAXE**, Amsterdamer Clit Clip mit Fotos. Eine Frau auf der Suche nach erster Lesbenliebe. 3,–.
**PERLEN FÜR DIE SÄUE**, Ironisch, blasphemisch, obszön, Hochglanz-„Anti"-Pornoheft. 3,–.
**PYROPORNO** 96 S., A5, Hochglanzheft. Sexuelle Feuerfotos, ein Zitatlexikon aus Pornos mit den Sexfeuerwörtern wie z.B. „abblitzen" und „zündeln", Essay über Feuer & Sex. 3,–.
**Uve SCHMIDT**, Sex ist DOF! Satirisches. 3,–.
**Udo RABSCH, Julius oder Der schwarze Sommer**, 264 S., geb. 2. Aufl., Student Julius flieht nach einem Atomunglück im Ascheregen durch die schwäbische Landschaft. „Ein Schwächling, ein Zärtling, einer, dem die Welt lange vor dem Zusammenbruch verlorenging. Ein nachapokalyptischer Parzival. Eins der seltenen Bücher, denen es gelingt, Mut zum Widerstand zu wecken." (Die Zeit). 10,–.
**Der Hauptmann von Stuttgart** 400 S., Ein Feuerwehrhauptmann erlebt am Rande des Todes seine große Liebe. 6,95
**Mexikanische Reise** mit Illustrationen,„Emanzipationsroman für Männer." (Schwäb. Tagblatt). Flucht vor der Kleinfamilie, eine Reise von der schwäbischen Filderebene nach Mexiko. 6,95
**Tanz**, geb., mit Bildern. Der Mulatte (vielleicht „Julius", vielleicht „Schmidt" aus Tazacorte) kommt aus Cuba nach Deutschland zurück, gerät in eine Welt aus Verbrechen und Liebe und landet in einer Frauenkooperative mit täglichen Tangofesten. 6,95
**Annette WIENERS** Die Beerdigung ihrer Mutter, Roman, 200 S., geb. Sie findet bei der Mutter einer Schulfreundin mehr Nähe als bei ihrer eigenen, die „ihr Leben lebt". Sie beginnt, diese andere Mutter zu lieben, bis zur Besessenheit. „Geschichte eines einsamen, emotional vernachlässigten Mädchens. Eine böse und kluge Geschichte, die so sparsam, aber auch so treffsicher mit Krimielementen spielt, dass es einen schaudernd freut." (Stadtrevue Köln). 10,–.
**Würth-Literaturpreisbände,** 7 Bände, verschiedene Themen, schön gestaltet, zusammen 19,90.

## THEORIE:

**Hans-Dieter BAHR**, Sätze ins Nichts. Versuche über den Schrecken. 5,–.
**Rudolf LÜSCHER**, Henri und die Krümelmonster. Wie sich die Neustrukturierung der Produktion auf die modernen Psychen auswirkte. 5,–.
**Bernd NITZSCHKE**, Der eigene und der fremde Körper. Eine Psychologie der Gefühle. 5,–.
**Erik GRAWERT-MAY**, Theatrum Eroticum. Über die Ränkespiele der Liebe. 3,–
**Das Drama Krieg**: Über Politik und Krieg. 3,–.
**Christa HACKENESCH, Mechthild LEMCKE**, Hegel in Tübingen. 3,–.
**DER TOD DER MODERNE**, J. Baudrillard, G. Bergfleth, M. Rutschky u.a. Gespräch. 5,–.
**E.M. CIORAN**, Ein Gespräch über die Wollust zu zweifeln, die Langeweile u.v.a. 5,–.
**Sarah KOFMAN**, Rousseau und die Frauen Über Feminismus und Antifeminismus. 5,–.
**Michel BUTOR, Picasso-Labyrinth** 5,–.
**Alain ROBBE-GRILLET**, Vom Anlass des Schreibens. Die Leere und Fantasie. 3,–.
**Rote Küsse. FrauenFilmBuch**, Bilder, Filmografie mit Beschreibungen erotischer Frauenfilme bis in die 90er, filmtheoretischer Textteil. 5,–.
**Schneewittchen** (Hg. Chr. Lammer) Über den Mythos kalter Schönheit. Texte und Bilder. 5,–.
**Kain KARAWAHN, Blixa BARGELD**, 233 ° Celsius geb., Feuerfotos, Feuer-Literatur, aufgelesen und transkribiert von Blixa Bargeld. 5,–.

# BESTELLUNGEN

Sie können in Ihrer Buchhandlung bestellen, die die Bücher sicher gerne für Sie besorgt.
Falls nicht: Mailen Sie uns, rufen an oder schicken/faxen dieses Formular an den Verlag.

**konkursbuch – PF 1621 – 72006 Tübingen / Fax 07071-763780
Tel. 07071-78779, E-Mail: mailorder@konkursbuch.com**

PORTOFREI ab 40,- innerhalb Dtld.

**Absender**:

☐ *Zahlung per Vorausrechnung*
☐ **Zahlung per Abbuchung:**

IBAN _____

BIC _____
(für Kt. in europ. Ausland, bei dt. Konten nicht nötig)

**Tel**: _____

**E-Mail**: _____

## Hiermit bestelle ich:

☐ Ich möchte das Gesamtverzeichnis regelmäßig erhalten.

☐ Ich möchte zu Lesungen und Veranstaltungen in meiner Region eingeladen werden:
___ per Post ___ per E-Mail

**Hiermit abonniere ich
(je 12,-/pro Ausgabe):**

☐ **Mein heimliches Auge** ab Nr.____

☐ **Mein lesbisches Auge** ab Nr.____

☐ **Mein schwules Auge** ab Nr.____

☐ **konkursbuch** ab Nr.____

Ich weiß, dass ich diese Abobestellungen innerhalb der nächsten 14 Tage widerrufen kann.

(Datum)   (Unterschrift)

# konkursbuch Verlag  www.konkursbuch.com
PF 1621 / D-72006 Tübingen / office@konkursbuch.com

f konkursbuch.verlag

**Mailorder Berndt Milde**
mailorder@konkursbuch.com
Tel. 0049 (0)7071 78779 / Fax + 763780
Mobil 0049 (0) 172 7401290
Gerne können Sie unser Bücher- und Bilderlager
im Sudhaus Tübingen besuchen. Bitte rufen Sie vorher an.
**Pressearbeit/Veranstaltungsorganisation: Florian Rogge**
presse@konkursbuch.com, Tel. 07071 66551

**Verlegerin Claudia Gehrke**
gehrke@konkursbuch.com
Tel. 0049 (0)7071 66551 / Mobil 0172 7233958

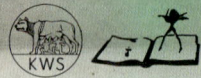